영원히 사라지다

GONE FOR GOOD

Copyright © 2002, Harlan Coben
All rights reserved.

Korean translation copyright © 2007 by VICHE, an imprint of Gimm-Young Publishers, Inc.
Published by arrangement with Harlan Coben c/o
The Aaron Priest Literary Agency, Inc., through Shinwon Agency Co.

이 책의 한국어판 저작권은 신원에이전시를 통해 저작권자와 독점계약한
김영사의 문학레이블 도서출판 비채가 소유합니다.
저작권법에 의해 한국 내에서 보호를 받는 저작물이므로 무단 전재와 무단 복제를 금합니다.

Gone for Good
영원히 사라지다

할런 코벤
HARLAN COBEN 장편소설
— 최필원 옮김

영원히 사라지다 모중석스릴러클럽 013

1판 1쇄 인쇄 2007년 11월 22일 **2판 3쇄 발행** 2019년 8월 26일

지은이 할런 코벤
옮긴이 최필원
펴낸이 고세규
발행처 김영사
주소 경기도 파주시 문발로 197(문발동) 우편번호10881
등록 1979년 5월 17일(제406-2003-036호)
구입 문의 전화 031)955-3100 **팩스** 031)955-3111
편집부 전화 02)3668-3292 **팩스** 02)745-4827 **전자우편** literature@gimmyoung.com
비채 카페 cafe.naver.com/vichebooks **인스타그램** @drviche **카카오톡** @비채책
트위터 @vichebook **페이스북** facebook.com/vichebook
ISBN 978-89-92036-51-1 03840 책값은 뒤표지에 있습니다.

비채는 김영사의 문학 브랜드입니다.
이 도서의 국립중앙도서관 출판시도서목록(CIP)은 서지정보유통지원시스템 홈페이지
(http://seoji.nl.go.kr)와 국가자료공동목록시스템(http://www.nl.go.kr/kolisnet)에서
이용하실 수 있습니다.(CIP제어번호: CIP2015019210)

내 마음을 다 바쳐 사랑하는 앤을 위해

01

어머니가 그 말을 들려준 것은 숨을 거두기 사흘 전이었다. 유언은 아니었지만 거의 그랬다. 형이 아직 살아 있다는 사실…….

어머니는 딱 거기까지만 들려주었다. 더는 설명이 없었다. 그저 딱 한 번 그 얘기를 들려주었을 뿐이다. 당시 어머니의 상태는 말이 아니었다. 모르핀 때문에 심장은 이미 회복 불능 상태에 빠져 있었다. 피부는 황달 들린 듯한 누런색과 여름 햇볕에 그을린 듯한 황갈색을 띠고 있었다. 두 눈은 움푹 들어가 있었다. 어머니는 하루 종일 침대에 누워 지냈다. 하지만 가끔 제정신으로 돌아올 때가 있었다. 물론 내 눈엔 그다지 차이가 있어 보이지 않았지만, 어쨌든 그럴 때마다 나는 어머니에게 잘 길러주어 고맙다, 사랑한다고 말했다. 편안히 눈을 감으라는 작별인사도 잊지 않았다. 우리는 형에 대해선 한마디도 나누지 않았다. 물론 그렇다고 형을 생각조차 하지 않았다는 얘기는 아니다.

"네 형은 살아 있단다."

어머니는 분명 그렇게 말했다. 사실이라 해도, 과연 그게 좋은 소식인지 나쁜 소식인지 분간이 안 갔다.

그때로부터 나흘 후, 우리는 어머니를 묻었다.

시바(Shivah, 유대인이 부모나 배우자와 사별하고 시신을 이장한 후 칠 일간 치르는 복상 기간)를 치르기 위해 집에 돌아왔을 때, 아버지가 거친 털로 만든 거실 카펫을 걷어차며 들어왔다. 아버지는 분노에 차서 얼굴이 벌겋게 상기되어 있었다. 나는 물론이고 시애틀에서 온 누나 내외, 멀리사와 레이프도 그 자리에 있었다. 셀마 이모와 머레이 이모부는 거실을 빙빙 맴돌고 있었다. 내 영혼의 반쪽, 실러는 내 손을 잡은 채 곁을 지키고 있었다.

전체적인 분위기는 그랬다.

커다란 화환이 한쪽에 놓여 있었다. 실러가 화환에 꽂힌 카드를 보고, 미소를 지으며 내 손을 꼭 쥐었다. 카드엔 아무 메시지도 적혀 있지 않았다. 그저 이런 그림이 그려져 있을 뿐이었다.

아버지는 끊임없이 퇴창 밖만 내다보았다. 그 퇴창은 지난 십일 년 동안 비비총에 맞아 두 차례나 깨진 적이 있었다.

"개자식들!"

아버지가 나지막이 중얼거렸다. 아버지는 몸을 돌리며 나타나지 않은 누군가를 떠올렸다.

"빌어먹을! 다른 사람은 몰라도 버그먼 가족은 왔어야 하잖아."

아버지가 눈을 감은 채 고개를 돌렸다. 다시 솟구친 분노에 슬픈 탄식이 더해져 차마 내가 지켜볼 수 없는 어떤 감정에 사로잡힌 것 같았다.

배신으로 가득한 십 년, 또 한번의 배신을 맛본 것이다.

나는 바람을 쐬고 싶었다.

내가 자리에서 일어나자 실러가 걱정스러운 듯 나를 올려다보았다.

"잠깐 바람 좀 쐬고 올게요."

내가 나지막이 말했다.

"말벗이 필요해요?"

"아니야, 됐어."

실러가 고개를 끄덕였다. 우리가 함께 산 지도 벌써 일 년이 지났다. 지금까지 실러처럼 나의 독특한 분위기와 잘 어울리는 파트너를 만나본 적이 없다. 그녀가 내 손을 다시 꼭 쥐며 사랑한다는 메시지를 전해왔다. 따뜻한 온기가 내 몸 구석구석으로 파고들었다.

현관문 앞에는 거친 인조잔디로 만든 매트가 있었다. 꼭 골프 연습장에서 슬쩍 훔쳐온 것 같았다. 매트의 왼쪽 위의 모서리엔 플라스틱으로 만든 데이지가 붙어 있었다. 나는 매트를 밟고 나가 다우닝 가를 향해 가기 시작했다. 골목 양쪽으로 1962년경에 지어진 난평면 주택들이 줄지어 서 있었다. 알루미늄으로 난간을 만든 평범한 집들이었다.

나는 여전히 진회색 정장 차림이었다. 열기 때문인지 온몸이 근질거렸다. 포악한 햇볕이 드럼 치듯 나를 두드려댔다. 썩어 문드러지기 좋은 날이라는 삐딱한 생각이 들기도 했다. 세상 전체를 환히 밝힐 것 같던 어머니의 미소를 떠올려보았다. 이 모든 일이 일어나기 전만 해도 그 미소는 어렵지 않게 볼 수 있었다. 나는 이내 그 이미지를 뇌리에서 걷어냈다.

내가 어디로 향하고 있는지는 알고 있었다. 하지만 스스로 그것을 인정할 수 있을지는 알 수 없었다. 나는 보이지 않는 힘에 이끌려 움직이고 있었다. 어떤 이는 내 피학적 성향 때문일 거라고 말할 것이다. 다른 이는 그것을 작별 의식으로 봐줄지도 몰랐다. 하지만 둘 다 아니었다.

나는 그저 모든 것이 끝나버린 그 장소를 다시 보고 싶었을 뿐이다.

여름날 교외의 풍경과 떠들썩한 소리가 나를 괴롭혀댔다. 아이들이 자전거를 타고 지나치며 꽥꽥 소리를 질렀다. 10번가에서 포드의 머큐리 자동차대리점을 운영하는 시리노 씨가 앞뜰의 잔디를 깎고 있었다. 스타인 씨 부부는 손을 잡고 산책 중이었다. 그들이 세운 가전제품 체인점은 대기업의 체인점 공세에 밀려 위기를 맞고 있었다. 레바인 씨 집의 앞뜰에선 터치풋볼 경기를 벌이고 있었다. 경기에 정신을 팔고 있는 이들 중 내가 알아볼 수 있는 사람은 없었다. 코프먼 씨 집의 뒤뜰에선 고기를 굽는지 연기가 모락모락 피어오르고 있었다.

나는 글래스먼의 옛집을 지나 계속 걸어나갔다. 마크 '두프' 글래스먼은 여섯 살 때 미닫이 유리문에 부딪히는 사고를 당한 적이 있었다. 당시 그는 슈퍼맨 놀이를 하고 있었다. 나는 아직도 그때의 비명과 피를 생생히 기억할 수 있었다. 그는 마흔 바늘 이상을 꿰매야 했다. 두프는 기업 공개(IPO) 주식 투자로 성공해서 억만장자가 되었다. 더는 그를 '두프'라는 별명으로 부를 사람은 없을 것 같았다.

플라스틱으로 만든 사슴 한 마리가 떡 버티고 선 마리아노 씨의 집은 여전히 가래를 연상시키는 누런색을 띤 채 모퉁이에 있었다. 동네에서 알아주던 불량소녀, 앤절라 마리아노는 우리보다 두 살 많았고, 묘한 매력을 가지고 있었다. 어릴 적 뒤뜰에서 홀터넥톱을 입고 빵빵한 가슴선을 드러낸 채 일광욕을 즐기고 있는 앤절라를 보며, 호르몬이 솟구치는 기분을 느꼈던 게 한두 번이 아니었다. 그녀를 보고 있으면 입안에 침이 절로 고였다. 앤절라는 부모와 자주 언쟁을 벌였고, 뒤뜰 공구 창고에서 몰래 담배를 피웠다. 그녀의 남자친구는 오토바이를 타고 다녔다. 나는 작년에 미드타운의 매디슨 가에서 그녀와 마주친 적이 있다. 솔직히 나는 그녀가 형편없는 행색을 하고 있을 줄 알았다. 으레 첫 짝사랑 상대는 그렇게 변한다고들 말하지 않는가. 하지만 앤절라는 여전히 매혹적이었고 행복해 보였다.

다우닝 가 23번지, 에릭 프랑켈 집의 앞뜰에 있는 스프링클러에서 약한 물줄기가 뿜어나오고 있었다. 에릭은 7학년 때 숏힐스의 챈티클리어에서 우주여행을 테마로 한 바르 미츠바(Bar Mitzvah, 열세 살 때 거행하는 유대교의 남자 성년식)를 치렀다. 천장에는 별자리 투사기를 비추어 검은색 하늘을 배경으로 여러 별자리들이 펼쳐져 있었다. 내 좌석 카드에 쓰인 대로, 나는 '아폴로 14호 테이블'에 앉게 되었다. 초록색 발사대처럼 꾸며놓은 중앙부엔 화려하게 장식한 로켓 모형이 세워져 있었다. 웨이터들은 제법 그럴듯한 우주복 차림이었고, 모두 머큐리 7호 소속이라고 했다. '존 글렌'이 우리 테이블을 맡아 서빙했다.

신디 샤피로와 나는 예배당으로 몰래 숨어들어가 한 시간 남짓 뜨거운 시간을 보냈다. 그것은 내 첫 경험이었다. 내가 대체 뭘 하고 있는 건지 상황 파악이 되지 않았다. 하지만 신디는 달랐다. 정말 황홀한 느낌이었다. 그녀의 혀는 상상도 못 한 방법으로 나를 어루만지고 자극했다. 하지만 그렇게 이십 분쯤 지나자 그 경이로움은 서서히 따분함으로 변해갔다. '이 다음은 뭐지?' 혼란스러웠다. '이게 다야?' 그런 어수룩한 생각도 들었다.

신디와 내가 다시 케이프케네디(Cape Kennedy, '케이프커내버럴'의 옛 이름으로 우주선 발사 기지)의 아폴로 14호 테이블로 돌아왔을 때 우린 정신이 하나도 없었다. 허비 제인 밴드는 〈플라이 미 투 더 문〉을 멋들어지게 연주하고 있었다. 나의 형, 켄이 나를 한쪽으로 불러내 신디와 무슨 일이 있었는지 꼬치꼬치 캐묻기 시작했다. 물론 나는 기꺼이 모든 걸 들려주었다. 형은 씩 미소를 지었고, 우리는 하이파이브를 했다.

그날 밤 우리는 2단 침대에 누워 켄이 좋아하는 블루 오이스터 컬트의 〈돈 피어 더 리퍼〉를 들었다. 켄은 위층, 나는 아래층. 형은 음악을 들으며 9학년생이 아는 만큼의 성 지식을 알려주었다. 나중에 알게 된 사실이지만, 그때 형이 들려준 얘기는 거의 다 허튼소리였다. 여자 가슴에 대해 얘기할 땐 조금 지나치다 싶을 정도였다. 하지만 그날 밤을 떠올릴 때마다 나도 모르게 미소를 머금게 된다.

"네 형은 살아 있단다."

나는 고개를 저으며 홀더 씨의 낡은 집을 끼고 오른쪽으로 돌았다. 코딩턴 가가 눈앞에 나타났다. 버넷 힐 초등학교에 다닐 때 켄과 함께 지겹게 오갔던 길이었다. 그때만 해도 두 집 사이로 포장된 길이 나 있었다. 학교로 가는 지름길이었다. 아직도 그 길이 남아 있을지 궁금하다. 아이들을 비롯한 모든 이들이 써니(Sunny)라고 불렀던 어머니는, 학교까지 우리를 몰래 미행하곤 했다. 그 사실을 모를 리 없었던 켄과 나는 나무 뒤로 휙 숨어버리는 어머니를 보며 눈을 굴려댔다. 어머니의 과잉보호를 받던 시절을 떠올리니 다시 미소를 짓게 됐다. 나는 무척 창피해했지만 켄은 그저 어깨만 으쓱해 보일 뿐이었다. 형은 그런 어머니를 쿨하게 이해하고 넘겼지만, 나는 그러질 못했다.

따끔거리는 가슴을 안고 계속 걸음을 옮겨나갔다.

나만 그렇게 느낀 것인지도 모르지만 왠지 사람들의 시선이 내게만 고정되어 있는 것 같았다. 자전거, 통통 튀는 농구공, 스프링클러와 잔디 깎는 소리, 터치풋볼을 하고 노는 사람들의 고함소리. 그 모든 소음이 딱 멎어버린 것 같았다. 하긴 여름날 저녁에 짙은 회색 정장 차림으로 동네를 어슬렁거리는 낯선 남자가 있다면 누구든지 이상하게 생각할 것이다. 동네 사람들은 마치 자신들의 신성한 땅을 침범당하기라도 한 듯 얼떨떨한 표정이었다.

나는 머뭇거림 없이 코딩턴 가 97번지 앞으로 다가갔다. 넥타이는 느슨하게 풀려 있었다. 두 손은 주머니에 꾹 찔러 넣은 채였다. 나는 연석과 포장도로의 연결 지점에서 멈춰 섰다. 내가 여기 왜 온 거지? 후미진 방의 커튼이 살랑거리는 게 보였다. 밀러 부인의 얼굴이 창문에 불쑥 나타났다. 그녀는 유령처럼 수척한 얼굴이었다. 그녀가 나를 매섭게 쏘아보았다. 나는 움직이지 않았다. 고개를 돌리지도 않았다. 놀랍게도 한동안 나를 노려보던 그녀가 굳은 표정을 천천히 풀기 시작했다. 마치 자신이 느꼈던 경계의 눈초리를 상대에게서 본 듯⋯⋯. 밀러 부인이 고개를 끄덕였다. 나도 고개를 끄덕여 답했다. 눈시울이 붉어지기 시작했다.

〈20/20〉이나 〈프라임타임 라이브〉와 같은 텔레비전 프로그램을 통해 그 소식을 접한 적이 있을 것이다. 아직 모르는 이들을 위해 공식적으로 알려진 사항부터 얘기하겠다. 지금으로부터 십일 년 전, 10월 17일. 뉴저지의 리빙스턴 군구(郡區). 당시 스물네 살이었던 나의 형, 켄 클라인이 이웃

집 소녀, 줄리 밀러를 잔인하게 강간하고 목 졸라 죽인 사건이 있었다.
코딩턴 가 97번지. 그녀의 집 지하실에서.
바로 그곳에서 그녀의 시체가 발견되었다. 그녀가 엉성하게 꾸며진 지하실에서 살해됐는지, 아니면 숨을 거둔 후에 지저분한 얼룩말 줄무늬 소파 뒤로 옮겨졌는지를 확인해줄 단서는 발견되지 않았다. 하지만 모두 전자 쪽에 무게를 싣는 분위기였다. 형은 아슬아슬하게 포위망을 뚫고 달아나 어디론가 사라져버렸다. 적어도 공식적인 발표에 의하면 그랬다고 한다.
지난 십일 년간 켄은 국제적 수사망을 용케 피해 다녔다. 하지만 형을 목격했다는 제보도 몇 번 있었다.
첫 번째 제보는 살인사건이 발생하고 나서 일 년쯤 지났을 때, 스웨덴 북부의 작은 어촌에서 접수되었다. 이내 인터폴이 출동했지만 형은 운 좋게도 체포되지 않았다. 아마 누군가가 경찰에 밀고했던 모양이다. 누가 어떤 이유로 그랬는지는 알 수 없었다.
두 번째 제보는 그로부터 사 년 후, 바르셀로나에서 접수되었다. 신문 보도에 의하면, 켄은 '바다가 내다보이는 농가'를 빌려 살았다고 한다. 참고로 바르셀로나는 바다와 접해 있지 않다. 또한 기사는 형이 '플라멩코 댄서로 보이는 검은 머리의 상냥한 여자'와 함께 지냈다고 주장했다. 그곳 해변에서 휴가를 보내던 리빙스턴 주민이 저녁을 먹고 있는 켄과 카스티야 출신의 애인을 목격했다고 한다. 형은 구릿빛 피부의 단단한 체구를 가지고 있었고, 흰색 셔츠의 깃을 풀어헤치고 양말 없이 로퍼를 신고 있었다고 한다. 형을 목격했다는 리빙스턴 주민은 바로 릭 호로비츠였다. 릭과 나는 4학년 때 같은 반이었다. 그때 우리 반 담임은 헌트 선생님이었다. 함께 공부했던 삼 개월 동안 릭은 쉬는 시간마다 쐐기벌레를 먹는 기행으로 급우들을 즐겁게 해주었다.
켄은 바르셀로나에서 다시 한번 수사망을 뚫고 달아나버렸다.

마지막 제보자는 알프스 산맥의 숙련자 코스에서 스키를 즐기고 있는 켄을 목격했다고 주장했다. 흥미롭게도 형은 살인을 저지르기 전까지만 해도 스키를 타본 적이 없었다. 하지만 경찰은 그곳에서도 성과를 거두지 못했다. 형은 다시 한번 〈48시간〉 방송에 이름을 올리는 데 성공했다. 지난 몇 년간 도망자 신분인 형은 VH1 채널 〈지금 그들은 어떻게 변했을까?〉 범죄자 편의 소재가 됐다. 형에 관한 보도는 흥미진진한 소문들이 전부 바닥날 때마다, 그리고 마땅한 이야기가 없어 난감할 때마다 방송국이 어김없이 꺼내놓는 카드였다.

나는 원래부터 '타락한 교외'를 소재로 한 텔레비전의 '취재 프로'를 좋아하지 않았다. 아무리 프로그램에 그럴듯한 제목을 붙여놓아도 이상하게 정이 가지 않았다. 그들은 항상 제목 앞에 '특집 보도'라는 수식어를 붙였다. 단 한 번이라도 이 이야기를 '모두가 알고 있는 일반 보도'라는 제목으로 보고 싶었다. 그들 프로그램은 항상 똑같은 사진을 자료로 썼다. 흰색 테니스복 차림으로 거만하게 서 있는 켄. 한때 형은 전국 랭킹에 오른 적이 있었다. 그들이 그 사진을 어떻게 손에 넣었는지 궁금했다. 사진 속 켄은 사람들의 혐오감을 불식시킬 만큼 미남자였다. 도도함, 케네디를 연상시키는 머리 스타일, 흰색 옷차림과 대조되는 구릿빛 피부, 환한 미소……. 켄의 사진은 매력적이며(어느 정도는 수긍이 간다), 충분한 신탁계정을 가지고(이건 아니다) 인생을 너무나도 쉽게 살아가는 특권층(말도 안 된다)을 연상시켰다.

나도 한 뉴스 매거진 프로그램에 얼굴을 비친 적이 있다. 프로듀서가 내게 연락해왔었다. 형에 관한 보도가 처음 나온 지 얼마 지나지 않았을 때였다. 그는 '양측 입장을 공평하게' 다루고 싶다고 했다. 형을 비난하는 사람이 굉장히 많다는 점도 빼놓지 않고 상기시켜주었다. 사실 그들이 보도의 '균형'을 잡기 위해 정말로 필요로 했던 것은, 고향 사람들 중에서 '켄의 실제 됨됨이'를 얘기해줄 누군가였다.

그리고 왠지 내가 그 일을 맡아야 할 것만 같았다.

밝은 금발의 앵커우먼이 동정하는 태도로 한 시간에 걸쳐 나를 인터뷰했다. 솔직히 인터뷰 자체는 그런대로 즐길 만했다. 심리치료를 받는 기분이랄까. 그녀는 고맙다고 인사하며 나를 배웅해주었다. 나중에 방송을 보니 인터뷰 내용의 대부분이 편집됐다는 걸 알 수 있었다. 그녀는 자신이 던졌던 질문까지도 전부 삭제해놓았다("하지만 그렇다고 당신의 형이 완벽한 사람이라고 말할 수는 없지 않겠습니까? 설마 형이 성인군자였다는 말씀은 아니시겠죠?"). 내 답변도 제멋대로 편집해놓았다. "다이엔, 켄은 성인군자가 아니었습니다." 내가 그렇게 대답할 땐 콧등의 땀구멍까지 훤히 들여다보일 정도로 내 얼굴을 클로즈업하며 극적인 음악을 깔아놓았다.

어쨌든 여기까지가 그동안 있었던 일들에 대한 공식적인 이야기였다.

하지만 나는 믿지 않았다. 그럴 가능성이 전혀 없다는 건 아니었다. 하지만 나는 그보다 훨씬 그럴듯한 시나리오를 믿었다. 켄이 죽었다는 시나리오, 형이 이미 십일 년 전에 죽었다는 시나리오.

게다가 어머니조차 켄이 죽었다고 믿었다. 어머니의 믿음은 흔들리지 않았다. 무조건 믿을 뿐이었다. 아들이 살인자일 리 없다고 했다. 오히려 피해자라고 했다.

"네 형은 살아 있단다. 네 형이 그런 게 아니었어."

밀러 씨의 집 현관문이 열렸다. 밀러 씨가 밖으로 나왔다. 그가 코끝에 걸친 안경을 고쳐 썼다. 그는 슈퍼맨처럼 주먹 쥔 두 손을 양쪽 옆구리에 대고 있었다.

"월, 여기서 썩 꺼져!"

밀러 씨가 말했다.

나는 그가 시키는 대로 했다.

충격적인 일은 그로부터 한 시간 후에 벌어졌다.

실러와 나는 부모님 침실에 올라와 있었다. 침실엔 파란색 장식으로 치장한 튼튼한 회색 가구들이 놓여 있었다. 어릴 적부터 질리도록 봐왔던 것들이었다. 우리는 킹 사이즈의 탄력을 잃은 스프링 매트리스에 앉았다. 그동안 커다란 탁자 서랍 안에 보관해온 어머니만의 사사로운 물건들이 이불 위에 널려 있었다. 아버지는 여전히 아래층에서 언짢은 듯 퇴창 밖을 내다보고 있었다.

왜 갑자기 어머니가 가까이 두고 아끼던 물건들이 보고 싶어졌는지 알 수 없었다. 많이 괴로웠을 텐데. 그 정도는 충분히 예상할 수 있었다. 고의적인 고통과 위안의 상호관계는 무척이나 흥미롭다. 불장난하듯 슬픔에 다가가는 것과도 다르지 않다. 내게도 그런 접근법이 어울릴 것 같았다.

나는 사랑스러운 실러의 얼굴을 돌아보았다. 그녀는 고개를 왼쪽으로 기울인 채 눈을 내리깔고 있었다. 가슴이 다시 콩닥거리기 시작했다. 이상하게 들릴지도 모르지만 나는 실러의 얼굴을 몇 시간씩 보고만 있어도 좋았다. 미모 때문만은 아니었다. 솔직히 전형적으로 예쁜 외모라고는 할 수 없었다. 유전인자 때문인지 수상쩍은 과거 때문인지는 몰라도, 그녀의 이목구비는 균형이 살짝 무너진 상태였다. 하지만 그녀는 항상 생기가 넘쳐났고 호기심도 많았다. 우아함도 빼놓을 수 없는 매력 중 하나였다. 다들 웃을지 모르지만, 실러가 날 용감하게 만들었다. 적어도 그녀를 위해서라면…….

실러가 고개를 들지 않은 채 살짝 미소를 지으며 말했다.

"그만해요."

"뭘?"

그녀가 마침내 고개를 들고 내 표정을 살폈다.

"왜요?"

그녀가 물었다.

내가 어깨를 으쓱했다.
"당신은 내 전부야."
내가 말했다.
"당신도 아주 멋져요."
"그래, 그건 그렇지."
내가 말했다.
그녀가 나를 똑바로 쳐다보았다.
"난 당신을 사랑해요, 알죠?"
"사랑하지 않을 이유가 없지."
그녀가 은근한 눈빛으로 나를 봤다. 그녀의 시선이 다시 어머니 침대의 측면으로 떨어졌다. 그녀의 표정이 누그러졌다.
"무슨 생각해?"
내가 물었다.
"당신 어머니 생각."
실러가 미소를 지었다.
"전 어머님을 정말 좋아했어요."
"진작 인사를 시켰어야 했는데……."
"그러게 말이에요."
우리는 누렇게 바랜 신문기사들을 훑어보기 시작했다. 멀리사와 켄과 나의 출생 기사. 켄의 테니스 시합 관련 기사들. 여전히 형의 침실은 서브 동작 중인 작은 청동 모형이 달린 트로피들로 가득 차 있었다. 사진도 많았는데 대부분 살인사건이 벌어지기 전에 찍은 것들이었다. 써니. 어머니는 어릴 적부터 그렇게 불렸다. 어머니에게 잘 어울리는 별명이었다. 어머니가 사친회 회장으로 활동하던 당시의 사진도 찾을 수 있었다. 사진 속 어머니가 뭘하고 있었던 건지는 모르지만, 어울리지도 않는 모자를 쓴 채 무대에 서 있었고, 다른 학부형들은 떠들며 웃고 있었다. 어머니가 학교 축제를 지휘하는 사진도 보였다. 어머니는 어릿광대 옷차림이었다. 써니는 내 친구들 사이에서도 인기가 좋았다. 아이들은 어머니가 카풀해주는 날을 손꼽아 기다렸고, 우리 집에서 노는 걸 좋아했다. 써니는 아이들을 짜증나게 하지 않는 쿨한 아줌마로 통했다. 독특한 구석이 많았고, 살짝 제정신이 아닌 것 같기도 했다. 그런 이유로 누구도 어머니가 다음에 어떤 행동을 할지 쉽게 예측하지 못했다. 어머니는 항상 생기가 넘쳤다.

우리는 두 시간쯤 어머니의 사진들을 훑어보았다. 실러는 한 장도 빼놓지 않고 유심히 들여다보았다. 한참 사진을 살피던 그녀가 멈칫하며 미간을 찌푸렸다.

"이게 누구죠?"

그녀가 사진을 내게 건넸다. 사진 왼쪽에 꽤 야한 노란색 비키니를 입은 어머니가 있었다. 1972년쯤에 찍은 듯한 사진 속의 어머니는 볼륨 있는 몸매를 가지고 있었고, 진한 콧수염을 기르고 환하게 미소 짓는 키 작은 남자의 어깨에 팔을 얹고 있었다.

"후세인 왕."

내가 대답했다.

"뭐라고요, 요르단 왕국의?"

내가 고개를 끄덕였다.

"그래. 어머니와 아버지가 마이애미의 퐁텐블로에 놀러가셨을 때 그를 보셨다더군."

"그래서요?"

"어머니가 먼저 그에게 다가가 같이 사진을 찍자고 하셨대."

"정말요?"

"이게 그 증거잖아."

"경호원들은 다 뭐하고 있었대요?"

"그때 어머니가 무장하고 있지 않으셨나보지, 뭐."

실러가 피식 웃었다. 언젠가 당시 상황을 어머니에게 들은 적이 있었다. 후세인 왕과 나란히 포즈를 잡은 어머니. 때마침 작동이 안 되는 아버지의 카메라. 중얼거리며 카메라를 손보는 아버지. 서두르라고 아버지에게 눈을 흘기는 어머니. 인내심을 가지고 기다리는 왕. 카메라를 넘겨받아 문제를 발견하고는 고쳐서 다시 아버지에게 넘기는 경호실장.

내 어머니, 써니.

"정말 아름다우셨군요."

실러가 말했다.

어머니의 그런 면은 줄리 밀러의 시체가 발견된 순간부터 더는 찾아볼 수 없게 되었다. 판에 박힌 말이지만 그보다 정확한 표현은 없었다. 넘쳐나던 생기는 누그러지고 잠잠해졌다. 살인사건 소식을 전해 들었을 때 어머니는 언짢아하지도 흥분하며 울지도 않았다. 그때 어머니가 약한 기색을 보였으면 어땠을까? 변덕스러운 어머니는 무서울 정도로 차분한 자세를 보였다. 어머니의 태도는 김이 빠져 있었고 단조로웠다. 삶의 열정을 잃었다는 표현이 가장 적절했다. 그런 어머니를 지켜보는 것은 어떤 기괴한 연극을 보는 것보다 훨씬 괴로웠다.

초인종이 울렸다. 나는 침실 창문 너머로 밖을 내다보았다. 엡스에센델리의 배달 차가 보였다. 장례식 참석자들을 위한 음식 슬로피 조를 실은 차였다. 아버지는 지나치다 싶을 정도로 많은 양을 주문했다. 망상은 끝까지 아버지를 괴롭혔다. 아버지는 타이타닉호의 선장처럼 이 집을 지키고 있었다. 살인사건이 벌어진 후 얼마 지나지 않았을 때, 퇴창이 비비총에 맞아 깨졌다. 그때 아버지는 완강한 표정으로 주먹을 흔들어 보였다. 아마 어머니는 다른 곳으로 이사를 가고 싶어 했던 것 같다. 하지만 아버지는 생각이 달랐다. 아버지에게 있어 이사를 간다는 것은 굴복과도 같았다. 도망친다면 아들이 살인범이라는 것을 순순히 인정하는 꼴밖에 되지 않았다. 그것은 배신이었다.
　어리석게도…….
　실러의 시선은 여전히 내게 고정되어 있었다. 그녀의 따스한 기운이 화사한 햇살이 되어 내 얼굴에 쏟아졌다. 우리는 일 년 전, 직장에서 만났다. 나는 뉴욕 41번가에 자리한 코브넌트 하우스의 상임이사이다. 우리는 거리의 가출 청소년들을 돕는 자선단체인데, 실러는 그곳에서 자원봉사자로 일했다. 그녀는 아이다호의 작은 마을 출신이지만, 실제로 보면 그런 사실을 전혀 눈치 챌 수 없을 만큼 세련된 외모였다. 그녀는 자신도 가출 경험이 있었다고 했다. 그것은 과거에 대해 그녀가 들려준 유일한 말이었다.
　"사랑해."
　내가 말했다.
　"사랑하지 않을 이유가 없잖아요."
　그녀가 받아쳤다.
　나는 그녀를 쳐다보지 않았다. 실러는 마지막 순간까지 내 어머니에게 헌신했다. 그녀는 포트 어서러티 버스 터미널에서 시내버스를 타고 와, 노스필드 가에서 내린 후, 세인트 바르나바 병원까지 걸어오는 수고를 마다하지 않았다. 병들기 전, 어머니가 마지막으로 세인트 바르나바 병원에 발을 디뎠던 건 나를 낳을 때 한 번뿐이었다. 사람 일이라는 게 원래 그렇게 돌고 도는 것이겠지만, 그때만 해도 나는 그 사실을 알지 못했다.
　나는 실러가 어머니와 함께 있는 모습을 본 적이 있었다. 갑자기 궁금한 게 떠올랐다. 나는 그냥 터놓고 물어보기로 했다.
　"부모님께 연락드려야 하지 않아?"
　내가 부드럽게 말했다.
　마치 내게 뺨이라도 얻어맞은 듯 실러가 나를 쏘아보았다. 그녀가 침대를 내려갔다.

"실러?"

"월, 지금은 때가 아니에요."

나는 휴가 중에 온몸을 구릿빛으로 태운 부모님의 사진을 집어 들었다.

"난 오히려 지금이 적기인 것 같은데……."

"당신은 내 부모님에 대해 모르잖아요."

"그래서 알려고 하는 거야."

그녀가 내게 등을 보이고 섰다.

"월, 당신도 가출 청소년들과 일해봤잖아요."

"그게 뭐?"

"그게 얼마나 힘든 일인지 알잖아요."

그녀 말이 맞았다. 나는 다시 그녀의 다소 별난 이목구비를 생각했다. 특히 어쩔 수 없이 보이는 흉터 진 코.

"자꾸 피하기만 하면 나중에 더 힘들어진다고."

"월, 그 얘기라면 예전에 했어요."

"나랑은 안 했잖아."

"당신은 정신과 의사가 아니에요."

"난 당신이 사랑하는 남자야."

"그래요."

그녀가 나를 돌아보았다.

"하지만 지금은 안 돼요, 알겠어요? 부탁이에요."

나는 아무 대답도 하지 않았다. 어쩌면 그녀가 옳은지도 몰랐다. 나는 무의식적으로 액자 가장자리를 만지작거렸다. 바로 그때였다.

액자 속 사진이 옆으로 스르르 미끄러졌다.

나는 액자를 내려다보았다. 사진 밑으로 또 다른 사진 하나가 서서히 그 모습을 드러냈다. 나는 액자를 조금 더 기울여 앞쪽 사진을 걷어내려 했다. 뒤에 깔린 사진에서 팔을 보았다. 계속해서 액자를 기울여보았지만 앞쪽 사진은 더 움직이지 않았다. 액자 뒷면에 있는 클립을 옆으로 내리자, 뒤판이 침대 위로 툭 떨어졌다. 곧바로 두 장의 사진도 떨어졌다.

앞쪽 사진은 순항선에서 찍은 것이었다. 나는 지금껏 그토록 행복하고 건강하고 여유로워 보이는 부모님의 모습을 본 적이 없다. 하지만 그 밑에 감춰졌던 문제의 사진이 눈에 거슬렸다.

밑에 빨간색으로 적힌 날짜를 보니, 그 사진은 찍은 지 채 이 년도 되지 않은 것이었다. 들판이나 언덕에서 찍은 사진 같았다. 집은 보이지 않았고, 꼭대기가 눈으로 덮인 산만 눈에 들어왔다. 꼭〈사운드 오브 뮤직〉의 오프닝 장면을 보는 듯했다. 사진 속 남자는 반바지 차림으로 배낭을 메고 있었으며, 선글라스를 쓰고 해진 등산화를 신고 있었다. 그의 얼굴에선 눈에 익은 미소가 흐르고 있었다. 주름이 좀 져 있었지만 낯설지가 않았다. 머리는 길었고 턱수염은 희끗희끗했다. 하지만 의심의 여지가 없었다.

사진 속 남자는 바로 형, 켄이었다.

02

아버지는 홀로 뒤뜰에 나와 있었다. 어느새 땅거미가 내려앉아 있었다. 아버지는 차분하게 앉아 어둠 속을 뚫어져라 쳐다보고 있었다. 아버지의 등 뒤로 슬그머니 다가가는 동안 거슬리는 기억이 나를 흔들어댔다.

줄리가 살해되고 사 개월쯤 지났을 때, 나는 지하실에서 지금처럼 등을 보인 채 서 있던 아버지를 본 적이 있다. 아버지는 집에 아무도 없는 줄 알고 있었던 모양이었다. 아버지는 오른손에 22구경 루거 권총을 쥐고 있었다. 마치 작은 애완동물을 다루듯 조심스레 권총을 매만지고 있었다. 태어나서 그때처럼 겁이 났던 적이 없었다. 나는 그 자리에 그대로 얼어붙어 버렸다. 아버지는 권총에 시선을 집중하고 있었다. 그렇게 몇 분이 흐른 후, 나는 발소리를 죽인 채 다시 계단을 올라갔다. 그리고 막 내려온 체했다. 계단을 마저 내려왔을 땐, 권총은 이미 자취를 감춰버린 후였다.

나는 그 후로 일주일 동안 아버지 곁을 떠나지 않았다.

미닫이 유리문을 열고 밖으로 나갔다.

"아버지!"

내가 말했다.

아버지가 몸을 돌리며 환한 미소를 지었다. 아버지는 항상 미소로 나를 반겼다.

"윌!"

아버지의 거친 음성이 한층 부드러워졌다. 아버지는 자식들을 볼 때 항상 행복해했다. 이런 일들이 벌어지기 전까지만 해도 아버지는 아주 인기가 좋았다. 모두가 아버지를 좋아했다. 아버지는 상냥하고 믿음직스러웠다. 무뚝뚝한 면도 있었지만, 오히려 그런 점 때문에 아버지가 더욱 믿음직스러웠다. 아버지가 미소를 지을 때면 세상 걱정은 조금도 하지 않았다. 아버지는 오직 가족 생각뿐이었다. 가족 외에는 누구도 중요하게 생각하지 않았다. 어려운 처지에 있는 사람이나 친구들마저도 아버지의 관심을 끌지 못했다. 아버지는 오로지 가족만 생각했다.

나는 아버지 옆에 있는 안락의자에 앉았다. 어떻게 말을 꺼내야 할지 난감했다. 몇 차례 심호흡을 했고, 아버지의 숨소리에도 귀를 기울였다. 아버지와 함께 있을 때면 항상 마음이 차분해졌다. 아버지는 나보다 나이도 많고 노쇠했지만, 문제가 생기면 언제든 나를 위해 몸을 던져줄 사람이었다. 지금은 내가 아버지보다 크고, 힘도 좋음에도…….

그런 아버지 덕분에 나는 늘 든든했다.

"저 가지를 좀 잘라내야겠어."

아버지가 손을 뻗어 어둠 속을 가리키며 말했다.

문제의 가지는 보이지 않았다.

"네."

내가 말했다.

미닫이문을 통과해 나온 불빛이 아버지의 옆얼굴을 살짝 비추었다. 분노는 완전히 가라앉은 듯했고, 어느새 아버지는 다시 기진맥진한 표정이었다. 줄리가 살해당했을 때도 아버지는 모든 걸 혼자서 떠안으려 했다. 하지만 아버지는 결국 그 무게를 이기지 못하고 주저앉아버렸다. 아버지의 눈은 당시의 충격을 고스란히 담고 있었다. 꼭 불시에 누군가에게 복부를 얻어맞은 듯한 표정.

"괜찮니?"

아버지가 물었다. 아버지는 항상 같은 말로 대화를 시작했다.

"네. 그러니까 제 말은, 괜찮다기보다……."

아버지가 손을 흔들었다.

"그래, 바보 같은 질문이었어."

우리는 다시 침묵에 잠겼다. 아버지가 담배에 불을 붙였다. 아버지는 절대 집에서 담배를 피우지 않았다. 가족들의 건강을 끔찍하게 생각했기 때문이다. 아버지가 담배를 한 모금 길게 빨아들이고 나서, 갑자기 뭔가가 떠오른 듯 나를 돌아보았다.

"괜찮아요."

내가 말했다.

"네 어머니와 약속을 했었단다. 집에선 절대 담배를 피우지 않기로……."

나는 그 문제를 물고 늘어지고 싶지 않았다. 두 손을 모아 무릎에 살며시 얹은 후 입을 열었다.

"어머니가 돌아가시기 전에 들려주신 말씀이 있어요."

아버지의 시선이 스르르 내게로 돌아왔다.
"형이 아직 살아 있다고 하셨어요."
순간 아버지의 몸이 딱딱하게 굳었다. 이내 아버지의 얼굴에 씁쓸한 미소가 감돌았다.
"뭘, 약 기운 때문이었을 게다."
"저도 그렇게 생각했어요, 처음엔……."
내가 말했다.
"그럼 지금은?"
나는 아버지의 얼굴에서 거짓의 흔적을 찾아보았다. 물론 그동안 많은 소문이 떠돌았다. 켄은 부자가 아니었다. 사람들은 형이 어떻게 이토록 오랫동안 숨어서 지낼 수 있는지 궁금해했다. 나는 형이 숨어 지내고 있다는 생각을 해본 적이 없었다. 형 역시 그날 밤에 죽었기 때문이다. 어떤 사람들은 부모님이 형에게 몰래 돈을 부쳐줬을 거라고 주장했다.
내가 어깨를 으쓱했다.
"왜 어머니가 갑자기 그런 말씀을 하셨는지 이해가 안 돼요."
"약 때문이었을 거야."
아버지가 다시 말했다.
"뭘, 죽음을 눈앞에 두고 있었지 않니."
그 두 번째 답은 왠지 와 닿지 않았다. 나는 잠시 침묵을 지켰다.
"아버지도 형이 아직 살아 있을 거라고 생각하세요?"
"아니."
아버지가 대답했다. 그리고 고개를 돌려버렸다.
"어머니가 아무 말씀도 안 하셨어요?"
"네 형에 대해서 말이냐?"
"네."
"네게 들려준 말과 다르지 않았어."

아버지가 말했다.
"형이 살아 있다고요?"
"그래."
"다른 말씀은요?"
아버지가 어깨를 으쓱해 보였다.
"네 어머니는 켄이 줄리를 죽이지 않았다고 했어. 켄이 진작 돌아왔어야 하지만 그전에 우선 해결해야 할 일이 있다고 했지."
"그게 뭔데요?"
"뭘, 앞뒤가 맞지 않는 얘기였단다."
"어머니께 그게 뭔지 물어보셨나요?"
"물론이지. 하지만 네 어머니는 계속 고래고래 고함만 쳐댈 뿐이었어. 내 얘긴 들으려 하지도 않고 말이다. 난 그만 됐다고 했어. 아무 문제없을 테니 염려 말라고 말이야."
아버지가 다시 고개를 돌렸다. 나는 켄의 사진을 내놓으려다가 그만두기로 했다. 우선 산란한 마음부터 가라앉혀야 한다고 생각했기 때문이다.
"아무 문제 없을 테니 염려 말라고……."
아버지가 다시 말했다.
미닫이 유리문을 통해서 문제의 사진 액자를 볼 수 있었다. 컬러 사진들은 황록색으로 색이 바랬다. 거실엔 최근 사진이 없었다. 우리 집은 시간 왜곡에 갇혀 있었다. 시간은 십일 년 전에 이미 꽁꽁 얼어붙어 버렸다. 왜, 노래도 있지 않은가. 노인이 죽으면 괘종시계도 멎어버린다는…….
"곧 돌아오마."
아버지가 말했다.
나는 자리에서 일어나 걸어 나가는 아버지를 지켜보았다. 아버지는 자신이 내 시야에서 벗어났다고 생각했는지 모르지만, 나는 어둠 속에서 아버지의 뒷모습을 보고 있었다. 아버지가 고개를 떨어뜨렸다. 어깨도 들썩이기 시작했다. 나는 지금껏 아버지가 우는 모습을 본 적이 없었다. 이제 와서 그 모습을 보고 싶지도 않았다.

나는 고개를 돌리고 위층 침실에 두고 온 또 다른 사진을 떠올렸다. 순항선에서 찍은 구릿빛 피부의 부모님 사진. 그 행복했던 순간의 기록. 어쩌면 아버지도 같은 추억을 떠올리고 있을지 몰랐다.

늦은 밤, 잠에서 깼을 때 실러가 보이지 않았다.

나는 일어나 앉아 귀를 쫑긋 세웠다. 아무 소리도 들리지 않았다. 아파트 안은 고요했다. 세 개 층 밑에서 거리의 소음이 들려왔다. 나는 욕실 쪽을 돌아보았다. 불은 꺼져 있었다. 아파트 안에 있는 모든 조명이 꺼져 있었다.

그녀의 이름을 불러볼까 하다가 그만두기로 했다. 정적 속에서 연약한 무언가를 느꼈다. 그것은 거품과도 같았다. 나는 침대에서 내려왔다. 내 발이 바닥을 뒤덮고 있는 카펫에 닿았다. 위층의 쿵쿵거리는 소음을 줄이기 위해 거의 모든 아파트엔 카펫이 깔려 있다.

아파트는 크지 않았다. 침실은 하나뿐이었다. 나는 거실로 터벅터벅 걸어나가 어둠 속을 살폈다. 실러가 보였다. 그녀는 창턱에 앉아 창밖을 내려다보고 있었다. 나는 그녀의 등과 백조를 연상케 하는 목, 잘 빠진 어깨, 하얀 피부로 흘러내린 머리카락을 차례로 쳐다보았다. 가슴속이 다시 술렁이기 시작했다. 우리 둘의 관계는 아직 고통의 초기 단계에 있었다. 서로 조금이라도 더 오래 보고 싶어 안달하고, 사랑 때문에 살아 있는 것이 너무 좋고······. 서로 상대를 보기 위해 공원을 가로질러 달려가면서도, 가슴이 두근거리는 설렘이 머지않아 짙고 깊은 무언가로 변해버리게 될 것 같은 불안감.

나는 예전에도 사랑을 한 번 해본 적이 있었다. 아주 오래전에.

"실러?"

그녀가 몸을 살짝 틀었지만 나를 돌아보진 않았다. 그녀의 볼을 타고 눈물이 흘러내리고 있었다. 달빛을 받은 눈물 줄기가 선명했다. 그녀는 아무 소리도 내지 않았다. 흐느끼지도 않고, 호흡이 격해지지도 않았다. 그냥 눈물만 주르르 흘리고 있을 뿐이었다. 나는 문간에 서서 무엇을 해야 할지 고민에 빠졌다.

"실러?"

두 번째 데이트를 할 때 실러는 카드 트릭을 보여주었다. 그녀는 고개를 돌린 채 나더러 카드 두 장을 고른 후 다시 카드 뭉치에 끼워 넣으라고 했다. 그런 다음 내가 골랐던 두 장의 카드만을 남겨놓고, 나머지 카드를 전부 바닥에 떨어뜨렸다. 그리고 내게 직접 확인해보라며 두 장의 카드를 앞으로 내밀었다. 그녀는 멋진 마술을 선보이고 나서 환히 미소를 지었다. 나도 미소를 지어 보였다. 뭐랄까, 아주 바보 같은 미소였던 것 같다. 실러의 미소도 마찬가지였다. 그녀는 카드 트릭, 차가운 체리에이드, 젊은 남자들로 구성된 밴드를 좋아했다. 그녀는 오페라를 흥얼거렸고 독서광이었으며 홀마크 카드 광고를 보며 종종 눈물을 흘렸다. 애니메이션 〈심슨 가족〉에 나오는 호머 심슨과 번즈의 흉내는 아주 잘 냈지만, 스미더스와 아푸 흉내는 별로였다. 무엇보다도 실러는 춤을 좋아했다. 그리고 내 어깨에 몸을 기댄 채 눈을 감고 꾸벅꾸벅 조는 것도 좋아했다.

"윌, 미안해요."

실러가 돌아보지 않은 채로 말했다.

"뭐가?"

내가 물었다.

그녀는 계속해서 창밖만 내다볼 뿐이었다.

"들어가서 더 자요. 나도 곧 들어갈게요."

나는 그녀 곁에 남아 위로해주고 싶었다. 하지만 그러지 않았다. 지금 그녀를 위로할 수 있는 것은 아무것도 없었다. 뭔가가 내게서 그녀를 멀리 떨어뜨리고 있었다. 어떤 말과 행동도 적절치 않고 상처를 줄 뿐이었다. 적어도 나는 그렇게 생각했다. 결국 나는 크나큰 실수를 저지르고 말았다. 그녀가 시키는 대로 침실로 돌아가 기다리기로 한 것이다.
하지만 실러는 끝내 침실로 돌아오지 않았다.

08

네바다 주, 라스베이거스

모티 마이어가 침대에 누워 죽은 듯 잠자고 있을 때, 총구가 이마에 닿는 걸 느꼈다.
"일어나!"
누군가의 음성이 들렸다.
모티의 눈이 휘둥그레졌다. 침실은 어두웠다. 그는 고개를 들려 했지만 총구에 눌린 머리는 움직이지 않았다. 그가 시선을 침대 옆 탁자의 시계가 달린 라디오 쪽으로 돌렸다. 하지만 시각은 표시되지 않았다. 사실 그에겐 시계가 없었다. 몇 년 전부터 시계 없이 지내왔다. 레아가 죽은 후부터. 침실 네 개짜리 식민지 시대 풍의 저택을 팔아치운 후부터.
"이봐, 알았어. 알았다고."
모티가 말했다.
"일어나."
남자가 총을 치웠다. 모티가 고개를 들었다. 눈이 어둠에 적응하자 얼굴에 스카프를 두른 남자의 얼굴을 볼 수 있었다. 모티는 어릴 적 즐겨 들었던 라디오 프로그램 〈그림자〉를 떠올렸다.

"뭘 원하지?"

"모티, 당신 도움이 필요해."

"우리가 서로 아는 사이인가?"

"일어나."

모티는 순순히 시키는 대로 했다. 그가 두 다리를 침대에서 내렸다. 힘겹게 몸을 일으킨 그가 머리를 살살 흔들었다. 휘청거리는 그의 몸에서 취기가 쫙 빠져나갔고, 그 빈자리로 숙취가 밀려들기 시작했다.

"구급상자는 어디 있지?"

남자가 물었다.

모티는 안도의 한숨을 내쉬었다. 역시 그것 때문이었군. 모티가 상처를 찾으려 했지만 너무 어두웠다.

"당신이 다쳤어?"

모티가 물었다.

"아니, 그녀는 지하실에 있어."

그녀?

모티가 침대 밑으로 손을 넣어 가죽 구급약 가방을 꺼냈다. 가방은 낡고 해져 있었다. 금박으로 새겨 넣었던 모티의 이니셜은 지워지고 없었다. 지퍼도 끝까지 채워지지 않은 상태였다. 지금으로부터 약 사십 년 전, 그가 컬럼비아 의과대학을 졸업했을 때, 레아가 선물로 사준 것이었다. 졸업 후 그는 삼십 년간 그레이트 넥에서 내과 전문의로 일했다. 그와 레아는 슬하에 아들 셋이 있었다. 일흔 살에 가까운 그는 침실이 하나인 집에 살고 있었다. 빚도 많았고, 남에게 신세도 많이 졌었다.

도박. 모티는 도박 중독자였다. 내면의 악마들과 어울리기 시작하면서 그것에 홀리게 된 모티는, 점점 도박의 늪에 빠져들게 되었다. 어떤 이들은 그게 다 레아 때문이라고 주장하기도 했다. 어쩌면 정말 그랬는지도 몰랐다. 하지만 그녀가 세상을 떠난 후로는 싸움을 더 지속할 이유가 없어졌다. 그는 다시 악마들에게 자신을 떠맡겨버렸다.

모티는 모든 것을 잃고 말았다. 의사 면허증까지도. 그는 무작정 서부로 와버렸다. 그리고 하루도 빼놓지 않고 도박을 했다. 장성해서 가정을 꾸린 그의 아들들은 연락조차 해오지 않았다. 그들은 어머니의 죽음을 아버지 탓으로 몰아세웠다. 그 때문에 레아가 제명에 죽지 못했다는 것이다. 어쩌면 그들 주장이 맞는지도 몰랐다.

"서둘러!"

남자가 말했다.

"그래."

그들은 지하실 계단을 내려갔다. 모티는 지하실 불이 켜져 있는 것을 봤다. 그의 보잘것없는 집은 한때 장례식장으로 사용됐다. 모티는 1층 침실을 세내어 살면서, 지하실을 마음껏 쓸 수 있었다. 지하실은 한때 시신들을 보관하고, 약품 처리하는 데 이용된 공간이었다.

바깥 주차장의 녹슨 미끄럼틀이 지하실 뒤편 구석까지 파고들어 놓여 있었다. 시신들을 지하실로 쉽게 내려 보낼 수 있도록 만든 것이었다. 벽은 타일로 덮여 있었다. 오랫동안 관리가 되지 않아, 여기저기 부서져 내린 곳도 보였다. 수도꼭지를 틀려 해도 펜치가 필요했다. 캐비닛 문들은 대부분 떨어져나간 상태였다. 시신들의 악취가 여전히 허공을 맴돌았고, 유령들도 떠나기를 거부했다.

부상당한 여자는 금속 테이블에 누워 있었다. 모티는 대번에 그녀의 상태가 심상치 않음을 알 수 있었다. 그가 '그림자' 쪽으로 몸을 틀었다.

"저 여자를 살려."

그가 말했다.

모티는 남자의 음성이 마음에 들지 않았다. 분노 섞인 음성에선 절망감도 적나라하게 배어났다. 그의 지시는 협박이라기보단 애원에 가까웠다.

"상태가 좋아 보이지 않는군."

모티가 말했다.
남자가 모티의 가슴에 총구를 가져다 댔다.
"저 여자가 죽으면 당신도 죽는 거야."
모티가 마른침을 삼켰다. 상황 판단은 분명하게 된 상태였다. 그가 그녀 앞으로 천천히 다가갔다. 지난 몇 년간 그는 지하실에서 여러 남자들을 치료해왔다. 하지만 여자 환자는 맡아본 적이 없었다. 모티는 그렇게 생계를 유지해나가고 있었다. 딱한 이들 사정 봐주기. 총상이나 자상을 입은 환자가 들어오면 응급실에선 의무적으로 경찰에 신고해야 한다. 그래서 그들은 모티의 임시 병원을 즐겨 찾았다.
그는 의과대학에서 배운 치료 우선순위 선별법을 떠올려보았다. ABC. 기도(Airway), 호흡(Breathing), 혈액순환(Circulation). 그녀의 호흡은 고르지 않았고, 숨을 내쉴 때마다 침이 튀어 올랐다.
"당신이 이렇게 한 거야?"
남자는 대답이 없었다.
모티는 최선을 다해 환자를 시술했다. 가히 조각 누빔 수준이었다. 안정시켜야 해. 그는 생각했다. 안정시켜 빨리 내보내야 했다.
봉합이 끝나자, 남자가 그녀를 천천히 일으켰다.
"이번 일에 대해 입을 함부로 놀렸다간······."
"그보다 더한 협박도 받아봤어."
남자가 여자를 부축하고 지하실을 나갔다. 모티는 홀로 지하실에 남았다. 갑작스럽게 들이닥친 불청객들은 그의 신경을 곤두서게 만들어놓았다. 그가 한숨을 내쉬며 계단 앞으로 향했다. 계단을 오르기 전, 모티 마이어는 결정적인 실수를 저질렀다.
뒤편 창문을 돌아본 것이었다.
남자는 여자를 부축해 주차된 차 앞으로 다가갔다. 그리고 아주 천천히 그녀를 뒷좌석에 뉘었다. 모티는 그들을 물끄러미 지켜보았다. 바로 그때, 심상치 않은 움직임이 그의 눈에 들어왔다.

그가 곁눈질로 그들을 지켜보았다. 순간 그의 몸이 덜덜 떨리기 시작했다.

또 다른 사람.

뒷좌석엔 또 다른 누군가가 앉아 있었다. 그들과 전혀 어울리지 않는 승객. 모티는 자기도 모르게 전화기를 향해 손을 뻗었다. 하지만 수화기를 집어 들기도 전에 그의 몸은 바짝 얼어붙어 버렸다. 대체 누구에게 알려야 하지? 뭐라고 말해야 하지?

모티가 눈을 질끈 감고 갈등에 빠졌다. 그는 천천히 계단을 올라 침실로 돌아갔다. 침대로 기어올라가 이불로 몸을 감쌌다. 그는 천장을 뚫어져라 올려다보며, 자신이 본 것을 머릿속에서 지워내려 애썼다.

04

실러가 남겨놓고 간 메모는 짧지만 감미로웠다.

언제나 당신을 사랑해요.
실러

그녀는 침대로 돌아오지 않았다. 아마도 창밖을 내다보며 밤을 새운 모양이었다. 새벽 다섯 시경, 그녀가 아파트를 슬그머니 빠져나갈 때까지 나는 아무 소리도 듣지 못했다. 별로 이상한 일은 아니었다. 실러는 아침잠이 없었다. 왜, 옛날 군대 공익광고에서도 그런 게 있지 않았던가. 군인들은 오전 아홉 시 전에 일반인들이 하루 종일 걸려 하는 일보다 더 많은 일을 마쳐놓는다고. 그녀는 바로 그런 타입이었다. 그녀 때문에 팬히 나만 게으름뱅이 취급을 받는다. 하지만 그런 그녀가 전혀 밉지 않다.
 언젠가 실러가 딱 한 번 말했었다. 농장에서 일하던 시절에 일찍 일어나는 습관을 들였다고. 나는 그 시절 이야기를 들려달라고 집요하게 졸랐었다. 하지만 그녀는 끝내 말문을 닫아버렸다. 그녀의 과거는 함정과도 같았다. 깊이 알고 싶다면 위험을 무릅쓸 수밖에 없다.
 그녀의 갑작스러운 태도 변화에 걱정이 되기보단 혼란스러웠다.
 나는 샤워를 하고 옷을 챙겨 입었다. 형의 사진은 책상 서랍 안에 넣어두었다. 나는 그것을 꺼내 들고 한동안 유심히 들여다보았다. 가슴속이 텅 빈 느낌이었다. 머릿속이 핑핑 돌았지만 결국엔 아주 근본적인 생각 하나만 달랑 남게 되었다.
 켄이 해냈다는 것.

 그동안 왜 형이 죽었다고 생각해왔는지 궁금해하는 사람도 있을 것이다. 솔직히 고백하자면, 그것은 케케묵은 직감과 맹목적인 희망 때문이었다. 나는 형을 사랑했다. 그리고 형을 잘 알고 있었다. 켄은 완벽한 사람이 아니었다. 켄은 성미가 급했고 말보다는 주먹이 앞서는 스타일이었다. 뭔가 좋지 않은 일에 말려들긴 했지만, 켄은 살인자가 아니었다. 나는 확신할 수 있었다.
 많은 의혹으로 인해 클라인 가족은 그런 말도 안 되는 확신을 가지고 살아왔다. 먼저 켄은 어떻게 지금까지 수사망을 피해 은둔생활을 해올 수 있었을까? 형의 은행 계좌엔 고작 800달러밖에 들어 있지 않았다. 대체 형은 누구의 도움을 받아 물샐틈없는 국제적인 수사망을 피해 다녔던 것일까? 만약 형이 줄리를 죽였다면 그 이유가 무엇이었을까? 어째서 형은 지난 십일 년간 우리에게 연락을 해오지 않았을까? 마지막으로 집에 들렀을 때, 형은 왜 그토록 불안해했을까? 왜 형은 내게 자신이 위험에 처해 있다고 말했을까? 그리고 나는 왜 그때 좀 더 얘기해달라고 집요하게 형을 물고 늘어지지 않았을까?

하지만 무엇보다도 가장 가슴 아팠던 증거, 아니 우리의 믿음을 뒷받침해준 단서는 사건 현장에서 발견된 혈흔이었다. 그중엔 켄이 흘린 피도 섞여 있었다. 지하실에 남은 형의 혈흔은 계단을 타고 올라와 문밖까지 이어졌다. 밀러 씨의 집 뒤뜰의 관목에서도 혈흔이 발견되었다. 우리 가족은 줄리를 살해한 살인자가 형에게 치명상을 입히고, 결국 죽음에 이르게 만들었다고 믿었다. 하지만 경찰이 내세운 이론은 훨씬 단순했다. 줄리가 심하게 저항했다는 것.

가족의 주장을 뒷받침해줄 만한 단서는 또 있었다. 그 단서는 나와 직접적인 연관이 있었다. 아마 그래서 아무도 그것에 관심을 보이지 않았던 것 같다.

사실 그날 밤, 나는 밀러 씨의 집 근처에 숨어 있던 어떤 남자를 봤다.

당국과 언론은 내 말을 들어주지 않았다. 보나마나 형을 살리기 위한 발악쯤으로만 여겼을 것이다. 하지만 그것은 우리 가족이 왜 이토록 확신에 차 있는지 이해하는 데 아주 중요한 실마리가 될 것이다. 우리 가족에겐 선택의 여지가 있었다. 형이 아무 이유 없이 무고한 여자를 끔찍하게 살해한 후 특별한 수입도 없이 십일 년간 숨어 지냈다고 믿거나(광범위한 언론 보도와 대대적인 경찰 수사에도 불구하고), 아니면 형이 줄리 밀러와 합의하여 성관계를 가졌다고 믿는(수많은 물증이 뒷받침하듯) 것. 형이 어떤 곤경에 빠져 있었든, 누가 형을 위협하고 있었든, 중요한 것은 그날 밤 코딩턴 가에 몸을 숨기고 있던 한 남자가 형에게 억울한 누명을 씌우고, 형을 영영 찾을 수 없게 만들어놓았다는 사실이었다.

물론 이 주장이 완벽하게 이치에 맞는다는 얘기는 아니다. 하지만 우리는 켄을 잘 알고 있었다. 형은 그들이 주장하는 그런 끔찍한 짓을 저지르지 않았다. 그러고 보면 우리에게 선택의 여지가 있다는 건 사실이 아니었다.

우리 가족의 추측에 귀를 기울여주는 이들도 있었지만, 대부분은 음모설을 즐기는 괴짜들이었다. 엘비스와 지미 헨드릭스가 피지에서 함께 공연을 벌이고 있을 거라 믿는 사람들. TV에서 떠드는 빈말 일색의 얘기들이 어찌나 거슬리던지, TV가 우리를 보고 능글맞게 웃고 있는 것 같다는 느낌이 들 정도였다. 시간이 흐르면서 켄을 변호하는 내 목소리도 점점 작아져 갔다. 이기적으로 비칠 수도 있겠지만 나도 내 인생을 찾고 싶었다. 내 경력을 쌓는 일도 중요하다고 생각했다. 나는 도망자 신세인 살인자의 동생이고 싶지 않았다.

보나마나 코브넌트 하우스도 나를 고용하기 꺼렸을 것이다. 하지만 누가 그들을 탓할 수 있을까? 나는 그곳의 상임이사이지만, 내 이름은 항상 공식 문서에서 제외되고 있다. 나는 자금 모금 행사에도 참석하지 않는다. 내가 하는 일은 굉장히 비밀스럽다. 뭐, 그런 건 아무래도 상관없었다.

나는 다시 너무나 익숙하면서도 굉장히 거리감이 있는 사진을 들여다 보았다.

그럼 어머니는 진작부터 알고 있었던 걸까?

나와 아버지에겐 켄이 죽었을 것 같다고 말하면서 우리 몰래 켄을 도와주었던 걸까? 어머니는 우리 가족 중 켄이 죽었다는 견해를 가장 강력하게 내세웠던 사람이었다. 그랬던 어머니가 그동안 켄에게 몰래 돈을 부쳐줘 왔던 걸까? 정말 써니는 처음부터 형의 행방을 알고 있었던 걸까?

여러 의문들이 생겼다.

사진에서 시선을 떼고 주방 찬장을 열었다. 오늘 아침, 나는 리빙스턴에 가지 않기로 했다. 관처럼 답답한 그 집에서 하루를 보낼 생각을 하면 비명을 지를 것만 같았다. 게다가 나는 밀린 일이 많았다. 어머니는 나를 이해할 것이다. 아니, 오히려 잘 생각했다고 할 것이다. 나는 골든 그레이엄 시리얼을 그릇에 담고 실러에게 전화를 걸었다. 그녀를 사랑한다고, 시간 나면 연락 바란다는 음성 메시지를 남겨놓았다.

　내 아파트, 아니 우리 아파트는 24번가와 9번가 모퉁이에 있다. 첼시 호텔과도 아주 가깝다. 나는 항상 북쪽으로 열일곱 블록을 걸어 41번가에 위치한 코브넌트 하우스로 출근한다. 코브넌트 하우스는 웨스트사이드 고속도로와 인접해 있다. 42번가가 대대적으로 정화 사업을 펼치기 전까지만 해도, 그곳은 가출 청소년 보호소가 입지하기 아주 적합한 지역이었다. 악취가 진동하던 거리는 한때 퇴폐의 요새로 유명했다. 42번가는 '지옥의 문'으로 불렸으며, 괴기하고 호색적인 인간들로 넘쳐났다. 매춘부, 마약 딜러, 포주, 마약 가게, 포르노 가게, 극장 사이를 걷는 고상한 교외 통근자와 관광객은 크게 두 부류로 나뉜다. 분위기에 흠뻑 취하거나, 서둘러 샤워를 하고 페니실린 주사를 맞고 싶어 하거나. 어쨌든 그곳의 분위기는 너무 지저분하고 음울했다. 그 거리를 걷다 보면 누구라도 금세 침울함에 휩싸이게 될 것이다. 나는 남자다. 내가 아는 다른 남자들처럼 정욕도 있고, 충동도 생긴다. 하지만 적어도 나는 이 빠진 마약중독자의 타락한 상태와 에로티시즘을 혼동하지 않는다.

　시의 정화 사업으로 인해 우리의 일도 타격을 입게 되었다. 코브넌트 하우스의 구조 차량도 갈 곳을 잃고 말았다. 가출 청소년들은 다시 거리로 쏟아져나왔고, 우리의 직무는 점점 모호해졌다. 그저 눈으로만 깨끗해 보일 뿐이었다. 점잖은 교외 통근자와 관광객들은 '성인 전용'이라고 적힌 검은색 창이나 〈라이언의 은밀한 곳 밀어주기〉, 〈팬티로 밝힌 모닥불〉과 같은 익살스러운 제목의 포르노 영화를 광고하는 허름한 차양을 보고도 더는 언짢아하지 않았다. 하지만 이런 저속함은 결코 쉽게 사라지지 않는다. 저속함은 바퀴벌레와도 같다. 어떻게든 살아남는다. 요리조리 잘도 숨는다. 누구라도 그것을 완전하게 없앨 수는 없다.

　42번가는 저속함을 숨긴 음성적인 거리였다. 노골적으로 저속함을 드러내면 우리는 비웃으며 우월감을 느낄 수 있다. 사람이라면 누구나 그래야 한다. 어떤 이들에겐 이것이 배출구가 될 수도 있다. 저속함이 적나라하게 드러날 때 당신은 어떻게 하겠는가? 노골적인 정면 공격을 하겠는가, 아니면 키 높은 풀 속을 소리 없이 지나가는 뱀처럼 위험인물이 되겠는가? 내가 너무 깊이 파고드는 건 아닌지 모르겠다. 마지막으로, 뒤가 없으면 앞이 없다. 아래가 없으면 위도 없다. 어둠이 없으면 빛이 있을 수 없고, 저속함이 없으면 청순함이 있을 수 없으며, 악이 없으면 선도 없다.

클랙슨이 처음 울렸을 때, 나는 뒤를 돌아보지 않았다. 여긴 뉴욕이었다. 대로를 걸으며 클랙슨 소리를 피하는 것은 수영을 하며 물을 피하는 것만큼이나 힘든 일이었다. 잠시 후 귀에 익은 음성이 들려왔다.

"이봐, 친구!"

그제야 나는 고개를 돌렸다. 코브넌트 하우스의 밴이 끽끽 소리를 내며 내 옆에 멈춰 섰다. 스퀘어스였다. 그가 창을 내리고 선글라스를 벗었다.

"타!"

그가 말했다.

나는 문을 열고 밴에 올랐다. 커다란 밴의 실내엔 담배와 땀 냄새, 우리가 매일 밤 나눠주는 볼로냐 샌드위치 냄새가 배어 있었다. 바닥의 카펫엔 온갖 무늬의 얼룩이 남아 있었다. 잡물 보관함은 텅 빈 동굴과도 같았다. 좌석의 스프링은 탄력을 잃은 상태였다.

"여기서 뭐하는 거야?"

스퀘어스는 여전히 정면을 주시하며 물었다.

"사무실에 나가는 길이야."

"왜?"

"치료하러."

내가 대답했다.

스퀘어스가 고개를 끄덕였다. 그는 밤마다 밴을 몰고 다니며 가출 청소년들을 찾아 헤매는 복수의 천사였다. 아주 지친 모습은 아니었지만, 그렇다고 아주 팔팔한 모습도 아니었다. 그의 머리는 80년대 에어로스미스 밴드 멤버들처럼 길었다. 기름진 머리는 가르마를 기준으로 정확하게 이등분되어 있었다. 나는 지금껏 말끔하게 면도를 한 그의 얼굴을 본 적이 없다. 그러고 보니 덥수룩하게 턱수염을 기른 모습도 본 적이 없었던 것 같다. 그렇다고 '마이애미 바이스' 스타일의 매력적인 수염도 아니었다. 반점처럼 보이는 마맛자국도 있었다. 그의 작업화는 어찌나 질질 끌고 다녔는지 하얗게 해져 있었다. 청바지는 초원에서 들소들에게 질질 끌려다니기라도 한 듯 너덜거렸다. 수리공 스타일의 헐렁한 바지를 입고 있어서 엉덩이가 살짝 드러났다. 걷어 올린 소매엔 캐멀 담배 한 갑이 꽂혀 있었다. 담배로 얼룩진 그의 치아는 티콘더로거 연필처럼 노랬다.

"꼴이 말이 아닌데."

그가 말했다.

"네게 그런 말을 들으니 느낌이 또 다른데."

내가 말했다.

그는 내 장난이 마음에 드는 모양이었다. 우리는 그를 스퀘어스라고 불렀다. '포 스퀘어스(Four Squares)'의 준말로, 그의 이마에 새겨진 문신 때문에 지어진 별명이었다. 2×2 배열로 네 개의 작은 정사각형이 있었다. 꼭 놀이터 바닥의 정사각형 코트를 보는 것 같았다. 스퀘어스는 잘나가는 요가 강사였고, 학원 체인도 운영하고 있었다. 사람들은 그 문신이 의미 있는 힌두교의 상징일 거라 추측했다. 하지만 그건 절대 아니었다.

한때 그것은 만(卍)자 십자장 문신이었다. 그는 거기에 네 개의 선을 추가로 새겨 넣어버렸던 것이다.

사실 상상이 잘 되지 않았다. 스퀘어스는 내가 만나본 사람 중 가장 이해심이 많았다. 또한 그는 가장 친한 친구이기도 했다. 처음 그가 정사각형 문신에 대해 들려주었을 때 나는 깜짝 놀랐다. 그는 설명도 해명도 하지 않았다. 실러처럼 과거에 대해선 절대 입을 열지 않았다. 다른 사람들의 말을 듣고서야 그를 좀 더 깊이 이해하게 되었다.
"꽃 잘 받았어, 고마워."
내가 말했다.
스퀘어스는 말이 없었다.
"와준 것도 고맙고."
내가 덧붙였다. 그는 코브넌트 하우스 동료들을 밴에 태워 데려왔었다. 그들 덕분에 장례식은 굉장히 비가족적인 분위기로 치러졌다.
"써니는 아주 좋은 분이셨어."
그가 말했다.
"그래."
잠시 침묵이 흘렀다. 스퀘어스가 다시 입을 열었다.
"조객이 너무 적던데."
"너도 느꼈구나! 고마워."
"농담하는 거 아니야. 대체 몇 명이나 왔었지?"
"스퀘어스, 그 정도면 충분히 위로가 됐어. 정말 고마워."
"진정한 위로를 원해? 그럼 이걸 알라고. 사람들은 다 얼간이야."
"펜 좀 꺼내야겠어. 받아 적게."
침묵……. 스퀘어스가 빨간 신호에서 멈춰 서서 나를 돌아보았다. 그의 눈은 빨갛게 충혈되어 있었다. 그가 소매를 내리고 담뱃갑을 뽑아들며 말했다.
"뭐 문제 있어?"
"그게, 저……. 얼마 전에 말이야, 어머니가 돌아가시면서……."
"됐어, 말하기 싫으면 안 해도 돼."

신호등이 초록색으로 바뀌었다. 밴이 다시 움직이기 시작했다. 눈앞으로 사진 속 형의 모습이 스쳐 지나갔다.
"스퀘어스?"
"얘기해."
"아무래도 형이 아직 살아 있는 것 같아."
내가 말했다.
스퀘어스는 여전히 말이 없었다. 그가 담배를 한 대 꺼내 입에 물었다.
"그게 사실이라면 놀라운데."
"맞아, 놀랍지?"
내가 고개를 끄덕이며 맞장구쳤다.
"그동안 야간 코스를 돌았어."
그가 말했다.
"왜 갑자기 마음이 바뀐 거야?"
우리는 코브넌트 하우스의 작은 주차장으로 들어섰다. 거리에 차를 세워놓으면 노숙자들의 표적이 되기 십상이었다. 경찰에 신고하진 않았지만 깨진 유리를 갈아 끼우고, 뜯겨나간 자물쇠를 수리하는 비용은 점점 늘어만 갔다. 한동안 우리는 밴의 문을 아예 열어둔 채 세워두기도 했었다. 누구라도 문을 부수지 않고 들어올 수 있도록 말이다. 날이 밝으면 코브넌트 하우스 직원이 다가와 밴의 문을 두드리고, 안에서 잠을 자던 노숙자는 말없이 차에서 내려 총총걸음으로 사라졌다.
하지만 이젠 그조차도 할 수 없게 되었다. 노골적으로 묘사할 마음은 없지만, 밴은 누구에게도 더 보여줄 수 없을 만큼 메스꺼운 공간이 되어 버렸다. 노숙자들이 모두 깔끔한 건 아니다. 그들은 차 안에서 속을 비우기도 하고, 화장실을 찾지 못해 차 안에서 볼일을 보기도 한다. 설명은 더 필요 없겠지.
여전히 밴에서 내리지 않은 채로 나는 망설이며 말했다.

"궁금한 게 있어."

그는 질문이 던져지기를 말없이 기다렸다.

"넌 지금껏 한 번도 우리 형에게 무슨 일이 생겼을지 네 생각을 얘기한 적이 없었어."

내가 말했다.

"그게 질문이야?"

"지금까지 지켜봐온 걸 얘기하는 거야. 난 그게 궁금해. 왜 그랬지?"

"왜 네 형에 대한 내 생각을 말하지 않았냐고?"

"그래."

스퀘어스가 어깨를 으쓱했다.

"네가 한 번도 묻지 않았잖아."

"하지만 그 문제에 대해 얘긴 많이 나눴잖아."

스퀘어스가 다시 어깨를 으쓱했다.

"좋아, 그럼 지금 정식으로 물을게. 네 생각에도 우리 형이 아직 살아 있는 것 같아?"

"응, 난 항상 그렇게 생각했어."

다시 생각해볼 필요도 없다는 듯 스퀘어스가 말했다.

"그러니까 그동안 내가 반대 의견을 계속해서 내놓았을 때도 넌……."

"넌 날 설득하려 한 게 아니라, 네 자신을 설득하고 싶었던 거야."

"그럼 한 번도 내 의견에 동의한 적이 없었단 말이지?"

"없어, 단 한 번도."

스퀘어스가 말했다.

"그럼 왜 반대 의견을 들려주지 않았지?"

스퀘어스가 담배를 길게 한 모금 빨았다.

"네 착각이 무해하다고 생각했으니까."

"모르는 게 약이란 말이지?"

"그런 셈이지."
"하지만 내 의견에도 충분한 근거가 있었잖아."
내가 말했다.
"뭐, 그렇게 생각한다면야."
"넌 그렇게 생각하지 않아?"
"전혀."
스퀘어스가 말했다.
"넌 형에게 은둔생활에 필요한 돈이 없다고 생각했어. 하지만 은둔생활에 돈이 왜 필요해? 우리가 매일 만나는 집 나온 아이들을 봐. 그들 중 누구라도 마음만 먹으면 언제든 사라져버릴 수 있어."
"하지만 그 아이들을 찾기 위해 국제적으로 범인 수색을 벌이진 않잖아."
"국제적 범인 수색?"
스퀘어스가 넌더리를 내며 말했다.
"세상의 모든 경찰이 매일 아침 일어나 네 형이 어디 숨어 있을지 궁금해하는 줄 알아?"
하긴, 그의 말이 틀린 건 아니었다. 그동안 어머니가 몰래 형을 도와왔다면 형의 은둔생활엔 별 문제가 없었을 것이다.
"형이 누군가를 죽였을 리 없어."
"허튼소리야."
스퀘어스가 말했다.
"넌 내 형을 몰라."
"우린 친구잖아, 그렇지?"
"그래."
"내가 한때 십자가를 태우며 '히틀러 만세'를 외치면서 살았다는 게 믿겨?"

"그건 이 경우와 다르잖아."

"아니, 똑같아."

우리는 밴에서 내렸다.

"언젠가 나한테 물은 적이 있었지? 왜 문신을 지워버리지 않느냐고, 기억해?"

"응, 기억해. 그때 넌 나한테 그냥 꺼져버리라고 했었지."

"맞아. 물론 마음만 먹으면 얼마든지 레이저로 지워버릴 수도 있었어. 굳이 감추려 했다면 방법도 많았을 거고. 하지만 난 잊지 않기 위해 이걸 지워버리지 않았던 거야."

"뭘 잊지 않으려고, 과거?"

스퀘어스가 누런 치아를 드러냈다.

"가능성."

그가 대답했다.

"그게 무슨 뜻이지?"

"그래서 너랑은 대화가 안 된다는 거야."

"형은 무고한 여자를 강간하고 살해할 사람이 아니야."

"어떤 요가 학원에선 주문을 가르쳐주지. 하지만 뭔가를 수없이 반복해 읊는다고 그게 진실이 되진 않아."

"오늘따라 이상한 얘기만 하는군."

내가 말했다.

"네가 먼저 얼간이처럼 굴었잖아."

그가 담배를 비벼 껐다.

"왜 갑자기 네 마음이 바뀌었는지 얘기해줄 거야?"

우리는 정문 앞으로 다가갔다.

"사무실에 들어가서."

내가 말했다.

우리는 보호소로 들어서기가 무섭게 입을 꼭 닫아버렸다. 가출 청소년 보호소라고 하면 많은 사람들이 지저분한 공간을 먼저 떠올린다. 하지만 실제로 보면 그렇지 않다. 가출한 아이가 이런 곳에서 지낸다면 어느 부모라도 마음을 놓을 것이다. 물론 후원자들이 그 말을 들으면 기절할지도 모르겠지만. 다른 자선 시설들과 마찬가지로 이곳 분위기 역시 후원자들의 기대와는 많이 다르다. 그들이 사는 환경과 별 차이가 없기 때문이다.

스퀘어스와 나는 침묵을 지켰다. 일터에 나왔으니 이제부터는 모든 신경을 아이들에게만 쏟아야 한다. 그들은 우리의 관심을 필요로 한다. 불행해하는 아이들을 챙기는 게 무엇보다도 시급하다. 언제나. 표현이 좀 어색할 수도 있지만, 우리는 모든 아이들을 오랫동안 잊고 지낸 형제를 대하듯 한다. 그들의 말에 귀를 기울여준다. 조급해하지 않는다. 그들과 악수를 하고 부둥켜 안는다. 그들과 눈을 맞춘다. 그들을 어깨너머로 살피지 않는다. 하던 일을 즉시 멈추고 그들에게 주목한다. 조금이라도 가식적인 태도를 보였다가는 아이들에게 금세 들키고 만다. 그들에겐 그런 걸 감지해내는 장치가 있는 모양이다. 우리는 아무 조건 없이 그들을 사랑하려 애쓴다. 그것도 매일. 그게 불가능하다면 이곳에서 할 일이 없어진다. 물론 우리가 항상 성공적인 결과만을 끌어내는 건 아니다. 솔직히 그 반대로 끝나는 경우가 대부분이다. 구하는 아이들보다 놓치는 아이들이 훨씬 많다. 이곳을 벗어난 아이들은 다시 거리로 돌아간다. 하지만 이곳에 머무는 동안만큼은 누구든 마음 편히 쉴 수 있고, 원 없이 사랑받을 수 있다.

사무실로 들어서니 남자 한 명과 여자 한 명이 나를 기다리고 있었다. 스퀘어스가 갑자기 걸음을 멈췄다. 그가 사냥개처럼 코를 치켜세우고 킁킁거리기 시작했다.

"경찰이야."

그가 내게 속삭였다.

여자가 미소를 지으며 앞으로 다가왔다. 남자는 여전히 벽에 몸을 기댄 채 서 있었다.

"윌 클라인 씨?"

"네."

내가 대답했다.

그녀가 과장된 동작으로 신분증을 펼쳐 보였다. 남자도 신분증을 꺼내 보였다.

"난 클라우디아 피셔라고 합니다. 이쪽은 대릴 윌콕스입니다. FBI 특별 수사관이죠."

"FBI였군."

스퀘어스가 엄지손가락을 치켜 보이며 내게 말했다. 내가 연방 수사국의 주목을 끌어냈다는 사실이 놀랍다는 거겠지. 그가 눈을 가늘게 뜨고 신분증을 들여다보다가 클라우디아 피셔를 돌아보았다.

"머리는 왜 자르셨죠?"

클라우디아 피셔가 신분증을 접었다. 그녀가 스퀘어스에게 눈을 흘겼다.

"그쪽은요?"

"제가 좀 호기심이 많아서요."

그가 말했다.

그녀가 미간을 찌푸리고 다시 나를 돌아보았다.

"잠시 얘기 좀 나눴으면 하는데요."

그리고 그녀가 덧붙였다.

"당신과 둘이서만."

클라우디아 피셔는 키가 작았고, 자신감에 찬 태도를 보였다. 고등학교 시절엔 공부와 운동에 꽤 소질을 보였을 것 같았다. 즐거운 학창 시절을 보냈을지는 모르지만, 재미를 스스로 찾으려는 타입은 아닌 듯했다. 깃털을 연상케 하는 그녀의 머리는 짧았다. 70년대 후반에 유행했던 스타일이지만 그럭저럭 얼굴과는 어울렸다. 귀에선 작은 링 귀걸이가 달랑거렸고, 곧은 코는 새의 부리를 보는 듯했다.

우리는 법 집행관들을 좋아하지 않는다. 범죄자를 보호하고 싶은 마음은 없지만, 그들을 체포하도록 돕는 일 역시 하고 싶지 않았다. 이곳은 누구라도 마음 놓고 쉬어갈 수 있는 안식처이다. 섣불리 법 집행관에게 협조하다가 우리 보호소의 신용에 크게 흠이 생길 수도 있다. 우리는 신용을 빼면 시체나 다름없다. 우리는 언제나 중립을 지키고 싶어 한다. 가출 청소년들의 스위스라고나 할까. 물론 내 개인적인 감정 때문이기도 하다. 형의 사건을 수사해온 FBI의 태도는 정말 마음에 들지 않았다.

"이 친구랑 같이 있으면 안 되겠습니까?"

내가 물었다.

"그와는 상관없는 문제입니다."

"이 친구를 제 변호사라고 생각해주십시오."

클라우디아 피셔가 스퀘어스를 돌아보았다. 청바지, 머리, 문신. 그가 보이지 않게 접은 옷깃을 잡아 뽑는 척하며 눈썹을 실룩거렸다.

나는 내 책상으로 다가갔다. 스퀘어스는 책상 앞 의자에 앉아 작업화를 책상에 획 던졌다. 신발 때문에 쿵 소리가 나고 먼지가 일었다. 피셔와 윌콕스는 여전히 멀뚱하게 서 있었다.

내가 두 손을 펼쳐 보였다.

"무슨 일 때문에 그러십니까, 피셔 요원님?"

"실라 로저스를 찾고 있습니다."

그것은 내 예상을 완전히 빗나간 대답이었다.

"어디 가면 그녀를 찾을 수 있을까요?"

"그녀를 왜 찾고 있죠?"

내가 물었다.
클라우디아 피셔가 오만한 표정으로 미소를 지었다.
"그냥 어디 가면 찾을 수 있는지만 알려주시죠."
"그녀에게 무슨 문제라도 생겼습니까?"
"그냥……."
그녀가 잠시 머뭇거리며 미소의 톤을 바꾸었다.
"그녀에게 몇 가지 물어볼 게 있습니다."
"무슨 일로요?"
"그러니까 협조를 거부하시는 거죠?"
"난 아무것도 거부하지 않았습니다."
"그럼 어디서 실러 로저스를 찾을 수 있는지 알려주시죠."
"난 그 이유부터 알아야겠습니다."
그녀가 윌콕스를 돌아보았다. 윌콕스가 그녀를 향해 고개를 살짝 끄덕였다. 그녀가 다시 나를 돌아보았다.
"오늘 오전, 윌콕스 요원과 전 실러 로저스가 일하는 18번가로 찾아갔습니다. 하지만 출근하지 않았더군요. 그래서 고용주에게 어딜 가면 그녀를 만날 수 있는지 물어봤습니다. 몸이 아파서 못 나올 거라고 했다더군요. 그녀의 최근 거주지를 알아보는 과정에서 그녀가 몇 개월 전에 이사를 했다는 사실을 집주인을 통해 확인했습니다. 지금 그녀의 거주지가 당신의 집으로 되어 있더군요, 클라인 씨. 웨스트 24번가 378번지. 그곳에도 가봤습니다만 실러 로저스는 없었습니다."
스퀘어스가 손가락으로 그녀를 가리켰다.
"말도 아주 예쁘게 하시네."
그녀는 못 들은 척했다.
"클라인 씨, 우린 문제가 커지는 걸 원치 않습니다."
"문제라고요?"

내가 말했다.
"우린 실러 로저스를 만나야 합니다. 지금 당장 말입니다. 협조해주시면 쉽게 끝날 일이지만, 그렇지 않으면 하는 수 없이 멀고 험한 길로 돌아가야 합니다."
스퀘어스가 두 손을 비볐다.
"우, 이젠 협박까지."
"어떻게 하시겠습니까, 클라인 씨?"
"그만 나가주시죠."
내가 말했다.
"실러 로저스에 대해 얼마나 알고 계십니까?"
분위기가 점점 이상해졌다. 갑자기 머리가 아팠다. 윌콕스가 재킷 주머니에서 종이 한 장을 꺼냈다. 그리고 그것을 클라우디아 피셔에게 건넸다.
"실러 로저스의 전과에 대해 알고 계십니까?"
그녀가 말했다.
나는 움찔하지 않으려 애썼다. 하지만 스퀘어스조차도 표정 관리를 제대로 하지 못했다.
피셔가 종이에 적힌 내용을 읽어내려가기 시작했다.
"가게 좀도둑질, 매춘, 판매를 목적으로 한 마약 소지."
스퀘어스가 코웃음 쳤다.
"아마추어였군."
"무장 강도."
"그럼 그렇지."
스퀘어스가 고개를 끄덕이며 말했다. 그가 피셔를 올려다보았다.
"그걸로 유죄 판결을 받진 않았죠?"
"그렇습니다."

"그렇다면 그녀가 저지른 일이 아니었을 수도 있겠군요."

피셔가 다시 눈살을 찌푸렸다.

나는 아랫입술을 살짝 깨물었다.

"클라인 씨?"

"죄송하지만 도와드릴 수가 없습니다."

내가 말했다.

"도울 수 없다는 건가요, 아니면 돕지 않겠다는 건가요?"

나는 여전히 입술을 씹어대고 있었다.

"의미론적으로 따져보겠다는 겁니까?"

"야릇한 기시감 같은 게 느껴지십니까, 클라인 씨?"

"그게 무슨 뜻이죠?"

"은폐 말입니다. 처음엔 형, 그리고 이젠 애인."

"집어치워!"

내가 말했다.

스퀘어스가 나를 돌아보며 인상을 찌푸렸다. 내 서투른 받아치기가 못마땅한 모양이었다.

피셔는 조금도 물러서지 않았다.

"이성적으로 생각해보십시오."

그녀가 말했다.

"뭘 말이죠?"

"이 문제가 일으킬 파장 말입니다."

그녀가 말했다.

"당신이 범죄 교사 혐의로 체포된다면 코브넌트 하우스의 후원자들이 어떻게 받아들일 것 같습니까?"

이번엔 스퀘어스가 대신 나섰다.

"당신들에게 도움을 줄 수 있는 사람이 있습니다."

클라우디아 피셔가 미간을 찌푸렸다. 마치 벌레를 밟기라도 한 듯.

"조이 피스틸로."

스퀘어스가 말했다.

"조이라면 알고 있을 겁니다."

이번엔 피셔와 윌콕스가 움찔할 차례였다.

"휴대전화 있습니까?"

스퀘어스가 물었다.

"말 나온 김에 지금 물어보죠."

피셔가 윌콕스를 쳐다보다가 다시 스퀘어스에게 시선을 돌렸다.

"조셉 피스틸로 부국장님을 아십니까?"

그녀가 물었다.

"전화해보십시오."

스퀘어스가 말했다.

"오, 그의 전용 회선 번호를 모르시겠군요."

스퀘어스가 손을 뻗어 휴대전화를 넘기라는 신호를 해보였다.

"제가 걸어드리죠."

그녀가 휴대전화를 건넸다. 스퀘어스가 버튼을 누른 후 휴대전화를 귀에 가져다 댔다. 그리고 두 발을 책상에 얹은 채로 몸을 최대한 뒤로 젖혔다. 만약 그가 카우보이 모자까지 쓰고 있었다면 아마 그것으로 얼굴을 덮은 채 낮잠에 빠져들었을 것이다.

"조이, 어떻게 지냈습니까?"

스퀘어스가 잠시 입을 닫고 있다가 큰 소리로 웃음을 터뜨렸다. 그가 수다를 떠는 동안 나는 피셔와 윌콕스의 얼굴이 하얗게 질려가는 것을 지켜보았다. 화려한 과거에 걸맞게 스퀘어스의 인맥은 놀라울 정도로 두터웠다. 이런 실력 행사를 지켜보는 것은 무척 흐뭇한 일이지만 왠지 내 머릿속은 복잡하기만 했다.

그렇게 몇 분간 통화를 하던 스퀘어스가 피셔 요원에게 휴대전화를 넘겼다.
"조이가 당신과 통화를 하고 싶다네요."
피셔와 윌콕스가 밖으로 나가 문을 닫았다.
"FBI까지 불러들이다니, 정말 대단해."
스퀘어스가 다시 엄지손가락을 치켜들며 말했다.
"그래, 나도 아주 기뻐죽겠어."
내가 말했다.
"멋지지 않아? 실러에게 그런 전과가 있었다는 사실 말이야. 그걸 누가 알았겠어?"
나 역시도 몰랐다.
피셔와 윌콕스가 다시 사무실로 들어왔다. 그들의 안색은 정상으로 돌아와 있었다. 피셔가 미소를 지으며 스퀘어스에게 정중히 휴대전화를 건넸다.
스퀘어스가 휴대전화를 귀에 가져다 대며 말했다.
"어떻게 된 거죠, 조이?"
그가 잠시 상대의 말에 귀를 기울였다. 그리고 다시 입을 열었다.
"알았습니다."
그가 전화를 끊었다.
"뭐래?"
내가 물었다.
"조이 피스틸로였어. FBI 동부 부지국장이지."
"그런데?"
"널 만나고 싶대."
스퀘어스가 말했다. 그가 시선을 살짝 돌렸다.
"왜?"

"뭔가 심각한 얘기를 할 모양이야."

05

조셉 피스틸로 부지국장은 나만 따로 보고 싶다고 했다.
"모친께서 돌아가셨다고 들었습니다."
그가 말했다.
"그걸 어떻게 아셨죠?"
"네? 뭐라고 하셨죠?"
"사망기사를 보셨습니까?"
내가 물었다.
"아니면 소문으로 들었습니까? 제 어머니가 돌아가신 걸 어떻게 아셨습니까?"

우리는 서로의 얼굴을 빤히 쳐다보았다. 피스틸로는 건장한 체구의 소유자였다. 짧게 깎은 회색 머리는 시원하게 벗겨져 있었고, 어깨는 볼링공 같아 보였다. 그는 마디진 두 손을 책상 위에 포개고 있었다.
"아니면……."
오래 묵혀둔 분노가 서서히 끓어오르기 시작했다.
"요원을 보내 우릴 감시한 겁니까? 내 어머니를 감시해온 겁니까? 병원에서, 집에서, 장례식장에서 간호사들이 수상하게 여겼던 병원 잡역부들이 감시 요원들이었습니까? 장의사의 이름을 잊어버린 리무진 운전사도 당신이 보낸 요원이었습니까?"

우리 두 사람은 끝까지 눈싸움을 피하지 않았다.
"진심으로 애도의 뜻을 표합니다."
피스틸로가 말했다.

"감사합니다."

그가 몸을 뒤로 젖혔다.

"실러 로저스가 어디에 있는지 말씀해주시겠습니까?"

"왜 그녀를 찾고 있는지부터 말씀해주시죠."

"마지막으로 그녀를 보신 게 언제였습니까?"

"결혼하셨습니까, 피스틸로 요원님?"

그는 여전히 나를 똑바로 쳐다보고 있었다.

"이십육 년째입니다. 애가 셋이고요."

"부인을 사랑하십니까?"

"그렇습니다."

"그럼 제가 요원님을 찾아가 부인에 대해 무례한 질문을 하고, 협박을 한다면 어떻게 하시겠습니까?"

피스틸로가 천천히 고개를 끄덕였다.

"만약 당신이 FBI 요원이라면 아내에게 협조하라고 얘기하겠죠."

"정말입니까?"

"단……."

그가 검지를 펴 보였다.

"조건이 하나 붙겠죠."

"그게 뭡니까?"

"제 아내가 무고해야 한다는 것. 아내가 무고하다면 저도 겁날 게 없습니다."

"그럼 뭐가 문제인지 궁금하지 않겠습니까?"

"당연히 궁금하겠죠. 아마 답답해서 무슨 일이냐……."

그가 말끝을 흐리다, 이내 태도를 바꿔 내게 물었다.

"제가 가정에 근거한 질문 하나 해도 되겠습니까?"

그가 잠시 머뭇거렸다. 나는 앉은 채로 허리를 폈다.

"형이 죽었다고 생각하죠?"
그가 다시 머뭇거렸다. 나는 묵묵히 기다렸다.
"그가 아직 살아 있고, 어딘가에서 숨어 지내고 있다고 생각해봅시다. 그리고 그가 줄리 밀러를 죽인 범인으로 확인되었다고 생각해봅시다."
그가 몸을 등받이에 기댔다.
"물론 그렇게 가정해보자는 겁니다. 정말 그렇다는 게 아니고."
"계속해보시죠."
내가 말했다.
"그렇다면 당신은 어떻게 하겠습니까? 형을 경찰에 신고하겠습니까? 형에게 이제부터 돕지 않을 테니 알아서 하라고 얘기하겠습니까? 아니면, 끝까지 형을 돕겠습니까?"
침묵이 이어졌다.
결국 내가 입을 열었다.
"설마 이런 질문이나 던지려고 절 부르진 않으셨겠죠?"
"물론입니다."
그가 대답했다.
"그것 때문에 보자고 한 건 아닙니다."
그의 책상 오른쪽엔 컴퓨터 모니터가 놓여 있었다. 그가 모니터의 전원을 켜고 내 쪽으로 돌려주었다. 그런 다음, 버튼 몇 개를 눌러 컬러 이미지가 떠오르게 했다. 순간 내 안에서 뭔가가 움찔했다.
평범해 보이는 방. 구석에 있는 기둥이 긴 램프는 넘어져 있었다. 베이지색 카펫, 한쪽 벽으로 밀려진 탁자. 아수라장. 꼭 폭풍이 휩쓸고 간 자리 같았다. 피가 흥건한 방 한가운데 남자가 누워 있었다. 피는 진홍색보다도 훨씬 짙은 빛이었다. 녹빛보다도 짙었다. 거의 검은색에 가까웠다. 팔다리를 활짝 펼친 채 누워 있는 남자는 마치 높은 곳에서 추락한 듯 보였다.

내가 모니터를 주시하고 있는 동안 피스틸로는 내 반응을 유심히 살폈다. 나는 잠시 그를 쳐다보다가 다시 모니터로 시선을 돌렸다.

그가 키보드를 두드렸다. 또 다른 이미지가 피에 젖은 이미지 위로 떠올랐다. 같은 방이었다. 램프는 시야를 벗어나 있었다. 카펫은 여전히 피로 얼룩져 있었고, 그 위엔 또 다른 시체가 쓰러져 있었다. 몸을 구부린 시체는 자궁 속의 태아와 같은 자세를 취하고 있었다. 첫 번째 시체는 검은색 티셔츠와 검은색 바지 차림이었고, 두 번째 시체는 플란넬 셔츠와 청바지 차림이었다.

피스틸로가 다시 키보드를 두드렸다. 이번엔 옆으로 긴 사진이 떠올랐다. 시체 두 구가 하나의 이미지에 담겨 있었다. 첫 번째 시체는 방 중앙에, 두 번째 시체는 문간에 있었다. 나는 한 시체의 얼굴만 볼 수 있었다. 하지만 각도상 누구인지 알아보기는 힘들었다. 나머지 시체의 얼굴은 가려져 있었다.

순간 속이 울렁거리기 시작했다. 켄. 나는 생각했다. 혹시 둘 중 하나가……

나는 그들이 던진 질문을 떠올려보았다. 이번 문제는 켄에 관련된 것이 아니다.

"지난 주말에 뉴멕시코의 앨버커키에서 촬영한 것입니다."

피스틸로가 말했다.

나는 미간을 찌푸렸다.

"이해가 안 되는군요."

"보시다시피 사건 현장은 아수라장이었습니다. 하지만 모발과 섬유 샘플은 채취할 수 있었습니다."

그가 미소를 지었다.

"솔직히 저는 우리 작업의 기술적인 면에 대해선 잘 모릅니다. 요즘엔 저조차도 믿기 힘든 테스트가 많이 나왔더군요. 하지만 가끔 구식 방법이 더 잘 먹힐 때도 있습니다."

"제가 그런 것까지 알고 있어야 하나요?"

"누군가가 사건 현장을 깨끗이 정리해놓고 사라졌지만, 다행히 현장 감식반 친구들이 지문을 여럿 채취해냈습니다. 피해자들의 것이 아닌 지문도 확보되었습니다. 우린 그걸 컴퓨터에 입력했고, 오늘 아침에 일치하는 인물을 찾아냈습니다."

그가 몸을 앞으로 기울였다. 그는 미소를 더 흘리지 않았다.

"그게 누구의 지문인지 맞춰보시겠습니까?"

나는 실러를 보았다. 창밖을 내다보던 아름다운 실러를.

"윌, 미안해요."

"클라인 씨, 바로 당신 애인의 지문이었습니다. 전과가 있는 그녀. 갑자기 행방이 묘연해진 그녀."

06

뉴저지 주, 엘리자베스

그들은 공동묘지 근처에 와 있었다.

필립 맥구안은 메르세데스 리무진의 뒷좌석에 앉아 있었다. 40만 달러짜리 리무진은 특별히 길게 늘인 모델로, 강화된 차체와 방탄유리로 무장되어 있었다. 그는 창밖으로 빠르게 스쳐 지나가는 패스트푸드 식당과 볼품없는 상점들, 허름한 스트립 몰을 물끄러미 내다보고 있었다. 그는 오른손에 칵테일 잔을 쥐고 있었다. 리무진 바에서 스카치위스키와 소다를 섞어 즉석에서 만든 칵테일이었다. 그는 호박색 술을 내려다보았다. 잔 속의 술은 출렁이지 않았다. 그는 새삼 놀랐다.

"맥구안 씨, 괜찮으십니까?"

맥구안이 동행자를 돌아보았다. 프레드 태너는 거구였다. 크고 건장한 그를 보고 있노라면 절로 갈색 사암 건물이 연상되었다. 그의 손은 맨홀 뚜껑과 같았고, 손가락은 소시지를 보는 듯했다. 그의 눈은 항상 자신감에 차 있었다. 보수주의자인 태너는 셸락처럼 광이 나는 정장 차림이었고, 새끼손가락에 과시용 반지를 끼고 있었다. 태너는 항상 반지를 끼고 다녔다. 그는 말을 할 때마다 크고 반짝거리는 금반지를 만지작거리는 습관이 있었다.

"괜찮습니다."

맥구안이 거짓으로 대답했다.

리무진은 파커 가의 22번 도로를 벗어났다. 태너는 계속해서 새끼손가락에 낀 반지를 만지작거렸다. 그는 쉰 살이었고 고용주보다 열다섯 살이 많았다. 그의 얼굴은 각이 져 있어 거친 기념비를 보는 것 같았다. 그는 머리를 항상 짧게 깎고 다녔다. 맥구안은 태너를 신뢰했다. 그는 냉철하고 잘 훈련된 살인무기였다. 자비에 대한 개념은 풍수만큼이나 없었다. 태너는 큼직한 주먹도 잘 썼고, 각종 총기도 능숙하게 다룰 줄 알았다. 아무리 만만치 않은 상대라도 그의 앞에선 적수가 되지 못했다.

하지만 이번 문제는 차원이 달랐다.

"대체 어떤 친구죠?"

태너가 물었다.

맥구안이 고개를 저었다. 조셉 아부드 정장을 즐겨 걸치는 그는 맨해튼 남서부에 있는 3층 건물을 임차해 쓰고 있었다. 옛날 같았으면 마피아의 법률 고문이나 지부장 따위의 꼬리표를 달고 다녔을지도 몰랐다. 하지만 그건 과거 이야기이고, 지금은 아니다. 더는 뒷거래 장소를 서성이지도 않았고, 벨루어 스웨터 차림으로 나돌아다니지도 않았다. 보나마나 태너는 그 시절을 그리워하고 있을 것이다. 지금 맥구안은 사무실과 비서가 있고, 급료 지불 명부도 컴퓨터로 관리하고 있었다. 세금도 꼬박 꼬박 냈다. 그는 정직한 사업가로 변신해 있었다.
그렇다고 그가 개과천선한 것은 아니었다.
"왜 여기까지 직접 오신 겁니까?"
태너가 물었다.
"오히려 그치가 와야 하는 것 아닙니까?"
맥구안은 대답하지 않았다. 얘기를 해도 태너는 이해하지 못할 것이다.
'유령'이 만나고 싶다면 응해줘야 한다.
상대가 누구이든 상관없었다. 거절하면 유령이 직접 찾아올 것이다. 맥구안은 경호에 대해서는 아무 걱정도 하지 않았다. 그의 주변을 건장한 사람들이 지키고 있었다. 하지만 유령은 호락호락한 상대가 아니었다. 유령은 침착했다. 유심히 상대를 지켜보며 빈틈을 찾는다. 그리고 항상 혼자 남겨진 상대를 찾아낸다. 맥구안도 그걸 알고 있었다.
언젠가는 넘어야 할 산이었다. 기다리기보다는 먼저 그를 찾아가는 편이 나을 거라 생각했다.
공동묘지를 한 블록 남겨놓고 리무진이 멈춰 섰다.
"제가 뭘 원하는지 아시죠?"
맥구안이 말했다.
"이미 사람을 세워두었습니다. 염려 마십시오."
"제가 신호를 보내기 전까진 그냥 계세요."
"알겠습니다. 지시대로 하겠습니다."
"그를 우습게 봐선 안 됩니다."
태너가 차 문손잡이를 꼭 쥐었다. 햇살을 받은 그의 반지가 반짝거렸다.
"과소평가하는 건 아니지만, 그도 그냥 사람 아닙니까? 빨간 피를 가진 우리와 뭐가 다르겠습니까?"
맥구안의 생각은 달랐다.
태너가 차에서 내렸다. 그리고 육중한 체구에 어울리지 않게 우아하게 움직였다. 맥구안은 등받이에 등을 붙인 채 위스키 칵테일을 마저 들이켰다. 그는 뉴욕에서 가장 영향력 있는 인물 중 한 명이었다. 지독하게 교활하고 무자비하지 않고서는 절대 권세의 절정에 다다를 수 없다. 약점을 보이면 끝장이다. 절뚝거리는 움직임을 보이면 죽음이다. 복잡할 건 없다.

무슨 일이 있어도 절대 물러서면 안 된다.

맥구안은 누구보다도 그걸 잘 알고 있었다. 하지만 할 수만 있다면 당장이라도 줄행랑을 치고 싶은 심정이었다. 대충 짐을 챙겨 어디론가 사라져버리고 싶었다.

옛 친구, 켄이 그랬던 것처럼.

맥구안이 백미러에 비친 운전사의 눈을 쳐다보았다. 그가 깊은 숨을 들이쉬고 나서 고개를 끄덕였다. 차가 다시 움직이기 시작했다. 그들은 왼쪽으로 돌아 웰링턴 공동묘지의 정문을 지나쳐 갔다. 타이어 밑에서 자갈이 으스러졌다. 맥구안이 운전사에게 차를 세우라고 지시했다. 운전사는 지시에 따랐다. 맥구안이 밖으로 나가 차 앞으로 다가갔다.

"필요할 때 연락하지."

운전사가 고개를 끄덕인 후, 다시 차를 몰아나가기 시작했다.

맥구안은 홀로 남겨졌다.

그가 깃을 세우고 묘지를 휙 둘러보았다. 아무런 움직임도 포착되지 않았다. 그는 태너와 그의 부하가 어디에 숨어 있을지 궁금했다. 보나마나 접선 장소에서 멀리 떨어져 있진 않을 것이다. 나무 뒤나 관목 수풀 사이에 숨어 있겠지. 그들이 제대로 숨어 있다면 맥구안의 눈에 띄지 않을 것이다.

하늘은 맑았다. 추수하는 농부의 큰 낫처럼 바람이 그의 맨살을 파고들었다. 그가 몸을 움츠렸다. 방음벽을 넘어온 22번 도로의 소음이 세레나데가 되어 묘지를 감돌았다. 무언가 갓 구운 듯한 냄새가 풍겨왔다. 맥구안은 화장 중인 시신을 떠올렸다.
여전히 아무 움직임이 없었다.
맥구안은 길을 따라 동쪽으로 걸어나가기 시작했다. 걸어나가는 동안 그는 묘석, 묘비에 새겨진 출생일과 사망일을 분주히 살폈다. 머릿속으로 사망 당시 나이를 계산하다 보니, 젊은 나이에 세상을 떠난 이들이 적지 않다는 것을 새삼 깨달았다. 시간이 얼마나 지났을까. 그는 눈에 익은 이름을 발견했다. 다니엘 스키너. 묘비에 새겨진 기록을 보면, 그는 열세 살에 세상을 떠났다. 묘비엔 미소 짓는 천사가 새겨져 있었다. 맥구안은 그것을 보며 킬킬 웃었다. 짓궂은 골목대장, 스키너는 한때 4학년생들을 괴롭히는 재미로 살았었다. 하지만 그날, 묘비에 쓰인 대로라면 5월 11일, 견디다 못한 4학년생 하나가 스스로를 보호하기 위해 집에서 부엌칼을 가져왔다. 그리고 기회가 찾아왔을 때 스키너의 심장에 칼을 힘껏 꽂아 넣었다.
안녕, 천사!
맥구안은 몸서리치며 그때 생각을 떨쳐냈다.
그 모든 게 바로 여기서 시작됐단 말인가?
그는 계속 걸음을 옮겨나갔다. 왼쪽으로 방향을 튼 그가 걷는 속도를 조금 늦췄다. 거의 다 온 것 같았다. 그는 눈으로 주위를 훑었다. 여전히 아무 움직임도 없었다. 너무나 조용했고 평화로웠으며, 모든 게 푸르렀다. 물론 이곳에 사는 사람들은 주위가 어떻든 아무래도 상관이 없겠지만....... 그가 잠시 머뭇거리다가 다시 왼쪽으로 몸을 틀었다. 그리고 한 줄 밑으로 내려가 찾던 무덤 앞에 멈춰 섰다.
맥구안이 묘비의 이름과 날짜를 확인했다. 그는 다시 과거를 더듬어보기 시작했다. 이제 어떤 기분이 들지 궁금했다. 하지만 그 답은 이미 나와 있었다. 전혀 특별하지 않은 기분. 그는 주위를 더 돌아보지 않았다. 보나마나 어딘가에서 유령이 그를 지켜보고 있을 것이다. 그는 피부로 느낄 수 있었다.

"필립, 꽃을 사왔어야지."

나지막하고 부드러운 음성이 들려왔다. 귀에 익은 혀 짧은 발음이 들리자, 그는 간담이 서늘해졌다. 맥구안이 천천히 몸을 틀어 뒤를 보았다. 존 아셀타가 꽃다발을 손에 들고 다가왔다. 맥구안이 뒤로 조금 물러났다. 아셀타가 그를 쳐다보았다. 맥구안은 마치 강철 발톱이 가슴을 할퀴기라도 한 듯 움찔했다.

"오랜만이야."

유령이 묘비 앞으로 천천히 다가서며 말했다. 맥구안은 미동도 않았다. 유령이 지나쳐 가자 주변 온도가 순식간에 20도 정도 뚝 떨어져버린 것 같았다.

맥구안이 숨을 참고 기다렸다.

유령이 무릎을 꿇고 앉아 꽃다발을 살며시 내려놓았다. 그는 잠시 눈을 감고 그 자세로 앉아 있었다. 다시 몸을 일으킨 그가 피아니스트를 연상시키는 가느다란 손가락으로 살며시 묘비를 쓸어내렸다.

맥구안은 고개를 돌리고 싶었다.

유령의 살결은 유백색이었다. 예쁘장하게 생긴 그의 얼굴엔 눈물 자국 같은 푸른 혈관이 들여다보였다. 무색의 두 눈은 혈암 같았다. 좁은 어깨에 비해 전구 모양의 머리는 너무 컸다. 옆머리는 깨끗하게 밀려 있었고, 중앙 부분에 솟아난 갈색 머리는 분수처럼 이마로 흘러내리고 있었다. 이목구비에선 묘하게 연약함이 묻어나왔다. 드레스덴 인형의 악몽 편쯤 되는 것 같았다.

맥구안이 다시 한 걸음 물러났다.

가끔 타고난 선량함을 불시에 뿜어내는 상대를 만날 때가 있다. 그리고 그와 정반대인 상대를 만날 때도 있다.

"원하는 게 뭐지?"

맥구안이 물었다.
유령이 고개를 살짝 숙였다.
"'참호 속에 있는 사람치고 무신론자는 하나도 없다'는 속담을 들어본 적 있어?"
"그래."
"그건 거짓말이야."
유령이 말했다.
"오히려 그 반대지. 참호 속에서 죽음과 직면하게 되면 그제야 신이 존재하지 않는다는 걸 깨닫게 돼. 그래서 끝까지 살아남기 위해 발버둥을 치는 거야. 한 번이라도 더 숨을 쉬기 위해서. 그래서 필사적으로 발광을 하게 되는 거지. 죽고 싶지 않으니까. 누구나 죽음을 인생의 최종단계라 생각하고 살아. 내세 따윈 믿지 않는다고. 천국과 신도 마찬가지야. 그저 무의식 상태가 영원히 이어질 뿐이지."
유령이 그를 올려다보았다. 맥구안은 바짝 얼어붙어 있었다.
"필립, 널 보고 싶었어."
"존, 원하는 게 뭐지?"
"그야 네가 더 잘 알잖아."
맥구안은 그가 무엇을 원하는지 알고 있었지만, 끝내 인정하지 않았다.
"무척 곤란한 상황에 빠져 있는 걸로 아는데."
유령이 말했다.
"무슨 얘길 들었지?"
"그냥 이런저런 소문."
유령이 미소를 지었다. 그의 입이 면도칼로 베인 듯 살짝 벌어졌다. 그의 표정을 지켜보던 맥구안은 하마터면 비명을 지를 뻔했다.
"그래서 이렇게 돌아온 거야."
"이건 내 문제야."

"필립, 전혀 그렇지 않아."
"뭘 원하느냐고 물었잖아."
"네가 뉴멕시코로 보낸 두 사람, 임무를 완수하지 못했지?"
"그래."
"난 실패하지 않을 거야. 난 아직도 네가 뭘 원하는지 모르겠어. 나 역시 이 문제에 관련돼 있다는 거 알지?"
유령이 속삭였다.
유령이 대꾸를 기다렸다. 맥구안이 고개를 끄덕였다.
"뭐 그렇다고 볼 수도 있지."
"필립, 네겐 믿을 만한 소식통이 많아. 내겐 그런 정보를 제공해줄 사람이 없어."
유령이 묘비를 빤히 쳐다보았다. 순간적으로나마 맥구안은 그의 인간적인 면을 엿볼 수 있었다.
"그가 돌아온 게 확실해?"
"그런 것 같아."
맥구안이 대답했다.
"그걸 어떻게 알지?"
"FBI 요원에게 들었어. 앨버커키로 사람을 보낸 것도 그것을 확인하기 위해서였어."
"그들은 상대를 너무 과소평가했어."
"그랬던 것 같아."
"그가 어디로 사라졌는지 알아?"
"지금 알아보고 있는 중이야."
"노력이 부족한 거 아니야?"
맥구안은 대답하지 않았다.
"그가 다시 사라져버리길 바라고 있지, 안 그래?"

"그렇게만 된다면 마음을 놓을 수 있겠지."

유령이 고개를 저었다.

"이번엔 아니야."

잠시 침묵이 흘렀다.

"그의 행방을 알 만한 사람이 누구지?"

유령이 물었다.

"어쩌면 그 친구 동생이 알고 있을지 몰라. 한 시간 전에 FBI가 윌을 데려갔어. 지금쯤 심문을 받고 있을 거야."

그 말에 유령이 귀를 쫑긋 세웠다. 그가 고개를 들었다.

"뭘 심문한다는 거지?"

"그건 나도 몰라."

"그렇다면 그것부터 알아봐야겠군."

유령이 나지막이 말했다.

맥구안은 고개를 끄덕였다. 유령이 그의 앞으로 성큼 다가왔다. 그리고 손을 불쑥 내밀었다. 맥구안은 미동도 않은 채 바르르 떨었다.

"필립, 옛 친구와 악수하는 게 두렵나?"

솔직히 맥구안은 그게 두려웠다. 유령이 한 걸음 더 가까이 다가왔다. 맥구안의 호흡이 가빠졌다. 그는 태너에게 신호를 보낼까도 생각했다.

총탄 하나. 총탄 하나로 모든 문제가 해결될 수 있었다.

"필립, 악수하자고."

그것은 명령에 가까웠다. 맥구안은 묵묵히 명령에 따랐다. 자신의 의지와는 상관없이 천천히 손을 들어 앞으로 내밀었다. 유령은 많은 사람을 손쉽게 처치해온 죽음 같은 존재였다. 그는 단순한 킬러가 아니었다. 그는 죽음이었다. 상대의 몸에 손을 살짝 얹는 것만으로 피부를 따끔거리게 하고, 혈류에 파고들어 심장까지 독을 퍼뜨릴 수 있는 사람이었다. 유령이 아주 오래전 사용했던 부엌칼처럼.

맥구안이 그의 눈을 피했다.

유령이 조금 더 다가서서 맥구안의 손을 꽉 잡았다. 맥구안은 비명을 지르지 않으려 이를 악물었다. 그리고 끈적끈적한 덫에서 벗어나기 위해 안간힘을 다했다. 유령은 그의 손을 놓아주지 않았다.

그때였다. 맥구안의 손바닥에 뭔가 차갑고 날카로운 것이 느껴졌다.

유령의 손에 점점 더 힘이 들어갔다. 맥구안은 통증에 숨을 헐떡였다. 유령이 찔러 넣은 독극물은 총검처럼 파고들어 신경다발로 퍼져나갔다. 유령의 손에 힘이 조금 더 들어갔다. 맥구안의 한쪽 무릎이 꺾였다.

유령은 맥구안이 자신을 올려다볼 때까지 기다렸다. 두 남자의 시선이 마주쳤다. 맥구안은 머지않아 폐를 비롯한 모든 장기가 차례로 기능을 멈추게 될 거라는 사실을 알고 있었다. 유령이 손에서 힘을 뺐다. 그가 날카로운 뭔가를 맥구안의 손바닥에 쥐어준 후, 손을 떼고 뒤로 물러났다.

"필립, 외로운 여정이 될 거야."

"그게 무슨 뜻이지?"

맥구안이 간신히 목소리를 끌어냈다.

하지만 유령은 말없이 돌아서서 걸음을 옮겨나가기 시작했다. 맥구안은 고개를 떨어뜨리고 손을 폈다.

그의 손 안에서 태너의 반지가 햇살을 받아 반짝이고 있었다.

07

나는 피스틸로 부국장과 만나고 나와, 스퀘어스와 함께 밴에 올랐다.

"네 아파트로 갈까?"

그가 물었다.

나는 고개를 끄덕였다.

"얘기 좀 해봐."
그가 말했다.
나는 피스틸로와 나눈 이야기를 고스란히 들려주었다.
스퀘어스가 고개를 저었다.
"앨버커키. 난 거기가 싫어. 넌 가본 적 있어?"
"아니."
"남서부인데도 전혀 그런 느낌이 들지 않아. 디즈니월드에 간 기분이랄까."
"명심해둘게, 스퀘어스. 고마워."
"실러는 언제 떠났던 거지?"
"나도 몰라."
내가 말했다.
"생각 좀 해봐. 지난 주말에 어디 있었어?"
"부모님 집에."
"실러는?"
"그 도시에 머물기로 했었어."
"연락은 해봤어?"
나는 기억을 더듬어보았다.
"아니, 그녀가 연락해왔어."
"발신자 번호는?"
"안 찍혔어."
"그녀가 다른 데로 떠나지 않았다는 걸 확인해줄 사람은 없어?"
"없어."
"그럼 앨버커키로 갔을 수도 있다는 거네."
스퀘어스가 말했다.
나는 잠시 그 가능성을 생각해보았다.

"다른 설명도 가능해."

내가 말했다.

"어떤 설명?"

"거기서 발견됐다는 지문 말이야. 오래전에 남겨놓은 것일 수도 있잖아."

스퀘어스가 미간을 찌푸렸다. 그는 눈앞에 펼쳐진 길에서 시선을 떼지 않았다.

"어쩌면 그녀는 지난달, 아니 작년에 앨버커키에 갔었을 수도 있어. 지문이 생기면 보통 얼마나 가지?"

내가 말했다.

"아마 오래 갈걸."

"그럼 그런 설명도 가능하잖아."

내가 말했다.

"어쩌면 그녀의 지문이 묻은 가구, 예를 들면 의자 같은 것 말이야. 뉴욕에 있던 게 뉴멕시코로 옮겨졌을 수도 있고."

스퀘어스가 선글라스를 고쳐 썼다.

"설마."

"하지만 가능성은 있잖아."

"그야 그렇지. 어쩌면 누군가가 그녀의 지문을 도용했을 수도 있어. 그것을 주말에 앨버커키로 가져다 놓은 것일 수도 있다고."

택시가 갑자기 우리 앞으로 끼어들었다. 우리는 오른쪽으로 돌았다. 하마터면 연석에서 90센티미터쯤 벗어난 사람들을 칠 뻔했다. 맨해튼 사람들은 항상 그런 식이다. 인도에 차분히 서서 신호를 기다리는 법이 없다. 그들은 특별한 이유 없이 위험을 무릅쓰고 차도로 몰려나온다.

"너도 실러를 잘 알잖아."

내가 말했다.

"잘 알지."
나는 어렵게 말을 꺼내보기로 했다.
"너도 그녀가 살인자라고 생각해?"
스퀘어스가 잠시 침묵을 지켰다. 신호등에 빨간불이 들어왔다. 그가 밴을 멈춰 세우고 나를 돌아보았다.
"네 형 사건을 다시 보는 것 같아."
"스퀘어스, 내가 하고 싶은 말은…… 수많은 가능성이 존재할 수 있다는 거야."
"윌, 내가 하고 싶은 말은, 네 머리가 괄약근에 묻혀버린 것 같다는 거야."
"그게 무슨 뜻이지?"
"의자가 옮겨졌다고? 맙소사, 제정신으로 하는 소리야? 어젯밤 실러는 징징 짜면서 미안하다고 했어. 그리고 아침에 홀연히 사라져버렸어. FBI는 살인사건 현장에서 그녀의 지문이 발견됐다고 했고 말이야. 그런데 고작 한다는 얘기가 그거야? 의자가 옮겨졌다고? 옛날에 그녀가 남겨놓은 지문이라고?"
"그녀가 살인자라는 증거가 없잖아."
"어쨌든 사건에 연루되긴 했잖아."
스퀘어스가 말했다.
나는 그의 말을 잠시 곱씹어보았다. 몸을 등받이에 붙이고 창밖을 내다보았지만 아무것도 눈에 들어오지 않았다.
"스퀘어스, 그럼 넌 어떻게 생각하는데?"
"아무 생각도 없어."
다시 침묵이 흘렀다.
"난 그녈 사랑해."
"알아."

스퀘어스가 말했다.

"내가 떠올릴 수 있는 최선의 시나리오는 그녀가 내게 거짓말을 했다는 거야."

그가 어깨를 으쓱해 보였다.

"그게 제일 심각한 시나리오 아닌가?"

나는 잽싸게 머리를 굴렸다. 침대에 누워 처음으로 그녀와 함께 보냈던 밤을 기억해보았다. 실러는 내 가슴을 베고 누워, 팔을 내 몸에 얹었다. 최고로 만족스러웠던 순간이었다. 너무나 평화로웠고, 세상 모든 것이 아름다워 보였다. 우리는 그냥 그렇게 누워 있었다. 그때 얼마나 오래 누워 있었는지 이제는 기억도 나지 않았다. "과거는 묻지 말아요." 그녀는 혼잣말하듯 나지막이 말했다. 나는 그 이유를 물었다. 그녀는 여전히 가슴에 머리를 얹은 채 내 시선을 피했다. 그리고 입을 꼭 닫아버렸다.

"그녀를 찾아야 해."

내가 말했다.

"나도 알아."

"도와줄래?"

스퀘어스가 어깨를 으쓱했다.

"내 도움 없인 힘들걸."

"그래서 부탁하잖아."

내가 말했다.

"우선 뭣부터 해야 하지?"

"옛말에 이런 말이 있어."

스퀘어스가 말했다.

"앞으로 나가기 전에 먼저 뒤를 돌아봐야 한다."

"혹시 네가 지은 거 아니야?"

"맞아."

"하긴, 일리가 있긴 해."
"월."
"왜?"
"당연한 얘기겠지만 과거를 돌아보면 그리 유쾌하지 않은 것들까지도 보게 된다는 거 명심해."
"아마도 그렇게 되겠지."
내가 말했다.

스퀘어스는 나를 내려주고 나서 코브넌트 하우스로 돌아갔다. 나는 아파트로 들어가 탁자 위에 열쇠를 획 던졌다. 혹시나 하는 마음에 실러의 이름을 한번 불러보고 싶었지만, 텅 빈 집 안에서 아무 에너지도 느껴지지 않자 그만두기로 했다. 지난 사 년간 집이라 불러온 아파트는 이상하게도 낯설게 느껴졌다. 마치 오랫동안 사람의 손길이 닿지 않은 듯 썰렁해 보였다.

이젠 어쩌지?

집부터 수색해봐야지. 무엇이 됐든 단서를 찾아서. 순간 나는 실러가 스스로에게 얼마나 엄격한 사람이었는지 떠올려보았다. 그녀는 단순하고 표면적으로 평범한 것들을 좋아했다. 그리고 내게도 자신의 취향에 맞출 것을 요구했다. 그녀는 소유물이 별로 없었다. 내 아파트로 들어왔을 때, 달랑 여행가방 하나를 들고 있을 뿐이었다. 그렇다고 그녀가 가난한 것은 아니었다. 언젠가 그녀의 은행 계좌 통지서를 흘끔 본 적이 있기 때문에 그 사실을 알 수 있었다. 그녀는 '사람은 소유물에 지배받는다'는 철학을 철석같이 믿었다. 어쩌면 소유물은 우리를 지배하기보다 구속하기 위해 뿌리를 내리는 것인지도 몰랐다.

애머스트 대학의 로고가 새겨진 110사이즈 스웨트 셔츠가 침실 의자에 걸려 있었다. 그것을 집어드는 순간 가슴이 따끔거렸다. 지난 가을에 우리는 내 모교 동창회에 참석했다. 애머스트 대학 캠퍼스엔 경사가 가파른 언덕이 하나 있었다. 뉴잉글랜드 안뜰을 시작으로 드넓은 운동장까지 미끄러져 내려오는 언덕이었다. 학생들은 그것을 별다른 애칭 없이 그냥 '언덕'이라고 불렀다.

늦은 밤, 실러와 나는 손을 잡고 캠퍼스를 걸었다. 우리는 언덕의 부드러운 잔디에 누워 깨끗한 가을 하늘을 올려다보며 몇 시간 동안이나 대화를 나누었다. 그토록 평화롭고 차분하고 아늑한 기분은 처음이었다. 우리는 환희에 차 있었다. 실러가 내 배에 손을 얹고 별들을 올려다보았다. 그녀가 내 바지 안으로 슬그머니 손을 넣었다. 나는 몸을 살짝 틀고, 그녀의 얼굴을 쳐다보았다. 그녀의 손끝이, 음, 내 그곳에 닿자 그녀가 장난기 넘치는 미소를 지어 보였다. "대학 때가 생각나지 않아요?" 그녀는 말했었다.

기분이 너무 좋아서였을까? 언덕에 누워 그녀에게 바지 속을 허락하는 순간, 나는 그녀가 내 인생의 진정한 동반자라는 사실을 초자연적으로 깨달을 수 있었다. 첫사랑의 그림자에서 헤어나지 못해 그동안 다른 여자를 사귀지 못했었다. 하지만 실러는 그것을 한순간에 물리쳐주었다.

나는 한동안 스웨트 셔츠를 내려다보았다. 인동덩굴과 잔디 향기를 맡을 수 있을 것 같았다. 나는 스웨트 셔츠를 쥐어 잡은 채 다시 질문을 던져보았다. 이 모든 게 거짓말이었나?

아니야.

그것까지 속일 수는 없다. 사람이라면 누구나 폭력적으로 변할 수 있다는 스퀘어스의 말이 맞는지는 모르지만, 어쨌든 우리의 관계까지도 꾸며낸다는 건 있을 수 없었다.

문제의 메모는 여전히 테이블에 놓여 있었다.

언제나 당신을 사랑해요.
실러

나는 그 말을 믿고 싶었다. 그 정도는 실러를 위해 해줘야 했다. 그녀의 과거는 그녀의 과거일 뿐이다. 그것까지 내가 뭐랄 수 있는 건 아니었다. 과거에 무슨 일이 있건 다 그럴 만한 이유가 있었을 것이다. 그녀는 나를 사랑했다. 그건 분명했다. 이제 내가 할 일은 그녀를 찾아 돕는 것뿐이었다. 그리고 다시 우리 관계를 회복해야 했다.
나는 그녀를 의심하지 않을 것이다.
나는 서랍을 열어보았다. 실러는 은행 계좌 하나와 신용카드 하나를 가지고 있었다. 적어도 내가 알고 있는 바로는 그랬다. 하지만 문서는 어디에도 보이지 않았다. 옛 계좌 통지서, 영수증, 통장도 없었다. 그녀가 전부 챙겨가버린 듯했다.
마우스를 움직이자 너무나도 유명한 '튀는 선' 화면보호기가 사라졌다. 나는 인터넷에 접속해 실러의 이메일을 훑어보기 시작했다. 하지만 보관된 이메일은 하나도 없었다. 이상했다. 실러는 인터넷을 거의 사용하지 않았다. 하지만 메일 보관함이 어떻게 텅 비어 있을 수 있나?
내 문서 폴더도 클릭해보았지만 아무것도 찾을 수 없었다. 즐겨찾기 폴더 역시 마찬가지였다. 컴퓨터엔 그녀의 정보가 하나도 남아 있지 않았다.
나는 등받이에 몸을 기대고 앉아 모니터 화면을 빤히 들여다보았다. 뇌리를 스치는 생각이 하나 있었다. 이게 배신이라는 걸까? 나는 궁금했다. 하지만 그런 건 아무래도 상관없었다. 스퀘어스의 말이 맞았다. 앞으로 할 일을 생각하기 전에 먼저 과거를 돌아봐야 한다는 것. 그리고 보나마나 유쾌하지 않은 것까지 보게 되리라는 것.
나는 온라인 전화번호부 switchboard.com에 접속했다. 우선 그녀의 성인 '로저스'를 넣어 검색해보기로 했다. 주는 아이다호, 도시는 메이슨. 그녀가 코브넌트 하우스에서 자원봉사를 할 때 알아낸 정보였다.

딱 한 명이 검색되어 나왔다. 나는 종잇조각에 전화번호를 받아 적었다. 실러의 부모님에게 연락을 해볼 참이었다. 기왕 이렇게 된 거 끝까지 파고들어야지.

수화기를 집어 들기도 전에 전화벨이 울렸다. 멀리사 누나였다.

"지금 뭐해?"

어떻게 대답해야 할지 난감했다.

"일이 좀 생겨서."

"뭘?"

누나다운 톤이었다.

"다들 집에 모여 어머니의 죽음을 슬퍼하고 있어."

나는 눈을 감았다.

"아버지가 널 찾으셨어. 빨리 와."

나는 생기 없고 낯설게 느껴지는 아파트 안을 둘러보았다. 더는 아파트에 남아 있을 이유가 없었다. 그때 주머니에 넣어둔 문제의 사진을 떠올렸다. 형이 산에서 찍은 사진.

"지금 갈게."

내가 말했다.

멀리사가 현관문을 열고 나를 맞아주었다.

"실러는?"

나는 선약이 있어서 같이 오지 못했다고 얼버무리고 나서 안으로 들어갔다.

오늘은 모처럼 손님이 한 명 와 있었다. 아버지의 옛 친구, 루 팔리였다. 십 년 만의 재회였다. 루 아저씨와 아버지는 아주 오래전의 일들을 회상하며 대화를 나누었다. 옛날에 함께 뛰었던 소프트볼 팀에 대한 이 야기도 나왔다. 어렴풋이 아버지가 '프렌들리 아이스크림' 로고가 가슴에 찍힌 두꺼운 밤색 폴리에스테르 유니폼을 걸치고 나가는 장면이 떠올랐다. 발을 질질 끌고 들어오는 소리와 내 어깨에 얹혔던 묵직한 손의 느낌도 생생했다. 아주 오래전······. 아버지와 루 아저씨가 큰 소리로 웃음을 터뜨렸다. 아버지가 그렇게 웃는 모습은 거의 십 년 만에 처음 보는 것이었다. 아버지의 눈가가 촉촉해졌다. 어머니도 가끔 경기를 보러 가곤 했다. 관람석에 앉아 있는 어머니의 형상도 눈에 선했다. 소매 없는 셔츠와 구릿빛 감도는 단단한 팔뚝.

나는 창밖으로 시선을 돌렸다. 당장이라도 실러가 불쑥 나타나줄 것만 같았다. 그리고 모든 오해를 시원하게 풀어줄 것만 같았다. 하지만 가슴은 여전히 답답하기만 했다. 어머니의 죽음은 오래전부터 예고되어 있었다. 써니의 암도 대부분의 경우처럼 아주 천천히 죽음의 행진을 하다가, 끝에 가서 갑자기 내리막길로 들어서버렸다. 아직까지도 이 모든 게 실감 나지 않았다.

실러.

그녀를 만나기 전 나는 이미 한 번의 사랑과 한 번의 상실을 겪었다. 물론 마음이 흔들렸던 적도 여러 차례 있었다. 나는 소울메이트가 존재한다고 믿는다. 누구에게나 첫사랑의 추억이 있을 것이다. 내 첫사랑은 나를 떠나면서 가슴에 커다란 구멍을 뚫어놓았다. 나는 영영 회복하지 못할 거라 생각했다. 거기엔 그럴 만한 이유가 있었다. 우리는 준비 없이 헤어졌다. 그것 역시 아무래도 상관없었다. 그녀가 나를 버리고 떠났을 때, 나는 그녀보다 못한 누군가에 만족하며 살든지, 영영 혼자 살게 될 거라고 믿었다.

그리고 실러를 만났다.

나를 뚫어져라 쳐다보는 실러의 초록색 눈과 부드러운 빨강머리의 촉

감을 떠올려보았다. 누군가를 받아들일 준비가 채 되어 있지 않은 나를, 한순간에 황홀경 속으로 떠밀어버린 그녀의 첫인상도 생생히 기억에 남아 있었다. 틈만 나면 나는 그녀 생각에만 매달렸다. 그녀를 처음 보는 순간 가슴이 철렁 내려앉았다. 심장은 투스텝을 췄댔다. 그때 나는 스퀘어스와 밴 안에 앉아 있었다. 그녀에게 온 정신을 팔고 있을 때, 그가 내 어깨를 툭 쳤다. 그는 야릇한 미소를 흘리면서, 내가 실러 랜드에 빠져 헤어나지 못하고 있다며 놀리곤 했다. 나는 그녀에게 흠뻑 빠져 있었다. 우리는 서로를 부둥켜안은 채 빌려온 고전 영화 비디오테이프를 함께 봤다. 서로 어루만지고 집적거리는 동안 기분 좋은 아늑함과 뜨거운 흥분이 한바탕 전쟁을 치렀다. 그래서 비디오 플레이어엔 정지 버튼이 있는 것이다.

우리는 손을 잡았다. 그리고 오랫동안 산책을 했다. 공원에 앉아 낯선 이들을 보며 소곤소곤 얘기하기도 했다. 파티에선 멀리 떨어져, 걷고 움직이고 누군가와 대화를 나누는 그녀의 자태를 지켜보았다. 그러다가 눈이 마주치기라도 하면, 흠칫 놀라며 누가 먼저랄 것도 없이 영악한 눈빛과 도발적인 미소를 교환했다.

언젠가 실러가 잡지에서 찾았다며 설문지를 내민 적이 있었다. 아직도 잊히지 않는 질문. 애인의 가장 큰 약점은? 나는 한동안 머리를 굴리다가 이렇게 적어 넣었다. '종종 우산을 식당에 두고 나옴.' 그녀는 답변이 마음에 든다며 더 얘기해달라고 졸랐다. 나는 보이 밴드를 좋아하고, 오래된 아바 음반을 즐겨 듣는 것 역시 그녀의 약점이라고 덧붙여주었다. 그녀는 진지한 표정으로 고개를 끄덕이고는 앞으로 조심하겠다고 약속했다.

우리는 과거를 제외한 거의 모든 것에 관해 대화를 나누었다. 많은 가출 청소년들이 과거를 털어놓기 꺼린다. 그런 건 아무래도 상관없었다. 하지만 그땐 그녀의 과거가 너무 궁금했다. 단순한 호기심 때문이었을까? 우리는 서로를 만나기 전까지는 인생, 사랑, 파트너, 과거도 없었던 사람들 같았다. 마치 서로를 처음 만난 날 다시 태어나기라도 한 듯.

이 얘기가 어떻게 들릴지 물론 잘 안다.

멀리사는 아버지 옆에 앉아 있었다. 나는 두 사람의 옆모습을 물끄러미 쳐다보았다. 누나는 아버지를 많이 닮았다. 나는 어머니 쪽이었다. 멀리사의 남편, 레이프는 뷔페 식탁 주변을 빙빙 맴돌고 있었다. 중간 관리인인 그는 티셔츠 위로 반소매 와이셔츠를 걸치고 있었다. 그는 악수를 할 때 필요 이상으로 힘을 주었고, 광을 낸 구두를 신고 다녔으며, 머리는 항상 올백 스타일을 고집했다. 머리는 그리 명석한 것 같지 않았다. 그는 절대 넥타이를 느슨하게 매는 법이 없었다. 보수적인 사람은 아니었지만 모든 게 제자리에 놓여 있어야만 긴장을 푸는 독특한 스타일이었다.

레이프와 나는 공통점이 하나도 없다. 솔직히 나는 매형을 잘 알지 못한다. 누나 부부는 시애틀에 살고 있고, 그동안 한 번도 집을 방문한 적이 없었다. 나는 아직도 멀리사가 악명 높은 지미 매카시와 어울려 다녔던 시절을 생생히 기억하고 있다. 당시 누나의 눈은 생기로 넘쳐났었다. 거침없고 엉뚱하고 말도 안 되는 우스갯소리를 일삼기도 했다. 나는 그동안 무슨 일이 있었는지, 무엇 때문에 누나가 변했는지, 누나가 두려움에 떠는 이유가 뭔지 모른다. 사람들은 세월 때문이라고 하지만, 나는 그게 전부가 아니라는 걸 알고 있다. 분명 뭔가가 더 있을 것이다.

멀리사가 눈으로 신호를 보내왔다. 우리는 슬그머니 서재로 들어갔다. 나는 주머니에 손을 넣어, 켄의 사진을 만지작거렸다.

"레이프와 난 아침에 떠날 거야."

누나가 말했다.

"벌써 가려고? 무슨 할 일이라도 있는 거야?"

나는 고개를 저었다.

"가서 애들을 돌봐야 해. 레이프도 출근해야 하고."

"그렇겠지."

내가 말했다.
"이렇게 나타나준 것만으로도 고마워."
누나의 눈이 커졌다.
"무슨 그런 말을 해?"
누나가 언짢아할 만했다. 나는 뒤를 휙 돌아보았다. 레이프는 아버지와 루 아저씨 사이에 앉아 슬로피 조를 게걸스럽게 먹고 있었다. 그의 입술에는 다진 양배추 샐러드가 묻어 있었다. 나는 누나에게 사과를 하고 싶었지만 차마 그러지 못했다. 멜(멀리사의 애칭)은 우리 삼 남매 중 첫째였다. 켄보다 세 살, 나보다는 다섯 살이 많았다. 줄리가 시체로 발견됐을 때, 누나는 도망쳤다. 이렇게밖에 표현할 수 없었다. 누나는 매형, 아이와 함께 멀리 떠나버렸다. 아무리 이해하려 해도 화가 치밀어오르는 건 어쩔 수 없었다. 누나는 가족을 버렸다.
나는 다시 주머니 속 켄의 사진에 대해 생각해보았다. 그리고 이내 결심을 굳혔다.
"뭔가 보여줄 게 있어."
멀리사가 움찔했다. 내가 불시에 주먹이라도 날릴 줄 알았다는 듯. 어쩌면 내가 잘못 본 것일 수도 있었다. 누나의 머리는 수지 홈메이커 인형을 연상시키는 금발이었다. 어깨까지 내려오는 머릿결은 탄력이 있었다. 어쩌면 매형의 취향에 맞춰 기른 것인지도 몰랐다. 어쨌든 내 눈엔 왠지 어색해 보였다. 그런 스타일은 누나와 어울리지 않았다.
우리는 차고로 통하는 문 앞까지 이동했다. 내가 뒤를 흘끔 돌아보았다. 여전히 아버지와 레이프와 루 아저씨의 모습이 눈에 들어왔다.
나는 문을 열었다. 멜은 뭔가 이상하다는 듯한 표정을 지으면서도 계속 나를 따라왔다. 우리는 서늘한 차고 안의 콘크리트 바닥을 걸어갔다. 초기 미국 양식으로 꾸며진 차고는 화재 위험이 컸다. 녹슨 페인트 통, 곰팡이 핀 판지 상자, 야구 배트, 오래된 채그릇, 접지면이 닳은 타이어.

모든 게 마치 폭격이라도 맞은 듯 어지럽게 널려 있었다. 바닥에 남은 기름 얼룩엔 먼지가 내려앉아 칙칙한 황갈색과 흐릿한 회색을 띠고 있었다. 제대로 숨을 쉬기가 힘들었다. 천장엔 여전히 밧줄이 걸려 있었다. 오래전, 아버지는 나를 위해 차고의 한쪽 구석에 작은 공간을 만들어주었다. 나는 천장에서 흘러내려온 밧줄에 테니스공을 매달고 타격 연습을 했었다. 그 밧줄이 아직까지 천장에 걸려 있을 줄은 몰랐다.

멀리사는 여전히 나를 빤히 쳐다보고 있었다.

어떻게 말을 꺼내야 할지 난감했다.

"어제 실러랑 어머니의 물건들을 살펴봤어."

내가 말했다.

누나의 눈이 살짝 가늘어졌다. 나는 서랍을 뒤지다가 얇은 판을 씌워 보관해놓은 우리의 출생 기사와, 어머니가 메임 숙모 역을 맡아 열연했던 리틀 리빙스턴 프로덕션의 연극 프로그램을 발견했으며, 실러와 옛 사진들을 차례로 훑어봤다고 말해주고 싶었다. '멜, 후세인 왕과 찍은 그 사진 기억하지?' 하지만 입이 떨어지지 않았다.

나는 말없이 주머니에서 사진을 꺼내, 누나의 얼굴 앞으로 내밀었다.

반응은 금세 나타났다. 멀리사는 불에 데기라도 한 듯 황급히 고개를 돌렸다. 누나가 심호흡을 몇 차례 하며 뒤로 물러났다. 내가 다가서려고 하자 누나가 두 손을 들어 보이며 내 접근을 막았다. 누나가 무표정한 얼굴로 다시 고개를 들었다. 더는 놀라는 기색이 없었다. 고뇌와 기쁨의 흔적도 찾아볼 수 없었다. 무표정 그 자체였다.

내가 다시 사진을 내밀었다. 이번엔 눈도 깜빡하지 않았다.

"켄이야."

내가 바보처럼 말했다.

"월, 나도 알아."

"그런데 반응이 고작 그거야?"

"내가 어떻게 반응해야 하는데?"
"형은 살아 있어. 어머니는 알고 계셨다고. 어머니가 이 사진을 보관하고 계셨어."
침묵.
"멜?"
"켄이 살아 있다고 한 네 말 들었어."
누나가 말했다.
누나의 무덤덤한 반응에 나는 적잖이 놀랐다.
"더 할 말 있어?"
멀리사가 물었다.
"뭐, 고작 한다는 말이 그것뿐이야?"
"윌, 그럼 내가 무슨 얘길 해주길 바라는 거니?"
"오, 그렇지! 깜빡했어. 급히 시애틀로 돌아가셔야 한다고?"
"그래!"
누나가 몸을 틀었다.
순간 분노가 다시 치밀어 올랐다.
"멜, 한 가지만 말해줘. 그렇게 도망쳐버리니까 좀 나아?"
"난 도망치지 않았어."
"거짓말 마."
내가 말했다.
"레이프의 직장 때문이었어."
"그렇다고 치지 뭐."
"네가 무슨 자격으로 날 비난하는 거야?"
나는 케이프 코드 근처의 모텔 수영장에서 몇 시간 동안 마르코 폴로를 하며 놀던 우리 삼 남매의 어린 시절을 떠올려보았다. 그리고 멜에 대한 소문을 퍼뜨리고 다녔던 토니 보노자와 그 소문을 듣고 얼굴을 붉히던 켄의 반응도 떠올렸다. 그때 형은 자신보다 두 살이 많고, 몸무게도 10킬로그램 정도나 더 나가는 그를 흠씬 두들겨 패주었다.
"켄은 살아 있어."
내가 다시 말했다.
누나의 음성은 애원에 가까웠다.
"대체 내가 어떻게 해주길 바라는 거야?"
"이 문제와 아무 상관없는 사람처럼 행동하고 있잖아."
"정말 아무 상관없어서 이러는 거야."
"그게 무슨 뜻이지?"
"켄은 우리랑 더는 관련이 없단 뜻이야."
"나까지 끌어들이지 말고 누나 얘기만 해."
"좋아, 윌. 켄은 나랑 더는 아무 상관도 없어."
"그래도 누나 동생이잖아."
"켄이 스스로 그 길을 선택한 거야."
"그럼 형이 죽었다고 생각하겠다는 거야?"
"그래야 마음이 편해질 것 같지 않아?"
누나가 고개를 젓다가 눈을 감았다. 나는 누나의 말이 이어지기를 기다렸다.
"어쩌면 내가 도망을 쳤던 건지도 몰라, 윌. 하지만 그건 너도 마찬가지였잖아. 우리는 각자 선택한 거잖아. 켄은 죽었거나 잔인한 살인자로 숨어 지내고 있을 거야. 어찌됐든 난 그냥 켄이 죽었다고 생각할 거야."
내가 다시 사진을 들어 보였다.
"형이 죽이지 않았을 수도 있어."
멀리사가 나를 쳐다보았다. 다시 원래의 누나 모습으로 돌아와 있었다.
"윌, 이러지 마. 이런다고 달라질 건 없어."
"형은 우릴 보호해줬어. 어릴 적부터 말이야. 형이 우릴 보살펴줬다고.

형은 우릴 사랑했어."

"나도 켄을 사랑했어. 하지만 켄에게 심각한 문제가 있었어. 너무 폭력적이었잖아. 윌, 너도 잘 알 거야. 맞아, 켄은 우릴 많이 돌봐줬어. 하지만 켄이 그걸 은근히 즐겼다는 생각은 안 해봤니? 켄은 뭔가 엄청난 일에 연루되어 있었어."

"그래서 형이 살인자라는 얘기야?"

멀리사가 다시 눈을 감았다. 숨어 있는 기운을 끌어내리려는 듯.

"윌, 그날 밤 켄이 무슨 짓을 했는지 알잖아."

우리는 잠시 서로의 눈을 노려보았다. 나는 입을 열지 않았다. 순간 심장으로 냉기가 파고들었다.

"살인사건은 잊어. 그날 밤 켄은 줄리 밀러와 섹스를 했다고."

누나의 말 한마디 한마디가 비수가 되어 내 가슴에 꽂혔다. 숨을 제대로 쉴 수가 없었다. 간신히 입에서 나온 목소리는 작고 아득하게만 느껴졌다.

"우린 이미 오래전에 헤어졌어."

"정말 그 애에게 아무런 미련도 남지 않았었단 말이야?"

"난, 그 애랑 난 아무 사이도 아니었어. 형이 그런 건 나랑 아무 상관도……."

"윌, 켄은 널 배신했어. 인정할 건 해야지. 켄은 네가 그토록 사랑했던 여자와 잤어. 어떻게 형이라는 사람이 그럴 수 있지?"

"그 애랑 헤어진 지 오래됐었다니까."

내가 허둥대며 말했다.

"나랑은 완전히 끝난 사이였다고!"

"넌 그 앨 사랑했잖아."

"그거랑은 상관없는 일이야."

누나는 여전히 내게서 시선을 떼지 않았다.

"도망친 건 내가 아니라, 바로 너야!"

나는 휘청거리며 뒷걸음질치다가 콘크리트 계단에 살짝 몸을 기댔다. 그리고 두 손으로 얼굴을 감쌌다. 차분하게 정신을 가다듬어보기로 했다. 시간이 좀 걸렸다.

"그래도 형은 형이야."

"그래서 어쩌려고, 켄을 찾아보겠다고? 찾아서 경찰에 자수시키게? 아니면 네가 숨겨주려고? 대체 뭘 하겠다는 거야?"

내겐 그 답이 없었다.

멀리사가 내 앞으로 다가와 문을 열고 서재로 들어가려 했다.

"뭘?"

나는 고개를 들고 누나를 올려다보았다.

"난 이 문제에 더는 신경 쓰지 않을 거야, 미안해."

순간 누나의 십 대 시절이 떠올랐다. 침대에 누워 재잘거리던 모습. 지나치게 부풀린 머리와 방 안을 가득 채운 풍선껌 냄새. 켄과 나는 누나의 침실 바닥에 앉아 누나를 빤히 쳐다봤었다. 나는 누나의 신체언어를 잘 알고 있었다. 멜이 엎드린 채 두 발을 허공에 흔들어대고 있다는 건, 남자친구나 파티에 대해 수다를 떨고 있다는 뜻이었다. 하지만 뒤로 누워 천장을 올려다보고 있는 건 자신의 희망사항을 주절대고 있다는 뜻이었다. 나는 누나의 희망사항에 대해 생각해보았다. 안타깝게도 그중 실현된 것은 아무것도 없었다.

"난 누나를 사랑해."

내가 말했다.

마치 내 생각을 읽기라도 한 듯 멀리사가 훌쩍거리기 시작했다.

우리는 첫사랑을 쉽게 잊지 못한다. 내 첫사랑 상대는 끔찍하게 살해됐다.

줄리 밀러와 나는 그녀의 가족이 코딩턴 가로 이사 왔을 때 처음 만났다. 내가 리빙스턴 고등학교에 갓 입학했을 때였다. 우리는 그로부터 이 년 후 정식으로 사귀기 시작했다. 3학년 무도회와 4학년 무도회에서 클래스 커플로 뽑히기도 했다. 누구도 우리를 떼어놓을 수 없었다.

그랬기에 우리의 이별은 더더욱 충격이었다. 우리는 각자 다른 대학에 진학하게 되었다. 물론 서로에 대한 애틋한 마음은 시간과 공간을 충분히 초월할 수 있었다. 하지만 운명은 끝내 우리를 갈라놓고야 말았다. 대학 3학년 때 줄리가 전화를 걸어와 이젠 다른 사람을 만나보고 싶다고 했다. 그리고 이미 4학년생과 진지하게 사귀고 있다는 사실을 털어놓았다. 그녀의 상대는 벅이라는 이름의 선배였다.

그때 극복했어야 하는데, 나는 어렸다. 그건 누구나 겪는 통과의례였다. 마음만 먹었다면 충분히 극복하고도 남았을지 모른다. 시간은 좀 걸렸겠지만. 나는 다른 상대를 만나기 시작했고, 서서히 현실을 받아들이려 노력했다. 시간과 공간의 도움을 많이 받았다.

줄리가 죽은 후에도 무덤에서 불쑥 튀어나온 그녀의 손은 내 심장을 꽉 움켜잡고 놔주지 않았다.

내가 실러를 만나기 전까지.

나는 문제의 사진을 아버지에게 보여주지 않았다.

밤 열 시가 다 되어서야 비로소 내 아파트로 돌아왔다. 여전히 텅 비어 있었고, 여전히 생기 없었고, 여전히 낯설었다. 자동응답기엔 남겨진 메시지가 아무것도 없었다. 실러가 없는 인생은 별로 살고 싶지 않았다.

책상 위에 있는 종잇조각엔 아이다호에 살고 있는 그녀의 부모님 연락처가 적혀 있었다. 아이다호와는 시차가 얼마나 나지? 한 시간? 두 시간? 기억이 나지 않았다. 어쨌든 그곳 시간은 밤 8시나 9시쯤 됐을 것 같았다.

전화를 걸기에 너무 늦은 시간은 아니었다.

나는 의자에 풀썩 주저앉아 전화기를 응시했다. 왠지 그러고 있으면 전화기가 내게 할 일을 알려줄 것 같았다. 하지만 아무리 기다려도 전화기는 말이 없었다. 나는 종잇조각을 집어 들었다. 부모님께 연락을 드리라고 했을 때, 실러의 얼굴은 창백해졌었다. 어제 있었던 일이다. 바로 어제. 우선 뭘 해야 할지 생각해보았다. 가장 먼저 떠오른 생각은 어머니에게 물어봐야겠다는 것이었다. 왠지 어머니라면 답을 알고 있을 것 같았다.

순간 기다렸다는 듯 새로운 슬픔이 밀려들었다.

어쨌든 나는 움직여야 했다. 뭐가 해야 했다. 지금 떠올릴 수 있는 일은 실러의 부모님에게 연락해보는 것뿐이었다.

세 번째 신호음이 들렸을 때 여자가 응답했다.

"여보세요."

나는 헛기침을 두어 번 했다.

"로저스 부인이십니까?"

상대가 잠시 머뭇거렸다.

"그런데요?"

"전 윌 클라인이라고 합니다."

나는 그녀의 반응을 기다렸지만, 그녀는 아무 말도 없었다.

"전 따님의 친구입니다."

"제 딸 누구요?"

"실러."

내가 대답했다.

"그렇군요."

여자가 말했다.

"그 앤 지금 뉴욕에 있는데요."

"네."
내가 말했다.
"그럼 지금 뉴욕에서 전화하시는 건가요?"
"네."
"무슨 일 때문에 그러시죠, 클라인 씨?"
좋은 질문이었다. 사실 나조차도 무슨 일 때문인지 모르고 있었다. 그래서 우선 빤한 질문부터 던져보기로 했다.
"따님이 지금 어디 있는지 아십니까?"
"모르는데요."
"따님을 보시거나 통화하신 적이 있나요?"
"몇 년째 보지도 못하고, 통화도 못 했어요."
여자가 피곤한 듯 말했다.
나는 다시 입을 열었다가 이내 닫아버렸다. 어느 길로 들어서야 할지 막막했다. 사방이 방어벽으로 막혀 있는 것 같았다.
"따님이 실종됐다는 사실을 알고 계십니까?"
"당국의 연락을 받아 알고 있어요."
나는 손을 바꾸어 수화기를 반대편 귀로 가져다 댔다.
"혹시 도움이 될 만한 정보가 있으면 알려주시겠습니까?"
"도움이 될 만한 정보요?"
"따님이 어디에 있을지 혹시 모르십니까? 어디 가 있을 만한 곳이 없나요? 도움이 돼줄 만한 친구나 친척은 없습니까?"
"클라인 씨?"
"네."
"실러는 이미 오래전에 우리 인생에서 떨어져 나갔어요."
"이유가 뭐죠?"
내가 불쑥 물었다. 이제 곧 비난이 쏟아지겠지? 내가 상관할 바 아니라고 딱 잘라 말하겠지? 하지만 예상과는 달리, 그녀는 다시 침묵을 지켰다. 나는 그녀의 입이 열리기를 기다리다가 그냥 포기해버렸다.
"전 그냥······."
나도 모르게 말을 더듬거렸다.
"실러가 워낙 착한 친구라서요."
"그냥 친구가 아니죠, 그렇죠?"
"네."
"당국에서 나온 사람들이 그랬어요. 실러가 어떤 남자랑 같이 살고 있었다고. 그게 당신 맞죠?"
"같이 지낸 지 일 년쯤 됐습니다."
내가 말했다.
"내 딸을 무척 걱정하고 있는 것 같군요."
"그렇습니다."
"내 딸을 사랑하나요?"
"아주 많이요."
"하지만 그 애가 자기 과거를 들려주지 않았을 텐데요."
그 말에 어떻게 반응해야 할지 난감했다. 내가 떠올릴 수 있는 대답은 하나뿐이었다.
"이해해보려 노력 중입니다."
내가 말했다.
"쉽지 않을 걸요."
그녀가 말했다.
"나조차도 그게 힘들거든요."
그때 옆집에서 요란한 소리가 들려왔다. 새로 산 4채널 방식 스테레오 스피커를 시험하는 모양이었다. 베이스가 울릴 때마다 벽이 흔들렸다. 나는 무선 수화기를 든 채 소리가 들려오는 반대편으로 이동했다.

"전 따님을 돕고 싶습니다."
내가 말했다.
"클라인 씨, 뭐 하나 물어볼게요."
그녀의 심상치 않은 음성이 나로 하여금 수화기를 꽉 움켜쥐게 만들었다.
"FBI 요원이 그러더군요. 자기들은 아무것도 모른다고."
그녀가 말했다.
"뭘 모른다는 거죠?"
내가 물었다.
"칼리에 대해 말이에요."
로저스 부인이 말했다.
"그 애의 행방을 모른대요."
머릿속이 어지러워졌다.
"칼리가 누구죠?"
다시 긴 침묵이 흘렀다.
"클라인 씨, 한 가지 충고해도 될까요?"
"대체 칼리가 누구죠?"
내가 다시 물었다.
"더는 이 문제에 신경 쓰지 말아요. 내 딸도 잊어주고요."
그리고 전화는 끊어졌다.

08

나는 냉장고에서 브룩클린 라거를 꺼내 들고 유리문을 활짝 열었다. 그리고 부동산업자가 듣기 좋으라고 '베란다'라 불렀던 공간으로 나갔다. 유아용 침대 크기 정도밖에 되지 않아, 성인 한두 명이 반듯하게 서 있으면 꽉 차는 협소한 장소였다. 물론 의자는 없었고, 3층이라 전망도 그리 좋지 않았다. 하지만 밤공기만큼은 아주 마음에 들었다.

밤이 되면 뉴욕은 휘황찬란하게 빛을 발한다. 푸르고 검은 색채는 보는 이들로 하여금 몽롱한 기분을 느끼게 한다. 영원히 잠들지 않는 도시라고는 하지만, 내가 사는 동네만큼은 깊은 잠에 빠져 있는 듯했다. 연석을 따라 수많은 차들이 빽빽하게 주차되어 있었다. 범퍼끼리 서로 맞닿을 정도로 가깝게 세워진 차들은, 주인이 두고 간 후에도 서로 앞자리를 차지하기 위해 법석을 부리고 있었다. 밤의 소음이 윙윙 진동했다. 어디선가 음악소리도 들려왔다. 길 건너편 피자 가게에선 달가닥 소리가 났다. 웨스트사이드 고속도로에서 쉴 새 없이 들려오는 획획 소리는 맨해튼이 불러주는 잔잔한 자장가 같았다.

머릿속이 쥐가 난 것 같았다. 무슨 일이 벌어지고 있는지 감을 잡을 수가 없었다. 이제 뭘 해야 할지도 막막했다. 실러의 어머니와 통화하면서 기대했던 답을 얻기보다는 오히려 궁금증만 더해졌다. 멀리사가 했던 말도 귓전을 맴돌고 있었다. 누나는 흥미로운 핵심을 잘 짚어주었다. 켄이 살아 있는 걸 알았으니, 이젠 뭘 해야 하나?

물론 나는 형을 찾고 싶었다.

그것도 아주 간절하게. 하지만 그게 마음대로 되나? 나는 형사도 아니었고, 이런 일을 척척 해낼 수 있는 능력도 없었다. 형이 알아서 나타나주기만을 기다리는 수밖에. 내가 먼저 찾아 나섰다가는 예기치 못한 곤경에 빠질 수도 있었다.

어쩌면 내겐 또 다른 할 일이 있는지도 몰랐다.

처음엔 형이 도망쳤다. 그리고 이젠 애인이 사라져버렸다. 나는 미간을 찌푸렸다. 개를 키우지 않은 게 천만다행이었다.

병을 입에 가져다 댔을 때, 그가 눈에 들어왔다.

그는 아파트 건물에서 45미터 정도 떨어진 구석에 서 있었다. 두 손을 주머니에 찔러 넣은 그는 트렌치코트와 중절모 차림이었다. 어둠 속에서 보는 그의 얼굴은 꼭 환히 빛나는 하얀 구체 같았다. 단조로워 보이는 얼굴은 너무 둥글었다. 그의 눈은 잘 보이지 않았지만, 그는 분명 나를 올려다보고 있었다. 나는 그의 시선을 똑똑히 느낄 수 있었다. 틀림없었다.

그는 움직이지 않았다.

많진 않았지만 그나마 보이는 행인들은 모두 분주히 걸음을 옮기고 있었다. 뉴요커들은 원래 다 그랬다. 그들은 쉴 새 없이 걷고 움직였다. 그들이 걷는 데엔 목적이 있었다. 담뱃불을 붙이거나 지나가는 차를 피해 서 있을 때도, 그들은 가만히 있질 못했다. 항상 다음 움직임을 준비했다. 뉴요커들은 언제나 이동 중이었다. 절대 멈추는 법이 없었다.

하지만 그는 돌처럼 제자리를 지키고 서 있었다. 나를 똑바로 올려다보면서. 나는 눈을 몇 번인가 깜빡였다. 그는 사라지지 않았다. 나는 고개를 돌렸다가 다시 내려다보았다. 그는 여전히 미동도 않은 채 꼿꼿이 서 있었다. 유독 눈에 띄는 게 하나 있었다.

뭔가가 눈에 익었다.

하지만 나는 크게 신경 쓰지 않기로 했다. 우리 사이의 거리는 멀었고, 밤이라 내가 제대로 보지 못했을 수도 있기 때문이었다. 가로등 불빛으로는 그를 유심히 살필 수가 없었다. 하지만 위험을 감지한 동물처럼 뒷덜미의 털이 빳빳하게 곤두섰다.

나도 지지 않고 그를 빤히 내려다보았다. 그의 반응이 궁금했다. 그는 여전히 움직이지 않았다. 우리는 한동안 그렇게 서로를 쳐다보며 서 있었다. 손끝에서 피가 빠져나가는 듯한 느낌이 들었다. 섬뜩했지만, 내 안에선 서서히 기운이 모이고 있었다. 나는 그의 시선을 피하지 않았다. 흐릿한 그의 얼굴 역시 돌아가지 않았다.

그때 전화벨이 울렸다.

마침내 나는 고개를 돌렸다. 손목시계를 보니, 밤 열한 시가 가까워지고 있었다. 전화를 걸고 받기엔 다소 늦은 시간이었다. 나는 그를 돌아보지 않은 채 안으로 들어와 수화기를 집어 들었다.
스퀘어스가 말했다.
"졸려?"
"아니."
"드라이브나 할까?"
그가 밴을 끌고 나온 모양이었다.
"뭔가 알아낸 거야?"
"스튜디오에서 보자, 삼십 분 후에."
그가 전화를 끊었다. 나는 다시 베란다로 나가 밑을 내려다보았다. 남자는 보이지 않았다.

요가 학원도 스퀘어스라 불렸다. 물론 나는 신나게 놀려댔다. 언제부터인가 스퀘어스는 고유명사가 되어버렸다. 셰어나 파비오처럼. 학원, 아니 스튜디오는 유니온 스퀘어 근처의 유니버서티 가에 자리하고 있었다. 엘리베이터 없는 6층 건물이었다. 처음엔 아주 소박한 곳이었다. 얼마나 오래 버틸 수 있을지, 그땐 누구도 장담하지 못했다. 그러다가 유명한 팝 스타 한 명이 스퀘어스를 '발견' 하게 되었다. 그리고 그녀는 친구들에게 스튜디오를 광고해댔다. 몇 달 후, 〈코스모폴리탄〉과 〈엘르〉 기자가 취재차 스퀘어스를 방문했다. 한 메이저급 정보 광고회사에서는 비디오를 제작해볼 생각이 없느냐며 접근해왔다. 돈 버는 일이라면 마다할 줄 모르는 스퀘어스는 결국 그들과 계약을 맺고 〈요가 체조〉라는 비디오를 제작했다. 비디오는 불티나게 팔려나갔고, 그는 타이틀의 판권까지 소유하게 되었다. 녹화가 있던 날, 스퀘어스는 트레이드마크인 수염까지 깨끗이 밀고 나타났었다.

그렇게 그는 유명 인사가 되었다.

맨해튼이나 햄프턴 사교 모임도 그가 빠지면 열리지 않을 정도였다. 스퀘어스는 대부분의 초청을 거절했지만, 나름대로 인맥을 넓히는 데 주력하긴 했다. 그가 강사로 활동하는 시간은 점차 줄어들었다. 그의 초보 수강생이 이끄는 강습을 받으려 해도 최소한 두 달 이상 대기자 명단에 이름을 올려놔야 했다. 그는 한 강습에 이십오 달러의 수강료를 받았다. 그는 스튜디오 네 곳을 동시에 운영했다. 가장 작은 스튜디오에선 쉰 명, 가장 큰 스튜디오에선 이백 명의 수강생이 요가를 배웠다. 그는 스물네 명의 강사를 뽑아 강습에 투입했다. 어느새 나는 스튜디오에 다다라 있었다. 열한 시 삼십 분이 넘은 시간임에도 세 개의 강습장에 불이 켜져 있었다.

한번 계산해보시라.

엘리베이터에 오르니 시타르 선율이 폭포수 소리와 섞여 들려왔다. 스턴 총에 맞은 고양이의 울부짖음만큼이나 귀에 거슬렸다. 가장 먼저 선물가게가 나를 맞아주었다. 향, 책, 로션, 테이프, 비디오, CD-ROM, DVD, 크리스털, 염주, 판초, 홀치기염색을 한 옷 따위를 판매하는 곳이었다. 카운터 뒤엔 검은색 옷차림의 이십 대 거식증 환자 두 명이 앉아 있었다. 그들에게선 그래놀라 냄새가 풍겼다. 영원히 젊게 살겠다, 이거지? 가는 세월을 붙잡아보겠다니. 한 명은 남자, 한 명은 여자였지만 외모만으로는 성별을 구분할 수가 없었다. 그들의 음성은 트렌디 레스토랑의 지배인처럼 단조롭고 거만했다. 온몸에는 수많은 은과 터키옥 장신구들이 피어싱되어 있었다.

"안녕하세요."

내가 말했다.

"신발을 벗어주십시오."

남자로 보이는 이가 말했다.

"네."
나는 지시대로 신발을 벗었다.
"누구시죠?"
이번엔 여자로 보이는 이가 말했다.
"스퀘어스를 만나러 왔습니다. 전 윌 클라인입니다."
그들은 내 이름을 모르는 듯했다. 새로 들어온 직원인 것 같았다.
"스퀘어스 요기님과 약속을 하셨습니까?"
"스퀘어스 요기님?"
내가 말했다.
그들이 나를 빤히 쳐다보았다.
"스퀘어스 요기님은 보통 스퀘어스보다 더 똑똑합니까?"
내가 물었다.
그들은 웃지 않았다. 별로 놀랍진 않았다. 그녀가 컴퓨터 단말기에 뭔가를 입력하기 시작했다. 두 사람이 눈을 가늘게 뜨고 모니터를 들여다보았다. 그가 수화기를 집어 들고 어디론가 전화했다. 시타르 음악이 다시 요란하게 울려 퍼지기 시작했다. 내 머릿속에서 엄청난 두통이 끓어올랐다.
"윌?"
몸에 착 달라붙는 옷을 걸친 매력적인 완다가 걸어 들어왔다. 쇄골을 훤히 드러낸 그녀는 고개를 번쩍 추켜든 채 주변을 유심히 살피고 있었다. 그녀는 스퀘어스의 수석 강사이자 연인이었다. 그들은 벌써 삼 년째 사귀는 중이었다. 라벤더색 타이츠는 아주 보기 좋았다. 완다는 꽤 인상적인 외모의 소유자였다. 큰 키, 긴 팔다리, 나긋나긋한 성격. 그녀는 무척 아름다웠고, 검은 피부를 가지고 있었다. 그렇다. 그녀는 흑인이었다. 스퀘어스가 어떤 사람인지 잘 알기 때문에 더 놀라울 수밖에 없었다. 그의 이마 문신을 생각하면 모순 같기도 하다.

그녀가 다가와 포옹해주었다. 그녀의 품은 나무 훈연처럼 따뜻했다. 나는 그 느낌이 영원하길 바랐다.
"윌, 잘 지냈어요?"
그녀가 부드럽게 말했다.
"네."
내게서 떨어져나간 그녀가 내 얼굴을 훑기 시작했다. 그녀도 어머니의 장례식에 참석해주었다. 그녀와 스퀘어스 사이엔 비밀이 없었다. 스퀘어스와 나 사이에도 비밀이 없었다. 수학 공식으로 따져보면, 결국 그녀와 나 사이에도 비밀이 없다는 결과가 나오게 된다.
"곧 강습 마치고 나올 거예요."
그녀가 말했다.
"쁘라나야마 호흡법을 강습 중이에요."
나는 고개를 끄덕였다.
그녀가 뭔가 떠올랐다는 듯 고개를 옆으로 까딱했다.
"잠깐 시간 좀 내줄 수 있어요?"
최대한 자연스럽게 던진 말이었겠지만, 왠지 모를 어색함은 어쩔 수 없었다.
"물론이죠."
내가 말했다.
그녀가 발소리를 내지 않고 복도를 걸어나가기 시작했다. 성큼성큼 걸음을 내딛기엔 그녀는 너무 우아했다. 나는 백조를 연상시키는 그녀의 목을 쳐다보며 그녀의 뒤를 따랐다. 우리는 분수를 지나쳐 걸었다. 분수가 어찌나 크고 화려하던지, 순간적으로 나는 동전을 꺼내 휙 던져 넣고 싶은 충동에 휩싸였다. 계속 걸으며 한 교실 안을 흘끔 들여다보았다. 완전한 정적 속에서 깊은 호흡 소리가 들려왔다. 꼭 영화 세트장에 와 있는 기분이었다. 온통 미모의 여자들뿐이었다. 스퀘어스는 대체 어디서 이런 사람들을 모아왔을까? 그들은 전사 자세를 취하고 있었다. 무표정한 얼굴엔 평온함이 감돌았다. 두 다리는 넓게 벌리고, 두 손은 앞으로 뻗었으며, 한 무릎은 직각으로 구부린 상태였다.

완다가 스퀘어스와 함께 사용하는 사무실은 오른편에 자리하고 있었다. 그녀는 의자가 스티로폼으로 만들어지기라도 한 듯 사뿐히 자리에 앉은 후, 이내 다리를 올려 책상다리를 했다. 나는 그녀 맞은편 자리에 편하게 앉았다. 잠시 침묵이 흘렀다. 그녀가 눈을 감고 긴장을 풀었다. 나는 묵묵히 기다렸다.

"이 얘긴 비밀로 해줘요."

그녀가 말했다.

"네."

"나, 임신했어요."

"잘됐네요."

나는 축하의 뜻으로 포옹을 해주기 위해 자리에서 일어났다.

"스퀘어스가 충격을 받은 것 같아요."

내가 멈칫했다.

"그게 무슨 소리죠?"

"이 얘길 듣고 까무러치더라고요."

"어째서 그렇죠?"

"당신도 몰랐죠?"

"네."

"월, 그는 당신에게 숨기는 게 없어요. 그는 이 사실을 일주일 전에 알았다고요."

그녀가 무슨 말을 하려는 건지 알 것 같았다.

"아마 내겐 들려주고 싶지 않았던 모양이네요. 어머니 장례식 때문에 정신이 없었을 때였으니까요."

내가 말했다.
"그러지 말아요."
그녀가 나를 똑바로 쳐다보며 말했다.
"네, 미안해요."
내 대답에 그녀가 시선을 돌렸다. 그녀의 얼굴에 침울한 표정이 떠올랐다.
"난 그가 무척 기뻐할 줄 알았어요."
"그러지 않던가요?"
"아마 그는 내가 아이와……."
그녀가 잠시 적절한 단어를 찾아 헤맸다.
"헤어지기를 바라는 것 같아요."
그 말에 내가 움찔했다.
"정말 그렇게 말했나요?"
"아직 아무 말 없었어요. 하지만 언제부터인가 밴을 몰고 나가는 횟수도 많아졌고, 강습도 많이 늘리더군요."
"그러니까 그가 당신을 피해 다닌다는 얘기죠?"
"네."
그때 노크도 없이 사무실 문이 벌컥 열렸다. 스퀘어스가 덥수룩한 수염으로 덮인 얼굴을 문간으로 불쑥 내밀었다. 그가 완다를 향해 살짝 미소를 지었다. 그녀는 못 본 척 고개를 돌렸다. 스퀘어스가 나를 향해 엄지손가락을 들어 보였다.
"자, 나가자고."

우리는 밴에 무사히 오를 때까지 약속이라도 한 듯 아무 말도 하지 않았다.
스퀘어스가 먼저 입을 열었다.

"얘기 들었지?"

왠지 그것은 질문으로 여겨지지 않았다. 그래서 나는 긍정도 부정도 하지 않았다.

그가 엔진 키를 꽂았다.

"그 얘긴 안 했으면 좋겠어."

특별히 대꾸할 필요가 없을 것 같았다.

코브넌트 하우스 밴은 우리의 손길이 필요한 곳이라면 어디든 간다. 많은 아이들이 우리가 열어놓은 문으로 들어온다. 그리고 많은 아이들이 밴에 올라 구제를 받는다. 봉사활동은 지역사회의 초라하고 방비가 허술한 부분에 신경을 쓰는 일이다. 우리는 사람들이 '쓰레기'라고 표현하는 가출 청소년과 거리의 문제아들을 찾아다닌다. 거리를 배회하는 아이들은, 표현이 조금 이상할지 모르지만, 잡초와 다르지 않다. 거리에서 보내는 시간이 길어질수록 뽑아내는 것도 힘들어진다.

아쉽게도 그런 아이들에게 우리의 손길이 미치지 못하는 경우가 많다. 구제받는 아이들보다 그렇지 못한 아이들의 수가 압도적으로 많다. 잡초와 비교한 내 표현은 옳지 않다. 왠지 좋은 것을 보호하기 위해 나쁜 것을 뽑아낸다는 뜻으로 들릴 수도 있을 테니까. 사실은 그 반대다. 이렇게 생각해볼 수도 있을 것이다. 거리는 암과 같다. 조기 검진과 예방 조치는 장기 생존의 필수요소이다.

그다지 나아진 표현은 아니지만, 그래도 내가 말하고자 하는 요점은 충분히 이해가 되었을 것이다.

"FBI가 오버하고 있는 거야."

스퀘어스가 말했다.

"어떻게?"

"실러의 전과 말이야."

"얘기해봐."

"체포 기록들. 그건 전부 오래전에 벌어진 일들이었어. 정말 끝까지 듣고 싶어?"
"그래."
우리는 어둠 속으로 차를 몰아나가기 시작했다. 매춘부들의 집합소는 한 곳을 고집하지 않는다. 예전엔 링컨 터널이나 제이비츠 센터 근처에 많았지만, 경찰 단속이 심해지자 사방으로 뿔뿔이 흩어져버렸다. 도시의 정화 사업. 매춘부들은 18번가 남부의 정육업 지구나 서쪽 끝으로 자리를 옮겨갔다. 오늘 밤, 거리엔 매춘부들이 대거 몰려나와 있었다.
스퀘어스가 창밖을 향해 고개를 끄덕였다.
"자칫 잘못했으면 실러도 저 무리에 낄 뻔했어."
"그녀도 매춘부였단 말이야?"
"중서부에서 온 가출 소녀였지. 버스에서 내리자마자 인생의 쓴맛을 보기 시작했어."
그런 경우를 너무 많이 봐온 내겐 전혀 놀라울 게 없는 일이었다. 하지만 그가 말하는 사람은 위험에 빠진 낯선 이나 거리의 아이가 아니었다. 그는 지금 내가 아는 최고의 여자에 대해 이야기하고 있었다.
"아주 오래전에."
마치 내 생각을 읽고 있는 듯 스퀘어스가 말했다.
"그녀는 열여섯 살에 처음 체포됐어."
"매춘으로?"
그가 고개를 끄덕였다.
"그 후로 십팔 개월간 같은 혐의로 세 번이나 더 체포됐었지. 파일을 보니, 루이스 캐스트먼이라는 포주 밑에서 일해왔더군. 마지막으로 체포됐을 때엔 56그램 정도의 코카인뿐만 아니라 칼까지 소지하고 있었어. 경찰은 그녀를 마약 밀매와 무장 강도 혐의로 기소하려 했다가 허탕만 쳤지."

나는 창밖을 내다보았다. 밤은 흐릿한 회색으로 덮여 있었다. 여느 때와 마찬가지로 곳곳에 눈에 거슬리는 것들이 많았다. 우리는 그런 것들을 조금이나마 없애보고자 노력한다. 그리고 어느 정도 성과도 거둔다. 적지 않은 이들이 새 인생을 선물받는다. 하지만 이곳, 활기 넘치는 밤의 소굴은 그들의 마음을 영원히 떠나지 않는다. 마음은 이미 손상된 상태이다. 극복하려는 노력은 할 수 있다. 그렇게 견디며 평생을 살 수 있을지도 모른다. 하지만 그들이 입은 상처는 영구적인 것이다.

"뭐가 두려운 거지?"

내가 물었다.

"우린 지금 그 얘길 하는 게 아니야."

그가 대뜸 쏘아붙였다.

"넌 그녈 사랑하잖아. 그녀도 널 사랑하고."

"그녀는 흑인이야."

나는 그를 돌아보며 설명이 이어지기를 기다렸다. 그건 분명한 이유가 아니었다. 그는 이제 인종차별주의자가 아니었다. 앞서 말한 경우처럼 이 상처 또한 영구적인 것이다. 나는 그들 사이에 흐르던 팽팽한 긴장감을 느낀 적이 있었다. 사랑만큼 강렬하진 않았지만 분명 존재하고 있긴 했다.

"넌 그녈 사랑하잖아."

내가 다시 말했다.

그는 말없이 차를 몰아나갈 뿐이었다.

"솔직히 그게 매력이지 않았어?"

내가 말했다.

"그녀는 네 보상물이 아니야. 넌 그녀를 진심으로 사랑하고 있다고."

"뭘?"

"왜?"

"이제 그만해."

스퀘어스가 갑자기 밴의 방향을 오른쪽으로 틀었다. 헤드라이트 불빛이 밤의 아이들을 비추었다. 그들은 맹습받은 쥐들처럼 뿔뿔이 흩어지지 않았다. 그냥 눈도 깜빡이지 않은 채 말없이 서서 우리를 빤히 쳐다볼 뿐이었다. 스퀘어스가 눈을 가늘게 뜨고 차를 멈춰 세웠다.

우리는 말없이 차에서 내렸다. 아이들은 멍한 얼굴로 우리를 지켜보았다. 뮤지컬 〈레 미제라블〉에서 팡틴이 했던 대사가 떠올랐다. 원작 소설에도 나오는 대사인지는 알 수 없다. '그들이 이미 죽은 것들과 사랑을 나누고 있다는 걸 그들은 모르나?'

여자아이들도 있고, 남자아이들도 있고, 이성 복장을 한 사람도 있었으며, 성전환자들도 있었다. 지금껏 나는 거의 모든 종류의 성도착자들을 봐왔다. 하지만 여성 고객을 본 건 이번이 처음이었다. 물론 이런 얘기를 하면 성차별주의자로 오해받을 수도 있을 것이다. 물론 세상엔 성을 사는 여자들도 있을 것이다. 당연히 있겠지. 하지만 성을 사기 위해 이렇게 거리를 어슬렁거리는 여자는 쉽게 볼 수 없는 게 사실이었다. 매춘부들의 고객 대부분은 남자다. 그들은 풍만한 여자나 빼빼 마른 여자, 젊은 여자, 나이 든 여자, 이성애자, 상상을 초월하는 변태성욕자, 덩치 큰 남자, 왜소한 소년, 동물 따위를 찾는다. 어떤 이들은 여자친구나 아내를 지저분한 거래로 끌어들이기도 한다. 하지만 이런 부차적인 취향을 보이는 것도 주로 남자 고객들이다.

이런 상상을 초월하는 변태 행위에 대한 설명에도 불구하고, 이 남자 고객들 대부분은, 뭐랄까, 특정 서비스를 제공받기 위해 이곳을 찾는다. 주차된 차 안에서도 쉽게 받을 수 있는 서비스. 두 가지 측면에서 이치에 닿는다고 할 수 있다. 우선 편리함. 굳이 방을 잡으려 시간을 낭비하지 않아도 된다. 성병에 대한 염려도 줄일 수 있다. 임신의 우려도 없다. 옷을 전부 벗어버릴 필요도 없고.

더 자세한 부분은 알아서 상상들 하시고.

십팔 세 이상 된 거리의 베테랑들이 스퀘어스를 따뜻하게 맞아주었다. 그들은 스퀘어스를 잘 알고 있었고 그를 좋아했다. 하지만 내겐 살짝 경계하는 듯한 시선이 쏠렸다. 내가 그들의 소굴에 들어온 것은 실로 오랜만이었다. 몇몇 고참들이 나를 알아보았고, 나는 야릇하게도 그들이 반갑게 느껴졌다.

스퀘어스가 캔디라는 매춘부에게 다가갔다. 왠지 캔디가 그녀의 본명이 아닐 것 같다는 생각이 들었다. 느낌으로는 그랬다. 그녀가 몸을 덜덜 떨며 문간에 서 있는 두 소녀를 향해 턱을 까딱거렸다. 나는 그들을 돌아보았다. 그들은 열여섯 살도 채 되어 보이지 않았고, 어머니의 화장품을 가지고 논 아이들처럼 화장이 서툴렀다. 그들을 보는 순간 내 가슴이 철렁 내려앉았다. 그들은 짧은 반바지, 뾰족하고 높은 굽이 붙은 부츠, 인조 모피 차림이었다. 나는 종종 어딜 가면 이런 옷을 구할 수 있는지 궁금해하곤 했다. 어쩌면 포주들이 매춘부 상점을 비밀리에 운영하고 있는지도 몰랐다.

"새로 온 애들이에요."

캔디가 말했다.

스퀘어스가 미간을 찌푸리며 고개를 끄덕였다. 쓸 만한 정보는 대개 베테랑들이 제공해준다. 이유는 두 가지이다. 우선, 당연한 얘기겠지만, 신참들을 몰아내면 불필요한 경쟁도 사라지게 된다. 거리에서 살다 보면 누구나 금세 지저분해지기 마련이다. 캔디는 그중에서도 특히 더했다. 거리에서의 삶은 그 어느 블랙홀보다도 사람을 빨리 늙게 한다. 세력권이 어느 정도 넓어질 때까지 문간에 서서 떨어야 하는 새로 온 소녀들도, 머지않아 그 사실을 몸소 깨닫게 될 것이다.

그게 바로 냉담한 현실이었다. 두 번째 이유는, 그들이 자발적으로 나서서 우리를 돕고 싶어 한다는 것이다. 부디 내가 세상 물정을 모른다고 생각하지 말기를. 그들은 스스로를 돌아볼 줄 안다. 자신들이 잘못된 길로 들어섰다는 사실을 드러내놓고 인정하진 않지만, 되돌아가기엔 너무 멀리 왔다는 사실은 부인하지 않는다. 한때 나는 캔디와 같은 매춘부들과 언쟁을 벌이곤 했다. 나는 그들에게 아직도 늦지 않았으니 잘 생각해보라고 잔소리해댔다. 하지만 내가 틀렸다. 오늘 우리는 왜 서둘러 이들에게 구제의 손길을 뻗어야 하는지 새삼 깨닫게 되었다. 특정 지점을 지나면 누구도 그들을 구제할 수 없다. 파멸을 피할 방법은 없다. 거리는 그들을 완전하게 망쳐놓는다. 그들은 그렇게 서서히 잊혀진다. 밤의 일부가 되고, 하나의 검은 존재로 묻혀버린다. 우리가 그들을 되찾을 길은 없다. 보나마나 그들은 거리에 쓰러져 죽거나, 교도소로 들어가거나, 미쳐버리게 될 것이다.

"라켈은 어디 있죠?"

스퀘어스가 물었다.

"차에서 작업 중이에요."

캔디가 대답했다.

"그럼 곧 나오겠군요."

"네."

스퀘어스가 고개를 끄덕이고 두 소녀 쪽으로 고개를 돌렸다. 그중 한 명은 이미 뷰익 리갈에 몸을 기대고 있었다. 이럴 때마다 우리 속이 얼마나 타들어가는지 아무도 모를 것이다. 할 수만 있다면 당장 끼어들어 그들을 막고 싶다. 소녀를 뒤로 끌어내거나, 차 안에 있는 남자의 멱살을 움켜잡고 싶다. 그를 쫓아내거나, 증거로 남겨놓기 위해 사진이라도 찍고 싶다. 하지만 안타깝게도 그럴 수는 없다. 섣불리 그랬다가는 신뢰를 잃게 되기 때문이다. 신뢰가 무너지면 더는 이 일도 할 수 없게 된다.

그냥 지켜만 보고 있는 것 또한 쉬운 일이 아니었다. 다행스럽게도 나는 특별히 용감하지 않고, 맞서기를 좋아하지도 않는다. 어쩌면 그런 점 때문에 내가 지금껏 큰 문제없이 이 일을 해오고 있는 것인지도 모른다.

나는 조수석 문이 열리는 것을 지켜보았다. 이내 뷰익 리갈은 소녀를 삼켜버렸다. 그리고 소녀는 천천히 어둠 속으로 사라져버렸다. 그 광경을 지켜보고 있는 동안 전에 없던 무력감이 찾아들었다. 나는 스퀘어스를 돌아보았다. 그의 시선도 차에 고정되어 있었다. 뷰익이 천천히 움직이기 시작했다. 그렇게 소녀는 증발했다. 마치 애초부터 존재하지 않았던 것처럼. 차가 알아서 되돌아오지 않는 이상 소녀를 막을 수 있는 방법은 없었다.

스퀘어스가 남아 있는 소녀에게로 다가갔다. 나는 몇 걸음 뒤에서 그를 뒤따랐다. 소녀의 아랫입술이 가볍게 떨렸다. 마치 울음을 참고 있는 듯. 하지만 소녀의 눈엔 약간의 반항기가 있었다. 나는 완력을 사용해서라도 그녀를 밴으로 끌어가고 싶었다. 스퀘어스는 이런 쉽지 않은 작업을 노련하게 처리할 줄 알았다. 그녀의 영역을 침범하지 않기 위해 그가 1미터를 남겨놓고 멈춰 섰다.

"안녕?"

그가 말했다.

소녀가 그를 돌아보며 중얼거렸다.

"안녕."

"날 좀 도와주겠니?"

스퀘어스가 한 걸음 더 다가서며 주머니에서 사진을 꺼내들었다.

"혹시 이 아이를 본 적 있니?"

소녀는 사진을 보지 않았다.

"아무도 못 봤어요."

"부탁이야."

스퀘어스가 거룩해 보이기까지 하는 미소를 머금으며 말했다.

"난 경찰이 아니야."

그녀는 일부러 터프한 척해 보이려 애썼다.
"그건 나도 알고 있어요."
그녀가 말했다.
"캔디랑 얘기하는 걸 보고 알았어요."
스퀘어스가 조금 더 가까이 다가갔다.
"우린, 저, 그러니까, 이 친구랑 난……."
내가 때맞춰 미소를 지으며 손을 흔들었다.
"우린 이 아이를 찾고 있어."
호기심이 일었는지 그녀의 눈이 가늘어졌다.
"왜 찾는데요?"
"나쁜 사람들이 이 아이를 노리고 있거든."
"누가요?"
"포주가. 우린 코브넌트 하우스에서 나왔어. 너도 들어봤지?"
그녀가 어깨를 으쓱했다.
"좋은 곳이야."
스퀘어스가 조심스레 말했다.
"부담 가질 필요는 없어. 시간 되면 한번 들러봐. 먹을 것도 있고 침대도 있어. 전화기를 쓸 수도 있고 새 옷도 있고. 어쨌든 이 아이……."
그가 사진을 다시 들어 보였다. 치열 교정기를 낀 백인 소녀의 졸업사진이었다.
"이 아이 이름은 앤지야."
항상 이름을 먼저 내놓아야 한다. 그래야 인격화되기 때문이다.
"이 아이도 우리가 돌봐왔었어. 교육 과정도 두 개나 듣고 있었지. 아주 재미있는 아이야. 착실하게 일도 잘했고. 그렇게 새 인생을 선물받았지."
소녀는 말이 없었다.

스퀘어스가 손을 앞으로 내밀었다.

"난 스퀘어스라고 해."

그가 말했다.

소녀가 한숨을 내쉬며 악수에 응했다.

"난 제리예요."

"만나서 반가워."

"그래요. 하지만 난 앤지를 본 적이 없어요. 그리고 전 지금 바쁘거든요."

이제부터가 문제였다. 너무 밀어붙이다가는 그들을 영영 놓치게 될 수도 있다. 다시 굴속으로 기어들어가 영영 밖으로 나오지 않을 것이다. 지금 해야 할 일은, 지금 할 수 있는 일은 씨를 뿌리고 물러나는 것뿐이었다. 아이에게 가까운 곳에 안식처의 문이 항상 열려 있다는 사실을 알려주는 게 중요했다. 그곳에서 하룻밤만 지내보면 아이는 확 바뀌게 될 것이다. 우리가 무조건적인 사랑이 뭔지 확실히 보여줄 테니까. 하지만 지금은 아니다. 섣불리 접근하다가는 그들에게 겁만 안겨줄 뿐이다. 그들을 쫓아내기만 할 뿐이다.

마음은 아프지만 더는 우리가 할 수 있는 일이 없었다.

스퀘어스의 일을 오랫동안 할 수 있는 사람은 세상에 많지 않다. 오래 견디는 사람들, 이 분야에 유난히 재능을 보이는 사람들은 사실 좀 엉뚱한 이들이다. 그럴 수밖에 없다.

스퀘어스가 잠시 머뭇거렸다. 그는 아주 오래전부터 서먹서먹한 분위기를 날려버리기 위해 '실종 소녀' 수법을 즐겨 써왔다. 사진 속 소녀, 앤지는 십오 년 전 거리에서 숨졌다. 스퀘어스는 대형 쓰레기 컨테이너 뒤에서 그녀를 발견했다. 앤지의 어머니는 장례식장에서 그에게 그 사진을 건넸다. 그 후로 스퀘어스는 어딜 가든 빼놓지 않고 그 사진을 챙겼다.

"그래, 알았어."

스퀘어스가 명함을 꺼내 소녀에게 건넸다.
"그 앨 보게 되면 연락 주겠니? 아무 때나 전화해도 돼. 어떤 용건이든 상관없어."
그녀가 명함을 만지작거렸다.
"네, 그러죠."
스퀘어스가 다시 머뭇거렸다. 그리고 마침내 입을 열었다.
"그럼 또 보자."
"네."
그리고 우리는 세상에서 가장 부자연스러운 일을 해야만 했다. 그냥 돌아서는 것.

라켈의 본명은 로스코였다. 적어도 그녀는 그렇다고 주장했다. 나는 항상 라켈을 남자로 봐야 할지, 여자로 봐야 할지 몰라 난감해했다. 기회가 되면 그/그녀에게 한번 물어볼 생각이었다.
스퀘어스와 나는 막아놓은 배달원 출입구 앞에 세워진 차를 발견했다. 작업하기에 적합한 공간이었다. 차창엔 김이 잔뜩 서려 있었지만, 우리는 적당한 거리를 유지했다. 안에서 무슨 일이 벌어지고 있을지는 몰라도 일부러 훔쳐보고 싶은 마음은 없었다.
일 분쯤 지나자 차 문이 열렸다. 라켈이 내렸다. 대충 짐작했겠지만 라켈은 크로스드레서, 즉 여장 남자였다. 성 정체성의 혼동 때문이었다. 성전환자들은 그냥 '여자'로 불러도 되니 편하다. 하지만 여장 남자의 경우는 좀 애매하다. 여자로 봐야 할 때도 있고, 편견 없이 남자로 봐야 할 때도 있다.
아마 라켈도 다르지 않을 것이다.
차에서 내린 라켈이 손가방에서 비나카 스프레이를 꺼냈다. 그것을 입 안에 세 번 뿌리고 나서 잠시 머뭇거리다가 다시 세 번 더 뿌렸다. 차가 움직이기 시작했다. 라켈이 우리 쪽으로 몸을 틀었다.
　이성복장 선호자들 대부분은 꽤 아름답다. 하지만 라켈은 전혀 그렇지 않았다. 그는 흑인이었고, 키는 201센티미터, 체중은 136킬로그램이나 되었다. 그는 소시지 껍질에 갇힌 돼지를 연상시키는 알통과 호머 심슨을 연상시키는 거뭇한 턱을 가지고 있었다. 그의 목소리 톤은 헬륨을 마신 베티 붑처럼 높았다. 거기에 비하면 마이클 잭슨의 음성은, 입이 거친 트럭 운전사만큼이나 걸걸하게 느껴졌다.
　라켈은 자신이 스물아홉 살이라고 주장했다. 문제는 그가 벌써 육 년째 같은 말을 하고 있다는 것이다. 그는 일주일에 오 일 일했다. 날씨가 좋든 나쁘든. 그에겐 찰거머리 같은 추종자가 한 명 있었다. 마음만 먹으면 그는 이 모든 걸 하루아침에 포기할 수도 있었다. 쓸 만한 직장을 구하려는 노력도 얼마든지 할 수 있는 사람이었다. 하지만 라켈은 거리의 삶을 좋아했다. 사람들은 그런 그를 이해하지 못했다. 비록 어둡고 위험하긴 하지만, 라켈에게 거리는 항상 매혹적이었다. 밤이 되면 거리는 에너지와 열정으로 가득 채워졌다. 거리에 나오면 누구나 흥분했다. 아이들은 두 가지 선택권을 가지고 있다. 비굴하게 맥도날드에서 일할 것인가, 아니면 거리에 나와 전율을 느낄 것인가. 꿈이 없는 이들은 그 정도의 선택권도 가질 수가 없다.
　라켈이 우리를 발견하고 뾰족구두를 질질 끌며 다가왔다. 그의 신발 치수는 330이었다. 그 발에 맞는 여성용 구두를 찾기란 쉽지 않을 것이다. 라켈이 가로등 아래 멈춰 섰다. 그의 얼굴은 수백 년간 폭풍에 난타당한 바위처럼 거칠었다. 나는 그의 사연을 알지 못했다. 그는 거짓말을 밥 먹듯 한다. 한 소문에 의하면, 그는 전미 대표 미식축구 선수였다고 한다. 잘나가다가 무릎에 부상을 입고 은퇴했다나. 또 다른 소문에 의하면, 그는 SAT 성적이 우수해 장학금을 받고 대학에 다녔다고 한다. 어떤 이는 그가 걸프전에 참전했던 퇴역군인이라고 했다. 그중 하나를 고르든지, 또 다른 소문을 만들어내든지 선택은 자유였다.
 라켈이 스퀘어스를 끌어안고 그의 볼에 살짝 입을 맞추었다. 그런 다음 내 쪽으로 몸을 돌렸다.
 "월리, 자기 좋아 보이는데."
 라켈이 말했다.
 "고마워요, 라켈."
 내가 말했다.
 "탐이 날 정도예요."
 "그동안 운동을 좀 했어요."
 내가 말했다.
 "날 갖고 싶어 미치겠죠?"
 라켈이 내 어깨에 손을 얹었다.
 "당신 같은 남자라면 난 얼마든지 사랑에 빠질 수 있어요."
 "칭찬을 들으니 기분이 좋은데요, 라켈."
 "당신이라면 이 지옥에서 날 구해낼 수 있을 거예요."
 "하지만 당신이 여길 떠나면, 마음 아파할 사람이 꽤 많을 거예요."
 라켈이 킥킥 웃었다.
 "그건 그래요."
 나는 라켈에게 실러의 사진을 보여주었다. 내가 가지고 있는 유일한 사진이었다. 생각해보면 이상한 일이었다. 그녀와 나는 사진 찍기를 즐기지 않았다. 아무리 그래도 사진이 달랑 한 장뿐이라는 건 좀 심했다.
 "누군지 알아보겠어요?"
 내가 물었다.
 라켈이 잠시 사진을 유심히 들여다보았다.
 "당신 애인이잖아요."
 그가 말했다.

"언젠가 코브넌트 하우스에서 한 번 본 적이 있어요."
"그렇군요. 다른 데선 본 적 없고요?"
"없는데요. 왜 그러죠?"
그에게 거짓말을 할 필요는 없을 것 같았다.
"실종됐어요. 지금 찾고 있는 중이에요."
라켈이 다시 사진을 들여다보았다.
"이거 가지고 있어도 돼요?"
나는 사무실에서 복사해온 사진을 그녀에게 건넸다.
"사람들에게 물어볼게요."
라켈이 말했다.
"고마워요."
그가 고개를 끄덕였다.
"라켈?"
이번엔 스퀘어스가 입을 열었다. 라켈이 그를 돌아보았다.
"루이스 캐스트먼이라는 포주, 기억하죠?"
순간 라켈의 낯빛이 달라졌다. 그가 주위를 살피기 시작했다.
"라켈?"
"스퀘어스, 이제 가봐야겠어요. 돈을 벌어야 하거든요."
나는 그의 앞으로 한 걸음 다가가 섰다. 마치 내가 어깨에 떨어진 비듬이라도 되는 듯 그가 나를 내려다보았다.
"그녀도 한때 거리에서 일했어요."
내가 말했다.
"당신 애인이요?"
"네."
"그것도 캐스트먼 밑에서?"
"네."

라켈이 성호를 그었다.
"윌리, 그는 나쁜 사람이에요. 캐스트먼은 최악이에요."
"어떤 사람이죠?"
그가 입술을 한 번 핥았다.
"여기서 일하는 여자들, 모두 상품일 뿐이에요. 무슨 말인지 알겠어요? 상품. 그들에겐 이게 비즈니스예요. 돈이 벌리면 여기 머무는 거고, 돈이 안 벌리면……, 알죠?"
물론 안다.
"하지만 캐스트먼은……."
라켈이 나지막이 말했다. 마치 '암'에 대해 속삭이기라도 하듯.
"그는 달랐어요."
"어떻게요?"
"그는 자신의 상품까지도 함부로 다뤘어요. 그것도 재미 삼아서."
"아까부터 계속 과거 시제를 쓰는데, 왜죠?"
스퀘어스가 물었다.
"3년째 보이지 않고 있거든요."
"살아 있긴 해요?"
라켈이 입을 닫아버렸다. 그가 다시 시선을 돌렸다. 스퀘어스와 나는 서로의 얼굴을 흘끔 쳐다보며 그의 입이 다시 열리기를 기다렸다.
"아직 살아 있어요."
라켈이 말했다.
"그런 것 같아요."
"그게 무슨 뜻이죠?"
라켈이 고개를 저었다.
"그를 만나봐야겠어요."
내가 말했다.

"어디 가야 그를 만날 수 있죠?"
"소문이 좀 있었어요."
"무슨 소문 말이죠?"
라켈이 다시 고개를 저었다.
"브롱크스 남쪽의 라이트 거리와 D 도로가 만나는 모퉁이로 가봐요. 거기 있을지도 몰라요."
라켈이 안정된 자세로 뾰족구두를 끌며 걷기 시작했다. 차 한 대가 다가와 멈춰 섰다. 그리고 나는 또 한 명이 어둠 속으로 사라져버리는 것을 묵묵히 지켜봤다.

09

다른 동네였다면 새벽 한 시에 누군가를 깨우기 전에 많이 망설였을 것이다. 하지만 이곳은 그런 동네와는 거리가 멀었다. 모든 창문은 판자로 가려져 있었다. 커다란 합판이 문을 대신하고 있었다. 곳곳에 페인트가 벗겨진 부분이 보였는데, 벗겨졌다기보다는 우수수 떨어져내리고 있다는 표현이 더 적절할 것 같았다.
스퀘어스가 합판 문을 두드리자 안에서 여자가 소리쳤다.
"누구시죠?"
말은 스퀘어스가 하기로 했다.
"루이스 캐스트먼을 만나러 왔습니다."
"그냥 가세요."
"그를 꼭 만나야 합니다."
"영장 가지고 오셨어요?"
"우린 경찰이 아닙니다."

"그럼 누구시죠?"
여자가 물었다.
"코브넌트 하우스에서 왔습니다."
"여긴 가출 청소년이 없어요!"
그녀가 히스테리 환자처럼 소리쳤다.
"딴 데 가봐요."
"선택의 기회를 드리죠."
스퀘어스가 말했다.
"지금 캐스트먼을 만나게 해주든지, 나중에 경찰과 얘기하든지."
"난 아무 짓도 안 했어요."
"그런 건 얼마든지 꾸며낼 수 있습니다."
스퀘어스가 말했다.
"문 좀 열어봐요."
여자는 빠르게 결정을 내렸다. 우리는 두 개의 잠금장치와 안전고리가 풀리는 소리를 들었다. 문이 조금 열렸다. 앞으로 다가서려는 나를 스퀘어스가 손을 뻗어 막았다. 문이 완전히 열릴 때까지 기다리자는 것이었다.
"들어와요."
여자가 마녀 같은 음성으로 말했다.
"빨리요, 누가 보기 전에."
스퀘어스가 문을 밀었다. 문이 마저 열렸다. 우리가 들어서자 여자가 문을 닫았다. 두 가지가 한꺼번에 달려들었다. 우선, 어둠. 오른쪽 구석에 놓인 저전력 램프가 유일한 조명이었다. 보이는 건 너덜너덜해진 독서용 의자와 탁자뿐이었다. 그리고 냄새. 신선한 공기와 광활한 야외의 풍경을 떠올려보라. 그리고 그 정반대를 떠올려보라. 쾨쾨한 냄새를 맡는 순간 숨쉬기가 두려워졌다. 병원 냄새 같기도 하고, 분명히 알 수 없는 다른 곳의 냄새 같기도 했다. 마지막으로 창을 열고 환기시킨 때가 언제였는지 궁금했다. 왠지 방이 그 답을 속삭여줄 것 같았다. '한 번도 없어.'
 스퀘어스가 여자를 돌아보았다. 그녀는 한쪽 구석으로 물러나 있었다. 어둠 속에서 우리는 그녀의 윤곽만을 볼 수 있었다.
 "전 스퀘어스라고 합니다."
 그가 말했다.
 "당신이 누군지는 알아요."
 "우리가 언제 만난 적이 있던가요?"
 "그건 중요한 게 아니에요."
 "그는 어디 있죠?"
 스퀘어스가 물었다.
 "다른 방에 있어요."
 그녀가 한 손을 살짝 올렸다.
 "아마 자고 있을 거예요."
 우리의 눈이 서서히 어둠에 적응되었다. 나는 그녀 앞으로 다가갔다. 그녀는 조금도 뒤로 물러나지 않았다. 나는 더 다가가보았다. 그녀가 고개를 드는 순간 숨이 턱 막혔다. 나는 미안하다고 웅얼거리고 나서 뒤로 물러나기 시작했다.
 "아니에요."
 그녀가 말했다.
 "똑똑히 봐줘요."
 그녀가 방을 가로질러 가 램프 앞에 섰다. 그리고 우리를 돌아보았다. 스퀘어스와 나는 움찔하지 않았다. 물론 쉽진 않았다. 그녀의 얼굴은 누군가에 의해 심하게 손상되어 있었다. 한때 굉장한 미인이었을 것 같은 그녀는 마치 반성형수술을 수차례 받아온 듯한 생김새를 하고 있었다. 본디 오뚝했을 것 같은 코가 묵직한 부츠에 깔린 딱정벌레처럼 짓이겨졌으며, 한때 매끈했을 것 같은 피부도 쩍쩍 갈라져 있었다. 양쪽 입 꼬리도 어디가 끝인지 구분하기 힘들 정도로 길게 찢겨 있었다. 얼굴엔 수십 개의 자주색 상처들이 보였다. 꼭 세 살배기가 크레용으로 마구 낙서를 해놓은 것 같았다. 생기 잃은 그녀의 왼쪽 눈은 한쪽으로 살짝 치우쳐 있었고, 오른쪽 눈은 깜빡이지 않은 채 우리를 쳐다보고 있었다.

스퀘어스가 말했다.

"당신도 거리에서 일했죠?"

그녀가 고개를 끄덕였다.

"이름이 뭐죠?"

그녀는 입을 움직이는 것조차 힘들어 하는 것 같았다.

"타냐예요."

"누가 당신 얼굴에 손을 댄 거죠?"

"누구겠어요?"

우리는 굳이 대답하지 않았다.

"그는 저 방에 있어요."

그녀가 말했다.

"내가 그를 돌보고 있어요. 난 그를 함부로 대하지 않아요. 알아들어요? 그에겐 손도 대지 않는다고요."

스퀘어스와 나는 동시에 고개를 끄덕였다. 그 말이 무슨 뜻인지 궁금했다. 스퀘어스도 궁금하긴 마찬가지였을 것이다. 우리는 문 쪽으로 다가갔다. 아무 소리도 들리지 않았다. 정말로 자고 있는 것일까? 그런 건 아무래도 상관없었다. 들어가서 깨우면 되니까. 스퀘어스가 문손잡이에 손을 얹고 나를 돌아보았다. 나는 준비되었다는 신호를 보냈다. 그가 문을 열었다.

방 안엔 불이 켜져 있었다. 조명이 아주 밝았다. 어찌나 밝은지 손으로 눈을 가려야 할 정도였다. 삐삐 소리가 났고, 침대 옆엔 의료 기기 하나가 놓여 있었다. 하지만 내 시선을 잡아끈 것은 그것이 아니었다.
 벽.
 그게 가장 먼저 눈에 들어왔다. 벽은 코르크로 덮여 있었다. 여기저기 갈색 표면이 드러나 있었다. 코르크 표면엔 수많은 사진이 투명한 압핀으로 고정되어 있었다. 수백 장은 족히 될 것 같았다. 포스터 크기로 확대된 사진들도 있었고, 보통 크기의 사진들도 있었지만 대부분은 그 중간 크기였다.
 전부 타냐의 사진들이었다.
 언뜻 보니 그런 것 같았다. 얼굴이 망가지기 전의 모습들이 담겨 있었다. 역시 내 추측이 맞았다. 그녀는 한때 굉장한 미인이었다. 모델 포트폴리오의 이미지 사진으로 보이는 그것들에서 눈을 떼기가 쉽지 않았다. 나는 고개를 조금 들어보았다. 천장도 프레스코 벽화처럼 사진으로 도배되어 있었다.
 "도와줘요, 제발."
 침대에서 희미한 음성이 들려왔다. 스퀘어스와 나는 소리가 나는 쪽으로 다가갔다. 타냐가 따라 들어와 헛기침을 했다. 우리는 그녀를 돌아보았다. 눈부신 조명을 받은 그녀 얼굴의 상처들이 살아 움직이는 것 같았다. 꼭 꿈틀대는 수십 마리의 벌레들을 보는 듯했다. 찰흙처럼 납작하게 짓눌린 코도 몇 배 더 흉해 보였다. 그녀가 들어서니 옛 사진들이 더욱 빛을 발하는 것 같았다. 그 빛은 전후의 차이를 뚜렷하게 느끼게 해주려고 작정한 듯 그녀를 휘감았다.
 침대에 누워 있는 남자가 신음했다.
 우리는 잠자코 기다렸다. 타냐가 멀쩡한 한쪽 눈으로 나와 스퀘어스를 번갈아 쳐다보았다. 우리에게 잊지 말라고 경고하는 것 같았다. 이 이미지를 머릿속에 확실히 각인시켜놓으라고. 한때 그녀가 어땠는지, 그녀에게 무슨 일이 있었는지 알아달라고.

"면도칼."
그녀가 말했다.
"녹슨 면도칼로 한 시간에 걸쳐 이렇게 만들어놨어요. 그냥 베기만 한 게 아니었어요."
타냐가 문을 닫고 밖으로 나가버렸다.
우리는 잠시 침묵을 지킨 채 멀뚱하게 서 있었다. 스퀘어스가 먼저 입을 열었다.
"당신이 루이스 캐스트먼입니까?"
"경찰입니까?"
"캐스트먼이냐고 묻지 않았습니까."
"그래요, 내가 그랬어요. 맙소사. 무슨 일 때문인지는 모르지만 내가 했다고 칩시다. 날 좀 데려가줘요. 제발 부탁입니다."
"우린 경찰이 아닙니다."
스퀘어스가 말했다.
캐스트먼은 반듯하게 누워 있었다. 그의 가슴엔 튜브가 하나 꽂혀 있었다. 기계는 계속 삐삐거렸고, 아코디언처럼 생긴 뭔가는 연신 솟았다 꺼졌다를 반복했다. 그는 백인이었고, 막 샤워와 면도를 마친 듯했다. 머리도 깨끗했다. 침대엔 가로장과 컨트롤 패널이 붙어 있었다. 한쪽 구석엔 세면대가 있었고, 그 옆으로 환자용 변기가 보였다. 그것들을 제외하고는 방은 텅 비어 있었다. 장롱이나 서랍장, TV, 라디오, 시계, 책, 신문, 잡지도 없었다. 창은 커튼으로 덮여 있었다.
속이 울렁거리기 시작했다.
"무슨 병이라도 걸렸습니까?"
내가 물었다.
캐스트먼의 시선이 내 쪽으로 돌아왔다.
"마비됐어요."

그가 대답했다.
"사지 마비. 목 아래로는 아무 감각이 없습니다."
그가 눈을 감았다.
"신경이 죽었어요."
나는 무슨 말을 해야 할지 몰랐다. 스퀘어스도 살짝 당혹해하는 것 같았다.
"제발."
캐스트먼이 말했다.
"날 좀 데려가줘요, 너무 늦기 전에."
"무슨 뜻이죠?"
그가 감았던 눈을 다시 떴다.
"총에 맞았습니다, 삼 년인가 사 년 전쯤에. 이젠 기억도 안 납니다. 정확히 몇 년, 몇 월, 며칠에 벌어진 일인지도 모르겠어요. 하루 종일 이렇게 불을 켜놔서 지금이 아침인지 밤인지조차 구분이 안 됩니다. 지금 대통령이 누구인지도 모르고요."
그가 힘겹게 침을 넘겼다.
"저 여잔 미쳤어요. 도와달라고 소리를 쳐봤지만 아무 소용없어요. 저 여자가 집 전체를 코르크로 덮어놓았거든요. 난 하루 종일 이렇게 누워 벽만 쳐다보며 삽니다."
내 입에선 아무 말도 나오지 않았다. 하지만 스퀘어스는 그의 말에 크게 동요하지 않는 듯 보였다.
"당신 얘길 들으러 온 게 아닙니다."
스퀘어스가 말했다.
"우린 당신이 관리했던 여자에 대해 물어보러 온 겁니다."
"잘못 찾아왔어요."
그가 말했다.

"난 그 일을 그만둔 지 오래됐어요."

"상관없습니다. 그녀도 그만둔 지 오래됐으니까."

"대체 누구 말입니까?"

"실러 로저스."

"아!"

그 이름을 듣자 캐스트먼이 미소를 지었다.

"뭐가 알고 싶은 거죠?"

"그녀에 대한 모든 것."

"만약 내가 거부한다면요?"

스퀘어스가 내 어깨에 손을 얹었다.

"가자고."

그가 내게 말했다.

"뭐라고요?"

순간 캐스트먼이 당황해했다.

스퀘어스가 그를 내려다보았다.

"캐스트먼 씨, 협조하고 싶지 않다면 그렇게 하십시오. 앞으로 찾아오는 일은 없을 겁니다."

"잠깐만요!"

그가 소리쳤다.

"좋아요. 내가 여기 처박혀 지낸 후로 몇 명이 찾아왔는지 알아요?"

"그런 건 알고 싶지도 않습니다."

스퀘어스가 대답했다.

"여섯 명. 고작 여섯 명뿐이었어요. 지난 일 년 동안은 아무도 없었어요. 그 여섯 명조차도 내가 관리하던 애들이었다고요. 그들은 여기까지 찾아와 날 비웃었어요. 내가 여기서 벽에 똥칠하는 걸 지켜봤어요. 하지만 그거 알아요? 그래도 난 그들이 기다려져요. 제발 누구라도 이 단조로움을 깨줬으면 좋겠다고요."

스퀘어스가 짜증스런 반응을 보였다.

"실러 로저스."

튜브에서 액체 같은 뭔가가 빨려 올라오는 소리가 들렸다. 캐스트먼이 입을 열었다. 그의 입안에서 거품이 일었다. 그가 입을 닫았다가 다시 열었다.

"그녈 처음 만난 게, 그러니까…… 십 년, 십오 년 전이었을 겁니다. 그때 난 포트 어서러티 버스 터미널 부근에서 일했죠. 그녀는 아이오와 인지 아이다호인지에서 온 버스를 타고 나타났어요."

포트 어서러티 버스 터미널. 그들의 수법은 나도 잘 알고 있었다. 포주들은 터미널에서 기다린다. 그들은 버스에서 내리는 소녀들을 지켜본다. 갈 곳 없는 가출 소녀들, 모델이나 배우가 되기 위해 무작정 뉴욕 행을 결정한 아이들, 새 출발을 원하는 아이들, 권태나 학대를 피해 도망쳐 나온 아이들. 포주들은 약탈자답게 그들을 유심히 살핀다. 그리고 방심한 아이들에게 잽싸게 달려들어 제압해버린다.

"난 아이들에게 스스럼없이 다가갈 수 있었어요."

캐스트먼이 말했다.

"우선 난 백인이에요. 게다가 중서부 출신입니다. 백인들만 득실거리는 곳이죠. 그 애들은 으스대며 걷는 흑인들을 두려워합니다. 하지만 난 달랐어요. 고급 정장을 걸치고 다녔죠. 서류가방도 들고 다녔고요. 난 절대 서두르지 않았어요. 뭐 어쨌든, 그날 난 127번 탑승구에서 버스가 들어오기를 기다리고 있었습니다. 개인적으로 좋아하던 자리였죠. 거기선 여섯 대의 버스를 동시에 살필 수 있었습니다. 버스에서 내린 실러를 보는 순간 숨이 멎을 것 같았어요. 정말 예쁘더군요. 열여섯 살쯤 되어 보였습니다. 아주 한창의 나이였죠. 게다가 처녀이기까지 했어요. 물론 처음 봤을 땐 몰랐지만, 그건 나중에 알게 된 겁니다."

순간 나는 근육이 팽팽해지는 걸 느꼈다. 스퀘어스가 천천히 침대와 나 사이의 공간을 비집고 들어갔다.
"그래서 난 그녀에게 다가가 알랑대기 시작했어요. 최고의 작업용 멘트를 연방 날렸죠. 무슨 뜻인지 알죠?"

물론.

"잘나가는 모델로 만들어주겠다고 했습니다. 아주 그럴듯하게 말입니다. 접근 수법에 있어서는 다른 얼간이들과 확실히 차이가 있었죠. 말도 실크처럼 아주 부드럽게 했습니다. 하지만 실러는 다른 아이들과 달리 머리가 좋았어요. 조심성도 많고. 아무리 얘기해도 넘어오질 않더군요. 하지만 그건 뭐 아무래도 상관없었어요. 난 절대 조급해하지 않았거든요. 오히려 그럴 때일수록 태연한 척했죠. 결국 나중엔 누구나 말려들게 되니까요. 길거리에서 픽업되어 슈퍼모델이 된 사례를 들려주면, 아무리 조심성 많은 아이라 할지라도 마음을 열기 마련입니다. 어차피 자신들도 같은 꿈을 품고 왔으니까요."

기계에서 삐삐 소리가 멎었다. 튜브에서 꼴꼴 소리가 들렸다. 잠시 후, 기계가 다시 삐삐 소리를 내기 시작했다.

"실러가 팔짱을 끼며 내게 말하더군요. 지금껏 파티에서 놀아본 적이 없다고 말입니다. 그래서 내가 그랬습니다. 나도 그런 걸 좋아하지 않으니 염려 말라고 말입니다. 나를 사업가라고 소개했죠. 전문 사진사 겸 연예 기획사 스카우트로도 일하고 있다고 덧붙였습니다. 그리고 사진을 몇 장 찍자고 했습니다. 딱 거기까지만 하자고 말이죠. 포트폴리오를 만들어주겠다고 했습니다. 파티나 마약이나 누드 사진 따윈 없을 테니 마음 놓으라고 했죠. 사실 난 사진을 제법 찍습니다. 숨겨진 재능이라고나 할까요? 여기 벽을 한번 보십시오. 전부 타냐의 사진들입니다. 내가 찍은 것들이죠."

나는 한때 아름다웠던 타냐의 사진들을 쳐다보았다. 가슴 한편이 서늘해졌다. 다시 침대로 시선을 돌리자 캐스트먼이 나를 빤히 올려다보았다.
"당신."
그가 말했다.
"왜 그러죠?"
"실러."
그가 미소를 지었다.
"그녀와 특별한 관계죠? 안 그렇습니까?"
나는 대답하지 않았다.
"그녀를 사랑하죠?"
그가 '사랑'이라는 단어를 일부러 길게 끌어 발음했다. 나를 놀리는 것이었다. 나는 흔들리지 않았다.
"당신에게 뭐라 하는 건 아닙니다. 그녀는 톡 쏘는 매력도 있고, 펠라티오도……."
내가 그의 앞으로 다가갔다. 캐스트먼이 웃음을 터뜨렸다. 스퀘어스가 내 앞을 막아섰다. 그가 내 눈을 똑바로 쳐다보며 고개를 저었다. 나는 뒤로 물러섰다. 그가 옳았다.
캐스트먼이 웃음을 멈췄다. 하지만 그의 시선은 여전히 내게 고정되어 있었다.
"내가 당신 애인을 어떻게 꼬였는지 알고 싶습니까?"
나는 아무 말도 하지 않았다.
"타냐에게 쓴 것과 똑같은 수법이었습니다. 난 다른 포주들이 건드리지 못하는 최상급 아이들만 노렸죠. 그건 아주 특수한 작업 수법입니다. 난 실러를 꼬드겨 내 스튜디오로 불러들였습니다. 그게 답니다. 더는 머리 쓸 게 없죠. 그냥 건져만 올리면 됐어요."
"어떻게 말입니까?"
내가 물었다.

"정말 듣고 싶습니까?"

"어떻게 했느냐고 물었지 않습니까."

캐스트먼이 눈을 감았다. 그의 입가엔 여전히 미소가 감돌았다. 마치 유쾌한 기억을 떠올리듯.

"사진을 많이 찍어줬습니다. 정식으로 촬영해줬죠. 작업을 마치고 그녀 목에 칼을 갖다 댔습니다. 그리고 그녀를 침대에 묶었죠. 그 방도……"

그가 킥킥 웃으며 눈알을 희번덕댔다.

"코르크로 덮여 있었습니다. 난 그녀에게 약을 주사했죠. 약 기운에서 반쯤 깨어났을 때, 캠코더로 그녀를 찍기 시작했습니다. 마치 합의에 의한 촬영인 것처럼 보이도록 했죠. 당신의 실러는 그렇게 순결을 잃었습니다. 그 장면은 고스란히 카메라에 담겼고 말입니다. 그렇게 된 겁니다. 정말 멋지지 않습니까?"

다시 치밀어오른 분노가 내 진을 쏙 빼놓았다. 당장이라도 그의 목을 비틀어놓고 싶었다. 하지만 그 역시 내가 그렇게 하기를 바라고 있을 것이다.

"내가 어디까지 했죠? 오, 맞아. 난 그녀를 침대에 묶어놓고 계속 약을 주사했습니다. 한 일주일 동안 그랬을 겁니다. 최상품으로만 주사했죠. 굉장히 비싼 약이었습니다. 하지만 그 정도는 감수해야 했죠. 사업을 하다 보면 불가피하게 들어가는 비용이 있기 마련 아니겠습니까? 결국 실러도 두 손 들어버리고 말았습니다. 병에서 나온 지니는 다시 들어가려 하지 않죠. 그녀를 풀어주자 약을 달라면서 내 발가락을 빨아대기 시작하더군요."

마치 박수갈채라도 기대하는 듯 그가 입을 닫았다. 뭔가가 내 가슴을 갈가리 찢고 있는 듯한 기분이었다.

스퀘어스가 무덤덤한 음성으로 말했다.

"그럼 그 후에 거리로 내몰았단 말입니까?"

"그랬죠. 기본적인 속임수도 가르쳐줬습니다. 거머리 같은 남자를 떼어내는 방법, 동시에 두 명 이상의 남자를 상대하는 방법…… 뭐 그런 것들 말이죠. 난 그녀의 스승이었습니다."

구토가 나올 것 같았다.

"계속해봐요."

스퀘어스가 말했다.

"싫습니다. 더 듣고 싶으면…….";

그가 말했다.

"그럼 우린 가보겠습니다."

"타냐."

그가 말했다.

"그녀가 어쨌다는 겁니까?"

"물 좀 가져다주겠어요?"

캐스트먼이 혀로 입술을 핥았다.

"아뇨, 그녀에 대해 뭔가를 말하려 하지 않았습니까?"

"그년이 날 여기 가뒀습니다. 이건 옳지 않아요. 한때 그녀를 괴롭히긴 했습니다. 하지만 그래야 할 이유가 있었단 말입니다. 그녀는 내게서 벗어나 가든시티에서 온 남자랑 결혼하려 했어요. 자기들이 사랑에 빠졌다고 착각하고 있었죠. 내 참 우스워서. 무슨 〈귀여운 여인〉이라도 찍는 줄 알았나 봅니다. 그녀는 내가 관리하는 애들까지 데려가려 했어요. 가든시티에 데려가서 새 출발을 할 수 있게 도와주겠다나요? 아무튼 더 들어줄 수가 없었습니다."

"그래서 그녀에게 현실을 깨닫게 해줬다는 겁니까?"

스퀘어스가 말했다.

"네, 그랬죠. 달리 방법이 없었으니까."

"그래서 면도칼로 그녀의 얼굴을 망쳐놓았던 거군요."

"얼굴만 망가진 게 아닙니다. 상대가 누구든 이젠 그녀 얼굴을 눈 뜨고 못 봐줄 겁니다. 무슨 뜻인지 알겠죠? 다른 아이들에게도 본보기를 보여줄 필요가 있었습니다. 그런데 어느 날 우스운 일이 벌어졌습니다. 내가 무슨 짓을 해놓았는지 알 리 없는 그녀의 남자친구가 불쑥 나타났지 뭡니까. 가든시티에 있는 큰 집에서 타냐를 구하겠다고 여기까지 찾아온 겁니다. 그 얼간이는 22구경 권총을 가지고 있었습니다. 그 꼬락서니를 보니 웃음이 절로 터져 나오더군요. 그가 갑자기 날 쐈습니다. 가든시티에서 온 얼간이 회계사가 말입니다. 그가 내 겨드랑이를 쐈고, 총탄은 내 척추에 파고들었어요. 그래서 지금 이 지경이 된 거죠. 정말 어이가 없지 않습니까? 그뿐 아니었습니다. 가든시티 얼간이는 날 쏘고 나서, 내가 타냐에게 무슨 짓을 해놓았는지 직접 확인했습니다. 타냐의 얼굴을 보고 나서 그 친구가 어떤 반응을 보였는지 압니까? 타냐를 그토록 사랑했다는 그 친구가 말입니다."

그가 잠시 뜸을 들였다. 극적인 효과를 내기 위함인 듯했다. 우리는 잠자코 이야기가 이어지기를 기다렸다.

"깜짝 놀라 그녀를 떠나버렸습니다. 이해하시겠어요? 내가 타냐에게 해놓은 짓을 보고 도망쳐버렸단 말입니다. 진심으로 사랑했다던 그가 더는 그녀를 보고 싶지 않다면서 떠나버렸다고요. 그 후로 두 사람은 남남이 되어버렸습니다."

캐스트먼이 다시 웃음을 터뜨렸다. 나는 차분하게 호흡을 가다듬었다.

"혼수상태에 빠진 난 병원으로 옮겨졌습니다."

그가 계속 이어나갔다.

"타냐에겐 입원비를 낼 돈이 없었죠. 그래서 날 퇴원시켜 이곳으로 데려온 겁니다. 그리고 지금까지 날 돌보고 있죠. 무슨 말인지 아시겠습니까? 그녀가 날 살려놓고 있다고요. 내가 음식을 거부하자 이렇게 내 목에 튜브를 꽂아버렸습니다. 당신들이 원하는 걸 다 얘기해줄 테니, 당신들도 날 위해 뭔가 해줘요."
"뭘 말입니까?"
스퀘어스가 물었다.
"날 좀 죽여줘요."
"그건 좀 곤란하겠는데요."
"그럼 경찰에 신고라도 해줘요. 날 체포해가라고 신고 좀 해달란 말입니다. 모든 걸 자백할 테니까."
"실러 로저스는 어떻게 됐습니까?"
스퀘어스가 물었다.
"약속부터 해줘요."
스퀘어스가 나를 돌아보았다.
"이 정도면 충분한 것 같지? 이제 가보자고."
"알았어요, 알았어. 말해줄게요. 그저, 그저 한번 생각이나 해봐요."
그가 스퀘어스와 나를 번갈아 쳐다보았다. 스퀘어스는 아무 표정이 없었다. 내 얼굴은 어떤 표정을 짓고 있을지 궁금했다.
"실러가 지금 어디 있는지는 모릅니다. 그녀에게 무슨 일이 생겼는지도 모르고요."
"그녀가 당신 밑에서 얼마나 있었습니까?"
"이 년, 아니 삼 년쯤 있었습니다."
"어떻게 당신에게서 벗어난 겁니까?"
"네?"
"관리하는 아가씨들을 순순히 내보내줄 타입 같진 않은데."
스퀘어스가 말했다.
"그녀에게 무슨 일이 있었는지 묻고 있는 겁니다."
"그녀는 거리에서 일하면서 단골들을 만들어나가기 시작했어요. 이 분야에 타고난 재능이 있었죠. 그러다가 몇몇 거물들과 엮이게 됐습니다.

뭐 그런 경우가 있긴 하죠. 흔하진 않지만."

"거물들과 엮이다니, 그게 무슨 뜻입니까?"

"마약 딜러들 말입니다. 대규모 조직을 이끄는 딜러들. 그녀는 그들의 운반책으로 일하기 시작했습니다. 그리고 이 바닥을 떠날 채비를 했죠. 그녀에게 경고를 하고 싶었지만, 그녀가 워낙 거물들과 어울리는 통에 그럴 수 없었습니다."

"그 거물이란 게 어떤 사람들입니까?"

"레니 미슬러라고 들어봤습니까?"

스퀘어스가 몸을 뒤로 살짝 젖혔다.

"변호사 말입니까?"

"마피아 변호사죠."

캐스트먼이 바로잡아주었다.

"그녀가 마약 소지죄로 체포되자, 그가 그녀를 변호해주었습니다."

스퀘어스가 미간을 찌푸렸다.

"레니 미슬러가 마약 소지죄로 체포된 매춘부의 변호를 맡았었단 말입니까?"

"내가 무슨 말을 하고 있는지 이제 알겠습니까? 그녀는 그렇게 풀려났습니다. 난 그녀가 무슨 꿍꿍이수작을 부리는지 알아보기 시작했죠. 어느 날 불량배 두 명이 날 찾아왔습니다. 더는 그녀 곁에 얼씬도 말라고 경고하더군요. 바보가 아닌 이상 시키는 대로 할 수밖에요."

"그래서 어떻게 됐습니까?"

"두 번 다시 그녀를 보지 못했습니다. 소문을 듣자니, 그녀가 대학에 진학할 거라더군요. 그게 믿어집니까?"

"그게 어느 대학이었습니까?"

"그건 나도 모릅니다. 너무 황당한 얘기라······. 그냥 헛소문이었을 겁니다."

"그 외에는요?"

"없습니다."

"또 다른 소문은 없었습니까?"

캐스트먼의 눈이 다시 움직이기 시작했다. 그의 눈에선 절망이 엿보였다. 그는 우리를 최대한 잡아두려 애쓰고 있었다. 하지만 그는 우리에게 들려줄 말이 더는 없었다. 나는 스퀘어스를 돌아보았다. 그가 고개를 끄덕이고 돌아섰다. 나도 그의 뒤를 따랐다.

"잠깐만요!"

우리는 못 들은 척했다.

"제발 부탁입니다. 내가 아는 걸 다 말했어요. 당신들에게 순순히 협조했다고요. 제발 날 두고 가지 말아요."

우리가 떠난 후로도 매일 이 방에서 썩어야 할 테지만, 전혀 측은한 마음이 들지 않았다.

"개자식들!"

그가 소리쳤다.

"이봐! 남자친구, 내가 먹다 버린 거니까 마음껏 즐기라고. 그리고 명심해. 그녀가 당신에게 하는 모든 것들, 내가 다 가르친 거야. 당신을 차고 떠나버린 것까지도 말이야. 알아들어? 내 말 들리냐고?"

얼굴이 화끈 달아올랐지만, 나는 끝내 돌아보지 않았다. 스퀘어스가 문을 열었다.

"젠장!"

캐스트먼의 음성이 조금 누그러졌다.

"그녀가 바뀔 것 같아?"

내가 멈칫했다.

"겉으로는 예쁘고 깨끗해 보이기만 하지? 하지만 이 바닥을 떠났다고 모든 게 정리되는 줄 알아? 천만의 말씀."

나는 그의 말을 차단해버리고 싶었다. 하지만 그의 한마디 한마디가 머릿속을 파고들어 쩌렁쩌렁 울려댔다. 나는 문을 닫고 밖으로 나갔다. 우리는 다시 어둠에 묻혀버렸다. 타냐가 다가왔다.
"경찰에 신고할 건가요?"
그녀가 불분명한 발음으로 물었다.
"난 그를 함부로 대하지 않아요." 그녀는 분명 그렇게 말했었다. "그에겐 손도 대지 않는다고요." 그것은 거짓이 아니었다.
우리는 밤공기를 향해 다이빙하듯 서둘러 밖으로 나왔다. 우리는 수면을 헤집고 나온 잠수부처럼 숨을 깊이 들이쉬었다. 그리고 말없이 밴에 올라 그곳을 빠져나왔다.

10

네브래스카 주, 그랜드 아일랜드

실러는 혼자 죽고 싶었다.
신기하게도 통증이 가라앉았다. 그녀는 그 이유가 궁금했다. 빛은 없었다. 머릿속도 복잡하기만 했다. 죽음도 그녀에게 안식을 가져다주지는 못할 것이다. 천사가 내려와줄 것 같지도 않았고, 오래전에 세상을 떠난 친척들이 손을 내밀어줄 것 같지도 않았다. 그녀는 '보물'이라는 별명을 붙여주며 자신을 특별한 존재로 느끼게 해주었던 할머니를 떠올렸다.
홀로 이 어둠 속에서.
그녀가 눈을 떴다. 꿈을 꾸고 있는 걸까? 분간이 되지 않았다. 그녀는 한동안 환각에 빠져 허우적댔다. 의식을 잃었다 회복했다를 반복했다. 칼리의 얼굴이 불쑥 나타나자, 그녀는 제발 사라져달라고 애원했다. 현실이었나? 그럴 리 없다. 보나마나 환상이었을 것이다.

통증이 심해지자 자고 깨는 것, 현실과 꿈의 경계가 허물어졌다. 그녀는 더 저항하지 않았다. 고통을 떨쳐낼 수 있는 유일한 방법이었다. 통증을 막아보려는 노력은 헛수고이다. 통증을 다루기 쉽게 쪼개는 것도 소용없는 일이다. 결국 유일한 배출구를 발견한다. 정신을 차리는 것.

그리고 그걸 놓아버린다.

하지만 자신에게 무슨 일이 벌어지고 있는지 알고 있다면, 어떻게 정신을 놓을 수 있겠나?

심오한 철학적 질문이 아닐 수 없다. 그 질문은 산 자들을 위한 것이다. 모든 희망과 꿈이 부서져버린 후, 훼손과 재건이 끝난 후에 실러 로저스는 젊은 나이에 고통 속에서, 그리고 다른 누군가의 손안에서 죽어갈 것이다.

이런 게 바로 시적 정의라는 걸까? 그녀는 궁금했다.

그녀 안에서 뭔가가 쪼개지고 찢겨지고 떼어지고 있었다. 어느새 머릿속이 맑아졌다. 결코 피해갈 수 없는 섬뜩함도 찾아들었다. 눈속임이 사라지고, 마침내 그녀는 진실을 보게 되었다.

실러 로저스는 혼자 죽고 싶었다.

하지만 방엔 그도 함께 있었다. 그녀는 분명히 알 수 있었다. 그가 손을 그녀의 이마에 살며시 얹었다. 순간 그녀의 몸에 냉기가 돌았다. 서서히 생명력이 빠져나가는 게 느껴졌다. 그녀는 마지막으로 애원했다.

"제발, 가줘요."

11

스퀘어스와 나는 우리가 본 것에 대해 아무 말도 하지 않았다. 물론 경찰에 신고도 하지 않았다. 나는 방에 갇혀 꼼짝도 못하는 루이스 캐스트먼을 떠올렸다. 그에겐 읽을 것도 TV와 라디오도 없었다. 그저 옛 사진들만을 지겹게 올려다볼 뿐이었다. 내가 좋은 사람이었다면, 아마 적잖이 연민을 가졌을 것이다.

또한 나는 루이스 캐스트먼을 쐈다는 가든시티 남자에 대해서도 생각해보았다. 매정하게 등을 돌려버린 그는 캐스트먼보다 타냐에게 더 심한 상처를 안겨주었을 것이다. 과연 가든시티 남자는 아직까지도 타냐를 생각하고 있을까? 그냥 아무 일도 없었다는 듯 그녀를 까맣게 잊고 살진 않을까? 요즘도 꿈속에서 그녀의 얼굴을 종종 볼까?

설마.

많은 생각이 꼬리에 꼬리를 물었다. 섬뜩했지만 호기심도 강하게 일었다. 또한 그렇게 머리를 굴려대야만 실러를 잊을 수 있을 것 같았다. 그녀가 어떤 사람이었는지, 캐스트먼이 그녀에게 무슨 짓을 했는지도 알고 싶지 않았다. 나는 연방 그녀가 피해자라는 사실을 스스로에게 일깨웠다. 그녀는 납치되어 강간당하고, 험한 일을 겪었다. 이 모든 건 그녀의 잘못이 아니었다. 앞으로 그녀를 달리 볼 이유는 없었다. 하지만 이런 명확하고 당연한 해석도 나를 위로하진 못했다.

나 자신이 원망스러웠다.

밴은 새벽 네 시가 돼서야 내 아파트에 도착했다.

"어떻게 된 것 같아?"

내가 물었다.

스퀘어스가 짤막하게 난 수염을 어루만졌다.

"캐스트먼이 마지막에 했던 말, 그녀가 절대 바뀌지 않을 거라고 했던 거 기억하지? 그 친구 말이 맞아."

"네 경험에서 나오는 말이야?"

"나도 그랬어."

"그래서?"

"과거 속 뭔가가 다시 나타나 그녀를 데려간 것 같아."
"그럼 우리가 잘 짚은 거군."
"아마도."
스퀘어스가 말했다.
내가 차 문손잡이를 붙잡고 말했다.
"그녀가 과거에 뭘 했든 네가 뭘 했든, 그것에서 영영 헤어나지 못하더라도, 그것에 운명을 맡겨버릴 순 없잖아."
스퀘어스가 창밖을 내다보았다. 나는 그의 대답을 기다렸다. 하지만 그는 계속해서 창밖만 내다볼 뿐이었다. 나는 말없이 차에서 내렸고, 그는 밴을 몰고 사라졌다.

전화에 남겨진 메시지를 확인하는 순간 나는 흠칫 놀랐다. 곧장 액정 화면에 떠 있는 시간을 확인했다. 메시지는 밤 11시 47분에 남겨졌다. 아주 늦은 시간이었다. 나는 가족 중 누군가가 전화를 했을 거라고 생각했다. 하지만 내 예상은 빗나갔다.
재생 버튼을 누르자, 젊은 여자의 음성이 흘러나왔다.
"윌, 안녕."
누구인지 감이 잡히지 않았다.
"케이티예요. 케이티 밀러."
순간 몸이 빳빳이 굳었다.
"오랜만이네요. 내가 너무 늦게 전화했죠? 지금쯤 자고 있는지도 모르겠네요. 윌, 메시지 확인하는 대로 전화해줄래요? 늦은 시간이라도 상관없어요. 당신과 긴히 할 얘기가 있어요."
그녀는 자신의 전화번호를 남겨놓았다. 나는 멍하니 서 있었다. 케이티 밀러. 줄리의 동생. 그녀를 마지막으로 본 건, 그녀가 여섯 살 때였다. 당시 기억을 떠올리니 나도 모르게 미소가 머금어졌다. 수줍음 많은 케이티가 아버지의 군대 트렁크 뒤에 숨어 있다가 부적절한 타이밍에 불쑥 튀어나왔을 때 그녀는 네 살이었다. 줄리와 나는 황급히 담요로 몸을 가렸다. 바지를 끌어올릴 새도 없었다. 우리는 터져 나오려는 웃음을 애써 참았다.

어린 케이티 밀러.

지금쯤 그녀는 열일곱, 열여덟 살쯤 됐을 것이다. 성인이 된 케이트를 상상하기란 쉽지 않았다. 줄리의 죽음은 우리 가족에게 적지 않은 영향을 끼쳤다. 밀러 씨 부부가 받았을 충격도 어렵지 않게 헤아릴 수 있었다. 하지만 나는 지금껏 한 번도 그 사건이 어린 케이티에게 어떤 영향을 끼쳤을지 생각해본 적이 없었다. 나는 다시 줄리와 함께 담요를 끌어올리며 킥킥거렸던 때를 떠올려보았다. 그때 우리는 줄리가 숨진 채 발견된 지하실의 바로 그 소파에서 뒹굴며 시시덕거리고 있었다.

그런데 왜 갑자기 케이티가 전화를 해온 걸까?

어쩌면 그냥 애도의 뜻을 표시하려는 것인지도 몰랐다. 물론 그렇다고 완전히 납득이 되진 않았다. 전화가 걸려온 시간만 봐도 그렇다. 나는 혹시 숨겨진 의미라도 찾을 수 있지 않을까 기대하며, 메시지를 재생해보았다. 하지만 소득은 없었다. 그녀는 분명 아무 때나 연락하라고 했다. 하지만 지금 시간은 새벽 네 시가 훌쩍 넘었다. 게다가 나는 무척 피곤했다. 무슨 일인지는 몰라도 날이 밝은 후에 처리하고 싶었다.

나는 침대로 기어올라가, 마지막으로 케이티 밀러를 봤던 때를 떠올려보았다. 우리 가족은 장례식에 초대받지 못했다. 우리는 유족의 뜻에 응해주었다. 그로부터 이틀 후, 나는 홀로 22번 도로 인근에 자리한 묘지를 찾아갔다. 그리고 줄리의 묘비 앞에 주저앉았다. 아무 말도 하지 않았고 울지도 않았다. 마음이 편해지지도 않았고, 끝이라는 느낌도 받지 못했다. 밀러 가족이 흰색 올즈모빌 시에라를 몰고 나타났다. 나는 슬그머니 몸을 감추었다. 하지만 간발의 차이로 어린 케이티의 시야에 들고 말았다. 순간 아이의 얼굴이 야릇한 표정으로 바뀌었다. 그 표정은 슬픔과 두려움과 연민을 드러내고 있었다.

나는 몰래 묘지를 나왔다. 그 후로 케이티를 보거나 그녀와 얘기를 나눈 적은 한 번도 없었다.

12

네브래스카 주, 벨몬트

버사 패로우 보안관은 이보다 훨씬 끔찍한 현장을 여러 차례 본 적이 있었다.

살인사건 현장도 물론 참혹하긴 했다. 뼈가 부서지고, 머리가 쪼개지고, 피가 흩뿌려진 현장을 볼 때마다 속이 울렁거렸다. 하지만 금속과 살이 맞부딪친 교통사고 현장은 끔찍함에 있어 여느 살인사건 현장을 가뿐히 넘어섰다. 정면충돌 사건인 경우엔 특히 더했다. 중앙선을 넘어온 트럭. 범퍼와 뒷좌석을 완전히 분리시킨 나무. 엄청난 속도로 가드레일을 넘어 팽개쳐진 차.

끔찍하다는 소리를 들으려면 최소한 그 정도는 돼야 했다.

하지만 이 현장은 웬만한 교통사고 현장보다 비참했다. 피가 별로 뿌려지지 않은 현장엔 여자의 시체가 놓여 있었다. 버사 패로우는 여자의 얼굴을 똑똑히 볼 수 있었다. 그녀는 공포에 질린 표정이었다. 자신에게 무슨 일이 벌어졌는지 깨닫지 못하는 듯했다. 어쩌면 절망의 표정인지도 몰랐다. 버사는 그녀가 극심한 고통 속에서 숨졌음을 알 수 있었다. 시체의 손가락은 엉망이 된 상태였고, 흉곽은 으스러져 있었다. 온몸은 멍으로 덮여 있었다. 그녀는 이것이 어떤 인간이 저지른 짓이라는 걸 대번에 알 수 있었다. 살과 살이 맞부딪친 사건. 얼음 조각이 초래한 사고도 아니었고, 시속 130킬로미터로 달리면서 라디오 주파수를 바꾼 누군가가 낸 사고도 아니었으며, 급하게 허둥대던 택배 트럭이 낸 사고도 아니었다. 음주운전과 과속운전의 결과도 아니었다.

이것은 의도된 사건이었다.

"시체는 누가 발견했지?"

그녀가 조지 볼커 부관에게 물었다.

"랜돌프 애들이 발견했습니다."

"정확히 누가?"

"제리와 론입니다."

버사가 재빨리 머리를 굴렸다. 제리는 열여섯 살, 론은 열네 살이었다.

"집시와 산책 중이었다고 합니다."

부관이 덧붙였다. 집시는 랜돌프 가족이 키우는 셰퍼드였다.

"개가 냄새를 맡고 찾아냈다는군요."

"그 애들은 지금 어디 있지?"

"데이브가 집까지 바래다주었습니다. 충격을 좀 받은 모양입니다. 진술은 다 받아놓았습니다. 아는 게 하나도 없더군요."

버사가 고개를 끄덕였다. 스테이션왜건 한 대가 빠른 속도로 달려와 멈춰 섰다. 군(郡) 검시관, 클라이드 스마트였다. 차문을 벌컥 열고 클라이드가 황급히 내렸다. 버사는 햇빛을 막기 위해 손을 눈 위로 가져다 댔다.

"서두를 거 없어요, 클라이드. 시체가 달아나는 일은 없을 테니까요."

조지가 피식 웃었다.

클라이드 스마트는 이런 일에 익숙했다. 버사와 마찬가지로 그 역시 쉰 살에 가까운 베테랑이었다. 두 사람 모두 이십 년 가까이 같은 일을 해오고 있었다. 클라이드는 그녀의 농담에 반응하지 않고, 곧장 시체가 있는 데로 달려갔다. 시체의 상태를 확인한 그의 얼굴이 일그러졌다.

"이런, 맙소사!"

검시관이 말했다.

클라이드가 시체 옆에 쪼그리고 앉았다. 그가 시체의 얼굴로 흘러내린 머리를 살며시 걷어올렸다.

"오, 이럴 수가!"

그가 말했다.

"이건……."

그는 말을 잇지 못하고 고개를 저었다.

버사는 그를 잘 알고 있었다. 클라이드의 반응은 전혀 새삼스럽지 않았다. 그녀가 알고 있는 검시관들 대부분은 냉정하고 차분했다. 하지만 클라이드는 달랐다. 그에게 있어 사람은 조직과 너절한 화학물질의 혼합체 그 이상이었다. 그녀는 클라이드가 시체를 앞에 놓고 구슬프게 우는 광경을 여러 번 봤다. 그는 놀라울 정도로 정중하게 시체를 다루었다. 부검을 할 때도 마치 자신이 시체를 살려낼 수 있을 것처럼 조심스레 상대했다. 나쁜 소식을 유족에게 전할 때는 그들의 비통한 마음을 가장 먼저 헤아렸다.

"언제 사망했는지 대충 아시겠습니까?"

그녀가 물었다.

"오래되진 않은 것 같습니다."

클라이드가 나지막이 대답했다.

"피부는 아직 이른 사후 경직 상태입니다. 아마 여섯 시간도 채 되지 않았을 겁니다. 간의 온도를 재봐야 확실히 알겠지만……."

그가 손가락으로 부자연스럽게 튀어나온 손을 가리켰다.

"오, 맙소사!"

그가 다시 말했다.

버사가 부관을 돌아보았다.

"신원은 확인됐어?"

"아직 안 됐습니다."

"강도를 만난 걸까요? 범행 수법이 너무 잔인합니다."

클라이드가 말하고는 고개를 들었다.

"범인이 의도적으로 피해자를 괴롭혔던 모양입니다."

잠시 무거운 침묵이 흘렀다. 버사는 클라이드의 눈이 촉촉이 젖어드는 것을 볼 수 있었다.

"또 다른 건 없습니까?"

그녀가 물었다.

클라이드가 다시 시선을 떨어뜨렸다.

"피해자는 노숙자가 아닙니다."

그가 말했다.

"그건 옷차림과 숨지기 전 건강 상태를 보면 알 수 있죠."

그가 피해자의 입안을 살폈다.

"치아 관리도 꽤 잘된 상태입니다."

"강간의 흔적은 없습니까?"

"옷이 입혀진 상태라 지금은 확인할 수 없습니다."

클라이드가 말했다.

"하지만…… 맙소사. 대체 무슨 일을 당한 걸까요? 혈흔이 많지 않은 걸로 보아, 이곳에서 범행을 저지른 것 같진 않습니다. 다른 데서 살해한 후, 이곳에 버려두고 간 것 같습니다. 그 외의 의문점들은 부검을 해봐야 알 수 있겠네요."

"네, 알겠습니다."

버사가 말했다.

"우선 접수된 실종 신고부터 살펴봐야겠군요. 지문도 한번 돌려보고요."

클라이드가 고개를 끄덕이자, 버사 패로우 보안관이 몸을 돌려 현장을 빠져나갔다.

18

나는 케이티에게 연락할 필요가 없었다.
전화벨 소리가, 전류가 흐르는 소몰이 막대에 접촉이라도 한 듯, 내 귀청을 때렸다. 꿈도 꾸지 않은 채 깊은 잠에 빠져 있던 나는 번쩍 눈을 떴다. 어둠 속을 허우적거리다가 한순간에 몸을 수직으로 세운 것이다. 가슴이 쿵쾅거렸다. 시계를 보니, 오전 6시 58분이었다.
나는 신음하며 몸을 기울였다. 발신자 정보는 뜨지 않았다. 쓸데없는 기능. 피하고 싶은 상대들은 전부 차단 기능을 주문해 쓰고 있었다. 정체를 숨기는 것쯤은 어려운 일이 아니었다.
나는 잠에서 완전히 깬 음성으로 전화를 받았다. 내가 들어도 지나치게 연출이 심했던 것 같다.
"여보세요."
"음, 윌 클라인 씨인가요?"
"그런데요."
"케이티 밀러예요."
그리고 한마디 덧붙였다.
"줄리의 동생."
"아…… 안녕, 케이티?"
내가 말했다.
"어젯밤에 메시지를 남겨놨어요."
"그걸 새벽 네 시에야 확인했지 뭐야."
"이런, 나 때문에 깬 거예요?"
"그건 아니야."
내가 말했다.

그녀의 침울한 음성은 앳되고 부자연스러웠다. 나는 그녀가 언제 태어났는지 머릿속으로 셈해보았다.
"고등학교 졸업반이겠네."
"가을에 대학에 진학해요."
"어느 대학?"
"보우든 대학이라고, 작은 학교예요."
"메인 주에 있는 학교지?"
내가 말했다.
"나도 아는 학교야. 꽤 좋은 학교로 알고 있는데, 축하해."
"고마워요."
나는 허리를 조금 더 펴고, 어색한 침묵을 어떻게 깰지 궁리하기 시작했다. 떠오르는 건 진부한 방법뿐이었다.
"정말 오랜만이야."
"뭘?"
"응?"
"만나고 싶어요."
"나도 그래."
"오늘 시간 어때요?"
"지금 어디 있지?"
내가 물었다.
"리빙스턴에 있어요."
그녀가 말했다. 그리고 이내 덧붙였다.
"우리 집 앞을 걸어가는 걸 봤어요."
"미안."
"원한다면 내가 시내로 갈 수도 있어요."
"그럴 필요 없어."

내가 말했다.
"어차피 오늘 아버지를 뵈러 가야 하거든. 그 전에 만나는 건 어떨까?"
"네, 좋아요."
그녀가 말했다.
"하지만 여기서는 안 돼요. 고등학교 옆 농구 코트 알죠?"
"물론."
내가 말했다.
"거기서 열 시에 보자."
"네."
"케이티."
내가 수화기를 반대쪽 귀로 가져다 댔다.
"갑자기 네가 연락을 해오니 좀 이상한데."
"네."
"무슨 일로 만나자는 거지?"
"무슨 일 때문인 것 같아요?"
그녀가 말했다.
나는 아무 대답도 하지 않았다. 하지만 그건 아무래도 상관없었다. 그녀는 이미 전화를 끊은 후였으니까.

14

월은 아파트를 나섰다. 유령이 그를 지켜보고 있었다.
유령은 그를 미행하지 않았다. 그는 월이 어디로 향하는지 알고 있었다. 그가 손가락을 구부렸다 폈다를 반복했다. 그의 팔뚝에는 힘이 잔뜩 들어가고, 온몸은 바르르 떨렸다.

유령은 줄리 밀러를 생생히 기억하고 있었다. 벌거벗은 채 지하실에 누워 있던 그녀의 자태도 기억하고 있었다. 처음에 그녀의 피부는 따뜻했다. 하지만 서서히 젖은 대리석처럼 딱딱하게 굳어갔다. 그녀의 얼굴은 자줏빛과 노란빛으로 변했고, 툭 튀어나온 눈은 새빨갰다. 표정은 공포와 경악으로 심하게 일그러져 있었다. 모세관은 갈가리 찢겨지고, 한쪽으로 흘러내린 침은 꼭 칼로 베인 상처처럼 보였다. 부자연스러운 각도로 꺾인 목엔 철사가 깊숙이 파고들어 있었다. 식도까지 베어져 하마터면 목이 완전히 잘려나갈 뻔했다.

그 엄청난 양의 피.

교살은 그가 가장 선호하는 작업 수법이었다. 그는 서기(Thuggee)를 배우기 위해 인도까지 갔었다. 서기란 인도의 암살단원이 행한 비밀스러운 교살 수법이다. 유령은 수년간 총과 칼의 사용법을 익혀왔다. 하지만 특별한 경우를 제외하고는 교살을 고집했다. 대담하고 지극히 개인적인 방법이기 때문이다. 그는 피해자의 최후 침묵을 무척이나 즐겼다.

그가 조심스레 숨을 내쉬었다.

윌이 그의 시야에서 사라졌다.

동생.

유령은 오래전에 봤던 쿵후 영화를 떠올렸다. 살해된 형을 위해 복수를 준비하는 동생. 윌 클라인을 죽이면 그땐 무슨 일이 벌어지게 될지 그는 궁금했다.

아니, 이 경우는 좀 달랐다. 복수의 차원도 확실히 다를 수밖에 없었다.

그럼에도 그는 여전히 윌의 반응이 어떨지 궁금했다. 결국 이 문제를 풀 수 있는 건, 그 한 사람뿐이었다. 세월이 그를 바꿔놓았을까? 유령은 부디 그랬기를 바랐다. 그건 머지않아 직접 확인할 수 있을 것이다.

어차피 언제 하루 날을 잡아 윌과 회포를 풀 생각이었으니까.

유령이 길을 건너 윌의 아파트로 향했다.

오 분 후, 그는 아파트 진입에 성공했다.

나는 버스를 타고 리빙스턴 도로와 노스필드의 교차로로 향했다. 리빙스턴 교외의 중심지였다. 초등학교는 어느새 볼품없는 스트립 몰로 바뀌어버렸다. 그곳의 특제품 상점들은 늘 적자를 면치 못했다. 나는 가정부로 보이는 몇몇 여자들의 틈에 끼어 버스에서 내렸다. 역방향 통근의 기묘한 조화. 아침이면 리빙스턴 사람들은 일터가 있는 도시로 몰려간다. 하지만 그들의 집을 청소하고 아이들을 돌봐주는 이들은 도시를 떠나 마을로 들어온다. 바로 이런 게 조화가 아닐까.

나는 리빙스턴 거리를 걸어 리빙스턴 고등학교로 향했다. 학교 옆에는 리빙스턴 공공 도서관, 리빙스턴 지방법원, 리빙스턴 경찰서가 자리하고 있었다. 패턴이 보이는가? 네 채의 건물 모두를 같은 건축가가 같은 시기에 같은 벽돌로 지었다. 마치 한 건물이 나머지 건물들을 낳아놓은 것처럼.

나는 이곳에서 자랐다. 어릴 적엔 도서관에서 C. S. 루이스와 매들린 렝글의 소설을 빌려 읽었다. 열여덟 살 땐 바로 저 법원에서 속도위반 딱지 건으로 항소했다가 패소한 적이 있었다. 그중 가장 큰 고등학교 건물에선 육백 명의 졸업생 중 한 명으로 소중한 학창시절을 보냈다.

나는 학교 건물을 따라 원을 그리며 반쯤 걸어 나와 오른쪽으로 방향을 틀었다. 농구 코트가 보였다. 나는 녹슨 농구 골대 밑으로 다가섰다. 내 왼쪽으로는 테니스 코트가 있었다. 고등학교 시절 테니스를 잠깐 친 적이 있었다. 소질이 아주 없는 건 아니었지만, 그렇다고 운동에 특별히 관심이 있는 것도 아니었다. 난 운동선수로 성공하기 위해 반드시 갖춰야 할 경쟁심이 부족했다. 물론 지는 것은 싫어했지만, 그렇다고 악착같이 이기려 드는 스타일도 아니었다.

"윌?"

고개를 돌려 그녀를 보는 순간 온몸이 얼어붙었다. 옷차림엔 많은 차이가 있었다. 몸에 착 달라붙는 청바지, 1970년대 풍의 클로그(Clogs, 뒤창 없이 앞창만 있는 신발), 너무 붙고 너무 짧은 셔츠, 피어싱이 된 평평한 배. 하지만 얼굴과 머리 스타일은……. 꼭 벼랑 밑으로 떨어지고 있는 듯한 야릇한 기분이 들었다. 나는 잠시 축구장 쪽으로 시선을 돌렸다. 맹세코 내가 본 것은 줄리였다.

"알아요."

케이티 밀러가 말했다.

"유령을 보고 있는 것 같죠?"

나는 다시 그녀에게 시선을 돌렸다.

"아버지도……."

그녀가 작은 손을 꽉 끼는 청바지 주머니에 찔러 넣었다.

"여전히 날 보면 우세요."

나는 무슨 말을 해야 할지 몰라 난감했다. 그녀가 내 앞으로 조금 더 다가왔다. 우리는 나란히 서서 학교 건물을 바라보았다.

"너도 여기 다녔지?"

내가 물었다.

"지난달에 졸업했어요."

"졸업하니 좋아?"

그녀가 어깨를 으쓱했다.

"벗어나게 돼서 마음이 후련해요."

햇살을 받은 건물의 냉담한 윤곽은 교도소를 연상시켰다. 고등학교 대부분이 그렇다. 고등학교 시절 나는 그럭저럭 인기가 많은 편이었다. 학생회 부회장으로 활동했고, 테니스팀에서 공동 주장을 맡기도 했다. 친구도 많았다. 기분 좋은 추억을 떠올려보고 싶었지만 머리가 따라주지 않았다. 추억들은 당시의 불안감으로 심하게 얼룩져 있었다. 지금 와서 생각해보면 내 고등학교 시절, 내 청춘기는 지겨운 전투였던 것 같다. 그저 살아남기 위해 발버둥치며 지냈을 뿐이다. 내 학창시절은 행복하지 않았다. 과연 행복한 학창시절이라는 게 있을까?
"어머니 일은 정말 안됐어요."
케이티가 말했다.
"고마워."
그녀가 뒷주머니에서 담배를 꺼내 내게 권했다. 나는 정중히 거절했다. 그녀가 담배에 불을 붙였다. 흡연에 대해 한마디 해주고 싶었지만 애써 참았다. 케이티의 시선은 여전히 나를 피하고 있었다.
"난 사고로 생겼어요. 늦둥이죠. 내가 태어났을 때 줄리는 이미 고등학교에 다니고 있었어요. 병원에선 부모님께 더는 아이를 가질 수 없다는 얘기를 했다는데……."
그녀가 어깨를 으쓱했다.
"내가 생길 거라고는 두 분 모두 상상도 못 하셨어요."
"그런 경우가 적지 않지."
내 말에 그녀가 피식 웃었다. 그 웃음은 내 안 깊은 곳에서 메아리가 되어 울렸다. 그것은 줄리의 웃음이었다. 울림이 서서히 줄어드는 것마저도 똑같았다.
"아버지 대신 사과할게요."
케이티가 말했다.
"그저 좀 놀라셨을 뿐이에요."
"내가 그 앞을 지나는 게 아니었어."
그녀가 담배를 길게 한 모금 빨고 나서 고개를 갸웃했다.
"왜 왔던 거죠?"
나는 잠시 적당한 답을 찾아 머리를 굴렸다.
"글쎄."

내가 말했다.
"나도 당신을 봤어요. 모퉁이를 돌았을 때부터요. 기분이 아주 이상했어요. 어렸을 때 내 방에서 같은 자세로 걸어오던 당신을 지켜봤던 기억이 떠올랐어요. 다시 과거로 돌아간 느낌이랄까. 아무튼 기분이 정말 이상했어요."

나는 오른쪽을 돌아보았다. 골목은 텅 비어 있었다. 방학이 끝나면 골목은 다시 아이들을 기다리는 부모들로 북적거릴 것이다. 비록 내 학창시절 추억은 그리 유쾌하지 않았지만, 매일 낡은 빨간색 폴크스바겐을 몰고 와 나를 태워갔던 어머니에 대한 느낌은 달랐다. 어머니는 차 안에서 잡지를 읽으며 기다렸다. 수업 종료 벨이 울리면 나는 어머니에게 터덕터덕 걸어갔다. 어머니와 눈이 마주치면 어머니는 환히 미소를 지었다. 그 유명한 써니의 미소. 그것은 가슴속에서 우러나오는 반응이었다. 무조건적인 사랑. 두 번 다시 그 미소를 볼 수 없을 거라는 사실에 마음이 아파왔다.

불편해. 그는 생각했다. 여기 와 있는 것. 케이티의 얼굴에서 줄리의 형상을 보는 것도. 기억들. 너무 불편했다.

"배 안 고파?"
내가 물었다.
"조금요."

그녀의 차는 낡은 혼다 시빅이었다. 룸미러엔 자질구레한 장신구들이 주렁주렁 걸려 있었다. 차에선 풍선껌과 과일 샴푸의 냄새가 풍겼다. 스피커에서 흘러나오는 음악은 처음 들어보는 것이었다. 하지만 나쁘진 않았다.

우리는 말없이 10번가에 자리한 뉴저지 식당으로 향했다. 카운터 뒤로는 지역 뉴스 진행자들의 사인이 담긴 사진이 걸려 있었다. 칸막이 된 자리마다 소형 주크박스가 붙어 있었다. 메뉴는 톰 클랜시 소설보다 조금 더 길었다.

턱수염을 길게 기른 남자가 데오드란트 냄새를 풍기며 다가와 총 몇 명인지 물었다. 우리는 두 명이 앉을 테이블을 준비해달라고 했다. 케이티는 흡연석을 부탁했다. 흡연석이 아직 존재하는지 의문이었지만, 놀랍게도 대형 식당들은 여전히 구시대적이었다. 자리에 앉자마자 그녀가 재떨이를 자신의 앞으로 끌어갔다. 마치 재떨이를 보호하려는 듯.

"당신이 우리 집 앞을 지나쳐간 후, 묘지에 가봤어요."

그녀가 말했다.

웨이터가 다가와 컵에 물을 따라주었다. 그녀가 몸을 등받이에 기댄 채 담배를 한 모금 빨고 나서 연기를 길게 내뿜었다.

"몇 년 만에 처음 가봤어요. 당신을 보고 나니 왠지 한번 다녀오고 싶더라고요."

그녀는 여전히 나와 눈을 맞추려 하지 않았다. 코브넌트 하우스의 아이들도 대부분 그랬다. 그들은 내 시선을 피하고, 나는 그냥 그러도록 내버려둔다. 특별히 눈을 맞춰야 할 이유가 없기 때문이다. 물론 그들의 시선을 끌어보기 위해 노력은 하지만 실패하더라도 개의치 않는다.

"이젠 언니 기억도 잘 안 나요. 사진을 볼 때마다 과연 기억 속의 언니가 실재했는지 의심하게 돼요. 오, 그레이트 어드벤처에서 찻잔 라이드를 타며 놀았던 건 기억나요. 하지만 그때 사진을 꺼내 보면 내가 당시 일을 기억하고 있는 건지, 아니면 사진을 기억하고 있는 건지 구분이 안 돼요. 무슨 말인지 알겠어요?"

"알 것 같아."

"그날 당신이 불쑥 나타났을 때, 난 그냥 집을 나와버렸어요. 아버지는 버럭 화를 내셨고, 어머니는 울기만 하셨죠. 난 그런 분위기를 견딜 수 없었어요."

"불편하게 해드리려고 갔던 건 아니었어."

내가 말했다.
그녀가 해명은 필요 없다는 듯 손을 들어 보였다.
"괜찮아요. 차라리 그렇게 터져버려서 다행이에요. 평소엔 속으로 삭이면서 지내죠. 그런 분위기, 정말 섬뜩해요. 가끔 난…… '언니는 죽었단 말이에요' 하고 비명을 질러버리고 싶은 충동에 휩싸여요."
케이티가 몸을 앞으로 기울였다.
"그것보다 더 섬뜩한 게 뭔지 알아요?"
나는 그녀에게 말해보라고 손짓했다.
"우린 지하실을 그대로 보존해두고 있어요. 소파와 TV, 전부 그대로예요. 지저분한 카펫도 마찬가지고요. 내가 은신처로 사용했던 낡은 트렁크도 그렇고. 전부 당시 분위기 그대로 보존되어 있어요. 더는 사용하지도 않으면서 말이에요. 세탁장도 여전히 지하실에 있어요. 빨래를 하려면 반드시 그곳을 지나쳐 가야 하죠. 무슨 말인지 알겠어요? 우린 그렇게 살고 있어요. 위층에서도 살얼음 위를 걷는 것처럼 항상 조심조심 다니죠. 그렇게 하지 않으면 바닥이 무너져내리기라도 하는 것처럼 말이에요."
그녀가 잠시 말을 멈추고 담배를 한 모금 빨았다. 마치 그것이 산소호흡기라도 되는 양. 나는 몸을 등받이에 붙였다. 그동안 나는 케이티 밀러에 대해 까맣게 잊고 살아왔다. 살인사건이 그녀에게 어떤 영향을 끼쳤을지 헤아려본 적도 없었다. 물론 그녀의 부모에 대해서는 생각해본 적이 있다. 그들이 겪었을 악몽 같은 현실에 대해서도 그렇고. 종종 그들이 왜 아직 그 집에 살고 있는지 궁금하기도 했다. 사건이 터진 후 이사 가기를 완강히 거부했던 우리 부모님의 속내도 이해가 되지 않았다. 안락과 자초한 고통 사이의 연결고리. 견디고 싶은 욕구에 대해 얘기한 것은, 고통스러워하는 것이 그냥 잊어버리는 것보다 낫기 때문이었다. 그 집에 남아 있는 것이 바로 그 좋은 예였다.

하지만 나는 케이티 밀러에 대해서는 한 번도 걱정해본 적이 없다. 죽은 언니와 똑같이 생긴 유령과 함께 폐허에 산다는 것이 얼마나 끔찍한 일인지 헤아리지 못했다. 나는 마치 처음 보는 이를 대하듯 다시 케이티를 쳐다보았다. 그녀의 시선은 겁에 질린 새처럼 계속해서 주변을 훑고 있었다. 눈에는 눈물이 고여 있었다. 나는 손을 뻗어 줄리를 쏙 닮은 그녀의 손을 살며시 잡았다. 순간 찾아든 묘한 기분에 머리가 아찔했다.

"기분이 이상해요."

그녀가 말했다.

그녀 말이 맞아. 나는 생각했다.

"나도 마찬가지야."

"윌, 어떻게든 끝을 맺어야 해요. 그날 밤 정확히 무슨 일이 있었든, 이젠 확실하게 끝내야 해요. 가끔 TV에서 악당이 잡혔을 때 누군가가 '그런다고 죽은 사람이 살아오나?' 하고 말하는 장면이 나오곤 하잖아요. 당연한 얘기지만 중요한 건 그게 아니에요. 어쨌든 사건이 종결되긴 하잖아요. 범인이 잡히면 그걸로 모든 게 끝나버려요. 내가 원하는 건 바로 그거라고요."

그녀가 무슨 말을 하고 싶어 하는지 감이 잡히지 않았다. 나는 그녀를 보호소의 아이들 중 하나라고 생각하기로 했다. 내 도움과 사랑이 필요해 찾아온 아이. 그리고 그녀가 어떻게든 도움이 되어주고 싶다는 내 마음을 알아주기를 바랐다.

"내가 당신의 형을 얼마나 증오하는지 아마 모를 거예요. 그가 줄리에게 저지른 일 때문만은 아니에요. 그는 그냥 사라져버리는 것으로 우리에게 더 몹쓸 짓을 저질렀어요. 난 그가 빨리 잡히기를 기도했어요. 경찰에 포위된 그가 저항하다가 총에 난사당하는 꿈도 꿨어요. 이런 얘길 듣고 싶지 않겠지만, 그래도 날 이해하려 노력해봐요."

"그러니까 종결을 원한다는 얘기지?"

내가 말했다.
"네. 그런데……."
"그런데 뭐?"
그녀가 고개를 들고 나를 쳐다보았다. 우리의 시선이 처음으로 마주쳤다. 다시 서늘한 냉기가 찾아들었다. 앞으로 뻗어낸 손을 가져오고 싶었지만, 몸이 말을 듣지 않았다.
"그를 봤어요."
그녀가 말했다.
순간 나는 내 귀를 의심했다.
"당신 형 말이에요. 그를 봤어요. 그가 확실해요."
"언제?"
나는 간신히 목소리를 뽑아내 물었다.
"어제요. 묘지에서 봤어요."
그때 웨이트리스가 다가왔다. 그녀가 귀에 꽂은 연필을 뽑아들고 뭘 주문할 건지 물었다. 우리 두 사람은 잠시 입을 열지 못했다. 웨이트리스가 헛기침을 한 번 했다. 케이티는 샐러드를 시켰다. 웨이트리스가 나를 돌아보았다. 나는 치즈 오믈렛을 주문했다. 그녀는 어떤 치즈를 원하는지 물었다. 아메리칸, 스위스, 체더. 나는 체더로 해달라고 했다. 그녀는 홈 프라이와 프렌치 프라이 중 하나를 고르라고 했다. 나는 홈 프라이를 골랐다. 토스트는 흰 빵, 호밀 빵, 휘트 빵 중에서 무엇을 할지 물었고, 나는 호밀로 달라고 했다. 그리고 그녀가 묻기도 전에 음료는 필요 없다고 선수를 쳐버렸다.
마침내 웨이트리스가 사라졌다.
"말해봐."
내가 말했다.
케이티가 담배를 비벼 껐다.

"아까 얘기한 대로예요. 묘지에 갔었어요. 바깥 공기를 쐬고 싶었거든요. 참, 줄리가 어디 묻혔는지 알죠?"
나는 고개를 끄덕였다.
"모를 리가 없겠죠. 묘지에서 당신을 본 적이 있어요. 장례를 치르고 이틀인가 지나서."
"맞아."
내가 말했다.
그녀가 몸을 앞으로 기울였다.
"언니를 사랑했나요?"
"모르겠어."
"언니 때문에 마음 아프지 않았나요?"
"그랬던 것도 같아, 아주 오래전에."
내가 말했다.
케이티가 자신의 손을 내려다보았다.
"어떻게 된 일인지 말해봐."
내가 말했다.
"많이 달라 보였어요. 당신 형 말이에요. 사실 기억은 잘 나지 않아요. 아주 어렴풋이 떠오를 뿐이죠. 그것도 사진을 본 적이 있었기에 가능할 거예요."
"그러니까 형이 줄리의 묘지 앞에 서 있었단 말이지?"
"버드나무 옆에 서 있었어요."
"응?"
"나무가 한 그루 있어요. 30미터쯤 떨어진 곳에 말이에요. 난 정문으로 들어가지 않았어요. 그냥 울타리를 넘어 들어갔죠. 그래서 그의 눈에 띄지 않았어요. 그는 버드나무 옆에 서서 줄리의 묘비를 빤히 쳐다보고 있었어요. 내 발소리를 듣지 못하는 것 같았어요. 언니의 무덤에 정신을 팔고 있었던 거죠. 나는 조용히 다가가서 그의 어깨를 톡톡 두드려봤어요. 깜짝 놀라더군요. 그가 몸을 홱 돌려 나를 쳐다봤어……. 뭐 언니랑 많이 닮아서였겠죠. 그는 비명이라도 지를 듯한 표정이었어요. 마치 유령이라 본 것처럼 말이에요."

"켄을 본 게 분명해?"

"백 퍼센트 정확한 건 아니에요. 뭐 그럴 수밖에 없죠."

그녀가 담배 한 개비를 또 뽑아들었다.

"네, 그를 본 게 분명해요."

"그걸 어떻게 확신할 수 있지?"

"그는 자기가 죽이지 않았다고 했어요."

순간 머릿속이 핑핑 돌기 시작했다. 양 옆에 축 늘어진 두 손으로 쿠션을 움켜잡았다. 나는 입을 열고 천천히 말했다.

"형이 또 무슨 말을 했지?"

"처음엔 그 말뿐이었어요. '난 네 언니를 죽이지 않았어.'"

"그래서 넌 어떻게 했어?"

"난 그에게 거짓말하지 말라고 했어요. 그리고 비명을 질러버리겠다고 했어요."

"그래서 비명을 질렀어?"

"아뇨."

"왜?"

케이티는 아직 담배에 불을 붙이지 않고 있었다. 그녀가 입에 물었던 담배를 다시 테이블에 내려놓았다.

"그의 주장을 믿었으니까요."

그녀가 말했다.

"그의 목소리를 들으니 왠지 진실일 것 같았어요. 난 오랫동안 그를 증오해왔어요. 그에 대한 내 생각이 어땠는지는 상상도 못 할 거예요. 하지만 지금은……."

"그래서 어떻게 했지?"

"그냥 뒤로 물러났어요. 비명 지를 준비를 한 채로요. 그가 내 앞으로 천천히 다가왔어요. 두 손으로 내 얼굴을 잡더니만 내 눈을 빤히 들여다보더군요. 그리고 이렇게 말했어요. '내가 꼭 범인을 찾아줄게. 약속해.' 그리고 날 계속 쳐다보다가 손을 떼고 사라져버렸어요."

"혹시 지금 이 얘기를……."

내 질문이 끝나기도 전에 그녀가 고개를 저었다.

"아무에게도 안 했어요. 아직까지도 그런 일이 실제로 벌어졌다는 게 믿어지지 않아요. 꼭 꿈을 꾼 듯한 느낌이에요. 꿈을 꾸거나 그냥 꾸며낸 듯한 느낌. 줄리에 대한 기억처럼 말이에요."

그녀가 다시 고개를 들고 나를 쳐다보았다.

"그가 줄리를 죽였다고 생각해요?"

"아니."

내가 대답했다.

"뉴스에서 당신을 봤어요."

그녀가 말했다.

"그가 죽었다고 믿고 있죠? 사건 현장에서 그의 혈흔이 발견됐다면서요?"

내가 고개를 끄덕였다.

"그 말을 정말 믿는 거예요?"

"아니."

내가 말했다.

"더는 아니야."

"왜 갑자기 생각을 바꾼 거죠?"

나는 뭐라고 답해야 할지 몰랐다.

"아마 나도 모르게 형을 찾고 있었나 봐."
"당신을 돕고 싶어요."
그녀는 돕기를 원한다고 했지만, 사실 그것은 어쩔 수 없이 도와야 한다는 의미였을 것이다.
"제발, 당신을 도울 수 있게 해줘요."
나는 그렇게 하라고 했다.

15

네브래스카 주, 벨몬트

버사 패로우 보안관이 조지 볼커 부관의 어깨 뒤에서 인상을 찌푸렸다.
"난 이게 마음에 안 들어."
그녀가 말했다.
"너무 그러지 마십시오."
키보드를 분주히 두드리며 볼커가 말했다.
"컴퓨터는 우리의 친구라고요."
그녀는 계속해서 인상을 찌푸렸다.
"우리의 친구가 지금 뭘 하고 있지?"
"피해자의 지문을 스캔하고 있는 중입니다."
"스캔?"
"보안관님처럼 과학기술을 두려워하는 분에게 이걸 어떻게 설명해야 할지……."
볼커가 고개를 들고 턱을 만지작거렸다.
"복사기와 팩스기를 합해놓았다고 생각하시면 되겠네요. 지문을 복사해 웨스트버지니아의 CJIS로 전송하는 것이죠."

CJIS는 형사소송정보서비스(Criminal Justice Information Services)의 약자였다. 이젠 힉스빌 같은 오지의 경찰서에서도 온라인 서비스를 사용하고 있어, 신원 확인을 위해 지문을 전송하는 일쯤은 식은 죽 먹기였다. 만약 문제의 지문이 NCIC(National Crime Information Center, 국립범죄정보센터)의 엄청난 데이터베이스에 올라 있다면, 눈 깜짝할 새에 신원이 확인된다.

"CJIS는 워싱턴에 있잖아."

버사가 말했다.

"이젠 아닙니다. 버드 상원의원이 옮겨놓았죠."

"그 의원이 마음에 드는군."

"그렇죠?"

버사가 권총집을 집어 들고 복도로 나갔다. 그녀의 경찰서와 클라이드의 시체 공시소는 같은 건물을 사용하고 있었다. 냄새가 좀 거슬리긴 했지만, 여러 모로 편했다. 시체 공시소는 통풍이 잘 되지 않아서, 종종 포름알데히드와 뭔가가 썩는 냄새가 건물 전체에 진동했다.

버사 패로우는 잠시 머뭇거리다가 시체 임시 안치소로 통하는 문을 열었다. 그곳에선 번쩍이는 서랍이나 부검 장비 따위를 찾아볼 수 없었다. 그런 것들은 TV에서나 볼 수 있었다. 클라이드의 시체 임시 안치소는 마치 임시변통으로 꾸며놓은 것 같았다. 사고가 많이 발생하지 않는 지역이라, 그도 시간제로만 근무하고 있었다. 이곳에 오는 시체들 대부분은 교통사고 희생자들이었다. 지난해, 돈 테일러가 술에 취한 상태에서 자기 머리에 총을 쐈던 일이 있었다. 오랫동안 고생하며 살아온 그의 아내는, 돈이 거울 속의 자신을 큰 사슴으로 착각하고 총을 쐈을 거라며 농담으로 말했다. 결혼이란 게 대체 뭔지. 창고라 불러도 무방한 그곳은 한 번에 시체 두 구만을 받을 수 있을 정도로 작았다. 받아야 할 시체가 더 있을 땐, 클라이드는 윌리의 장례식장에 도움을 요청했다.

피해자의 시체는 테이블에 놓여 있었다. 클라이드는 테이블 옆에 서 있었다. 그는 파란색 작업복 차림에 엷은 색 장갑을 끼고 있었다. 그는 울고 있었다. 카세트 라디오에선 오페라가 요란하게 흘러나오고 있었다. 그 통곡은 적당히 애처롭게 들렸다.

"아직 시작 안 하셨습니까?"

답을 뻔히 알고 있음에도 버사가 굳이 물었다.

클라이드가 두 손가락으로 눈가를 훔쳤다.

"아직 못 했습니다."

"그녀의 허락을 기다리고 계신 모양이네요."

그가 빨개진 눈으로 버사를 돌아보았다.

"외상을 살펴보고 있었습니다."

"사인은 밝혀냈습니까?"

"부검이 끝나야 알 것 같습니다."

버사가 그에게 다가갔다. 그리고 그의 어깨에 살며시 손을 얹었다. 물론 그를 위로하는 척, 그의 심정을 이해하는 척 연기를 하는 것이었다.

"그래도 추측은 해볼 수 있지 않습니까?"

"심하게 구타당한 것 같습니다. 여기 보이시죠?"

그가 흉곽이 있어야 할 부분을 가리켰다. 그 부분의 뼈가 함몰되어 있었다. 꼭 부츠에 으깨진 스티로폼을 보는 듯했다.

"타박상이 많군요."

버사가 말했다.

"변색으로 생긴 얼룩입니다. 여기 좀 보십시오."

그가 복부 한쪽의 불쑥 튀어나온 부분에 손가락을 가져다 댔다.

"늑골이 부러진 건가요?"

"으스러진 거죠."

그가 바로잡아주었다.

"어떻게 말씀이죠?"

클라이드가 어깨를 으쓱했다.

"무거운 둥근머리 망치 같은 걸로 맞은 것 같습니다. 이건 어디까지나 제 추측입니다만, 늑골 하나가 부서져 주요 기관을 관통한 걸로 보입니다. 폐를 찔렀거나 복부 안쪽을 베어놓았을 수도 있습니다. 운이 좋았다면 심장을 관통했을 수도 있겠죠."

버사가 고개를 저었다.

"그다지 운이 좋아 보이지는 않는군요."

클라이드가 몸을 돌렸다. 그가 고개를 떨어뜨리고 다시 울기 시작했다. 흐느낄 때마다 그의 몸이 들썩였다.

"가슴에 난 이 상처들 말입니다."

버사가 말했다.

"담뱃불로 지져놓은 겁니다."

그가 고개를 돌리지 않은 채 말했다.

그녀의 추측과 일치했다. 잘린 손가락, 담뱃불로 지진 상처. 셜록 홈스가 아니더라도 그녀가 고문을 받았다는 사실을 알 수 있었다.

"마저 해주세요, 클라이드. 혈액 샘플, 독소 검사 전부 다 말입니다."

그가 코를 훌쩍이며 그녀를 돌아보았다.

"네, 그러죠."

그때 그들 뒤로 문이 벌컥 열렸다. 두 사람이 동시에 뒤를 돌아보았다. 볼커였다.

"일치하는 인물을 찾았습니다."

그가 말했다.

"벌써?"

조지가 고개를 끄덕였다.

"NCIC 목록 윗부분에서 걸렸습니다."

"윗부분에 걸리다니, 그게 무슨 뜻이지?"
볼커가 테이블 위의 시체를 가리켰다.
"저 여자 말입니다."
그가 말했다.
"이미 FBI가 지명 수배 중이었습니다."

16

케이티는 나를 히코리 플레이스에 내려주었다. 부모님 집에서 세 블록쯤 떨어진 곳이었다. 우리가 함께 있는 광경을 남에게 보이고 싶지 않았다. 망상증 때문인지도 모르지만, 어쨌든 긴장은 풀고 싶지 않았다.
"이젠 어쩔 거죠?"
케이티가 물었다.
사실 나도 그게 궁금했다.
"글쎄, 켄이 줄리를 죽인 게 아니라면……."
"그럼 다른 누군가가 죽였다는 뜻이겠죠."
"제법인데."
내가 말했다.
그녀가 미소를 지었다.
"그럼 이제 진짜 용의자를 찾아봐야겠네요."
말도 안 돼. 우리가 무슨 수사대라도 되나? 하지만 나는 말없이 고개를 끄덕였다.
"한번 알아봐야겠어요."
그녀가 말했다.
"뭘?"

그녀는 십 대 소녀답게 온몸을 사용해 어깨를 으쓱했다.

"모르겠어요. 아무래도 줄리의 과거부터 들춰봐야 하지 않겠어요? 누가 언니를 죽이고 싶어 했는지 밝혀내야죠."

"그건 이미 경찰이 했잖아."

"그들은 당신 형만 지목했잖아요, 윌."

그건 그녀 말이 맞았다.

"하긴."

내가 말했다. 여전히 이 상황이 황당하게만 느껴졌다.

"오늘 밤에 다시 만나요."

나는 고개를 끄덕이고 나서 차에서 내렸다. 소녀 탐정은 인사도 하지 않고 쌩하게 사라져버렸다. 멍하니 서 있는 내게 외로움이 엄습했다. 몸을 움직이고 싶은 마음이 들지 않았다.

교외 거리는 텅 비어 있었지만, 잘 포장된 사유 차도는 차들이 빽빽이 들어차 있었다. 이젠 어린 시절의 스테이션왜건 대신 다양한 준-오프로드 차량들만이 눈에 들어왔다. 미니밴, 패밀리 트럭(이게 무슨 뜻인지 알 길은 없지만), SUV. 이곳 집들 대부분은 고전적인 난평면 주택인데, 주택 건설이 성황을 이뤘던 1962년경에 지어졌다. 그중 많은 집들을 증축 공사로 넓혀놓았다. 그 외의 집들은 1974년경에 굉장히 희고 부드러운 돌을 사용해 대대적인 외부 단장을 해놓은 상태였고, 내가 고등학교 무도회에서 입었던 담청색 턱시도만큼이나 낡아 보였다.

집에 도착했을 때 차와 조객은 보이지 않았다. 그리 놀라운 일은 아니었다. 나는 아버지를 불러보았다. 대답이 없었다. 아버지를 지하실에서 찾을 수 있었다. 묵혀둔 옷상자들에 에워싸인 아버지는 면도칼을 손에 쥔 채 서 있었다. 테이프로 봉해놓은 상자들이 열려 있었다. 아버지는 그 틈에서 미동도 않았다. 내 발소리를 들었지만, 고개도 돌리지 않았다.

"너무 많은 걸 치워버렸어."

아버지가 나지막이 말했다.

어머니의 상자들이었다. 아버지가 상자 안으로 손을 찔러넣고 가느다란 은색 머리띠를 꺼냈다. 아버지가 그것을 내 쪽으로 들어 보였다.

"이거 기억하니?"

우리의 얼굴에 미소가 떠올랐다. 유행에 민감한 건 누구나 마찬가지겠지만, 어머니의 경우 특히 더했다. 어머니는 유행을 만들었고, 유행을 정의했다. 어머니가 유행 그 자체였던 것이다. 한때 어머니가 머리띠에 열광했던 적이 있었다. 어머니는 머리를 길게 기르고, 인디언 공주처럼 현란한 머리띠를 둘렀다. 머리띠 시대는 육 주간 계속되었다. 머리띠를 두르지 않은 어머니의 차림새를 상상할 수 없을 정도였다. 머리띠 열풍이 사그라지자, 스웨이드 술 장식 시대가 그 뒤를 이었다. 그 후엔 자줏빛 르네상스 시대가 이어졌다. 솔직히 나는 그 시절이 가장 못마땅했다. 꼭 거대한 가지나 지미 헨드릭스 광팬과 함께 사는 듯한 기분이었다. 그 후엔 말채찍 시대가 찾아왔다. 당시만 해도 어머니는 말에 대해 아는 게 거의 없었다. 말이 주인공인 엘리자베스 테일러의 영화 〈녹원의 천사〉를 봤던 게 전부였다.

다른 모든 것과 마찬가지로 유행의 행진 역시 줄리 밀러 살인사건과 함께 끝이 나버렸다. 어머니, 써니는 모든 옷을 상자에 넣어 지하실 한쪽 구석에 처박아놓았다.

아버지가 머리띠를 다시 상자에 던져 넣었다.

"이사를 가기로 했었단다."

나는 미처 몰랐다.

"삼 년 전에. 웨스트 오렌지의 콘도나 스코츠데일의 겨울 별장으로 갈 생각이었지. 내 사촌, 에스더와 해롤드가 거기 살고 있었거든. 하지만 네 어머니가 병에 걸린 걸 알고 나서 그 계획을 취소했단다."

아버지가 나를 쳐다보았다.

"목마르지 않니?"
"아뇨."
"다이어트 콜라 한 잔 할래? 난 마실 건데."
아버지가 나를 지나쳐 계단으로 향했다. 나는 옷상자들을 물끄러미 쳐다보았다. 어머니가 굵은 매직펜으로 상자에 적어놓은 글씨가 보였다. 뒤편 선반엔 켄의 테니스 라켓 두 개가 놓여 있었다. 그중 하나는 형이 세 살 때 처음으로 사용했던 라켓이었다. 어머니가 그동안 보관해온 것이었다. 나는 몸을 돌려 아버지를 뒤따랐다. 주방으로 들어간 아버지가 냉장고를 열었다.
"어제 무슨 일이 있었는지 들려주겠니?"
아버지가 입을 열었다.
"일이라뇨?"
"네 누나랑 말이다."
아버지가 2리터짜리 다이어트 콜라 페트병을 꺼냈다.
"무슨 얘길 한 거냐?"
"아무 얘기도 안 했어요."
내가 대답했다.
아버지가 고개를 끄덕이며 찬장을 열고 유리컵 두 개를 꺼냈다. 그리고 냉동고에서 꺼낸 얼음을 유리컵에 채워넣었다.
"네 어머니는 너랑 멀리사가 나누는 대화를 몰래 엿듣곤 했단다."
아버지가 말했다.
"알아요."
아버지가 미소를 지었다.
"행동이 좀 신중하지 못했지. 그러지 말라고 몇 번이나 얘기했는데, 어머니로서 당연한 일이라며 내 말을 듣지 않더구나."
"저랑 누나가 나눈 대화 말씀이죠?"

"그래."
"형과 나눈 대화는요?"
"그건 별 관심이 없었던 거 같다."
아버지가 콜라를 유리컵에 따랐다.
"요 근래 들어서 네 형에 대해 관심이 부쩍 많아졌구나."
"그게 자연스러운 일이죠."
"맞아, 자연스러운 일이지. 장례를 치르고 나서 네가 물었지? 켄이 아직 살아 있다고 생각하느냐고. 그다음 날, 넌 멜리사와 켄에 대한 언쟁을 벌였어. 대체 무슨 얘기가 오갔던 거니?"
문제의 사진은 여전히 내 주머니에 담겨 있었다. 그 이유는 나도 몰랐다. 나는 그날 아침에 스캐너로 그것을 컬러 복사 해놓았다. 어떤 이유에서인지 그것을 놓고 다닐 수가 없었다.
그때 초인종이 울렸다. 아버지와 나는 누가 먼저랄 것도 없이 흠칫 놀랐다. 우리는 서로를 빤히 쳐다보았다. 아버지가 어깨를 으쓱했다. 나는 내가 나가보겠다고 했다. 우선 다이어트 콜라를 한 모금 넘기고 나서 유리컵을 테이블에 내려놓았다. 그런 다음, 현관문을 향해 총총 걸어나갔다. 문을 열고 누구인지 확인하는 순간 하마터면 뒤로 주춤 물러날 뻔했다.
밀러 부인. 줄리의 어머니.
그녀가 알루미늄박으로 덮인 큰 접시를 앞으로 내밀었다. 마치 제물을 바치듯 그녀가 눈을 내리깔았다. 당혹스러웠다. 무슨 말을 해야 할지 떠오르지 않았다. 그녀가 고개를 들었다. 이틀 전, 그녀의 집 앞에서 그랬던 것처럼 우리의 눈이 마주쳤다. 그녀 눈 속에 담긴 고통이 여전히 생생하게 느껴졌다. 나는 그녀 역시 내 눈 속의 고통을 들여다보고 있을지 궁금했다.
"그냥 저……"
그녀가 입을 열었다.

"그러니까 난……."
"들어오시겠어요?"
내가 말했다.
그녀가 미소를 지으려 애썼다.
"고맙구나."
주방에서 아버지가 나왔다.
"누가 오셨니?"
접시를 들고 있는 밀러 부인의 모습이 드러나도록 내가 뒤로 물러섰다. 아버지의 눈이 휘둥그레졌다. 눈에선 불꽃이 튀고 있었다.
아버지의 음성은 분노에 찬 속삭임이었다.
"여긴 무슨 일입니까?"
"아버지."
내가 말했다.
아버지는 내 말을 못 들은 척했다.
"무슨 대답이라도 해야 할 것 아닙니까, 루실. 여긴 왜 온 거냐고요?"
밀러 부인이 고개를 떨어뜨렸다.
"아버지."
내가 다시 말했다.
하지만 소용없었다. 아버지의 까만 눈이 가늘어졌다.
"당신을 보고 싶지 않아요."
아버지가 말했다.
"아버지, 뭔가 주시려고……."
"나가요."
"아버지!"
밀러 부인이 살짝 뒷걸음질 쳤다. 그녀가 들고 있던 접시를 내게 건넸다.

"윌. 이만 가볼게."
"아니에요."
내가 말렸다.
"안 그러셔도 돼요."
"여길 오는 게 아니었어."
"그러게 여긴 왜 와서 난리요?"
아버지가 소리쳤다.
내가 아버지를 쏘아보았다. 하지만 아버지는 그녀에게 붙박힌 시선을 떼지 않았다.
여전히 시선을 떨어뜨린 채 밀러 부인이 말했다.
"애도의 뜻을 표하러 온 거예요."
하지만 아버지는 화를 풀지 않았다.
"루실, 집사람은 죽었어요. 지금 와서 이런다고 달라질 건 없습니다."
밀러 부인이 밖으로 휙 나가버렸다. 나는 접시를 손에 든 채 문 앞에 서서 믿을 수 없다는 표정으로 아버지를 쳐다보았다.
"갖다 버려."
아버지가 말했다.
뭘 어떻게 해야 할지 난감했다. 그녀를 뒤따라가 사과를 하고 싶었지만, 그녀는 이미 반 블록 이상 멀어진 상태였다. 아버지는 다시 주방으로 들어가버렸다. 나는 아버지를 따라 들어가 접시를 테이블 위에 세차게 내려놓았다.
"대체 왜 그러신 거죠?"
내가 물었다.
아버지가 유리컵을 집어 들었다.
"그 여자가 이 집에 발을 들여놓는 게 싫어."
"애도의 뜻을 표하려고 오셨다잖아요."

"그 여잔 자책감을 지우려고 찾아온 거야."
"그게 무슨 뜻이죠?"
"네 어머니는 죽었어. 지금 와서 그 여자가 뭘 할 수 있겠어?"
"그건 말이 안 되잖아요."
"네 어머니가 루실에게 전화를 했었어. 알고 있었니? 사건이 벌어지고 나서 얼마 지나지 않았을 때였어. 네 어머니는 조의를 표하려고 전화를 했었지. 그런데 루실은 지옥에나 떨어지라고 악담을 했어. 우리가 살인자를 키웠다고까지 말했다고. 정말이야. 우리 잘못이라고, 우리가 살인자를 키운 거라고 분명히 그랬어."
"아버지, 그건 십일 년 전 일이잖아요."
"그 한 마디가 네 어머니를 얼마나 괴롭게 만들었는지 아니?"
"딸이 살해됐는데 그 정도는 이해해야죠. 그쪽도 얼마나 힘들었겠어요."
"그래서 지금껏 기다렸다가 이제야 잘못을 바로잡겠다고? 그래봤자 아무 소용없는데?"
아버지가 단호한 얼굴로 고개를 저었다.
"난 아무 말도 듣고 싶지 않아. 네 어머니는 듣고 싶어도 그럴 수 없게 됐고."
그때 현관문이 다시 열렸다. 셀마 이모와 머레이 이모부가 미소를 지으며 들어왔다. 셀마 이모는 주방으로 들어왔고, 머레이 이모부는 떨어진 벽판을 손보기 시작했다.
그리고 아버지와 나는 입을 닫아버렸다.

17

클라우디아 피셔 요원이 허리를 펴고 문을 노크했다.
"들어와요."
그녀가 문을 열고 조셉 피스틸로 부국장의 사무실로 들어갔다. 뉴욕 지부 총 책임자인 부국장(ADIC)은 자연스럽게 '딕(Dick, 남성 성기를 속되게 이르는 말)'이라는 별명으로 불렸다. ADIC는 FBI 안에서 워싱턴의 국장 다음으로 힘 있는 자리였다.
피스틸로가 고개를 들었다. 그는 심상치 않은 요원의 표정이 못마땅했다.
"무슨 일인가?"
"실러 로저스가 숨진 채 발견됐습니다."
피셔가 보고했다.
"빌어먹을! 어떻게?"
"네브래스카 길가에서 발견됐습니다. NCIC에 지문 샘플을 보내 신원 확인을 했다고 합니다."
"젠장!"
피스틸로가 손톱을 씹어대기 시작했다. 클라우디아 피셔는 잠자코 기다렸다.
"직접 눈으로 확인해야겠어."
그가 말했다.
"확인 작업은 이미 끝내놓았습니다."
"뭐라고?"
"제가 패로우 보안관에게 실러 로저스의 사진을 이메일로 전송했습니다. 그녀와 검시관이 동일인이라는 걸 확인해주었습니다. 키와 몸무게도 정확히 일치했습니다."

피스틸로가 등받이에 기댔다. 그런 다음, 펜을 집어 눈높이로 들고 유심히 살피기 시작했다. 피셔는 바짝 긴장하고 있었다. 그가 그녀에게 앉으라고 손짓했다. 그녀는 부국장의 지시에 따랐다.

"실러 로저스의 부모는 유타에 살고 있지?"

"아이다호에 살고 있습니다."

"뭐 어쨌든, 그들에게 연락을 해봐야겠네."

"지역 경찰서에 얘기해두었습니다. 그곳 서장이 유족을 개인적으로 잘 알고 있다고 합니다."

피스틸로가 고개를 끄덕였다.

"좋아, 잘했네."

그가 펜을 입에서 뗐다.

"그래, 어떻게 살해됐나?"

"사인은 구타에 의한 내출혈이었습니다. 현재 부검 중입니다."

"이런!"

"고문을 당한 흔적이 발견됐습니다. 손가락이 뒤로 꺾여 있었습니다. 보나마나 펜치를 사용했을 겁니다. 상체엔 담뱃불로 지진 흔적이 있었습니다."

"사망 시각은?"

"어젯밤이나 오늘 새벽에 숨진 것으로 보입니다."

피스틸로가 피셔를 쳐다보았다. 그는 어제 같은 자리에 앉아 있었던 피해자의 애인, 윌 클라인을 떠올려보았다.

"빠르군."

그가 말했다.

"네?"

"그들이 도망친 사람을 빨리도 찾아냈단 말일세."

"그녀가 제 발로 그들을 찾아갔을 수도 있죠."

피셔가 말했다.

피스틸로가 다시 몸을 뒤로 기댔다.

"어쩌면 처음부터 도망쳤던 게 아닐 수도 있고."

"무슨 말씀이신지……."

그가 다시 손에 든 펜을 유심히 살피기 시작했다.

"우리는 지금까지 실러 로저스가 앨버커키 사건이 터지고 나서 도망쳐버렸을 거라고 생각해왔어, 그렇지?"

피셔가 고개를 까딱였다.

"그렇다고 볼 수도 있고, 아닐 수도 있죠. 어차피 이렇게 도망쳐버릴 거였다면 뉴욕엔 왜 왔겠습니까?"

"그 어머니의 장례식에 참석하고 싶었겠지."

그가 말했다.

"뭐 어쨌든, 내 생각엔 우리 추측이 빗나간 것 같아. 어쩌면 그녀는 우리가 자신을 지켜보고 있다는 사실을 몰랐을 수도 있네. 어쩌면…… 내 말 잘 듣게, 클라우디아. 어쩌면 누군가가 그녀를 납치했을 수도 있지 않았겠나?"

"그게 가능했겠습니까?"

피셔가 물었다.

피스틸로가 펜을 내려놓았다.

"월 클라인은 그녀가 오전 6시경에 아파트를 나섰다고 했네."

"정확히 5시에 나갔다고 했습니다."

"그래, 5시. 그럼 이런 시나리오를 떠올릴 수 있겠지. 실러 로저스는 5시에 아파트를 나왔네. 그리고 은신처에 숨었지. 하지만 누군가가 그녀를 찾아 고문하고, 네브래스카의 오지에 시체를 버리고 가버렸네. 그럴 듯하지 않은가?"

피셔가 천천히 고개를 끄덕였다.
"모든 게 아주 빨리 진행됐군요."
"너무 빠른 건가?"
"어쩌면요."
"시간적으로 보면 그녀가 아파트를 나서자마자 납치되었다고 봐야 말이 되는데."
피스틸로가 말했다.
"그런 다음, 비행기를 타고 네브래스카로 날아갔겠죠."
"아니면 무식하게 차를 몰고 갔거나."
"아니면……."
피셔가 말끝을 흐렸다.
"아니면?"
그녀가 부국장을 쳐다보았다.
"제 생각엔 말입니다, 어느 시나리오나 결과는 똑같을 것 같습니다. 아무리 봐도 시간이 걸립니다. 어쩌면 그녀는 전날 밤에 사라졌는지도 모릅니다."
그녀가 말했다.
"무슨 뜻이지?"
"윌 클라인이 우리에게 거짓말을 했는지도 모른다는 뜻이죠."
피스틸로가 씩 웃었다.
"바로 그거야."
피셔의 말이 점점 빨라지기 시작했다.
"그보다 이치에 맞는 시나리오가 있습니다. 윌 클라인과 실라 로저스는 클라인의 어머니 장례식에 함께 참석했습니다. 장례식이 끝나자 두 사람은 그의 부모님 집으로 돌아왔습니다. 클라인은 그들이 그날 밤에 아파트로 돌아왔다고 하지만, 그 주장을 뒷받침해줄 증거는 없습니다.

어쩌면……."
 그녀는 말의 속도를 줄여보려 했지만, 그것이 마음처럼 쉽지 않았다.
 "어쩌면 그들은 아파트로 돌아가지 않았는지도 모릅니다. 짐작컨대 그가 그녀를 공범자에게 넘겼는지도 몰라요. 그 공범자는 그녀를 고문하고 살해한 후 시체를 버린 겁니다. 윌은 자신의 아파트로 돌아갔겠죠. 그리고 다음 날 아침, 아무 일도 없었다는 듯 출근했을 겁니다. 윌콕스와 제가 사무실로 들이닥치자, 그는 그녀가 이른 아침에 아파트를 나갔다고 거짓 진술을 했다고 볼 수도 있습니다."
 피스틸로가 고개를 끄덕였다.
 "흥미로운 시나리오군."
 그녀가 자리에서 일어났다.
 "동기는?"
 그가 물었다.
 "그녀 입을 막아두기 위해서였겠죠."
 "왜?"
 "그녀가 앨버커키 사건에 대한 뭔가를 알고 있었을 테니까요."
 두 사람은 잠시 침묵을 지키며 골똘히 생각에 잠겼다.
 "아무래도 뭔가 부족한 것 같아."
 피스틸로가 말했다.
 "저 역시 같은 생각입니다."
 "하지만 윌 클라인이 뭔가를 숨기고 있다는 것만큼은 분명한 것 같네."
 "그렇습니다."
 피스틸로가 긴 한숨을 내쉬었다.
 "어쨌든 그에게 로저스 양에 대한 나쁜 소식을 전하긴 해야겠지."
 "네."

"유타의 경찰서장에게 연락해보게."

"아이다호입니다."

"뭐 어디든. 유족에게 이 사실을 알리라고 하게. 공식적으로 신원확인을 해야 하니까, 최대한 빨리 비행기에 태우라고 해."

"윌 클라인은요?"

피스틸로가 잠시 머리를 굴렸다.

"스퀘어스에게 연락을 해봐야겠네. 어쩌면 그 친구가 도와줄 수 있을지도 몰라."

18

내 아파트 현관문이 조금 열려 있었다.

셀마 이모와 머레이 이모부가 불쑥 들어온 후, 아버지와 나는 서로를 조심스레 피했다. 나는 아버지를 사랑한다. 그건 아버지가 누구보다 잘 알 것이다. 하지만 내 마음 한구석에서는 여전히 어머니의 죽음을 아버지의 탓으로 돌리고 있었다. 내가 왜 그렇게 여기고 있는지 알 수 없다. 인정하고 싶지 않지만, 사실 나는 어머니가 처음으로 앓기 시작했을 때부터 아버지를 이상한 눈으로 보기 시작했다. 마치 아버지의 노력이 충분하지 못했다는 듯. 어쩌면 나는 줄리 밀러의 살인사건이 발생한 후, 어머니를 구제하지 못한 아버지가 원망스러웠던 것인지도 몰랐다. 아버지는 강하지 못했다. 더 좋은 남편이 될 수도 있었는데……. 진정으로 사랑했다면 어머니가 회복되었을 것이다. 어머니의 영혼을 달랬어야 했다.

물론 불합리한 논리다.

살짝 열린 현관문 앞에서 나는 멈칫했다. 나는 항상 현관문을 잘 잠그고 다닌다. 경비 없는 맨해튼 아파트에 살면 당연히 그래야 한다. 하지만 요즘 들어 내가 정신이 좀 없는 건 사실이다. 어쩌면 허둥대며 케이티 밀러를 만나러 나가면서 깜빡 잊었는지도 몰랐다. 그 정도는 있을 법한 일 아닌가? 게다가 가끔 열쇠가 말썽을 부릴 때도 있었다. 나갈 때 확실히 잠그지 못한 내 잘못일 수도 있다.
 나는 미간을 찌푸렸다. 그럴 리 없어.
 문을 살며시 밀어보았다. 그리고 삐걱거리는 소리가 나기를 기다렸다. 하지만 아무 소리도 나지 않았다. 그때 무슨 소리가 들리기 시작했다. 처음엔 아주 아득하게 느껴졌다. 나는 문틈으로 머리를 밀어넣었다. 순간 몸속이 차갑게 얼어붙어버렸다.
 눈에 들어온 그 무엇도 평소와 다르지 않았다. 불은 꺼져 있었다. 블라인드가 내려져 빛도 새어들지 않았다. 아무리 봐도 달라진 건 없었다. 나는 복도에 선 채 문을 조금 더 밀어보았다.
 음악 소리가 들렸다.
 그것 역시 놀랄 일이 아니었다. 물론 지나치게 보안을 의식하는 다른 뉴욕 사람들처럼 외출 시 일부러 음악을 틀어놓진 않는다. 하지만 아까 얘기했듯 요즘 들어 정신이 좀 없긴 했다. 아파트를 나서기 전에 시디플레이어 끄는 것을 깜빡 잊었는지도 몰랐다. 하지만 순간적으로 나를 얼게 만든 건 그것이 아니었다.
 나를 바짝 얼어붙게 만든 건 바로 선곡이었다.
 바로 그게 내 신경에 거슬렸다. 흘러나오는 음악은 〈돈 피어 더 리퍼〉였다. 나는 마지막으로 그 곡을 들었던 때를 떠올려보았다. 나도 모르게 몸서리가 쳐졌다.
 켄이 즐겨 듣던 노래.
 블루 오이스터 컬트라는 헤비메탈 밴드의 곡으로, 차분하고 미묘한 분위기가 매력적인 곡이었다. 켄은 테니스 라켓을 집어 들고 이 곡에 맞춰 기타 솔로를 연주하는 척하기도 했었다. 나는 그 곡이 수록된 시디를 가지고 있지 않았다. 확실했다. 너무 많은 추억을 담고 있는 곡이기에.

대체 무슨 일이 벌어지고 있는 것일까?

나는 조심스레 안으로 들어갔다. 아까 얘기했듯 불은 꺼진 상태였다. 칠흑 같은 어둠이 내려앉아 있었다. 나는 걸음을 멈추었다. 바보가 된 듯한 기분이었다. 흠, 어두우면 불부터 켰어야지, 얼간아. 그게 당연한 거 아니야?

스위치를 향해 손을 뻗는 순간 머릿속에서 음성이 다시 들려왔다. 그보다 그냥 도망치는 건 어때? 영화 볼 때 스크린을 향해 항상 외치는 말이잖아. 안 그래? 살인자가 집 안 어딘가에 숨어 있는데도, 목 잘린 친구의 시체를 발견한 아둔한 십 대 소녀는 미친 짐승처럼 비명을 지르며 도망치기보단 어둠에 잠긴 집 안으로 어슬렁거리며 들어가잖아.

맙소사. 브래지어만 걸치고 설쳐대면 그런 영화의 주인공도 충분히 연기할 수 있겠어.

어느새 기타 솔로 연주 부분이 나오고 있었다. 나는 정적이 찾아들기만을 기다렸다. 노래가 끝나는가 싶더니만 다시 처음부터 재생되기 시작했다. 똑같은 곡이.

어떻게 된 거지?

비명을 지르며 도망치는 것만이 유일한 길이었다. 아무래도 그래야 할 것 같았다. 하지만 문제가 하나 있었다. 나는 아직 목 잘린 시체를 발견하지 못했다. 그럼 어떻게 해야 하지? 뭘 해야 하느냐고? 경찰에 신고해? 하지만 결과가 어떨지 뻔하잖아. 무슨 일로 그러십니까? 스테레오에서 갑자기 형이 즐겨 듣던 곡이 흘러나옵니다. 그래서 미친 듯이 비명을 지르며 복도를 내달렸습니다. 빨리 총을 챙겨와 주시겠습니까? 네, 알겠습니다. 곧 출동하겠습니다.

정말 바보 같은 일이 아닐 수 없다.

만약 누군가가 내 집에 들어왔다면, 그 좀도둑이 아직 머물러 있다면,

그 누군가가 자신의 시디를 가져와 듣고 있다면…….

아무리 생각해도 짚이는 사람이 없었다.

어둠에 눈이 적응되기 시작하자 심장 박동이 빨라졌다. 나는 불을 켜지 않기로 했다. 만약 침입자가 들어와 있다면 일부러 쉬운 표적이 되어 줄 필요는 없었다. 아니, 불을 켜면 오히려 그가 당황하지 않을까?

젠장, 난 이런 일에 익숙하지 않단 말이야.

결국 나는 불을 켜지 않는 쪽으로 마음을 굳혔다.

좋아, 이렇게 가는 거야, 불을 끈 채로. 이젠 어쩌지?

음악, 음악을 따라가야 했다. 음악은 내 침실에서 흘러나오고 있었다. 나는 침실 쪽으로 몸을 틀었다. 침실 문은 잠겨 있었다. 나는 천천히 문 앞으로 다가갔다, 아주 조심스럽게. 여기까지 들어와서 바보짓을 할 순 없었다. 나는 만약의 경우를 대비해 현관문을 활짝 열어두었다. 언제 비명을 지르며 도망쳐야 할 일이 생길지 몰랐다.

나는 경련이 일어난 사람처럼 어정쩡한 자세로 이동했다. 왼발을 침실 쪽으로 내딛는 동시에 오른발을 현관문 쪽으로 틀었다. 꼭 스퀘어스의 요가 자세를 흉내 내는 것 같았다. 다리를 벌리고, 몸을 한쪽으로 구부리면서 체중과 '의식'을 그 반대쪽으로 향하게 하는 자세. 몸은 한쪽으로, 정신은 그 반대쪽으로. 어떤 요가 수행자들은 이것을 '의식 펼치기'라고 불렀다. 다행히 스퀘어스는 그 자세를 가르치지 않았다.

나는 슬그머니 1미터쯤 나아갔다. 그리고 또다시 1미터. 블루 오이스터 컬트의 벅 달마가 '우리도 로미오와 줄리엣처럼 될 수 있다'는 내용을 노래하고 있었다. 나는 그 가수를 알고 있을 뿐 아니라, 본명이 도널드 로저라는 것도 알고 있었다. 그 사실만으로 내 유년기가 어땠는지 쉽게 감을 잡을 수 있을 것이다.

로미오와 줄리엣처럼. 한마디로 우리도 그들처럼 죽을 수 있다는 뜻이었다.

나는 침실 문에 손을 가져다 댔다. 그리고 마른침을 한 번 삼킨 후 천천히 밀어보았다. 문은 꿈쩍도 하지 않았다. 손잡이를 돌려야 했다. 내 손을 금속 손잡이에 얹었다. 어깨너머를 흘끔 돌아보았다. 현관문은 여전히 활짝 열려 있었다. 내 오른쪽 발끝도 여전히 현관 쪽을 향하고 있었다. 물론 '의식'까지 그쪽으로 돌려놓을 수는 없었다. 나는 최대한 천천히 손잡이를 돌렸다. 하지만 그 소리도 내 귀엔 총성만큼 크게 들렸다.

살짝 문을 밀었다. 그리고 손잡이를 놓았다. 음악소리가 확 커졌다. 뚜렷하고 생생했다. 보나마나 이 년 전, 스퀘어스가 생일선물로 사준 보스 시디플레이어를 틀어놓았을 것이다.

나는 안을 살피기 위해 문틈으로 머리를 밀어넣었다. 순간 안에 있던 누군가가 내 머리를 움켜잡았다.

숨을 헐떡거릴 틈도 없었다. 누군가가 내 머리를 안쪽으로 힘껏 잡아끌었고, 그 바람에 내 발이 바닥에서 떨어졌다. 나는 슈퍼맨처럼 두 팔을 앞으로 쭉 편 자세로 허공에 붕 떴다. 그리고 요란한 소리를 내며 바닥에 떨어졌다.

쉭 소리와 함께 폐에서 공기가 빠져나왔다. 몸을 굴려보려 했지만 그는 이미 내 위에 풀썩 주저앉아버린 상태였다. 그가 두 다리를 벌리고 내 등에 걸터앉았다. 팔은 뱀처럼 내 목을 휘감았다. 몸부림쳐보았지만 그의 힘을 당해낼 재간이 없었다. 목이 졸리자 숨이 턱 막혔다.

꼼짝도 할 수 없었다. 그가 얼굴을 내 쪽으로 들이밀었다. 귀에 그의 입김이 느껴졌다. 그가 다른 손을 움직였다. 더 좋은 각도를 찾아냈을 수도 있고, 나머지 팔과 균형을 맞추려 했는지도 몰랐다. 그가 팔에 다시 힘을 주었다. 숨통이 조여들었다.

눈이 튀어나올 것 같았다. 나는 두 손을 목으로 가져가보았다. 헛수고였다. 그의 팔뚝에 손톱을 힘껏 찔러넣었다. 꼭 마호가니에 구멍을 내려 애쓰는 기분이었다. 머릿속엔 압력이 점점 쌓여갔다. 더는 참기 힘들었다. 몸을 격렬하게 움직여보았다. 날 급습한 사람은 꿈쩍도 하지 않았다. 머리가 터져버릴 것만 같았다. 그때 그의 음성이 들려왔다.

"이봐, 윌리."

그 음성.

누구의 음성인지 대번에 알 수 있었다. 그 음성을 마지막으로 들었던 게 언제였더라? 십 년? 십오 년? 줄리가 세상을 떠난 후로는 들어본 적이 없었다. 생존 선반이라 할 수 있는 대뇌 피질의 특수한 부분엔 특별한 소리가 저장된다. 그 소리를 듣는 순간 몸속의 모든 신경섬유가 긴장하며 위험을 감지한다.

그가 갑자기 내 목에 걸고 있던 팔을 풀었다. 나는 몸부림치며 바닥에 나뒹굴었다. 보이지 않는 뭔가가 아직도 내 목을 조르고 있는 것 같았다. 그가 내게서 떨어져나가며 웃음을 터뜨렸다.

"이건 너무 쉽잖아, 윌리."

나는 몸을 뒤집고 바닥에 누운 채 뒤로 물러났다. 귀가 알려준 것을 눈이 확인시켜주었다. 믿어지지 않았다. 많이 변하긴 했지만 그가 분명했다.

"존?"

내가 말했다.

"존 아셀타?"

그가 야릇한 미소를 지었다. 마치 시간을 거슬러 올라간 듯한 느낌이었다. 공포. 청춘기 이후 처음 느껴보는 공포가 다시 찾아들었다. 유령. 사람들은 그를 그렇게 불렀다. 물론 누구도 그의 앞에서 당당하게 그 별명을 부르진 못했다. 어쨌든 나는 항상 그를 두려워해왔다. 비단 나만 그랬던 건 아닐 것이다. 그는 거의 모든 이를 불안에 떨게 만들었다. 다행히 내겐 켄 클라인이라는 든든한 보호막이 있었다. 유령은 절친한 친구까지 함부로 건드리진 않았다.

나는 겁쟁이였다. 싸움이 벌어질 것 같으면 항상 몸을 사렸다. 그런 나를 두고 현명하다느니, 어른스럽다느니 칭찬을 하는 사람도 있었다. 하지만 그건 사실과 달랐다. 나는 그저 겁쟁이였을 뿐이다. 나는 폭력을 무엇보다 싫어한다. 어쩌면 그게 정상인지도 모른다. 생존본능이라고나 할까. 하지만 나는 그게 부끄럽다. 유령과 친했던 형은 호전적 성격을 가지고 있었다. 그런 공격성을 거물들을 닮고자 하는 이들은 부러워했다. 테니스 치는 형을 보면 꼭 젊은 시절의 존 맥켄로를 보는 듯한 착각이 들었다. 핏불처럼 사납고, 반드시 이기고야 말겠다는 의욕은 실로 대단했다. 어릴 적부터 싸움이 붙었다 하면 반드시 끝을 봐야 직성이 풀렸다. 나는 형처럼 쓰러진 상대를 무참히 짓밟는 일 따위는 절대 하지 못했다.

나는 가까스로 몸을 일으켰다. 아셀타도 무덤에서 빠져나온 영혼처럼 천천히 솟아올랐다. 그가 두 팔을 넓게 벌렸다.

"옛 친구에게 포옹도 안 해줄 거야, 윌리?"

그가 성큼 다가왔다. 나는 미처 피할 틈도 없이 그에게 와락 안겨버리고 말았다. 그는 키가 작았지만 비정상적으로 긴 상체와 짧은 팔을 가지고 있었다. 그의 볼이 내 가슴을 파고들었다.

"정말 오랜만이야."

그가 말했다.

나는 무슨 말을 해야 할지 몰랐다.

"여긴 어떻게 들어왔어?"

"뭐?"

그가 내게서 떨어졌다.

"아, 현관문이 열려 있었어. 놀라게 했다면 미안해."

그가 미소를 지으며 뒤로 물러섰다.

"윌리, 하나도 안 변했군. 좋아 보이는데."

"그래도 이렇게 마음대로 들어오는 건……."

그가 고개를 갸웃했다. 이러다 언제 내게 달려들지 몰랐다. 존 아셀타는 리빙스턴 고등학교 이 년 선배로 켄과 같은 반이었다. 그는 레슬링팀 주장으로 활약하며 이 년간 에식스 군(郡) 라이트급 챔피언을 지냈다. 세 번이나 의도적으로 상대의 어깨를 탈구시켰다는 이유로 실격되지만 않았어도, 그는 주 선수권 대회까지 석권했을 것이다. 나는 아직도 상대 선수가 고통에 울부짖던 장면을 생생히 기억하고 있다. 덜렁거리는 팔을 보며 고개를 돌리던 사람들의 광경도 기억났다. 그때 아셀타는 들것에 실려가는 상대 선수를 지켜보며 웃음을 실실 흘렸었다.

아버지는 유령에게 나폴레옹 콤플렉스가 있다고 했다. 하지만 그것은 너무 단순한 설명이었다. 나는 궁금했다. 유령은 스스로를 증명해 보이려 했던 걸까? 혹시 남보다 Y염색체의 수가 많았던 걸까? 어쩌면 그는 세상에서 가장 잔인한 사람이었는지도 모른다.

어찌됐든 중요한 건 그가 분명히 사이코라는 사실이다.

그 외엔 달리 설명할 길이 없었다. 그는 사람들에게 고통을 주는 일을 즐겼다. 그가 내딛는 곳마다 파괴의 징조가 보였다. 덩치 큰 운동선수들도 그의 앞에선 꼬리를 내렸다. 그를 똑바로 쳐다보는 사람도 없었고, 그의 길을 막는 사람도 없었다. 모두가 그를 자극하지 않기 위해 언행에 각별히 신경 썼다. 심기가 불편해지면 그는 머뭇거림 없이 상대를 공격했다. 코뼈를 부러뜨리거나 무릎으로 급소를 가격하거나 눈을 찔렀다. 그리고 상대가 등을 보였을 때도 공격을 멈추지 않았다.

내가 2학년 때 밀트 새퍼스타인이 그에게 맞아 뇌진탕을 일으켰던 적이 있었다. 주머니 덮개가 붙은 폴리에스테르 셔츠 차림의 숙맥이었던 신입생, 새퍼스타인은 유령의 사물함에 몸을 기대는 치명적인 실수를 저질렀다. 유령은 미소를 지으며 그의 등을 토닥여주었다. 그냥 그렇게 끝나버리는가 싶었다. 하지만 그날 오후, 유령은 복도를 걷고 있는 새퍼스타인의 등 뒤에서 팔꿈치로 밀트의 머리를 가격했다. 새퍼스타인은 뒤를 돌아볼 겨를도 없었다. 그는 곧바로 바닥에 고꾸라졌고, 유령은 웃음을 흘리며 그의 머리를 발로 밟았다. 밀트는 세인트 바나바 병원 응급실로 급히 후송되었다.

모두가 그 광경을 못 본 척했다.

열네 살 때 그는 이웃집 개를 죽였다. 항문에 폭죽을 꽂아 터뜨려버렸다는 소문이었다. 하지만 그보다 훨씬 잔인한 사건도 있었다. 소문에 의하면, 유령은 열 살 때 다니엘 스키너라는 소년을 부엌칼로 찔러 살해했다고 한다. 두 살 연상인 스키너는 오랫동안 유령을 괴롭혔고, 참다못한 유령은 부엌칼을 그의 심장에 꽂아넣는 것으로 화답했다. 그는 수년간 소년원 생활을 했고 심리치료도 받았다. 하지만 둘 다 그를 변화시키지 못했다. 그 문제에 대해 물었을 때, 켄은 아는 게 없다고만 말할 뿐이었다. 언젠가 아버지에게 물었지만 아버지는 긍정도 부정도 하지 않았다.

나는 과거의 기억을 떨쳐냈다.

"존, 여긴 무슨 일이야?"

나는 형이 왜 그와 어울려 다녔는지 이해하지 못했다. 부모님도 두 사람의 관계를 별로 달가워하지 않았다. 유령이 어른들 앞에서는 다소곳한 태도를 곧잘 보였어도 말이다. 그는 별명처럼 색소가 결핍된 듯한 흰 피부에, 온순해 보이는 얼굴을 가지고 있었다. 속눈썹이 길고 만화 속 캐릭터처럼 턱이 갈라져 예쁘장해 보이기까지 했다. 졸업 후 그는 군에 입대했다. 특수부대인지 특전부대인지, 아무튼 그런 비밀 부대라고 했다. 하지만 그것 역시 확인은 되지 않았다.

유령이 다시 고개를 갸웃했다.

"켄은 어디 있지?"

그가 부드러운 음성으로 물었다.

나는 대답하지 않았다.

"윌리, 난 오랫동안 외국에 나가 있었어."

"외국에서 뭘 했는데?"
 내가 물었다.
 그가 다시 치아를 드러내며 웃었다.
 "왠지 옛 친구가 보고 싶더라고. 그래서 왔지."
 그에게 무슨 말을 해줘야 할지 몰랐다. 순간 어젯밤 베란다에 서 있었던 때가 떠올랐다. 골목에서 나를 빤히 올려다봤던 남자는 바로 유령이었다.
 "윌리, 어디 가야 그를 볼 수 있지?"
 "나도 몰라."
 그가 자신의 귀에 손을 가져다 댔다.
 "뭐라고?"
 "어디 있는지 모른다고."
 "어떻게 모를 수 있지? 네 형이잖아. 널 얼마나 잘 챙겨줬는데."
 "존, 나한테 뭘 원하는 거야?"
 그가 다시 씩 웃어 보였다.
 "학교 다닐 때 사귀던 줄리 밀러는 어떻게 됐지? 둘이 결혼 안 했어?"
 나는 그를 빤히 쳐다보았다. 그는 계속 미소를 흘렸다. 나를 놀리고 있는 것이다. 학창시절 그와 줄리는 가까이 지냈다. 그것 역시 이해하기 힘들었다. 줄리는 과격한 표면 밑에 무엇이 깔려 있는지 보고 싶을 뿐이라고 했다. 언젠가 나는 그녀에게 그의 손에서 가시라도 뽑아주었느냐고 농담 삼아 말한 적이 있다. 나는 이제 어떻게 할 것인지 궁리해보았다. 도망쳐버리기에는 이미 타이밍이 늦어버렸다. 게다가 그에 맞서 싸우는 건 자살행위나 다름없었다.
 온몸에 소름이 돋았다.
 "오랫동안 외국에 나가 있었다고?"
 내가 물었다.

"몇 년 됐어, 윌리."
"마지막으로 켄을 본 게 언제였지?"
그가 골똘히 머리를 굴리는 척했다.
"오, 아마 십이 년쯤 됐을걸. 외국에 나간 후로는 못 봤으니까. 연락도 못했고."
"그렇군."
그의 눈이 가늘어졌다.
"윌리, 지금 날 의심하는 거야?"
그가 내 앞으로 성큼 다가왔다. 나는 움찔하지 않으려 애썼다.
"내가 두려워?"
"아니."
"널 지켜줄 형도 없고, 이제 어쩌나."
"우린 더는 고등학생이 아니야, 존."
그가 내 눈을 빤히 올려다보았다.
"그동안 세상이 많이 바뀐 줄 아나 보지?"
나는 최대한 당당해 보이려 했다.
"겁먹은 것 같은데, 윌리."
"나가."
내가 말했다.
그의 반응은 갑작스러운 것이었다. 그가 바닥에 주저앉아 내 다리를 확 잡아끌었다. 나는 뒤로 벌러덩 넘어졌다. 그는 내게 움직일 틈도 주지 않고, 무릎으로 내 팔꿈치를 찍어 눌렀다. 관절에 엄청난 압력이 느껴졌다. 그가 내 삼두근을 반대로 끌어올렸다. 팔꿈치가 반대쪽으로 꺾이기 시작했다. 극심한 통증이 팔 전체로 퍼졌다.

나는 팔을 움직여보려 애썼다. 어떻게든 압력을 덜어내야 했다.
지금껏 들어본 적 없는 차분한 음성으로 유령이 말했다.

"더는 숨어 지내지 못할 거라고 전해, 윌리. 시간을 끌면 다른 사람들이 다칠 수도 있다고 말이야. 너도 그중 한 사람이고, 네 아버지나 누나가 될 수도 있어. 어쩌면 오늘 네가 만난 밀러 아가씨가 될 수도 있겠지. 꼭 그에게 전하도록 해."

그의 빠른 손놀림은 비현실적으로 느껴질 정도였다. 단 한 번의 움직임만으로 그가 내 팔을 풀어주는 동시에 내 얼굴을 향해 주먹을 휘둘렀다. 이내 코피가 터져 나왔다. 나는 다시 바닥에 벌렁 드러누웠다. 머릿속이 핑핑 돌았다. 의식도 반쯤 빠져나간 상태였다. 곧 실신해버릴 것 같았다. 의식의 경계가 모호해졌다.

다시 정신을 차리고 눈을 떴을 때, 유령은 이미 사라져버린 후였다.

19

스퀘어스가 얼음주머니를 내게 건넸다.

"네 상태를 보니 그 친구 상태가 어떨지 궁금한데."

나는 얼얼한 코에 얼음주머니를 가져다 댔다.

"그 친구는 미남 배우처럼 바뀌었어."

스퀘어스가 소파에 앉아 부츠를 신은 채 발을 작은 탁자 위에 올려놓았다.

"어떻게 된 건지 설명해봐."

나는 그에게 상세히 설명해주었다.

"두목과 같은 친구구먼."

스퀘어스가 말했다.

"그가 동물을 고문했다는 얘길 내가 했었어?"

"응."

"자기가 죽인 동물들의 두개골을 침실에 보관해두고 있다는 얘기도?"
"여자들이 빽 소리 냈겠군."
"이해가 안 돼."
나는 얼음주머니를 내렸다. 코에 구부러뜨린 동전을 쑤셔 넣은 듯한 느낌이었다.
"유령이 왜 형을 찾고 있는 거지?"
"좋은 질문이야."
"경찰에 신고해야 할까?"
스퀘어스가 어깨를 으쓱했다.
"그 친구 본명이 뭐라고?"
"존 아셀타."
"그가 어디 사는지 알아?"
"아니."
"리빙스턴에서 살았었다고?"
"그래."
내가 말했다.
"우드랜드 테라스에 살았어. 우드랜드 테라스 57번지."
"그 주소를 아직 기억하고 있는 거야?"
이번엔 내가 어깨를 으쓱했다. 리빙스턴은 그런 곳이었다. 그 정도쯤은 어렵지 않게 기억할 수 있었다.
"그의 어머니⋯⋯ 뭐가 문제였는지는 모르겠어. 그가 어렸을 때 어머니가 집을 나갔지. 그는 알코올중독자인 아버지와 살았어. 형이 두 명 있었는데, 그중 손은 베트남전쟁 참전 군인이었어. 머리를 길게 길렀고, 덥수룩한 수염도 길렀었지. 그는 하루 종일 혼잣말을 하며 동네를 어슬렁거렸어. 모두가 그를 보고 미쳤다고 했지. 그 집 마당은 고물 집적소 같았어. 잡초는 무성했고 말이야. 리빙스턴 사람들은 그걸 달갑게 여기지 않았어. 보다 못한 경찰이 빨간딱지를 떼기도 했었지."
 스퀘어스가 필요하다 생각되는 정보를 받아 적었다.
 "내가 한번 가볼게."
 머리가 욱신거렸다. 나는 정신을 가다듬어보았다.
 "너희 학교에도 그런 애가 있었어?"
 내가 물었다.
 "그냥 재미로 사람들을 괴롭히는 사이코 말이야."
 "있었지."
 스퀘어스가 대답했다.
 "나."
 믿어지지 않았다. 학창시절, 스퀘어스가 문제아였을 거라고는 생각했지만, 유령과 비슷한 부류였을 줄은 몰랐다. 복도를 누비고 다니다가 킬킬대며 누군가의 머리통을 재미로 부셔놓는 그런 사이코. 도무지 상상이 되지 않았다.
 나는 다시 얼음주머니를 코로 가져갔다. 주머니가 코에 닿는 순간 몸이 움츠러들었다.
 스퀘어스가 고개를 저었다.
 "애 같군."
 "진작 의대나 가지 그랬어?"
 "아마 코뼈가 부러졌을 거야."
 그가 말했다.
 "그런 것 같아."
 "병원에 안 가봐도 되겠어?"
 "아니, 난 터프가이라고."
 그 말에 그가 킥킥 웃었다.
 "하긴 뭐, 가봐도 큰 도움은 안 될 거야."

그가 웃음을 멈추고 볼 안쪽 살을 살짝 깨물었다.
"일이 좀 있었어."
나는 그의 목소리 톤이 마음에 들지 않았다.
"우리의 희망, 조 피스틸로에게 연락이 왔었어."
나는 다시 얼음주머니를 내렸다.
"실러를 찾았대?"
"몰라."
"그럼 대체 무슨 소릴 들은 거야?"
"별말 안 했어. 그냥 널 데려오라고 했을 뿐이야."
"언제?"
"지금. 배려 차원에서 연락한 거라더군."
"무슨 배려?"
"나도 몰라."

"전 클라이드 스마트라고 합니다."
남자의 음성은 에드나 로저스가 지금껏 들어본 적 없는 아주 부드러운 목소리였다.
"이곳 검시관입니다."
에드나 로저스는 남편, 닐이 남자와 악수를 나누는 광경을 지켜보았다. 그녀는 남자를 향해 가볍게 목례했다. 여자 보안관과 그녀의 부관도 자리를 함께했다. 그들 모두 엄숙한 표정을 하고 있었다. 자신을 클라이드라고 소개한 남자는, 적절한 위로의 말을 떠올리기 위해 머리를 굴리고 있는 것 같았다. 에드나 로저스가 괜찮다고 손짓했다.
클라이드 스마트가 마침내 테이블로 다가갔다. 사십이 년간 함께 살아온 닐과 에드나 로저스가 나란히 서서 기다렸다. 그들은 서로에게 기대지 않았다. 서로 의지하려 하지도 않았다. 그들이 마지막으로 서로에게 손을 대본 건 아득한 옛날이었다.
검시관이 말없이 시트를 걷어냈다.
실러의 얼굴이 드러나자 닐 로저스가 상처 입은 짐승처럼 뒤로 주춤 물러났다. 그가 실러에게 시선을 떼지 못한 채 울부짖기 시작했다. 폭풍이 몰려올 때 코요테가 울부짖는 소리와도 흡사했다. 에드나는 남편의 심정을 누구보다도 잘 이해할 수 있었다. 피할 수도 없고, 기적을 바랄 수도 없는 운명이었다. 그녀는 용기를 내어 딸을 내려다보았다. 그리고 앞으로 손을 뻗었다. 비록 딸은 죽었지만 모성애는 여전히 살아 있었다. 하지만 그녀는 차마 딸을 만질 수 없었다.
에드나는 시야가 흐려질 때까지 딸을 쳐다보았다. 그녀는 실러의 얼굴이 천천히 변형되어가는 것을 지켜보았다. 시간이 거꾸로 흘렀고, 어느새 그녀의 첫아이는 밝은 미래가 약속된 아기로 변해 있었다. 그녀에게도 모든 것을 바로잡을 수 있는 두 번째 기회가 주어진 것이다.
에드나 로저스가 갑자기 통곡하기 시작했다.

20

"코는 왜 그렇게 됐습니까?"
피스틸로가 내게 물었다.
우리는 다시 그의 사무실에 있었다. 스퀘어스는 대기실에서 기다리고 있었다. 나는 피스틸로의 책상 앞에 놓인 안락의자에 앉았다. 그의 의자는 내 의자보다 조금 높았다. 보나마나 상대에게 위협을 주기 위해서일 것이다. 코브넌트 하우스를 찾아왔었던 클라우디아 피셔 요원은 팔짱을 낀 채 내 뒤에 서 있었다.
"내가 이 정도인데 상대는 어떻겠습니까?"

내가 말했다.
"누구랑 싸운 겁니까?"
"넘어진 겁니다."
내가 말했다.
피스틸로는 나를 믿지 않는 분위기였다. 하지만 그런 건 아무래도 상관없었다. 그가 두 손으로 책상을 짚었다.
"모든 걸 처음부터 다시 짚어봤으면 좋겠습니다."
그가 말했다.
"뭘 말입니까?"
"실러 로저스가 어떻게 실종됐는지."
"그녀를 찾았나요?"
"우선 이것부터 합시다."
그가 주먹을 입에 가져다 대고 기침을 한 번 했다.
"실러 로저스가 몇 시에 아파트를 나갔습니까?"
"왜 물으시죠?"
"클라인 씨, 부탁입니다. 협조해주십시오."
"새벽 5시쯤이었던 것 같습니다."
"확실합니까?"
"그쯤인 것 같다고 하지 않았습니까."
내가 말했다.
"왜 확실히 모르시는 겁니까?"
"전 자고 있었습니다. 그냥 나가는 소리만 들었습니다."
"5시에요?"
"네."
"시계를 봤습니까?"
"무슨 그런 질문이 있습니까? 나도 모릅니다."

"그럼 5시에 나갔다는 걸 어떻게 아신 겁니까?"

"제 체내 시계가 정확한 모양이죠, 뭐. 모르겠습니다. 다음 질문으로 넘어가죠."

그가 고개를 끄덕이며 앉은 채로 몸을 틀었다.

"로저스 양이 메모를 남겨두고 떠났죠?"

"네."

"메모는 어디 있었습니까?"

"아파트 어디서 발견됐느냐는 질문이죠?"

"그렇습니다."

"그게 중요합니까?"

그가 오만한 표정으로 미소를 지었다.

"협조 부탁드립니다."

"주방 테이블에 놓여 있었습니다."

내가 말했다.

"포마이카를 칠한 테이블이죠. 참고하세요."

"메모엔 뭐라고 적혀 있었습니까?"

"개인적인 내용이 적혀 있었습니다."

"클라인 씨……."

내가 한숨을 내쉬었다. 일부러 그를 자극할 필요는 없었다.

"언제나 절 사랑한다고 했습니다."

"그리고요?"

"그게 답니다."

"언제나 사랑한다는 말이 전부였다고요?"

"네."

"그 메모, 아직 가지고 계십니까?"

"네."

"한번 봐도 되겠습니까?"
"왜 절 부르셨는지 여쭤봐도 되겠습니까?"
피스틸로가 몸을 등받이에 기댔다.
"부친 댁에서 나오신 후에 로저스 양과 곧장 아파트로 돌아가셨습니까?"
화제가 갑자기 바뀌자 당혹스러웠다.
"그게 무슨 말씀입니까?"
"모친의 장례식에 참석하셨었죠?"
"네."
"장례식이 끝난 후엔 실러 로저스와 아파트로 돌아가셨을 테고요. 그렇게 말씀하시지 않았습니까?"
"그랬습니다."
"사실입니까?"
"네."
"집으로 돌아가는 길에 어디 들르진 않으셨습니까?"
"아닙니다."
"그걸 확인해줄 사람이 있습니까?"
"어디 들르지 않았다는 걸 확인해줄 사람이 있냐고요?"
"당신이 아파트로 돌아가 저녁 내내 나오지 않았다는 걸 확인해줄 사람이 있느냐는 얘기입니다."
"그걸 다른 사람이 왜 확인해줘야 합니까?"
"부탁입니다, 클라인 씨."
"그걸 확인해줄 수 있는 사람이 있을지 모르겠습니다."
"누구와 통화를 하거나 하진 않았습니까?"
"아뇨."
"이웃이 확인해줄 순 없을까요?"

"모르겠습니다."
나는 어깨너머로 클라우디아 피셔를 흘끔 돌아보았다.
"아예 동네 전체를 탐문하고 돌아다니지 그랬습니까? 그게 FBI의 특기 아니던가요?"
"실러 로저스는 무슨 일로 뉴멕시코에 간 겁니까?"
나는 고개를 돌려 피스틸로를 쳐다보았다.
"그녀가 거기에 가 있을 줄은 몰랐습니다."
"거기로 갈 거라는 말은 없었습니까?"
"전혀요."
"당신은 어떻습니까, 클라인 씨?"
"제가 뭐요?"
"뉴멕시코에 아시는 분이 계십니까?"
"전 샌타페이로 가는 길도 모릅니다."
"샌호세겠죠."
피스틸로가 자신의 서툰 농담에 미소를 지었다.
"저흰 당신의 최근 통화 기록을 가지고 있습니다."
"아주 좋으시겠군요."
그가 어깨를 살짝 으쓱했다.
"현대 기술 덕분이죠."
"그거 불법 아닙니까? 제 통화 기록을 그렇게 가지고 계셔도 되는 겁니까?"
"영장이 있습니다."
"물론 그러시겠죠. 대체 알고 싶은 게 뭡니까?"
클라우디아 피셔가 처음으로 몸을 움직였다. 그녀가 내게 종이를 한 장 건넸다. 나는 건네받은 통화 기록을 들여다보았다. 생소한 전화번호 하나가 노란색으로 표시되어 있었다.

"뉴멕시코, 파라다이스 힐의 한 공중전화에서 걸려온 전화 기록이 있습니다. 모친의 장례식 전날 밤이었죠."

그가 몸을 앞으로 조금 더 기울였다.

"누구에게 걸려온 전화였습니까?"

나는 전화번호를 유심히 들여다보았다. 머릿속이 혼란스러웠다. 문제의 전화는 저녁 6시 15분쯤 걸려왔고, 통화는 총 팔 분에 걸쳐 했었다고 나와 있었다. 그것이 무엇을 의미하는지 알 수는 없었지만 기분이 썩 좋진 않았다. 나는 다시 고개를 들었다.

"변호사를 선임해야 할까요?"

내 질문에 피스틸로가 입을 닫았다. 그와 클라우디아 피셔가 서로의 얼굴을 흘끔 쳐다보았다.

"변호사는 언제든지 선임하실 수 있습니다."

그가 지나치게 조심스레 말했다.

"스퀘어스를 안으로 불러들였으면 합니다."

"그는 당신의 변호사가 아닙니다."

"상관없어요. 무슨 일인지는 모르지만 이렇게 심문받는 게 그리 유쾌하진 않군요. 전 무슨 정보라도 들을 수 있을 줄 알고 온 겁니다. 그런데 이건 완전히 범인 취급 아닙니까."

"범인 취급이라고요?"

피스틸로가 두 손을 펼쳐 보였다.

"그냥 편하게 대화하는 거죠."

그때 내 뒤에서 벨소리가 들려왔다. 클라우디아 피셔가 와이어트 어프(Wyatt Earp, 서부 개척 시대의 전설적인 총잡이)처럼 휴대전화를 잽싸게 꺼내들었다. 그녀가 휴대전화를 귀에 가져다 대고 말했다.

"피셔입니다."

일 분 정도 상대의 말을 묵묵히 듣던 그녀가 인사도 없이 전화를 끊었다. 그리고 피스틸로를 향해 고개를 끄덕였다.
나는 자리에서 일어났다.
"더는 여기 있을 이유가 없는 것 같군요."
"앉으십시오, 클라인 씨."
"당신 말이라면 이제 듣고 싶지 않습니다. 더는……."
"방금 걸려온 전화 말입니다."
그가 내 말을 뚝 끊었다.
"그 전화가 뭐 어쨌다는 거죠?"
"앉아요, 윌."
그가 성 대신 이름을 불렀다. 분위기가 심상치 않았다. 나는 벌떡 일어난 채 그의 말이 이어지기를 기다렸다.
"직접 보고 확인하기 위해 시간이 좀 걸렸던 겁니다."
그가 말했다.
"뭘 말이죠?"
그는 내 질문에 대답하지 않았다.
"우린 아이다호에 살고 있는 실러 로저스의 부모를 데리고 갔습니다. 그들이 확인해주었죠. 물론 지문 대조로 알고 있었던 사실이었지만 말입니다."
그의 얼굴에서 긴장이 풀어졌다. 순간 다리가 풀려버렸다. 나는 가까스로 중심을 되찾았다. 그가 진지한 눈으로 나를 쳐다보았다. 나는 고개를 가로저었다. 하지만 이번만큼은 피할 도리가 없었다.
"윌, 유감입니다."
피스틸로가 말했다.
"실러 로저스는 사망했습니다."

21

부정은 놀라운 것이다.
 속이 울렁거리고, 가슴이 철렁 내려앉았다. 얼어붙은 가슴 한가운데서부터 냉기가 서서히 퍼져나갔다. 눈물이 눈꺼풀을 떠밀고 터져나올 것만 같았다. 하지만 나는 가까스로 참아냈다. 피스틸로가 들려주는 자세한 이야기에 귀를 기울이며 계속하여 고개를 끄덕였다. 그녀는 네브래스카의 한 도로변에 버려져 있었다고 했다. 나는 그냥 고개만 끄덕였다. 피스틸로는 그녀가 '굉장히 끔찍하게' 살해되었다고 했다. 나는 연달아 고개를 끄덕였다. 그녀에겐 신분증이 없었지만 채취된 지문을 통해 신원을 확인할 수 있었고, 그녀의 부모까지 모시고 가 공식적인 확인 작업을 마쳤다고 했다. 역시 나는 고개를 끄덕였다.
 나는 자리에 앉지 않았다. 울지도 않았다. 그냥 멍하니 서 있을 뿐이었다. 내 안 무엇인가가 단단해지고 커져가는 것을 느꼈다. 그것은 흉곽을 서서히 밀어내며 호흡을 곤란하게 만들었다. 그의 음성은 여과기에 걸러졌거나 물속에서 들려오는 듯 아득하게만 느껴졌다. 순간 뇌리를 스치는 이미지가 있었다. 다리를 깔고 앉은 자세로 소파에 앉아 책을 읽고 있는 실러의 모습. 그녀의 스웨터 소매는 헐렁하게 늘어나 있었다. 그녀는 책에 집중한 채 페이지를 넘길 채비를 하고 있었다. 어떤 단락을 읽어나갈 땐 눈이 가늘어지기도 했다. 내가 지켜보고 있다는 사실을 깨달은 그녀가 고개를 들고 환히 미소를 지었다.
 그랬던 실러가 죽다니.
 나는 계속 아파트에서 실러와 함께 보낸 순간들을 헤집어나갔다. 갑자기 들려온 피스틸로의 음성 때문에 실러의 모습이 산산이 부서져버렸다.
 "진작 협조해주셨어야 했습니다."

잠에서 막 깨어나기라도 한 듯 정신이 없었다.
"네?"
"진작 솔직하게 털어놓으셨으면 그녀를 살릴 수 있었는지도 모른단 말입니다."

그다음 기억나는 건 밴에 오르는 순간이었다.
스퀘어스는 핸들을 두들겨대며 험악한 욕을 쏟아냈다. 나는 지금껏 그가 이토록 흥분하는 모습을 본 적이 없었다. 내 반응은 그와 정반대였다. 마치 누군가가 내 플러그를 뽑아버린 것 같은 느낌이었다. 나는 멍하니 창밖을 내다보았다. 끝까지 부정하고 싶었지만 성큼 다가온 현실이 요란하게 벽을 두드리기 시작했다. 현실의 맹습에 그 벽이 언제 허물어질지 알 수 없었다.
"반드시 잡고 말겠어."
스퀘어스가 다시 말했다.
나는 그의 말에 귀를 기울이지 않았다.
우리는 아파트 앞에 이중 주차했다. 스퀘어스가 먼저 차에서 내렸다.
"난 괜찮아."
내가 말했다.
"그래도 같이 올라가줄게."
그가 말했다.
"뭔가 보여줄 게 있어."
나는 멍한 얼굴로 고개를 끄덕였다.
아파트로 들어서기가 무섭게 스퀘어스가 주머니에서 총을 꺼내들었다. 그리고 총을 앞으로 내민 채 아파트 구석구석을 살피기 시작했다. 집엔 아무도 없었다. 그가 내게 총을 건넸다.
"문을 잘 잠가. 또 누가 몰래 들어오면 그걸로 날려버리라고."

"총은 필요 없어."
내가 말했다.
"날려버려."
그가 다시 말했다.
나는 잠시 총을 내려다보았다.
"내가 같이 있어줄까?"
그가 물었다.
"그냥 혼자 있는 게 나을 것 같아."
"알았어, 그럼. 하지만 내가 필요하면 언제든 휴대전화로 연락해. 아무 때나 상관없어."
"그래, 고마워."
그가 말없이 아파트를 나갔다. 나는 총을 탁자에 내려놓았다. 그런 다음, 아파트 안을 빙 둘러보았다. 더는 실러의 흔적이 보이지 않았다. 그녀의 향기도 많이 가신 상태였다. 실내는 진공 상태에 빠진 듯 답답했다. 하지만 나는 모든 문과 창문을 걸어 잠그고, 빗장을 걸어 밀폐시켜놓고 싶었다. 그렇게라도 그녀의 흔적을 보존할 수 있다면 얼마나 좋을까?
누군가가 내가 사랑하는 여자를 살해했다.
그럼 이게 두 번째인가?
아니다. 줄리의 죽음은 이번과 확실히 달랐다. 비슷한 구석이 전혀 없다. 부정은 이번에도 예외 없이 찾아들었다. 하지만 그 음성은 갈라진 틈을 파고든 속삭임에 지나지 않았다. 그 무엇도 옛 모습 그대로 남겨지지 않는다. 나는 그것을 알고 있었다. 또한 이번만큼은 결코 회복하지 못하리라는 것도 알고 있었다. 충분히 극복할 수 있는 시련도 물론 있다. 켄과 줄리의 일이 그런 경우에 해당된다. 하지만 이건 달랐다. 수많은 감정들이 한꺼번에 파고들었다. 그중에서도 절망이 가장 견디기 힘들었다.
두 번 다시 실러를 볼 수 없게 되었다. 누군가 내가 사랑하는 여자를 살해했다.
 나는 그 두 번째 문제에 초점을 맞춰보기로 했다. 살해. 나는 그녀의 과거에 대해 생각해보았다. 그녀가 견뎌야 했던 지옥. 그녀는 용감하게 시련에 맞섰다. 하지만 그녀의 과거 속 누군가가 불쑥 나타나, 그녀를 내게서 앗아가버렸다.
 분노가 뼛속까지 스며들었다.
 나는 책상 앞으로 다가가 몸을 숙이고 맨 아래 서랍을 열었다. 그리고 그 안에서 벨루어 상자를 꺼냈다. 깊게 숨을 한 번 들이쉰 후 상자를 열었다.
 반지에 붙은 원형 다이아몬드는 1.3캐럿짜리였다. 컬러는 G등급이고, AGS에선 VI등급으로 감정했다. 백금 반지는 두 개의 직사각형 보석으로 심플하게 장식되어 있었다. 나는 그것을 이 주 전, 47번가 다이아몬드 지구에서 구입했다. 청혼할 때 주려고 산 이 반지를 본 사람은 어머니뿐이었다. 하지만 반지를 보고 난 후 어머니의 상태가 많이 악화되었다. 나는 묵묵히 때를 기다렸다. 어머니는 실러를 무척 마음에 들어했다. 나는 어머니의 상태를 지켜보며 그것을 실러에게 끼워줄 적절한 시기를 노렸다.
 실러와 나는 서로를 무척 사랑했다. 마음만 먹었다면 아무 때나 감상적으로 어색하고 진부하게 청혼을 할 수 있었을 것이다. 내가 어떻게 나오든 그녀는 눈물을 흘리며 청혼을 승낙했을 것이다. 그리고 내 품에 와락 안겼을 것이다. 우리는 그렇게 인생의 동반자로 행복하게 살 수도 있었다. 모든 게 완벽했을 텐데.
 누군가가 그 모든 걸 앗아가버렸다.
 부정의 벽이 휘청거리다가 결국 와르르 무너져내렸다. 내 몸을 에워싼 비탄이 폐 안에 남아 있던 공기를 전부 뽑아가 버렸다. 나는 의자에 풀썩 주저앉아 다리를 감싸 안았다. 그리고 몸을 앞뒤로 살살 흔들며 울기 시작했다. 속이 뒤틀리고, 영혼이 갈가리 찢겨나가도록 구슬프게 울었다.
 얼마나 오랫동안 흐느꼈을까. 나는 가까스로 울음을 멈추었다. 비탄에 당당히 맞서 싸워야겠다는 생각이 들었다. 비탄은 사람을 무력하게 만든다. 하지만 분노는 다르다. 남아 있던 분노가 내 안으로 비집고 들어올 틈을 찾기 시작했다.

그래서 나는 그것을 안으로 받아들였다.

22

케이티 밀러가 아버지의 성난 음성을 듣고 문간에 멈춰 섰다.
"거긴 대체 왜 간 거야?"
그가 소리쳤다.
그녀의 어머니와 아버지는 서재에 서 있었다. 서재 역시 다른 방과 마찬가지로 호텔 같은 분위기를 띠고 있었다. 가구는 실용적이었고 번쩍번쩍 광이 났으며 단단했다. 어디서도 따듯함이 묻어나오지 않았다. 벽엔 범선이 그려진 유화와 정물화들이 걸려 있었다. 작은 입상, 관광지에서 사온 기념품, 수집물, 가족사진 따위는 찾아볼 수 없었다.
"그냥 조의를 표하러 갔을 뿐이에요."
그녀의 어머니가 말했다.
"왜 갑자기 그러기로 한 거지?"
"왠지 그래야 할 것 같았어요."
"그래야 할 것 같았다고? 그 사람네 아들이 우리 딸을 죽였다는 거 잊었어?"
"그녀 아들이 우리 애를 죽였지, 그녀가 죽인 건 아니잖아요."
루실 밀러가 말했다.
"말도 안 되는 소리 하지 마. 그 여자가 그놈을 키웠다고."
"그래서 그녀가 책임을 떠안아야 한다는 건가요?"

"당신도 나랑 같은 생각이었잖아."
그녀의 어머니는 허리를 꼿꼿이 편 자세를 고수했다.
"아니에요."
그녀가 말했다.
"그저 아무 말도 안 하고 살아왔을 뿐이에요."
워렌 밀러가 몸을 홱 돌리고 서재 안을 맴돌기 시작했다.
"그러니까 그 얼간이 자식이 당신을 쫓아냈다 이거지?"
"지금 그 사람 심정이 어떻겠어요? 날 보니 화가 났겠죠."
"두 번 다시 그 집엔 가지 마."
그가 기운 빠진 손가락을 흔들어 보이며 말했다.
"알아듣겠어? 그 여자는 살인마 자식을 숨겨놓는 데만 급급했었다고."
"그래서요?"
순간 케이티의 숨이 턱 막혔다. 그녀 아버지의 고개가 홱 돌아갔다.
"뭐?"
"그녀는 그 애 어머니였어요. 우리가 그녀 입장이었다면 달랐을까요?"
"그게 무슨 소리지?"
"그들 입장을 한번 생각해봐요. 만약 줄리가 켄을 죽이고 숨어 지내게 되면요? 당신은 어떻게 했을 것 같아요?"
"그런 억지가 어디 있어?"
"이건 억지가 아니에요, 워렌. 난 그게 정말 궁금해요. 만약 우리가 그들 입장이었으면 어땠을 것 같아요? 줄리를 끌고 가 자수시켰을까요? 아니면, 그 앨 보호하려 했을까요?"
그녀의 아버지가 고개를 홱 돌렸다. 그의 눈이 문간에 서 있는 케이티의 눈과 마주쳤다. 여느 때와 마찬가지로 그녀는 아버지의 시선을 붙들어놓지 못했다. 워렌 밀러는 말없이 위층으로 성큼 올라가버렸다. 그는 컴퓨터방으로 들어가 문을 닫았다. 컴퓨터방은 줄리의 옛 침실이었다.

지난 구 년간 그 방은 줄리가 세상을 떠난 날과 똑같은 상태로 보존되어 왔었다. 그리고 어느 날, 그녀의 아버지는 아무런 예고도 없이 그 방에 들어가 모든 걸 상자에 넣어 치워버렸다. 그는 방을 흰색으로 칠하고, 이케아에서 구입한 컴퓨터용 책상을 들여놓았다. 그 후로 그 방을 컴퓨터 방이라 부르게 되었다. 가족들은 그것이 종결을 의미한다고 생각했다. 그게 아니라면, 적어도 현실을 받아들인다는 의미 정도는 될 거라 생각했다. 하지만 사실은 그 반대였다. 그것은 억지 연극이었을 뿐이다. 죽음을 앞둔 환자가 무모하게 침대에서 내려오는 일과도 다르지 않았다. 케이티는 한 번도 그 방에 발을 들여놓은 적이 없었다. 이제 그 방에선 어떠한 줄리의 흔적도 찾아볼 수 없었다. 하지만 이상하게도 줄리의 영혼은 예전에 비해 훨씬 뚜렷하게 감지되었다. 덕분에 눈 대신 마음으로 보는 법을 배우게 되었다. 눈으로 볼 수 없는 것은 마음으로 보면 되었다.
　루실 밀러가 주방으로 향했다. 케이티는 말없이 그 뒤를 따랐다. 그녀의 어머니가 설거지를 시작했다. 케이티는 어머니를 지켜보며 이럴 때 위로의 말이라도 건넬 수 있으면 얼마나 좋을까 생각했다. 그녀의 부모는 절대 케이티에게 줄리의 이야기를 꺼내지 않았다. 단 한 번도. 지금껏 그들이 줄리 문제로 언쟁을 벌인 것은 대여섯 번에 지나지 않았다. 그리고 항상 이렇게 끝이 났다. 침묵과 눈물.
　"엄마?"
　"엄만 괜찮아."
　케이티가 어머니 앞으로 다가갔다. 그녀의 어머니는 점점 세게 접시를 문질러 닦았다. 케이티는 요즘 들어 어머니의 머리가 많이 세었다는 사실을 깨달았다. 허리도 많이 구부러졌고, 안색도 부쩍 어두워졌다.
　"정말 그러셨을 것 같아요?"
　케이티가 물었다.
　그녀의 어머니는 아무 말도 하지 않았다.

"정말 줄리를 숨겨주셨을 것 같아요?"

루실 밀러는 말없이 접시만 빡빡 문질러댔다. 그녀가 접시를 식기 세척기에 차례로 꽂아 넣었다. 그런 다음, 세제를 붓고 전원을 켰다. 케이티는 묵묵히 기다렸다. 하지만 그녀의 어머니는 끝내 입을 열지 않았다.

케이티가 발소리를 죽이고 위층으로 올라갔다. 컴퓨터방에서 아버지가 흐느끼는 소리가 흘러나왔다. 문에 가로막혀 잘 들리진 않았지만 완전히 차단되진 않았다. 케이티가 걸음을 멈추고 나무로 된 문에 손바닥을 살며시 가져다 댔다. 그녀는 진동이라도 느껴보고 싶었다. 아버지의 흐느낌은 언제나 격했다. 그는 목멘 음성으로 "제발, 더는……" 하고 반복해서 중얼거리고 있었다. 마치 보이지 않는 누군가에게 자신의 머리에 총을 쏴달라고 애원하는 듯. 케이티는 문 앞에 서서 계속 귀를 기울였다. 하지만 흐느낌은 멈출 줄 몰랐다.

그녀는 몸을 돌려 자신의 방으로 향했다. 방에 들어온 그녀는 옷을 주섬주섬 배낭에 집어넣으며, 이 모든 것을 확실하게 종결지을 준비에 들어갔다.

나는 여전히 어둠 속에서 무릎을 끌어안은 채 앉아 있었다.

자정이 가까워지고 있었다. 나는 부재중 걸려온 전화를 확인했다. 그냥 휴대전화를 꺼두고 싶은 마음도 있었지만, 왠지 피스틸로가 전화를 걸어와 모든 게 오해였다고 말해줄 것 같았다. 마음은 항상 그런 기대에 차 있다. 어떻게든 빠져나갈 틈을 찾기 위해 애쓴다. 신과 협상을 벌이기도 하고, 부질없는 약속을 하기도 한다. 모면할 방법이 있을 거라면서 기대를 버리지 않는다. 모든 게 꿈일 뿐이라고, 고약한 악몽일 뿐이라고, 그리고 되돌릴 수 있는 방법이 분명 있을 거라고.

스퀘어스가 전화를 걸어왔을 때, 딱 한 번 수화기를 집어 들었을 뿐이다. 그는 코브넌트 하우스 아이들이 내일 실러를 위해 추모식을 열기로 했다는 소식을 전해주었다. 그는 괜찮겠느냐고 물었고, 나는 실러가 무척 기뻐할 거라고 대답했다.

나는 창밖을 내다보았다. 밴이 또다시 건물 주변을 맴돌고 있었다. 역시 스퀘어스였다. 나를 보호하기 위해, 그는 밤새도록 아파트 주변을 맴돌고 있었던 것이다. 하긴 그가 멀리 가지 않을 거라고는 생각했었다. 어쩌면 그는 내게 무슨 일이 터지기를 바라고 있었는지도 몰랐다. 그래야 자신이 달려와 처리해줄 수 있을 테니까. 나는 자신도 유령과 크게 다르지 않았다는 스퀘어스의 고백을 다시 떠올려보았다. 과거의 여운, 그리고 스퀘어스와 실러가 엄청난 심적 갈등에서 어떻게 헤어날 수 있었는지에 대해서도 생각해보았다.

그때 다시 전화벨이 울렸다.

나는 손에 쥐고 있는 맥주를 내려다보았다. 술로 고민을 지워버리고 싶진 않았다. 차라리 그럴 수 있었다면 좋았을 것이다. 나는 그저 아무 감정도 갖고 싶지 않았다. 하지만 그 반대의 일이 자꾸 벌어졌다. 피부는 갈가리 찢겨진 듯 따끔거렸다. 팔과 다리는 무겁게 축 늘어졌다. 꼭 수면을 불과 몇 센티미터 남겨놓고 서서히 가라앉는 기분이었다. 보이지 않는 손이 내 다리를 꽉 잡아 도망치지 못하도록 하는 듯했다.

나는 자동응답기가 대신 받아줄 때까지 기다렸다. 벨이 세 번 울린 후, 녹음된 내 음성이 흘러나왔다. 삐 소리가 나면 메시지를 남겨달라는 멘트였다. 삐 소리가 울리자 왠지 익숙하게 느껴지는 음성이 들리기 시작했다.

"클라인 씨?"

난 허리를 곧게 폈다. 전화를 걸어온 여자는 애써 울음을 참고 있었다.

"에드나 로저스예요. 실러의 어머니."

나는 잽싸게 손을 뻗어 수화기를 집어 들었다.

"여보세요."

내가 말했다.
그녀가 참았던 울음을 터뜨렸다. 나도 덩달아 울기 시작했다.
"이렇게 괴로울 줄은 몰랐어요."
잠시 후, 그녀가 말했다.
한때 우리가 함께 지냈던 아파트에서 나만 홀로 몸을 꼬아대기 시작했다.
"오래전에 그 애를 내 인생에서 쫓아내버렸어요."
로저스 부인이 계속 말을 이어나갔다.
"그 앤 더는 내 딸이 아니었어요. 내겐 다른 아이들이 있었어요. 그 앤 그냥 사라져버렸어요, 영원히. 내가 원해서 벌어진 일은 아니었어요. 그냥 어쩌다 보니 그렇게 됐을 뿐이죠. 경찰서장이 직접 날 찾아와 그 애가 죽었다고 알려줬을 때도 난 아무 반응도 하지 않았어요. 그냥 허리를 펴고 고개만 끄덕였을 뿐이에요. 내 말 이해하겠어요?"
이해할 수 없었다. 나는 아무 말도 하지 않았다. 그냥 묵묵히 듣고만 있었다.
"그들이 날 여기로 데려왔어요. 네브래스카로. 지문으로 이미 확인했지만, 그래도 가족이 와서 직접 확인해야 한다더군요. 그래서 곧장 닐과 보이시 공항으로 갔고, 거기서 비행기를 타고 여기까지 오게 됐어요. 그들이 우릴 작은 경찰서로 데려가더군요. TV에서 보면 항상 유리 뒤에서 보던데…… 그렇지 않나요? 유리 반대편에 서 있으면 바퀴 달린 들것을 밀고 들어오잖아요. 하지만 여긴 그렇지 않아요. 작은 사무실로 들어가니 몸뚱이 하나가 흰 천에 덮여 있더군요. 그 앤 들것에 누워 있지 않았어요. 그냥 테이블이었죠. 검시관이 천을 걷어냈고, 그 애의 얼굴이 드러났어요. 십사 년 만에 처음으로 실러의 얼굴을……."
그녀가 다시 울음을 터뜨렸다. 그녀는 한참 동안 울음을 멈추지 못했다. 나는 수화기를 귀에 댄 채 기다렸다.

"클라인 씨."
그녀가 말했다.
"그냥 윌이라고 불러주세요."
"그 앨 사랑했죠, 윌? 그렇죠?"
"아주 많이요."
"그 앨 행복하게 해줬나요?"
나는 다이아몬드 반지를 떠올렸다.
"그녀가 그렇게 여겨주면 좋겠네요."
"링컨에서 하룻밤 묵을 거예요. 내일 아침 뉴욕으로 가려고요."
"와주신다면 감사하죠."
내가 말했다. 나는 그녀에게 추모식에 대해 들려주었다.
"추모식이 끝나고 나랑 잠깐 얘기할 수 있어요?"
그녀가 물었다.
"물론입니다."
"꼭 알고 싶은 게 있어서요."
그녀가 말했다.
"그리고 당신에게 꼭 들려주고 싶은 얘기도 있고."
"무슨 말씀이시죠?"
"내일 봐요, 윌. 만나서 얘기해요."

그날 밤, 나를 찾아온 사람이 한 명 더 있었다.
새벽 한 시에 초인종이 울렸다. 나는 보나마나 스퀘어스일 거라고 생각했다. 가까스로 몸을 일으키고 발을 질질 끌며 거실을 가로질러 나갔다. 순간 유령이 찾아왔을지도 모른다는 생각이 들었다. 뒤를 돌아보았다. 총은 여전히 탁자에 놓여 있었다. 나는 걸음을 멈추었다.
다시 초인종이 울렸다.

나는 고개를 저었다. 아니야, 그렇게까지 할 건 없어. 아직은 아니야.
나는 천천히 현관문 앞으로 다가가 문에 나 있는 작은 구멍에 눈을 가져
다 댔다. 나를 찾아온 사람은 스퀘어스도, 유령도 아니었다.
아버지.
나는 문을 열었다. 우리는 마치 굉장히 멀리 떨어져 있기라도 한 듯 서로를 빤히 쳐다볼 뿐이었다. 아버지는 숨을 할딱이고 있었다. 빨갛게 충혈된 눈은 퉁퉁 부어올라 있었다. 나는 미동도 않은 채 꼿꼿이 서 있었다. 내 안의 뭔가가 와르르 무너져 내리는 느낌이었다. 아버지가 고개를 끄덕였다. 그리고 두 팔을 벌리며 나를 불렀다. 나는 아버지 품에 와락 안겼다. 아버지의 까끌까끌한 모직 스웨터에 볼을 문질러댔다. 축축하고 낡은 냄새가 확 풍겼다. 나는 흐느끼기 시작했다. 아버지는 나를 가까이 잡아끌며 내 머리를 쓸어내려 주었다. 다리에 힘이 풀렸다. 하지만 바닥에 미끄러져 내리진 않았다. 아버지가 꼭 붙들어주었기 때문이다. 우리는 아주 오랫동안 그렇게 서로를 끌어안고 있었다.

28

라스베이거스

모티 마이어는 10이 적힌 카드 두 장을 나눠놓았다. 그가 딜러에게 한 장씩 더 달라고 손짓했다. 첫 번째 카드는 9였다. 두 번째는 에이스였다. 첫 번째 패는 19, 두 번째 패는 블랙잭이었다.
그는 승승장구하고 있었다. 여덟 번 연속으로 돈을 땄고, 지난 열세 차례의 승부 중 열두 번을 이겼다. 그가 딴 액수만 1만 3000달러가 넘었다. 모티는 무아지경에 빠져 있었다. 황홀감이 그의 팔과 다리를 타고 퍼져나갔다. 아주 달콤한 기분이었다. 세상에 이런 기분은 또 없었다. 모티에

게 있어 도박만 한 요부는 없었다. 다가가려 하면 그녀는 그를 비웃고 거부했다. 그녀는 그를 비참하게 만들었고, 그가 포기하려 하면 미소를 지으며 따뜻한 손길로 그의 얼굴을 살살 어루만져주었다. 그 기분은 뭐라 형언할 수 없이 황홀했다.

딜러는 무너졌다. 오, 이번에도 승리. 지나치게 손질을 많이 해서 건초처럼 되어버린 머리카락 때문에 아줌마처럼 보이는 딜러가, 카드를 쓸어 모은 후 그에게 칩을 건넸다. 모티는 연승을 이어가고 있었다. 아무리 도박 중독자 모임의 얼간이들이 불가능하다고 입을 모아도 카지노에서 돈을 딸 방법은 있다. 누군가는 이겨야 하지 않는가? 승률을 한번 보라. 하우스가 모든 상대를 다 꺾을 수는 없는 법. 주사위를 잘 굴리면, 하우스의 편에 서서 게임을 즐길 수도 있다. 어쨌든 누군가는 이길 것이고, 딴 돈을 집으로 가져갈 것이다. 그럴 수밖에 없다. 그 외의 경우는 모두 불가능하다. 누구도 카지노에서 돈을 딸 수 없다는 건, 그저 신뢰할 수 없는 도박 중독자 모임의 주장일 뿐이다. 그렇게 거짓말만 늘어놓는 조직에 들어가 무슨 도움을 받겠다는 것인가?

모티는 라스베이거스에서 게임을 즐겼다. 진짜 라스베이거스에서. 가짜 스웨이드 가죽신이나 스니커즈 차림의 관광객들이 몰려다니는 그런 카지노는 사양했다. 그가 즐겨 찾는 곳엔 휘파람도, 고함도, 이겼다고 깩깩거리는 사람도 없었다. 가짜 자유의 여신상도, 가짜 에펠탑도, 태양의 서커스도, 롤러코스터도, 3D영화도, 검투사로 분장한 사람도, 춤추는 분수도, 가짜 화산도, 아이들로 북적이는 오락실도 없었다. 이곳은 라스베이거스의 중심가였다. 탁자마다 치아를 드러낸, 얼굴이 지저분한 사람들이 둘러앉아 있었다. 얼마 되지 않는 급료를 몽땅 잃은 그들의 구부정한 어깨엔 소형 트럭에서 묻어나온 먼지가 쌓여 있었다. 이곳의 도박꾼들은 모두 눈빛이 흐릿했고 지쳐 보였다. 얼굴엔 주름이 깊게 패어 있었고, 불운한 연패 행진은 끝이 보이지 않았다. 불만스러운 일터에서 곧장 이곳으로 달려온 그들은 자신들이 집이라 부르는 이동주택으로 돌아가고 싶어 하지 않는다. 고장 난 TV, 울음을 멈추지 않는 아이, 외모엔 전혀 신경을 쓰지 않는 아내. 한때 소형 트럭 뒤에서 그들과 신나게 재미를 봤던 아내들은 이제 노골적인 증오의 눈빛으로 그들을 노려본다. 그래서 그들은 이곳에 모여 실낱같은 희망에 모든 것을 건다. 한 방에 인생을 바꿀 궁리를 하는 것이다. 하지만 그런 희망은 오래가지 않는다. 모티는 그런 것 따위를 믿지 않았다. 어쩌면 그들 모두 자신들에게 아무 희망이 없다는 사실을 알고 있는지도 모른다. 그들은 오래가지 않아 빈손으로 쫓겨나게 될 것이다. 그리고 평생 실망에 빠져 축 처진 채 유리창에 얼굴을 뭉개며 살게 될 것이다.

딜러가 바뀌었다. 모티는 몸을 등받이에 붙였다. 그는 자신이 따낸 칩을 내려다보았다. 다시 음울한 기운이 그를 엄습해왔다. 그는 레아가 그리웠다. 요즘도 가끔 자다 일어나, 그녀를 찾을 때가 있었다. 그럴 때마다 그는 밀려드는 슬픔에 괴로워했다. 침대를 내려오는 것조차 힘들었다. 그는 다시 카지노에 모인 지저분한 얼굴들을 돌아보았다. 젊었을 때라면 모티는 그들을 실패자라 불렀을 것이다. 하지만 그들에겐 이곳을 찾아야 했던 그럴 만한 이유가 있을 것이다. 어쩌면 태어날 때부터 이마에 '실패자'라는 낙인이 찍혀 있었는지도 모른다. 폴란드의 작은 유대인 마을에서 이민 온 모티의 부모는 그를 위해 헌신했다. 몰래 낯선 땅으로 들어온 그들은 극심한 가난에 시달리면서도 아들에게 보다 나은 인생을 물려주기 위해 이를 악물고 견뎠다. 그들은 죽을 각오로 일했고, 모티는 여봐란듯이 의과대학을 졸업하는 것으로 그 은혜를 갚았다. 그들은 자신들이 고생한 보람을 똑똑히 확인하고 나서야, 비로소 편안하게 눈을 감을 수 있었다.

모티에게 6과 7이 주어졌다. 그는 카드를 요청했고, 추가로 10이 들어왔다. 진 것이다. 그다음 패도 마찬가지였다. 젠장! 그는 돈이 필요했다.

지독한 마권업자, 로카니에게 빚을 졌기 때문이다. 타고난 못난이 모티는 로카니에게 정보를 제공하고 시간을 벌 수 있었다. 그는 로카니에게 복면 쓴 남자와 부상당한 여자에 대해 들려주었다. 처음에 로카니는 별 흥미를 보이지 않았다. 하지만 소문은 빠르게 퍼져나갔고, 오래가지 않아 상세한 정보를 원하는 누군가가 그의 앞에 나타났다.

모티는 그에게 거의 모든 것을 들려주었다.

하지만 뒷좌석에 앉아 있던 승객에 대해서는 아무 말도 하지 않았다. 무슨 일인지 알 수는 없었지만, 그것만큼은 들려주고 싶지 않았다. 아무리 다급해져도 그 얘기는 입 밖에 내지 않을 생각이었다.

그가 두 장의 에이스를 받았다. 그는 카드를 양쪽으로 나누어놓았다. 한 남자가 다가와 그의 옆자리에 앉았다. 모티는 그를 돌아보지 않았다. 노쇠한 그의 뼈가 먼저 반응했다. 마치 궂은 날씨를 미리 알아차리듯……. 그는 끝까지 고개를 돌리지 않았다. 바보같이 들릴 수도 있겠지만, 그와 눈을 맞추기가 두려웠다.

딜러가 두 장을 더 건넸다. 킹과 잭이었다. 모티는 두 개의 블랙잭을 손에 넣게 되었다.

남자가 모티 쪽으로 몸을 기울이며 속삭였다.

"이기고 있을 때, 손 털고 일어나는 게 좋지 않을까요, 모티?"

모티가 천천히 고개를 돌리고 색 바랜 회색 눈과 희다 못해 혈관이 훤히 들여다보일 정도로 반투명에 가까운 피부를 가진 남자를 쳐다보았다. 남자가 미소를 지었다.

"칩을 현금으로 바꾸시죠."

남자가 맑은 음성으로 계속 속삭였다.

모티는 떨지 않으려 애썼다.

"누구시죠? 원하는 게 뭡니까?"

"저랑 얘기나 하시죠."

남자가 말했다.
"무슨 얘기 말입니까?"
"최근에 선생을 찾아간 한 환자에 대한 얘깁니다."
모티가 마른침을 삼켰다. 로카니에게 괜히 얘기했어. 다른 방법으로 시간을 벌어놨어야 하는 건데.
"난 이미 내가 아는 모든 걸 다 털어놨습니다."
창백한 남자가 고개를 갸우뚱했다.
"모티, 정말입니까?"
"정말입니다."
색 바랜 그의 눈이 모티를 매섭게 노려보았다. 두 사람 모두 입을 열지도 움직이지도 않았다. 모티는 얼굴이 화끈 달아오르는 것을 느낄 수 있었다. 그는 허리를 곧게 펴고 싶었지만, 몸은 자꾸 움츠러들기만 했다.
"전 선생을 믿지 않습니다. 분명 선생이 털어놓지 않은 뭔가가 있을 겁니다."
모티는 대꾸하지 않았다.
"그날 밤 차에 누가 또 타고 있었습니까?"
모티는 눈앞의 칩을 내려다보며 떨지 않으려 애썼다.
"그게 무슨 소립니까?"
"누군가가 또 있었죠? 그렇지 않습니까, 모티?"
"제발 날 내버려둬요. 지금 한창 잘나가는 중이란 말입니다."
유령이 고개를 저으며 자리에서 일어났다.
"아닙니다, 모티."
그가 모티의 팔에 살며시 손을 얹으며 말했다.
"선생의 운은 이걸로 끝입니다."

24

추모식은 코브넌트 하우스 강당에서 열렸다.
스퀘어스와 완다는 내 오른쪽에, 아버지는 왼쪽에 앉아 있었다. 아버지는 가끔 손을 뻗어 내 등을 살살 문질러주었다. 덕분에 마음이 많이 차분해졌다. 강당은 아이들로 가득 차 있었다. 그들은 내게 안기며 눈물을 흘렸다. 그리고 실러가 많이 그리울 거라고 했다. 추모식은 거의 두 시간에 걸쳐 진행되었다. 평소에 10달러씩 받고 연주를 해왔던 열네 살짜리 테렐이 실러를 위해 직접 작곡한 곡을 트럼펫으로 연주해주었다. 나는 지금껏 그토록 슬프고 감미로운 곡을 들어본 적이 없었다. 양극성 장애를 앓고 있는 열일곱 살짜리 리사는, 임신 사실을 알았을 때 실러만이 자신의 고민을 들어주었다고 말했다. 새미는 실러가 여자들이나 듣는 '시시한 백인' 음악에 맞춰 춤추는 법을 가르쳐주려 했었다고 말했다. 모든 것을 포기하고 스스로 목숨을 끊으려 했던 열여섯 살짜리 짐은, 실러의 미소를 보며 아직도 세상엔 선이 존재한다는 사실을 깨닫게 되었다는 내용의 조사를 읽어 내려갔다. 갈 곳 없던 그를 코브넌트 하우스에 끝까지 붙잡아둔 것도 바로 실러였다.
나는 솟구쳐 오르는 슬픔을 애써 누르고 아이들의 조사에 귀를 기울였다. 아이들은 주목을 끌 만했다. 코브넌트 하우스는 내게, 아니 우리에게 굉장한 의미가 있었다. 우리가 헛수고를 하는 건 아닌지, 아이들을 얼마나 돕고 있는지 의심이 생길 때마다, 이 모든 것이 아이들을 위한 일임을 서로에게 상기시켰다. 그들은 바보가 아니었다. 솔직히 그들 대부분은 예쁜 구석이 전혀 없었고, 우리의 사랑을 받아들일 만큼 열려 있지도 않았다. 우리가 아니었다면 교도소를 들락거리거나 노숙자로 지내거나 죽었을지도 모른다. 우리는 끝까지 포기하지 않았다. 오히려 그 반대였다.

우리는 그들을 더 사랑하려고 애썼다. 무조건적으로 머뭇거림 없이. 실러는 그런 사람이었다. 이 모든 게 그녀에겐 무엇보다 소중했다.

실러의 어머니, 로저스 부인은 추모식이 시작되고 20분쯤 지났을 때 도착했다. 그녀는 키가 컸다. 그녀의 얼굴은 마치 햇볕을 오래 쐰 듯 파삭파삭하고 핼쑥해 보였다. 우리의 눈이 마주쳤다. 그녀가 나인지 확인하려는 눈빛을 보내, 나는 고개를 끄덕이는 것으로 대답했다. 추모식이 진행되는 동안 나는 틈틈이 그녀를 돌아보았다. 그녀는 반듯한 자세로 앉아 자신의 딸에 대한 조사를 듣고 있었다. 그녀의 얼굴엔 경외의 표정이 떠올라 있었다.

조객들과 일제히 자리에서 일어났을 때, 나는 깜짝 놀랐다. 익숙한 얼굴들 틈에서 스카프로 얼굴을 거의 가린 한 여자를 발견했다.

타냐.

인간 쓰레기, 루이스 캐스트먼을 보살피고 있는 여자. 분명히 알 수는 없었지만, 왠지 그녀일 것 같다는 확신이 들었다. 똑같은 머리에 똑같은 체구. 비록 얼굴을 스카프로 가리고 있었지만, 그녀의 눈도 무척 익숙하게 느껴졌다. 어쩌면 그녀와 실러는 거리를 방황하던 시절 서로 잘 알고 지냈는지도 몰랐다.

우리는 다시 앉았다.

스퀘어스가 마지막으로 조사를 읽어나갔다. 그의 조사는 감동적이고 재미있었다. 그가 얘기하는 실러는 내가 알고 있는 실러와는 또 달랐다. 그는 아이들에게 실러 또한 그들과 다르지 않았다고 말했다. 그녀 역시 과거의 악몽에 사로잡혀 지낸 가출 청소년이었다. 그는 그녀가 코브넌트 하우스에 처음 발을 들여놓던 날을 아직 기억한다고 했다. 실러가 전혀 다른 사람으로 변해가던 과정도. 하지만 무엇보다 나와 사랑에 빠진 그녀의 모습이 가장 생생하게 기억난다고 했다.

속이 텅 빈 느낌이었다. 마치 내 안의 모든 것이 밖으로 던져진 듯한 기분이었다. 나는 이 슬픔이 내게서 영원히 떠나지 않을 거라는 사실을 새삼 깨달았다. 아무리 발뺌하고 이리저리 뛰어다니고 조사하고 은밀한 진실을 파헤쳐내도, 결국엔 아무것도 변하지 않을 것이다. 슬픔은 영원히 나와 함께할 것이며, 실러 대신 견실한 내 벗이 되어줄 것이다.

추모식이 끝나자 조객들은 무엇을 해야 할지 몰라 난감해했다. 우리는 자리에 앉은 채 어색한 시간을 흘려보냈다. 아무도 움직이지 않자, 테렐이 다시 트럼펫을 꺼내 연주를 시작했다. 그제야 사람들이 하나둘씩 자리에서 일어났다. 그들은 눈물을 흘리며 다가와 내게 차례로 안겼다. 나는 한참 동안 멍하니 서서 그들과 포옹했다. 조객들의 따뜻한 마음에 위로받긴 했지만, 실러를 그리워하는 마음은 점점 커져만 갔다. 모든 게 너무 어색해서인지 아무 생각도 나지 않았다. 물론 그 덕분에 이렇게 버틸 수 있었지만.

나는 타냐를 찾아보았다. 하지만 그녀는 어디론가 사라져버린 후였다.

누군가가 구내식당에 음식이 준비되어 있다고 알렸다. 조객들은 천천히 식당 쪽으로 이동했다. 한쪽 구석에 서 있는 실러의 어머니가 눈에 들어왔다. 그녀는 두 손으로 작은 손가방을 꼭 쥐고 있었다. 몹시 지쳐 보였다. 마치 뻥 뚫린 상처를 통해 몸속의 모든 활력이 쫙 빠져나가 버린 듯했다. 나는 그녀 앞으로 다가갔다.

"당신이 윌인가요?"

그녀가 물었다.

"네."

"에드나 로저스예요."

우리는 포옹하거나 볼에 입을 맞추거나 악수를 하지 않았다.

"어디 가서 얘기나 좀 할까요?"

그녀가 말했다.

나는 그녀를 계단 쪽 복도로 안내했다. 분위기를 파악한 스퀘어스가 조객들을 자연스럽게 다른 쪽으로 이동시켜주었다. 우리는 새로 마련된 의무실과 정신과 사무실, 약물 치료실을 차례로 지나쳐 갔다. 이곳을 찾는 가출 청소년 중엔 임신부도 적지 않다. 우리는 이곳에서 그들을 돌봐준다. 심각한 정신병을 앓고 있는 아이들도 많다. 우리는 그들 또한 보살피려 노력한다. 마약중독자들의 수는 헤아릴 수 없을 정도이다. 그들에게도 소홀할 수 없다.

우리는 텅 빈 공동 침실로 들어갔다. 나는 문을 닫았다. 로저스 부인이 내게 등을 보였다.

"감동적인 추모식이었어요."

그녀가 말했다.

나는 말없이 고개를 끄덕였다.

"나중에 실러가 어떻게 변했는지는……."

그녀가 말을 멈추고 고개를 저었다.

"난 몰랐어요. 한번 봤더라면 좋았을 텐데. 내게 전화라도 해서 알려줬더라면."

나는 무슨 말을 해야 할지 몰랐다.

"살아 있는 동안 실러는 내게 한 번도 자랑스러워할 만한 됨됨이를 보여주지 않았어요."

에드나 로저스가 가방에서 손수건을 꺼내 잽싸고 야무진 동작으로 코를 훔쳤다. 그런 다음, 다시 가방에 집어넣었다.

"너무 매정하게 들린다는 거 알아요. 그 앤 아주 예쁜 아이였어요. 초등학교 다닐 때까지만 해도 아무 문제없었죠. 하지만 언제부터인가……."

그녀가 고개를 돌리고 어깨를 으쓱했다.

"점점 변하기 시작했어요. 무뚝뚝해졌고 불평도 늘었죠. 전혀 행복해 보이지 않았어요. 내 가방에서 돈을 훔치기도 하고, 툭하면 가출을 했죠.

친구도 없었고, 남자에 대해서도 관심이 없었어요. 학교도 싫어했고요. 메이슨에서 사는 것 자체를 싫어했던 것 같아요. 그러다가 어느 날 갑자기 학교를 자퇴하고 가출해버렸죠. 차이가 있다면 이번엔 그 애가 돌아오지 않았다는 거예요."

그녀가 뭔가 반응을 기다린다는 듯 나를 쳐다보았다.

"그 후로 그녀를 못 보신 건가요?"

내가 물었다.

"한 번도요."

"이해가 안 되는군요."

내가 말했다.

"대체 무슨 일이 있었던 겁니까?"

"그 애가 무슨 일로 가출을 하게 되었는지 묻는 건가요?"

"네."

"뭔가 큰 일이 있었을 거라고 생각하는 모양이군요."

그녀가 언성을 살짝 높였다.

"그 애 아버지가 학대를 했다고 생각하나요? 내가 그 애를 구타했다고 생각해요? 이 문제를 명확하게 설명해줄 뭔가가 있을 것 같죠? 물론 그렇게 깔끔하게 규명되기를 바라는 마음은 이해해요. 인과관계란 게 있으니까. 하지만 우리 경우엔 그렇지 않았어요. 그 애 아버지와 난…… 전혀 완벽한 사람들이 아니에요. 오히려 흠이 너무 많죠. 하지만 그 애가 그렇게 된 건 우리 탓이 아니었어요."

"그런 뜻으로 여쭌 게 아니라……."

"네, 알아요."

그녀의 눈이 번뜩였다. 그녀가 입을 오므리고 도전적으로 나를 쳐다보았다. 나는 서둘러 화제를 돌리고 싶었다.

"실러가 전화를 걸어온 적은 없었습니까?"

내가 물었다.
"전화는 걸어왔어요."
"얼마나 자주요?"
"마지막으로 걸려왔던 게 삼 년 전이었어요."
그녀가 입을 닫고 내 질문이 이어지기를 기다렸다.
내가 물었다.
"어디서 걸려온 전화였습니까?"
"어딘지 얘기하지 않더군요."
"뭐라던가요?"
이번엔 대답이 나오기까지 오랜 시간이 걸렸다. 에드나 로저스가 방 안을 빙빙 맴돌며 침대와 서랍장을 흘끔 쳐다보았다. 그녀가 베개를 톡톡 두드려 부풀리고, 시트의 한쪽 구석으로 치워두었다.
"실러는 육 개월에 한 번꼴로 집에 전화를 걸어왔어요. 술이나 마약에 취한 상태로요. 그 앤 아주 감정적으로 나왔어요. 그 애도 울고, 나도 울고. 그 앤 차마 입에 담지 못할 말도 서슴지 않고 퍼부어댔어요."
"예를 들면요?"
그녀가 고개를 저었다.
"아래층에서 이마에 문신을 새긴 남자가 했던 말, 그 애랑 당신이 서로 사랑했다는 거…… 정말인가요?"
"네."
그녀가 허리를 곧게 펴고 나를 돌아보았다. 그녀가 미소를 지으려는 듯 입술을 일그러뜨렸다.
"그러니까 실러가 직장 상사와 동침을 해왔다는 얘기군요."
그녀가 말했다. 그녀의 음성에서 섬뜩한 기분이 느껴졌다.
에드나 로저스가 다시 미소를 지었다. 전혀 다른 사람을 보는 듯한 느낌이었다.

"그녀는 자원봉사자였습니다."
내가 말했다.
"그래요? 그 애가 당신을 위해 정확히 어떤 자원봉사를 했었죠, 월?"
순간 등골이 오싹해졌다.
"아직까지도 날 비난하고 싶나요?"
그녀가 물었다.
"이제 그만 가보시죠."
"당신은 진실을 외면하고 있어요, 그렇죠? 날 괴물로 생각하고 있다고요. 내가 아무 이유 없이 딸을 포기해버렸다고 믿고 있는 거죠."
"전 그런 말씀을 드릴 입장이 아닙니다."
"실러는 정말 고약한 애였어요. 거짓말을 밥 먹듯 했고, 남의 물건에 손도……."
"이제야 이해가 되는군요."
내가 말했다.
"뭘 말이죠?"
"그녀가 왜 가출했는지."
그녀가 눈을 깜빡이며 나를 쏘아보았다.
"당신은 그 앨 몰랐어요. 아직까지도 잘 모르고요."
"아래층에서 조사를 못 들으셨습니까?"
"다 들었어요."
그녀의 음성이 조금 누그러졌다.
"하지만 난 당신들이 아는 실러를 몰랐어요. 그 애가 가르쳐주려 하지도 않았고요. 내가 알았던 실러는……."
"그녀를 욕되게 하는 말씀은 더 듣고 싶지 않습니다."
에드나 로저스가 입을 닫았다. 그녀가 눈을 감고 침대 가장자리에 앉았다. 방 안에 무거운 정적이 흘렀다.

"난 그것 때문에 온 게 아니에요."
"그럼 왜 오신 거죠?"
"물론 그 애에 대한 좋은 평가를 듣고 싶었던 것도 사실이에요."
"그건 뜻대로 되셨군요."
내가 말했다.
그녀가 고개를 끄덕였다.
"네, 그렇죠."
"거기에 뭘 더 원하신 거죠?"
에드나 로저스가 일어났다. 그리고 내 앞으로 다가왔다. 나는 뒤로 물러서고 싶은 충동을 애써 참았다. 그녀가 내 눈을 똑바로 쳐다보았다.
"난 칼리 때문에 왔어요."
나는 그녀의 말이 이어지기를 기다렸다. 하지만 그녀는 입을 닫고 있었다.
"저랑 통화하셨을 때도 그 이름을 말씀하셨죠."
"네."
"그때도 그랬지만 전 아직도 칼리가 누군지 모르겠습니다."
그녀가 다시 야릇하고 부자연스러운 미소를 지어 보였다.
"설마 지금 내게 거짓말을 하는 건 아니겠죠, 윌?"
다시 한번 등골이 서늘해졌다.
"정말입니다."
"실러가 한 번도 칼리에 대해 얘기하지 않았나요?"
"한 번도요."
"정말이에요?"
"네, 대체 그녀가 누구죠?"
"칼리는 실러의 딸이에요."
순간 말문이 막혀버렸다. 에드나 로저스가 내 반응을 유심히 살폈다.

그녀는 이 순간을 즐기고 있었다.

"당신의 착한 자원봉사자가 자신에게 딸이 있다는 얘길 안 했던 모양이네요."

나는 아무 말도 하지 않았다.

"칼리는 열두 살이 됐어요. 그 애 아버지가 누구인지는 나도 몰라요. 아마 실러도 몰랐을 거예요."

"이해할 수 없군요."

내가 말했다.

그녀가 손가방을 뒤져 사진을 하나 꺼내 들었다. 그리고 그것을 내게 건넸다. 병원에서 찍은 신생아 사진이었다. 사진 속에서 담요에 싸인 아기가 초점도 맞지 않는 눈을 크게 뜨고 있었다. 사진 뒷면엔 '칼리'라고 적혀 있었다. 그 밑으로는 출생일이 기록되어 있었다.

머릿속이 핑핑 돌기 시작했다.

"실러가 마지막으로 전화를 걸어왔던 건 칼리의 아홉 번째 생일날이었어요."

그녀가 말했다.

"그때 난 칼리와 통화를 했었죠."

"이 아인 지금 어디 있습니까?"

"나도 몰라요."

에드나 로저스가 말했다.

"뭘, 그것 때문에 여기까지 온 거예요. 난 내 손녀를 찾고 싶어요."

25

비틀거리며 아파트로 돌아왔을 때, 현관문 앞에 앉아 있는 케이티 밀러가 눈에 들어왔다. 벌어진 그녀의 다리 사이엔 배낭이 놓여 있었다.
그녀가 힘겹게 몸을 일으켰다.
"전화했었는데……."
내가 고개를 끄덕였다.
"우리 부모님……."
케이티가 말했다.
"더는 부모님과 같은 집에서 살 수 없을 것 같아요. 괜찮다면 소파에서 신세 좀 질게요."
"오늘은 좀 곤란하겠어."
내가 말했다.
"오."
나는 열쇠를 손잡이에 꽂았다.
"그동안 머리를 좀 굴려봤어요. 당신이 했던 말도 곰곰이 생각해봤어요. 누가 줄리를 죽였는지……. 그러다 궁금한 게 생겼어요. 당신과 헤어지고 난 후의 줄리 인생에 대해 얼마나 알고 있어요?"
우리는 아파트 안으로 들어갔다.
"이런 얘긴 다음에 했으면 좋겠어."
그녀가 내 표정을 유심히 살폈다.
"왜요? 무슨 일 있었어요?"
"나랑 잘 알고 지내던 사람이 죽었어."
"어머니 말이에요?"
나는 고개를 저었다.

"잘 알고 지내던 사람이 살해됐어."
케이티가 깜짝 놀라며 들고 있던 배낭을 떨어뜨렸다.
"얼마나 가까운 사이였는데요?"
"아주 가까웠지."
"여자친구였어요?"
"그래."
"그녀를 사랑했나요?"
"아주 많이."
그녀가 나를 빤히 쳐다보았다.
"왜?"
내가 물었다.
"나도 모르겠어요, 월. 누군가가 당신이 사랑하는 사람만 골라서 죽이는 것 같지 않아요?"
사실 나 역시 그와 비슷한 생각을 했었다. 하지만 이렇게 다른 사람의 입을 통해 들으니 더 황당하게 느껴졌다.
"줄리와 난 그녀가 살해되기 일 년 전에 헤어졌었어."
"그럼 이제 깨끗이 잊었다는 건가요?"
나는 그 길을 다시 가고 싶지 않았다.
"나랑 헤어지고 난 후의 줄리 인생이 어땠는데?"
몸속에 뼈가 없기라도 한 듯 케이티가 소파에 풀썩 주저앉았다. 이럴 때 보면 그녀 역시 또래들과 크게 다르지 않았다. 그녀의 오른쪽 다리가 팔을 덮고, 턱은 천장을 향해 번쩍 쳐들려졌다. 찢어진 청바지와 브래지어처럼 착 달라붙는 셔츠 차림에, 머리는 뒤로 묶어 늘어뜨린 채였다. 앞머리 몇 가닥이 얼굴로 흘러내려와 있었다.
"많은 생각을 해봤어요."
그녀가 말했다.

"만약 켄이 언니를 죽이지 않았다면 다른 누군가가 죽인 거겠죠, 그렇죠?"
"그렇지."
"그래서 당시 언니의 인생을 되짚어보기 시작했어요. 언니의 옛 친구들에게 전화를 걸어 당시 분위기를 물어보기도 했고요."
"뭔가 찾아낸 게 있어?"
"언니의 상태는 정상이 아니었어요."
나는 그녀의 말에 집중해보려 노력했다.
"어떻게?"
그녀가 두 다리를 바닥에 내리고 상체를 일으켰다.
"뭐 기억나는 거 없어요?"
"하버튼 졸업반이었잖아."
"아니에요."
"아니야?"
"줄리는 자퇴했어요."
그 말에 나는 깜짝 놀랐다.
"정말이야?"
"4학년 때요."
그녀가 말했다.
"월, 언니를 마지막으로 본 게 언제였죠?"
나는 기억을 더듬어보다가 아주 오래된 일이라고 대답했다.
"정확히 언제 헤어졌던 거죠?"
나는 고개를 저었다.
"줄리가 헤어지자고 전화를 걸어왔어."
"정말요?"
"그래."

"매정했군요."

케이티가 말했다.

"그래서 당신은 그냥 받아들였나요?"

"줄리를 만나서 얘기하고 싶었는데 안 만나주더군."

케이티의 표정이 일그러졌다. 마치 내가 인류 역사상 가장 엉성한 변명을 내뱉기라도 한 듯. 당시 상황을 떠올려본 후에야 나는 비로소 그녀의 반응을 어느 정도 이해할 수 있었다. 왜 나는 하버튼으로 가지 않았을까? 왜 만나서 얘기하자고 좀 더 강하게 밀어붙이지 못했을까?

"내 생각엔 줄리가 뭔가 엄청난 일을 벌였던 것 같아요."

케이티가 말했다.

"그게 무슨 뜻이지?"

"글쎄요. 어쩌면 내가 지나친 상상을 하고 있는지도 몰라요. 그때 기억은 잘 나지 않지만, 죽기 전에 언니가 무척 행복해했다는 건 기억나요. 언니가 그토록 행복해하는 모습은 처음 봤어요. 어쩌면 점점 나아지고 있었는지도 모르죠."

그때 초인종이 울렸다. 그 소리에 내 어깨가 축 늘어졌다. 방문자는 더 받고 싶지 않았다. 내 생각을 읽었는지 케이티가 벌떡 일어났다.

"내가 가볼게요."

과일 바구니를 든 배달원이었다. 케이티가 바구니를 받아들고 거실로 돌아왔다. 그녀가 바구니를 탁자에 내려놓았다.

"카드가 있네요."

그녀가 말했다.

"열어봐."

그녀가 작은 봉투에서 카드를 꺼냈다.

"코브넌트 하우스의 아이들이 보낸 문상 카드예요."

그녀가 카드에서 뭔가를 뽑아들었다.

"미사 카드도 들어 있어요."

케이티가 카드를 빤히 들여다보았다.

"왜 그래?"

케이티가 다시 카드에 적힌 내용을 읽어 내려갔다. 그녀가 고개를 들고 나를 쳐다보았다.

"실러 로저스?"

"그래."

"당신 여자친구 이름이 실러 로저스였어요?"

"그래. 그런데 왜?"

케이티가 고개를 저으며 카드를 내려놓았다.

"왜 그러냐니까?"

"아무것도 아니에요."

그녀가 대답했다.

"그러지 말고 얘기해봐. 너도 그녀를 알고 있었어?"

"아뇨."

"그럼 왜 그러는 거야?"

"아무것도 아니에요."

케이티가 좀 더 단호한 음성으로 말했다.

"더 묻지 말아요."

전화벨이 울렸다. 나는 자동응답기가 받도록 내버려두었다. 스피커에서 스퀘어스의 음성이 흘러나왔다.

"수화기 들어."

나는 시키는 대로 했다.

서론 없이 스퀘어스가 말했다.

"그 여자 말을 믿는 거야? 실러에게 딸이 있었다는 얘기 말이야."

"그래."

"그럼 이제 어쩔 거야?"

사실 나는 그 얘기를 처음 듣는 순간부터 그 문제를 고민해왔다.

"그럴듯한 추론을 해봤어."

내가 말했다.

"얘기해봐."

"어쩌면 실러는 딸 때문에 도망쳤는지도 몰라."

"어떻게?"

"어쩌면 그녀는 칼리를 찾으려 했거나 그 애를 되찾아올 생각이었는지도 몰라. 칼리가 위험에 빠졌다는 걸 알게 된 걸 수도 있고. 나도 모르겠어. 어쨌든 딸 때문이었을 것 같아."

"어느 정도 이치에 맞는군."

"실러의 흔적을 따라가다 보면 칼리를 찾을 수 있을지도 몰라."

내가 말했다.

"그랬다간 우리도 실러처럼 될 수 있다고."

"위험하긴 하지."

내가 말했다.

잠시 침묵이 흘렀다. 나는 케이티를 돌아보았다. 그녀는 고개를 돌린 채 윗니로 아랫입술을 질근질근 씹고 있었다.

"그래서 계속 찾아보겠다고?"

스퀘어스가 말했다.

"그래. 하지만 너까지 위험에 빠뜨리고 싶진 않아."

"그러니까 난 아무 때나 손 털고 나가도 된다는 얘기지?"

"바로 그거야. 보나마나 넌 위험을 무릅쓰고 끝까지 나랑 같이 가겠다고 하겠지?"

"이쯤에서 비장한 음악이 흘러나와야 하는 거 아닌가?"

스퀘어스가 말했다.

"그건 그렇고, 로스코, 아니 라켈이 연락해왔어. 실러에 관한 중요한 단서가 있다더군. 오늘 밤에 나랑 드라이브나 할래?"
"지금 데리러 와줘."
내가 말했다.

26

필립 맥구안은 감시 카메라로 자신의 오랜 네메시스(Nemesis, 그리스 신화에 나오는 율법의 여신)를 지켜보았다. 그의 비서가 버저를 울려왔다.
"맥구안 씨?"
"들여보내요."
그가 말했다.
"알겠습니다, 맥구안 씨. 그와 함께 온……."
"여자도 들여보내요."
맥구안이 자리에서 일어났다. 그의 구석진 사무실에선 허드슨 강과 맨해튼의 남서부 끝에 자리한 작은 섬이 내려다보였다. 날이 풀리면 네온으로 장식하고 중앙 로비를 갖춘 초대형 유람선들이 분주히 떠다녔다. 어떤 유람선은 그의 사무실 창까지 올라올 정도로 컸다. 하지만 오늘은 쥐 죽은 듯 조용하기만 했다. 맥구안은 연방 감시 카메라 리모컨을 눌러 대며 연방 수사관 조 피스틸로와 그가 데려온 여자 요원을 지켜보았다.
맥구안은 감시 시스템에 많은 돈을 투자했다. 돈을 들인 보람이 있었다. 그 시스템은 총 83대의 카메라로 구성되어 있었다. 그의 개인 엘리베이터에 오르는 모든 이의 일거수일투족은 여러 각도에서 촬영되어 컴퓨터에 저장되었다. 카메라의 각도 때문에 엘리베이터에 오르는 이들은 마치 볼일을 마치고 나가는 듯한 모습으로 비쳐졌다. 복도와 엘리베이터는 연한 초록색으로 칠해져 있었다. 보기 좋은 색은 아니지만 특수효과와 디지털 조작에 익숙한 사람이라면 그 이유를 쉽게 눈치 챌 수 있을 것이다. 초록색 배경 앞의 이미지는 언제든 오려내서 새로운 배경에 붙일 수 있었다.

이곳은 그의 적들도 부담 없이 찾아올 수 있는 곳이었다. 말 그대로 그의 사무실일 뿐이니까. 그들은 자신의 구역에서 겁 없이 총질을 해댈 수 없을 거라고 모두들 생각한다. 하지만 그건 그들 생각일 뿐이다. 배짱. 당국 역시 같은 생각을 하고 있다는 점, 그리고 언제든 피해자가 아무 탈 없이 건물을 빠져나갔다는 증거를 제시할 수 있다는 점에서 오히려 공격하기 이상적인 공간이었다.

맥구안이 맨 위 서랍에서 오래된 사진을 꺼내 들었다. 그는 어느 누구든 어떤 상황이든 얕잡아보지 않았다. 오히려 상대로 하여금 자신을 얕잡아보게 해서 상황을 유리하게 만들었다. 그는 열일곱 살 소년 세 명이 나란히 서서 찍은 사진을 들여다보았다. 켄 클라인, 존 '유령' 아셀타, 그리고 맥구안. 그들은 뉴저지 리빙스턴의 교외에서 함께 자랐다. 맥구안의 집은 켄과 유령이 사는 동네에서 멀리 떨어져 있었다. 그들은 고등학교에서 만나 금세 친해졌다. 서로 느낌이 통했던 것이다.

켄 클라인은 열정적인 테니스 선수였고, 존 아셀타는 사이코 레슬러였으며, 매력적인 맥구안은 학생회장이었다. 그는 사진 속 얼굴들을 유심히 들여다보았다. 사람들이 미처 보지 못하는 것이 있다. 눈에 들어오는 것이라고는 고등학교 시절 인기가 높았던 남학생 세 명의 얼굴뿐이니까. 그 안에 무엇이 숨겨져 있는지 사람들은 알지 못한다. 몇 년 전 콜럼바인 고등학교에서 학생 몇 명이 총질을 해댔을 때, 맥구안은 언론의 반응을 흥미롭게 지켜보았다. 세상은 손쉬운 변명을 찾아 헤맸다. 소년들은 따돌림받던 학생들이었다. 세상은 그들을 조롱하고 괴롭혀댔다. 그들은 부모의 사랑을 받지 못했고, 비디오 게임에 빠져 지냈다. 하지만 맥구안은 그 무엇도 문제 되지 않는다는 사실을 알고 있었다. 시대만 달랐을 뿐, 기회가 있었다면 자신들 역시 그와 비슷한 일을 벌였을 수도 있었다. 켄, 존, 맥구안. 부유하든, 부모의 사랑을 듬뿍 받든, 외톨이로 지내든, 주류를 따르려 애쓰든 그런 건 아무래도 상관없었다.

환경에 상관없이 그런 분노를 품고 사는 사람들이 있다.

사무실 문이 열렸다. 조셉 피스틸로와 그의 젊은 부하 요원이 안으로 들어왔다. 맥구안이 미소를 지으며 사진을 서랍에 집어넣었다.

"아, 자베르."

그가 피스틸로에게 말했다.

"고작 빵 한 조각 훔쳤을 뿐인데, 아직도 날 쫓고 있습니까?"

"그렇습니다."

피스틸로가 대답했다.

"맞아요. 그게 바로 당신이죠, 맥구안. 이유 없이 쫓기는 무고한 사나이."

맥구안이 여자 요원에게 시선을 돌렸다.

"조, 어째서 항상 미모의 부하 요원들만 데리고 다니시는 겁니까?"

"이쪽은 특별 수사관, 클라우디아 피셔입니다."

"반갑습니다."

맥구안이 말했다.

"앉으시죠."

"그냥 서서 하겠습니다."

맥구안이 좋을 대로 하라고 어깨를 으쓱해 보인 후, 자리에 앉았다.

"오늘은 또 무슨 일로 오셨습니까?"

"요즘 골치 아픈 일이 있죠, 맥구안?"

"저한테요?"

"네."

"그래서 절 도우러 오신 겁니까? 감사한 일이군요."
피스틸로가 코웃음 쳤다.
"우린 오랫동안 당신을 지켜봐 왔습니다."
"그건 저도 압니다. 제가 좀 변덕스럽죠? 한 가지 제안을 드려도 될까요? 다음엔 장미를 한 다발 사서 보내주십시오. 저를 위해 문도 잡아주시고요. 촛불을 사용해보는 것도 좋겠죠. 남자들은 그런 걸 좋아합니다."
피스틸로가 주먹 쥔 두 손을 책상에 가져다 댔다.
"솔직히 난 당신이 산 채로 잡아먹히는 걸 가만히 앉아서 지켜보고 싶습니다."
그가 속에서 끓어오르는 뭔가를 애써 억누르며 마른침을 삼켰다.
"하지만 그보다도 당신이 아주 오랫동안 감방에서 썩어가는 걸 더 보고 싶습니다."
맥구안이 클라우디아 피셔를 돌아보았다.
"이렇게 터프한 척하실 때마다 아주 섹시해 보입니다, 그렇지 않습니까?"
"우리가 누굴 찾아냈는지 압니까, 맥구안?"
"호퍼? 하긴, 이젠 찾아낼 때도 됐죠."
"프레드 태너."
"누구라고요?"
피스틸로가 능글맞게 웃었다.
"어설픈 연극은 그만둬요. 당신 밑에서 일하는 덩치 큰 폭력배 말입니다."
"아, 경비팀에서 일하는 그 사람 말씀이군요."
"그가 발견됐습니다."
"그가 실종됐는지 몰랐는데요."
"농담하지 말아요."

"전 그가 휴가 중인 줄 알았습니다, 피스틸로 요원님."
"영구 휴가를 떠난 게 맞긴 합니다. 퍼세이익 강에서 그를 발견했습니다."

맥구안이 미간을 찌푸렸다.

"그 비위생적인 곳에서 말씀이죠?"

"머리에 총알 구멍 두 개가 나 있었습니다. 뿐만 아니라, 우린 피터 아펠이라는 사람도 찾았습니다. 목이 졸렸더군요. 그는 육군 1급 사수 출신입니다."

"그렇습니까?"

한 명만 목을 졸라 죽였단 말이지? 맥구안은 생각했다. 나머지 한 명을 총으로 죽여야 했으니, 유령이 얼마나 실망했을까.

"어디 한번 따져볼까요?"

피스틸로가 말했다.

"여기서 숨진 남자 둘을 찾았습니다. 그리고 뉴멕시코에서 둘을 더 찾았고요. 총 네 명이군요."

"손가락도 안 쓰고 그걸 계산하시다니 대단하시네요. 연봉을 더 올려 받으셔야 하는 거 아닙니까, 피스틸로 요원님?"

"이 사건에 대해 할 말 없습니까?"

"할 말이야 많죠."

맥구안이 말했다.

"인정하겠습니다. 제가 그들을 다 죽였습니다. 이제 만족하십니까?"

피스틸로가 책상 너머로 몸을 숙여 맥구안 앞으로 자신의 얼굴을 가까이 가져갔다.

"이제 당신도 끝장입니다, 맥구안."

"점심으로 양파 수프를 잡수신 모양이군요."

"실러 로저스도 살해됐다는 걸 알고 있습니까?"

조금도 물러서지 않고 피스틸로가 말했다.
"누가 죽었다고요?"
피스틸로가 허리를 폈다.
"물론 그녀가 누군지 모른다고 잡아떼겠죠. 당신 밑에서 일하던 사람이 아니니까."
"전 많은 사람을 거느리고 있습니다. 사업가니까요."
피스틸로가 피셔를 돌아보았다.
"자, 가지."
그가 말했다.
"벌써 가시게요?"
"난 이 순간을 위해 오랫동안 기다려왔습니다. 이런 말이 있죠. 복수는 천천히 하는 게 좋다."
"비시수아즈(Vichyssoise, 감자, 양파, 부추, 닭 육수 등으로 만든 크림수프) 끓일 때처럼 말씀이죠?"
피스틸로가 다시 능글맞게 웃었다.
"이만 가보겠습니다."
그들이 사무실을 나갔다. 맥구안은 자리에 앉은 채 십 분간 움직이지 않았다. 왜 날 찾아왔을까? 보나마나 내게 겁을 주기 위해서 왔을 거야. 이번에도 그들은 날 얕잡아봤어. 그가 3번 라인을 연결했다. 도청 위험이 없는 안전한 전화선이었다. 그가 잠시 머뭇거렸다. 전화를 한다, 이건 너무 약한 모습인가?
갈팡질팡하던 그는 마침내 위험을 무릅써보기로 했다.
첫 번째 신호음이 지나고, 유령이 느릿느릿 응답했다.
"여보세요."
"지금 어디 있지?"
"라스베이거스에 다녀오는 참이야."

"뭐 알아낸 거 있어?"
"오, 물론."
"얘기해봐."
"차에 또 다른 누군가가 타고 있었어."
유령이 말했다.
맥구안이 앉은 채로 몸을 꼼지락거렸다.
"그게 누군데?"
"여자아이."
유령이 말했다.
"열한 살이나 열두 살 정도 된 여자아이."

27

스퀘어스가 차를 세웠을 때, 케이티와 나는 거리에 나와 있었다. 그녀가 몸을 기울여 내 볼에 살짝 입을 맞췄다. 스퀘어스가 나를 보며 눈썹을 실룩거렸다. 나도 그를 쳐다보며 미간을 찌푸렸다.
"소파 신세를 지겠다고 했었잖아."
내가 그녀에게 말했다.
케이티는 과일 바구니가 도착한 후로 산란한 기색을 보이고 있었다.
"내일 다시 올게요."
"왜 그러는지 얘기해주면 안 돼?"
그녀는 두 손을 주머니에 찔러 넣은 채 어깨를 으쓱했다.
"그냥 좀 알아볼 게 있어요."
"그게 뭔데?"
그녀가 고개를 저었다. 나는 더 캐묻지 않았다. 그녀가 마지막으로 씩 웃어 보인 후 돌아섰다. 나는 밴에 올라탔다.
스퀘어스가 말했다.
"누구지?"
나는 주택지구로 향하는 동안 그에게 모든 것을 들려주었다. 가방 안엔 수십 개의 샌드위치와 담요가 들어 있었다. 스퀘어스는 아이들에게 가방을 차례로 나눠주었다. 샌드위치와 담요는 앤지에 관한 이야기와 마찬가지로 서먹서먹함을 푸는 데 최고였다. 그것으로 어색함이 풀어지지 않는다 해도 상관없었다. 적어도 그들은 샌드위치로 배를 채우고, 담요로 추위를 견뎌낼 수 있을 테니까. 스퀘어스가 일하는 광경을 지켜보고 있노라면 나도 모르게 경탄하게 된다. 처음엔 대부분의 아이들이 우리의 도움을 거절한다. 욕을 하거나 냉담한 반응을 보이기도 한다. 스퀘어스는 그런 아이들의 반응에 전혀 개의치 않는다. 그저 묵묵히 제 할 일만 해나갈 뿐이다. 스퀘어스는 일관성을 가장 중요하게 생각했다. 도움의 손길이 항상 그들 곁에 있음을 깨닫게 해주는 것. 그들이 마음을 열어줄 때까지 결코 떠나지 않을 것임을 깨닫게 해주는 것. 그 모든 게 무조건적임을 깨닫게 해주는 것.
그렇게 며칠이 지나면 아이들은 하나둘씩 샌드위치를 받아들기 시작한다. 담요를 원하는 아이들도 생겨난다. 그렇게 시간이 흐르면 어느새 아이들은 우리와 밴을 찾아 헤매기 시작한다.
나는 뒷좌석으로 손을 뻗어 샌드위치 가방을 들쳐보았다.
"오늘 밤에도 일하는 거야?"
그가 고개를 살짝 숙이고 선글라스 너머로 나를 쳐다보았다.
"아니."
그가 무미건조하게 말했다.
"그냥 좀 배가 고파서 말이야."
그는 다시 정면을 보고 차를 몰아나갔다.

"스퀘어스, 언제까지 그녀를 피해 다닐 거야?"

스퀘어스가 라디오를 켰다. 칼리 사이먼의 〈유 아 소 배인〉이 흘러나왔다. 스퀘어스가 따라 부르기 시작했다. 잠시 후 그가 말했다.

"이 노래 기억해?"

나는 고개를 끄덕였다.

"이게 워렌 비티에 관한 곡이라는 소문이 정말일까?"

"몰라."

내가 말했다.

잠시 침묵이 흘렀다.

"윌, 한 가지 물어볼 게 있어."

그는 정면을 똑바로 쳐다보고 있었다. 나는 질문을 기다렸다.

"실러에게 딸이 있다는 얘길 듣고 얼마나 놀랐지?"

"아주 많이."

"나한테도 아이가 있다는 얘길 들으면 얼마나 놀랄 것 같아?"

그가 말했다.

나는 그를 빤히 쳐다보았다.

"윌, 넌 지금 이 상황을 제대로 이해하지 못하고 있어."

"나도 제대로 이해하고 싶어 미치겠어."

"하나씩 차례로 짚어나가 보자고."

그날 저녁 거리는 놀라울 정도로 한산했다. 칼리 사이먼의 곡이 끝나자, 체어맨 오브 더 보드의 노래가 흘러나오기 시작했다. 시간을 조금만 주면 사랑을 키울 수 있을 거라고 한 여인에게 애원하는 가사였다. 수수한 바람에 담긴 애절함. 나는 이 곡을 무척 좋아한다.

시내를 가로지른 우리는 할렘 강 도로를 따라 북쪽으로 향했다. 고가도로 밑에 모여 있는 아이들이 눈에 들어오자, 스퀘어스가 차를 멈춰 세웠다.

"잠깐 들렀다 가자."

그가 말했다.

"도와줄까?"

스퀘어스가 고개를 저었다.

"오래 걸리지 않을 거야."

"샌드위치로 유인해보게?"

스퀘어스가 자신이 선택할 수 있는 사항을 꼼꼼하게 따져보았다.

"아니야, 더 좋은 방법이 있어."

"그게 뭔데?"

"전화카드."

그가 내게 카드를 한 장 건넸다.

"텔레리치에서 전화카드 천 장을 기증했어. 요즘 애들은 전화카드라면 아주 환장을 한다고."

그의 말이 맞았다. 전화카드를 보자마자 아이들이 스퀘어스에게 우르르 몰려들었다. 역시 스퀘어스다웠다. 나는 몰려든 아이들의 얼굴을 유심히 살폈다. 과연 필요와 꿈과 희망이 엿보이는지 확인하고 싶었다. 아이들은 거리에서 오래 버티지 못한다. 물리적 위험 따위는 어렵지 않게 넘어설 수 있다. 문제는 영혼과 자아감의 손상이다. 손상 정도가 어느 단계에 이르게 되면, 그것으로 인생은 끝나버리는 것이다.

다행히 실러는 그 단계에 이르기 전에 구제를 받았었다.

그리고 누군가가 그녀를 살해했다.

나는 머릿속을 비워냈다. 지금은 그런 생각을 하고 있을 때가 아니었다. 당장 눈앞의 문제에만 집중해야 했다. 계속 움직여야 했다. 분주히 움직여야만 슬픔을 잊을 수 있었다. 자극은 좋지만 그것에 발목 잡히는 일은 없어야 했다.

그녀를 위해 하는 거야. 비록 감상적으로 들리긴 하지만.

몇 분 후, 스퀘어스가 돌아왔다.

"자, 출발하자고."

"어디 가는지 아직 얘기도 안 해줬잖아."

"128번가와 2번가가 만나는 모퉁이. 거기서 라켈을 만나기로 했어."

"거기 가면 뭐가 있는데?"

그가 씩 웃었다.

"쓸 만한 단서."

우리는 고속도로를 벗어나와 공영주택 단지를 지났다. 두 블록쯤 앞에 라켈이 서 있는 게 보였다. 쉽게 눈에 띌 수밖에 없었다. 작은 공국만 한 체구의 그가, 마치 리버라체 박물관이 폭발한 듯한 요란한 드레스를 걸치고 있었으니까. 스퀘어스가 밴의 속도를 줄이며 인상을 찌푸렸다.

"왜요?"

라켈이 말했다.

"초록색 드레스에 핑크색 구두?"

"터키옥색과 산호색이에요. 마젠타색 지갑으로 조화를 맞췄고요."

라켈이 말했다.

스퀘어스가 어깨를 으쓱해 보인 후, '골드버그 약국'이라는 색 바랜 간판이 붙어 있는 상점 앞에 차를 세웠다. 내가 차에서 내리자 라켈이 다가와 축축한 거품고무처럼 내게 착 달라붙었다. 아쿠아 벨바 로션 냄새가 지독하게 풍겼다. 나는 아쿠아 벨바 로션을 바른 이 남자에게 뭔가 있다는 것을 알 수 있었다.

"정말 유감이에요."

그가 속삭였다.

"고마워요."

그가 내게서 떨어져나갔고, 그제야 나는 비로소 호흡을 재개할 수 있었다. 그는 울고 있었다. 마스카라가 눈물을 타고 흘러내렸다. 검게 변한 눈물은 까칠한 그의 턱으로 타고 흘러내렸다. 꼭 스펜서 선물가게에서 파는 양초를 보는 듯했다.

"에이브와 세이디가 안에 있어요."

라켈이 말했다.

"당신들을 기다리고 있는 중이에요."

스퀘어스가 고개를 끄덕이고 약국으로 들어갔다. 나도 그의 뒤를 따랐다. 문을 열자 딩동 소리가 울렸다. 실내에서 나는 냄새를 맡으니, 룸미러에 걸어놓은 벚나무 모양의 방향제가 연상되었다. 높은 선반엔 각종 약들이 빽빽하게 채워져 있었다. 대충 진열된 붕대, 방취제, 샴푸, 기침약 등이 눈에 들어왔다.

반달 모양 돋보기를 쓴 노인이 나타났다. 그는 흰색 셔츠와 스웨터 조끼 차림이었다. 그의 숱 많은 백발은 베일리 가게에서 파는 머리분 바른 가발 같았고, 텁수룩한 눈썹은 올빼미 같아 보였다.

"오, 스퀘어스 씨!"

두 사람이 서로를 부둥켜안았다. 노인이 스퀘어스의 등을 몇 번 토닥였다.

"좋아 보이는군요."

노인이 말했다.

"에이브, 당신도요."

"세이디!"

그가 큰 소리로 불렀다.

"세이디, 스퀘어스 씨가 오셨어."

"누가 오셨다고요?"

"요가 선생님 말이야. 문신 있는 선생님."

"이마에요?"

"그래."

나는 고개를 저으며 스퀘어스 앞으로 몸을 기울였다.
"세상에 네가 모르는 사람이 있긴 해?"
그가 어깨를 으쓱했다.
"내가 좀 매혹적인 인생을 살아왔거든."
라켈의 굽 높은 구두를 신는다 해도 150센티미터가 채 되지 않을 것 같은 나이 지긋한 여자가 뒤편에서 내려왔다. 그녀가 인상을 찌푸리며 스퀘어스에게 말했다.
"빼빼 말랐군요."
"그런 얘길 왜 해?"
에이브가 말했다.
"당신은 잠자코 있어요. 요즘 제대로 먹고 다니긴 하는 거예요?"
"그럼요."
스퀘어스가 대답했다.
"뼈만 앙상하잖아요. 뼈밖에 안 보인다고요."
"세이디, 그만하라니까."
"가만히 좀 있어봐요."
그녀가 음흉하게 미소를 지었다.
"쿠겔 초콜릿이 있는데, 좀 줄까요?"
"나중에요. 감사합니다."
"조금 담아놓을게요."
"정말 감사합니다."
스퀘어스가 나를 돌아보았다.
"이쪽은 제 친구, 윌 클라인입니다."
두 노인이 측은해 보이는 눈으로 나를 쳐다보았다.
"남자친구 맞죠?"
"네."

그들이 잠시 나를 뜯어보았다. 그런 다음 서로의 얼굴을 쳐다보았다.
"글쎄요."
에이브가 말했다.
"이 친구는 믿으셔도 좋습니다."
스퀘어스가 말했다.
"그래야 할지 말아야 할지……. 우린 신부와 다르지 않아요. 누구에게도 절대 입을 열지 않죠. 당신도 알죠? 게다가 그녀는 아주 단호했어요. 무슨 일이 있어도 발설해선 안 된다고요."
"압니다."
"다 말해버리면 우린 뭐가 되겠어요?"
"이해합니다."
"우리의 목숨이 위험할 수도 있어요."
"아무에게도 얘기하지 않겠습니다. 믿어주세요."
노부부가 다시 서로의 얼굴을 쳐다보았다.
"라켈, 착한 녀석이에요. 아니, 착한 여자라고 해야 하나? 가끔 헷갈릴 때가 있어요."
에이브가 말했다.
스퀘어스가 그들 앞으로 한 걸음 다가갔다.
"두 분의 도움이 필요합니다."
세이디가 굉장히 친밀하게 남편의 손을 잡았다. 하마터면 나는 고개를 돌려버릴 뻔했다.
"아주 예뻤었죠, 에이브."
"마음씨도 착했지."
그가 덧붙였다. 에이브가 한숨을 내쉰 후 나를 돌아보았다. 문이 열리면서 다시 딩동 소리가 났다. 그리고 헝클어진 머리의 흑인이 안으로 들어왔다.

"타이론이 보내서 왔습니다."
세이디가 그에게로 다가갔다.
"날 따라와요."
그녀가 말했다.
에이브는 계속해서 나를 쳐다보았다. 나는 스퀘어스를 돌아보았다. 도대체 무슨 일이 벌어지고 있는 것인지 알 수가 없었다.
스퀘어스가 선글라스를 벗었다.
"부탁입니다, 에이브."
그가 말했다.
"굉장히 중요한 일이라서 그래요."
에이브가 한 손을 들어 보였다.
"알았어요, 알았어. 제발 그런 표정 좀 짓지 말아요."
그가 우리에게 손짓했다.
"이쪽으로 와봐요."
우리는 약국 뒤편으로 들어갔다. 그가 테이블의 보조 날개판을 젖히고 몸을 웅크려 그 밑을 지났다. 우리는 수많은 약병과 약봉지, 약연, 막자를 차례로 지나갔다. 에이브가 문을 열었다. 우리는 지하로 내려갔다. 에이브가 불을 켰다.
"바로 여기서 모든 일이 벌어졌죠."
그가 말했다.
특별한 건 없었다. 컴퓨터와 프린터, 디지털 카메라가 전부였다. 그뿐이었다. 나는 에이브와 스퀘어스를 차례로 쳐다보았다.
"누가 알아듣게 설명 좀 해주겠어요?"
"우리가 하는 일은 간단해요."
에이브가 말했다.
"기록은 남겨두지 않죠. 경찰이 이 컴퓨터를 압수해간다 해도 상관없어요. 언제든 그러라고 해요. 어차피 아무것도 캐내지 못할 테니까. 모든 기록은 바로 여기에 저장되어 있거든요."

그가 손가락으로 자신의 이마를 톡톡 두드렸다.

"하지만 매일 많은 기록들이 지워지고 있어요. 내 말이 맞죠, 스퀘어스?"

스퀘어스가 미소를 지었다.

에이브가 어리둥절해하는 내 표정을 읽었다.

"아직도 모르겠어요?"

"네, 모르겠어요."

"위조 신분증."

에이브가 말했다.

"오."

"미성년자들이 술집에 들어가려고 만드는 위조 신분증과는 차원이 달라요."

"그렇군요."

"위조 신분증에 대해 잘 아나요?"

그가 목소리를 낮추며 물었다.

"별로요."

"세상에서 사라져야 하는 사람들의 필수품 말이에요. 도망쳐야 하는 사람. 새 인생을 살고 싶은 사람. 문제가 있다고요? 휙, 난 당신을 순식간에 사라지게 해줄 수 있어요. 이러니까 꼭 마술사 같지 않나요? 멀리 가버리고 싶다면, 아주 멀리 가버리고 싶다면 여행사가 아니라 날 찾아와야 하죠."

"그렇군요."

내가 말했다.

"그러니까……."

어떻게 표현을 해야 할지 고민되었다.

"선생님의 서비스를 필요로 하는 이들이 많다는 거죠?"

"그 수가 어느 정도인지 들으면 깜짝 놀랄걸요. 오, 물론 매력적인 일은 아니죠. 대부분 가석방되었거나 보석으로 풀려나온 사람들이에요. 당국의 눈을 피해 사는 사람들 말이죠. 불법 이민자들도 많이 찾아와요. 이 땅에 살고 싶어 하는 이들의 소원을 풀어주고 있죠."

그가 미소를 지었다.

"아주 가끔 예쁜 손님을 맞을 때도 있어요."

"실러처럼 말이죠?"

내가 말했다.

"네, 맞아요. 어떻게 하는 건지 알고 싶지 않습니까?"

내가 대답하기도 전에 에이브가 계속 말을 이어나갔다.

"TV에 나오는 것과는 완전히 달라요."

그가 말했다.

"TV에선 아주 복잡하게만 그려지죠, 안 그런가요? 죽은 아이를 찾아 그 아이의 출생증명서를 우편으로 주문한 다음, 복잡하게 위조 작업을 하잖아요."

"여기선 그렇게 안 하나요?"

"전혀요."

그가 컴퓨터 앞에 앉아 키보드를 두드리기 시작했다.

"그 방법은 시간이 너무 오래 걸려요. 인터넷 때문에 죽은 이들의 기록이 신속하게 공식화되죠. 그들을 계속 살려놓을 길이 없단 말입니다. 사망하는 순간 사회보장번호도 말소되거든요. 그렇지 않다면 사망한 노인이나 중년들의 사회보장번호를 도용해 쓸 수 있을 텐데 말입니다. 이해가 됩니까?"

"네."

내가 말했다.
"그럼 가짜 신원은 어떻게 만들어내는 거죠?"
"가짜 신원을 만들어내는 게 아닙니다."
에이브가 환한 미소를 지으며 말했다.
"진짜 신원을 사용하는 거죠."
"이해가 안 되는군요."
에이브가 스퀘어스를 돌아보며 인상을 찌푸렸다.
"이분도 거리에서 일한다고 했잖아요."
"아주 오래전이에요."
스퀘어스가 말했다.
"아, 그렇군요. 어디 보자……."
에이브 골드버그가 다시 나를 돌아보았다.
"위층에서 어떤 남자를 봤죠? 나중에 들어온 사람 말입니다."
"네."
"실업자로 보이지 않았나요? 노숙자로 보이기도 하고."
"모르겠는데요."
"뭐 그렇게 그 사람을 배려해서 조심스레 얘기할 필요는 없어요. 누가 봐도 부랑자로 보지 않겠어요?"
"그럴 수도 있겠죠."
"어쨌든 그는 사람입니다. 이름이 있고, 어머니가 있고, 이 땅에서 태어났을 겁니다. 그리고……."
그가 과장된 움직임으로 손을 흔들어 보이며 미소를 지었다.
"사회보장번호도 가지고 있겠죠. 어쩌면 만기된 운전면허증을 가지고 있을지도 모릅니다. 뭐 그런 건 아무래도 상관없어요. 사회보장번호가 있다는 건, 그가 세상에 존재한다는 뜻이니까요. 신원 말입니다. 알아듣 겠습니까?"

"네."
"그가 약간의 돈을 필요로 한다고 생각해봅시다. 왜 필요한지는 중요하지 않아요. 어쨌든 그에겐 돈이 필요합니다. 그리고 신원 따위는 필요하지 않습니다. 어차피 거리의 부랑자일 뿐이니까요. 신용도 평가 등급도 없고, 보유한 땅도 없겠죠. 우린 그의 이름을 이 작은 컴퓨터에 넣고 돌려봅니다."
그가 손으로 모니터를 톡톡 두드렸다.
"혹시 영장이라도 받아놓진 않았는지 확인하는 것이죠. 만약 그런 기록이 없다면 즉각 그의 신원을 구입합니다. 대부분 깨끗한 사람들이죠. 그의 이름이 존 스미스라고 칩시다. 그리고 윌, 당신이 본명이 아닌 다른 이름으로 호텔에 체크인해야 한다고 생각해봐요."
그가 무슨 말을 하려는지 알 것 같았다.
"제가 그의 사회보장번호를 구입하면 존 스미스가 될 수 있는 거군요."
에이브가 엄지와 중지를 부딪쳐 딱 소리를 냈다.
"빙고."
"제가 그와 전혀 닮지 않았으면 어떻게 됩니까?"
"사회보장번호와 인상착의는 아무 상관이 없어요. 그것만 있으면 언제든 전화를 해서 필요한 문서를 받아볼 수 있죠. 시간이 없다면 여기서 오하이오 운전면허증도 만들어줄 수 있습니다. 면허증 자체로 걸릴 우려는 거의 없어요. 물론 신원 조사는 어디서나 철저히 받게 되겠지만."
"만약 존 스미스가 단속에 걸려 신분증이 필요하다면요?"
"지니고 있는 신분증을 제시하면 되죠. 다섯 명이 동시에 같은 신분증을 내놓아도 문제없어요. 누가 알겠습니까? 아주 간단하죠. 그렇지 않습니까?"
"그렇군요."

내가 말했다.
"그래서 실러가 선생님을 찾아왔습니까?"
"네."
"그게 언제였죠?"
"이틀인가 사흘 전에 왔었어요. 아까 얘기한 대로 그녀는 특별한 손님이었죠. 아주 좋은 사람 같았어요. 얼굴도 예뻤고요."
"혹시 그녀가 어디로 간다는 얘길 하지 않았습니까?"
에이브가 미소를 지으며 내 팔뚝에 손을 얹었다.
"이런 사업을 하면서 그런 질문을 꼬치꼬치 캐물을 수 있다고 생각합니까? 묻는다 해도 알려주지 않았을 겁니다. 묻고 싶지도 않고요. 사실 손님과는 말을 거의 안 하는 편입니다. 세이디와 난 신용을 잃고 싶지 않아요. 위에서 얘기한 대로 입을 함부로 놀렸다간 언제 어떤 일을 당하게 될지 모르거든요. 이해하겠죠?"
"네."
"사실 라켈이 처음 떠봤을 때도 우린 아무 말 안 했어요. 그 정도 지조는 있어야죠. 그조차도 지키지 못하면 이 사업을 할 수 없어요. 우린 라켈을 좋아해요. 그럼에도 우린 끝까지 입을 닫고 있었죠. 단 한 마디도 하지 않았어요."
"그런데 왜 갑자기 생각을 바꾸신 거죠?"
에이브의 표정이 일그러졌다. 그가 스퀘어스를 돌아보았다가 다시 시선을 내게로 돌렸다.
"우리가 짐승만도 못하다는 건가요? 우리가 아무 감정도 느끼지 못한다고 생각해요?"
"그런 뜻이 아니라……."
"살인사건."
그가 내 말을 끊었다.

"그 가엾은 아가씨가 무슨 일을 당했는지 들었습니다. 정말 안됐어요."

그가 두 손을 펼쳐 보였다.

"하지만 내가 뭘 할 수 있겠습니까? 경찰에 신고를 할 수도 없잖아요. 난 라켈과 스퀘어스 씨를 믿습니다. 둘 다 좋은 사람들이죠. 어둠 속에서 빛이 되어주니까요. 세이디와 나처럼 말입니다."

위층 문이 열리고 세이디가 내려왔다.

"문 닫고 왔어요."

그녀가 말했다.

"잘했어."

"어디까지 얘기했어요?"

그녀가 물었다.

"우리가 왜 입을 열 결심을 했는지 설명하고 있었어."

"네."

세이디 골드버그가 천천히 계단을 걸어 내려왔다. 에이브가 올빼미와 같은 눈으로 나를 돌아보았다.

"스퀘어스 씨가 어린 소녀에 대해 이야기해줬어요."

"그녀의 딸입니다."

내가 말했다.

"열두 살쯤 됐습니다."

세이디가 쯧쯧 혀를 찼다.

"그 애가 어디 있는지 모르죠?"

"네."

에이브가 고개를 저었다. 세이디가 그의 옆으로 다가갔다. 그들의 몸이 맞닿으며 합체된 듯한 느낌을 주었다. 나는 그들이 얼마나 오랫동안 함께 살아왔는지, 아이는 있는지, 어느 지역 출신인지, 어떻게 여기까지 오게 되었는지, 어떻게 이 사업에 손을 대게 되었는지 궁금했다.
"좀 더 자세히 듣고 싶지 않아요?"
세이디가 내게 말했다.
나는 고개를 끄덕였다.
"당신의 실러. 그녀에겐……"
그녀가 두 주먹을 번쩍 들어보였다.
"특별한 뭔가가 있었어요. 활기가 넘쳤죠. 예쁘기도 했고. 아무튼 특별한 여인이었어요. 그런데 이렇게 변을 당하다니……. 마음이 좋지 않아요. 잔뜩 겁에 질린 얼굴로 우릴 찾아왔었죠. 아마 우리가 판 신원이 먹혀들지 않았던 모양이에요. 그래서 변을 당한 건지도 몰라요."
"그래서 우린 당신을 돕기로 한 겁니다."
에이브가 종잇조각에 뭔가를 적어 내게 건넸다.
"우린 그녀에게 도나 화이트라는 이름을 팔았어요. 그건 그녀의 사회보장번호예요. 그게 얼마나 도움이 될지는 모르겠어요."
"진짜 도나 화이트는요?"
"노숙자예요. 마약중독자죠."
나는 건네받은 종잇조각을 들여다보았다.
세이디가 다가와 내 볼을 어루만졌다.
"당신도 좋은 사람 같아요."
나는 고개를 들고 그녀를 쳐다보았다.
"그 아이를 꼭 찾아요."
그녀가 말했다.
나는 고개를 끄덕였다. 그리고 반드시 그러겠노라고 약속했다.

28

집에 도착한 케이티 밀러는 여전히 몸을 떨고 있었다.
그럴 리 없어. 그녀는 생각했다. 뭔가 오해가 있었을 거야. 내가 이름을 잘못 안 거라고.
"케이티?"
그녀의 어머니가 불렀다.
"네."
"난 주방에 있어."
"금방 갈게요, 엄마."
케이티는 지하실 문으로 향했다. 문손잡이를 잡은 그녀가 멈칫했다. 지하실. 그녀는 내려가고 싶지 않았다.
세월이 많이 흘러 너덜너덜해진 소파와 물로 얼룩진 카펫, 그리고 케이블을 연결할 수도 없을 만큼 오래된 텔레비전에 익숙해질 때도 되었지만, 그녀는 그렇지 못했다. 왠지 붓고 부패한 언니의 시체가 여전히 누워 있을 것 같았고, 죽음의 악취가 아직도 지하실을 가득 메우고 있는 것 같았다.
케이티의 부모는 그녀를 이해했다. 사건이 벌어진 이후로 케이티는 지하실에서 빨래를 해본 적이 없었다. 그녀의 아버지도 지하 창고에서 공구상자나 새 전구를 가져오라고 시키지 않았다. 지하실에 내려가야 할 일이 생기면, 그녀의 어머니와 아버지가 직접 움직였다.
하지만 이번엔 아니었다. 이번엔 그녀 혼자였다.
그녀가 계단 위에 서서 불을 켰다. 알전구가 환하게 빛을 밝혔다. 전구를 덮고 있는 유리는 깨진 채 방치되어 있었다. 사고 발생 당시 부서졌던 것이다. 그녀는 천천히 계단을 내려갔다. 소파와 카펫, TV를 보지 않으려 시선을 일부러 쳐들었다.

우린 왜 아직 여길 떠나지 못하고 있는 거지?
아무리 생각해도 이해가 되지 않았다. 존 베넷이 살해되었을 때, 램지 가족은 살던 곳에서 멀리 이사를 갔다. 모두가 그들이 아이를 죽였을 거라고 생각했다. 어쩌면 램지 가족은 죽은 딸의 흔적이 아닌, 이웃들의 곱지 않은 시선을 피하기 위해 이사를 결심했던 것인지도 몰랐다. 물론 그 경우와는 차이가 있었다.
어쨌든 그녀는 자신이 사는 동네가 영 마음에 들지 않았다. 그녀의 부모는 이곳에 남기로 결심했다. 클라인 가족도 마찬가지였다. 두 가족 모두 항복하기를 거부했다.
그건 무슨 뜻이지?
그녀는 한쪽 구석에서 줄리의 트렁크를 찾아냈다. 그녀의 아버지는 지하실에 물이 차 들어올 경우를 대비해, 트렁크 밑에 나무상자를 받쳐놓았다. 케이티는 대학 진학을 앞두고 트렁크에 짐을 꾸리던 언니를 생각했고, 그때 트렁크 안으로 기어들어 갔던 자신도 떠올려보았다. 트렁크가 보호 요새라도 되는 양 장난을 치던 그녀는, 어쩌면 언니가 자신까지 트렁크에 넣고 대학으로 데려갈지도 모른다고 생각했었다.
트렁크 위로는 상자들이 수북이 쌓여 있었다. 케이티는 상자들을 내려 구석으로 밀어냈다. 그리고 트렁크의 자물쇠를 유심히 살폈다. 열쇠는 없었지만 납작한 도구만 있으면, 어렵지 않게 열 수 있을 것 같았다. 그녀는 은식기를 보관해놓는 곳에서 낡은 버터나이프를 꺼내 들었다. 그것을 열쇠 구멍에 꽂고 돌려보았다. 자물쇠가 탁 풀렸다. 그녀는 두 개의 걸쇠를 풀고 아주 천천히 뚜껑을 젖혔다. 반 헬싱이 드라큘라의 관을 열 듯.
"여기서 뭐하니?"
갑작스레 들려온 어머니의 음성에 그녀가 흠칫 놀랐다. 그녀가 몸을 홱 돌렸다.
루실 밀러가 딸에게 다가왔다.

"그거 줄리의 트렁크 아니니?"
"맙소사, 깜짝 놀랐잖아요."
그녀의 어머니가 조금 더 바짝 다가왔다.
"줄리의 트렁크는 왜 열어봤지?"
"그냥, 그냥 좀 보려고요."
"뭘?"
케이티가 허리를 꼿꼿이 폈다.
"줄리는 제 언니였어요."
"그건 나도 알아."
"전 언니를 그리워하면 안 되나요?"
그녀의 어머니가 잠시 그녀를 처다보았다.
"그래서 여기 내려온 거니?"
케이티가 고개를 끄덕였다.
"다른 문제는 없고?"
그녀의 어머니가 물었다.
"네."
"그동안 줄리를 추억했던 적이 없었지 않니, 케이티."
"다 엄마 때문이었죠."
그녀가 말했다.
그녀의 어머니가 잠시 머뭇거렸다.
"그랬는지도 모르지."
"엄마?"
"응?"
"왜 여길 떠나지 않으셨죠?"
어머니는 그 문제에 대해선 얘기하고 싶지 않다는, 틀에 박힌 대답을 들려줄 준비를 하는 듯했다. 하지만 뜻밖의 대답이 나올지도 몰랐다. 일주일 내내 이해할 수 없는 일들이 이어져왔으니까. 갑자기 집 앞에 나타난 월도 그렇고, 애도의 뜻을 표하겠다며 뜬금없이 클라인 가족을 찾아간 어머니도 그렇고……. 어머니가 상자에 앉아 스커트의 주름을 문질러 폈다.
"이런 비극적인 일을 겪게 되면 눈앞이 캄캄해지지."
그녀의 어머니가 말했다.
"꼭 폭풍 치는 바다 한가운데 빠져버린 듯한 기분이야. 파도에 휩쓸려 다니면서 할 수 있는 일이라고는 그저 가라앉지 않으려 발버둥치는 것뿐이지. 한편으로는 두 번 다시 물 위로 고개를 빼놓고 싶지 않기도 해. 발버둥을 멈추고 그냥 가라앉아버리고 싶은 충동도 생긴다고. 하지만 그럴 순 없잖니. 생존 본능이란 게 있으니까. 내 경우엔 마저 키워야 하는 딸이 하나 더 있었으니까 차마 그럴 수 없었지. 좋든 싫든 계속 바둥거려야 했어."
그녀의 어머니가 손가락으로 촉촉해진 눈가를 훔쳤다. 그녀가 자세를 바로잡고 애써 미소를 지었다.
"내 유추법이 좀 서툴지?"
그녀가 말했다.
케이티가 어머니의 손을 잡아 쥐었다.
"아니에요. 좋았어요."
"그래?"
밀러 부인이 말했다.
"하지만 폭풍이 물러갔다고 모든 게 해결되는 건 아니란다. 간신히 기슭에 도착했어도, 이미 회복할 수 없을 만큼 손상을 입은 상태라서 말이지. 엄청난 괴로움에 몸부림쳐도 끝이 보이지 않아. 그때부터는 지독한 대안을 놓고 고민해야 하지."
케이티는 어머니의 손을 놓지 않았다.

"고통을 피해가려고 노력은 할 수 있어. 모든 걸 잊고 아무렇지도 않다는 듯 살아가려고 노력도 할 수 있고. 하지만 네 아버지와 나는……."
루실 밀러가 눈을 감고 단호히 고개를 저었다.
"차마 잊을 수가 없었단다. 네 언니를 배신할 수 없었어. 비록 고통은 크겠지만 줄리를 버리고 싶지 않았단다. 그 앤 분명 존재했었어. 살아 숨 쉬었던 아이였다고. 내 말이 이치에 닿지 않는다는 거 알아."
'이치에 닿는 말씀이에요.' 케이티는 생각했다.
두 사람은 한동안 침묵을 지켰다. 루실 밀러가 케이티의 손에서 벗어나왔다. 그리고 자신의 허벅지를 두 손으로 탁 치며 일어났다.
"난 이만 올라가볼게."
케이티는 멀어지는 발소리를 묵묵히 듣고 있었다. 잠시 후, 그녀는 다시 트렁크 쪽으로 몸을 돌렸다. 트렁크 안의 내용물을 뒤적이기 시작했다. 그렇게 삼십 분간 씨름한 끝에 그녀는 원하던 것을 찾을 수 있었다. 그리고 그것은 모든 것을 바꾸어놓았다.

29

다시 밴에 올랐을 때, 나는 스퀘어스에게 이제 어떻게 할 셈인지 물었다.
"우릴 도와줄 만한 사람을 알고 있어."
정말 대단한 친구였다.
"항공사 컴퓨터에 도나 화이트라는 이름을 넣고 돌려보면 답이 나올지도 몰라. 언제 여길 떠났는지, 어디서 머물렀는지."
우리는 잠시 침묵에 빠져들었다.
"아무 말 안 할 거야?"

스퀘어스가 다시 입을 열었다.

나는 내 손을 물끄러미 내려다볼 뿐이었다.

"너 먼저 해봐."

"뭘, 뭘 어쩌려는 거지?"

"칼리를 찾아야지."

내가 성급하게 대답했다.

"그런 다음엔? 네가 그 애를 맡아 기르게?"

"모르겠어."

"차단막으로 삼으려는 거야?"

"너도 마찬가지잖아."

나는 창밖을 내다보았다. 동네는 거친 잡석들로 가득했다. 우리는 비탄에 빠진 듯해 보이는 공영주택 단지를 지나쳐갔다. 기분 전환을 도와줄 뭔가를 찾아 열심히 눈을 돌려보았지만 헛수고였다.

"난 그녀에게 청혼을 하려고 했었어."

내가 말했다.

스퀘어스는 말없이 차를 몰아나갔다. 나는 그가 움찔하는 걸 똑똑히 볼 수 있었다.

"반지까지 사뒀었어. 어머니에게 먼저 보여드렸지. 적절할 때 주려고 잠자코 기다렸어. 어머니가 돌아가신 후에 주려고 말이야."

우리는 신호에 걸려 멈춰 섰다. 스퀘어스는 나를 돌아보지 않았다.

"계속 찾아보는 수밖에 없어."

내가 말했다.

"그렇게라도 하지 않으면 못 살 것 같아. 충동적으로 자살을 하거나 그러진 않겠지만, 이렇게라도 찾아보지 않으면……."

나는 잠시 머뭇거렸다.

"나중에 더 큰 문제가 생길지도 몰라."

"맞아, 나중에 더 힘들어질 거야."

스퀘어스가 말했다.

"나중을 위해서라도 지금 열심히 찾아봐야지. 잘하면 내가 그녀의 딸을 구할 수도 있을 거야. 비록 그녀는 죽었지만, 이렇게라도 그녈 도울 수 있다면 당연히 그렇게 해야지."

"어쩌면 그녀의 정체가 네가 알았던 실러가 아니었다는 게 밝혀질지도 몰라."

스퀘어스가 말했다.

"그녀가 우리 모두를 속였을 수도 있다고."

"그래도 뭐 어쩔 수 없는 거고."

내가 말했다.

"그래도 나랑 같이 움직이겠어?"

"기왕 여기까지 온 거 끝까진 가봐야지."

"잘됐군. 내게 좋은 생각이 있거든."

굳어 있던 그의 얼굴에 옅은 미소가 떠올랐다.

"그래? 어디 한번 들어볼까?"

"우리가 지금까지 빠뜨린 게 있었어."

"뭔데?"

"뉴멕시코. 실러의 지문이 뉴멕시코의 사건 현장에서 발견됐다고 했잖아."

그가 고개를 끄덕였다.

"그 사건이 칼리와 연관이 있을 거라 생각하는 거야?"

"그럴지도 모르지."

그가 다시 고개를 끄덕였다.

"하지만 우린 뉴멕시코에서 누가 죽었는지도 모르잖아. 사건 현장이 정확히 어디인지도 모르고."

"알아낼 방법이 있어."

내가 말했다.

"날 집에 데려다줘. 인터넷을 좀 뒤져봐야겠어."

그렇다. 내겐 아이디어가 있었다.

어쩌면 시체들을 발견한 건 FBI가 아니었는지도 몰랐다. 지역 경찰이나 이웃, 또는 친척이 발견했을 수도 있었다. 이런 잔혹한 사건이 흔히 발생하는 지역은 아닐 것이다. 보나마나 지역 신문에도 크게 실렸을 것이다.

나는 refdesk.com에 접속하고 전국 신문을 클릭했다. 뉴멕시코의 지역 신문은 총 서른세 종류였다. 나는 우선 앨버커키 지역을 살펴보기로 했다. 몸을 등받이에 붙이고 앉아 검색에 들어갔다. 드디어 하나가 걸려들었다. 좋아, 아주 좋아. 나는 아카이브를 클릭하고 '살인'이라는 단어로 기사를 검색해보았다. 너무 많은 기사가 떠올랐다. 이번엔 '이중 살인'으로 검색해보았다. 그것 역시 별 소용없었다. 나는 다음 신문으로 넘어갔다.

그렇게 한 시간쯤 지났을 때, 원하던 기사를 발견했다.

시체 두 구 발견
작은 마을 전체가 충격에 빠져
이본 스테르노 기자

어젯밤 늦은 시간, 앨버커키의 교외, 스톤포인트에서 두 남자가 머리에 총을 맞아 숨진 채 발견되었다. 사건은 대낮에 발생한 것으로 보이며, 피해자 두 명은 한 공동주택에서 발견되었다. 이웃, 프레드 데이비슨은 "아무 소리도 듣지 못했다"며, "이런 사건이 우리 동네에서 발생하다니 믿어지지 않는다"고 말했다. 피해자 두 명의 신원은 아직 확인되지 않고 있다. 경찰은 "이 사건에 수사력을 집중하고 있으며, 현재 몇 개의 단서를 좇고 있다"며 수사 진행상황 외의 말을 아끼고 있다. 사건이 발생한 집의 주인은 오웬 엔필드로 밝혀졌다. 부검은 오늘 오전에 실시할 예정이다.

그게 전부였다. 나는 다음 날 기사를 찾아보았다. 하지만 아무것도 검색되지 않았다. 그다음 날도 마찬가지였다. 이본 스테르노 기자의 기사만을 검색해보았다. 지역 결혼과 자선 행사 관련 기사들이 전부였다. 문제의 살인사건에 대해서는 더 알아볼 수 없었다.
나는 몸을 뒤로 젖혔다.
왜 기사가 더 없는 거지?
그 이유를 밝혀낼 수 있는 방법은 딱 한 가지뿐이었다. 나는 수화기를 들고 〈뉴멕시코 스타 비콘〉에 전화를 걸었다. 운이 좋으면 이본 스테르노와 통화를 할 수도 있을 거라는 기대 때문이었다. 어쩌면 그녀에게 뭔가 도움이 될 만한 이야기를 들을 수 있을지도 몰랐다.
교환이 통화를 원하는 상대의 성을 물었다. S-T-E-R까지 눌렀을 때 '이본 스테르노와 통화하고 싶으시면 우물 정을 누르세요'라는 메시지가 흘러나왔다. 나는 지시대로 버튼을 눌렀다. 두 번의 신호음이 들리고 자동응답기가 전화를 받았다.
"〈스타 비콘〉의 이본 스테르노입니다. 저는 지금 통화 중이거나 자리에 없습니다."
나는 수화기를 내려놓았다. 이번엔 switchboard.com에 접속해보았다. 스테르노의 이름을 입력한 후, 앨버커키 지역을 살펴보기 시작했다. 빙고. 'Y. 스테르노와 M. 스테르노'의 주소와 전화번호가 떴다. 앨버커키의 캔터베리 가 25번지. 나는 곧장 그녀에게 전화를 걸었다. 여자가 응답했다.
"여보세요."

그리고 여자는 누군가에게 소리쳤다.
"조용히 좀 해! 엄마가 통화 중이잖아."
하지만 아이들의 깩깩 소리는 그칠 줄 몰랐다.
"이본 스테르노 씨?"
"뭐 팔게요?"
"아뇨."
"제가 이본이에요."
"전 윌 클라인입니다."
"정말 세일즈맨은 아니죠?"
"아닙니다."
내가 말했다.
"〈스타 비콘〉에 기사 쓰시는 이본 스테르노 씨가 맞습니까?"
"성함이 뭐라고 하셨죠?"
내가 대답하기도 전에 그녀가 다시 소리쳤다.
"그만들 하라고 했잖아. 토미, 빨리 동생에게 게임보이 돌려줘. 어서!"
그녀가 다시 내게 말했다.
"여보세요?"
"전 윌 클라인이라고 합니다. 얼마 전에 기사로 쓰신 이중 살인사건에 대해서 여쭙고 싶은 게 있어서요."
"아, 네. 왜 그 사건에 흥미를 가지고 계신 거죠?"
"그저 몇 가지 여쭤볼 게 있을 뿐입니다."
"전 도서관이 아닙니다, 클라인 씨."
"그냥 윌이라고 불러주십시오. 그리고 잠시만 제 말을 들어주세요. 스톤포인트에선 살인사건이 얼마나 자주 발생합니까?"
"흔한 일은 아니죠."
"이런 식의 이중 살인사건은 어떻습니까?"

"아마 이번이 처음이었을 거예요."
"그런데 왜 후속 기사가 실리지 않았던 겁니까?"
내가 물었다.
아이들이 깩깩거리는 소리가 다시 들려왔다. 이번에도 이본 스테르노의 고함이 뒤따랐다.
"그만둬, 토미! 방으로 올라가. 그래, 그래. 불만이 있으면 판사님 앞에서 얘기해. 빨리 움직여. 그리고 너도 게임보이 가져와. 지금 가져오지 않으면 쓰레기통에 버려버릴 거야."
그녀가 다시 수화기를 집어드는 소리가 들렸다.
"다시 여쭐게요. 왜 그 사건에 흥미를 가지고 계신 거죠?"
기자들을 상대할 때는 취잿거리를 미끼로 내거는 것이 중요했다.
"제가 그 사건과 관련된 기삿거리를 제공해드릴 수도 있습니다."
"관련된 기삿거리?"
그녀가 말했다.
"단어 선택이 아주 탁월하시군요, 윌."
"들어보시면 흥미가 생길 겁니다."
"지금 어디서 전화하고 계신 거죠?"
"여긴 뉴욕입니다."
내가 대답했다.
잠시 침묵이 흘렀다.
"사건 현장에서 멀리 떨어져 계시군요."
"네."
"어디 한번 들어볼까요? 그 사건과 얼마나 관련이 있는지, 얼마나 흥미로운지."
"우선 기본적인 몇 가지를 알려주세요."
"윌, 거래는 그렇게 하는 게 아니에요."

"당신의 다른 기사를 살펴봤습니다, 스테르노 부인."
"'부인'이 아니라 '씨'가 맞죠. 하지만 그냥 이본이라고 불러주세요."
"알겠습니다."
내가 말했다.
"살펴보니 주로 특집기사를 쓰시더군요. 결혼 기사나 공식 만찬 관련 기사들 말입니다."
"그런 데 가면 먹을 게 많거든요. 게다가 전 검은색 드레스가 아주 잘 어울려요. 어쨌든 그게 어떻다는 거죠?"
"이런 취잿거리는 당신에게 어울리지 않는 것 같더군요."
"빙빙 돌리지 말고 요점을 말씀해보세요."
"당신에게도 좋은 기회가 될 겁니다. 그냥 몇 가지 질문에 대답만 해주십시오. 손해 볼 것 없지 않습니까. 누가 압니까? 제가 합법적으로 큰 도움이 되어드릴 수 있을지."
그녀는 말이 없었다. 나는 계속 밀어붙여보았다.
"이런 큰 사건을 다루시면서 피해자나 용의자에 대한 상세정보는 빠뜨리셨더군요."
"아무것도 아는 게 없었거든요."
그녀가 말했다.
"사건 소식은 늦은 밤에 경찰서의 사건 조사자에게 들었어요. 간신히 조간에 올릴 수 있었죠."
"그럼 후속 기사는 왜 안 올리셨죠? 평생 한 번 볼까 말까 한 큰 사건 아니었습니까? 왜 기사 하나로 마무리 지으셨던 겁니까?"
침묵.
"여보세요?"
"잠시만요. 애들이 또 난리를 쳐서요."
하지만 이번엔 아무 소리도 들리지 않았다.

"저지당했어요."

그녀가 나지막이 말했다.

"그게 무슨 뜻이죠?"

"그 기사가 실린 것만도 기적이었어요. 다음 날 아침에 FBI가 들이닥치더군요. 지역 SAC가……."

"SAC?"

"담당 특별 수사관(Special Agent in Charge)이에요. 지국 책임자. 그가 찾아와 편집장에게 더 기사화하지 말라고 요청하고 갔어요. 나 혼자만이라도 취재를 해보려고 했는데, 아무도 협조를 해주지 않더군요."

"좀 이상하다고 생각하지 않으십니까?"

"모르겠어요, 윌. 지금껏 살인사건을 취재해본 적이 없었거든요. 하지만 당신 말이 맞아요. 아주 이상한 일이었죠."

"왜 그랬다고 생각하십니까?"

"편집장님의 심상치 않은 태도 말씀인가요?"

이본이 깊은 숨을 들이쉬었다.

"큰 사건이었잖아요. 엄청나게 큰 사건. 이중 살인보다 훨씬 더 큰. 이젠 당신 차례예요, 윌."

그녀에게 어디까지 들려줘야 할지 몰랐다.

"현장에서 지문이 발견되었다는 소식 들으셨습니까?"

"아뇨."

"어떤 여자의 지문이 발견되었다고 하더군요."

"계속 말씀해보세요."

"그 지문의 주인공 시체가 어제 발견되었습니다."

"이런, 살해된 건가요?"

"네."

"어디서요?"

"네브래스카의 작은 마을에서요."
"그녀 이름이 어떻게 되죠?"
나는 등받이에 몸을 기댔다.
"집주인에 대해 들려주십시오. 오웬 엔필드."
"오, 알겠어요. 차례로 한 번씩 묻자는 거죠? 내가 한 번, 당신이 한 번."
"그렇습니다. 엔필드가 피해자들 중 한 명이었습니까?"
"저도 모르겠어요."
"그에 대해 알고 계신 게 있습니까?"
"그는 그 집에서 삼 개월간 살았어요."
"혼자서요?"
"이웃들은 그가 혼자 이사 와서 살고 있었다고 말하더군요. 그런데 몇 주 전부터 한 여자와 아이가 보이기 시작했대요."
아이.
순간 가슴이 철렁 내려앉았다. 나는 다시 허리를 곧게 폈다.
"그 아이가 몇 살이나 됐는지 아십니까?"
"모르겠어요. 학령 아동이었을 거예요."
"그럼 열두 살쯤 됐겠군요."
"그 정도 됐겠죠."
"남자아인가요, 여자아인가요?"
"여자아이예요."
나는 움찔했다.
"월, 듣고 있어요?"
"혹시 그 아이 이름을 아십니까?"
"아뇨. 그들에 대해 아는 사람이 없더라고요."
"그들은 지금 어디 있죠?"

"그건 저도 몰라요."

"어떻게 모르실 수가 있죠?"

"인생의 위대한 미스터리 중 하나인 모양이죠, 뭐. 어쨌든 그들이 어디 있는지 찾아볼 기회가 없었어요. 더는 취재하지 말라는 지시가 내려졌다고 했잖아요. 그 후로 제가 할 수 있는 일은 없었어요."

"그럼 그들의 행방은 알아보실 수 있습니까?"

"노력은 해볼 수 있겠죠."

"다른 건 없습니까? 용의자나 피해자의 이름은 못 들으셨습니까?"

"모든 게 너무 조용하게 정리되었어요. 전 시간제 근무를 하고 있습니다. 두 아이를 키우느라 정신이 없기도 하고요. 마침 제가 사무실을 지키고 있을 때, 이 소식이 들어왔을 뿐이에요. 물론 믿을 만한 소식통도 몇몇 있긴 했지만."

"엔필드를 반드시 찾아야 합니다."

내가 말했다.

"아니면, 여자와 아이만이라도요."

"저도 같은 생각이에요."

그녀가 동의했다.

"그런데 왜 이 사건에 관심을 가지고 계신 거죠?"

나는 어떻게 대답해야 할지를 놓고 잠시 망설였다.

"들을 각오는 되셨습니까?"

"각오는 됐어요, 월."

"어느 정도 실력 있는 기자이신가요?"

"증명해드릴까요?"

"네."

"뉴욕에서 전화를 걸었다고 하셨지만, 그곳은 뉴욕이 아니라 뉴저지예요. 월 클라인이라는 이름이 여럿 있겠지만, 내 생각엔 당신은 악명 높은 살인자를 형으로 둔 바로 그 월 클라인일 것 같은데요."
"악명 높은 살인자가 아니라, 살인 혐의자이죠."
나는 즉각 바로잡아주었다.
"그걸 어떻게 아셨습니까?"
"컴퓨터에 렉시스-넥시스가 있어요. 당신의 이름을 입력해봤어요. 검색된 기사들 중 하나에 당신이 맨해튼에 살고 있다는 내용이 있더군요."
"이번 사건은 제 형과는 아무 상관이 없습니다."
"물론 이웃 소녀를 살해한 것도 형님이 아니셨겠죠?"
"그런 뜻이 아닙니다. 그곳에서 발생한 이중 살인사건이 제 형과 아무 관련이 없다는 얘기입니다."
"그럼 왜 제게 연락하신 거죠?"
나는 짧게 한숨을 내쉬었다.
"저와 가까운 누군가가 관련되어 있습니다."
"그게 누군데요?"
"제 여자친구입니다. 그녀의 지문이 현장에서 발견되었습니다."
수화기에서 아이들이 장난치는 소리가 다시금 흘러나왔다. 아이들은 입으로 사이렌 소리를 내며 방 안을 빙빙 맴돌고 있는 것 같았다. 웬일인지 이본 스테르노는 잠자코 있었다.
"그러니까 네브래스카에서 발견된 시체가 당신의 여자친구였단 얘기죠?"
"그렇습니다."
"그래서 이 사건에 관심이 있으신 거고요?"
"일정 부분은 그렇습니다."
"그럼 다른 부분은요?"
나는 그녀에게 칼리에 대해 들려줄 준비가 되어 있지 않았다.
"엔필드를 찾는 것이죠."

내가 말했다.
"월, 그녀 이름이 뭐죠? 당신의 여자친구 말이에요."
"그냥 그를 빨리 찾아주십시오."
"저랑 같이 일하고 싶으신 거 맞습니까? 저한테까지 비밀로 해둘 필요가 있나요? 그녀 이름을 알아내는 것쯤은 몇 초 만에 할 수 있습니다. 그러니까 그냥 얘기해주세요."
"로저스."
내가 말했다.
"그녀 이름은 실러 로저스였습니다."
그녀가 키보드를 두드리는 소리가 들렸다.
"윌, 최선을 다해볼게요."
그녀가 말했다.
"기다려주세요. 다시 전화 드릴게요."

80

야릇한 꿈 비슷한 것을 꾸었다.
'비슷한 것'이라고 말한 이유는 내가 완전히 잠에 빠져 있지 않았기 때문이다. 나는 선잠과 의식 사이를 맴돌고 있었다. 가끔 침대 옆 부분을 꽉 움켜잡아야 할 정도로 비틀거리거나 뚝 떨어져버리는 상태. 나는 팔을 벤 채 어둠 속에 누워 눈을 감고 있었다.
언젠가 실러가 춤을 좋아했다고 얘기한 적이 있었다. 그녀는 댄스 클럽에 가입하자며 나를 끌고 뉴저지의 웨스트 오렌지에 있는 유대인 문화회관에도 갔다. 문화회관은 어머니의 병원, 리빙스턴의 집과도 무척 가까운 곳에 위치해 있었다. 우리는 수요일마다 어머니를 병문안했고, 여섯

시 삼십 분에 맞춰 춤을 추러 갔다.

우리는 클럽의 최연소 커플이었다. 모르긴 해도 최고령 회원이 대략 일흔다섯 살은 되어 보였다. 하지만 노인들의 춤 실력은 대단했다. 그들에게 뒤처지지 않으려고 애써보았지만 쉽지가 않았다. 나는 많이 수줍어했지만 실러는 달랐다. 가끔 춤을 추던 중에 그녀는 내 손을 놓고, 몸을 흔들며 저만치 멀어지곤 했다. 그녀가 눈을 감았다. 황홀경에 빠진 그녀의 얼굴에서 광채가 났다.

그곳 회원들 중 나이가 지긋한 시걸 부부는 1940년대, 미군 위문 협회 집회 때부터 춤을 춰왔다고 했다. 그들은 매력적이고 품위 있는 커플이었다. 시걸 씨는 항상 폭이 넓은 흰색 넥타이를 맸다. 시걸 부인은 파란색 드레스와 진주 목걸이를 즐겨 착용했다. 댄스 플로어에만 오르면 그들은 마법에 걸린 듯 움직였다. 진정한 연인들처럼 춤을 추며 하나가 되었다. 휴식 시간엔 사교적이고 다정하게 회원들과 어울렸다. 하지만 다시 음악이 흘러나오기 시작하면, 두 사람은 오직 서로에게만 집중했다.

눈이 많이 내렸던 지난 2월의 어느 날 밤이었다. 우리의 예상과는 달리 클럽은 문을 닫지 않았다. 시걸 씨는 혼자 나타났다. 그는 여전히 흰색 넥타이를 매고 있었다. 여느 때와 마찬가지로 옷차림도 흠잡을 데 없었다. 하지만 그의 굳은 표정이 모든 것을 말해주고 있었다. 실러가 내 손을 잡았다. 그녀의 눈에서 눈물이 흘러내리기 시작했다. 음악이 흐르자 시걸 씨가 머뭇거림 없이 일어나 댄스 플로어로 나갔다. 그리고 혼자 춤을 추기 시작했다. 그는 마치 아내와 춤을 추듯 두 손을 앞으로 뻗고 있었다. 그는 아내의 유령을 조심스레 이끌며 댄스 플로어를 가로질러 나갔다. 우리는 차마 그를 방해할 수 없었다.

그다음 주, 시걸 씨는 클럽에 나오지 않았다. 우리는 다른 회원들을 통해, 시걸 부인이 오랫동안 암과 사투를 벌인 끝에 백기를 들어버렸다는 사실을 들을 수 있었다. 그럼에도 그녀는 마지막 순간까지 춤을 포기하지 않았다. 음악이 다시 흘렀고, 우리는 각자의 파트너와 함께 댄스 플로어로 나갔다. 실러를 끌어안은 나는 비록 안타깝긴 했어도, 시걸 부인이 세상 누구보다도 아름다운 죽음을 맞았다고 확신할 수 있었다.

내 꿈 같지 않은 꿈도 바로 그곳에서 시작되었다. 나는 다시 유대인 문화회관으로 돌아가 있었다. 시걸 씨도 보였다. 반가운 회원들의 얼굴이 속속 눈에 들어왔다. 그들 모두 파트너를 데려오지 않았다. 음악이 흐르기 시작하자, 우리는 파트너 없이 홀로 춤을 추었다. 나는 주위를 돌아보았다. 홀로 어색하게 폭스트롯을 추고 있는 아버지도 보였다. 아버지가 나를 보며 고개를 끄덕였다.

나는 회원들을 지켜보았다. 그들 모두 세상을 떠난 파트너의 유령을 몸으로 느끼고 있었다. 그들의 시선은 파트너의 멍한 눈에 고정되어 있었다. 나는 그들을 따라 움직이려 했지만 뭔가 이상했다. 내 눈엔 아무것도 보이지 않았다. 나는 홀로 춤을 추고 있었다. 아무리 기다려도 실러의 유령은 나타나지 않았다.

어디선가 전화벨 소리가 아득하게 들려왔다. 자동응답기에서 흘러나온 굵은 음성이 내 꿈속으로 파고들어왔다.

"리빙스턴 경찰서의 대니얼스 부서장입니다. 윌 클라인 씨와 통화를 했으면 합니다."

대니얼스 부서장의 음성 뒤로 젊은 여자의 웃음소리가 희미하게 들렸다. 난 눈을 번쩍 떴고, 유대인 문화회관은 시야에서 사라져버렸다. 수화기를 향해 손을 뻗는 순간 젊은 여자의 웃음소리가 다시 흘러나왔다.

케이티 밀러 같았다.

"아무래도 네 부모님께 먼저 연락을 드리는 게 좋을 것 같은데."

대니얼스 부서장이 웃고 있는 여자에게 말했다.

"안 돼요."

그녀는 분명 케이티였다.

"난 열여덟 살이에요. 부모님께는 절대……."
나는 수화기를 집어 들었다.
"윌 클라인입니다."
대니얼스 부서장이 말했다.
"안녕, 윌. 난 팀 대니얼스라고 해. 나랑 같은 학교에 다녔잖아. 기억하겠어?"
팀 대니얼스. 그는 헤스 주유소에서 일했고, 항상 기름때로 얼룩진 유니폼 차림으로 등교했었다. 가슴 주머니에 수놓인 자신의 이름을 당당히 내보이며. 그는 여전히 경찰 제복을 좋아할 것이다.
"물론, 어떻게 지내?"
어리둥절한 상태로 내가 대답했다.
"나야 뭐, 잘 지내지."
"경찰이 된 거야?"
그 무엇도 나를 그냥 지나칠 수는 없었다.
"그렇게 됐어. 아직도 여기 살아. 베티 조 스태트슨과 결혼해서 딸을 둘 낳았지."
나는 베티 조를 떠올려보려 애썼지만 쉽지가 않았다.
"와, 축하해."
"고마워, 윌."
그의 음성이 갑자기 진지해졌다.
"〈트리뷴〉신문에서 어머니 소식을 읽었어. 정말 유감이야."
"고마워."
내가 말했다.
케이티 밀러가 다시 웃음을 터뜨렸다.
"내가 갑자기 연락한 이유는, 그러니까…… 케이티 밀러라고 너도 알지?"

"알아."

잠시 침묵이 흘렀다. 보나마나 그는 내가 그녀의 언니와 사귀었던 사실을 떠올리고 있을 것이다. 어쩌면 줄리가 어떻게 세상을 떠나게 되었는지 상기하는 중인지도 몰랐다.

"그 애가 네게 전화를 해보라고 했어."

"무슨 문제라도 있어?"

"마운트 플레센트 운동장에서 케이티를 발견했어. 앱솔루트 보드카를 반 이상 비웠더군. 완전히 취한 상태였어. 부모에게 연락해보려고 했는데……"

"안 돼요!"

케이티가 다시 소리쳤다.

"난 열여덟 살이나 됐다고요!"

"알았어, 가만히 좀 있어봐. 뭐 아무튼, 부모님껜 죽어도 안 된다면서 너한테 연락해보라고 하기에……. 우리 어릴 때 기억나? 우리도 문제가 많았지만, 이 정도까진 아니었잖아. 안 그래?"

"그래, 기억나."

내가 말했다.

그때 케이티가 다시 소리쳤다. 순간 내 몸이 빳빳하게 얼어붙어 버렸다. 내가 잘못 들은 것이기를 바랐다. 하지만 조롱하듯 들려오는 그녀의 고함은 누군가 차가운 손으로 뒷덜미를 잡은 듯 나를 흠칫 놀라게 만들었다.

"아이다호!"

그녀가 소리쳤다.

"내 말 맞죠, 윌? 아이다호!"

나는 수화기를 쥔 손에 잔뜩 힘을 주었다. 분명 내가 잘못 들은 것이었다.

"그 애가 지금 뭐라고 하는 거지?"
"나도 모르겠어. 아이다호 어쩌고 하는 것 같은데. 아마 자기가 무슨 얘길 하고 있는지도 모를 거야."
케이티가 다시 소리쳤다.
"빌어먹을 아이다호! 포테이토! 아이다호! 맞죠? 아닌가요?"
숨이 턱 막혔다.
"윌, 늦은 시간에 미안하지만 케이티 좀 데려가주겠어?"
"지금 출발할게."
나는 가까스로 대답했다.

81

스퀘어스는 완다를 깨우지 않기 위해, 소음이 많은 엘리베이터 대신 계단을 걸어 올라갔다.
건물은 요가 학원 소유로 되어 있었다. 그와 완다는 요가 스튜디오의 두 개 층 위에서 살고 있었다. 새벽 3시. 스퀘어스가 살며시 문을 열었다. 모든 불은 꺼져 있었다. 그가 안으로 들어갔다. 밖의 가로등 불빛이 희미하게 새어 들어왔다.
완다는 어둠에 묻힌 거실의 소파에 다리를 꼰 채 앉아 있었다. 그녀는 팔짱을 끼고 있었다.
"헤이."
누군가를 깨울까 봐 조심스러운 듯 그가 아주 조용히 말했다. 건물 안엔 자신들 둘뿐이었는데도.
"그냥 지워버릴까요?"
그녀가 말했다.

스퀘어스는 선글라스를 벗어버린 걸 후회했다.
"완다, 난 지금 너무 피곤해. 몇 시간이라도 자게 내버려둬."
"안 돼요."
"내가 무슨 얘길 해주기를 바라는 거지?"
"아직 삼 개월도 지나지 않았어요. 알약 하나만 삼키면 모든 게 끝나요. 그러니까 얘기해봐요. 그냥 지워버릴까요?"
"그걸 나더러 결정하라는 거야?"
"답을 기다리고 있잖아요."
"당신 원래 지독한 페미니스트였잖아, 완다. 여성의 선택권은 어쩌고?"
"장난치지 말아요."
스퀘어스가 두 손을 주머니에 찔러 넣었다.
"당신은 어떻게 할길 원하지?"
완다가 고개를 한쪽으로 돌렸다. 그는 그녀의 옆얼굴과 긴 목, 그리고 도도한 자세를 살폈다. 그는 그녀를 사랑했다. 지금껏 그토록 누군가를 사랑해본 적이 없었다. 그리고 완다처럼 그를 지독하게 사랑해준 사람도 없었다. 그가 아기였을 때, 그의 어머니는 헤어 아이론으로 아들을 지져댔었다. 그런 악행은 스퀘어스가 두 살이 되던 해에 끝이 났다. 그의 아버지가 그녀를 때려 숨지게 한 후, 자신도 옷장에서 목을 매 죽었기 때문이다.
"당신은 과거를 이마에 새겨놓고 살잖아요."
완다가 말했다.
"모두가 그런 사치를 누리고 살진 못해요."
"그게 무슨 뜻이지?"
그들 중 누구도 먼저 나서서 불을 켜려 하지 않았다. 그들의 눈은 서서히 어둠에 적응됐지만 모든 것은 여전히 희미하게만 보였다. 차라리 다행이었다.
완다가 말했다.
"고등학교 다닐 때 난 졸업생 대표였어요."
"알아."
그녀가 눈을 감았다.
"이 말 한마디만 할게요."
스퀘어스가 말해보라고 고개를 끄덕였다.
"난 부자 동네에서 살았어요. 흑인을 쉽게 찾아볼 수 없는 지역이었죠. 내가 다닌 학교엔 300명의 학생이 있었는데, 내가 유일한 흑인이었어요. 그리고 한 번도 일등을 놓친 적이 없었어요. 원하는 대학에 어렵지 않게 진학할 수 있었죠. 난 프린스턴을 선택했어요."
그도 다 알고 있는 사실이었다. 하지만 그는 아무 말도 하지 않았다.
"막상 대학에 들어가니 자신이 없어지더군요. 자존심이 많이 상했죠. 일일이 말할 순 없지만 그 외에도 문제가 많았어요. 어쨌든 그때부터 나는 잘 먹지 못했어요. 살이 빠지기 시작했죠. 그렇게 거식증에 걸리게 되었어요. 거의 아무것도 먹지 않고 지냈죠. 하루 종일 윗몸일으키기만 했어요. 몸무게가 40킬로그램까지 줄었지만 거울 속 나는 여전히 보기 흉한 뚱보였죠."
스퀘어스가 그녀 앞으로 다가갔다. 그는 그녀의 손을 잡고 싶었다. 하지만 바보처럼 그는 끝내 손을 내밀지 않았다.
"계속 그렇게 굶다가 결국 병원으로 실려갔어요. 몸에 이상이 생겼죠. 간, 심장…… 의사들도 정확히 어디가 얼마나 손상됐는지 모르고 있었어요. 심장마비까지 가진 않았지만 아슬아슬했죠. 결국 회복은 했지만 그 과정까지 구구절절 들려주고 싶진 않아요. 그때 의사들은 영영 임신을 못 하게 될지도 모른다고 했어요. 설령 임신이 된다 해도 유산될 가능성이 높다고요."

스퀘어스가 그녀 앞으로 바짝 다가가 섰다.
"이번 의사는 뭐래?"
그가 물었다.
"장담은 못 한다고 했어요."
완다가 그를 올려다보았다.
"이토록 겁이 났던 적이 없었어요."
그는 가슴이 와르르 무너져내리는 기분이었다. 그는 그녀 옆에 앉아 그녀의 어깨에 손을 얹고 싶었다. 하지만 이번에도 뭔가가 그를 저지했다. 그는 그런 자신이 싫었다.
"만약 당신 건강에 문제가 된다면……."
그가 말했다.
"그건 내가 알아서 할 일이에요."
그녀가 말했다.
그가 미소를 지어 보이려 애썼다.
"위대한 페미니스트가 돌아오셨군."
"내 건강이 걱정돼서 겁이 난다고 한 건 아니에요."
그건 그도 알고 있었다.
"스퀘어스?"
"그래."
그녀의 음성은 애원에 가까웠다.
"마음을 좀 열어줘요, 네?"
그는 무슨 말을 해야 할지 몰랐다. 그래서 그냥 틀에 박힌 대답을 내뱉었다.
"그게 쉽지가 않아."
"나도 알아요."
"과연 내가 그럴 수 있을지 모르겠어."

그가 천천히 말했다.
"난 당신을 사랑해요."
"나도 당신을 사랑해."
"당신은 내가 만나본 사람 중 가장 강고해요."
스퀘어스가 고개를 저었다. 건물 밖에선 술에 취한 누군가가 '로즈메리가 가는 곳마다 사랑이 피어난다는 사실을 세상에서 자기 혼자만 알고 있다'는 가사의 노래를 고래고래 부르고 있었다. 완다가 팔짱을 풀고, 그의 대답을 기다렸다.
"아무래도……."
스퀘어스가 다시 입을 열었다.
"아이를 포기하는 게 좋을 것 같아. 당신 건강을 위해서도 그렇고."
완다는 돌아서서 멀어지는 그의 뒷모습을 물끄러미 지켜보았다. 그녀가 뭐라 말을 하기도 전에 그는 사라져버렸다.

나는 37번가에 위치한 24시간 렌터카 사무실에서 차를 빌려 리빙스턴 경찰서로 향했다. 내가 마지막으로 이 성스러운 복도에 발을 들여놓은 것은 버넷 힐 초등학교 1학년 때 단체 견학을 하면서였다. 구름 한 점 없었던 일요일 아침이었다. 아쉽게도 우리는 경찰서 유치장을 구경할 수 없었다. 누군가가 수감되어 있었기 때문이다. 1학년 아이들에겐 거물급 범죄자를 몇 미터 떨어져서라도 구경할 수 있다는 일 자체가 굉장히 멋졌었다. 오늘 밤, 바로 그 유치장에서 케이티가 나를 기다리고 있었다.
팀 대니얼스 형사가 힘이 넘치는 악수로 나를 맞아주었다. 그는 허리에 두르고 있는 벨트를 자주 만지작거렸다. 걸음을 내딛을 때마다 열쇠와 수갑 따위가 요란하게 짤랑거렸다. 그는 학창시절보다 한층 더 건장해졌지만, 얼굴은 여전히 매끄럽고 깨끗했다.
나는 필요한 문서를 처리한 후 케이티를 넘겨받았다. 그녀는 이미 술이 깬 상태였다. 더는 웃음이 터져 나오지 않았다. 그녀는 고개를 푹 숙이고 있었다. 그녀는 십 대 소녀다운 뽀로통한 표정을 짓고 있었다.

나는 한 번 더 팀에게 고맙다고 말했다. 케이티는 미소를 짓거나 손을 흔들지 않았다. 우리는 차가 있는 쪽으로 걷기 시작했다. 밤공기를 맞자마자 그녀가 내 팔을 잡아 쥐었다.

"잠깐 걸어요."

케이티가 말했다.

"새벽 4시야. 피곤해."

"지금 차에 타면 속이 울렁거릴 것 같아요."

나는 걸음을 멈췄다.

"통화할 때 아이다호 어쩌고 하며 소리친 건 뭐였지?"

하지만 케이티는 말없이 리빙스턴 가를 가로질러 나갈 뿐이었다. 나는 묵묵히 그녀를 뒤따랐다. 그녀가 점점 속도를 내기 시작했고, 나는 간신히 그녀를 따라잡았다.

"부모님께서 걱정하고 계실 거야."

내가 말했다.

"친구랑 같이 지낼 거라고 말씀드렸어요. 괜찮아요."

"왜 혼자서 술을 마신 거지?"

케이티는 계속 걸음을 옮겨나갔다. 그녀의 호흡이 점점 가빠졌다.

"목이 말랐어요."

"그건 그렇다 치고, 아이다호 애긴 대체 뭐야?"

그녀가 나를 돌아보았다. 하지만 걸음은 멈추지 않았다.

"알면서 왜 물어요?"

이번엔 내가 그녀의 팔뚝을 잡아 쥐었다.

"대체 무슨 놀이를 하고 있는 거지?"

"이건 놀이가 아니에요, 윌."

"무슨 얘길 하고 있는 거냐고?"

"아이다호 말이에요. 월. 당신 애인, 실러 로저스가 아이다호 출신이잖아요, 안 그래요?"

순간 복부를 한 대 얻어맞은 듯한 충격을 받았다.

"네가 그걸 어떻게 알지?"

"읽었어요."

"신문에서?"

그녀가 킬킬 웃었다.

"정말 모르겠어요?"

나는 그녀의 어깨를 감싸 쥐었다.

"무슨 얘기냐니까?"

"실러가 어느 대학에 다녔는지 알아요?"

그녀가 물었다.

"몰라."

"두 사람이 미친 듯이 사랑하는 사이인 줄 알았는데."

"얘기하자면 복잡해."

"물론 그렇겠죠."

"난 아직도 이해가 안 돼, 케이티."

"월, 실러 로저스는 하버튼 대학에 다녔어요. 줄리랑 함께 말이에요. 두 사람은 같은 여학생 클럽에서 활동했어요."

깜짝 놀란 나는 걸음을 멈췄다.

"그럴 리 없어."

"그걸 아직까지 모르고 있었다니 믿어지지 않네요. 실러가 얘기 안 했나요?"

나는 고개를 저었다.

"정말이야?"

"실러 로저스. 아이다호, 메이슨 출신. 전공은 통신학. 여학생 클럽 팸플릿에 보면 나와 있어요. 지하실의 트렁크에서 발견했죠."
"믿을 수가 없군. 아직까지 그녀 이름을 기억하고 있었단 말이야?"
"네."
"어떻게? 줄리가 활동했던 클럽의 모든 회원들 이름을 기억하고 있는 거야?"
"아뇨."
"그럼 실러 로저스는 어떻게 아직까지 기억하고 있지?"
"왜냐하면……."
케이티가 말했다.
"실러와 줄리는 룸메이트였거든요."

82

스퀘어스가 베이글과 버터를 사들고 왔다. 그는 15번가와 1번가 모퉁이에 있는 '라 베이글'이라는 곳에 들렀다 오는 길이라고 했다. 오전 10시. 케이티는 소파에서 자고 있었다. 스퀘어스가 담배에 불을 붙였다. 그는 어젯밤 옷차림 그대로였다. 어떻게 된 일인지 어렵지 않게 짐작할 수 있었다. 물론 스퀘어스는 상류 사회의 지도적인 인물과는 거리가 먼 사람이었다. 하지만 그날 아침엔 여느 때보다도 훨씬 더 흐트러져 있었다. 우리는 주방 테이블 앞 의자에 나란히 앉았다.
"이봐, 네가 거리의 아이들과 어울리려고 애쓰는 건 알지만……."
내가 말했다.
그가 찬장 안에서 접시를 꺼냈다.
"그런 웃기지도 않는 말로 날 피곤하게 만들 거야? 어떻게 된 일인지나 말해봐."
"그 두 가지를 동시에 하면 안 되고?"
그가 고개를 살짝 숙이고 선글라스 너머로 나를 쳐다보았다.
"그렇게 심각해?"
"네가 상상할 수 없을 만큼."
내가 대답했다.
케이티가 소파 위에서 몸을 뒤척였다. 그녀가 들릴 듯 말 듯하게 말했다.
"아야!"
그럴 줄 알고 타이레놀을 미리 준비해둔 상태였다. 그녀에게 진통제 두 알과 물을 건넸다. 그녀가 약을 삼키고 나서 샤워를 하러 들어갔다. 나는 다시 의자로 돌아왔다.
"코는 좀 어때?"
"꼭 심장이 기어올라와 쿵쿵거리며 빠져나오려고 하는 것 같아."
그가 고개를 끄덕이고 훈제 연어 소스를 바른 베이글을 한입 베어 물었다. 그는 아주 천천히 씹어나갔다. 그의 어깨가 축 늘어졌다. 나는 그가 밖에서 밤을 새웠을 거라고 확신했다. 분명 그와 완다 사이에 무슨 일이 있었을 것이다. 왠지 내가 물어도 속 시원히 대답해주지 않을 것 같았다.
"뭐가 상상할 수도 없을 만큼 심각하지?"
그가 물었다.
"실러가 거짓말을 했어."
내가 대답했다.
"그건 진작부터 알고 있었잖아."
"하지만 이 정도일 줄은 몰랐어."
그는 계속 베이글을 씹어댔다.
"그녀는 줄리 밀러와 알고 지내던 사이였어. 같은 여학생 클럽에서 활동했었대. 게다가 룸메이트였고."
 그가 우물거리던 입을 멈췄다.
 "뭐?"
 나는 새로 밝혀진 사실들을 그에게 들려주었다. 욕실에선 물 떨어지는 소리가 계속 들려왔다. 보나마나 케이티는 극심한 숙취에 몸부림치고 있을 것이다. 물론 우리보다 젊으니 회복이 빠르겠지만.
 내 설명이 끝나자 스퀘어스가 등받이에 몸을 붙이고 팔짱을 끼며 씩 웃어 보였다.
 "기가 막히는군."
 그가 말했다.
 "그래, 나도 같은 반응이었어."
 "이해가 안 되는군."
 그가 다음 베이글에 소스를 바르기 시작했다.
 "십일 년 전에 살해된 옛날 여자친구와 최근 살해된 여자친구가 대학 동창에 룸메이트였다니."
 "그래."
 "게다가 네 형은 첫 번째 살인사건의 용의자 신세이고."
 "맞아."
 "음, 역시."
 스퀘어스가 알겠다는 듯 고개를 끄덕였다. 그러다가 다시······.
 "아직도 이해가 안 돼."
 "이건 조작이야."
 내가 말했다.
 "뭐가?"
 "실러와 나 말이야."
 나는 어깨를 으쓱했다.

"모든 게 조작이었을 거야. 전부 거짓말이라고."

그는 그럴 수도 아닐 수도 있다는 듯 애매하게 고개를 끄덕였다. 그의 긴 머리카락이 앞으로 흘러내렸다. 그가 손으로 머리카락을 쓸어 올렸다.

"어디까지?"

"그건 나도 몰라."

"생각해봐."

"해봤어, 밤새도록."

내가 말했다.

"좋아, 네 말이 맞다고 쳐. 실러가 네게 거짓말을 했고, 이 모든 게 조작이라고 치자고, 응?"

"그래."

그가 두 손을 들어 보였다.

"과연 어디까지가 조작이었을까?"

"나도 모른다니까."

"그럼 가능성들을 하나씩 짚어보자고."

스퀘어스가 말했다. 그가 손가락을 하나 펼쳐 보였다.

"첫 번째 가능성, 어쩌면 이 모든 게 우연의 일치였을 수도 있어."

나는 그냥 그를 빤히 쳐다볼 뿐이었다.

"잠깐, 네가 줄리 밀러와 사귀었던 게 십이 년 전이었지?"

"그래."

"그래서 실러가 기억을 못 하고 있었을 거야. 너도 모든 친구들의 전 애인 이름을 기억하진 못하잖아. 어쩌면 줄리는 너에 대해 아무에게도 얘기하지 않았는지 몰라. 실러가 줄리에게 네 얘기를 들었다 해도 네 이름을 잊어버렸을 수도 있고. 그리고 몇 년 후 너희 두 사람이 만났을 때……."

나는 계속해서 그를 빤히 쳐다보았다.

"그래, 인정해. 내가 생각해도 말이 안 돼."
그가 말했다.
"그럼 그 가능성은 무시해버리지 뭐. 두 번째 가능성."
스퀘어스가 또 다른 손가락을 펼쳐 보였다. 그가 천장을 올려다보았다.
"이런, 할 얘기가 있었는데 까먹었어."
"그래."
우리는 베이글을 먹었다. 그는 한동안 골똘한 생각에 잠겼다.
"좋아, 그럼 실러가 처음부터 네가 누구인지 알고 있었다고 가정해보자."
"그래."
"그래도 말이 안 되는 건 마찬가지야. 이거 미치겠군."
"기가 막히지."
내가 말했다.
욕실의 물소리가 멎었다. 나는 양귀비 씨가 박힌 베이글을 집어 들었다. 씨가 손에 붙어버렸다.
"밤새도록 머리를 굴려봤어."
내가 말했다.
"굴려봤는데?"
"자꾸 뉴멕시코만 떠오르더라고."
"왜지?"
"FBI는 앨버커키에서 발생한 이중 살인사건에 대해 실러를 불러 심문하려고 했어."
"그래서?"
"십일 년 전 줄리 밀러도 살해됐잖아."
"그 사건도 아직 미해결로 남아 있지."
스퀘어스가 말했다.

"물론 네 형이 용의자로 지목되긴 했지만."
"그래."
"그러니까 두 사건에 연결고리가 있을지 모른다는 거지?"
스퀘어스가 말했다.
"분명 있을 거야."
스퀘어스가 고개를 끄덕였다.
"그래. A라는 점도 보이고, B라는 점도 보여. 하지만 그 두 점이 어떻게 연결될 수 있는지는 모르겠어."
"나도 마찬가지야."
내가 말했다.
우리는 잠시 침묵을 지켰다. 케이티가 문틈으로 고개를 내밀었다. 그녀의 창백한 얼굴엔 숙취의 흔적이 남아 있었다. 그녀가 신음하며 입을 열었다.
"안에서 또 토했어요."
"굳이 알려줘서 고마워."
내가 말했다.
"내 옷은 어디 있죠?"
"침실 옷장에."
내가 대답했다.
그녀가 고맙다는 몸짓을 한 후에 문을 닫았다. 나는 소파의 오른쪽 자리를 바라보았다. 실러가 앉아 책을 읽던 자리였다. 어떻게 이런 일들이 벌어질 수 있는지? 순간 옛말이 하나 떠올랐다. '한 번도 사랑하지 않는 것보다 해보고 잃는 게 낫다.' 나는 잠시 그 말이 유효한지 생각해보았다. 그리고 무엇이 더 끔찍한 일인지 헤아려보았다. 일생의 사랑을 잃는 것? 아니면, 그녀가 나를 진심으로 사랑하지 않았다는 사실을 깨닫는 것?
둘 다 불편하긴 마찬가지였다.

그때 전화벨이 울렸다. 나는 자동응답기를 기다리지 않았다. 허둥지둥 달려가 수화기를 집어 들었다.
"월?"
"네?"
"이본 스테르노예요."
그녀가 말했다.
"앨버커키의 지미 올슨."
"뭐 알아낸 게 있습니까?"
"밤새도록 찾아봤어요."
"그리고요?"
"파고들수록 이상해지는 거 있죠?"
"말씀해보세요."
"네, 아는 사람에게 각종 증서와 세금 기록을 살펴봐달라고 했어요. 공무원인데, 쉬는 시간을 이용해 절 도와줬어요. 공무원에게 이런 부탁을 하는 건 정말 못할 짓이에요. 차라리 물을 와인으로 바꾸거나, 제 삼촌에게 수표를 받아오라고 부탁하는 게……."
"이본?"
내가 그녀의 말을 끊었다.
"네?"
"당신의 수완이 비상하다는 건 이미 알고 있습니다. 이제 뭘 알아냈는지 말씀해보세요."
"네, 그러죠."
그녀가 말했다. 수화기에서 종이를 넘기는 소리가 들려왔다.
"사건이 발생했던 집은 크립코라는 회사가 임대해 쓰고 있었어요."
"어떤 회사죠?"
"추적이 안 되더군요. 유령회사 같아요. 하는 일이 아무것도 없더라고요."
 나는 잠시 머리를 굴려보았다.
 "오웬 엔필드에겐 차가 한 대 있었어요. 회색 혼다 어코드. 그것 역시 크립코가 임대한 것으로 나와 있어요."
 "어쩌면 그가 그 회사에 근무하고 있었는지도 모르죠."
 "그럴 수도 있겠죠. 그건 지금 확인 작업 중이에요."
 "지금 그 차는 어디 있죠?"
 "그게 또 이상해요."
 이본이 말했다.
 "경찰이 찾아냈어요. 라시다의 쇼핑몰에 버려져 있었다더군요. 여기서 동쪽으로 320킬로미터쯤 떨어진 곳이에요."
 "그럼 오웬 엔필드는 어디 있는 거죠?"
 "제 추측으로는 죽었을 것 같아요. 보나마나 피해자 중 한 명이었을 거예요."
 "여자와 소녀는요? 그들은 어디 있죠?"
 "그건 모르겠어요. 그들이 누구인지도 아직 모르겠고."
 "이웃들은 만나보셨나요?"
 "네, 하지만 그들 모두 아는 게 별로 없었어요."
 "인상착의 같은 건요?"
 "아."
 "왜요?"
 "사실 그 얘기를 하고 싶었어요."
 스퀘어스는 계속 베이글을 씹어대며 통화 내용에 귀를 기울이고 있었다. 케이티는 여전히 내 방에 틀어박혀 있었다. 옷을 입는 중이거나 다시 속을 비워내는 중이겠지.
 "그들이 들려준 인상착의가 좀 애매해요."

이본이 계속 이어나갔다.

"여자는 삼십 대 중반쯤 됐고, 검은 머리에 얼굴이 예쁘장했대요. 이웃들은 딱 그 정도만 들려줬어요. 아무도 소녀의 이름을 알지 못했어요. 나이는 열한 살이나 열두 살쯤 됐고, 머리는 엷은 갈색이었다고 했어요. 한 이웃은 그 아이가 아주 귀엽게 생겼다고 얘기하더군요. 뭐 그 나이 또래 아이들은 다 예쁘게 보이겠지만. 엔필드 씨는 키가 180센티미터쯤 됐고, 반백의 상고머리에 염소수염을 기르고 있다더군요. 나이는 마흔 정도 됐다고 하고요."

"그럼 그는 피해자들 중 한 명이 아니겠군요."

내가 말했다.

"그걸 어떻게 아시죠?"

"현장 사진을 봤거든요."

"언제요?"

"FBI에게 제 여자친구의 행방에 대해 심문 받았을 때 봤습니다."

"피해자들까지 볼 수 있었나요?"

"분명하진 않았지만, 머리 스타일은 똑똑히 봤습니다."

"흠, 그럼 온가족이 어디론가로 증발해버렸다는 말씀인가요?"

"네."

"한 가지 더 있어요, 윌."

"그게 뭐죠?"

"스톤포인트는 새로 만들어진 동네예요. 거의 모든 편의시설이 마련되어 있죠."

"그런데요?"

"혹시 편의점 체인, 퀵고를 아시나요?"

"그럼요."

내가 대답했다.

"여기도 퀵고가 여럿 있습니다."

스퀘어스가 선글라스를 벗고 의아하다는 표정으로 나를 쳐다보았다. 나는 어깨를 으쓱해 보였고, 그는 내 앞으로 천천히 다가왔다.

"단지 한쪽 끝에 커다란 퀵고가 하나 있어요."

이본이 말했다.

"거의 모든 주민들이 그곳을 이용하죠."

"그래서요?"

"제가 만난 한 이웃이 사건이 발생한 날 3시쯤에 그곳에서 오웬 엔필드를 봤다고 했어요."

"그게 무슨 뜻이죠, 이본?"

"퀵고엔 감시 카메라가 설치되어 있어요."

그녀가 말했다.

"이제 무슨 뜻인지 알겠어요?"

"네, 알 것 같습니다."

"그래서 제가 물어봤어요."

그녀가 계속 이어나갔다.

"녹화된 테이프는 한 달 동안 보관해둔다더군요."

"그러니까 우리가 그 테이프를 손에 넣을 수 있다면, 엔필드 씨의 인상착의를 확인할 수 있다는 뜻이군요."

내가 말했다.

"그런데 그게 가능할지 모르겠어요. 지점 관리인이 너무 단호하더군요. 그에게 테이프를 건네받는 건 꿈도 꿀 수 없겠어요."

"그래도 노력은 해봐야죠."

내가 말했다.

"월, 좋은 아이디어 있어요?"

스퀘어스가 내 어깨에 손을 얹었다.

"왜 그래?"
나는 수화기를 손으로 막아 쥐고, 그에게 통화 내용을 모두 들려주었다.
"혹시 퀵고 문제에 힘을 써줄 수 있는 사람을 알고 있어?"
내가 물었다.
"놀랍게도 없어."
젠장! 우리는 잠시 방법을 궁리해보았다. 이본은 퀵고 광고 음악을 홍얼거리고 있었다. 한번 귀에 들어온 그 고통스러운 멜로디가 머릿속을 마구 휘저어대며 괴롭혔다. 나는 그들의 새로운 상업 광고를 기억하고 있었다. 그들은 기존의 광고 음악 멜로디에 전자기타와 신시사이저, 베이스기타 연주를 덧붙였다. 거기다 유명 팝스타, 소네이라는 밴드까지 동원시켰다.
잠깐, 소네이!
스퀘어스가 나를 쳐다보았다.
"왜?"
"네가 도와줄 수 있을 것 같아."
내가 말했다.

88

실러와 줄리는 카이 감마 여학생 클럽의 회원이었다. 마침 늦은 시간 리빙스턴에 오기 위해 빌려놓은 차가 있어, 케이티와 나는 차로 두 시간 거리에 있는 코네티컷의 하버튼 대학에 가보기로 했다.
그날 오전, 나는 하버튼 대학의 학적부에 전화를 걸어 몇 가지를 알아보았다. 당시 여학생 클럽의 사감은 로즈 베이커였다. 베이커 부인은 3년 전에 은퇴하고, 길 맞은편의 캠퍼스 내 주택으로 옮겨갔다. 우리는 우선 그녀를 주요 목표로 잡고, 조사의 초점을 맞추기로 했다.

우리는 카이 감마 기숙사 앞에 차를 세웠다. 애머스트 대학 시절 여러 차례 와본 기억이 있었다. 누구든 그 건물이 여대생 클럽 회관이란 걸 바로 알 수 있었을 것이다. 남북 전쟁 전의 것으로 보이는 그리스·로마 스타일의 기둥을 비롯해 모든 것이 흰색으로 칠해져 있고, 가장자리의 매끄러운 주름 장식은 건물 전체에 여성미를 주었다. 왠지 결혼 케이크를 보는 듯한 착각이 들 정도였다.

그에 비해 로즈 베이커가 사는 집은 좋게 말해 수수했다. 작은 목조 단층집으로, 뚜렷했던 외관은 오랜 세월이 지나면서 많이 무뎌진 상태였다. 한때 빨갛던 표면도 음울한 진흙색으로 변해 있었다. 창을 장식하는 레이스는 마치 고양이가 뜯어놓은 듯했다. 지붕널은 마치 심한 지루에 걸리기라도 한 듯 여기저기 떨어져나가 있었다.

다른 일 때문이었으면 먼저 약속이라도 잡았을 것이다. 하지만 TV를 보면 약속을 잡고 찾아가는 경우가 거의 없다. 형사들이 들이닥칠 때, 주인은 항상 집을 지키고 있다. 아무리 생각해도 너무 현실성 없고 부자연스럽다. 하지만 이제는 조금 이해가 될 것 같기도 하다. 그 이유는 첫째, 학적부의 말 많은 여직원은 로즈 베이커가 외출을 거의 하지 않는다고 알려주었다. 가끔 외출을 할 때도 멀리 가지 않는다는 것이 그녀의 설명이었다. 둘째, 로즈 베이커에게 먼저 연락을 했다가는 보나마나 무슨 일로 그러는지 설명하느라 진땀을 빼야 할 것이다. 내가 무슨 말을 할 수 있겠나? 살인사건에 대해 얘기해보자고? 아니다. 그냥 케이티와 불쑥 찾아가는 게 현명했다. 그녀가 집에 없으면 도서관의 기록보관소나 여학생 클럽 회관을 둘러볼 생각이었다. 과연 소득이 있을지 의문이었지만, 이렇게라도 하지 않으면 견딜 수가 없을 것 같았다.

로즈 베이커의 집 앞으로 다가가는 동안 배낭을 둘러멘 학생들이 부럽다는 생각이 들었다. 나는 대학 시절이 좋았다. 대학 시절의 모든 것이 좋았다. 게으른 친구들과 어울리는 것도 좋았다. 혼자 살 때엔 빨래도 거의 안 했고, 자정에 페퍼로니 피자를 시켜 먹기도 했었다. 부담 없이 대화를 나눌 수 있는 히피족 교수들도 좋았다. 고상한 이슈와 푸른 캠퍼스에는 절대 파고들 수 없었던 가혹한 현실에 대해서 토론하기를 즐겼다.

지나치다 싶을 정도로 화사한 현관 매트 앞까지 왔을 때, 나무 문 안쪽에서 귀에 익은 노래가 흘러나왔다. 나는 미간을 찌푸리고 멜로디에 귀를 기울였다. 분명하진 않았지만 엘튼 존의 〈굿바이 옐로 브릭 로드〉 앨범에 수록된 히트곡 〈캔들 인 더 윈드〉 같았다. 나는 문을 두드렸다.

여자의 음성이 들려왔다.

"잠시만요."

잠시 후, 문이 열렸다. 70대로 보이는 로즈 베이커가 모습을 드러냈다. 놀랍게도 그녀는 장례식 복장이었다. 커다란 챙이 달린 모자부터 베일, 거기다 드레스와 어울리는 구두까지. 그녀는 온통 검은색으로 덮여 있었다. 입술의 립스틱은 마치 분무기로 아무렇게나 뿌려놓은 듯해 보였다. 그녀의 입은 완벽하게 'O' 자 모양이었고, 두 눈은 커다랗고 동그란 빨간색 접시를 연상케 했다. 꼭 깜짝 놀랐을 때의 표정이 얼어붙어버리기라도 한 듯.

"베이커 부인이신가요?"

내가 물었다.

그녀가 베일을 걷어 올렸다.

"그런데요?"

"전 윌 클라인이라고 합니다. 이쪽은 케이티 밀러입니다."

접시만큼이나 큰 눈이 케이티 쪽으로 돌아갔다.

"시간 괜찮으신가요?"

내가 물었다.

그녀는 내 질문에 흠칫 놀라는 것 같았다.

"물론이에요."

"괜찮으시다면 몇 가지 여쭙고 싶은 게 있습니다."

내가 말했다.

"케이티 밀러."

그녀는 여전히 케이티에게 시선을 고정한 채 그녀의 이름을 그대로 받아서 말했다.

"네, 맞습니다. 줄리의 동생이에요."

내가 말했다.

질문은 아니었지만 케이티는 고개를 끄덕이며 그렇다고 답했다. 로즈 베이커가 망이 쳐진 덧문을 열었다.

"들어와요."

우리는 그녀를 따라 거실로 들어갔다. 주위를 돌아보는 순간 케이티와 나는 흠칫 놀라며 걸음을 멈추었다.

다이애나 황태자비.

온통 그녀뿐이었다. 실내 전체가 다이애나 황태자비로 덮여 있었다. 사진, 찻잔 세트, 기념 접시, 수놓은 쿠션, 램프, 작은 입상, 책, 골무, 작은 양주잔(참 경의를 표하는 방법도……), 칫솔(헉!), 야간 등, 선글라스, 소금과 후추통 등 없는 것 빼고 다 있었다. 그제야 나는 흘러나오는 음악이 엘튼 존과 버니 토핀의 오리지널 버전이 아니라, 최근에 발표된 다이애나 황태자비 추모 앨범 버전이라는 사실을 깨달았다. 가사도 '영국 장미'에게 작별을 고하는 것으로 바뀌어 있었다. 언젠가 다이애나 황태자비 추모 앨범 버전이 세계에서 가장 많이 팔린 싱글 앨범이라는 기사를 본 적이 있다. 솔직히 그게 그렇게 대단한 것인지 의문이 생기긴 했다.

로즈 베이커가 말했다.

"다이애나 황태자비가 사망했을 때를 기억해요?"

나는 케이티를 돌아보았다. 그녀도 나를 쳐다보고 있었다. 우리는 동시에 고개를 끄덕였다.
"그때 세상이 얼마나 슬퍼했는지도 기억하죠?"
그녀가 우리를 빤히 쳐다보았다. 우리는 다시 고개를 끄덕였다.
"사람들은 대부분 비탄과 애도만 기억하고 있을 거예요. 하지만 그건 유행처럼 반짝했다가 이내 잠잠해졌죠. 며칠 동안 그랬었죠? 일 주, 이 주? 그 후엔……."
그녀가 마술사처럼 손가락으로 딱 소리를 냈다. 접시 같은 그녀의 눈이 한층 더 커졌다.
"다들 까맣게 잊더라고요. 마치 그녀가 애초부터 존재하지 않았다는 듯이 말이에요."
혀를 차며 맞장구 쳐주기를 바라는 듯 그녀가 우리를 쳐다보았다. 나는 인상을 찌푸리지 않으려 애썼다.
"하지만 우리 같은 사람들에게 다이애나, 영국 황태자비는 천사나 다름없었어요. 이 세상과 어울리지 않을 정도로 착한 분이셨죠. 우린 그녀를 영원히 잊지 않을 거예요. 불이 꺼지지 않도록 계속 보살필 거예요."
그녀가 촉촉해진 눈가를 훔쳐냈다. 내 입가에 빈정대는 미소가 머금어지려 했지만 이번에도 꾹 참았다.
"자, 앉아요."
그녀가 말했다.
"차 한잔 들래요?"
케이티와 나는 정중히 거절했다.
"비스킷은요?"
그녀가 다이애나 황태자비의 옆얼굴 모양이 새겨진 과자를 가져와 권했다. 초콜릿 가루로 만든 왕관도 붙어 있었다. 우리는 핑계를 대며 가까스로 거절했다. 우리 두 사람 모두 죽은 황태자비를 갉아먹고 싶은 마음은 없었다. 나는 곧장 본론으로 들어갔다.

"베이커 부인, 케이티의 언니, 줄리를 아시죠?"

내가 물었다.

"네, 물론이죠."

그녀가 과자가 담긴 접시를 내려놓았다.

"여학생 모두를 아직까지 기억하고 있어요. 내 남편, 프랭크도 이 학교에서 영어를 가르쳤어요. 1969년에 세상을 떠났죠. 우리에겐 아이가 없었어요. 가족들도 세상을 다 떠났고요. 지난 이십육 년간 클럽 회관과 여학생들이 내 인생의 전부였어요."

"그렇군요."

내가 말했다.

"요즘도 늦은 밤, 어둠 속에 홀로 누워 있으면 줄리의 얼굴이 가끔 떠올라요. 그 애가 다른 아이들에 비해 유독 특별해서 그런 건 아니에요. 물론 특별한 아이이긴 했지만. 그보다는 그 애에게 벌어진 사건 때문에 그런 것 같아요."

"살인사건 말씀인가요?"

바보 같은 질문이었지만 이런 일은 처음이라 어쩔 수 없었다. 어떻게 해서든 그녀가 입을 계속 열게끔 만들어야 했다.

"그래요."

로즈 베이커가 손을 뻗어 케이티의 손을 잡았다.

"너무 끔찍한 일이었어요. 많이 힘들었겠어요."

"감사합니다."

케이티가 말했다.

냉담하게 들릴지 모르지만 비극적인 사건에 대해 이야기하는 동안에도, 줄리의 이미지를 떠올릴 수 없게 만드는 실내 분위기가 영 거슬렸다. 대체 로즈 베이커의 남편이나 가족 사진은 어디 숨어 있지?

"베이커 부인, 혹시 클럽 회원 중에 실러 로저스라는 학생을 기억하십"

니까?"
내가 물었다.
그녀가 흠칫 놀라는 표정을 지었다. 목소리도 제대로 나오지 않는 듯했다.
"네."
그녀가 새침한 동작으로 몸을 살짝 틀었다.
"네, 기억해요."
그녀의 반응을 보니 실러에게 무슨 일이 벌어졌는지 아직 모르고 있는 것 같았다. 하지만 좋지 않은 소식을 서둘러 들려주고 싶진 않았다. 그녀는 분명 실러에 대해 뭔가를 알고 있었고, 나는 그것에 대해 듣고 싶었다. 양측 모두 서로에게 솔직해야 했다. 실러가 살해되었다는 사실을 알게 되면, 그녀는 분명 잘 포장한 답변만을 내놓으려 할 것이다. 내가 추가 질문을 던지려는 찰나, 베이커 부인이 한 손을 들어 보였다.
"한 가지 물어볼게요."
"네."
"왜 갑자기 이런 것들을 묻는 거죠?"
그녀가 케이티를 돌아보았다.
"세월이 이미 많이 흘렀잖아요."
이번엔 케이티가 나섰다.
"전 진실을 알고 싶어요."
"무슨 진실 말이죠?"
"언니는 이 학교를 다니면서부터 많이 변했어요."
로즈 베이커가 눈을 감았다.
"별로 듣고 싶지 않을 거예요."
"듣고 싶어요."
케이티가 말했다. 그녀의 목소리에 담긴 절실함은 유리창을 흔들 만큼

뚜렷하게 느껴졌다.

"제발 부탁드립니다. 꼭 알아야 해요."

로즈 베이커는 여전히 눈을 감은 채 시간을 끌었다. 잠시 후, 그녀가 고개를 끄덕이며 눈을 떴다. 그녀가 두 손을 무릎 위에 가지런히 포개놓았다.

"지금 몇 살이죠?"

"열여덟 살입니다."

"줄리가 이곳에 처음 왔을 때의 나이랑 비슷하군요."

로즈 베이커가 미소를 지었다.

"언니를 꼭 닮았어요."

"많이들 그렇다고 말씀하시더군요."

"이건 칭찬이에요. 줄리는 언제나 주위를 밝게 만드는 아이였어요. 어떻게 보면 다이애나와도 많이 닮았다고 할 수 있죠. 두 사람 모두 아름다웠고, 특별한 뭔가를 지니고 있었죠. 살짝 거룩해 보이기까지 했고요."

그녀가 미소를 지으며 손가락을 흔들었다.

"아, 그리고 두 사람 모두 억척스러웠어요. 지나치게 고집이 셌고요. 줄리는 착한 아이였어요. 마음이 곱고 똑똑하기도 했어요. 그야말로 더 바랄 게 없는 모범생이었죠."

"그럼에도 자퇴하지 않았습니까."

내가 말했다.

"그랬죠."

"이유가 뭐였는지 아십니까?"

그녀가 나를 돌아보았다.

"다이애나 황태자비는 단호해지려고 무던히 노력했어요. 하지만 누구도 운명을 거스를 순 없어요. 그저 순순히 따를 수밖에 없어요."

"무슨 말씀이신지 이해가 잘 안 되네요."

케이티가 말했다.
다이애나 황태자비 시계가 차임을 울렸다. 빅 벤의 종소리를 흉내 내는 것 같았다. 로즈 베이커는 다시 정적이 찾아들 때까지 기다렸다.
"대학이 사람을 바꿔놓기도 하죠. 처음으로 집을 떠나 혼자 살게 되면서⋯⋯."
그녀가 말끝을 흐렸다. 왠지 계속 독촉해야 설명이 이어질 것 같았다.
"아니, 이렇게 설명하는 게 좋겠군요. 처음에 줄리는 아무 문제가 없었어요. 하지만 언제부터인가 우리 모두에게서 점점 멀어져가기 시작했어요. 강의를 빼먹고, 고향 남자친구와도 헤어졌죠. 뭐 그런 게 이상하다는 건 아니에요. 새로 들어온 여학생들 대부분이 그러니까요. 하지만 줄리의 경우는 좀 달랐어요. 다른 학생들에 비해 위기가 늦게 찾아왔었죠. 그때가 3학년 때였으니까. 내가 보기엔 줄리는 남자친구를 아주 많이 사랑하는 것 같았어요."
나는 꼿꼿한 자세로 앉아 마른침을 삼켰다.
"아까 실러 로저스에 대해 물었죠?"
로즈 베이커가 말했다.
"네."
케이티가 대답했다.
"그 아인 친구들에게 나쁜 영향을 끼쳤어요."
"어떻게요?"
"그해, 실러가 우리 클럽에 들어왔을 때⋯⋯."
로즈가 손가락을 턱에 가져다 대고, 마치 새 아이디어를 찾아 헤매는 듯 고개를 갸웃했다.
"어쩌면 그 애가 운명의 바람이었는지도 몰라요. 다이애나의 리무진을 과속으로 달리게 만든 파파라치처럼 말이에요. 아니면 그 문제의 운전사, 앙리 폴처럼. 그의 혈중 알코올 농도가 허용치의 세 배가 넘었다는 사실을 알고 있나요?"
"실러와 줄리가 친해졌나요?"
내가 물었다.
"네."
"룸메이트였다죠?"
"한동안은요."
그녀의 눈가가 촉촉해졌다.
"어떻게 들릴지 모르지만, 실러 로저스는 카이 감마에 나쁜 영향을 끼쳤어요. 기회가 있었을 때 내쫓았어야 하는데, 이제야 후회가 되는군요. 하지만 그땐 비행의 증거를 잡지 못했어요."
"그녀가 무슨 비행을 저질렀죠?"
그녀가 다시 고개를 저었다.
나는 잠시 생각에 잠겼다. 3학년 때 줄리는 나를 만나러 애머스트에 찾아온 적이 있다. 하지만 그녀는 내가 하버튼을 찾아가는 것을 그다지 좋아하지 않았다. 사실 그때도 조금 이상한 생각이 들긴 했었다. 나는 줄리와 함께했던 마지막 순간을 떠올려보았다. 그녀는 캠퍼스를 벗어나고 싶다며, 아침식사가 제공되는 미스틱의 한 모텔에 방을 예약해두었다. 당시만 해도 무척 로맨틱하게 느껴졌었다. 물론 지금은 생각이 달라졌지만.
그로부터 3주 후, 줄리가 전화를 걸어와 이별을 통보했다. 하긴, 마지막 만남에서 그녀는 어딘지 모르게 어색하고, 이상한 기색을 보였었다. 우리는 미스틱에서 하룻밤을 보냈다. 사랑을 나누는 동안에도 나는 그녀가 내게서 멀어지려 하고 있다는 느낌을 분명하게 받았었다. 그녀는 학업에 집중하기 위해서라는 핑계를 댔다. 밀린 공부 때문이라나. 나는 그 말을 곧이곧대로 믿었다. 그냥 그녀를 믿어주고 싶었다.
종합해보면 분명한 답이 나왔다. 실러는 루이스 캐스트먼, 마약, 거리의 학대에서 벗어나와 곧장 이곳으로 온 것이다. 그런 인생은 쉽게 잊히지 않는다. 내 생각엔 그녀가 과거의 부패물을 어느 정도 안고 왔을 것 같았다. 아주 적은 양의 독약으로도 우물을 오염시킬 수 있다. 실러는 줄리가 3학년이었을 때 학교로 들어왔고, 그때부터 줄리는 점점 이상해지기 시작했다.

이제야 이치에 맞는 것 같았다.

나는 다음 질문을 던져보았다.

"실러 로저스는 졸업을 했습니까?"

"아뇨, 그 애도 자퇴했어요."

"줄리랑 같이 말씀입니까?"

"솔직히 두 아이가 공식적으로 자퇴했는지는 확실치 않아요. 줄리는 학기가 끝나갈 무렵부터 강의에 빠지기 시작했어요. 자기 방에 틀어박혀 지내는 시간이 많아졌죠. 정오를 넘겨서 일어나는 경우도 많았고요. 그 앨 붙들고 얘기를 해봤는데……"

그녀가 가까스로 말을 이었다.

"그냥 나가버리더군요."

"여길 나가서 어디로 갔습니까?"

"캠퍼스 밖 아파트로 갔어요. 실러랑 같이 지냈을 거예요."

"그럼 실러 로저스는 정확히 언제 자퇴하고 나간 거죠?"

로즈 베이커는 잠시 생각에 잠기는 척했다. 이미 그 답을 알고 있었겠지만, 우리를 위해 일부러 시간을 끄는 듯했다.

"내 생각엔 실러는 줄리가 세상을 떠난 직후에 자퇴하고 나갔던 것 같아요."

"그게 정확히 언제였습니까?"

내가 물었다.

그녀는 여전히 시선을 내리깔고 있었다.

"살인사건이 벌어진 후로는 그 애에게 통 신경을 쓰지 못했어요."

나는 케이티를 돌아보았다. 그녀의 시선도 역시 바닥에 고정되어 있었다. 로즈 베이커가 가볍게 떨리는 손을 입으로 가져갔다.
"실러가 어디로 떠났는지 아십니까?"
내가 물었다.
"아뇨, 하지만 중요한 건 그 애가 어딘가로 사라져버렸다는 사실 그 자체겠죠."
그녀는 우리를 더는 쳐다보려 하지 않았다. 나는 그 이유가 궁금했다.
"베이커 부인?"
그녀는 여전히 내게 시선을 주지 않았다.
"베이커 부인, 대체 무슨 일이 있었던 겁니까?"
"여긴 왜 온 거죠?"
그녀가 물었다.
"말씀드리지 않았습니까. 우린 그저……."
"네, 그런데 왜 하필 지금이죠?"
케이티와 나는 서로의 얼굴을 쳐다보았다. 그녀가 고개를 끄덕였다. 나는 로즈 베이커를 돌아보며 말했다.
"얼마 전에 실러 로저스가 숨진 채 발견되었습니다. 살해됐어요."
그녀는 내 말을 듣지 못한 듯했다. 로즈 베이커는 검은색 벨벳을 입은 다이애나를 계속 뺀히 바라보았다. 그 인쇄물은 괴기스럽고 섬뜩하기조차 했다. 다이애나의 이는 푸른색이었고, 피부는 맥주병처럼 황갈색을 띠고 있었다. 다이애나의 이미지에 정신을 팔고 있는 로즈를 지켜보는 동안, 나는 집 안 어디에서도 남편이나 가족, 클럽 회원들 사진을 찾아볼 수 없다는 점을 다시 한번 눈여겨보았다. 눈에 들어오는 것이라고는 오직 외국에서 들여온 죽은 여자 얼굴뿐이었다. 나 자신은 어떤 방법으로 죽음을 대하고 있는지 생각해보았다. 나는 괴로움을 잊기 위해 그림자만 쫓고 다니는 중이었다. 어쩌면 로즈 역시 같은 방법으로 스스로를 위로

하고 있는지도 몰랐다.

"베이커 부인?"

"그 애도 다른 애들처럼 목이 졸렸나요?"

"아닙니다."

내가 대답했다. 나는 흠칫 놀라며 케이티를 돌아보았다. 그녀도 분명히 들었다는 표정이었다.

"방금 다른 애들이라고 하셨나요?"

"네."

"그들이 누구죠?"

"줄리는 목이 졸렸었죠."

그녀가 말했다.

"그렇습니다."

그녀의 어깨가 축 늘어졌다. 얼굴의 주름이 눈에 띄게 깊어졌다. 불쑥 찾아온 우리 때문에 상자 속, 아니 다이애나 기념품 뒤에 감춰두었던 악령이 풀려난 것일까?

"로라 에머슨에 대해 아무것도 모르고 있죠?"

케이티와 나는 다시 서로의 얼굴을 흘끔 쳐다보았다.

"네."

내가 대답했다.

로즈 베이커의 시선이 다시 벽 쪽으로 돌아갔다.

"정말 차 한잔 안 들겠어요?"

"부탁입니다, 베이커 부인. 로라 에머슨이 누굽니까?"

그녀가 자리에서 일어나 벽난로 선반 앞으로 다가갔다. 그녀는 손가락으로 자기로 만든 다이애나의 흉상을 살며시 매만졌다.

"또 다른 클럽 회원이었어요."

그녀가 말했다.

"로라는 줄리의 일 년 후배였죠."
"그녀에게 무슨 일이 있었나요?"
내가 물었다.
그녀는 자기 흉상에 때가 묻어 있는 것을 발견하고, 손톱으로 긁어 지워냈다.
"로라는 줄리가 세상을 떠나기 팔 개월 전에 노스다코타의 집 근처에서 숨진 채 발견됐어요. 누군가가 그 애의 목을 졸라 살해했어요."
순간 차가운 손이 내 다리를 붙잡고 밑으로 힘껏 잡아끌기 시작했다. 케이티의 얼굴이 하얗게 질렸다. 그녀가 어깨를 으쓱했다. 자신도 처음 듣는다는 뜻이었다.
"범인을 잡았습니까?"
내가 물었다.
"아뇨."
로즈 베이커가 대답했다.
"아직이요."
나는 머리를 굴려보기 시작했다. 새로 입수된 자료를 입력시킨 후, 이 모든 게 무엇을 의미하는지 정리해볼 필요가 있었다.
"베이커 부인, 줄리가 살해된 후 경찰이 찾아오지 않았습니까?"
"경찰은 안 왔어요."
그녀가 말했다.
"그럼 다른 사람이 왔었나요?"
그녀가 고개를 끄덕였다.
"FBI 요원 두 명이 왔었어요."
"그들의 이름을 기억하십니까?"
"아뇨."
"그들이 부인께 로라 에머슨에 대해 물어봤나요?"

"아뇨, 묻진 않았지만 내가 다 들려주긴 했어요."

"그때 뭐라고 말씀하셨죠?"

"또 다른 아이가 목 졸려 숨졌다고 했어요."

"그들의 반응이 어떻던가요?"

"그 사실을 아무에게도 얘기하지 말라더군요. 수사에 방해가 될 수 있다나요."

너무 빨라. 나는 생각했다. 모든 게 너무 빨리 내게 쏟아져 내리고 있어. 계산이 불가능할 정도로. 종합해보면 지금까지 총 세 명의 젊은 여자가 살해되었다는 뜻이었다. 그들은 같은 여학생 클럽 출신이었다. 분명한 패턴이 있었다. 그것은 살인자가 줄리를 무작위로 죽이지 않았고, 혼자 범행을 저지르지 않았다는 뜻이었다. FBI가 잘못 짚었다는 뜻이기도 했다.

그뿐 아니라, FBI는 자신들이 실수했다는 사실을 알고 있었다. 그들은 지금껏 우리에게 거짓말을 해왔던 것이다.

그들이 왜 그랬는지 궁금하지 않을 수 없었다.

84

화가 치밀어 올랐다. 당장 피스틸로의 사무실로 쳐들어가고 싶었다. 그의 멱살을 잡고 진실을 캐묻고 싶었다. 하지만 그런 방식은 현실에서 통하기 어려웠다. 95번 도로 곳곳에선 공사가 진행되고 있었다. 크로스 브롱크스 고속도로는 무척 막혔다. 할렘 강 도로를 가득 메운 차들도 부상당한 군인처럼 느릿느릿 움직였다. 나는 클랙슨에 손을 얹은 채 끊임없이 차선을 변경했다. 하지만 뉴욕의 러시아워는 결코 호락호락하지 않았다.

케이티는 휴대전화를 꺼내 친구, 로니에게 전화를 걸었다. 그녀는 로니가 컴퓨터를 아주 잘 다룬다고 했다. 로니는 인터넷으로 로라 에머슨을 검색해주었다. 검색된 기사들은 우리가 이미 알고 있는 내용이었다. 그녀는 줄리가 사망하기 팔 개월 전에 교살당했다. 그녀의 시체는 노스다코타, 페센든의 장원 모텔에서 발견되었다. 지역 언론에서 이 주에 걸쳐 대대적으로 보도한 그 살인사건은 금세 사람들의 뇌리에서 지워져버렸다. 성폭행을 언급한 기사는 찾아볼 수 없었다.

나는 급하게 방향을 틀어 고속도로를 벗어났다. 빨간 신호를 무시하고 달려, 연방 청사 근처의 키니 주차장으로 들어갔다. 우리는 잽싸게 차에서 내려 건물로 향했다. 나는 고개를 빳빳이 치켜든 채 빠르게 걸음을 옮겼다. 하지만 가장 먼저 우리를 맞은 것은 안타깝게도 검문소였다. 우리는 금속 탐지기를 통과해야 했다. 내 열쇠 때문에 경보음이 울렸다. 나는 주머니의 소지품을 전부 꺼내놓았다. 이번엔 허리띠가 문제였다. 경비가 진동기처럼 생긴 막대로 내 몸을 수색했다. 그리고 가까스로 검문소를 통과했다.

피스틸로의 사무실에 다다른 나는, 단호한 음성으로 그를 만나게 해달라고 말했다. 하지만 그의 비서는 움찔하지 않았다. 그녀는 정치인의 아내 같은 다정한 미소를 지어 보이며, 잠시 앉아서 기다려달라고 했다. 케이티가 나를 쳐다보며 어깨를 으쓱했다. 나는 앉지 않고, 우리에 갇힌 사자처럼 사무실 앞을 어슬렁거렸다. 하지만 분노는 사그라지지 않았다.

십오 분 후, 비서가 조셉 피스틸로 부국장이 우리를 들여보내라고 했다면서 사무실 문을 열어주었다. 나는 사무실 안으로 들어갔다.

피스틸로는 이미 자리에서 일어난 상태였다. 그가 케이티를 가리켰다.
"누굴 데려온 거죠?"
"케이티 밀러입니다."
내가 대답했다.
그는 흠칫 놀랐다. 그가 그녀에게 말했다.
"네가 이 사람과 왜 같이 있는 거지?"

하지만 나는 할 말이 많았다.
"왜 로라 에머슨에 대해서 아무 말 안 했던 겁니까?"
그가 나를 돌아보았다.
"누구요?"
"장난치지 말아요."
피스틸로가 잠시 머뭇거리다가 다시 입을 열었다.
"앉아서 얘기합시다."
"묻는 말에나 대답해봐요."
그는 자리에 앉으면서도 시선을 내게서 떼지 않았다. 번쩍거리는 그의 책상은 왠지 끈적끈적할 것 같아 보였다. 사무실 안에선 레몬 향이 은은히 풍기고 있었다.
"당신은 그런 요구를 할 입장이 아닙니다."
그가 말했다.
"로라 에머슨은 줄리가 숨지기 팔 개월 전에 교살당했습니다."
"그래서요?"
"두 사람은 같은 여학생 클럽 출신이었습니다."
피스틸로가 손가락을 펼쳐 들었다. 한동안 침묵이 흘렀고, 결국 내가 먼저 입을 열게 되었다.
"설마 그걸 몰랐다고 잡아떼진 않겠죠?"
"오, 알고는 있었습니다."
"그런데도 연결고리를 못 찾겠다는 건가요?"
"그렇습니다."
그의 눈엔 흔들림이 없었다. 노련한 요원다웠다.
"농담하는 겁니까?"
내가 말했다.
그가 벽 쪽으로 시선을 돌렸다. 벽엔 볼 게 별로 없었다. 부시 대통령 사진과 성조기, 몇몇 증서들이 전부였다.

"물론 당시엔 그 패턴을 눈여겨봤습니다. 지역 언론도 그 패턴을 읽었죠. 그것과 관련해서 기사도 몇 차례 읽었습니다. 이젠 기억도 나지 않는군요. 하지만 결국엔 누구도 적절한 패턴을 찾지 못했습니다."

"농담하지 말아요."

"로라 에머슨은 다른 주에서 교살당했습니다. 사건 발생일도 패턴에 끼워 넣기 힘들었고요. 강간이나 성폭행의 흔적은 없었습니다. 그녀는 모텔에서 발견됐어요. 줄리는……."

그가 케이티를 돌아보았다.

"네 언니는 집에서 발견됐었지."

"두 사람 모두 같은 여학생 클럽 출신이었잖아요."

"그건 우연의 일치였을 뿐입니다."

"거짓말하지 말아요."

내가 말했다.

내 말에 그가 불쾌해하는 기색을 내비쳤다. 그의 얼굴이 금세 붉게 달아올랐다.

"말 함부로 하지 말아요."

그가 통통한 손가락으로 나를 가리키며 말했다.

"당신은 지금 그럴 입장이 아닙니다."

"그 사건들 사이의 연결고리를 정말 못 봤다는 겁니까?"

"그렇습니다."

"지금은 어떻습니까?"

"지금이 어때서요?"

다시 화기 치밀어 올랐다.

"실러 로저스도 같은 여학생 클럽 출신이었습니다. 그것도 우연의 일치입니까?"

그 말에 그가 흠칫 놀랐다. 그가 등받이에 몸을 붙인 채 잠시 생각에 잠겼다. 그도 몰랐던 것일까? 아니면, 내가 그 사실을 밝혀낸 게 놀랍다는 것일까?

"현재 수사가 진행 중인 사건이라 아무것도 들려줄 수 없습니다."

"역시 알고 있었군요."

내가 천천히 말했다.

"형이 무고하다는 걸 당신은 알고 있었어요."

그가 고개를 저었다. 하지만 진정으로 부정하는 기색은 아니었다.

"난 아직도 모릅니다."

나는 그를 믿지 않았다. 그는 처음부터 거짓말로 일관해왔다. 그것만큼은 의심의 여지가 없었다. 내 분노가 다시 폭발할 것을 예상했는지, 그는 잔뜩 긴장하고 있었다. 하지만 갑자기 부드러워진 내 음성에 나조차도 깜짝 놀라고 말았다.

"당신이 무슨 짓을 했는지 압니까?"

내가 속삭임에 가까운 음성으로 말했다.

"당신 때문에 우리 가족이 얼마나 힘들었는지 압니까? 아버지, 어머니께……"

"뭘, 당신과는 아무 상관없는 일입니다."

"지금 장난하자는 겁니까?"

"부탁입니다."

그가 말했다.

"두 사람 모두 이번 일에서 빠져주십시오."

나는 그를 노려보았다.

"그럴 수 없습니다."

"당신들을 위해서 하는 얘기입니다. 믿지 않겠지만 당신들을 보호하기 위해 이러는 겁니다."

"누구로부터 보호한다는 거죠?"
그는 대답하지 않았다.
"누구로부터 보호한다는 거냐고요?"
내가 다시 물었다.
그가 팔걸이를 탁 치며 일어났다.
"더는 할 얘기가 없습니다."
"대체 형한테 원하는 게 뭡니까?"
"수사가 진행 중인 사건에 대해선 아무 말도 할 수 없습니다."
그가 문 쪽으로 이동했다. 나는 그의 앞을 가로막았다. 그가 매서운 눈으로 쏘아보며, 나를 피해 계속 걸음을 옮겨나갔다.
"더는 참견하지 마십시오. 그러지 않으면 공무집행방해죄로 체포하겠습니다."
"왜 형에게 누명을 씌우려 하는 겁니까?"
피스틸로가 걸음을 멈추고 나를 돌아보았다. 그의 태도가 약간 달라진 듯했다. 구부정했던 허리를 펴고, 눈을 번뜩였다.
"진실을 알고 싶습니까, 윌?"
그의 달라진 음성이 영 마음에 들지 않았다. 순간 나는 어떻게 대답해야 할지 갈피가 잡히지 않았다.
"네."
"그럼 당신부터 시작해봐요."
그가 천천히 말했다.
"뭘 말입니까?"
"당신은 형이 무고하다고 믿고 있습니다."
그가 어느 때보다도 공격적인 자세로 말했다.
"어째서죠?"
"난 우리 형을 잘 압니다."

"정말입니까? 형과 얼마나 친했습니까?"
"우린 아주 친했습니다."
"서로 자주 봤었나요?"
"자주 봐야만 친해지는 건 아니죠."
나는 얼버무리듯 말했다.
"정말 그렇습니까? 윌, 그럼 어디 한번 말해봐요. 누가 줄리 밀러를 죽였다고 생각합니까?"
"나도 몰라요."
"그럼 당신 생각을 한번 정리해볼까요?"
피스틸로가 내 앞으로 성큼 다가왔다. 어느 순간부터인가 그가 나를 압도하는 분위기가 되어버렸다. 그는 필요 이상으로 열을 내고 있었고, 나는 그 이유를 알고 싶었다. 그가 걸음을 멈췄다. 그와 가까이 붙어 서 있으려니 불편해 미칠 것 같았다.
"당신의 형, 당신과 그토록 친했다는 그는 살인사건이 발생했던 날 밤, 당신의 옛 여자친구와 성관계를 가졌습니다. 이게 당신의 생각 아닙니까, 윌?"
나는 살짝 움찔했다.
"네."
"당신의 전 여자친구와 형이 그렇게 놀아났습니다."
그가 혀를 끌끌 차며 말을 이었다.
"화가 많이 났었겠군요."
"대체 무슨 얘기가 하고 싶은 겁니까?"
"진실을 듣고 싶다고 하지 않았습니까, 윌. 그게 아니었나요? 쥐고 있는 모든 카드를 탁자에 한번 내려놔 보자는 겁니다."
그의 서늘한 시선은 내게서 떠나지 않았다.
"당신의 형은 이 년 만에 집으로 돌아왔습니다. 그가 집에 돌아오자마자 가장 먼저 한 일이 무엇이었습니까? 그는 한 블록 떨어진 줄리의 집으로 달려가, 당신이 사랑했던 여자와 섹스를 했습니다."

"우린 이미 헤어진 상태였습니다."

내가 말했다. 내 음성에선 짜증 섞인 심약함이 배어나왔다.

그가 능글맞게 웃었다.

"정말 그렇게 간단한 문제였습니까? 사랑하는 형을 위해 기꺼이 여자친구를 양보했던 겁니까?"

피스틸로가 내 얼굴을 빤히 쳐다보았다.

"당신은 그날 밤 누군가를 봤다고 했습니다. 누군가가 밀러 씨 집 주변을 수상하게 서성였다고 했었죠?"

"그렇습니다."

"얼마나 분명하게 본 겁니까?"

"무슨 뜻입니까?"

내가 물었다. 물론 그 질문의 의미는 잘 알고 있었다.

"밀러 씨 집 앞에서 누군가를 봤다고 했습니다, 그렇죠?"

"네."

피스틸로가 미소를 지으며 두 손을 펼쳐 보였다.

"당신은 그날 밤 자신이 거기서 뭘 하고 있었는지 얘기한 적이 없습니다, 윌."

그가 단조로운 가락의 시를 읊듯 말했다.

"윌, 당신 말입니다. 밀러 씨 집 밖에서 홀로, 깊은 밤에, 안에서 형과 당신의 전 여자친구가 한창 재미를 보고 있을 때……."

케이티가 나를 돌아보았다.

"난 그냥 산책을 하고 있었을 뿐입니다."

내가 잽싸게 말했다.

피스틸로가 의기양양한 태도로 사무실을 빙빙 맴돌기 시작했다.

"아, 그랬군요. 그럼 다시 정리해봅시다. 당신의 형은 당신이 여전히 사랑하는 여자와 섹스를 하고 있었습니다. 같은 시간, 당신은 우연히 그녀의 집 앞을 지나게 되었고요. 그리고 그녀는 시체로 발견되었습니다. 현장에선 당신의 형이 흘린 피가 발견되었고 말입니다. 그럼에도 당신은 형이 살인자가 아니라고 주장하고 있습니다."

그가 잠시 말을 멈추고 씩 웃어 보였다.

"만약 당신이 담당 수사관이었다면 누굴 의심했겠습니까?"

누군가 묵직한 돌덩어리를 얹어놓기라도 한 듯 가슴이 답답했다.

"설마……."

나는 아무 대꾸도 할 수 없었다.

"설마…… 계속 여기 있을 건 아니죠?"

피스틸로가 말했다.

"이 정도 했으면 됐습니다. 돌아가십시오, 두 사람 다. 그리고 앞으론 두 번 다시 끼어들 생각일랑 마십시오."

85

피스틸로는 케이티에게 집까지 태워다주겠다고 했다. 하지만 그녀는 그냥 나랑 가겠다고 했다. 그는 영 못마땅했지만, 그녀의 고집을 꺾을 순 없었다.

우리는 말없이 아파트로 돌아왔다. 집에 들어서자마자 나는 그녀에게 여러 메뉴들을 보여주었다. 그녀는 중국음식을 주문했고, 나는 아래층으로 달려 내려가 음식을 받아왔다. 우리는 탁자 위에 흰색 상자들을 펼쳐놓았다. 나는 내 자리에, 케이티는 실러의 자리에 각각 앉았다. 나는 실러와 중국음식을 시켜 먹었던 때를 떠올렸다. 샤워를 막 마치고 나온 그녀는 머리를 뒤로 묶은 상태였고, 기분 좋은 향기를 폴폴 풍겼었다. 테리 직물로 만든 가운을 걸친 그녀의 가슴엔 주근깨가……
 항상 기억나는 것은 그렇게 색다른 것들이었다.
 깊은 슬픔이 높고 거친 파도가 되어 몰려들었다. 내가 움직임을 멈출 때마다 그것은 나를 거세게 몰아붙였다. 비탄은 그렇게 사람을 조금씩 마멸시킨다. 맞서 방어를 하지 않으면, 어느새 회복 불능 상태에 빠져버리고 만다.
 나는 볶음밥을 내 접시에 조금 덜고, 그 위에 바닷가재 소스를 살짝 뿌렸다.
 "오늘 밤에도 여기서 자고 갈 거야?"
 케이티가 고개를 끄덕였다.
 "오늘은 침실에서 자."
 내가 말했다.
 "그냥 소파에서 자는 게 편해요."
 "정말이야?"
 "네."
 우리는 각자 먹는 데 몰두하는 척했다.
 "난 줄리를 죽이지 않았어."
 내가 말했다.
 "알아요."
 우리는 다시 먹는 척했다.
 마침내 그녀가 침묵을 깨고 물었다.
 "그날 밤, 왜 우리 집 앞에 있었던 거죠?"
 나는 미소를 지어 보이려 애썼다.
 "내가 산책 중이었다는 걸 믿기 힘들지?"
 "네."

나는 젓가락을 조심스레 내려놓았다. 이걸 어떻게 설명해야 할까? 내 아파트에서. 그것도 한때 내가 사랑했던 여자의 동생에게. 게다가 그녀는 내가 결혼하고 싶었던 여자의 자리에 앉아 있지 않은가. 살해된 두 여자는 나와 밀접한 관계였다는 공통점이 있었다. 내가 고개를 들고 말했다.
"줄리를 잊지 못하고 있었던 것 같아."
"언니를 보고 싶었어요?"
"그래."
"그래서요?"
"초인종을 눌렀지."
내가 말했다.
"하지만 아무도 나와보지 않더군."
케이티는 잠시 골똘히 생각에 잠겼다. 그녀가 자신의 접시를 내려다보며 다시 입을 열었다. 그녀는 태연하게 보이기 위해 애썼다.
"타이밍이 절묘했군요."
나는 다시 젓가락을 집어 들었다.
"뭘?"
나는 고개를 들지 않았다.
"형이 우리 집에 와 있었다는 걸 알고 있었나요?"
나는 접시 둘레의 음식을 옮겨놓았다. 그녀는 고개를 들고 나를 빤히 쳐다보았다. 이웃집에서 문이 열렸다 닫히는 소리가 들려왔다. 밖에서 클랙슨 소리와 누군가가 러시아어로 고래고래 고함치는 소리가 들려왔다.
"당신은 알고 있었어요."
케이티가 말했다.
"당신은 켄이 우리 집에 와 있다는 걸 알고 있었어요. 그가 줄리와 함께 있었다는 걸 알고 있었다고요."
"난 네 언니를 죽이지 않았어."

"그날 밤, 무슨 일이 있었던 거죠, 윌?"

나는 팔짱을 꼈다. 그런 다음, 등받이에 몸을 기대고 눈을 감은 후 고개를 뒤로 젖혔다. 그날 밤의 기억은 두 번 다시 떠올리고 싶지 않았지만, 이렇게 된 이상 나도 어쩔 수 없었다. 케이티는 진실을 요구하고 있었다. 그녀에겐 그럴 권리가 있었다.

"아주 이상한 주말이었어."

내가 말했다.

"줄리와 난 이미 일 년 전에 헤어진 상태였지. 헤어진 후로 그녀를 한 번도 보지 못했어. 방학 때도 그녀를 찾아봤지만 눈에 잘 띄지 않더라고."

"언니는 한동안 집을 떠나 있었어요."

케이티가 말했다.

내가 고개를 끄덕였다.

"켄도 마찬가지였어. 그게 모든 문제를 부풀려놨지. 갑자기 우리 세 사람이 동시에 리빙스턴으로 돌아오게 된 거야. 마지막으로 세 사람이 한 곳에 모였던 게 언제였는지 기억도 나지 않아. 갑자기 나타난 켄이 좀 이상해진 것 같았어. 하루 종일 창밖만 살피며 지냈지. 집 밖으로 나갈 생각을 하지 않았어. 뭔가 심상치 않더라고. 난 그 이유가 궁금했어. 어느 날 갑자기 형이 묻더군. 아직도 줄리랑 사귀고 있느냐고 말이야. 난 아니라고 대답했어. 이미 헤어졌다고."

"형에게 거짓말을 한 거군요."

"그게 어떻게 된 거냐 하면……."

나는 적절한 설명을 찾아 머리를 굴렸다.

"그때만 해도 형은 나한테 신과 같은 존재였어. 형은 강했고, 겁이 없었고……."

나는 고개를 저었다. 이게 아니었다. 나는 처음부터 다시 시작해보기로 했다.
"내가 열여섯 살 때 부모님이 우릴 데리고 스페인에 가신 적이 있어. 코스타 델 솔 해변. 어딜 가나 파티 분위기였지. 플로리다의 유럽판이라고 보면 될 거야. 켄과 나는 호텔 근처 디스코장에서 놀았지. 도착한 지 나흘째 되는 날, 난 댄스 플로어에서 어떤 남자랑 부딪혔어. 나는 그를 홱 돌아보았고, 그는 피식 웃었지. 나는 다시 춤을 추기 시작했어. 잠시 후, 또 다른 남자가 다가와 일부러 부딪치고 가더라고. 난 이번에도 그냥 무시해버렸어. 그런데 첫 번째 남자가 다시 달려와서 날 확 밀쳤어."
나는 말을 멈추고 기억을 털어내려 눈을 깜빡였다. 하지만 그것은 눈에 들어간 모래알처럼 떨어지지 않았다. 나는 그녀를 쳐다보았다.
"그래서 내가 어떻게 했는지 알아?"
그녀가 고개를 저었다.
"큰 소리로 켄을 불렀어. 벌떡 일어나서 그를 떠밀치지도 않았지. 그냥 형을 부르고 나서 뒤로 물러났을 뿐이야."
"겁이 났었겠죠."
"항상 그런 식이었어."
내가 말했다.
"그게 자연스러운 반응이에요."
나는 그렇게 생각하지 않았다.
"그래서 형이 와줬나요?"
그녀가 물었다.
"당연하지."
"그래서요?"
"그렇게 싸움이 시작됐어. 스칸디나비아 쪽에서 온 듯한 무리가 우르르 몰려왔지. 켄은 그 친구를 흠씬 두들겨 패줬어."
"당신은요?"

"난 주먹 한번 날려보지 못했어. 그냥 뒤로 물러서서 대화로 풀어보려고만 했지. 그만두도록 설득해보려고 말이야."

내 볼이 다시 화끈 달아올랐다. 지겹도록 싸워본 형이 옳았다. 맞아서 아픈 건 오래가지 않지만, 비겁한 겁쟁이의 낙인은 영원히 지워지지 않는다.

"싸우다가 켄의 팔이 부러져버렸어. 그것도 오른쪽 팔이. 당시 형은 잘나가는 테니스 선수였어. 전국 랭킹에도 올라 있었지. 스탠퍼드에서 형에게 관심을 많이 보였어. 하지만 그 후로 형의 서브는 예전처럼 맹렬하지 못했지. 결국 형은 대학을 포기해야 했어."

"그건 당신 잘못이 아니었어요."

그녀는 자신의 생각이 얼마나 잘못됐는지 알지 못했다.

"켄은 항상 나를 보살펴줬어. 물론 다른 형제들처럼 싸우기도 많이 싸웠지. 형은 날 무척 괴롭혔어. 하지만 형은 나를 위해서라면 화물열차 앞이라도 뛰어들 수 있는 사람이야. 난 그런 형에게 어떤 식으로도 보답할 수 없었어."

케이티가 손을 자신의 턱으로 가져갔다.

"왜?"

내가 말했다.

"좀 이상해서요."

"뭐가?"

"당신의 형이 그렇게 무감각한 사람인 줄 몰랐어요. 동생의 전 여자친구에게 치근거리다니."

"그건 형의 잘못이 아니었어. 형은 우리 사이가 완전히 정리됐는지 물어봤고, 난 그렇다고 대답했거든."

"당신이 승낙을 한 셈이군요."

그녀가 말했다.

"그래."
"하지만 당신은 그를 미행했어요."
"넌 이해 못 할 거야."
내가 말했다.
"이해할 수 있어요."
케이티가 말했다.
"사람이라면 충분히 그럴 수 있거든요."

86

어찌나 깊이 잠에 빠져 있었던지, 그가 몰래 들어온 사실조차 모르고 있었다.
나는 케이티에게 새 시트와 담요를 가져다주었다. 소파에서 최대한 편히 쉴 수 있도록 준비해주었다. 그런 다음, 샤워를 하고 책을 읽었다. 흐릿해진 글씨가 스멀스멀 움직였다. 문장 앞부분으로 돌아가 다시 읽기를 반복했지만 소용없었다. 인터넷에 접속해 서핑을 하기도 했고, 팔굽혀펴기와 스쿼어스가 가르쳐준 요가 스트레칭을 해보기도 했다. 침대에 눕고 싶지 않았다. 움직임이 멎는 순간 비탄이 다시 몰려들어 나를 괴롭혀댈 게 뻔했다.
나름대로 무척 노력했지만 결국 잠은 나를 구석에 몰아넣고 제압해버렸다. 꿈도 꾸지 않고 곯아떨어져 있는데 누군가가 내 손을 잡아당기는 게 느껴졌다. 찰칵 소리도 들려왔다. 잠에서 깨지 않은 채 나는 손을 제자리로 끌어오려 했지만 꿈쩍도 하지 않았다.
금속으로 된 뭔가가 내 손목에 닿았다.
그가 폴짝 뛰어 내 위로 올라왔고, 그 순간 내 눈이 번쩍 뜨였다. 그가 올라타자 폐 속 공기가 쫙 빠져나가 버렸다. 그가 내 가슴을 짓누르는 동안 나는 숨을 할딱이느라 정신이 없었다. 그의 두 무릎이 내 어깨를 내리찍고 있었다. 내가 바동거리는 동안 그는 내 한쪽 손을 내 머리 위로 휙 끌어올렸다. 이번엔 찰칵 소리가 들리지 않았지만 차가운 금속의 느낌은 여전히 가시지 않았다.

수갑이 채워진 내 두 손이 침대에 고정되었다.

얼음이 혈관을 타고 흐르는 느낌이었다. 내 몸이 순간적으로 기능을 멈췄다. 물리적 충돌이 있을 때마다 느끼는 바로 그 기분. 나는 비명을 지르기 위해, 아니 무슨 말이라도 내뱉어보기 위해 입을 열었다. 남자가 내 뒤통수를 붙잡고 자기 앞으로 잡아끌었다. 그는 머뭇거림 없이 공업용 테이프로 내 입을 봉했다. 그런 다음, 내 입과 뒤통수를 테이프로 무려 열 바퀴, 아니 열다섯 바퀴에 걸쳐 칭칭 감아버렸다. 마치 내 머리를 수축 포장하려는 듯.

나는 한마디도 할 수 없었고, 징징거릴 수도 없었다. 숨쉬기가 힘들어, 부러진 코로 공기를 빨아들여야 했다. 통증이 극심했다. 수갑과 그의 체중 때문에 어깨가 부서질 듯 아팠다. 나는 계속해서 몸부림쳤지만 상황은 전혀 나아지지 않았다. 반동을 이용해 그를 떨쳐내려 했지만 역시 소용없었다. 그에게 대체 뭘 원하는지, 나를 어떻게 할 셈인지 묻고 싶었다.

순간 홀로 남겨둔 케이티가 떠올랐다.

침실은 어두웠다. 습격자의 생김새를 제대로 볼 수 없었다. 그는 짙은 색 복면을 쓰고 있는 것 같았지만, 이 또한 분명하지 않았다. 어느새 나는 호흡이 불가능한 지경에 이르러 있었다. 나는 통증을 견디며 연방 콧김을 내뿜었다.

정체를 알 수 없는 남자가 테이프를 내려놓았다. 그가 잠시 머뭇거리다가 내게서 떨어져 나갔다. 나는 겁에 질린 채, 문 쪽으로 다가가는 그를 지켜보았다. 그는 문을 열고 케이티가 자고 있는 거실로 나갔다. 그리고 문을 닫았다.

눈이 튀어나와 버릴 것 같았다. 비명을 지르려 했지만 테이프에 막혀 아무 소리도 새어 나가지 않았다. 나는 야생마처럼 허공에 대고 발길질을 해댔다. 그렇게 몸을 휘둘렀지만 성과는 없었다.

나는 몸부림을 멈추고 귀를 쫑긋 세웠다. 아무 소리도 들리지 않았다. 완전한 정적.

그때 케이티의 비명이 들려왔다.

오, 맙소사. 나는 다시 몸부림치기 시작했다. 그녀의 비명이 갑자기 뚝 멎었다. 마치 누군가가 스위치를 내려버리기라도 한 듯. 나는 공황 상태에 빠졌다. 그것도 초비상 공황 상태. 나는 수갑이 채워진 두 손을 마구 흔들어보았다. 고개도 앞뒤로 흔들었다. 여전히 꼼짝할 수가 없었다.

케이티가 다시 비명을 질렀다.

이번 비명엔 힘이 좀 빠져 있었다. 상처 입은 짐승이 할딱거리고 있는 것 같았다. 아무도 그 소리를 듣지 못할 뿐더러, 듣는다 해도 반응하는 이는 없을 것이다. 특히 뉴욕에선. 게다가 지금은 깊은 밤이었다. 설령 누군가가 경찰에 신고하거나 그녀를 구하러 달려온다 해도 너무 늦을 것이다.

정신이 쏙 빠져나가 버렸다.

이러다가는 미쳐버릴 것만 같았다. 나는 발작이 일어나기라도 한 듯 몸을 거세게 흔들어댔다. 코의 통증이 점점 심해졌다. 테이프에서 떨어져 나온 섬유질이 목을 타고 넘어갔다. 나는 쉬지 않고 몸부림쳤다.

하지만 달라질 건 없었다.

오, 맙소사. 그래, 우선 진정부터 하고. 흥분하면 안 돼. 머리를 굴려보라고.

나는 오른쪽 수갑 쪽으로 고개를 돌렸다. 약간 헐거운 느낌이었다. 여유 공간이 조금 남아 있었다. 좋아, 천천히 움직이면 손을 빼낼 수 있을

지도 몰라. 바로 그거야. 침착하게. 손을 최대한 오므리고 천천히 잡아 빼내봐.

나는 곧장 실행에 들어갔다. 손이 가느다란 뭔가로 변했다고 상상해보려 애썼다. 엄지손가락 아랫부분을 새끼손가락 아랫부분으로 가져가 손바닥을 접었다. 그리고 나서 손을 수갑에서 천천히 빼내기 시작했다. 조금 더 힘을 주어봤다. 하지만 역부족이었다. 피부가 금속에 쓸리면서 까져버렸지만 나는 상관하지 않고 계속 잡아끌었다.

소용없었다.

문밖은 다시 고요해졌다.

나는 다시 귀를 기울여보았다. 아무 소리도 들리지 않았다. 정적. 몸을 구부리고 상체를 힘껏 들어보기로 했다. 최대한 힘껏 움직이면 침대가 번쩍 들릴지도 몰랐다. 몇 센티미터만 들려도 바닥에 떨어지면서 침대가 부서질 수도 있었다. 나는 계속해서 몸을 흔들어댔다. 침대가 약간 움직였지만 내겐 별 도움이 되어주지 못했다.

나는 여전히 덫에 걸려 있었다.

케이티의 비명이 다시 들려왔다. 겁에 잔뜩 질린 그녀가 빽 소리쳤다.

"존!"

그녀의 비명이 다시 뚝 멎었다.

존. 나는 생각했다. 방금 존이라고 했지?

아셀타?

유령……

오, 안 돼. 제발. 맙소사. 희미한 소리가 들려왔다. 음성. 신음인지도 몰랐다. 뭔가가 베개에 짓눌리고 있는 것 같았다. 심장이 늑골을 뚫고 나올 듯 심하게 요동쳤다. 사방에서 공포가 엄습해왔다. 나는 고개를 좌우로 흔들며 뭐라도 찾아보려 했다.

전화기.

닿을 수 있을까? 다리는 자유롭게 움직일 수 있었다. 어쩌면 발로 수화기를 잡아 손 옆에 떨어뜨릴 수 있을지도 몰랐다. 911이나 0을 누르면 될 것 같았다. 내 발이 꿈틀거리기 시작했다. 복근을 수축시켜 다리를 들고 오른쪽으로 돌렸다. 하지만 나는 여전히 극심한 흥분 상태에 빠져 있었다. 체중이 한쪽으로 쏠리면서 다리가 픽 쓰러져버렸다. 다시 중심을 잡고 다리를 휘젓기 시작했다. 전화기가 내 발에 맞았다.
수화기가 바닥에 내동댕이쳐졌다.
젠장.
이젠 어쩌지? 머릿속이 캄캄해진 후로 아무 생각도 떠오르지 않았다. 꼭 덫에 걸린 짐승이 된 기분이었다. 짐승이라면 사지라도 잘라 탈출했을 것이다. 그렇게 몸을 흔들어대던 나는 금세 탈진해버리고 말았다. 포기를 눈앞에 두고 있을 때, 스퀘어스가 가르쳐줬던 동작이 떠올랐다.
쟁기 자세.
실제로 그렇게 불리는 자세였다. 인도어로는 할라아사나. 원래는 어깨를 땅에 대고 다리를 허공에 올려야 하는 자세다. 바닥에 누워 다리를 머리 위로 길게 밀어내야 한다. 발가락이 머리 위 바닥에 닿아야만 하지만, 이런 상태로 그게 가능할지 의문이었다. 허리를 접어 두 다리를 최대한 높이 위로 추켜올렸다. 그런 다음, 머리 위로 길게 뻗어냈다. 발뒤꿈치가 벽에 부딪혔다. 가슴이 턱에 닿아 숨쉬기가 더 힘들어졌다.
나는 다리로 벽을 밀쳐내기 시작했다. 아드레날린이 솟구쳐 올랐다. 침대가 벽에서 점점 멀어져갔다. 잠시 후, 벽과 침대 사이에 충분한 공간이 만들어졌다. 좋아, 됐어. 하지만 문제는 이제부터였다. 수갑이 너무 꽉 조여진 상태라면 손목을 자유롭게 돌릴 수 없을 것이다. 야심 찬 계획은 수포로 돌아갈 수 있었고, 자칫하다가는 양쪽 어깨가 모두 탈구될 수도 있었다. 뭐, 그런 건 아무래도 상관없었다.
정적. 거실에선 죽음만큼 깊은 정적만이 흐르고 있었다.

나는 다리를 바닥에 내렸다. 사실상 공중제비를 한 것이나 마찬가지였다. 다리의 무게 때문에 타성이 생겼고, 운 좋게도 내 손목이 수갑 안에서 회전했다. 발이 세차게 바닥에 떨어졌다. 나는 허벅지와 배를 낮은 헤드보드 너머로 밀어냈다.

어느새 나는 침대 뒤에 우뚝 서 있었다.

두 손은 여전히 수갑에 구속되어 있었다. 입도 테이프가 붙여진 상태였다. 하지만 중요한 것은 내가 바닥에 서게 되었다는 사실이었다. 다시 한번 아드레날린이 솟구쳤다.

좋아, 이젠 뭘 해야 하지?

시간이 없었다. 나는 무릎을 구부렸다. 헤드보드 밑으로 어깨를 낮추고 침대를 문 쪽으로 밀쳐내기 시작했다. 마치 태클 연습을 하는 공격팀의 라인맨처럼. 두 다리는 피스톤처럼 움직였다. 나는 머뭇거리지 않았다. 포기하지도 않았다.

침대가 문에 부딪쳤다.

요란한 소리가 났다. 어깨와 팔과 허리에 날카로운 통증이 파고들었다. 뭔가가 툭 부러지는 소리가 들렸다. 관절에 극심한 통증이 밀려들었다. 나는 애써 참으며 뒤로 물러났다가 다시 문을 향해 돌진했다. 그리고 또 한 번. 테이프에 막힌 절규는 내 귀에만 생생히 들렸다. 나는 침대가 벽에 닿는 순간 두 손을 홱 잡아빼 보았다.

침대의 가로장이 떨어졌다.

그렇게 나는 구속에서 풀려날 수 있었다.

문을 막고 있는 침대를 한쪽으로 밀어 붙였다. 입에 붙은 테이프를 떼어내는 일은 쉽지 않았다. 문손잡이를 잡고 힘껏 틀었다. 그리고 문을 벌컥 열어젖히며 어둠 속으로 불쑥 뛰어들어갔다.

케이티는 바닥에 누워 있었다.

그녀의 눈은 감겨져 있었고, 몸은 축 늘어져 있었다. 남자는 그녀의 몸에 올라타 있었다. 그는 손으로 그녀의 목을 감고 있었다.
그녀의 목을 조르고 있었던 것이다.
나는 머뭇거림 없이 그를 향해 로켓처럼 맹렬히 달려갔다. 그와의 간격은 좀처럼 줄지 않았다. 마치 시럽이 뿌려진 바닥을 내달리는 듯한 느낌이었다. 그가 달려드는 나를 돌아보았다. 그에겐 만반의 준비를 갖출 충분한 시간적 여유가 있었다. 어쨌든 나를 방어하려면 그는 어쩔 수 없이 그녀의 목에서 손을 뗄 수밖에 없을 것이다. 그가 내 쪽으로 몸을 틀었다. 내 눈엔 여전히 검은 형체만 보일 뿐이었다. 그가 내 어깨를 붙잡고 내 복부에 발을 가져다 댔다. 그리고 내 타성을 역이용해 자신의 몸을 뒤로 눕혔다.
내 몸이 붕 떠올랐다. 두 팔이 풍차처럼 허공을 휘저었다. 나는 이번에도 운이 좋았다. 잠깐, 그게 아니었다. 나는 단단하지 않은 독서용 의자 위에 떨어졌다. 의자가 잠시 휘청대다가 내 무게를 이기지 못하고 무너져 내렸다. 내 머리가 탁자에 부딪혔고, 몸은 바닥을 뒹굴었다.
머리가 아찔했지만 나는 힘겹게 몸을 일으켰다. 다시 공격할 자세를 취하려는 찰나 지금껏 보지 못했던 섬뜩한 뭔가가 눈에 들어왔다.
검은색 복면을 쓴 습격자도 어느새 일어나 있었다. 그의 손엔 칼이 쥐어져 있었다. 그는 다시 케이티에게 다가가는 중이었다.
모든 게 느려졌다. 그 후로 벌어진 일들은 실제로 몇 초밖에 걸리지 않았다. 하지만 내 머릿속에선 시간 왜곡이 일어나고 있었다. 시간이라는 것이 원래 그렇다. 확실히 상대적이다. 획획 넘어가다가 언제 멎어버릴지 몰랐다.
그와의 간격이 너무 벌어져 있었다. 이런 다급한 상황에서도 그 정도 판단은 할 수 있었다. 현기증이 났다. 머리가 탁자에 부딪히면서…….
탁자.
스퀘어스의 총을 놔뒀는데.

과연 총을 집어 들고 그를 향해 쏠 시간이 있을까? 내 시선은 여전히 케이티와 습격자에게 고정되어 있었다. 아니야, 시간이 부족해. 누가 봐도 무리였다.

남자가 몸을 숙이고 케이티의 머리를 움켜잡았다.

나는 총을 향해 몸을 던지는 동시에 입에 붙어 있는 테이프를 뜯어냈다. 테이프가 어느 정도 뜯겨지자 내가 소리쳤다.

"멈춰! 안 그러면 쏠 거야!"

어둠 속에서 그가 고개를 돌렸다. 나는 이미 바닥에서 허우적대고 있었다. 특공대 대원처럼 바닥에 납작 엎드려 앞으로 기어나갔다. 내게 총이 없다는 사실을 확인한 그가 다시 케이티에게 고개를 돌렸다. 나는 잽싸게 손을 더듬어 총을 찾아냈다. 상대에게 겨눌 틈도 없었다. 나는 무작정 방아쇠를 당겼다.

총성에 남자가 깜짝 놀라며 물러났다.

그렇게 나는 시간을 조금 벌 수 있었다. 나는 총을 쥔 채 몸을 휙 돌렸다. 그리고 다시 방아쇠를 당겼다. 남자는 체조선수처럼 날렵하게 몸을 굴렸다. 어둠에 묻힌 그는 검은 형체로만 보일 뿐이었다. 나는 계속 방아쇠를 당기며 움직였다. 대체 이 총에 총탄이 몇 발이나 장전되어 있지? 내가 지금까지 쏜 건 몇 발이고?

그가 잠시 움찔했다. 하지만 움직임은 멈추지 않았다. 내가 맞힌 건가?

남자는 문 쪽으로 달려갔다. 나는 그에게 멈추라고 소리쳤다. 하지만 그는 내 말을 듣지 않았다. 그의 등에 대고 쏴볼까 하다가 그냥 두기로 했다. 왠지 인간으로서 그러면 안 될 것 같았다. 그는 이미 밖으로 나가 버린 후였다. 그리고 내겐 그보다 더 큰 걱정거리가 있었다.

나는 케이티에게 달려갔다. 그녀는 미동도 하지 않았다.

87

또 다른 경관이 내 이야기를 듣기 위해 들어왔다. 벌써 다섯 번째였다.
"그녀 상태가 어떤지부터 알려주세요."
내가 말했다.
내 상태를 살피던 의사가 바삐 놀리던 손을 멈췄다. 영화에서 보면 의사는 항상 환자들을 보호해준다. 그는 형사에게 지금은 질문을 받을 상태가 아니며, 환자에겐 절대적 안정이 필요하다고 말한다. 하지만 내 앞을 얼쩡거리던 파키스탄인 응급실 인턴에겐 그런 융통성이 없었다. 심문이 시작되었고, 그는 전혀 개의치 않은 채 탈구된 내 어깨를 묵묵히 끼워주었다. 손목의 상처엔 요오드제를 발랐다. 그는 내 코를 잠시 살폈다. 그런 다음, 쇠톱을 꺼내 수갑을 잘라내 주었다. 병원에서 쇠톱이 왜 필요한지는 모르겠지만. 그런 와중에도 심문은 계속되었다. 나는 여전히 권투 선수 팬티와 잠옷 상의만 걸친 상태였다. 내 발엔 병원에서 제공해준 종이 샌들이 신겨져 있었다.
"묻는 말에나 대답하십시오."
경관이 말했다.
심문은 벌써 두 시간째 이어지고 있었다. 아드레날린은 메말라버렸고, 통증은 뼛속까지 스며들었다. 더는 참을 수가 없었다.
"네, 알았어요. 대답하겠습니다."
내가 말했다.
"두 손에 수갑이 채워졌습니다. 그래서 침대를 부셔버려야 했죠. 벽에 대고 총을 몇 발 쐈습니다. 목을 졸라 그녀를 죽이려 했던 것도 사실입니다. 그런 다음 경찰을 불렀고, 그렇게 경관님을 만나게 된 겁니다."
"정말 그랬는지도 모르죠."

경관이 말했다. 그는 거구였고, 억세 보이는 콧수염을 기르고 있었다. 꼭 남성 4부 합창단원을 보는 듯했다. 그도 자신의 이름을 알려주었지만 나는 심문하는 경관들의 이름에 더는 신경 쓰지 않았다.

"뭐라고요?"

"잔머리 말입니다."

"그럼 내가 의심을 피하기 위해 어깨를 탈구시키고, 손목을 찢고, 침대를 부쉈다는 말입니까?"

그가 경관다운 움직임으로 어깨를 으쓱했다.

"언젠가 여자친구를 살해한 범인이 의심을 피하기 위해 자신의 물건을 잘랐던 일이 있었습니다. 우리가 들이닥치니 흑인 불량배들에게 습격당했다고 하더군요. 문제는 아주 조금만 건드리려 했다가 실수로 완전히 잘라버렸다는 겁니다."

"멋진 이야기군요."

내가 말했다.

"당신과 똑같은 경우인지도 모르죠."

"내 물건은 무사합니다. 걱정해주셔서 감사합니다."

"누군가가 아파트로 침입했다고 했죠? 이웃들이 총성을 들었다고 하던데요."

"네."

그가 의심스럽다는 눈빛으로 나를 쳐다보았다.

"그럼 이웃들은 왜 도망치는 그를 보지 못했던 겁니까?"

"왜냐하면, 이건 그냥 추측일 뿐이지만, 새벽 두 시라 그럴 수밖에 없었겠죠."

나는 여전히 진찰대에 앉아 있었다. 난 다리를 내렸다. 이대로 내버려뒀다가는 잠에 빠져들 것만 같아 진찰대에서 깡충 뛰어내렸다.

"어디 가는 겁니까?"

경관이 물었다.
"케이티를 봐야겠습니다."
"지금은 안 됩니다."
경관이 콧수염을 실룩거렸다.
"지금 부모와 면회 중입니다."
그는 내 반응을 유심히 살폈다. 나는 애써 아무렇지도 않은 척했다. 콧수염이 다시 실룩거렸다.
"그녀의 아버지는 당신에 대해 안 좋은 말씀을 하시더군요."
그가 말했다.
"그러셨을 겁니다."
"그는 이게 당신 소행이라고 생각하고 있습니다."
"어떤 목적으로 말이죠?"
"범행 동기 말입니까?"
"아뇨. 목적 말입니다. 내가 정말 그녀를 죽이려 했다고 생각합니까?"
그가 팔짱을 끼고 어깨를 으쓱했다.
"충분히 그럴 수 있었을 것 같은데요."
"그럼 그녀가 완전히 죽지 않은 상태에서 내가 왜 경찰에 신고를 했겠습니까?"
내가 물었다.
"이렇게 소동까지 벌여가면서 왜 내가 그녀를 완벽하게 처치하지 않았느냔 말입니다."
"누군가를 목 졸라 죽이는 건 생각처럼 쉬운 일이 아닙니다."
그가 말했다.
"어쩌면 당신은 그녀가 숨졌다고 생각했었는지도 모르죠."
"그 말이 얼마나 비상식적으로 들리는지 본인도 아시죠?"
그때 경관 뒤의 문이 벌컥 열리더니 피스틸로가 들어왔다. 그는 심상치 않은 표정을 짓고 있었다. 나는 눈을 감고 엄지와 검지로 콧날을 마사지했다. 피스틸로는 나를 심문했던 경관 한 명을 대동하고 나타났다. 그가 콧수염을 기른 동료를 향해 살짝 신호를 보냈다. 콧수염 경관은 갑자기 나타난 두 사람을 보고, 못마땅한 표정을 짓다가 동료를 따라 밖으로 나갔다. 병실엔 나와 피스틸로뿐이었다.

그는 한동안 말이 없었다. 피스틸로는 병실 안을 빙빙 돌며 솜이 든 유리병과 구강 검사용 막대, 유해 폐기물 수거함 등을 살펴보았다. 원래 병실에선 소독약 냄새가 진동해야 하지만 내가 있는 병실은 남성 객실승무원들이나 뿌리고 다닐 법한 향수 냄새로 가득 차 있었다. 의사가 풍기는 것인지 경관이 풍기는 것인지 알 수는 없었지만, 피스틸로는 코를 실룩이며 불쾌한 표정을 지었다. 나는 이미 적응이 된 상태였다.

"어떻게 된 일인지 말해봐요."

그가 말했다.

"뉴욕 경찰국에서 아무 얘기도 없었습니까?"

"당신에게 직접 듣겠다고 했습니다."

피스틸로가 말했다.

"그들이 당신을 유치장에 처넣기 전에 말이죠."

"케이티부터 봐야겠습니다."

그가 잠시 생각에 잠겼다.

"목과 성대는 며칠 아프겠지만 생명에는 지장이 없을 겁니다."

나는 눈을 감은 채 긴장을 풀어보려 애썼다.

"어디 한번 들어봅시다."

피스틸로가 말했다.

나는 겪은 일을 모두 들려주기 시작했다. 그녀가 '존'이라는 이름을 큰 소리로 불렀던 부분까지 들려주었을 때, 그가 다시 입을 열었다.

"그 존이라는 사람이 누구인지 압니까?"

그가 물었다.
"알 것도 같습니다."
"얘기해봐요."
"어릴 적 알고 지냈던 사람입니다. 존 아셀타."
피스틸로의 표정이 일그러졌다.
"그를 알아요?"
내가 물었다.
그는 내 질문을 무시해버렸다.
"그가 아셀타였을 거라고 어떻게 확신할 수 있습니까?"
"내 코를 부러뜨린 게 바로 그 친구였으니까요."
나는 유령이 아파트에 몰래 들어와 나를 급습했던 이야기를 들려주었다. 피스틸로는 언짢은 표정을 지었다.
"아셀타가 당신의 형을 찾고 있다고요?"
"그렇다고 하더군요."
그의 얼굴이 붉어졌다.
"왜 그걸 진작 얘기하지 않았습니까?"
"그러게요. 당신은 언제나 신뢰할 수 있는 친구처럼 날 다정하게 대해줬는데 말입니다."
내가 말했다.
그의 표정은 여전히 굳어 있었다.
"존 아셀타에 대해 얼마나 알고 있습니까?"
"그는 옆 동네에 살았어요. 우린 그를 유령이라고 불렀죠."
"그는 아주 위험한 미치광이입니다."
피스틸로가 말했다. 그가 고개를 저으며 말을 이었다.
"그 친구였을 리 없습니다."
"그걸 어떻게 확신할 수 있습니까?"

"당신들이 아직 살아 있으니까요."
침묵.
"그는 냉혈한 킬러입니다."
"그런데 왜 지금 교도소에 있지 않은 거죠?"
내가 물었다.
"순진한 척하는 겁니까? 그 친구는 노련합니다."
"사람 죽이는 일 말인가요?"
"그래요. 그는 외국에 살고 있습니다. 아무도 그가 어디 사는지 모릅니다. 그는 중앙아메리카 정부의 암살단에서 활동하기도 했습니다. 아프리카의 독재자들을 돕기도 했고요."
피스틸로가 고개를 저었다.
"만약 아셀타가 그녀를 죽일 결심을 했다면, 지금쯤 우린 그녀의 엄지발가락에 꼬리표를 매달고 있었을 겁니다."
"어쩌면 다른 존이었는지도 모르지 않습니까. 내가 잘못 들었는지도 모르고요."
내가 말했다.
"그랬을 수도 있겠죠."
그가 잠시 그랬을 가능성을 생각해보았다.
"이해할 수 없는 게 한 가지 더 있습니다. 만약 유령, 또는 다른 누군가가 케이티 밀러를 죽이려 했다면 왜 확실하게 끝을 보지 않았을까요? 왜 굳이 당신에게 수갑을 채워놓으려고 그 난리를 피웠던 것일까요?"
사실 나도 그게 이해가 되지 않았다. 한 가지 가능성이 떠오르긴 했다.
"어쩌면 내게 누명을 씌우려 했던 것인지도 모르죠."
그가 미간을 찌푸렸다.
"어떻게 말입니까?"
"살인자는 나를 침대에 구속시켜놓았습니다. 그리고 케이티의 목을 졸랐죠."
머리 표면이 따끔거리기 시작했다.
"그는 내가 그녀를 죽이려 했던 것처럼 꾸미려 했을지도 모릅니다."
나는 그를 올려다보았다.
피스틸로가 인상을 구겼다.
"설마 당신도 형처럼 누명을 쓴 거라고 주장하는 건 아니겠죠?"
"바로 그겁니다."
내가 말했다.
"말도 안 됩니다."
"생각해봐요. 당신들이 아직까지 풀지 못한 미스터리가 하나 남아 있지 않습니까. 어째서 현장에 형의 피가 떨어져 있었는지."
"줄리 밀러의 저항이 있었겠죠."
"그게 사실이 아니란 걸 알잖아요. 작은 상처에서 어떻게 그 많은 양의 피가 쏟아져 나올 수 있었겠습니까?"
나는 그에게 천천히 다가갔다.
"십일 년 전, 켄은 누명을 썼습니다. 오늘 밤엔 나한테 똑같은 일이 생길 뻔했고요."
그가 코웃음을 쳤다.
"너무 신파조로 나가는 거 아닙니까? 한마디만 하죠. 경찰은 후디니처럼 수갑을 풀고 나왔다는 당신의 말을 전혀 믿고 있지 않습니다. 당신이 그녀를 죽이려 했다고만 믿고 있단 말입니다."
"당신 생각은 어떻습니까?"
내가 물었다.
"케이티의 아버지가 와 계십니다. 굉장히 흥분하신 상태입니다."
"그러실 만하죠."
"그 이유가 궁금하지 않습니까?"

"내가 안 그랬다는 거 알지 않습니까. 아무리 어제처럼 난리를 피워도 소용없습니다. 당신은 내가 줄리를 죽이지 않았다는 걸 알고 있습니다."

"더는 상관하지 말라고 경고하지 않았습니까."

"당신의 경고 따윈 두렵지 않습니다."

피스틸로가 긴 한숨을 내쉬며 고개를 끄덕였다.

"터프가이가 따로 없군요. 정 그렇게 나오겠다면 할 수 없죠."

그가 다가와 나를 쏘아보았다. 나는 눈을 깜빡이지 않았다.

"한동안 교도소에서 썩을 각오나 하십시오."

나는 한숨을 내쉬었다.

"오늘 들어야 할 협박은 이미 다 들었습니다."

"이건 협박이 아닙니다. 당신은 오늘 밤에 수감될 겁니다."

"마음대로 해요. 난 변호사를 부르겠습니다."

그가 손목시계를 들여다보았다.

"미안하지만 늦었습니다. 오늘 밤은 유치장에서 보내야 할 겁니다. 정식 심문은 내일 받게 될 거고요. 살인과 폭행 혐의를 받을 겁니다. 검사는 당신이 형처럼 도주할 가능성이 있다면서 보석 신청을 거부해줄 것을 요청할 겁니다. 판사도 검사 손을 들어줄 거고요."

내가 입을 열려고 하자, 그가 한 손을 들어 보였다.

"말을 아끼는 게 좋을 겁니다. 별로 듣고 싶진 않겠지만 그래도 들려주죠. 난 당신에게 유죄선고가 내려지도록 최선을 다할 겁니다. 증거가 충분치 않으면 추가로 만들어낼 거고 말입니다. 지금 내가 하는 말을 변호사에게 고스란히 들려줘도 상관없습니다. 난 그런 적 없다고 잡아뗄 테니까요. 당신은 살인사건 용의자입니다. 게다가 지난 십일 년간 살인자 형의 은신을 도와왔습니다. 반면에 나는 이 나라의 법 집행기관 요원입니다. 그들이 우리 두 사람 중 누굴 믿어줄 것 같습니까?"

나는 그를 빤히 올려다보았다.

"왜 나한테 이러는 겁니까?"
"그러니까 상관하지 말라고 경고하지 않았습니까."
"당신이 나라면 어떻게 했겠습니까? 당신 형이 이런 상황에 처해 있다면 말입니다."
"중요한 건 그게 아닙니다. 당신은 내 말을 전혀 듣지 않았습니다. 당신의 여자친구는 죽었고, 케이티 밀러까지 목숨을 잃을 뻔했단 말입니다."
"난 두 사람 중 누구도 해치려 한 적이 없습니다."
"그건 사실이 아닙니다. 당신은 원인 제공자입니다. 진작 내 충고를 들었으면, 이런 일은 없었을 게 아닙니까."
그의 말에 가슴이 뜨끔했다. 하지만 나는 물러나지 않았다.
"그럼 당신은요? 당신은 로라 에머슨 사건과의 연결고리를……"
"이봐요, 여기서 당신과 누가 잘났는지 싸우고 싶은 마음은 없습니다. 당신은 오늘 밤에 유치장으로 가게 될 겁니다. 명심해요. 난 당신을 반드시 기소시킬 거요."
그가 문 쪽으로 걸어갔다.
"피스틸로?"
그가 몸을 돌렸다.
"대체 왜 이러는 겁니까?"
그가 걸음을 멈추고 몸을 앞으로 기울였다. 그의 허리는 내 귀에서 몇 센티미터 밖에 떨어지지 않았다. 그가 속삭였다.
"그건 당신 형에게 물어봐요."
그리고 그는 밖으로 나가버렸다.

88

그날 밤, 나는 웨스트 35번가에 자리한 미드타운 사우스 경찰서의 유치장에 갇히는 신세가 되었다. 유치장 안에선 소변과 토사물 냄새가 진동했다. 술에 취한 사람이 흘린 땀에서 나는 시큼한 보드카 냄새도 풍겼다. 내 주변에선 아직도 승무원 향수 냄새가 가시지 않고 있었다. 유치장 안엔 두 명이 더 수감되어 있었다. 그중 한 명은 여장을 한 남창이었다. 그는 툭하면 울어댔고, 변기를 사용할 때면 서야 할지, 앉아야 할지를 놓고 무척 고민했다. 또 다른 한 명은 잠에서 깨어날 줄 모르는 흑인 남자였다. 다행히 그들에게 폭행이나 강탈이나 강간은 당하지 않았다. 실로 평온무사하게 보낸 밤이었다.

밤 근무를 서는 경관은 브루스 스프링스틴의 〈본 투 런〉 앨범을 틀어놓았다. 너무나도 익숙한 곡들이 흘러나왔다. 뉴저지에서 성장한 모든 남자들이 그렇듯 나 역시 그의 가사를 줄줄 읊을 수 있었다. 이상하게 들릴지 모르지만 스프링스틴의 강렬한 발라드를 들을 때마다 나도 모르게 켄을 떠올렸다. 우리는 육체노동자도 아니었고, 궁핍하게 살지도 않았으며, 차로 속도감을 즐기거나 물가를 어슬렁거리며 시간 보내는 것을 좋아하지도 않았다(뉴저지에선 '해변' 대신 '물가'라는 표현을 쓴다). 하긴, 요즘 이 스트리트 밴드의 공연을 보면 그의 팬 대부분이 우리와 비슷한 것 같았다. 어쨌든 악전고투, 구속에서 벗어나려 발버둥치는 한 남자의 영혼, 한없는 갈망과 도망칠 용기에 대한 가사는 살인사건이 벌어지기 전부터 형을 떠올리게 만들었다.

하지만 오늘 밤, 브루스는 그녀의 미모에 취해 별 속에서 길을 잃고 말았다고 노래하고 있었다. 그 부분에서 나는 실러를 떠올렸다. 갑자기 가슴이 저려왔다.

전화를 한 통 걸 수 있는 기회가 왔을 때 나는 머뭇거림 없이 스퀘어스에게 연락했다. 내 전화가 그의 단잠을 깨워놓고 말았다. 그동안 벌어진 일들을 들려주니 그가 말했다.
"젠장."
그는 쓸 만한 변호사를 데려오겠다고 약속했다. 그리고 케이티의 상태도 살펴봐주겠다고 했다.
"오, 그리고 퀵고의 경비 카메라 말인데."
스퀘어스가 말했다.
"어떻게 됐는데?"
"네 작전이 먹혀들었어. 내일이면 손에 넣을 수 있을 거야."
"그 전에 여기서 나가야 할 텐데."
"하긴."
스퀘어스가 말했다. 그리고 이내 덧붙였다.
"보석 신청을 받아주지 않는다면 큰일인데."
날이 밝자 경관들이 나를 센터 가 100번지에 있는 교정국으로 넘겼다. 나는 그곳 지하 유치장에 수감되었다. 미국이 인종 집합소라는 게 믿어지지 않는다면, 이 축소판 국제연합에 모인 사람들을 한번 보기 바란다. 나는 그곳에서 열 개 이상의 언어를 들을 수 있었다. 크레용을 연상시키는 피부색들. 야구모자, 터번, 부분 가발, 페즈모. 그들 모두 우는 소리를 하고 있었다. 자신들이 무고하다는 호소일 것이다. 물론 제대로 알아들을 순 없었지만.
스퀘어스는 판사 앞에 선 나를 지켜봐주었다. 그는 헤스터 크림스타인이라는 여자 변호사를 데려왔다. 언젠가 대형 사건을 맡아 화제에 오른 변호사였지만, 나는 그게 어떤 사건이었는지 기억할 수 없었다. 그녀는 자기소개를 한 후로 한 번도 나와 눈을 마주치지 않았다. 그녀의 시선은 젊은 검사 쪽으로 돌아가 있었다. 꼭 피 흘리는 수퇘지를 노려보는 치질 걸린 표범을 보는 듯했다.

"클라인 씨를 보석 없이 구속시켜주시기를 요청합니다."

젊은 검사가 말했다.

"도주의 위험이 아주 높은 용의자입니다."

"어째서죠?"

따분함에 땀까지 질질 흘려대고 있는 판사가 물었다.

"용의자의 형 또한 살인사건 용의자로, 십일 년간 숨어 지내고 있습니다. 그뿐 아니라, 용의자의 형이 살해한 피해자는 이 용의자가 살해하려 했던 피해자의 언니였습니다."

그 설명에 판사가 흠칫 놀랐다.

"뭐라고요?"

"피고, 클라인 씨는 캐서린 밀러를 살해하려 했습니다. 그리고 클라인 씨의 형, 케네스는 십일 년 전 발생한 줄리 밀러 살인사건의 용의자입니다. 줄리 밀러는 이번 사건 피해자의 언니였죠."

판사가 얼굴을 문질러대던 손을 내렸다.

"오, 잠깐만요. 그 사건, 나도 기억합니다."

마치 상이라도 받은 듯 젊은 검사가 미소를 지었다.

판사가 헤스터 크림스타인 쪽으로 시선을 돌렸다.

"크림스타인 씨?"

"판사님, 저희는 클라인 씨에게 씌워진 혐의를 당장 벗겨주시기를 요청합니다."

그녀가 말했다.

판사는 다시 얼굴을 문질러대기 시작했다.

"납득하기 어려운 요청이군요, 크림스타인 씨."

"그렇지 않습니다. 서약서를 제출할 테니 석방시켜주시면 감사하겠습니다. 클라인 씨에겐 전과가 없습니다. 클라인 씨는 오랫동안 불쌍한 이들을 위해 봉사해왔습니다. 게다가 여전히 이 지역에 살고 있습니다. 이번 사건을 과거의 사건과 연결 짓는 것은 누가 봐도 억지입니다. 이건 연좌제의 가장 악랄한 표본입니다."

"크림스타인 씨, 검찰 측의 주장이 터무니없다고 보는 겁니까?"

"물론입니다, 판사님. 클라인 씨의 누님이 파마를 했다고 클라인 씨까지 덩달아 파마를 할 게 뻔하다는 결론을 내릴 수 있겠습니까?"

그 말에 여기저기서 웃음이 터져 나왔다.

젊은 검사는 의기양양했다.

"판사님, 피고 측은 지금 말도 안 되는 유추를……."

"뭐가 말이 안 된다는 거죠?"

크림스타인이 날카롭게 말했다.

"저는 그저 클라인 씨는 도주의 가능성이 적지 않다는 말씀을 드린 것뿐입니다."

"그거야말로 말이 안 됩니다. 클라인 씨가 다른 이들에 비해 도주의 가능성이 높을 이유가 있습니까? 검찰 측은 클라인 씨의 형이 숨어 지내고 있다고 믿기 때문에 이런 주장을 하고 있을 뿐입니다. 게다가 그들은 그의 생사조차 정확히 모르고 있습니다. 어쨌든 중요한 건 검찰 측에서 결정적인 사실을 빼놓고 있다는 점입니다."

헤스터 크림스타인이 젊은 검사를 돌아보며 미소를 지었다.

"톰슨 씨?"

판사가 말했다.

젊은 판사, 톰슨은 고개를 들지 않았다.

적절한 타이밍을 기다리던 헤스터 크림스타인이 다시 입을 열었다.

"이 가증스러운 범죄의 피해자, 캐서린 밀러 양이 오늘 아침에 클라인 씨가 무고하다는 것을 확인해주었습니다."

판사는 못마땅하다는 표정을 지었다.

"톰슨 씨?"

"그건 정확한 사실이 아닙니다, 판사님."

"그게 무슨 뜻입니까?"

"밀러 양은 가해자를 제대로 보지 못했다고 했습니다. 너무 어두웠던 데다가 습격자는 복면까지 쓰고 있었습니다."

"하지만 그녀는 그가 제 의뢰인이 아니었다고 분명하게 확인해주었습니다."

크림스타인이 말했다.

"클라인 씨가 아니었던 것 같다고만 말했을 뿐입니다."

톰슨이 받아치며 말을 이었다.

"판사님, 그녀는 부상을 당한 상태였고, 당시 제정신이 아니었습니다. 습격자를 제대로 보지 못했으니……."

"이건 심리가 아닙니다."

판사가 말을 끊었다.

"보석 거절 요청은 받아들일 수 없습니다. 보석금은 3만 달러로 하겠습니다."

판사가 나무망치를 두드렸고, 나는 그렇게 자유의 몸이 될 수 있었다.

89

곧장 병원으로 달려가 케이티를 만나보고 싶었다. 스퀘어스는 고개를 저으며 별로 좋은 생각이 아니라고 했다. 그녀의 아버지가 병실을 지키고 있었다. 그는 딸의 곁을 떠나지 않았다. 그는 무장 경비까지 고용해서 병실 밖에 세워놓았다. 그 심정은 충분히 이해할 수 있었다. 밀러 씨는 둘째 딸마저 큰딸처럼 잃지 않겠노라고 단단히 마음먹은 듯했다.

나는 스퀘어스의 휴대전화를 빌려 병원에 전화를 걸어보았지만 교환원은 연결해줄 수 없다고 단호하게 말했다. 나는 꽃집에 전화를 걸어 꽃배달을 주문했다. 참으로 단순하면서도 우둔한 생각이었다. 내 아파트에서 목을 조여 숨질 뻔했던 케이티에게 꽃다발과 곰 인형과 마일라 풍선을 보낸다는 것. 하지만 지금 내가 할 수 있는 일이라고는 그것뿐이었다. 그렇게라도 내가 그녀를 생각하고 있다는 걸 알려주고 싶었다.

스퀘어스는 자신의 차를 끌고 왔다. 1968년형 베니션 블루 캐딜락 쿠페 드빌은 링컨 터널에서도 전혀 주의를 끌지 못했다. 여장을 하고 다니는 라켈/로스코가 애국 여성회 모임에 참석하는 것만큼이나 특별할 게 없었다. 언제나 그렇듯 터널은 수많은 차들로 꽉 막혀 있었다. 사람들은 교통체증이 점점 심해진다고 투덜댔다. 하지만 그것은 사실이 아니었다.

어릴 적 우리 가족은 이 주에 한 번씩 패널이 둘린 스테이션왜건을 타고 링컨 터널을 지났었다. 그때도 꽉 막힌 어두운 터널 안에서 천장에 박쥐처럼 붙은 노란색 경고등이 깜빡이는 것을 물끄러미 올려다봤었다. 더는 느리게 갈 수 없음에도 경고등은 계속해서 깜빡거렸다. 작은 유리 부스 안의 직원, 매연 때문에 소변 빛 상아색으로 그을린 타일들. 우리는 안절부절못하며 먼발치에서 새어 들어오는 빛을 바라보았다. 그러다 금속 같아 보이는 고무 디바이더를 넘어가면, 비로소 고층 건물들이 즐비하게 늘어선 현실로 다시 빠져들 수 있었다. 꼭 시간 여행을 한 듯한 기분이었다.

우리는 링링 브라더스&베일리 서커스를 보러가곤 했다. 빛이 나오는 끈을 빙빙 돌리며 하루 종일 즐거운 시간을 보냈다. 딱 십 분간의 흥겨운 공연을 보기 위해 라디오 시티 뮤직 홀에도 갔고, 반값 티켓을 사기 위해 TKTS 부스에서 줄을 서기도 했고, 반스 앤 노블 서점에서 책을 골라보기도 했고(당시엔 달랑 한 곳밖에 없었던 것으로 기억한다), 자연사 박물관을 둘러보기도 했으며, 거리 축제를 구경하기도 했다. 어머니는 매년 9월이면, 5번가에서 벌어지는 '뉴욕은 책의 나라' 축제를 특히 좋아했다.

아버지는 막히는 도로와 협소한 주차장, 온갖 쓰레기 등에 대해 계속해서 투덜댔지만, 어머니는 뉴욕을 좋아했다. 어머니는 특히 연극과 미술, 재즈, 도시의 소음을 좋아했다. 카풀과 테니스화로 대표되는 교외 생활에 익숙한 써니였지만, 오랫동안 가슴에 담아왔던 꿈만큼은 주체하지 못했다. 어머니는 우리를 사랑했다. 하지만 조수석에 앉아 창밖 풍경에 넋을 잃고 있는 어머니의 자태를 볼 때마다, 나는 우리가 없었으면 어머니가 지금보다 훨씬 더 행복했을 수도 있었을 거라고 생각했었다.

"좋은 생각이었어."

스퀘어스가 말했다.

"뭐가?"

"소네이가 내 열렬한 팬이라는 사실을 기억해낸 거 말이야."

"그래서 어떻게 됐어?"

"소네이에게 전화를 해봤어. 그녀에게 우리 사정을 들려줬지. 두 형제가 퀵고를 운영하고 있다고 알려주더군. 이안과 노아 멀러. 그녀가 나 대신 그들에게 전화를 걸어줬어. 그리고……."

스퀘어스가 어깨를 으쓱했다.

나는 고개를 끄덕였다.

"넌 정말 대단해."

"맞아, 난 정말 대단해."

퀵고 사무실은 뉴저지 북부에 있는 습지 한복판을 가로지르는 3번 도로 옆 창고 건물에 있었다. 뉴저지는 타 지역 사람들의 놀림감이다. 통행량 많은 샛길들 대부분이 뉴저지의 가장 흉측한 구역인 가든 스테이트를 가로지르기 때문이다. 나는 출신 지역을 무척 옹호하는 편이다. 뉴저지엔 놀라울 정도로 멋진 곳이 많다. 하지만 비평가들은 두 가지 부분에 대해서만 유독 물고 늘어진다. 첫째, 뉴저지의 도시들은 썩어 문드러졌다. 트렌턴, 뉴어크, 애틀랜틱시티, 어디든 마찬가지다. 절대 좋은 평을 들을 수 없는 곳이다. 뉴어크를 한번 예로 들어보자. 내겐 매사추세츠의 퀸시에서 살다 온 친구들이 있다. 그들은 항상 보스턴 출신이라고 우긴다. 브린모에서 살다 온 친구들도 있다. 그들은 항상 필라델피아 출신이라고 우긴다. 나는 뉴어크의 심장부에서 15킬로미터도 채 떨어지지 않은 곳에서 성장했다. 내가 아는 누구도 자신이 뉴어크 출신이라고 우기지 않는다.

둘째, 남들이 뭐라고 하든 상관없다. 뉴저지 북부 습지대에선 악취가 난다. 은은하게 풍기지만 그렇다고 무시해버릴 수 있는 정도는 아니다. 불쾌하다. 자연의 향기와는 거리가 멀다. 연기와 화학약품과 정화조 냄새 같다. 퀵고 사무실에 도착해서 우리가 차에서 내렸을 때, 바로 그 냄새가 우리를 맞아주었다.

스퀘어스가 말했다.

"방귀 꼈어?"

나는 그를 빤히 쳐다보았다.

"그냥 웃자고 한 얘기야."

우리는 곧장 건물로 들어갔다. 멀러 형제는 1억 달러 이상의 재산이 있음에도 격납고를 연상시키는 공간 중앙의 작은 사무실을 같이 사용하고 있었다. 초등학교 물품을 재고정리 판매할 때 구입한 듯한 그들의 책상은 서로를 마주보고 붙어 있었다. 셸락을 바른 나무 의자는 인체공학과는 거리가 멀어 보였다. 컴퓨터나 팩스나 복사기는 보이지 않았다. 그저 책상과 높은 금속제 서류 캐비닛, 그리고 전화 두 대가 전부였다. 네 면의 벽은 유리로 되어 있었다. 그들은 화물상자들과 지게차들을 내려다보는 것을 좋아했다. 밖에서 누가 들여다보는지는 상관하지 않는 듯했다.

두 형제는 생김새뿐만 아니라, 옷차림도 거의 비슷했다. 그들은 우리 아버지가 '목탄 바지'라 부르는 바지와 단추 달린 흰색 브이넥 티셔츠 차림이었다. 반쯤 풀어헤쳐진 셔츠 밖으로 회색 털이 강철사처럼 삐져나와 있었다. 두 형제가 동시에 일어나 스퀘어스를 향해 환한 미소를 지어 보였다.
"소네이 씨가 말씀하셨던 사범님이시군요."
그들 중 한 명이 말했다.
"스퀘어스 선생 아니십니까."
스퀘어스는 자신이 현인이라도 되는 듯 차분한 자세로 고개를 끄덕였다.
그들이 달려 나와 스퀘어스와 악수를 나누었다. 왠지 무릎까지 꿇고 갖은 아양을 떨어댈 것 같았다.
"말씀하신 테이프를 구했습니다."
키가 큰 한 명이 마치 보고하듯 말했다. 스퀘어스는 만족스럽다는 표정으로 고개를 끄덕였다. 그들은 우리를 이끌고 콘크리트 바닥을 가로질러 나갔다. 한쪽에서 트럭이 삐삐 소리를 내며 후진하는 소리가 들려왔다. 차고 문은 활짝 열려 있었고, 트럭엔 상자들이 실리고 있었다. 두 형제는 지나치는 직원들에게 일일이 인사를 했다.
우리는 창이 없는 방으로 들어갔다. 테이블 위엔 커피 메이커가, 금속 카트엔 옷걸이 모양의 안테나가 달린 TV와 VCR이 놓여 있었다. 카트는 초등학교 시절 시청각 자료 담당 선생이 끌고 다녔던 것과 똑같았다.
키가 큰 남자가 TV를 켰다. 화면엔 아무것도 나타나지 않았다. 그가 테이프를 VCR에 꽂았다.
"열두 시간짜리 테이프입니다."
그가 말했다.
"그 남자가 세 시쯤 가게에 들어왔었다고 하셨죠?"
"그렇다고 들었습니다."
스퀘어스가 대답했다.
"2시 45분에 맞춰놓았습니다. 이미지가 빨리 움직일 겁니다. 삼 초에 한 번씩 찍히거든요. 오, 빨리 감기 기능은 안 됩니다. 리모컨도 없고요. 준비되시면 그냥 여기 재생 버튼만 누르시면 됩니다. 저희는 나가 있겠습니다. 천천히 보십시오."

"테이프를 가져가야 할지도 모릅니다."

스퀘어스가 말했다.

"그러시죠. 제가 복사해드리겠습니다."

"감사합니다."

두 형제 중 한 명이 다시 스퀘어스에게 악수를 청했다. 나머지 한 명은 깍듯하게 고개를 숙였다. 그들이 나가고, 방 안엔 우리 둘만 남게 되었다. 나는 VCR 앞으로 다가가 재생 버튼을 눌렀다. 지지직 소리가 뚝 멎었다. TV 볼륨을 높였지만 역시 아무 소리도 흘러나오지 않았다.

화면에 흑백 이미지가 떴다. 화면 밑부분엔 시간이 찍혀 있었다. 카메라는 금전 등록기 바로 위에 붙어 있었다. 긴 금발의 젊은 여자가 일하고 있었다. 그녀의 움직임은 삼 초에 한 번씩 뚝뚝 끊어졌다. 그걸 계속 보고 있자니 머리가 핑핑 돌았다.

"누가 오웬 엔필드인지 어떻게 알아?"

스퀘어스가 물었다.

"짧은 머리를 한 마흔 살의 남자를 찾아보면 되겠지 뭐."

왠지 생각보다 어렵지 않은 작업이 될 수도 있을 것 같았다. 손님들 대부분은 골프 클럽 복장의 노인들이었다. 스톤포인트 주민 대부분이 은퇴자들인 것 같았다. 나는 나중에 이본 스테르노에게 물어보기로 했다.

3시 8분 15초. 마침내 우리는 그를 찾아낼 수 있었다. 그는 등만 보였다. 반바지에 깃 있는 반소매 셔츠. 얼굴은 보이지 않았지만 머리는 짧았다. 그는 금전 등록기를 지나 마지막 통로로 향했다. 우리는 묵묵히 기다렸다. 3시 9분 24초. 오웬 엔필드로 보이는 남자가 구석에서 몸을 돌려 긴 금발의 종업원 쪽으로 다가오기 시작했다. 그는 2리터짜리 우유와 식

빵 한 봉지를 들고 있었다. 나는 일시 정지 버튼을 누르고, 화면 속의 남자를 유심히 들여다보았다.

사실 유심히 들여다볼 필요까지는 없었다.

끝이 뾰족한 반다이크형 턱수염과 짧게 깎은 회색 머리 때문에 알아보기가 쉽진 않았다. 이 테이프를 건성으로 보거나 북적대는 거리에서 그와 마주친다면, 아마 나는 그를 전혀 알아보지 못했을 것이다. 하지만 지금은 달랐다. 온 신경을 집중해 화면을 들여다보고 있었으니까. 나는 단번에 알아차릴 수 있었다. 그럼에도 굳이 일시 정지 버튼을 누르고 말았다. 3시 9분 51초.

모든 의심은 사라져버린 상태였다. 나는 미동도 않고 멍하니 서 있었다. 좋아해야 할지 울어야 할지 갈피를 잡을 수 없었다. 나는 스퀘어스를 돌아보았다. 그의 시선은 TV 화면 대신 내게 고정되어 있었다. 나는 고개를 끄덕여 그의 짐작이 맞다고 확인해주었다.

오웬 엔필드는 바로 우리 형, 켄이었다.

40

인터폰이 울렸다.

"맥구안 씨?"

경비팀의 접수원이 말했다.

"네."

"조슈아 포드와 레이먼드 크롬웰 씨가 오셨습니다."

조슈아 포드는 300명 이상의 변호사를 거느리고 있는 법률회사, 스탠퍼드, 커밍스&포드의 공동 대표였다. 시간 외 근무 중인 레이먼드 크롬웰은 그의 메모 담당 비서였다. 필립은 모니터를 통해 두 사람을 지켜보왔다. 포드는 거구였다. 키는 193센티미터, 체중은 100킬로그램에 달했다. 그는 터프하고 공격적이고 음흉했다. 항상 시가나 사람 다리를 어적어적 씹어대는 얼굴을 하고 다녔다. 그에 반해 크롬웰은 젊고 싹싹하고, 매끈한 피부에 손톱 소제까지 하고 다녔다.

맥구안이 유령을 돌아보았다. 유령이 미소를 짓자 맥구안에게 다시 냉기가 스며들었다. 그는 아셀타를 불러온 것이 과연 현명한 일이었는지 생각해보았다. 이번에도 그는 현명한 일이었다는 결론을 내렸다. 유령 또한 이번 일에 깊이 개입되어 있었다.

게다가 유령은 이런 일에 재능까지 있었다.

여전히 소름 돋는 미소를 쳐다보며 맥구안이 말했다.

"포드 씨만 들여보내요. 크롬웰 씨는 대기실로 안내하세요."

"알겠습니다, 맥구안 씨."

맥구안은 이번 일을 어떻게 처리할지를 놓고 고민했다. 폭력은 원치 않았지만, 필요하다면 쓸 수밖에 없었다. 목적을 이루는 수단일 뿐이었다. 참호 속엔 무신론자가 없다는 유령의 말이 맞았다. 사실 우리는 동물일 뿐이다. 유기체. 복잡성으로 따져도 짚신벌레보다 월등하진 않다. 죽으면 그걸로 끝이다. 인간이 죽음을 뛰어넘을 수 있다고, 다른 동물들과 달리 우리에겐 죽음을 초월할 수 있는 능력이 있다고 생각하는 것은 말 그대로 과대망상이었다. 물론 우리는 특별하고 지배적이다. 왜냐하면 인간은 세상에서 가장 강하고, 무자비하니까. 우리가 최고이다. 죽어서도 마찬가지다. 우리는 신의 눈에도 우리가 가장 특별해 보일 거라 확신한다. 속 보이게 아부를 해대면 분명 신의 은총을 받을 수 있을 거라 믿고 있다. 공산주의자처럼 들릴지도 모르지만, 어쨌든 부자들은 가난한 이들을 부리기 위해 아주 오래전부터 그런 생각을 품어왔다.

유령이 문 앞으로 다가갔다.

어떻게든 유리한 위치에 서는 게 중요했다. 맥구안은 항상 남들이 금하는 샛길로만 다녔다. FBI나 검사, 경찰을 죽여선 안 되지만, 그는 개의치 않고 그들을 처치해버렸다. 권력자를 건드렸다가는 문제가 걷잡을 수 없이 커지거나 불필요하게 세상의 주목을 받게 될 수도 있다.
하지만 맥구안은 신경 쓰지 않았다.
조슈아 포드가 문을 열었다. 유령은 쇠로 된 봉을 만지작거렸다. 야구 배트 길이만 한 그것은 강력한 스프링으로 되어 있어, 가죽으로 싼 곤봉처럼 쉽게 다룰 수 있었다. 가볍게 휘두르기만 해도 상대의 두개골은 달걀처럼 으스러진다.
조슈아 포드가 오만하게 걸어 들어왔다. 그는 맥구안을 보며 미소를 지었다.
"맥구안 씨."
맥구안도 미소를 지어 보였다.
"포드 씨."
누군가가 오른쪽에 서 있다는 것을 감지한 포드가 유령 쪽으로 몸을 홱 돌렸다. 그가 습관적으로 손을 내밀어 악수를 청했다. 유령의 시선은 다른 쪽으로 돌아가 있었다. 그가 금속 봉을 포드의 정강이를 향해 휘둘렀다. 포드가 비명을 지르며 줄 끊어진 꼭두각시처럼 바닥에 픽 쓰러져버렸다. 유령은 다시 봉을 휘둘렀다. 이번엔 포드의 오른쪽 어깨에 떨어졌다. 포드의 팔에서 감각이 사라졌다. 유령은 봉으로 그의 흉곽을 가격했다. 뼈가 부러지는 소리가 들렸다. 포드는 몸을 구부려보려 했다.
사무실 한쪽에서 맥구안이 물었다.
"어디 있습니까?"
조슈아 포드가 마른침을 삼키고 우는 소리를 했다.
"대체 당신은 누구……."
그것은 실수였다. 유령이 그의 발목을 겨누어 봉을 휘둘렀다. 포드가 울부짖었다. 맥구안은 그의 뒤쪽에 있는 모니터를 확인했다. 크롬웰은 대기실에서 아늑하게 쉬고 있었다. 그는 아무 소리도 듣지 못할 것이다. 사무실 밖의 어느 누구도 안에서 나는 소리를 듣지 못할 것이다.

유령이 다시 변호사를 내리쳤다. 이번에도 봉은 그의 발목을 파고들었다. 트럭 바퀴가 맥주병을 짓이기고 지나가는 듯한 소리가 들렸다. 포드가 한 손을 들어 보이며 살려달라고 애원했다.

맥구안은 오래전, 상대를 심문하기 전에 뜨거운 맛부터 보여줘야 한다는 사실을 깨달았다. 협박이 가해지면 대부분 말로 교묘히 빠져나가려 노력하게 된다. 입으로 먹고사는 이들은 더욱 그렇다. 그들은 빈틈을 찾아 헤맨다. 반의 진실, 그리고 그럴듯한 거짓말. 그들은 논리적이다. 그들의 상대도 같아져야만 한다. 위기를 벗어나는 데 있어 말보다 나은 방법은 없다.

우선 그들의 망상을 깨줄 필요가 있다.

급습을 하면, 육체적 고통과 공포 때문에 정신이 황폐해진다. 판단력, 그러니까 머릿속 인텔리겐치아가 제 기능을 멈추게 되는 것이다. 머릿속엔 진정한 자신, 즉 당장 고통을 피하는 데만 급급한 네안데르탈인만 남게 된다.

유령이 맥구안을 돌아보았다. 맥구안이 고개를 끄덕였다. 유령이 뒤로 물러나자, 맥구안이 포드 앞으로 다가왔다.

"그는 라스베이거스에 잠시 들렀습니다."

맥구안이 설명했다.

"그게 실수였죠. 그는 거기서 의사를 찾아갔습니다. 우린 인근 공중전화를 모두 뒤져, 그가 도착하기 한 시간 전부터 한 시간 후까지 전화한 기록을 살폈습니다. 딱 하나가 검색되더군요. 바로 당신에게 했습니다, 포드 씨. 그는 당신에게 전화를 걸었습니다. 혹시 몰라서 우린 사람을 시켜 당신의 사무실을 감시하도록 시켰죠. 어제 FBI가 당신을 찾아갔었습니다. 이제야 모든 게 이해가 되더군요. 켄은 변호사가 필요했습니다. 그는 강하고 독립적인 변호사를 찾았을 겁니다. 나와 어떤 식으로도 연관되지 않은 변호사 말입니다. 바로 당신."

조슈아 포드가 입을 열었다.

"하지만……."

맥구안이 한 손을 들어 그의 말을 잘랐다. 포드는 입을 닫았다. 맥구안이 뒤로 물러나며 유령을 돌아보았다.

"존."

유령이 머뭇거림 없이 성큼 다가왔다. 그가 포드의 팔꿈치 윗부분을 힘껏 가격했다. 그의 팔꿈치가 반대쪽으로 꺾였다. 포드의 얼굴이 하얗게 질렸다.

"부인하거나 모르는 척하면 제 친구가 본격적으로 고통을 안겨줄 겁니다. 알겠습니까?"

맥구안이 말했다.

포드가 잠시 우물거렸다. 그가 올려다보자 맥구안은 흠칫 놀랐다. 그의 눈이 심상치 않았기 때문이다. 포드는 유령을 돌아보았다가 다시 맥구안에게 시선을 돌렸다.

"어디 마음대로 해봐."

포드가 말했다.

유령이 맥구안을 돌아보았다. 그가 눈썹을 실룩이며 미소를 지었다.

"겁이 없군."

"존……."

하지만 유령은 그를 무시했다. 그는 금속 봉으로 포드의 얼굴을 내리쳤다. 뭔가가 찢기는 소리와 함께 그의 고개가 옆으로 픽 꺾였다. 사무실 바닥은 이내 피로 흥건해졌다. 뒤로 벌러덩 뻗어버린 포드는 움직이지 않았다. 유령은 포드의 무릎을 내려칠 생각으로 봉을 높이 쳐들었다.

맥구안이 말했다.

"의식은 있어?"

그 말에 유령이 멈칫했다. 그가 몸을 숙였다.

"있어."

유령이 말했다.

"하지만 호흡이 고르지 않아."

그가 다시 허리를 폈다.

"한 대 더 갈기면 한동안 깨어나지 못할 거야."

맥구안은 잠시 머리를 굴렸다.

"포드 씨?"

포드가 그를 올려다보았다.

"어디 있습니까?"

맥구안이 다시 물었다.

포드가 고개를 저었다.

맥구안이 모니터 앞으로 다가갔다. 그가 모니터를 돌려 조슈아 포드가 똑똑히 볼 수 있게 했다. 크롬웰은 다리를 꼰 채 앉아 커피를 홀짝이고 있었다.

유령이 모니터를 가리켰다.

"좋은 구두를 신고 있군. 알렌 에드먼즈인가?"

포드는 일어나 앉기 위해 안간힘을 다하고 있었다. 그가 두 손으로 바닥을 밀어내려 하다가 다시 픽 고꾸라졌다.

"저 친구 몇 살입니까?"

맥구안이 물었다.

포드는 대답하지 않았다.

유령이 봉을 치켜들었다.

"질문을 했잖아."

"스물아홉."

"결혼은 했고요?"
포드가 고개를 끄덕였다.
"애들은요?"
"아들 둘."
맥구안이 다시 모니터를 들여다보았다.
"정말 그렇군, 존. 구두가 아주 좋아 보여."
그가 포드를 돌아보았다.
"켄이 어디 있는지 말해요. 안 그러면 저 친구가 무사하지 못할 겁니다."
유령이 봉을 조심스레 내려놓았다. 그가 주머니에서 서기 교살 막대를 꺼냈다. 손잡이 부분은 마호가니로 되어 있었다. 길이는 20센티미터, 지름은 5센티미터로 팔각형 모양이었다. 손에 쥐기 편하도록 홈이 깊게 파여 있었다. 양쪽 끝으로는 많은 끈이 붙어 있었다.
"저 친구는 이번 일과 아무 상관도 없어."
포드가 말했다.
"잘 들어요. 딱 한 번만 얘기할 테니까."
맥구안이 말했다.
포드는 마음의 준비를 하는 듯했다.
"우리는 엄포 따위는 놓지 않습니다."
맥구안이 말했다.
유령이 미소를 지었다. 맥구안이 잠시 포드를 내려다보았다. 그런 다음, 인터폰 버튼을 눌렀다. 경비팀 접수원이 응답했다.
"네, 맥구안 씨."
"크롬웰 씨를 들여보내요."
"알겠습니다."
두 사람은 모니터를 통해 뚱뚱한 경비가 문 앞으로 다가가 크롬웰에게 손짓하는 장면을 지켜보았다. 크롬웰이 꼬고 있던 다리를 풀고 커피를 내려놓은 후, 자리에서 일어나 구겨진 재킷을 문질러 폈다. 그가 경비를 따라 문밖으로 나갔다. 포드가 맥구안을 돌아보았다. 두 사람의 시선이 마주쳤다.

"어리석군요."

맥구안이 말했다.

유령이 나무 손잡이를 다시 쥐고 기다렸다.

경비가 문을 열었다. 레이먼드 크롬웰이 미소를 지으며 안으로 들어왔다. 하지만 피 웅덩이 위에 누워 있는 자신의 상사를 발견한 순간 그의 얼굴이 누전이라도 된 듯 축 늘어졌다.

"대체 이게……."

유령이 크롬웰 뒤로 다가가, 그의 무릎 뒷부분을 걷어찼다. 크롬웰이 외마디 비명을 지르며 무릎을 꿇었다. 잘 훈련된 유령의 움직임은 우아하기까지 했다. 꼭 괴기스러운 발레를 보는 듯했다.

끈은 젊은 남자의 머리 너머로 내려졌다. 그의 목에 끈이 감기자 유령이 힘껏 잡아당겼다. 그와 동시에 유령은 무릎으로 크롬웰의 척추를 짓눌러댔다. 끈이 크롬웰의 밀랍처럼 매끄러운 피부에 닿아 팽팽해졌다. 유령이 손잡이를 비틀었다. 뇌로 흐르는 혈류가 효과적으로 차단되었다. 크롬웰의 눈이 휘둥그레졌다. 그의 두 손이 끈을 잡아 쥐었다. 유령은 힘을 풀지 않았다.

"그만해!"

포드가 소리쳤다.

"얘기할게!"

하지만 유령은 아무 대꾸도 없었다. 그는 크롬웰에게 시선을 떼지 않았다. 크롬웰의 얼굴이 자줏빛으로 변해가고 있었다.

"얘기한다고!"

포드가 맥구안을 돌아보았다. 맥구안은 팔짱을 낀 채 여유를 부리며 지켜보고 있었다. 두 사람의 시선이 다시 마주쳤다. 크롬웰은 몸부림치며 꿀꿀 소리를 냈고, 그 소리는 정적 속에서 메아리쳤다.

포드가 속삭였다.

"제발."

하지만 맥구안은 고개를 흔들며 같은 말을 반복해서 들려줄 뿐이었다. "우리는 엄포 따위는 놓지 않습니다."

유령은 손잡이를 한 번 더 비틀고, 두 손에 잔뜩 힘을 주었다.

41

아버지에게 테이프에서 본 것을 알려야 했다.

스퀘어스는 메도랜즈 근처의 한 버스 정거장에 나를 내려주었다. 방금 두 눈으로 확인한 것을 어떻게 해야 할지 난감했다. 뉴저지 고속도로를 달려오는 동안 나는 창밖으로 허물어지기 직전의 공장을 내다보았다. 정신을 자동조종장치에 맡겨놓은 채로. 그러지 않고서는 도저히 견딜 수가 없었다.

켄이 살아 있었다니.

내 눈으로 그 증거까지 똑똑히 확인했다. 형은 뉴멕시코에서 오웬 엔필드라는 이름으로 지내왔던 것이다. 한편으로는 희열이 넘쳤다. 구원의 기회였기 때문이었다. 형과 재회할 수 있는 기회. 그리고 뒤틀린 모든 것을 바로잡을 수 있는 기회.

갑자기 실러가 떠올랐다.

그녀의 지문은 시체 두 구와 함께 형의 집에서 발견되었다. 실러는 어떻게 이번 일에 연루되었을까? 머리를 굴려도 답은 나오지 않았다. 어쩌면 나는 당연한 사실을 애써 피하려 하고 있는지도 몰랐다. 그녀는 나를 배신했다. 머리가 제 기능을 한다면 배신에 대한 시나리오들만 줄줄이 떠오를 것 같았다. 하지만 그쪽으로 생각이 너무 깊어지면, 그 단순한 기억에 너무 집착하게 되면……. 소파 위에서 발을 깔고 앉아 있던 모습, 마치 폭포수 밑에 서 있기라도 한 듯 머리를 뒤로 쓸어 넘기던 모습, 샤워를 마치고 가운 차림으로 나와 풍겨대던 향기, 어느 가을날 밤에 헐렁한 내 스웨터를 걸치고 다니던 모습, 춤을 추며 내 귀에 속삭이던 음성, 방 맞은편에서도 내 숨을 멎게 할 수 있는 시선. 이 모든 게 고심해서 만들어낸 거짓말이었다니…….

자동조종장치가 다시 작동을 시작했다.

나는 한 가지 생각에 집중하기로 했다. 종결. 형과 내 애인은 예고도 없이 나를 떠나버렸다. 작별인사도 없이. 진실을 밝혀내기 전까지 나는 온갖 상상들로부터 자유로울 수 없을 것이다. 스퀘어스는 처음부터 내게 경고했었다. 나중에 밝혀질 진실이 내 마음에 들지 않을 수도 있다고. 하지만 그렇다고 마냥 모른 척하고 있을 수만은 없는 일이었다. 어쩌면 이젠 나 스스로가 용감해져야 할 때인지도 몰랐다. 이번엔 내가 켄을 도와야 할 차례였다.

그래서 나는 거기에 초점을 맞춰보았다. 켄이 살아 있다는 사실. 그리고 형이 무고하다는 사실. 어렴풋이 품고 있었던 의심도 피스틸로의 반응으로 인해 모두 사라진 상태였다. 이제 나는 형을 볼 수 있었고, 뭐든 형과 함께할 수 있었다. 과거에 복수하고, 어머니가 고이 잠들도록 할 수도 있었다.

공식 거상 마지막 날, 아버지는 집에 없었다. 셀마 이모는 주방에 있었다. 이모는 아버지가 산책을 나갔다고 알려주었다. 셀마 이모는 앞치마를 입고 있었다. 이모가 그것을 어디서 찾아냈는지 궁금했다. 우리 집엔 앞치마가 없었다. 확실했다. 셀마 이모가 가져왔을까? 이모는 항상 앞치마를 걸치고 사는 것 같았다. 실제로 걸치고 있지 않을 때도 그런 느낌이 들었다. 나는 싱크대를 청소하는 이모를 지켜보았다. 써니의 말수 적은 여동생, 셀마 이모는 항상 조용히 움직였다. 나는 이모의 수고를 당연하게만 여겨왔다. 아마 가족들 모두 다르지 않았을 것이다. 셀마 이모는 항상 제자리를 지켜왔다. 이모는 사람들의 눈에 잘 띄지 않았다. 마치 운명의 시선이 두렵기라도 한 듯. 이모와 머레이 이모부에겐 자식이 없었다. 나는 그 이유가 궁금했다. 언젠가 부모님이 사산아에 대해 얘기하는 것을 우연히 엿들은 적이 있었다. 나는 멍하니 서서 이모를 지켜보았다. 이모 또한 옳은 일을 위해 매일 분투하며 살아가는 사람 중 한 명이었다.

"고마워요."

내가 이모에게 말했다.

셀마 이모가 고개를 끄덕였다.

나는 이모에게 사랑한다고, 늘 감사한 마음을 가지고 있다고 말해주고 싶었다. 어머니가 세상을 떠난 지금, 그 어느 때보다도 이모의 존재가 고맙고, 어머니 또한 같은 생각일 거라고 말해주고 싶었다. 하지만 나는 아무 말도 하지 않았다. 대신 그냥 다가가 이모를 끌어안았다. 내 갑작스러운 애정 표현에 흠칫 놀란 이모가 이내 몸의 긴장을 풀었다.

"다 괜찮을 거야."

이모가 말했다.

나는 아버지의 산책 코스를 잘 알고 있었다. 서둘러 코딩턴 가로 들어선 나는, 밀러 씨의 눈에 띄지 않기 위해 애썼다. 아마 아버지도 그랬을 것이다. 아버지는 몇 년 전에 코스를 바꾸었다. 나는 재럿과 아르네이 씨의 뒷마당을 가로질러 나갔다. 그런 다음, 메도브룩을 따라 리틀리그 야구장으로 향했다. 시즌이 끝난 야구장은 텅 비어 있었다. 아버지는 금속제 관람석 맨 윗줄에 홀로 앉아 있었다.

아버지는 한때 열정을 가지고 팀을 지도했었다. 흰색 티셔츠에 팔의

사 분의 삼을 덮는 초록색 소매. 셔츠 앞에 새겨진 'Senators(세너터즈)'라는 단어. 'S'자가 새겨진 초록색 모자. 아버지는 선수 대기석을 좋아했다. 먼지 덮인 서까래에 손을 얹은 아버지의 겨드랑이는 항상 땀으로 젖어 있었다. 아버지는 오른쪽 발은 석탄재로 만든 계단에, 왼발은 콘크리트 바닥에 붙이고 서서, 물 흐르는 듯한 매끄러운 동작으로 모자를 벗어 쥔 채, 팔뚝으로 이마의 땀을 훔쳐내고 다시 모자를 반듯하게 머리에 얹곤 했었다. 늦봄의 야간 경기 땐 아버지의 얼굴이 더욱 빛을 발했다. 특히 퀜이 뛰는 경기에선 더욱 그랬다. 아버지는 절친한 술친구인 베르틸로 씨, 호로비츠 씨와 함께 팀을 지도했다. 두 사람 모두 예순 살도 안 돼서 심장마비로 세상을 떠났다. 어쩌면 아버지는 관람석에 앉아서 듣는 박수와 야유 소리, 리틀리그 구장의 달콤한 흙냄새를 그리워하고 있는지도 몰랐다.

내가 다가가자 아버지가 고개를 들고 미소를 지었다.

"네 어머니가 심판을 봤던 시즌, 기억하니?"

"조금은요. 제가 네 살 때였죠?"

"그래, 아마 그랬을 거야."

아버지가 여전히 미소를 지으며 고개를 끄덕였다. 아버지는 다시 추억에 빠져버린 듯했다.

"당시 네 어머니는 여성 해방 운동에 열심이었지. 늘 '여성의 자리는 집과 의회에 있다'라고 적힌 티셔츠를 입고 다녔어. 여자가 리틀리그에서 뛸 수 없었던 시절이었단다. 네 어머니는 야구장에 여자 심판이 한 명도 없다는 걸 깨닫고 규칙서를 훑어보기 시작했어. 그리고 결국 여자도 심판을 볼 수 있다는 걸 직접 증명하겠다고 나섰어."

"그래서 심판으로 등록하신 거였나요?"

"그렇지."

"그래서요?"

"원로들이 절대 안 된다며 난리를 쳤지만, 결국엔 규정에 따를 수밖에 없었지. 그렇게 네 어머니는 심판이 될 수 있었단다. 하지만 문제가 아주 없진 않았어."

"어떤 문제요?"

"네 어머니는 정말 최악의 심판이었단다."

아버지가 다시 미소를 지었다. 과거에 깊숙이 뿌리박은 그 미소는 좀처럼 보기 힘든 것이었다. 마음 한구석이 아려왔다.

"야구 규칙을 잘 몰랐어. 게다가 너도 알다시피 시력도 좋은 편이 아니었고. 첫 경기에선 엄지손가락을 치켜세우고 '세이프'를 외쳐대기도 했었지. 판정을 내릴 때마다 아주 볼만했었어. 꼭 밥 포스가 안무한 동작을 선보이는 것 같았지."

아버지와 나는 킥킥 웃음을 터뜨렸다. 아버지는 마치 과장된 동작으로 판정을 내리는 어머니를 지켜보고 있는 듯했다. 민망해하면서도 한편으로는 감격하는 기색이었다.

"코치들이 가만히 두고 봤나요?"

"그럴 수밖에 없었지. 그래서 연맹이 어떻게 했는지 아니?"

내가 고개를 저었다.

"그들은 네 어머니에게 하비 뉴하우스를 붙여줬어. 너도 그를 기억하지?"

"그분 아들과 같은 반이었어요. 프로 미식축구 선수로 뛰었죠?"

"램스에서 뛰면서 공격 태클을 맡았어. 하비는 135킬로그램이 넘는 거구였어. 그가 주심을 봤고, 네 어머니는 외야를 맡았지. 코치들이 판정에 불평할 때마다 하비는 그들을 매섭게 노려봤어. 겁먹은 코치들은 조용히 자리에 앉았지."

아버지와 나는 다시 킥킥 웃었다. 잠시 어색한 침묵이 흘렀다. 어떻게 그런 영혼이 이리도 허무하게 꺼져버릴 수 있었는지 이해가 되지 않았다. 아무리 병이 깊었다 해도. 아버지가 나를 돌아보았다. 멍 자국을 본 아버지의 눈이 휘둥그레졌다.
"어떻게 된 거냐?"
"괜찮아요."
내가 대답했다.
"누구랑 싸운 거야?"
"정말 괜찮아요. 그것보다도 아버지에게 드릴 말씀이 있어요."
아버지는 묵묵히 기다렸다. 어떻게 말을 꺼내야 할지 난감했다. 다행히 그 문제는 아버지가 해결해주었다.
"어디 한번 보자."
아버지가 말했다.
나는 아버지를 빤히 쳐다보았다.
"네 누나가 아침에 전화를 했더구나. 사진에 대해서도 들었다."
나는 아직도 그 사진을 지니고 있었다. 주머니에서 사진을 꺼냈다. 아버지는 구겨지지 않도록 사진을 조심스레 받아들었다. 아버지가 사진을 들여다보며 말했다.
"맙소사."
아버지의 눈이 번뜩였다.
"모르셨어요?"
내가 말했다.
"몰랐어."
아버지가 다시 사진으로 시선을 돌렸다.
"네 어머니는 그동안 아무 말도······."
아버지의 표정이 어두워졌다. 하긴 아내가, 인생의 동반자가 지금껏 이런 비밀을 숨기고 살아왔다니 배신감이 얼마나 크겠는가.
"그뿐만이 아니에요."

내가 말했다.
 아버지가 나를 돌아보았다.
 "형이 뉴멕시코에서 지내왔어요."
 나는 지금까지 밝혀낸 사실들을 전부 들려주었다. 아버지는 마치 흔들리는 갑판 위를 걷듯 차분하고 조심스러운 얼굴로 내 말을 들었다. 보고가 끝이 나자 아버지가 입을 열었다.
 "거기서 얼마나 오래 살았지?"
 "아마 몇 달 안 됐을 거예요. 왜요?"
 "네 어머니는 그 애가 다시 돌아올 거라고 했었어. 자신이 무고하다는 걸 증명하고 나면 곧바로 돌아올 거라고 말이야."
 우리는 잠시 침묵을 지키며 앉아 있었다. 나는 머리를 굴려보기 시작했다. 이 정도까지는 정리가 가능했다. 십일 년 전, 켄은 누명을 쓰게 되었다. 형은 도망쳤고, 외국에서 숨어 지냈다. 뉴스에서 보도된 대로. 그렇게 세월이 흐르고, 형은 다시 이 땅으로 돌아오게 되었다.
 대체 왜?
 어머니 말대로 자신의 무고함을 증명하기 위해서? 이치에 닿긴 했다. 하지만 왜 하필 지금 나타난 걸까? 이유는 알 수 없지만, 분명한 건 형이 돌아왔다는 사실, 그리고 그로 인해 문제가 커졌다는 것이었다. 누군가가 그 사실을 알아버린 것이다.
 과연 누가?
 보나마나 줄리를 살해한 범인일 것이다. 그 누군가는 형의 입을 막기 위해 모든 수단을 동원할 것이다. 그런 다음엔? 그건 나도 알 수 없었다. 아직 찾아야 할 퍼즐 조각이 남아 있었다.
 "아버지?"
 "응?"
 "형이 살아 있을 거라는 생각은 안 해보셨어요?"

아버지는 잠시 뜸을 들였다.
"그냥 죽었다고 생각하는 게 마음이 편했지."
"그건 제 질문의 답이 아니잖아요."
아버지의 시선이 다시 돌아갔다.
"윌, 켄은 널 아주 사랑했었단다."
나는 그 말을 곱씹어보았다.
"하지만 켄에게도 문제는 있었어."
"그건 저도 알아요."
내가 말했다.
아버지는 다시 뜸을 들였다.
"줄리가 살해됐을 때 켄은 이미 곤란한 상황이었지."
아버지가 말했다.
"그게 무슨 말씀이시죠?"
"켄은 숨어 지내기 위해 집으로 돌아왔었어."
"무슨 일이 있었는데요?"
"나도 몰라."
나는 잠시 골똘히 생각에 잠겼다. 형은 이 년 이상 집을 떠나 있었다. 집에 돌아와서도 초조해 보였다. 내게 줄리에 대해 물어봤을 때도 마찬가지였다. 나는 그 이유를 알지 못했다.
아버지가 말했다.
"필 맥구안을 기억하니?"
내가 고개를 끄덕였다. 켄의 고등학교 친구. 학창시절에 학급 반장이었던 그는, 요즘 한 범죄조직과 밀접한 연관이 있다고 알려져 있었다.
"보나노의 옛집에서 살고 있다고 들었어요."
"그래."
내가 어렸을 때, 왕년에 이름을 떨쳤던 마피아, 보나노 가는 리빙스턴에서 가장 큰 집에 살았다. 정면엔 거대한 강철 대문이 버티고 있고, 돌을 깎아 만든 두 마리의 사자가 사유 차도를 지키고 있었다. 들리는 소문에 의하면, 그 집 곳곳에 많은 시체가 묻혀 있다고 했다. 숲을 헤치고 접근하는 불청객들을 쫓기 위해 울타리에 전류가 흐르게 만들어놨으며, 자칫하다가는 충격을 받을 수도 있다고 했다. 교외엔 특히 그런 소문이 많이 돌았다. 어디까지가 사실인지는 알 수 없었다. 어쨌든 보나노는 아흔한 살이 되던 해에 경찰에 체포되었다.

"그가 왜요?"

내가 물었다.

"켄은 어떤 문제로 맥구안과 얽히게 됐어."

"어떻게요?"

"내가 아는 건 그게 다야."

나는 유령을 떠올렸다.

"존 아셀타와도 관련이 있지 않나요?"

순간 아버지가 바짝 긴장했다. 아버지의 눈엔 공포가 담겨 있었다.

"왜 그걸 묻는 거냐?"

"세 사람은 고등학교 다닐 때 친하게 지내던 사이였어요."

나는 그동안 있었던 일들을 전부 들려주기로 결심했다.

"얼마 전에 그를 봤어요."

"아셀타를?"

"네."

아버지의 음성이 낮아졌다.

"그가 돌아왔다고?"

내가 고개를 끄덕였다.

아버지가 눈을 감았다.

"왜 그러세요?"

"위험한 녀석이야."
아버지가 말했다.
"저도 알아요."
아버지가 내 얼굴을 가리켰다.
"그 녀석이 이렇게 만들어놓은 거냐?"
좋은 질문이었다.
"어느 부분은요."
"어느 부분?"
"말씀드리자면 길어요."
아버지가 다시 눈을 감았다. 잠시 후, 아버지가 눈을 뜨고 두 손으로 허벅지를 짚으며 일어났다.
"돌아가자."
아버지가 말했다.

나는 몇 가지 질문을 추가로 던지고 싶었지만, 왠지 지금은 때가 아닌 것 같았다. 나는 아버지를 뒤따라 걷기 시작했다. 아버지는 낡은 관람석을 힘겹게 내려갔다. 나는 달려가서 부축해주고 싶었지만 아버지는 끝내 사양했다. 자갈이 깔린 바닥에 다다른 아버지와 내가 샛길 쪽으로 방향을 틀었을 때, 유령을 보았다. 그는 주머니에 두 손을 찔러 넣은 채 미소를 흘리며 서 있었다.

순간 나는 헛것을 보고 있는 게 아닌지 눈을 의심했다. 마치 소름 끼치는 망상을 보는 듯했다. 아버지가 짧은 숨을 한번 들이쉬었다. 곧이어 귀에 익은 음성이 들려왔다.
"아, 아주 감동적이군요."
유령이 말했다.
아버지가 앞으로 성큼 걸어 나갔다. 마치 나를 보호하려는 듯.
"여긴 왜 왔지?"

아버지가 큰 소리로 말했다.

하지만 유령은 그냥 웃음을 터뜨릴 뿐이었다.

"'아들아, 내가 중요한 시합에서 삼진을 당했을 땐 사탕 한 줄을 다 먹고도 화가 풀리지 않았단다.'"

그가 조롱하듯 말했다.

아버지와 나는 발이 바닥에 붙어버리기라도 한 듯 뻣뻣한 자세로 서 있었다. 유령이 하늘을 올려다보다가 눈을 감고 숨을 깊게 들이쉬었다.

"아, 리틀리그."

그가 고개를 돌려 아버지를 쳐다보았다.

"제 아버지가 시합을 보러 오셨을 때를 기억하십니까, 아저씨?"

아버지가 이를 악물었다.

"아주 멋진 날이었어, 윌. 정말로 끝내줬었지. 아버지는 거나하게 취하셔서 간이식당 옆에다 소변을 갈기셨어. 상상이 돼? 탠스모 부인이 그걸 보시고 심장마비를 일으키실 뻔했었지."

그가 호탕하게 웃었다. 쩌렁쩌렁 울리는 그의 웃음소리가 내 귀를 후벼 팠다. 메아리가 멀어지자 그가 덧붙였다.

"정말 좋은 시절이었지, 안 그래?"

"여긴 왜 온 거야?"

아버지가 다시 물었다.

하지만 유령은 자기 궤도를 묵묵히 지켜나갔다.

"아저씨, 주 선수권 대회 결승전에서 올스타 팀을 지도하셨을 때를 기억하십니까?"

"물론."

아버지가 대답했다.

"켄이랑 저랑 같이 뛰었죠. 그때가 4학년쯤 됐었나요?"

아버지는 대답하지 않았다.

"아, 참."

유령이 불쑥 말했다. 그의 얼굴에서 미소가 사라졌다.

"깜빡할 뻔했군요. 전 그때 뛰지 않았습니다, 그렇죠? 그다음 해도 마찬가지였고요. 교도소에서 썩고 있었을 때였으니까요."

"넌 교도소에 들어간 게 아니었잖아."

아버지가 말했다.

"맞아요. 아저씨 말씀이 맞습니다. 그때 전 병원에 입원해 있었죠."

유령이 '병원' 이라는 단어를 말할 때, 손가락으로 인용부호를 그리며 강조했다.

"그게 무슨 뜻인지 알아, 윌리? 이 야비한 세상이 불량한 아이를 고쳐보겠다고 병원에 가둬버렸단 말이야. 내 첫 번째 병실 친구는 티미라는 방화광이었어. 열세 살밖에 안 된 녀석이었는데, 집에 불을 질러 부모를 죽였다고 하더군. 어느 날 밤, 그 친구는 술에 취한 청소부에게서 성냥을 훔쳐와 내 침대에 불을 붙였지. 화재로 난 삼 주간 치료를 받아야 했어. 다시 방으로 돌아가지 않으려고 내 몸에 불을 붙이려고도 했었지."

차 한 대가 메도브룩으로 들어오고 있었다. 뒷좌석 카시트엔 남자 아이가 앉아 있었다. 바람은 불지 않았고, 나무들은 움직임 없이 꼿꼿하게 서 있었다.

"그건 오래전의 일이야."

아버지가 나지막이 말했다.

마치 아버지의 말이 거슬린다는 듯 유령의 눈이 가늘어졌다. 그가 고개를 끄덕이며 말했다.

"네, 그래요. 오래전의 일이죠. 아저씨 말씀이 맞습니다. 애초부터 집안 환경이 좋지 못한 탓이었습니다. 어릴 적부터 싹수가 노랬죠. 제게 벌어진 일들은 오히려 축복이었습니다. 말보다 주먹이 앞서는 아버지와 같이 사느니, 차라리 심리치료나 받으면서 마음 편히 사는 게 훨씬 나았으니까요."

나는 그가 부엌칼로 찔러 죽인 골목대장, 다니엘 스키너에 대해 얘기하고 있음을 깨달았다. 꼭 코브넌트 하우스에서 돕고 있는 아이들의 사연을 듣는 듯한 기분이 들었다. 불행한 가정환경, 어린 나이에 범죄를 저지르게 된 사연, 다양한 정신 이상 증세. 나는 유령을 내가 돌보는 아이들 중 한 명으로 여겨보려 노력했다. 하지만 쉽지가 않았다. 그는 이제 아이가 아니었다. 상대를 몇 살부터 성인으로 인정해야 하는지 판단하는 것은 쉬운 일이 아니었다. 아무튼 그 판단이 확실히 서야만 상대를 도와야 할지, 교도소에 가둬야 할지를 결정할 수 있을 것이다. 과연 그것이 공정한 판단인지 역시 분명치 않았다.

"이봐, 윌리?"

유령이 나와 눈을 맞추려 했지만, 아버지가 몸을 기울여 그의 시선을 차단해버렸다. 나는 아버지의 어깨에 살며시 손을 얹었다. 혼자서도 충분히 그를 상대할 수 있다는 뜻이었다.

"왜?"

내가 말했다.

"내가 다시 병원에 들어가게 된 사연을 알고 있지, 안 그래?"

유령이 역시 '병원'이란 단어를 말할 때 손가락으로 인용부호를 그렸다.

"그래."

내가 대답했다.

"그때 난 최고학년이었어. 넌 2학년이었고."

"기억나."

"입원해 있는 동안 나를 면회 온 사람이 딱 한 명 있었어. 그게 누구였는지 알아?"

내가 고개를 끄덕였다. 답은 줄리였다.

"아이러니하다고 생각하지 않아?"

"네가 그녀를 죽인 거야?"
내가 물었다.
"우리들 중 한 명에게 책임이 있지."
아버지가 다시 내 앞을 막아섰다.
"그만해."
아버지가 말했다.
나는 옆으로 슬쩍 비켜 나왔다.
"그게 무슨 뜻이지?"
"너 말이야, 윌리. 바로 너."
머릿속이 혼란스러웠다.
"뭐?"
"그만하라니까."
아버지가 다시 말했다.
"네가 그녀를 위해 끝까지 싸웠어야지."
유령이 말을 이어나갔다.
"그녀를 보호하는 게 네 임무였잖아."
미치광이의 입에서 튀어나오는 말 한마디 한마디가 송곳이 되어 내 가슴을 후벼 팠다.
"여긴 왜 나타난 거지?"
아버지가 물었다.
"아저씨, 솔직한 대답을 듣고 싶으십니까? 그건 저도 모릅니다."
"우리 가족을 내버려둬. 문제가 있다면 나랑 풀고."
"그렇게는 안 되겠습니다. 전 아저씨 때문에 온 게 아닙니다."
그는 잠시 아버지를 빤히 쳐다보았다. 내 배 속에서 뭔가 차가운 것이 똘똘 말리는 게 느껴졌다.
"아저씨가 그렇게 나오시니 차라리 낫군요."

유령이 손을 살짝 흔들어 보이고는 우거진 숲 속으로 들어가 버렸다. 아버지와 나는 점점 멀어지는 그의 모습을 지켜보았다. 그는 자신의 별명처럼 홀연히 사라져버렸다. 우리는 몇 분간 멍하니 서 있었다. 나는 아버지의 기운 빠진 호흡 소리를 들을 수 있었다. 깊은 동굴 속에서 새어 나오는 소리 같았다.

"아버지?"

하지만 아버지는 벌써 샛길을 향해 걸음을 옮겨나가는 중이었다.

"윌, 그만 돌아가자."

42

아버지는 입을 열지 않았다.

집에 도착하자마자 아버지는 어머니와 무려 40년간 함께 사용했던 침실로 들어가 버렸다. 침실 문은 굳게 닫혔다. 너무 많은 게 한꺼번에 던져졌다. 차분하게 하나씩 분석하고 싶었지만, 그게 쉽지 않았다. 머리는 당장이라도 기능을 멈추겠다고 으름장을 놓았다. 나는 아직 충분히 알지 못했다. 적어도 지금은. 더 많은 정보가 필요했다.

실러.

내가 사랑했던 수수께끼 같은 여자. 그녀에 대한 궁금증을 어느 정도 풀어줄 수 있는 사람이 딱 한 명 있긴 했다. 그래서 나는 그럴듯한 핑계를 대고 작별인사를 한 후 집을 빠져나왔다. 나는 곧장 도시로 향했다. 지하철을 타고 브롱크스로 나갔다. 하늘이 어둑해졌고 거리는 음산했지만, 오늘만큼은 전혀 겁이 나지 않았다.

내가 두드리기도 전에 문이 살짝 열렸다. 안전고리가 걸린 채였다. 타냐가 말했다.

"그는 자고 있어요."
"난 당신을 만나러 왔어요."
내가 말했다.
"난 당신에게 할 말이 없어요."
"추모식 때 당신을 봤습니다."
"그냥 가주세요."
"부탁입니다."
내가 말했다.
"중요한 일 때문에 왔습니다."
타냐가 한숨을 내쉬며 안전고리를 풀었다. 나는 안으로 들어갔다. 한쪽 구석에 놓인 램프에서 어스레한 불빛이 비치고 있었다. 음울한 실내를 둘러보는 동안 타냐 역시 루이스 캐스트먼만큼이나 구속된 몸일 거라는 생각이 들었다. 나는 그녀를 돌아보았다. 그녀는 몸을 움츠리며 뒤로 물러났다. 마치 내 시선에 데기라도 한 듯.
"그를 얼마나 더 오랫동안 여기 가둬둘 생각입니까?"
내가 물었다.
"계획 따윈 없어요."
그녀가 대답했다.
타냐는 앉으라고 권하지 않았다. 우리는 잠시 서로를 빤히 쳐다보며 서 있었다. 그녀가 팔짱을 끼며, 내 입이 열리기를 기다렸다.
"추모식엔 왜 왔던 거죠?"
내가 물었다.
"경의를 표하려고요."
"실러를 알고 지냈습니까?"
"네."
"친했나요?"

타냐는 미소를 짓고 있는 듯했다. 난도질당한 얼굴의 상처 때문에 분명하게 알 수는 없었다.
"전혀요."
"그럼 대체 왜 왔던 거죠?"
그녀가 고개를 한쪽으로 살짝 기울였다.
"우스운 이야기 하나 들려줄까요?"
나는 그 말에 어떻게 반응해야 할지 몰라 그냥 고개만 끄덕였다.
"추모식에 참석하려고 십육 개월 만에 처음으로 이 아파트를 나서봤어요."
그 말에도 어떻게 반응해야 할지 난감했다.
"와줘서 고마웠어요."
타냐는 의심에 찬 얼굴로 나를 쳐다보았다. 잠시 실내의 정적 속에서 우리의 호흡 소리만 새어 나왔다. 그녀의 건강에 무슨 문제가 있는지는 알 수 없었지만, 그녀는 액체 몇 방울이 낀 가느다란 빨대를 통해 인후로 숨을 쉬고 있는 듯한 소리를 냈다. 얼굴에 난 상처 때문일까?
내가 말했다.
"그날 왜 왔었는지 얘기해봐요."
"얘기했잖아요. 경의를 표하러 갔던 거라고요."
그녀가 잠시 머뭇거렸다.
"뭔가 도울 게 있을 것 같았어요."
"어떤 도움 말이죠?"
그녀가 루이스 캐스트먼의 침실 쪽을 돌아보았다. 나는 그녀의 시선을 따라가 보았다.
"당신이 여길 왜 찾아왔었는지 그가 얘기해줬어요. 제가 어느 정도 도움을 줄 수도 있을 것 같았어요."
"그가 뭐라고 했죠?"

"당신이 실러와 사랑하는 사이였다고요."

타냐가 램프 쪽으로 다가갔다. 그녀에게 시선을 고정시켜두는 건 쉽지 않았다. 그녀가 자리를 잡고 앉으며, 내게도 와서 앉으라고 권했다.

"정말이에요?"

"네."

"당신이 그녀를 죽였나요?"

타냐가 물었다.

갑작스러운 질문에 당혹스러웠다.

"아뇨."

그녀는 내 말을 믿지 않는 듯했다.

"이해가 안 되는군요. 도우러 왔었다고요?"

내가 말했다.

"네."

"그런데 도망은 왜 친 거죠?"

"그걸 아직 모르겠어요?"

나는 고개를 저었다.

의자에 앉은 그녀는 축 늘어진 상태였다. 두 손을 무릎에 얹고, 상체를 앞뒤로 살살 흔들었다.

"타냐?"

"당신 이름을 들었어요."

그녀가 말했다.

"네?"

"내가 왜 도망쳤는지 물었죠?"

상체를 흔들던 그녀가 갑자기 동작을 멈추더니 말을 이었다.

"당신의 이름을 들었기 때문이에요."

"무슨 뜻인지 모르겠어요."

그녀가 다시 문 쪽으로 고개를 돌렸다.

"루이스는 당신이 누군지 몰랐어요. 나도 마찬가지였고요. 하지만 추모식에서 당신의 이름을 처음 듣게 됐어요. 스퀘어스가 당신을 불렀을 때 말이에요. 윌 클라인, 맞죠?"

"네."

"당신이……."

그녀의 음성이 한층 부드러워졌다. 나는 제대로 듣기 위해 몸을 앞으로 기울였다.

"켄의 동생이죠?"

침묵.

"우리 형을 알아요?"

"만난 적 있어요, 아주 오래전에."

"어떻게요?"

"실러를 통해서."

그녀가 허리를 펴고 나를 쳐다보았다. 묘한 기분이었다. 사람들은 눈이 영혼의 창이라고 말한다. 하지만 그것은 당찮은 말이다. 타냐의 눈은 정상이었다. 상처도 흠도 과거와 고뇌의 흔적도 보이지 않았다.

"루이스가 실러와 연관된 거물급 갱 단원에 대해 얘기했었죠?"

"네."

"그 사람이 바로 당신의 형이었어요."

나는 고개를 저었다. 말도 안 된다며 부정하려 했지만, 그녀의 말을 마저 듣기 위해 꾹 참았다.

"실러는 이런 생활에 적응하지 못했어요. 그러기엔 너무 야망이 컸죠. 그녀와 켄은 공생관계였어요. 그는 그녀를 코네티컷의 좋은 대학에 보내주었지만, 그건 어디까지나 마약을 팔기 위해서였죠. 여기선 거리 한구석을 차지하기 위해 서로 칼부림을 해대지만, 부잣집 2세들만 다니는 그런 학교에선 쉽게 돈을 벌 수 있거든요."
"그러니까 그게 우리 형 아이디어였단 말인가요?"
그녀가 다시 몸을 흔들기 시작했다.
"정말 그걸 몰랐단 말이에요?"
"네."
"하지만……"
그녀가 머뭇거렸다.
"얘기해요."
그녀가 고개를 저었다.
"더는 나도 모르겠어요."
"그러지 말고 얘기해봐요."
내가 말했다.
"그냥 좀 이상해요. 실러는 처음에 당신 형과 어울렸어요. 그러다 다시 나타나 당신과 어울리기 시작했고요. 하지만 당신은 마치 아무것도 모르는 척하고 있잖아요."
이번에도 나는 어떻게 반응해야 할지 몰랐다.
"그래서 실러는 어떻게 됐죠?"
"그건 당신이 나보다 더 잘 알잖아요."
"아뇨, 그때 말이에요. 그녀가 대학에 다닐 때."
"그녀가 떠난 후로는 한 번도 보지 못했어요. 두어 번 전화를 걸어온 게 전부였죠. 하지만 언제부턴가 전화도 뚝 끊어졌어요. 하지만 켄은 골칫거리였죠. 당신과 스퀘어스는 괜찮은 사람들 같았어요. 그녀가 이젠 좋은 사람들과 어울리는 것 같아서 마음이 놓였죠. 하지만 당신의 이름을 듣는 순간……"
그녀가 말끝을 흐리며 어깨를 으쓱했다.
"혹시 칼리라는 이름 들어봤습니까?"

내가 물었다.
"아뇨, 내가 알고 있어야 하는 이름인가요?"
"실러에게 딸이 있었다는 사실을 알고 있었습니까?"
그 말에 타냐는 다시 몸을 흔들어댔다. 그녀가 괴로워하는 음성으로 말했다.
"오, 맙소사."
"알고 있었습니까?"
그녀가 고개를 세차게 저었다.
"아뇨."
나는 곧장 추가 질문을 던졌다.
"필립 맥구안이라는 사람은 압니까?"
그녀는 다시 고개를 저었다.
"아뇨."
"존 아셀타는요? 줄리 밀러는?"
"아뇨."
그녀가 재빨리 대답했다.
"다 몰라요."
그녀가 자리에서 일어나 몸을 홱 돌렸다.
"그녀가 도망쳐 나오기를 바랐어요."
그녀가 말했다.
"그렇게 했잖아요."
내가 말했다.
"한동안은요."
그녀의 어깨가 축 늘어졌다. 그녀는 숨쉬기도 힘들어하는 것 같았다.
"일이 더 잘 풀렸어야 하는데."
타냐가 현관문 쪽으로 걸음을 옮겨나가기 시작했다. 나는 그녀를 따라

가지 않았다. 나는 루이스 캐스트먼의 방 쪽으로 시선을 돌렸다. 아무리 봐도 이곳엔 두 명의 죄수가 살고 있는 것 같았다. 타냐가 걸음을 멈췄다. 그녀의 시선이 내 쪽으로 돌아온 느낌이었다. 나는 그녀를 돌아보았다.

"수술을 받아보는 게 어때요?"

내가 말했다.

"스퀘어스가 아는 의사들이 좀 있어요. 우리가 도와줄게요."

"고맙지만 사양할게요."

"언제까지나 복수의 칼을 갈며 살 순 없잖아요."

그녀는 미소를 지어 보이려 애썼다.

"이것 때문에 내가 이러는 줄 알아요?"

그녀가 훼손된 자신의 얼굴을 가리켰다.

"얼굴 때문에 내가 그를 가둬놓고 있다고 생각해요?"

나는 다시 혼란스러워졌다.

타냐가 고개를 저었다.

"그가 실러를 어떻게 낚았는지 얘기해줬죠?"

나는 고개를 끄덕였다.

"그는 모든 게 자기 덕이라고 얘기하고 있어요. 항상 말쑥하게 차려입고 다니며, 매끄러운 멘트를 날려대던 시절 얘기만 한다고요. 하지만 대부분의 아이들, 버스에서 갓 내린 아이들마저도 혼자서 남자를 따라가기는 꺼려해요. 정작 루이스가 특별했던 건 파트너가 있었다는 거예요. 여자 파트너. 그래야 장사가 될 것 같았다나요. 아무래도 여자가 있으면 아이들을 꼬시기가 수월했겠죠."

그녀가 잠시 머뭇거렸다. 그녀의 눈은 바짝 말라 있었다. 내 안에서 강한 진동이 느껴졌다. 그것은 이내 몸 전체로 퍼져나갔다. 타냐가 다시 문쪽으로 다가갔다. 그리고 문을 열어주었다. 나는 그곳을 황급히 빠져나왔고, 두 번 다시 찾아가지 않았다.

48

전화기에 두 개의 음성 메시지가 남겨져 있었다. 첫 번째 메시지는 실러의 어머니, 에드나 로저스가 남겨놓은 것이었다. 그녀의 음성은 부자연스럽고 냉담했다. 그녀는 이틀 후에 아이다호 메이슨의 한 예배당에서 장례식이 있을 거라고 알려주었다. 로저스 부인은 시간과 주소, 보이시에서부터 찾아가는 방법을 가르쳐주었다. 나는 그 메시지를 저장해놓았다.

두 번째 메시지는 이본 스테르노가 남겨놓은 것이었다. 그녀는 급한 일이 있으니 메시지를 확인하는 즉시 연락해달라고 했다. 주체할 수 없는 흥분으로 가득 찬 음성이었다. 왠지 불안한 기분이 들었다. 만약 그녀가 오웬 엔필드의 정체를 알아냈다면 어쩌지? 그게 잘된 일일까, 안 된 일일까?

이본은 첫 번째 신호음이 울리자마자 응답했다.

"무슨 일이죠?"

내가 물었다.

"뭔가 큰 걸 잡았어요, 윌."

"얘기해봐요."

"진작 알아차렸어야 하는 건데."

"뭘요?"

"이제야 퍼즐의 조각을 맞춘 것 같아요. 익명의 남자 말이에요. FBI가 지대한 관심을 보이고 있는 은둔자. 작고 조용한 마을에서 숨어 지내온 바로 그 사람. 내 말 알겠어요?"

"아뇨. 모르겠는데요."

"크립코가 열쇠였어요."

그녀가 말했다.

"그 유령회사 말이에요. 몇몇 소식통에게 연락을 해봤죠. 알아보니 그들은 자기네가 유령회사라는 사실을 그다지 공들여 숨겨오지 않았더군요. 가리개가 별로 두껍지 않았어요. 그가 사람들 눈에 띄든 안 띄든 별로 상관을 안 했나 봐요. 어차피 뒷조사당할 일도 없을 테니까요."
"이본?"
내가 말했다.
"네?"
"무슨 얘긴지 통 알아들을 수가 없습니다."
"집이랑 차를 임대한 크립코 말이에요. 뒷조사를 해보니 연방 보안국까지 관계되어 있더군요."
다시 한번 머릿속이 핑핑 돌았다. 잠시 후, 어둠 속에서 희망이 희미하게 빛을 발하기 시작했다.
"잠깐만요."
내가 말했다.
"오웬 엔필드가 비밀요원이었다는 말인가요?"
"아뇨, 그건 아닐 거예요. 스톤포인트에서 몰래 수사할 게 뭐 있겠어요? 진 러미 카드게임에서 속임수 쓴 주민을 잡아갈 것도 아니고."
"그래서요?"
"증인 보호 프로그램은 FBI가 아니라, 연방 보안국이 담당하고 있잖아요."
점점 더 혼란스러워졌다.
"그러니까 오웬 엔필드가……."
"정부가 그를 그곳에 숨겨왔던 거죠. 새 신원까지 만들어줬을 테고요. 아까 말한 대로 그들은 가리개를 두껍게 깔아놓지 않아요. 그걸 아는 사람은 많지 않죠. 가끔 그들은 미련한 짓을 하기도 해요. 신문사 동료가 볼티모어의 한 흑인 마약 딜러에 대해 들려줬어요. 연방 보안국이 그를 시카고 교외의 백인 동네에 숨어 지내게 했다더군요. 한심한 일이죠. 뭐 이번 경우와는 차이가 있지만. 만약 고티(Jone Gotti, 알카포네 이후 가장 악명 높았던 갱단 갬비노 패밀리의 보스)가 '황소' 새미(Sammy the Bull, 고티가 가장 아꼈던 심복)를 찾는다면 배경까지 꼼꼼하게 확인하진 않을 거예요. 무슨 뜻인지 알겠죠?"

"네."

"제 생각엔 이 오웬 엔필드란 사람이 골칫거리였던 것 같아요. 하긴 보호받는 목격자들 대부분이 그렇겠지만요. 어쨌든 그는 연방 보안국의 보호를 받고 있었고, 어떤 이유에서인지 그 두 사람을 살해한 후 도망쳤어요. FBI는 그 소식이 새어 나가는 걸 원치 않고 있어요. 이 사실이 세상에 알려지면 자기네 꼴이 얼마나 우스워 보이겠어요? 정부가 힘들게 붙들어놨더니만 목격자는 살인이나 저지르고 다니고. 언론이 그걸 알면 가만히 두겠어요? 이제 무슨 말인지 아시겠죠?"

나는 아무 말도 하지 않았다.

"월?"

"네."

잠시 침묵이 흘렀다.

"저한테 뭔가 숨기고 계신 게 있죠?"

어떻게 해야 할지 난감했다.

"그러지 말고 말해봐요."

그녀가 말했다.

"서로 정보를 하나씩 내놓기로 했잖아요. 제가 한 번, 당신이 한 번."

무슨 말을 들려줘야 할지. 형과 오웬 엔필드가 동일인이라고 솔직하게 털어놓으면 오히려 낫지 않을까? 하지만 그렇게 간단히 결정 내릴 문제가 아니었다. 그때였다. 딸깍 소리와 함께 전화가 끊겼다.

문 두드리는 소리가 들려왔다.

"FBI입니다. 문 열어요."

귀에 익은 음성이었다. 클라우디아 피셔. 문손잡이를 잡고 천천히 틀던 나는 하마터면 뒤로 넘어갈 뻔했다. 피셔가 총을 앞세운 채 불쑥 뛰어 들어왔기 때문이다. 그녀는 내게 두 손을 들라고 했다. 그녀의 파트너, 대릴 윌콕스도 보였다. 그들의 얼굴은 창백했고, 피로해 보였으며, 살짝 겁에 질린 듯했다.

"대체 왜 이러는 겁니까?"

내가 물었다.

"손들라니까요!"

나는 지시에 따랐다. 그녀가 수갑을 뽑아들고 내게 채우려다가 멈칫했다. 그녀의 음성이 갑자기 부드러워졌다.

"얌전히 같이 가주시겠습니까?"

그녀가 물었다.

나는 고개를 끄덕였다.

"자, 그럼 갑시다."

44

나는 순순히 따라갔다. 대들거나 전화를 걸게 해달라고 고집을 부리지도 않았다. 어디로 나를 데려가는지 묻지도 않았다. 이런 민감한 상황에서 그런 태도는 아무 도움이 되지 않았다. 오히려 상황만 악화시킬 수도 있었다.

피스틸로는 내게 끼어들지 말라고 경고했었다. 그는 내가 저지르지도 않은 범죄로 나를 체포해두기까지 했다. 필요하다면 그런 누명쯤은 얼마든지 씌울 수 있다고 협박했다. 그럼에도 나는 여전히 물러나지 않고 있었다. 나조차도 이런 용기가 어디서 나왔는지 궁금했다. 어쩌면 더는 잃을 것이 없다는 사실 때문인지도 몰랐다. 용기란 그런 것이다. 더는 그 무엇도 신경 쓰지 않는 상태. 실러와 우리 어머니는 세상을 떠났다. 형은 실종된 상태였다. 누구든 구석에 몰리게 되면 동물적 본능을 드러내게 된다.

우리는 뉴저지 페어론에 자리한 주택가로 들어섰다. 눈에 들어오는 것이라고는 잔디로 덮인 작은 뜰과 지나치게 손질이 잘된 화단, 얼룩이 심한 낡은 흰색 설비 용구들, 꾸불꾸불한 고무관, 물안개를 뿜어내는 스프링클러뿐이었다. 우리는 특별해 보이지 않는 집 앞으로 다가갔다. 피셔가 문손잡이를 잡아 돌렸다. 문은 잠겨 있지 않았다. 그들은 핑크색 소파와 콘솔형 TV가 놓여 있는 방으로 나를 데려갔다. 콘솔 위엔 두 소년의 사진이 줄지어 놓여 있었다. 신생아 때 사진부터 차례로 진열되어 있었다. 마지막 사진은 십 대가 된 두 소년의 모습을 담고 있었는데, 그들은 정장을 차려 입고 어머니로 보이는 여자의 볼에 살짝 입을 맞추고 있었다.

주방엔 자동문이 있었다. 피스틸로는 포마이카 식탁에 앉아 아이스티를 홀짝이고 있었다. 사진 속 여자는 싱크대 옆에 서 있었다. 피셔와 윌콕스는 슬그머니 자리를 피했다. 나는 멍한 얼굴로 서 있었다.

"내 전화에 추적 장치를 붙여놨죠?"

내가 말했다.

피스틸로가 고개를 저었다.

"추적 장치는 그저 걸려온 전화의 번호만 밝혀줄 뿐입니다. 우린 도청 장치를 붙여두었죠. 법원 명령이 있었거든요."

"대체 내게서 뭘 원하는 겁니까?"

내가 그에게 물었다.

"지난 십일 년간 내가 원했던 건 딱 한 가지였습니다."

그가 말했다.

"바로 당신의 형."

싱크대 옆에 서 있던 여자가 물을 틀고 유리컵을 닦았다. 냉장고 표면엔 사진이 몇 개 더 붙어 있었다. 여자의 사진도 있었고, 피스틸로가 또 다른 아이들과 찍은 사진도 있었으며, 밖에서 봤던 소년들의 사진도 보였다. 편한 복장으로 찍은 최근의 사진이었다. 해변이나 뒤뜰에서 찍은 것들.

피스틸로가 다시 입을 열었다.

"마리아?"

여자가 물을 잠그고, 그를 향해 몸을 돌렸다.

"마리아, 윌 클라인 씨야. 윌, 마리아입니다."

피스틸로의 아내로 보이는 여자가 행주에 손을 닦았다. 그녀가 내 손을 힘껏 잡아 줘었다.

"만나서 반가워요."

그녀가 딱딱하게 말했다.

나도 같은 말을 중얼거리며 고개를 끄덕였다. 나는 피스틸로의 손짓에 따라 비닐 패드가 붙은 금속제 의자에 앉았다.

"클라인 씨, 뭐 마실 거라도 드릴까요?"

마리아가 물었다.

"아닙니다, 괜찮습니다."

피스틸로는 아이스티가 담긴 유리컵을 번쩍 들었다.

"굉장히 맛있습니다. 한 잔 들어요."

마리아는 계속 주방을 맴돌았다. 다음 화제로 넘어갈 수 있도록 나는 못 이기는 척하고 아이스티를 청했다. 그녀가 느릿느릿 아이스티를 따르고 내 앞에 내려놓았다. 나는 고맙다고 말하며 애써 미소를 지어 보였다. 그녀도 애써 미소를 지었지만, 나만큼의 성의는 보이지 않았다.

그녀가 말했다.

"조, 밖에서 기다리고 있을 게요."
"고마워, 마리아."
그녀가 자동문을 밀고 주방을 나갔다.
"내 여동생입니다."
그녀가 밀고 나간 자동문을 계속해서 쳐다보며 그가 말했다. 그러고는 냉장고에 붙은 사진들을 가리키며 말했다.
"내 조카들이에요. 빅 주니어는 열여덟 살이고, 잭은 열여섯 살입니다."
"그렇군요."
나는 두 손을 포갠 채 식탁에 얹어놓았다.
"그러니까 통화 내용을 전부 엿들어왔다는 얘기죠?"
"네."
"그럼 내가 형의 행방을 모르고 있다는 사실도 알고 있겠군요."
그가 아이스티를 한 모금 넘겼다.
"네."
그는 여전히 냉장고에 시선을 고정시킨 채였다. 그가 고개를 끄덕이며 냉장고를 돌아보라는 신호를 보냈다.
"저 사진들을 보면 뭔가 빠진 것 같다는 생각이 들지 않습니까?"
"게임은 하고 싶지 않습니다만."
"그건 나 역시 마찬가지입니다. 하지만 한번 잘 봐요. 뭐가 빠진 것 같습니까?"
나는 굳이 돌아보지 않았다. 왜냐하면 그 답을 이미 알고 있었으니까.
"아버지."
그가 손가락을 부딪쳐 딱 소리를 내며, 게임 쇼 진행자처럼 나를 가리켰다.
"그걸 대번에 알아차리다니, 대단합니다."

그가 말했다.

"대체 뭘 하자는 겁니까?"

"내 동생은 십이 년 전에 남편을 잃었습니다. 조카들은…… 셈이 되시죠? 각각 여섯 살과 네 살이었습니다. 마리아 혼자 두 아이를 키웠죠. 나도 뭔가 도울 게 없는지 틈틈이 살피긴 했지만, 삼촌이 아버지를 대신할 수는 없지 않겠습니까, 안 그렇습니까?"

나는 아무 말도 하지 않았다.

"그의 이름은 빅터 도버였습니다. 들어본 적 있습니까?"

"아뇨."

"빅은 살해됐습니다. 사형 집행식으로 머리에 총을 두 발 맞았죠."

그가 남은 아이스티를 마저 비운 후 덧붙였다.

"당신의 형도 바로 그곳에 있었습니다."

순간 가슴이 철렁 내려앉았다. 피스틸로는 내 반응을 기다리지 않은 채 자리에서 일어났다.

"내 방광이 견뎌낼 수 있을지 모르지만, 한 잔 더 마셔야겠습니다. 뭐 필요한 거 있습니까?"

아무리 애를 써도 충격은 쉽게 가시지 않았다.

"형이 그곳에 있었다니, 무슨 뜻입니까?"

하지만 피스틸로는 뜸을 들였다. 그가 냉동고 문을 열고 얼음 용기를 꺼내 싱크대 앞으로 다가갔다. 용기를 비틀자 조각 얼음이 달각달각 소리를 내며 도자기 그릇에 쏟아졌다. 그가 얼음을 몇 개 집어 유리컵 안에 떨어뜨렸다.

"그 얘기를 하기 전에 먼저 약속 하나 해주시죠."

"무슨 약속 말이죠?"

"케이티 밀러와도 관계가 있는 문제입니다."

"그녀가 어떻게요?"

"그 앤 아직 어립니다."

"나도 압니다."

"상황이 아주 위험합니다. 천재가 아니더라도 그쯤은 알 수 있을 겁니다. 난 그 애가 다시 상처받는 걸 원치 않습니다."

"그건 나도 마찬가지입니다."

"그 문제만큼은 의견이 일치하는군요."

그가 말했다.

"약속부터 해주시죠. 더는 그 애를 끌어들이지 않겠다고요."

나는 그를 빤히 쳐다보았다. 왠지 그 부분은 협상이 불가능할 것 같았다.

"좋습니다."

내가 말했다.

"이제 끌어들이지 않겠습니다."

그 말이 진심인지 살피기 위해 그가 내 얼굴을 유심히 쳐다보았다. 하지만 이 문제만큼은 그가 옳았다. 케이티는 이미 적지 않은 대가를 치렀다. 나 역시 그녀가 상처받는 것을 더 보고 싶지 않았다.

"형 얘기를 듣고 싶습니다."

내가 말했다.

그가 아이스티를 마저 따르고 나서 자신의 자리로 돌아와 앉았다. 그러고는 식탁을 잠시 내려다보다가 다시 시선을 올렸다.

"대규모 급습에 대한 기사는 여러 번 읽었을 줄로 압니다."

피스틸로가 말했다.

"풀턴 어시장이 어떻게 정화되었는지 읽어봤겠죠. 나이 지긋한 노인들이 줄줄이 소환되는 것도 봤을 테고요. 그걸 보면서 이제 마피아들이 날뛰던 시절은 갔다고 생각하지 않았습니까? 마침내 경찰이 승리했다고 생각했겠죠?"

그가 단숨에 유리컵을 비우고는 등받이에 몸을 기댔다. 순간 목이 바짝 타들어가기 시작했다. 마치 꽉 막혀버리기라도 할 것처럼 까칠까칠해졌다. 나는 유리컵을 집어 들고 아이스티를 몇 모금 넘겨보았다. 내 입엔 너무 달았다.

"다윈에 대해 알고 있습니까?"

그가 물었다.

수사학적인 질문이었다. 그는 내 대답을 기다렸다.

"강한 자가 살아남는다, 뭐 이런 거 아닌가요?"

내가 말했다.

"강한 자가 살아남는다는 건 사실이 아닙니다."

그가 말했다.

"그건 현대식 해석일 뿐입니다. 전혀 타당성이 없는 얘기죠. 강한 자가 살아남는 게 아니라, 가장 적응을 잘하는 자가 살아남는 겁니다. 그 차이를 아시겠습니까?"

내가 고개를 끄덕였다.

"머리 좋은 악당들은 적응도 잘합니다. 그들은 맨해튼 사업을 미련 없이 접어버리죠. 그리고 경쟁이 덜한 교외에서 마약을 팔기 시작합니다. 그들은 비리로 물든 뉴저지의 도시들을 선호합니다. 예를 들어, 캠던과 같은 곳 말입니다. 지난 다섯 명의 시장 중 세 명이 유죄 판결을 받았죠. 애틀랜틱시티는 또 어떻습니까? 거리마다 범죄가 넘쳐나지 않습니까. 활성화 어쩌고 했던 뉴어크도 보십시오. 장난이 아니지 않습니까? 활성화를 위해선 돈이 필요합니다. 돈은 상납과 직권 남용을 불러오고요."

나는 앉은 채로 몸을 살짝 틀었다.

"이런 얘기를 왜 하고 있는 겁니까?"

"다 필요하니까 하는 겁니다."

그의 얼굴이 붉어졌다. 표정엔 변화가 없었지만, 그는 마음의 평정을 유지하기 위해 무척 애쓰고 있는 것 같았다.
"내 매제, 그러니까 저 두 아이의 아버지는 거리에서 그런 쓰레기들을 쓸어버리려고 애썼습니다. 비밀 수사관이었죠. 그런데 누군가가 그의 정체를 알아냈습니다. 결국 그와 그의 파트너는 살해되고 말았습니다."
"그러니까 우리 형이 그 사건에 연루되어 있다는 얘기이죠?"
"네, 그렇습니다."
"증거 있습니까?"
"증거보다 더 확실한 게 있습니다."
피스틸로가 미소를 지었다.
"당신의 형이 자백했습니다."
그가 주먹이라도 날린 듯, 나는 몸을 뒤로 살짝 기울였다. 그리고 고개를 저었다. 침착해. 그는 나를 자극하려고 애쓰고 있을 뿐이야. 나는 생각했다. 어젯밤에도 내게 누명을 씌우려고 했었잖아.
"우리가 너무 앞서나가는 것 같군요. 이상한 생각은 하지 마십시오. 우린 당신의 형이 누굴 죽였을 거라 생각하지 않습니다."
그 말 역시 내게 충격을 안겨주었다.
"하지만 당신이 방금 전에……."
그가 한 손을 들어 보였다.
"끝까지 들어보십시오."
피스틸로가 다시 일어났다. 그에겐 시간이 필요한 듯했다. 그는 놀랍게도 무표정했다. 화를 누르고 애써 차분해지려고 무던히 노력 중인 것 같았다. 나는 그가 과연 얼마나 더 그렇게 버틸 수 있을지 궁금했다. 보나마나 그는 동생을 볼 때마다 치밀어 오르는 분노를 억누르려 갖은 노력을 다 해왔을 것이다.
"당신의 형은 필립 맥구안 밑에서 일했습니다. 그가 누군지는 물론 잘 알겠죠."

나는 불필요한 대답을 굳이 들려주지 않았다.

"계속하세요."

"맥구안은 당신이 아는 아셀타보다도 더 위험한 인물입니다. 왜냐하면 그보다 머리가 좋거든요. OCID는 그를 동부 지역의 거물 중 한 명으로 보고 있습니다."

"OCID?"

"조직범죄 수사국 말입니다."

그가 말했다.

"맥구안은 어린 나이에 이미 재앙의 징조를 꿰뚫어보고 있었습니다. 적응 능력으로는 그가 최고였죠. 조직범죄의 현 상황에 대해서는 자세히 얘기하지 않겠습니다. 새로 떠오르고 있는 러시아 마피아, 삼합회, 중국 마피아, 이탈리아 마피아. 맥구안은 경쟁 상대보다 항상 두 걸음씩 앞서 나갔습니다. 스물세 살 때 이미 조직의 보스 자리에 올라서게 됐죠. 그는 우리가 상상할 수 있는 모든 것에 손을 댔습니다. 마약, 매춘, 고리대금업……. 그는 특히 상납과 부정 이득에 자신의 능력을 집중시켰습니다. 상대적으로 경쟁이 적은 교외에서 마약 거래도 해왔고요."

나는 타냐가 했던 말을 떠올렸다. 하버튼 대학에서 실러가 마약을 팔았다는 충격적인 이야기.

"맥구안이 내 매제와 그의 파트너, 커티스 앵글러를 죽였습니다. 당신의 형도 그 사건에 관련되어 있습니다. 우리는 그보다 훨씬 가벼운 혐의로 켄을 체포했습니다."

"언제요?"

"줄리 밀러가 살해되기 육 개월 전."

"그 사건에 대해서는 들은 적이 없는데요."

"그건 켄이 입을 닫고 있었기 때문입니다. 우리가 원한 건 당신의 형이 아니었습니다. 우린 맥구안을 원했습니다. 그래서 그를 자극하기 시작했죠."
"자극을 했다고요?"
"수사에 협조하면 면책해주겠다고 했습니다."
"맥구안에게 불리한 증언을 해주는 조건이었나요?"
"그게 다가 아니었습니다. 맥구안은 아주 철저했죠. 우린 그를 살인죄로 기소할 충분한 증거를 확보하지 못했습니다. 정보원이 절실했죠. 그래서 그에게 도청장치를 붙여 다시 돌려보냈습니다."
"켄이 당신 밑에서 정보원으로 일했단 말입니까?"
순간 피스틸로의 눈이 번뜩였다.
"그렇게 미화하지 마십시오."
그가 말했다.
"당신의 비열한 형은 법 집행관이 아니었습니다. 그는 그저 자신이 살기 위해 우리의 제안을 받아들였을 뿐입니다."
나는 고개를 끄덕였다. 이 모든 게 거짓말일 수도 있다고 애써 스스로를 위로했다.
"계속해보세요."
내가 다시 말했다.
그가 손을 뻗어 식탁에 놓여 있는 과자를 하나 집어 들었다. 그가 아이스티와 함께 과자를 목구멍으로 넘겼다.
"우리도 정확히 무슨 일이 있었는지 모릅니다. 그저 짐작만 하고 있을 뿐이죠."
"어디 한번 들어볼까요?"
"맥구안은 그 사실을 눈치 챘습니다. 명심하십시오. 맥구안은 잔인한 놈입니다. 누군가를 죽이는 일쯤은 링컨 터널을 탈까 홀랜드 터널을 탈까 고민하는 것만큼이나 쉽게 결정하는 사람이죠. 편의를 위해서라면 누구든 눈 깜짝 안 하고 죽여버립니다. 죄책감 따위는 전혀 느끼지 못하죠."

그가 무슨 말을 하려는지 대충 알 수 있을 것 같았다.
"켄이 밀고자였다는 사실을 맥구안이 알아차렸다면……."
"한마디로 죽은 목숨이었던 거죠."
그가 나 대신 말을 맺어주었다.
"당신의 형은 위험 부담에 대해 잘 알고 있었습니다. 그래서 우리의 감시망을 뚫고 도망쳐버렸습니다."
"맥구안이 눈치를 채버려서요?"
"우리는 그렇게 믿고 있습니다. 그래서 그는 다시 집으로 돌아갔습니다. 솔직히 그 이유는 잘 모르겠습니다. 어쩌면 집이 가장 안전한 은신처라고 생각했는지도 모르죠. 맥구안은 그가 그런 식으로 가족들을 위험에 빠뜨릴 거라고는 상상도 못 했을 겁니다."
"그래서요?"
"아셀타도 맥구안과 함께 일해왔다는 사실은 물론 알고 계시겠죠."
"그렇다고 치죠."
내가 말했다.
그는 내 말을 무시했다.
"아셀타에겐 아쉬울 게 많았습니다. 당신이 로라 에머슨에 대해 물었었죠? 살해된 또 다른 학생 클럽 회원 말입니다. 당신의 형은 아셀타가 그녀를 죽였다고 알려주었습니다. 그녀는 목이 졸려 숨졌습니다. 교살은 아셀타의 특기죠. 켄의 말대로라면, 로라 에머슨은 하버튼 교내에서 마약 거래가 이루어지고 있다는 사실을 알고 경찰에 신고하려 했다고 합니다."
나는 인상을 찌푸렸다.
"고작 그것 때문에 그녀를 죽였다고요?"
"그렇습니다. 고작 그것 때문에 그녀를 죽였습니다. 그들이 그녀에게 아이스크림이라도 사주며 달랠 줄 알았습니까? 그 친구들은 괴물입니다. 아직도 모르겠습니까?"

나는 우리 집에 놀러온 필 맥구안과 리스크 게임을 했던 때를 떠올려 보았다. 그는 항상 이겼다. 그는 말이 없고 기민했다. 잔잔한 물과 같은 아이였다. 그는 반장으로 활동하기도 했다. 아무튼 그에게선 본받을 게 많았다. 반면에 유령은 노골적으로 정신병자 짓을 해왔다. 그가 무슨 짓을 벌인다 해도 전혀 놀랍지 않았다. 하지만 맥구안은?

"그들은 당신의 형이 어디 숨어 지내는지 알아냈습니다. 어쩌면 유령이 줄리를 미행했는지도 모르죠. 어쨌든 그는 밀러 씨 댁에서 당신의 형과 대면하게 되었습니다. 보나마나 두 사람을 모두 죽이려 했겠죠. 당신은 분명 그날 밤 누군가를 봤다고 했습니다. 우린 당신을 믿습니다. 당신이 본 사람은 아마 아셀타였을 겁니다. 현장에서 그의 지문이 발견되었거든요. 그에게 급습당한 켄은 부상을 입고 도망쳤을 겁니다. 현장에서 발견된 그의 피를 그렇게 설명할 수 있겠죠. 그럼 유령은 줄리 밀러의 시체를 어떻게 처리했을까요? 보나마나 그는 켄이 줄리를 죽인 것처럼 현장을 꾸며놓았을 겁니다. 그에게 누명을 씌워, 다시는 집으로 돌아오지 못하도록 조치해놓은 것이죠."

그가 설명을 멈추고 두 번째 과자를 우물우물 씹어댔다. 그는 나를 쳐다보지 않았다. 거짓말일 수도 있지만 그의 음성에선 진실이 묻어나왔다. 나는 뛰는 가슴을 진정시키며 그가 들려준 이야기를 찬찬히 되짚어보았다. 나는 그에게서 시선을 떼지 않았다. 그는 여전히 과자에만 집중하고 있었다. 이번엔 내가 입을 열 차례였다.

"그러니까 지금까지······."

나는 말을 멈추고 마른침을 한번 삼켰다. 그리고 다시 시작해보았다.

"그러니까 지금까지 당신들은 켄이 줄리를 죽이지 않았다는 걸 알고 있었다는 얘기군요."

"아닙니다."

"하지만 당신이 방금……."
"추측. 이건 어디까지나 추측일 뿐입니다. 그가 그녀를 죽였을 가능성도 배제할 순 없습니다."
"설마 그걸 믿는 건 아니겠죠?"
"그건 내 자유입니다."
"켄이 왜 줄리를 죽였겠습니까?"
"당신의 형은 좋은 사람이 아니었습니다. 그 사실을 잊지 마십시오."
"그건 범행 동기가 아니지 않습니까."
나는 고개를 저었다.
"대체 이유가 뭡니까? 켄이 그녀를 죽이지 않았을 거라 얘기하면서도, 자꾸 그 반대 주장을 굽히지 않는 이유가 뭐냔 말입니다."
그는 대답이 없었다. 하긴, 대답은 필요 없었다. 그 질문에 대한 답이 갑자기 명확해졌기 때문이다. 나는 냉장고에 붙어 있는 사진들을 돌아보았다. 그 사진들은 많은 것을 설명해주고 있었다.
"당신은 어떻게 해서든 켄이 돌아오게 만들려 했습니다."
내가 던진 질문에 내가 답을 했다.
"켄은 당신에게 맥구안을 넘길 수 있었던 유일한 사람이었습니다. 만약 그가 중요 증인 신분으로 숨어 지내왔다면, 세상은 그에게 아무 신경도 쓰지 않았을 겁니다. 언론의 조명을 받을 이유도 없었을 거고요. 이렇게 대대적으로 추적을 벌일 필요도 없었겠죠. 만약 켄이 젊은 여자를, 그것도 그녀의 집 지하실에서 살해했다면, 있을 수 없는 교외의 이야기라며 언론이 가만히 두지 않았겠죠. 그렇게 헤드라인에 뜨게 되면 형도 숨어 지내기 힘들게 될 테고 말입니다."
그는 계속해서 자신의 손을 내려다보았다.
"내 말이 틀렸습니까?"
피스틸로가 천천히 나를 돌아보았다.

"당신의 형은 우리와 거래를 했습니다. 그런데 도망쳐버리면서 거래가 깨졌단 말입니다."

그가 냉담하게 말했다.

"그래서 거짓말을 한 겁니까?"

"그래서 모든 수단을 동원해 그를 쫓게 된 겁니다."

어느새 나는 몸을 덜덜 떨고 있었다.

"우리 가족이 얼마나 고통 받을지는 생각 안 해봤습니까?"

"그게 내 탓이라는 겁니까?"

"당신이 우리에게 무슨 짓을 했는지 압니까?"

"이거 알아요, 뭘? 당신 가족이 고통을 받든 말든 전 상관하지 않습니다. 당신들만 고통 받았습니까? 내 동생의 눈을 똑바로 쳐다보십시오. 내 조카들은 어땠을 것 같습니까?"

"아무리 그래도 그렇지……."

그가 한 손으로 식탁을 힘껏 내리쳤다.

"당신은 뭐가 옳고 그른지 말할 자격이 없습니다. 내 동생도 무고한 피해자였단 말입니다."

"우리 어머니도 마찬가지였습니다."

"아닙니다!"

그가 이번엔 주먹으로 식탁을 내리쳤다. 그리고 손가락을 뻗어 나를 가리켰다.

"두 사람 사이엔 엄청난 차이가 있습니다. 알려면 똑바로 아십시오. 빅은 근무 중 살해됐습니다. 그에겐 선택의 여지가 없었단 말입니다. 그는 가족들이 받을 고통에 대해 아무것도 할 수 없었습니다. 하지만 당신의 형은 무책임하게 도망쳐버렸습니다. 그게 바로 그의 선택이었습니다. 당신 가족이 고통을 받았다면 그 책임은 전적으로 그에게 있습니다."

"하지만 형은 당신들 때문에 숨어 지내고 있잖아요."

내가 말했다.

"누군가가 형을 죽이려 하고 있습니다. 게다가 당신들은 형이 돌아오는 즉시, 살인 혐의를 씌워 체포할 준비만 하고 있습니다. 당신들이 형을 이렇게 만든 겁니다. 다 당신들 탓이란 말입니다."

"그의 선택이었습니다. 우리가 원해서 이렇게 된 건 아닙니다."

"당신은 자신의 가족을 살리기 위해 우리 가족을 희생시켰습니다."

듣다 못한 피스틸로가 홧김에 식탁을 내리쳤고, 그 바람에 유리컵에 담겨 있던 아이스티가 내게 뿌려졌다. 유리컵이 바닥에 떨어지면서 산산이 부서졌다. 그가 자리에서 일어나 나를 내려다보았다.

"경고하는데, 두 번 다시 당신 가족이 겪은 고통과 내 동생이 겪은 고통을 비교하지 마십시오."

나는 그의 눈을 똑바로 쳐다보았다. 그와 언쟁을 벌이는 건 무의미했다. 나는 아직도 그가 진실을 말하고 있는지 의심스러웠다. 어쨌든 나는 좀 더 많은 사실을 캐내고 싶었다. 그의 반감을 사면 좋을 게 없었다. 보나마나 그가 아직 들려주지 않은 이야기가 많을 것이다. 이게 전부가 아닐 것이다. 아직 풀지 못한 미스터리가 많았다.

그때 문이 열렸다. 소음을 듣고 달려온 클라우디아 피셔가 무슨 일인지 확인하기 위해 문틈으로 고개를 불쑥 들이밀었다. 피스틸로가 한 손을 들어 보이며 아무 일 아니라는 신호를 보냈다. 그가 다시 의자에 앉았다. 피셔는 머뭇거리다가 문을 닫고 나갔다.

피스틸로는 여전히 씩씩거리고 있었다.

"그 후엔 어떻게 됐습니까?"

내가 물었다.

그가 고개를 들었다.

"추측이 안 됩니까?"

"네."

"그건 순전히 운이었습니다. 요원 중 한 명이 스톡홀름에서 휴가를 보내고 있었죠. 요행수였습니다."
"그게 대체 무슨 얘깁니까?"
"그곳에서 휴가를 보내던 우리 요원이 당신의 형과 우연히 마주쳤단 말입니다."
그가 말했다.
나는 눈을 한번 깜빡였다.
"잠깐만요, 그게 언제였죠?"
피스틸로가 재빨리 셈에 들어갔다.
"사 개월 전이었습니다."
머릿속이 혼란스러웠다.
"켄이 거길 무사히 빠져나왔나요?"
"물론 아닙니다. 우리 요원이 그를 순순히 보내줄 리 없죠. 그는 당신의 형을 덮쳤고, 마침내 체포했습니다."
피스틸로가 두 손으로 식탁을 짚고 내 앞으로 몸을 들이밀었다.
"우리가 그를 잡았단 말입니다."
그가 속삭임에 가까운 음성으로 말했다.
"우린 그를 체포해, 이곳으로 데려왔습니다."

45

필립 맥구안이 브랜디를 유리잔에 따랐다.
젊은 변호사, 크롬웰의 시체는 치워놓은 상태였다. 조슈아 포드는 곰 모피 깔개처럼 바닥에 뻗어 있었다. 숨은 끊어지지 않았고, 의식도 있었지만 움직이진 않았다.

맥구안이 유령에게 유리잔을 건넸다. 두 남자는 나란히 앉아 있었다. 맥구안이 브랜디를 한 모금 넘겼다. 유령은 유리잔을 받아들고 미소를 지었다.

"왜 그래?"

맥구안이 물었다.

"좋은 브랜디인 것 같은데."

"맞아."

유령이 유리잔을 살살 흔들었다.

"라이커 힐 뒤편 숲에 들어가 싸구려 맥주를 마시며 놀던 때가 떠오르는군. 너도 기억나지, 필립?"

"슐리츠와 올드 밀워키였지."

맥구안이 말했다.

"맞아."

"켄의 친구가 '이코노미 와인&주류'에서 일했었잖아. 켄에겐 신분증도 안 보고 술을 팔았지."

"좋은 시절이었지."

유령이 말했다.

"하지만 이게 더 좋은 술이야."

맥구안이 유리잔을 들어 보이며 말했다.

"정말?"

유령이 브랜디를 한 모금 마셨다. 그런 다음, 눈을 감고 목구멍으로 술을 넘겼다.

"혹시 '우리가 내리는 모든 결정이 세상을 대체 우주로 분할시킨다'는 얘기 들어본 적 있어?"

"물론."

"난 말이야 종종 이런 생각을 해. 우리가 지금과 다른 삶을 살아갈 수 있는 세상이 과연 있을지. 거꾸로 말하면, 우리가 아무리 애를 써도 결국 이렇게 될 수밖에 없는 운명인지, 뭐 이런 생각."
맥구안이 능글맞게 웃었다.
"왜 갑자기 약한 척하고 그래, 존?"
"약해져서 그런 게 아니야."
유령이 말했다.
"그저 이 길밖엔 없었는지 궁금해졌을 뿐이야."
"존, 넌 사람들을 괴롭히는 걸 좋아하잖아."
"그야 그렇지."
"항상 그걸 즐기지 않았어?"
유령이 잠시 기억을 더듬었다.
"아니, 항상 그랬던 건 아니야. 중요한 건 그 이유지."
"왜 사람들을 괴롭히길 좋아하는 거지?"
"그냥 괴롭히는 것만 좋아하는 게 아니야. 아주 고통스럽게 죽이는 것도 좋아한다고. 내가 교살을 선택한 것도 이게 가장 끔찍한 방법이기 때문이야. 총이나 칼을 쓰면 단번에 일을 마칠 수 있지. 하지만 이렇게 해야 상대가 마지막 숨을 내쉬는 걸 똑똑히 지켜볼 수 있거든. 산소가 끊어졌을 때 사람이 어떤 반응을 보이는지 궁금하지 않아? 난 그걸 지켜보는 게 좋아. 숨 한 번 더 쉬어보겠다고 바동거리는 꼴 말이야."
"저런, 저런."
맥구안이 유리잔을 내려놓았다.
"존, 파티에 가면 네 인기가 굉장하겠는데."
"오, 당연하지."
그가 말했다. 유령은 갑자기 진지해졌다.
"내가 왜 그런 데서 쾌감을 느끼는 거지, 필립? 대체 내게 무슨 일이 있었기에. 내 윤리 나침반에 무슨 문제가 생겼기에. 왜 난 상대가 내쉬는 마지막 숨을 쐬어야만 살아 있음을 느낄 수 있는 거지?"
"혹시 아버지를 탓하려는 건 아니겠지, 존?"
"그렇게 간단한 문제가 아니야."
그가 유리잔을 내려놓고 맥구안을 돌아보았다.
"필립, 네가 날 죽였을 것 같아? 그때 공동묘지에서 내가 그 두 녀석을 해치우지 않았다면 말이야. 네가 날 죽였을까?"
맥구안은 진실을 들려주기로 했다.
"나도 모르겠어."
그가 말했다.
"아마도."
"넌 내 죽마고우잖아."
유령이 말했다.
"너도 내 가장 친한 친구야."
유령이 미소를 지었다.
"우린 정말 끝내줬는데. 안 그래, 필립?"
맥구안은 대꾸하지 않았다.
"난 네 살 때 켄을 처음 만났어."
유령이 말을 계속 이어나갔다.
"동네 아이들은 우리 집 근처에서 놀지 않았지. 사람들은 아셀타 집안 사람들과 어떤 식으로든 어울리려 하지 않았어. 너도 알지?"
"그래."
맥구안이 말했다.
"하지만 켄은 달랐어. 툭하면 우리 집에 놀러왔지. 언젠가 켄과 집 안을 뒤지다가 아버지의 총을 발견한 적이 있어. 아마 우리가 여섯 살 때였을 거야. 난 총을 쥐고 그게 뿜어내는 야릇한 기운을 느껴봤어. 총에 완전히 사로잡히게 된 거야. 우린 그 총으로 리처드 워너에게 겁을 주기도 했어. 아마 년 그 친구를 모를 거야. 3학년 땐가 이사를 가버렸거든. 언젠가 우린 그 녀석을 묶어놓고 총으로 겁을 줬어. 아주 울고불고 난리를 치더군. 바지까지 적셔가면서 말이야."
"그때도 아주 황홀했겠군."
유령이 천천히 고개를 끄덕였다.
"그랬던 것 같아."
"궁금한 게 있어."
맥구안이 말했다.
"뭐가?"
"아버지 총이 있었는데 다니엘 스키너에겐 왜 칼을 썼던 거지?"
유령이 고개를 저었다.
"그 얘긴 하고 싶지 않아."
"지금까지 그래 왔던 것처럼?"
"그래."
"왜?"
그는 시원하게 대답해주지 않았다.
"우리가 총을 가지고 놀았다는 걸 아버지가 아시게 됐어."
그가 말했다.
"그때 난 엄청 두들겨 맞았지."
"한두 번이 아니었잖아."
"맞아."
"복수를 해야겠다는 생각은 안 해봤어?"
맥구안이 물었다.
"아버지에게? 아니. 아버지는 증오할 가치도 없을 만큼 딱한 분이셨어. 집 나간 어머니를 끝까지 잊지 못하셨지. 아버지는 언젠가는 어머니가 집으로 돌아오실 거라고 믿으셨어. 아예 어머니를 맞으실 준비까지

해두셨지. 소파에 앉아 홀로 술을 마시면서도 계속해서 보이지 않는 어머니와 대화를 하셨어. 킬킬거리시다가 갑자기 울기도 하셨고. 어머니 때문에 아버지는 비탄에 잠기셨어. 필립, 그동안 난 많은 사람들에게 고통을 줘왔어. 제발 죽여달라고 애원하는 사람들도 봐왔고 말이야. 하지만 지금껏 아버지의 흐느낌처럼 비참한 소리 들어본 적이 없었어."

바닥에 뻗어 있는 조슈아 포드가 나지막이 신음을 내뱉었다. 두 사람은 약속이라도 한 듯 모른 척했다.

"아버지가 지금 어디 계시지?"

맥구안이 물었다.

"와이오밍의 샤이엔. 술을 딱 끊어버리셨어. 좋은 여자 만나서 잘살고 계시지. 요즘엔 종교에 심취해 사신다더군. 술 대신 신을 택하신 거지. 종교에 중독이 되신 거야."

"찾아가 뵌 적 있어?"

유령의 음성은 나지막했다.

"아니."

그들은 잠시 침묵을 지키며 브랜디를 홀짝 마셔댔다.

"넌 어때, 필립? 너희 집은 가난하지도 않았고, 부모님이 널 학대하지도 않으셨잖아."

"그냥 평범했지 뭐."

맥구안이 말했다.

"네 삼촌도 범죄조직과 관련이 있으셨지? 너도 삼촌을 따라 그들과 어울리기 시작했고 말이야. 하지만 너만 원했다면 얼마든지 바른 길로 갈 수도 있었잖아. 왜 그러지 않았지?"

맥구안이 킬킬 웃었다.

"왜?"

"이제 보니 우린 많이 다른 것 같아."

"어떻게?"
"넌 후회하잖아."
맥구안이 말했다.
"일을 벌이면서 희열을 느끼고, 점점 노련해지지. 하지만 넌 스스로를 악이라고 여기고 있어."
그가 갑자기 자리에서 일어났다.
"맙소사."
"왜?"
"넌 내가 생각했던 것보다 훨씬 위험한 친구야, 존."
"어째서?"
"넌 켄 때문에 돌아온 게 아니야."
맥구안이 말했다. 갑자기 그의 음성이 나지막해졌다.
"넌 그 여자 애 때문에 돌아온 거잖아, 아니야?"
유령이 브랜디를 한 모금 넘겼다. 그는 대답하지 않았다.
"네가 얘기했던 그런 선택들, 그리고 대체 우주 말이야."
맥구안이 계속 말을 이어나갔다.
"그날 밤 켄이 죽었다면 모든 게 달라졌을 거라 생각해?"
"그게 바로 대체 우주라는 거지."
유령이 말했다.
"하지만 지금보다 나은 세상은 아니었을지도 몰라."
맥구안이 받아쳤다. 그리고 덧붙였다.
"이제 어쩔 셈이야?"
"윌의 협조를 받아내야지. 켄을 끌어들일 수 있는 유일한 사람이니까."
"협조하지 않을 거야."
유령이 미간을 찌푸렸다.

"너라면 더 많은 사람을 알 줄 알았는데."
"그의 아버지 말이야?"
맥구안이 물었다.
"아니."
"그의 누나?"
"그녀는 너무 멀리 있어."
유령이 말했다.
"그럼 대체 누구?"
"생각해봐."
유령이 말했다.
맥구안은 열심히 머리를 굴려보았다. 잠시 후, 답이 떠올랐다. 그의 얼굴에 환한 미소가 번졌다.
"케이티 밀러."

46

피스틸로는 내게서 시선을 떼지 않았다. 자신이 던져놓은 충격적인 소식에 내가 어떻게 반응하는지 지켜보는 중이었다. 하지만 나는 애써 덤덤한 척했다. 어떻게 보면 이치에 닿는 것 같기도 했다.
"당신들이 우리 형을 체포했다고요?"
"그렇습니다."
"형을 미국으로 송환해왔단 말입니까?"
"네."
"그런데 왜 신문에 실리지 않았나요?"
내가 물었다.

"일단 비밀로 해두기로 했습니다."
피스틸로가 말했다.
"맥구안이 알아버릴까 봐 두려웠던 겁니까?"
"아무래도 그렇죠."
"다른 이유는요?"
그가 고개를 저었다.
"아직까지 맥구안에게 미련을 못 버리고 있는 거군요."
내가 말했다.
"그렇습니다."
"우리 형을 미끼로 쓰려는 거죠?"
"당신 형은 우릴 도울 수 있습니다."
"그래서 형과 거래를 했겠군요."
"예전과 거래 조건은 같습니다."
서서히 안개가 걷혀가는 느낌이었다.
"그래서 형을 증인 보호 프로그램에 넣었나요?"
피스틸로가 고개를 끄덕였다.
"처음엔 그를 호텔에 보호 구금시켰습니다. 당신 형이 가지고 있던 정보들은 대부분 너무 오래된 것들이었어요. 물론 그가 중요한 증인이라는 사실엔 변함이 없었지만요. 솔직히 그는 우리가 내세울 수 있는 가장 쓸 만한 증인입니다. 하지만 우리에겐 시간이 더 필요했습니다. 언제까지나 그를 호텔에 가둬둘 순 없었죠. 그도 호텔에서 지내고 싶지 않다고 했고요. 켄은 거물급 변호사를 고용했고, 결국 우리는 새로운 거래를 맺게 됐습니다. 우린 그를 뉴멕시코로 보냈습니다. 그리고 매일 요원 한 명을 보내 감시토록 했죠. 그의 증언이 필요할 때가 오면 그를 불러들일 생각이었습니다. 만약 거래 조건을 어기면 줄리 밀러를 살해한 혐의를 씌워버리겠다고 겁도 주었습니다."

"그런데 어떻게 일이 꼬이게 된 겁니까?"

"맥구안이 그 사실을 알아내게 된 거죠."

"어떻게 말입니까?"

"그건 우리도 모릅니다. 어디선가 정보가 샜겠죠. 어쨌든 맥구안은 자신의 부하 두 명을 보내 당신의 형을 제거하려 했습니다."

"현장에서 발견된 시체 두 구 말이죠?"

내가 말했다.

"그렇습니다."

"누가 그들을 죽인 겁니까?"

"우린 당신의 형이 죽였다고 믿고 있습니다. 그들이 당신의 형을 과소평가했던 거죠. 그는 그들을 죽이고 다시 도망쳐버렸습니다."

"그래서 지금 켄을 다시 잡겠다는 거죠?"

그의 시선이 다시 냉장고에 붙은 사진들 쪽으로 돌아갔다.

"네."

"난 형이 어디 있는지 모릅니다."

"나도 이젠 당신을 믿습니다. 이봐요, 어쩌면 우리가 일을 망쳐놓았는지도 모릅니다. 하지만 켄은 반드시 돌아와야 합니다. 우린 그를 책임지고 보호할 겁니다. 이십사 시간 감시 체제도 가동시킬 겁니다. 확실한 은신처도 제공할 것이고, 그가 필요로 하는 모든 것을 지원할 생각입니다. 물론 그건 당근입니다. 채찍은 그가 우리에게 얼마나 협조하는지에 따라 형량이 결정될 거라는 사실입니다."

"내게 원하는 게 뭡니까?"

"언젠가는 그가 당신에게 도움을 요청해올 겁니다."

"그걸 어떻게 확신할 수 있죠?"

그가 한숨을 내쉬며 유리컵을 빤히 쳐다보았다.

"그걸 어떻게 확신하느냐고요?"

내가 다시 물었다.

"켄이 이미 당신에게 연락을 해왔기 때문입니다."

피스틸로가 대답했다.

순간 내 가슴이 철렁 내려앉았다.

"그는 자신의 앨버커키 집 근처에 있는 공중전화로 당신에게 두 차례 전화를 걸었습니다."

그가 말했다.

"첫 번째 전화는 시체 두 구가 발견되기 일주일 전쯤에 걸었습니다. 두 번째 전화는 사건 발생 직후에 걸었습니다."

깜짝 놀라야 마땅했지만 내 반응은 전혀 그렇지 못했다. 이제야 모든 게 이치에 닿는 것 같았다. 물론 내 마음에 썩 들진 않았지만.

"그 사실은 몰랐죠, 윌?"

나는 마른침을 넘기며 내가 아닌, 누가 켄의 전화를 받았을지 생각해 보았다.

실러.

"네."

내가 말했다.

"몰랐습니다."

그가 고개를 끄덕였다.

"처음 당신에게 접근했을 때엔 우리도 그 사실을 모르고 있었습니다. 우린 당연히 당신이 그 전화를 받았을 거라 생각했죠."

나는 그를 빤히 쳐다보았다.

"이 문제와 실러 로저스는 어떤 연관이 있는 거죠?"

"살인사건 현장에서 그녀의 지문이 발견되었습니다."

"그건 알고 있어요."

"이거 하나 물어봅시다. 우린 그가 당신에게 전화를 걸었다는 사실을 알고 있습니다. 또한 당신의 여자친구가 뉴멕시코에 있는 켄의 집을 찾아갔다는 사실도 알고 있습니다. 만약 당신이 우리였다면 어떻게 결론을 내렸겠습니까?"

"내가 어떻게든 연루되었을 거라고 생각했겠죠."

"그렇습니다. 우리는 실러가 당신의 대리인일지도 모른다고 생각했습니다. 당신이 그녀를 통해 형을 도우려 했을 거라고 말입니다. 우린 당신들이 켄의 행방을 알고 있을 거라 확신했습니다."

"하지만 그렇지 않다는 걸 알잖아요."

"그렇습니다."

"그럼 이젠 뭘 의심하고 있는 겁니까?"

"당신이 품고 있는 의심과 같습니다."

그의 음성이 한층 더 부드러워졌다. 젠장. 그는 나를 동정하고 있는 것이다.

"실러 로저스가 당신을 이용한 겁니다. 그녀는 맥구안 밑에서 일을 했을 테고요. 그에게 당신 형에 대한 정보를 제공해왔을 겁니다. 그리고 급습 작전이 실패하자, 맥구안은 사람을 보내 그녀를 죽였습니다."

실러. 그녀의 배신은 내 뼛속 깊이까지 상처를 내놓았다. 지금 그녀를 옹호하거나 내가 그녀의 봉이 아니었다고 주장하는 것은 부질없는 일이었다. 극단적인 낙천주의자 수준을 넘어서는 순진함이 없고서야, 절대 벗겨지지 않는 장밋빛 안경을 걸치지 않고서야, 진실을 제대로 보지 못한다는 건 말이 되지 않았다.

"내가 이런 얘길 들려주는 이유는 당신이 똑같은 실수를 저지를까 봐 걱정이 되기 때문입니다."

"내가 언론과 접촉할까 봐요?"

내가 말했다.

"그렇습니다. 잘 생각해봐요. 당신의 형에겐 두 가지 선택권이 있었습니다. 맥구안과 유령을 기다렸다가 피살되든지, 우리의 보호를 받든지."
"우리 형을 제대로 보호했으면 이런 일이 생겼겠습니까?"
내가 말했다.
"우리는 여전히 그가 선택할 수 있는 최고의 선택권입니다."
그가 받아쳤다.
"맥구안은 당신의 형을 제거할 때까지 포기하지 않을 겁니다. 설마 케이티 밀러가 습격당한 게 우연이었다고 생각하는 건 아니겠죠. 어쨌든 우린 당신의 협조가 절실히 필요합니다."
나는 아무 대꾸도 하지 않았다. 그를 신뢰할 수가 없었다. 그 누구도 신뢰할 수 없었다. 여기서 내가 깨달은 것이라고는 그것뿐이다. 피스틸로는 특히 더 위험한 인물이었다. 그는 지난 십일 년간 실의에 빠진 여동생의 얼굴을 봐왔다. 그가 지금 어떤 마음을 품고 있을지 헤아리는 것은 어려운 일이 아니었다. 나 역시 그 심정을 잘 알고 있었다. 모든 걸 왜곡하고 싶어지는 마음도 알고 있었다. 피스틸로는 이미 맥구안을 체포할 때까지 절대 포기하지 않겠다는 의지를 보여주었다. 우리 형을 희생시키면서까지 그 목적을 이루고 싶어 했다. 나는 그 때문에 유치장에 수감되기도 했다. 무엇보다 그는 우리 가족을 망쳐놓았다. 나는 시애틀로 도망쳐버린 누나를 떠올렸다. 어머니, 써니의 미소도 떠올려보았다. 그 이미지들은 내 앞에 앉아 형의 구원자라고 떠들어대는 남자에 의해 산산이 부셔져버렸다. 그는 내 어머니를 죽였다. 어머니가 암에 걸린 이유는 그 끔찍했던 사건이 어머니의 면역 시스템을 무너뜨렸기 때문이다. 그런데도 그는 지금 내게 자신을 도와달라고 호소하고 있는 것이다.
그가 한 말 중 어디까지가 거짓인지 확인할 길이 없었다. 그래서 나도 일단 거짓말로 맞서보기로 했다.
"협조하겠습니다."
내가 말했다.

"좋습니다."

그가 말했다.

"그럼 당신의 혐의도 없었던 일로 덮어두겠습니다."

나는 고맙다고 하지 않았다.

"댁까지 모셔다드리겠습니다."

거절하고 싶었지만 일부러 감정적으로 나갈 필요는 없을 것 같았다. 그는 나를 속였고, 나 또한 같은 노력을 해볼 필요가 있었다. 그래서 나는 그러라고 했다. 내가 자리에서 일어났을 때 그가 말했다.

"실러의 장례식을 준비 중이라고요?"

"네."

"혐의를 모두 벗었으니 이젠 마음껏 돌아다녀도 됩니다."

나는 대꾸하지 않았다.

"참석할 겁니까?"

그가 물었다.

이번엔 진실을 들려주었다.

"나도 모르겠습니다."

47

나는 집에서 죽치고 기다리고 싶지 않았다. 그래서 날이 밝기가 무섭게 일터로 향했다. 우스운 일이었다. 왠지 무기력함을 떨쳐낼 수 없을 것 같았지만 실제 기분은 전혀 그렇지 않았다. 코브넌트 하우스에 들어서는 순간, 꼭 비장한 얼굴로 경기장에 들어서는 운동선수가 된 듯한 기분이었다. 이 아이들에겐 내 헌신이 절실히 필요했다. 진부하게 들리겠지만 어쨌든 사실이었다. 나는 곧장 임무에 착수했다.

내게 다가와 애도의 뜻을 표하는 사람도 있었다. 가는 곳마다 실러의 흔적이 보였다. 그녀와 함께한 추억이 담겨 있지 않은 공간은 찾아보기 힘들었다. 나는 북받쳐 오르는 슬픔을 가까스로 참아냈다. 그녀를 잊는다는 건 상상할 수도 없었다. 형이 어디 있는지, 누가 실러를 죽였는지, 그녀의 딸 칼리는 어떻게 됐는지, 전부 내가 풀어야 할 미스터리였다. 하지만 오늘만큼은 내가 할 수 있는 일이 없었다. 케이티의 병실로 전화를 걸어보았지만, 예상대로 통화는 할 수 없었다. 스퀘어스는 탐정을 고용해 실러의 가명, 도나 화이트로 항공사 컴퓨터를 뒤졌지만 아무 성과도 올리지 못했다. 그래서 나는 묵묵히 기다렸다.

그날 밤, 나는 직접 밴을 몰고 나왔다. 합류한 스퀘어스에게 그동안 있었던 일들을 들려주었다. 우리는 그렇게 어둠 속으로 파고들어갔다. 밴을 본 거리의 아이들이 푸르스름한 어둠 속에서 환히 미소를 지었다. 지쳐 보이는 그들의 얼굴에선 광택이 찰찰 흘렀다. 성인 부랑자, 마약 딜러 여성, 쇼핑 카트를 끌고 다니는 남자, 상자 안에 누워 있는 사람, 종이컵을 내밀며 구걸하는 사람 등도 보였다. 모두 노숙자들이었다. 가정 폭력으로부터 도망쳐 나온 열다섯 살, 열여섯 살의 청소년들은 마약과 매춘, 광기에 쉽게 물이 든다. 그런 이유로 누구보다도 쉽게 거리 생활에 적응한다. 청소년들을 보면 누가 노숙을 하고, 누가 그냥 산책을 나온 것인지 당최 구분할 수가 없다.

성인 노숙자들의 딱한 사정은 누구라도 외면하지 못할 정도이다. 이보다 더 처절할 수는 없다. 대부분의 사람들은 시선을 돌리고 부지런히 걸음을 옮긴다. 1달러, 아니 동전 몇 닢 던져주면 보나마나 그 돈으로 술이나 마약 따위를 사러갈 거라고 넘겨짚는다. 그냥 모른 척 지나쳐버리면 절박한 상황에 놓인 사람들에겐 큰 상처가 될 수 있다. 하지만 청소년들은 눈에 잘 띄지 않는다. 그만큼 밤에 잘 녹아든다는 뜻이다. 그냥 외면해버려도 후유증이 없다.

요란한 라틴 음악의 리듬이 들려왔다. 스퀘어스가 아이들에게 나눠줄 전화카드 한 묶음을 내게 건넸다. 우리는 헤로인 거래가 성행하는 A 애비뉴에서 작업을 시작했다. 우리는 달콤한 말로 그들의 환심을 사려 했고, 그들의 말에 귀를 기울여주었다. 생기 빠진 눈. 보이지도 않는 피부 속 벌레들을 쫓으려 박박 긁어대는 장면. 주삿바늘 자국과 움푹 들어간 혈관들.

새벽 4시, 스퀘어스와 나는 다시 밴으로 돌아왔다. 지난 몇 시간 동안 우리는 극도로 말을 아꼈다. 그가 창밖을 내다보았다. 아이들은 여전히 밴 주변을 서성이고 있었다. 아이들의 수는 점점 늘어만 갔다. 마치 밤거리가 그들을 툭툭 뱉어내고 있기라도 한 듯.

"장례식에 참석하는 게 좋지 않을까?"

스퀘어스가 말했다.

나는 내 안의 목소리를 믿을 수가 없었다.

"거리에서 일하는 그녀를 본 적 있어?"

그가 물었다.

"이 아이들에게 헌신하던 그녀의 얼굴 말이야."

물론 본 적이 있었다. 나는 그가 무슨 말을 하려는지 눈치 챌 수 있었다.

"그건 진실이었어, 윌."

"나도 그렇게 믿고 싶어."

내가 말했다.

"실러를 만나고 나서 네 기분이 어땠지?"

"세상 최고의 행운아가 된 기분이었지."

내가 대답했다.

그가 고개를 끄덕였다.

"그런 너의 반응도 진실이었고."

그가 말했다.

"그럼 이 모든 걸 어떻게 설명할 수 있겠어?"
"설명이 불가능하지."
스퀘어스가 기어를 넣고 차를 거리로 뺐다.
"이젠 머리가 아닌 가슴으로 이해하려 애써보는 건 어떨까?"
나는 미간을 찌푸렸다.
"좋은 생각 같긴 한데 그게 이치에 맞는 건지 모르겠어, 스퀘어스."
"그럼 이건 어때? 그냥 우리가 알고 지냈던 실러에게만 경의를 표하고 오는 것."
"모든 게 거짓이었는데도?"
"모든 게 거짓이었는데도. 어쩌면 거기 가서 우리가 몰랐던 사실을 알게 될지도 모르잖아."
"나중에 밝혀질 사실들이 내 마음에 들지 않을 수도 있다고 한 건 자네 아니었어?"
"그래, 그랬지."
스퀘어스가 눈썹을 실룩거렸다.
"내 생각이 적중했군."
나는 미소를 지었다.
"윌, 그녀를 위해 그 정도는 해줘야 해. 그녀와의 추억을 위해서도 그렇고."
그 말은 맞는 것 같았다. 종결이 필요했다. 내겐 속 시원한 답이 필요했다. 어쩌면 장례식에서 품고 있는 몇몇 의문들이 풀릴지도 몰랐다. 내 가짜 애인을 묻는 것으로 마음의 상처가 조금이나마 치유될 수도 있고. 결과가 실망스러울 수도 있겠지만 큰 기대 없이 다녀오는 것도 나쁘진 않을 것 같았다.
"게다가 칼리 문제도 있잖아."
스퀘어스가 창밖을 가리켰다.

"아이들을 돕는 것. 우리가 신경 쓰는 건 그게 전부잖아."
나는 그를 돌아보았다.
"그래."
내가 말했다. 그리고 이렇게 덧붙였다.
"아이들 얘기가 나와서 말인데."
나는 잠시 기다렸다. 그의 눈이 보이지 않았다. 그는 종종 코리 하트의 옛날 노래 가사처럼 한밤에 선글라스를 쓰고 다녔다. 핸들을 쥐고 있는 그의 손엔, 힘이 잔뜩 들어가 있었다.
"스퀘어스?"
"우린 지금 너와 실러에 대해 얘기하고 있잖아."
그가 툭 내뱉었다.
"그건 과거일 뿐이야. 어떤 사실이 밝혀지든 과거는 바뀌지 않는다고."
"일단 한 가지에만 집중해보자고, 응?"
"아니."
내가 말했다.
"친구란 원래 상호 관계가 돈독해야 하잖아."
그가 고개를 저었다. 그리고 차를 움직여 몰기 시작했다. 우리는 긴 침묵에 빠져들었다. 나는 수염과 얽은 자국으로 덮인 그의 얼굴을 빤히 쳐다보았다. 문신은 예전보다 진해진 것 같았다. 그는 아랫입술을 살짝 물고 있었다.
어느 정도 시간이 흐르고 난 후, 그가 입을 열었다.
"난 완다에게 털어놓지 않았어."
"아이 얘기 말이야?"
"아들 얘기."
스퀘어스가 나지막이 말했다.

"그 앤 지금 어디 있지?"

그가 한 손을 핸들에서 얼굴로 가져가 긁었다. 그의 손은 가볍게 떨리고 있었다.

"네 살도 채 되기 전에 저세상으로 가버렸어."

나는 눈을 감았다.

"이름이 마이클이었지. 난 그 애랑 엮이고 싶지 않았어. 딱 두 번 만나 봤을 뿐이야. 그냥 엄마랑 잘 살도록 내버려뒀지. 그 애 엄마는 열일곱 살 먹은 마약중독자였어. 개조차도 마음 놓고 맡길 수 없는 사람이었지. 마이클이 세 살 때, 그녀는 마약에 취한 채로 차를 몰다가 세미트레일러와 충돌했어. 두 사람 모두 즉사했지. 난 아직도 그게 자살이었는지 아닌지 모르겠어."

"미안해."

내가 기운 빠진 음성으로 말했다.

"그 사고만 아니었으면 마이클은 지금쯤 스물한 살이 되어 있었을 거야."

나는 뭔가 해줄 말을 찾아 머리를 굴렸다. 하지만 마땅한 말이 떠오르지 않았다. 어쨌든 노력은 해봐야 했다.

"아주 오래전의 일이잖아."

내가 말했다.

"너도 어렸고."

"합리화시키려고 애쓰지 마, 윌."

"합리화시키려는 게 아니야. 난 그저……."

이걸 어떻게 설명해줘야 할지 난감했다.

"만약 내게 아이가 있었다면 널 대부로 세웠을 거야. 내게 무슨 일이 생긴다면 널 내 아이의 보호자로 세울 거고. 그건 우정 때문도 아니고, 의리 때문도 아니야. 내 이기심 때문이지. 내 아이를 위해서 말이야."

그는 묵묵히 차를 몰아나갔다.

"세상엔 영원히 용서받을 수 없는 일들이 있어."

"네가 그 아이를 죽인 게 아니잖아, 스퀘어스."

"그래, 맞아. 아무도 날 비난할 수 없겠지."

우리는 빨간 신호에 걸려 멈춰 섰다. 그가 라디오를 켰다. 토크쇼 방송국. 기적의 다이어트 약에 대한 광고가 흘러나오고 있었다. 그가 라디오를 꺼버렸다. 그는 몸을 앞으로 숙이고 팔뚝을 핸들에 얹었다.

"거리의 아이들 말이야. 난 그 애들을 최대한 돕고 싶어. 마이클을 생각해서라도 이렇게 노력하는 게 옳지. 누가 알아? 이러다 보면 마이클에게 덜 미안해질지."

그가 선글라스를 벗어 쥐었다. 그의 음성이 살짝 높아졌다.

"하지만 중요한 건 내가 구제받을 가치가 없는 인간이라는 사실이야. 내가 뭘 하든 상관없이."

나는 고개를 저었다. 위로의 말이나 계몽적인 말을 떠올리려 애썼지만 소용없었다. 하다못해 그의 주의를 돌려볼 방법마저도 떠오르지 않았다. 내 입에서 나오는 모든 말들은 상투적이고 진부했다. 대부분의 비극들처럼 설명만 장황할 뿐, 실제로 전달되는 정보는 하나도 없었다.

내가 어렵게 꺼낸 한마디는 이것뿐이었다.

"그건 네가 틀렸어."

그가 다시 선글라스를 쓰고, 눈앞의 도로로 시선을 돌렸다. 그는 기운이 쫙 빠져 보였다.

나는 좀 더 밀어붙여 보기로 했다.

"장례식에 참석하는 건 우리가 실러에게 뭔가 빚을 진 게 있기 때문이라고 쳐. 그럼 완다는?"

"뭘?"

"왜?"

"그 애긴 별로 하고 싶지 않아."

48

비행기를 타고 보이시로 향하는 동안은 무척이나 따분했다. 우리는 형편없는 라과디아 공항에서 출발했다. 출발부터 징조가 좋지 않았다. 내 자리는 일반석이었다. 바로 앞에 앉은 노파는 이륙하자마자 좌석 등받이를 뒤로 젖혀놓았다. 등받이가 내 다리에 닿았고, 그녀의 회색 모발과 창백한 두피는 거의 내 무릎에 얹어진 것이나 다름없었다. 어쨌든 그 덕분에 복잡한 생각에서 잠시나마 헤어날 수 있었다.

스퀘어스는 내 오른쪽 자리에 앉았다. 그는 〈요가 저널〉에 실린 자신의 기사를 읽고 있었다. 그는 가끔씩 고개를 끄덕이며 이렇게 말했다.

"맞아, 바로 그거야. 이게 바로 나라고."

그는 나를 자극하기 위해 일부러 그러는 것이었다. 내가 그와 친하게 지낼 수밖에 없는 이유였다.

'아이다호, 메이슨에 오신 것을 환영합니다' 라는 표지판이 나오자 나는 다시 불안해졌다. 스퀘어스는 렌터카 계산대에서 뷰익 스카이락을 빌렸다. 차를 몰고 가던 우리는 두 번이나 길을 잃었다. 외딴 오지인 줄 알았는데, 이곳 역시 가는 곳마다 스트립 몰이 들어서 있었다. 거대 상점들도 곳곳에 자리하고 있었다. 셰프 센트럴, 홈 디포, 올드 네이비. 단조로움이 확산되어 전국을 하나로 만들었다.

흰색으로 칠한 작은 예배당은 평범했다. 에드나 로저스가 보였다. 그녀는 밖에 홀로 서서 담배를 피우고 있었다. 스퀘어스가 차를 세웠다. 순간 속이 울렁거리기 시작했다. 나는 차에서 내렸다. 잔디는 불에 탄 듯 갈색을 띠고 있었다. 에드나 로저스가 우리를 돌아보았다. 그녀는 내게 시선을 고정시킨 채 담배 연기를 길게 뿜어냈다.
　나는 그녀에게 다가갔다. 스퀘어스도 내 옆에 바짝 붙은 채 따라왔다. 세상에서 멀리 떨어진 듯 허전한 기분이 느껴졌다. 실러의 장례식. 우리는 실러를 묻기 위해 이곳에 왔다. 그런 생각들이 낡은 TV 화면 속 이미지처럼 핑핑 돌았다.
　에드나 로저스는 계속해서 담배 연기만 뿜어냈다. 날카로운 그녀의 눈은 바짝 말라 있었다.
　"당신이 와줄 거라고는 생각지 못했어요."
　그녀가 내게 말했다.
　"네, 이렇게 왔습니다."
　"칼리에 대해선 알아봤나요?"
　"아뇨."
　내가 말했다. 물론 그것은 사실이 아니었다.
　"부인께선 어떻습니까?"
　그녀가 고개를 저었다.
　"경찰도 최선을 다하고 있는 것 같지 않아요. 그저 실러가 아이를 낳았다는 기록을 찾을 수 없다고만 할 뿐이에요. 내가 보기엔 그들은 실러가 존재했다는 사실조차 믿지 않는 것 같아요."
　그 후로 벌어진 일들은 마치 빨리 감기 버튼을 누르기라도 한 듯 빠르고 흐릿하게 지나가버렸다. 스퀘어스가 불쑥 끼어들어 애도의 뜻을 전했다. 조객들이 다가왔다. 대부분 정장 차림의 남자들이었다. 그들의 대화를 들어보니, 차고 문 여는 도구를 만드는 공장에서 실러의 아버지와 함께 일했던 사람들인 것 같았다. 왠지 모르게 이상한 생각이 들었다. 나는 그들과 차례로 악수를 나누었다. 하지만 그들의 이름은 하나도 기억할 수 없었다. 실러의 아버지는 키가 컸고, 잘생긴 편이었다. 그는 나를 와락 끌어안은 후, 다시 동료들이 있는 곳으로 돌아갔다. 실러에겐 남동생과 여동생이 한 명씩 있었다. 두 사람 모두 무뚝뚝하고, 심란해하는 표정이었다.

우리는 밖에서 서성였다. 마치 장례식이 시작되는 것을 막으려는 듯. 조객들은 삼삼오오 모여 있었다. 젊은 조객들은 실러의 남동생과 여동생 주변을 지켰다. 실러의 아버지는 계속해서 고개를 끄덕이는 정장 차림의 남자들과 반원을 이루며 서 있었다. 그들은 넓은 넥타이를 두른 채 주머니에 손을 찔러넣고 있었다. 여자들은 문 근처에 모여 있었다.

스퀘어스에게 시선이 많이 쏠렸지만, 그는 개의치 않았다. 그는 먼지에 찌든 청바지에 파란색 블레이저 코트, 회색 넥타이를 걸치고 있었다. 그는 실러가 알아보지 못할까 봐 일부러 정장을 입지 않았다고 미소를 지으며 말했다.

얼마나 시간이 흘렀을까. 조객들이 작은 예배당으로 들어가기 시작했다. 이토록 많은 조객을 보게 될 줄이야. 하지만 그들 대부분은 실러가 아닌, 그녀의 가족을 위해 와준 이들이었다. 그녀는 아주 오래전에 그들을 떠났었다. 에드나 로저스가 슬그머니 다가와 나의 팔짱을 꼈다. 그녀가 나를 올려다보며 애써 미소를 지었다. 나는 그 미소의 의미가 궁금했다.

우리는 맨 마지막으로 예배당에 들어갔다. 여기저기서 관 속의 실러가 얼마나 '예뻐 보이는지', 얼마나 '생기 있어 보이는지' 소곤거리는 게 들려왔다. 언제 들어도 소름 끼치는 말이었다. 나는 신앙심이 깊지 않다. 그럼에도 불구하고 우리 유대인들이 죽음을 다루는 방식을 좋아한다. 최대한 빨리 흙으로 되돌려 보내는 것. 우리는 장례식 중에 관을 열어 보이지도 않는다.

나는 열린 관을 별로 좋아하지 않는다.

좋아하지 않는 데엔 분명한 이유가 있다. 누구든 죽은 이를 들여다보는 것이 유쾌할 리 없다. 생명력과 체액이 모두 빠져나간 시신을 약품으로 처리한 후 좋은 옷을 입히고 두껍게 화장을 해놓아, 꼭 마담 투소의 밀랍 박물관에 전시된 인형을 보는 듯하다. 어찌나 '생기 있어 보이는지' 당장이라도 숨을 쉬거나 벌떡 일어나 앉을 것 같다. 나는 그게 두렵다. 하지만 그보다도 유족이 훈제 연어와 같은 마지막 모습을 오랫동안 기억하게 될까 봐 걱정이다. 나 역시 푹신한 쿠션 위에 눈을 감은 채 누워 있는 실러의 모습을 기억에 담아두고 싶지 않았다. 그건 그렇고, 관에 푹신한 쿠션을 까는 이유는 뭘까? 완전히 밀폐된 멋진 마호가니 상자 또한 별 매력이 없었다. 어쨌든 나는 에드나와 함께 관에 누운 실러를 들여다보기 위해 줄의 맨 끝에 섰다. 많은 생각들이 한꺼번에 밀려들어 나를 짓눌러대기 시작했다.

여기까지 온 이상 피할 길은 없었다. 내 팔뚝을 붙잡은 에드나의 손에 힘이 살짝 들어갔다. 관이 가까워질수록 그녀의 다리는 점점 더 풀려갔다. 나는 그녀를 꽉 붙들어주었다. 그녀가 다시 미소를 지어 보였다. 이번 미소는 진실하게 느껴졌다.

"난 그 앨 사랑했어요."

그녀가 속삭였다.

"어머니는 자식 사랑을 멈추지 않아요."

나는 말없이 고개를 끄덕였다. 우리는 다시 앞으로 한 걸음 내딛었다. 꼭 빌어먹을 비행기에 탑승하는 기분이었다. 어디선가 '25번 줄에 서 계신 조객 분들부터 시신을 보시겠습니다' 라는 안내 메시지가 흘러나올 것만 같았다. 바보 같은 생각이었지만, 나는 산란한 머릿속을 그냥 내버려두었다. 그렇게 해서라도 슬픔에서 벗어날 수 있다면야.

스퀘어스는 우리 뒤에 서 있었다. 나는 애써 시선을 다른 데로 돌렸다. 하지만 관이 가까워지자 터무니없는 희망이 다시 내 가슴을 두들겨대기 시작했다. 물론 이런 상황에서 흔히 나타나는 현상일 것이다. 어머니의 장례식 때도 이랬다. 왠지 모든 게 오해에서 비롯된 것 같았고, 보편적인 실수를 저지르는 것 같았다. 관 속은 비어 있을 것 같았고, 누군가 누워 있더라도 실러는 아닐 것 같았다. 어쩌면 사람들은 그런 이유로 활짝 열어젖힌 관을 좋아하는지도 몰랐다. 확실한 결말. 직접 봐야 받아들일 수 있기 때문에. 어머니가 세상을 떠났을 때, 나는 그 곁을 지켰다. 어머니가 마지막 숨을 내쉬는 광경까지 지켜봤다. 그럼에도 나는 장례식에서 혹시 신이 마음을 바꾸진 않았는지 확인해보고 싶었다.

유족들 대부분이 그럴 것이다. 부정 역시 그 과정의 한 부분이다. 만일의 요행을 바라는 것. 지금 내가 그러고 있었다. 나는 믿지도 않는 존재와 거래를 하고 있었다. 기적이 있기를 기도했다. 지문과 FBI와 로저스 부부의 신원 확인 결과와 이곳에 모인 친구들과 친척들이 모두 틀렸기를. 실러가 아직 살아 있기를. 그녀가 살해된 채 도로변에 버려졌다는 게 사실이 아니기를.

하지만 다 부질없는 일이었다.

내가 바라는 일들은 벌어지지 않았다.

에드나 로저스와 나는 관 앞에 도착했다. 관 속을 들여다보는 순간 발밑의 바닥이 푹 꺼지고, 추락하는 느낌이 들었다.

"그런대로 잘 꾸며놓은 것 같지 않아요?"

로저스 부인이 속삭였다.

그녀가 내 팔뚝을 붙잡고 울음을 터뜨렸다. 하지만 모든 것이 아득하게만 느껴졌다. 나는 이제 그녀와 함께 있지 않았다. 나는 관 속을 들여다보았다. 바로 그때 진실을 알 수 있었다.

실러 로저스는 숨진 게 분명했다. 의심의 여지가 없었다.

하지만 내가 사랑했던 여자, 나와 함께 살았던 여자, 내가 결혼하고 싶었던 여자는 실러 로저스가 아니었다.

49

다행히 정신을 잃진 않았지만 하마터면 그럴 뻔했다.

예배당 실내가 핑핑 돌았다. 시야에 들어와 깜빡이는 모든 이미지들이 계속해서 다가왔다 멀어지기를 반복해댔다. 휘청거리던 나는 하마터면 실러 로저스가 누워 있는 관 안으로 들어가버릴 뻔했다. 실러 로저스. 한 번도 본 적이 없었지만 나와 굉장히 친밀했던 여자. 그때 손 하나가 불쑥 튀어나와 내 팔뚝을 붙잡았다. 스퀘어스였다. 나는 그를 돌아보았다. 그의 표정은 딱딱하게 굳어 있었다. 안색도 창백했다. 나와 눈이 마주치자 그가 살짝 고개를 끄덕였다.

이것은 내 상상도, 망상도 아니었다. 스퀘어스 역시 똑똑히 보았다.

우리는 장례식이 끝날 때까지 자리를 지켰다. 그냥 나와버린다 해도 할 게 없었다. 나는 낯선 여자의 시신에서 눈을 뗄 수 없었다. 말도 나오지 않았다. 맥이 풀려버렸고 온몸이 덜덜 떨렸다. 하지만 아무도 내게 시선을 주지 않았다. 장례식장에서는 흔히 볼 수 있는 반응이었으니까.

관을 땅 속으로 내린 후, 에드나 로저스는 우리를 집으로 초대했다. 우리는 비행기 시간이 촉박해 안 되겠다며 정중히 거절했다. 우리는 슬그머니 렌터카에 올랐다. 스퀘어스가 곧장 시동을 걸었다. 우리는 조객들의 시야에서 벗어날 때까지 기다렸다. 얼마나 달렸을까. 스퀘어스가 도로변에 차를 세우고, 내가 감정 조절을 하도록 시간을 주었다.

"우리가 같은 생각을 하고 있는지 확인부터 해보자고."

스퀘어스가 말했다.

나는 고개를 끄덕였다. 격했던 감정은 살짝 누그러져 있었다. 다행증이 밀려들까 봐 두려웠다. 결과물이나 큰 그림은 보지 않으려 했다. 오히려 상세한 세부사항에 집중해보기로 했다. 숲을 받아들일 수 없다면, 한 나무에 초점을 맞추면 된다.
"실러에 대해 우리가 밝혀낸 사실들 말이야."
그가 말했다.
"가출, 길거리 생활, 마약 장사, 네 옛날 여자친구와의 동거, 네 형 집에서 발견된 그녀의 지문……"
"모두 우리가 방금 묻었던 낯선 여자에게 해당되는 것들이야."
내가 그를 대신해 말을 맺어주었다.
"그러니까 우리의 실러가, 우리가 실러라고 알고 있었던 여자가……"
"그런 일들과 아무 관련이 없다는 뜻이겠지. 전혀 다른 사람이었던 거야."
스퀘어스가 잠시 골똘히 생각에 잠겼다.
"멋진데."
그가 말했다.
나는 애써 미소를 지어 보였다.
"정말 그렇지?"

비행기 안에서 스퀘어스가 말했다.
"만약 우리의 실러가 죽지 않았다면, 아직 살아 있다는 뜻이겠군."
나는 그를 돌아보았고, 그가 다시 말했다.
"사람들은 이런 지혜를 얻기 위해 돈까지 싸들고 찾아온다고."
"그런데 나만 특별히 공짜다?"
"이젠 어쩔 거야?"
나는 팔짱을 꼈다.
"도나 화이트."
"골드버그 부부가 그녀에게 판 가짜 신원?"
"그래, 넌 항공사 기록만 살펴봤던 거지?"

그가 고개를 끄덕였다.

"그녀가 어떻게 서부로 갔는지 알아봐야겠다."

"검색 범위를 좀 더 넓혀볼 수 있을까?"

"아마 가능할 거야."

승무원이 스낵을 가져왔다. 내 머리는 계속해서 윙윙거렸다. 이번 비행을 통해 많은 것을 얻었다. 난 생각할 시간을 갖게 되었다. 공교롭게도 현실을 뒤집고, 그 영향을 지켜볼 수 있는 기회까지 잡게 되었다. 나는 애써 잡념을 떨쳐냈다. 막연한 희망으로 생각이 흐려지게 두고 볼 순 없었다. 적어도 지금은. 아직은 모르는 게 너무 많았다.

"많은 게 설명되었어."

내가 말했다.

"예를 들면 어떤 거?"

"그녀의 비밀주의. 사진 찍기를 무척이나 싫어했던 점. 소유물이 많지 않았다는 점. 과거에 대해 말을 극도로 아꼈다는 점."

스퀘어스가 고개를 끄덕였다.

"언젠가 실러가……"

내가 멈칫했다. 보나마나 그것은 그녀의 본명이 아닐 것이다.

"그녀가 실수로 농장에서 자랐다고 얘기한 적이 있었어. 하지만 진짜 실러 로저스의 아버지는 차고 문 열쇠를 만드는 회사에서 일하셨지. 그녀는 부모님에게 연락하기를 굉장히 꺼렸어. 그들이 그녀의 부모가 아니었다는 뜻이야. 난 그저 그녀가 심한 학대를 받고 자랐을 거라고만 생각해왔어."

"하지만 단순히 은신처가 필요했는지도 모르잖아."

"그래."

"그러니까 진짜 실러 로저스가……"

스퀘어스가 고개를 젖히며 말했다.

"우리가 아까 땅에 묻었던 여자가 네 형과 사귀었단 말이지?"
"그랬던 것 같아."
"그리고 그녀의 지문이 살인사건 현장에서 발견됐고."
"맞아."
"그럼 네 애인 실러는?"
나는 어깨를 으쓱해 보였다.
"좋아."
스퀘어스가 말했다.
"그럼 뉴멕시코에서 켄과 함께 있었던 여자, 이웃들이 봤다는 그 여자 말이야. 그녀가 바로 죽은 실러 로저스란 말이지?"
"그래."
"어린 소녀가 그들과 함께 있었던 거고."
그가 말했다.
침묵.
스퀘어스가 나를 돌아보았다.
"네 생각도 내 생각과 같지?"
나는 고개를 끄덕였다.
"그 아이가 바로 칼리야. 어쩌면 켄이 그 아이의 아버지인지도 몰라."
"아마도."
나는 등받이에 몸을 기대고 눈을 감았다. 스퀘어스가 스낵을 뜯어 내용물을 살펴보더니 나지막이 욕을 내뱉었다.
"월?"
"왜?"
"네가 사랑했던 여자, 대체 그녀의 정체가 뭘까?"
나는 여전히 눈을 감은 채 대답했다.
"나도 몰라."

50

 스퀘어스는 집으로 돌아갔다. 그는 도나 화이트에 관한 단서가 포착되는 즉시 연락해주겠노라고 약속했다. 나는 지친 몸을 이끌고 아파트로 들어갔다. 현관문 앞으로 다가가 자물쇠에 열쇠를 꽂았다. 그때 누군가가 내 어깨에 손을 얹었다. 나는 흠칫 놀라며 뒤로 물러섰다.
 "괜찮아요."
 그녀가 말했다.
 케이티 밀러였다.
 그녀의 음성은 쉬어 있었다. 그녀는 목 보호대를 착용하고 있었고, 얼굴은 통통 부어 있었으며, 눈은 충혈된 상태였다. 턱 밑, 목 보호대가 끝나는 부분은 짙은 자주색과 노란색 멍자국으로 덮여 있었다.
 "괜찮은 거야?"
 내가 물었다.
 그녀가 고개를 끄덕였다.
 나는 양팔만을 사용해서 최대한 조심스럽게 그녀를 끌어안았다. 더는 그녀에게 고통을 줄 수 없었다.
 "세게 안아도 돼요."
 그녀가 말했다.
 "언제 나온 거야?"
 내가 물었다.
 "몇 시간 전에요. 여기 오래 있을 수 없어요. 만약 아버지가 이 사실을 아신다면……."
 내가 한 손을 들어 보였다.
 "더 얘기하지 않아도 돼."

우리는 문을 열고 안으로 들어갔다. 그녀는 걸음을 내딛을 때마다 통증에 인상을 찌푸렸다. 우리는 소파 앞으로 다가갔다. 나는 마실 거나 먹을 것을 가져오겠다고 했다. 그녀는 됐다고 했다.

"이렇게 막 나와도 되는 거야?"

"병원에선 괜찮다고 했어요. 그저 휴식이 필요할 뿐이에요."

"아버지가 감시하고 계셨을 텐데."

그녀는 애써 미소를 지었다.

"내가 한 고집 하거든요."

"그렇군."

"거짓말도 했고요."

"그랬겠지."

그녀가 시선을 살짝 돌렸다. 목 보호대 때문에 고개를 돌릴 수 없는 상황이었다. 그녀의 눈가가 촉촉해졌다.

"뭘, 고마워요."

나는 고개를 저었다.

"이게 다 내 잘못이야."

"말도 안 돼요."

그녀가 말했다.

나는 앉은 채로 몸을 틀었다.

"습격받았을 때 넌 존이라는 이름을 큰 소리로 불렀어. 적어도 난 그렇게 들었던 것 같아."

"경찰이 그렇게 얘기하더군요."

"기억나?"

그녀가 고개를 저었다.

"어디까지 기억할 수 있지?"

"내 목에 손이 감겼던 것까지만 기억나요."

그녀는 여전히 시선을 돌리고 있었다.
"난 자고 있었어요. 갑자기 누군가가 내 목을 조르기 시작했고요. 난 숨을 쉬려고 발버둥쳤어요."
그녀가 말끝을 흐렸다.
"존 아셀타가 누군지 알아?"
내가 물었다.
"네, 줄리 친구였어요."
"널 습격한 사람이 그였어?"
"내가 존이라고 소리쳤을 때 말이에요?"
그녀가 잠시 골똘히 생각에 잠겼다.
"모르겠어요, 월. 왜요?"
"내 생각엔……."
순간 피스틸로에게 했던 약속이 떠올랐다.
"내 생각엔 그도 줄리 살인사건에 연관되어 있는 것 같아."
그녀는 눈도 깜빡이지 않은 채 내 말에 귀를 기울였다.
"연관이 있다는 말은……."
"지금 내가 할 수 있는 얘기는 이것뿐이야."
"그렇게 말하니까 꼭 형사 같네요."
"아주 이상한 일주일이었어."
내가 말했다.
"뭐 찾아낸 거라도 있어요?"
"네가 궁금해한다는 건 알지만 일단은 의사 말을 듣는 게 좋겠어."
그녀가 나를 쏘아보았다.
"그게 무슨 뜻이죠?"
"휴식을 좀 취하는 게 좋겠다고."
"그러니까 나더러 참견하지 말라는 건가요?"

"그래."
"내가 또 다칠까 봐요?"
"바로 그거야."
그녀의 눈이 번뜩였다.
"그건 내가 알아서 해요."
"물론 그렇겠지. 하지만 지금은 상황이 아주 위험해."
"그럼, 이럴 줄 모르고 여기까지 왔단 말이에요?"
할 말이 없었다.
"날 좀 믿어줘."
"뭘?"
"응?"
"날 그렇게 쉽게 떼어낼 순 없을 거예요."
"널 떼어내려는 게 아니야."
내가 말했다.
"난 그저 널 보호하고 싶을 뿐이야."
"아무리 그래도 소용없어요."
그녀가 나지막이 말했다.
"당신도 그걸 알죠?"
나는 대꾸하지 않았다.
케이티가 내 옆으로 다가왔다.
"상황을 똑바로 봐요. 다른 사람은 몰라도 당신은 이해하잖아요."
"그래."
"그런데요?"
"아무 말도 하지 않기로 약속했어."
"누구한테요?"
나는 고개를 저었다.

"그냥 날 좀 믿어줘, 응?"
그녀가 자리에서 일어났다.
"그렇겐 못하겠어요."
"난……."
"내가 당신에게 빠지라고 하면 당신은 순순히 내 말을 듣겠어요?"
나는 계속 고개를 숙이고 있었다.
"아무 말도 해줄 수 없어."
그녀가 현관 쪽으로 걸음을 옮기기 시작했다.
"잠깐."
내가 말했다.
"여기서 이럴 시간 없어요. 아버지가 걱정하고 계실 거예요."
그녀가 말했다.
"연락해, 알았지?"
나는 자리에서 일어서며 그녀에게 휴대전화 번호를 건넸다. 그녀의 번호는 이미 외우고 있었다.
그녀가 세차게 문을 닫고 밖으로 나가버렸다.

케이티 밀러는 아파트를 빠져나왔다. 그녀의 목에선 극심한 통증이 느껴졌다. 그녀는 자신의 고집이 지나치다는 사실을 알고 있었다. 하지만 그녀도 어쩔 수 없었다. 그녀는 화가 났다. 월도 그들과 한 패가 된 걸까? 믿을 수는 없지만, 어쩌면 그도 다른 사람처럼 해로운 사람일 수 있었다. 물론 아닐 수도 있고. 어쩌면 그는 진심으로 나를 보호하려 하는지도 몰랐다.
어쨌든 이제부터는 그녀 스스로가 더욱 몸을 사려야 했다.
그녀의 목이 바짝 타들어갔다. 뭐라도 마시고 싶었지만 완치되지 않은 목으로는 삼키는 일조차 고역이었다. 그녀는 언제쯤이면 이 모든 것이

깨끗이 해결될지 궁금했다. 부디 빨리 끝나기를. 누가 뭐래도 그녀는 결말을 똑똑히 지켜볼 생각이었다. 이미 그렇게 스스로와 약속해둔 상태였다. 줄리를 죽인 살인자가 법의 심판을 받기 전까지는 다시 돌아갈 수도 끝을 맺을 수도 없었다.

그녀는 18번가를 향해 남쪽으로 걸어나갔다. 그리고 서쪽으로 방향을 틀어 정육업 지구로 향했다. 낮 동안 짐을 부리느라 분주했을 그곳은 잠시 소강상태에 빠져 있었다. 하지만 자정을 넘기면 밤놀이를 즐기러 나온 사람들로 또다시 북적거릴 것이다. 도시 전체가 그랬다. 극장은 매일 두 편의 연극을 번갈아가며 무대에 올린다. 소도구와 세트, 거기에 배우들까지 갈아 치워버린다. 하지만 낮이든 밤이든 해질 무렵이든 이 거리에선 썩은 고기 냄새가 가시질 않았다. 그 냄새를 몰아낼 방법이 없었다. 케이티는 그것이 사람 썩는 냄새인지 동물 썩는 냄새인지 알 수 없었다.

그녀는 다시 공황상태에 빠졌다.

그녀는 걸음을 멈추고, 엄습해오는 공포를 밀어내려 애썼다. 누군가의 손이 마치 장난감 다루듯 목을 죄고 있는 느낌. 숨통은 열렸다 닫혔다를 반복하고……. 그런 엄청난 힘 앞에서 그녀는 속수무책일 수밖에 없었다. 그는 그녀의 숨을 끊어놓았다. 생각해보라. 그는 그녀의 숨이 멎을 때까지 그녀의 목을 졸랐다. 그녀의 생명력이 빠져나가기 시작할 때까지.

줄리의 경우와 마찬가지로.

그녀가 끔찍한 기억 속에 빠져 허우적거리고 있을 때, 누군가가 그녀의 팔꿈치를 꽉 붙잡았다. 그녀가 몸을 홱 돌렸다.

"누구……."

유령은 그녀의 팔뚝을 놔주지 않았다.

"날 불렀지?"

그가 나지막이 말했다. 그런 다음, 미소를 살짝 지어 보이며 덧붙였다.

"자, 이렇게 나타났어."

51

나는 멍하니 앉아 있었다. 케이티가 화를 낼 만했다. 하지만 그 정도는 견뎌야 했다. 또 한 번 장례식을 치르는 것보단 이게 훨씬 나았다. 나는 손으로 눈을 문질렀다. 발을 끌어올리고 잠을 청하기 시작했다. 시간이 얼마나 흘렀을까, 갑자기 전화벨이 울려 나는 다시 눈을 떴다. 곧장 발신자 정보를 확인했다. 스퀘어스였다. 허둥대며 집어든 수화기를 귀에 가져다 댔다.
"헤이."
내가 말했다.
그는 평소와는 달리 농담 한마디 없이 용건으로 넘어갔다.
"우리의 실러를 찾아낸 것 같아."

삼십 분 후, 나는 레지나 호텔의 로비에 도착해 있었다.
내 아파트에서 1.5킬로미터도 채 떨어져 있지 않은 곳이었다. 우리는 실러가 아주 멀리 도망쳐버렸을 거라 생각했다. 하지만 실러는 생각보다 가까운 곳에 숨어 있었다. 이제 실러라고 불러도 되는지는 모르겠지만.
스퀘어스가 고용한 탐정은 어렵지 않게 그녀의 행방을 알아냈다. 동명이인이 사망한 후 그녀가 너무 부주의했기 때문이다. 그녀는 퍼스트 내셔널 은행에 돈을 입금하고, 곧장 비자카드를 만들었다. 다른 곳과 마찬가지로 이 도시에서도 신용카드 없인 살 수 없다. 더는 현금을 지불하고 가명으로 모텔에 서명하는 일 따위는 통하지 않는다. 물론 현금을 선호하는 곳도 있긴 하지만 대부분 사람이 묵기엔 적절치 않은 싸구려 여관들이었다. 요즘엔 물건을 도난당하거나 방이 훼손되는 경우를 우려해 거의 모든 곳에서 신용카드를 요구한다. 물론 백 퍼센트 신용카드 결제가 이루어지는 건 아니다. 하지만 적어도 신용카드 하나쯤은 기본으로 챙기고 다녀야 어디서든 환영받을 수 있다.

보나마나 그녀는 자신이 안전하다고 생각했을 것이다. 왜 그랬는지는 충분히 이해할 수 있을 것 같았다. 항상 경계를 늦추지 않았던 골드버그 부부는 그녀에게 가짜 신원을 팔았다. 스퀘어스, 그리고 라켈과의 친분이 없었으면 그들은 결코 입을 열지 않았을 것이다. 게다가 그들은 그녀의 죽음에 어느 정도 책임이 있다고 생각했다. 그녀는 실러 로저스가 세상을 떠났다는 소식을 듣고, 더 추적당할 일이 없을 거라는 확신에 경계를 늦춘 것이었다.

어제 유니온 스퀘어에서 신용카드로 현금을 인출한 기록이 포착되었다. 그래서 인근 호텔부터 살펴보게 된 것이다. 대부분의 탐정들은 정보 제공자와 뇌물에 크게 의존한다. 하지만 능력 있는 탐정들은 전화회사, 국세청, 신용카드 회사, 자동차 관리국 등에 정보 제공자를 심어놓는다. 돈을 주고 비밀 정보를 사들이는 것은 생각처럼 어려운 일이 아니다. 신문만 잘 읽어봐도 그 사실을 알 수 있다.

하지만 이번 경우는 더 간단했다. 그냥 아무 호텔이나 전화를 걸어 도나 화이트를 바꿔달라고만 요청했을 뿐이다. 그렇게 여기저기 찔러보다 보면 잠시 기다려달라는 정중한 부탁과 함께 전화를 연결해주는 직원을 찾을 수 있게 된다. 계단을 올라 레지나 호텔 로비에 들어서자 머릿속이 복잡해졌다. 그녀는 살아 있었다. 하지만 도저히 믿을 수가 없었다. 내 두 눈으로 직접 확인하기 전에는 믿지 않을 생각이었다. 희망은 뇌를 이상하게 만든다. 어둡게 했다가, 환히 밝혀놓기도 한다. 한때 기적을 굳게 믿던 나였지만 이젠 그 믿음이 흔들릴까 두려웠다. 왠지 이번엔 관 속에서 나의 실러를 보게 될 것 같았다.

'언제나 당신을 사랑해요.'

메모엔 분명히 그렇게 적혀 있었다. 영원히.

나는 프런트데스크 앞으로 다가갔다. 스퀘어스에겐 나 혼자 처리할 수 있다고 말해놓았다. 그는 이의를 제기하지 않았다. 통화 중인 금발의 데스크 직원은 망설이는 듯한 미소를 짓고 있었다. 그녀가 환히 웃으며 전화기를 슬쩍 가리켰다. 금방 끊겠다는 신호였다. 나는 어깨를 으쓱해 보이며 급할 것 없다는 뜻을 전했다. 그리고 데스크에 몸을 기댄 채 한가한 척했다.

일 분쯤 지나자 그녀가 수화기를 내려놓고 내게 다가왔다.

"도와드릴까요?"

"네."

내가 말했다. 내 음성은 부자연스러웠다. 지나치게 변조된 느낌이었다. 라이트FM 프로그램의 진행자라도 된 듯.

"도나 화이트를 만나러 왔습니다. 그녀의 객실 번호를 알려주시겠습니까?"

"죄송합니다. 저희는 투숙객의 정보를 알려드리지 않습니다."

내 이마를 한 대 올려붙이고 싶었다. 바보 같은 요청이었다.

"아, 물론 그러시겠죠. 죄송합니다. 제가 직접 방에 전화를 걸겠습니다. 잠시 전화 좀 빌려 써도 될까요?"

그녀가 오른쪽을 가리켰다. 벽엔 세 개의 흰색 전화기가 나란히 붙어 있었다. 어느 것에도 키패드는 보이지 않았다. 나는 그중 하나를 골라 수화기를 집어 들었다. 신호음이 들렸다. 곧바로 교환원이 응답했다. 나는 그녀에게 도나 화이트의 방으로 연결해달라고 요청했다. 그녀는 "알겠습니다"라는 호텔 직원들의 다용도 캐치프레이즈를 내뱉었다. 잠시 후 다시 신호음이 들렸다.

심장이 숨통을 타고 올라올 것만 같았다.

두 번의 신호음. 그리고 세 번째…… 여섯 번째 신호음이 지나자 호텔의 자동응답 시스템으로 전환되었다. 기계적인 음성이 투숙객이 방을 비웠음을 알려준 후 메시지를 남기는 방법을 알려주기 시작했다. 나는 수화기를 내려놓았다.

이젠 어쩌지?

그냥 기다리는 수밖에. 그 외에 내가 뭘 할 수 있겠어? 나는 매점에서 신문을 사들고 정문이 잘 보이는 로비의 한쪽 구석으로 향했다. 나는 '스파이 대 스파이' 스타일로 신문을 펼쳐 얼굴을 가렸다. 왠지 바보가 된 기분이었다. 속이 울렁거렸다. 지난 며칠 동안 나는 위궤양에 걸리기라도 한 듯 끓어오르는 신물 때문에 무척 고생을 했다. 위벽이 허물어지는 느낌이었다.

나는 신문을 읽으려 했지만 글자가 눈에 들어올 리 없었다. 도저히 집중할 수 없었다. 시사로 관심을 돌리는 데 필요한 에너지가 내겐 없었다. 언제까지나 이렇게 앉아서 삼 초에 한 번씩 정문을 돌아볼 수도 없는 일이었다. 다음 장으로 넘겨보았다. 그리고 사진 기사를 빤히 들여다보았다. 박스 스코어(선수의 수비, 타격 등의 성적을 약기한 것)에도 관심이 있는 척해보았다. 이번엔 만화란으로 시선을 돌렸다. 하지만 비틀 베일리조차도 내게 아무런 흥미를 주지 못했다.

금발의 데스크 직원이 가끔씩 내게 눈길을 주었다. 나와 눈이 마주칠 때마다 그녀는 선심 쓰는 듯한 미소를 지어 보였다. 그녀는 나를 감시하고 있었다. 어쩌면 그것은 내 자격지심인지도 몰랐다. 나는 그저 로비에서 신문을 읽고 있는 평범한 남자일 뿐인데……. 그녀의 의심을 살 만한 짓은 아무것도 한 게 없는데…….

그렇게 한 시간이 흘렀다. 휴대전화가 울렸고, 나는 잽싸게 귀로 가져다 댔다.

"만났어?"

스퀘어스가 물었다.

"지금 방에 없어. 일부러 응답을 안 하는 것인지도 모르지."

"넌 지금 어디 있고?"
"로비에서 감시 중이야."
스퀘어스가 신음을 토했다.
"왜?"
내가 물었다.
"방금 '감시'라고 했어?"
"어쩔 수 없잖아."
"차라리 탐정을 몇 명 고용하는 게 어떨까? 기왕 하는 거 확실히 하는 게 좋지. 그녀가 들어오면 우리에게 곧장 연락할 거야."
나는 잠시 그 방법에 대해 생각해보았다.
"아직은 아니야."
내가 말했다.
바로 그때였다. 그녀가 정문으로 들어오고 있었다.
내 눈이 휘둥그레졌다. 갑자기 숨이 턱 막혔다. 맙소사. 그녀는 나의 실러가 틀림없었다. 그녀는 살아 있었다. 하마터면 휴대전화를 떨어뜨릴 뻔했다.
"월?"
"가봐야 해."
내가 말했다.
"그녀가 나타났어?"
"내가 연락할게."
나는 휴대전화 전원을 껐다. 그녀의 머리 스타일은 바뀌어 있었다. 나의 실러. 달리 부를 이름이 없으니 그냥 그렇게 부를 수밖에. 눈에 띄게 짧아진 그녀의 머리카락은 백조와 같은 목 위에서 찰랑거렸다. 앞머리마저도 가지런히 잘려 있었다. 머리색도 엘비라만큼이나 짙었다. 내 기분은…… 마치 엄청나게 큰 주먹으로 가슴을 한 대 정통으로 얻어맞은 듯한 느낌이었다.

실러는 계속 걸음을 옮겨 나갔다. 나는 천천히 몸을 일으켰다. 갑자기 현기증이 밀려들었고, 나는 멈칫했다. 그녀의 걸음걸이엔 변화가 없었다. 고개를 치켜든 채 머뭇거림 없이 걸음을 내딛는 그녀는 영락없는 실러였다. 엘리베이터 문이 열리고 있었다. 서두르지 않으면 그녀를 영영 놓쳐버리게 될 것 같았다.

그녀가 엘리베이터로 들어갔다. 나는 마저 일어나 잽싸게 로비를 가로질러 나갔다. 하지만 뛰진 않았다. 로비에서 소란을 피우고 싶지 않았기 때문이다. 무엇 때문에 그녀가 사라지고 이름을 바꾸고 변장을 하게 되었는지 몰라도, 지금은 큰 소동 없이 그녀에게 접근하는 데만 온 신경을 집중시켜야 했다. 그녀의 이름을 큰 소리로 부르며 로비를 전력 질주할 순 없었다.

내 발이 대리석 바닥에 닿아 딱딱 소리를 냈다. 그 소리는 내 귀에 특히 더 요란하게 들렸다. 아무래도 한발 늦을 것 같았다. 나는 멈춰 서서 엘리베이터 문이 닫히는 것을 지켜보았다.

젠장.

나는 황급히 엘리베이터 버튼을 눌렀다. 다른 엘리베이터의 문이 열렸다. 나는 엘리베이터로 들어서려다가 멈칫했다. 잠깐. 이래봤자 소용없잖아. 그녀의 방이 몇 층인지도 모르는데. 나의 실러가 타고 올라간 엘리베이터는 멈출 줄 몰랐다. 5층. 6층.

엘리베이터에 실러 혼자 탔나?

그랬던 것 같았다.

엘리베이터는 9층에서 멈췄다. 좋아, 이젠 됐어. 나는 다시 엘리베이터 버튼을 눌렀다. 같은 엘리베이터의 문이 열렸다. 나는 안으로 성큼 걸어 들어가 9층 버튼을 눌렀다. 부디 그녀가 방으로 들어가기 전에 도착하기를······. 문이 천천히 닫히기 시작했다. 나는 벽에 몸을 기댔다. 문이 완전히 닫히려는 순간, 누군가의 손이 안으로 불쑥 들어왔다. 문이 손에 닿고 다시 열렸다. 회색 정장 차림의 남자가 땀을 뻘뻘 흘리며 안으로 들어왔다. 그가 안도의 한숨을 내쉬며, 나를 향해 고개를 끄덕였다. 그는 11층 버튼을 눌렀다. 문이 닫히고, 엘리베이터가 움직이기 시작했다.
"오늘 너무 덥죠?"
그가 말했다.
"네."
그가 다시 한숨을 내쉬었다.
"이 호텔 괜찮지 않나요?"
관광객 같았다. 나는 지금까지 수백만 개의 뉴욕 엘리베이터를 타봤다. 뉴욕 사람들은 규칙을 잘 알고 있었다. 깜빡이는 번호판만 올려다볼 것. 누구에게도 말을 걸지 말 것.
나는 괜찮은 호텔이라는 사실에 동의하고 나서, 문이 열리기가 무섭게 밖으로 튀어나왔다. 복도는 길었다. 나는 먼저 왼쪽을 살폈다. 아무것도 보이지 않았다. 오른쪽에서 문을 잠그는 소리가 들려왔다. 나는 사냥개처럼 문소리가 났던 쪽으로 잽싸게 달려갔다. 복도 끝 오른쪽 방이었던 것 같았다.
나는 거의 들리지 않는 소리를 따라 빠르게 움직였다. 912호나 914호 중 하나였다. 나는 두 개의 문을 번갈아 쳐다보았다. 〈배트맨〉의 한 에피소드가 떠올랐다. 그 에피소드에서 캣우먼은 배트맨에게 두 개의 문 중 하나는 자신의 방이고, 나머지 하나엔 호랑이가 기다리고 있을 거라고 얘기했다. 그때 배트맨은 방을 잘못 골랐다. 빌어먹을! 이건 배트맨의 에피소드가 아니잖아.
나는 양쪽 문을 두드렸다. 그런 다음, 두 방 사이에 서서 응답을 기다렸다.
무응답.

나는 다시 두드려보았다. 이번엔 강도를 조금 높였다. 움직임. 912호에서 나는 소리였다. 나는 슬그머니 문 앞으로 다가가 셔츠 깃을 만지작거렸다. 안전고리가 한쪽으로 미끄러지는 소리가 들렸다. 나는 마음의 준비를 단단히 했다. 손잡이가 돌아가면서 문이 열렸다.

억세 보이는 남자가 짜증스러운 표정을 짓고 있었다. 그는 브이넥 언더셔츠와 줄무늬 사각팬티 차림이었다. 그가 성난 음성으로 말했다.

"뭐요?"

"죄송합니다. 도나 화이트라는 여자를 찾고 있습니다."

그가 허리에 주먹 쥔 손을 얹었다.

"당신 눈엔 내가 도나 화이트로 보입니까?"

우락부락한 남자의 방에서 정체를 알 수 없는 소리가 흘러나왔다. 나는 그 소리에 귀를 기울였다. 신음. 가짜 쾌락이 만들어낸, 성의 없는 신음이었다. 남자가 나를 빤히 쳐다보았다. 그의 표정이 심상치 않았다. 나는 한 걸음 뒤로 물러났다. 스펙트라비전인가? 나는 생각했다. 객실 서비스용 영화. 남자는 포르노 영화를 보다 나온 모양이었다.

"죄송합니다."

내가 말했다.

그가 문을 세차게 닫아버렸다.

좋아. 그럼 912호는 아니라는 얘기군. 부디 다음 방이 맞기를. 아무리 생각해도 미련한 일 같았다. 914호 방문을 두드리기 위해 손을 올렸을 때, 누군가의 음성이 들려왔다.

"무슨 일이십니까?"

나는 몸을 돌려 복도 끝을 보았다. 야만스러워 보이는 남자가 눈에 들어왔다. 그는 스포츠 머리에 파란색 블레이저 코트를 걸치고 있었다. 코트의 접은 옷깃엔 작은 로고가, 팔 윗부분엔 패치가 붙어 있었다. 그는 가슴을 불쑥 내민 채 서 있었다. 호텔 경비로서 자긍심이 대단한 것 같았다.

"아무것도 아닙니다."

내가 대답했다.

그가 인상을 찌푸렸다.

"이 호텔에 투숙하고 계십니까?"

"네."

"몇 호실입니까?"

"방 번호는 모릅니다."

"하지만 방금 이 호텔에……."

나는 문을 힘껏 두드렸다. 짧은 머리의 남자가 성큼성큼 다가오기 시작했다. 거친 태클로 나를 쓰러뜨려 문을 보호할 기세였다. 하지만 충돌 직전에 그가 갑자기 멈춰 섰다.

"저랑 같이 가주시죠."

그가 말했다.

나는 못 들은 척 다시 문을 두드렸다. 여전히 응답이 없었다. 짧은 머리의 남자가 내 팔을 움켜잡았다. 나는 그의 손을 뿌리치고 다시 문을 두드리며 소리쳤다.

"당신이 실러가 아니라는 거 알고 있어."

그 말에 경비가 고개를 갸우뚱했다. 그의 얼굴이 한층 더 구겨졌다. 우리는 잠시 문을 빤히 쳐다보았다. 응답은 없었다. 경비가 다시 내 팔을 붙잡았다. 이번 손길은 부드러웠다. 나는 저항하지 않았다. 그는 나를 이끌고 아래층 로비로 향했다.

밖으로 쫓겨 나온 나는, 몸을 돌려 짧은 머리의 경비를 쳐다보았다. 그는 팔짱을 낀 채 가슴을 내밀고 있었다.

이젠 어쩌지?

또 하나의 뉴욕 격언. 인도에선 한 자리에 머물러 있으면 안 된다. 흐름이 중요하다. 바삐 움직이는 사람들은 걸림돌을 걱정하지 않는다. 걸

림돌에 맞닥뜨리게 되면 살짝 피하면 된다. 무슨 일이 있어도 그들은 걸음을 멈추지 않는다.

나는 안전한 곳을 찾아보았다. 우선 건물 가까이에 붙어 있어야 했다. 인도가 끝나는 부분. 나는 판유리 앞에 몸을 웅크리고 서서 휴대전화를 꺼내들었다. 호텔로 전화를 걸어 도나 화이트의 방으로 연결해달라고 요청했다. 이번에도 "알겠습니다"라는 대답과 함께 전화가 연결되었다.

역시 응답이 없었다.

이번엔 짧은 메시지를 남겨놓았다. 휴대전화 번호를 알려주며 연락 달라고 말했다. 하지만 애원은 하지 않았다.

휴대전화를 접어 주머니에 넣으며, 다시 스스로에게 물었다. 이젠 어쩌지?

나의 실러는 분명히 안에 있었다. 머리가 아찔해졌다. 그리움이 너무 컸고, 가능성과 가정의 시나리오는 너무 많았다. 나는 힘겹게 잡념들을 밀어내버렸다.

좋아, 그렇다면 이걸 어떻게 설명할 수 있지? 밖으로 통하는 다른 통로가 있었나? 지하나 뒷문으로 이어지는? 선글라스로 눈을 가린 채 나를 발견한 걸까? 그래서 그토록 황급하게 엘리베이터에 올랐던 걸까? 내가 방을 잘못 짚은 걸까? 아마도. 그녀가 9층에서 내린 건 분명했다. 나름대로 성과라면 성과였다. 하지만 정말 그럴까? 만약 그녀가 나를 알아봤다면 나를 따돌리기 위해 일부러 엉뚱한 층에서 내렸을 수도 있었다.

나는 언제까지 여기서 이렇게 서 있어야 하는 걸까?

그 답은 알 수 없었다. 분명한 건 이대로 집에 돌아갈 수는 없다는 사실이었다. 나는 깊은 숨을 들이쉬고 나서 지나쳐가는 수많은 행인들을 멍하니 쳐다보았다. 서로 연관 없는 존재들이 하나의 흐릿한 집단을 이루고 있었다. 그때였다. 인파 속에서 그녀가 보였다.

순간 심장이 멎어버렸다.

그녀는 제자리에 서서 나를 쳐다보고 있었다. 어찌나 당혹스럽던지 몸도 말을 듣지 않았다. 가슴속 뭔가가 와르르 무너져내리는 기분이었다. 나는 울음소리가 새어 나가지 않도록 손으로 입을 막아 쥐었다. 그녀가 내 앞으로 다가왔다. 그녀의 눈가는 젖어 있었다. 나는 고개를 저었다. 그녀는 걸음을 멈추지 않았다. 그녀가 다가와 나를 끌어안았다.
"괜찮아요."
그녀가 속삭였다.
나는 눈을 감아버렸다. 우리는 아주 오랫동안 그렇게 서로를 부둥켜안고 있었다. 말은 하지 않았다. 움직이지도 않았다. 그냥 시간 속에 푹 파묻혀버렸을 뿐이다.

52

"내 본명은 노라 스프링이에요."
우리는 파크 애비뉴 사우스에 있는 스타벅스 1층에 앉아 있었다. 비상구 옆 구석 자리였다. 주위엔 아무도 없었다. 그녀는 계단에 시선을 고정시킨 채 누군가가 나를 미행했을지도 모른다며 걱정했다. 다른 스타벅스와 마찬가지로 이곳 역시 난색조 벽에 초현실적으로 소용돌이치는 그림들, 그리고 갈색 피부의 남자들이 싱글벙글 커피콩을 따는 모습의 큼직한 사진들로 장식되어 있었다. 그녀는 벤티 사이즈의 아이스라테를 두 손으로 쥐고 있었다. 나는 프라푸치노를 홀짝였다.
자주색 의자는 지나치게 큰 감이 있었지만 편하긴 했다. 우리는 의자 두 개를 끌어와 붙여놓았다. 그리고 손을 잡았다. 물론 나는 무척 혼란스러웠다. 풀고 싶은 미스터리가 많았다. 하지만 그보다도 순수한 기쁨이 나를 푹 적셔놓았다. 형언할 수 없는 황홀감이었다. 묘하게도 마음이 평안해졌다. 행복했다. 어떤 사실이 밝혀지든 지금 이 분위기를 바꿔놓을 순 없을 것이다. 내가 사랑했던 여자가 돌아왔다. 나는 두 번 다시 그녀를 놓치지 않을 것이다.

그녀가 라테를 한 모금 넘겼다.

"미안해요."

그녀가 말했다.

나는 그녀의 손을 꼭 잡았다.

"그렇게 도망친 건 내 잘못이에요. 괜히 나 때문에……."

그녀가 머뭇거렸다.

"당신이 어떤 생각을 했을지 상상이 안 돼요."

그녀가 나를 돌아보았다.

"당신에게 상처를 주고 싶지 않았는데."

"난 괜찮아."

내가 말했다.

"내가 실러가 아니란 걸 어떻게 알았죠?"

"그녀의 장례식에서 시신을 봤어."

"모든 걸 당신에게 털어놓고 싶었어요. 그녀가 살해됐다는 소식을 들은 후엔 더욱 그러고 싶었고요."

"그런데 왜 얘기하지 않았지?"

"켄이 말렸어요. 그랬다간 당신이 위험해질 수 있다고 했어요."

갑작스럽게 튀어나온 형의 이름에 순간 아찔함이 느껴졌다. 노라가 다시 고개를 돌렸다. 내 손이 그녀의 팔을 타고 올라가다가 어깨에서 멈췄다. 그녀의 몸은 잔뜩 경직되어 있었다. 나는 그녀의 어깨를 조심스레 어루만지기 시작했다. 두 사람 모두에게 익숙한 일이었다. 그녀는 눈을 감고 내 손에 자신을 맡겼다. 오랫동안 우리는 입을 열지 않았다. 내가 먼저 침묵을 깼다.

"언제부터 우리 형과 알고 지낸 거야?"
"사 년쯤 됐어요."
그녀가 대답했다.
나는 애써 태연한 척하며 고개를 끄덕였다. 그녀가 계속 설명해주기를 바랐지만, 그녀는 여전히 고개를 돌린 채였다. 나는 그녀의 턱을 살며시 잡고, 나를 향하도록 천천히 끌어왔다. 그리고 그녀의 입술에 입을 맞추었다.
그녀가 말했다.
"당신을 사랑해요."
그 말을 듣는 순간 몸이 들썩였다.
"나도 당신을 사랑해."
"월, 무서워요."
"내가 있으니까, 걱정 마."
내가 말했다.
그녀가 잠시 내 눈을 쳐다보았다.
"그동안 난 당신에게 거짓말을 해왔어요. 우리가 함께 지내는 내내 말이에요."
"알아."
"그런데도 우리가 다시 예전처럼 잘 지낼 수 있을 거라고 생각해요?"
"이미 한 번 당신을 잃었었어."
내가 말했다.
"두 번 다시 당신을 잃는 일은 없을 거야."
"정말이에요?"
"당신을 사랑해."
내가 말했다.
"영원히."

그녀가 내 표정을 살폈다. 나는 그 이유가 궁금했다.
"난 이미 결혼했어요, 윌."
나는 아무렇지도 않은 표정을 지어 보이려 애썼지만, 그건 쉽지 않은 일이었다. 그녀의 말이 보아뱀처럼 내 몸을 칭칭 감아 조였다. 하마터면 나는 그녀에게서 손을 떼어낼 뻔했다.
"어떻게 된 건지 얘기해봐."
내가 말했다.
"오 년 전에 남편, 크레이에게서 도망쳐 나왔어요. 크레이는……."
그녀가 눈을 감았다.
"상상하기 힘들 만큼 학대가 심했었죠. 상세하게 들려주고 싶진 않아요. 뭐 별로 중요하지 않으니까. 우린 크램든이라는 마을에서 살았어요. 캔자스시티에서 얼마 떨어지지 않은 곳이죠. 언젠가 크레이 때문에 병원에 입원한 적이 있었어요. 어느 날 기회를 봐서 도망쳐 나왔죠. 그 일에 대해선 여기까지만 얘기할게요."
나는 고개를 끄덕였다.
"내겐 가족이 없어요. 친구들은 많지만 그들을 끌어들이고 싶진 않았어요. 크레이는 미쳤어요. 날 놔주려 하지 않았어요. 그는……."
그녀가 말끝을 흐렸다.
"그가 날 어떻게 위협했는지는 중요하지 않아요. 어쨌든 주변 사람들까지도 위험에 처하게 만들 순 없었어요. 그래서 난 매 맞는 아내들을 위한 보호시설을 찾아갔죠. 그들은 날 반겨 맞아줬어요. 난 그들에게 새 출발을 하고 싶다고 말했어요. 그곳에 숨어 살고 싶진 않다고 했어요. 하지만 크레이가 다시 찾아올까 봐 겁이 났죠. 크레이는 경찰이었어요. 아마 당신은 상상도 못할 거예요. 오랫동안 공포에 시달리다 보니 언제부터인가 그가 절대 능력을 가진 사람처럼 보이기 시작했어요. 구체적으로 설명하긴 힘들어요."

나는 그녀의 손을 붙잡고 몸을 앞으로 끌어갔다. 학대의 영향에 대해서는 그 누구보다 내가 잘 알았다. 누구보다도 잘 이해할 수 있었다.

"보호시설에서 날 유럽으로 보내줬어요. 스톡홀름에서 자리를 잡았죠. 힘든 나날이었어요. 난 그곳에서 웨이트리스로 일했어요. 너무나도 외로웠죠. 빨리 돌아오고 싶었지만, 남편이 두려워서 쉽게 결정을 내리지 못했어요. 그렇게 육 개월쯤 있다 보니 정말 돌아버릴 것 같더라고요. 매일 밤마다 크레이가 나오는 악몽을 꿨고……."

그녀는 다시 말끝을 흐렸다. 그 고백에 어떻게 반응해야 할지 난감했다. 나는 다시 의자를 앞으로 끌어가려 했지만 팔걸이가 이미 그녀 의자와 닿아 있는 상태였다. 어쨌든 그녀는 그런 내 제스처를 좋게 봐주었다.

"그러다 여자를 한 명 만났어요. 그녀도 미국인이에요. 처음엔 우리 두 사람 모두 경계를 늦추지 않았죠. 하지만 그녀에겐 뭔가 특별한 구석이 있었어요. 우리 둘 다 누군가에게 쫓기고 있다는 인상을 풍겼죠. 둘 다 지독한 외로움에 시달리고 있었고요. 그래도 그녀는 나보단 나았어요. 곁에 남편과 딸이라도 있었으니까. 그들도 숨어 지내는 처지였어요. 처음엔 그 이유를 몰랐죠."

"그 여자가 실러 로저스였어?"

내가 물었다.

"네."

"그리고 그녀의 남편은……."

나는 말을 멈추고 마른침을 한 번 삼켰다.

"우리 형이었고?"

그녀가 고개를 끄덕였다.

"그들 사이에 칼리라는 딸이 있었지?"

이제야 모든 게 이치에 닿기 시작했다.

"실러와 난 금세 친해졌어요. 시간은 좀 걸렸지만, 켄과도 가깝게 지내기 시작했고요. 난 그들과 함께 살게 됐어요. 그리고 칼리 돌보는 걸 도와주기도 했죠. 윌, 당신의 조카는 정말 착한 아이예요. 똑똑하고 정말 예뻐요. 형이상학적으로 말하고 싶지는 않지만, 어쨌든 그 애에겐 묘한 매력이 있어요."

내 조카. 켄에게 딸이 있었다. 나도 본 적이 없는 조카가 있었다.

"윌, 당신의 형은 날마다 당신 얘기만 했어요. 어머니와 아버지 얘기도 했고 가끔 멀리사 얘기도 했지만, 그의 세상엔 온통 당신뿐이었어요. 그는 당신을 오랫동안 지켜봐왔어요. 당신이 코브넌트 하우스에서 일하고 있다는 사실도 알고 있었죠. 칠 년 동안 숨어 지내면서 많이 외로워했어요. 한번 마음을 열고 난 후부터는 내게 많은 얘길 들려줬죠. 대부분 당신에 관한 얘기였어요."

나는 눈을 깜빡이며 테이블을 내려다보았다. 스타벅스의 갈색 냅킨을 유심히 들여다보았다. 냅킨엔 향에 관한 시와 고객과의 약속이 적혀 있었다. 표백제를 사용하지 않아 갈색을 띠고 있는 냅킨도 재활용 종이로 만든 것이라고 했다.

"괜찮아요?"

그녀가 물었다.

"괜찮아."

내가 말했다. 나는 고개를 들었다.

"그래서 어떻게 됐지?"

"고향 친구와 연락이 닿았어요. 크레이가 사설탐정을 고용해 내가 스톡홀름에 와 있다는 사실을 알아냈다고 하더군요. 당혹스러웠지만 죽치고 앉아 그를 기다릴 수만은 없었어요. 얘기했듯 난 크레이와 미주리에서 살았어요. 뉴욕으로 가면 안전할지도 모른다는 생각이 들었죠. 하지만 크레이로부터 완전하게 벗어나기 위해선 좀 더 확실한 신원이 필요했어요. 실러 역시 나와 처지가 같았죠. 그래서 난 그녀의 가짜 신분증을 빌리기로 했어요. 그냥 이름만 바꾼 셈이죠. 우린 함께 그럴듯한 착상을 떠올렸어요."

나는 고개를 끄덕였다. 어떻게 된 일인지 이해할 수 있었다.

"서로 신원을 바꾸기로 한 거지?"

"네. 그녀는 노라 스프링이 됐고, 난 실러 로저스가 됐어요. 이렇게 해야 남편이 나를 찾아와도 그녀하고만 맞닥뜨리게 되겠죠. 반대로, 실러 로저스를 찾는 사람들이 있다면…… 이해되죠?"

나는 잠시 머리를 굴려보았다. 여전히 이치에 맞지 않는 부분이 있었다.

"그렇게 당신이 실러 로저스로 살게 된 거군. 그녀랑 신원을 바꿔서."

"네."

"그리고 당신은 뉴욕으로 오게 됐고."

"네."

"그리고……."

이 부분이 문제였다.

"우린 우연히 만나게 됐지."

노라가 미소를 지었다.

"지금 우리의 만남이 궁금한 거죠?"

"그래."

"내가 당신의 일터에서 자원봉사를 하게 된 게 엄청난 우연이라고 생각하고 있죠?"

"믿기 어려운 일이긴 해."

내가 말했다.

"맞아요, 우연이 아니었어요."

그녀가 몸을 등받이에 기대며 한숨을 내쉬었다.

"월, 이걸 어떻게 설명해야 할지 모르겠어요."

나는 여전히 그녀의 손을 잡은 채 기다렸다.

"당신이 알아줘야 할 게 있어요. 외국에 나가 살면서 난 너무 외로웠어요. 친구라고는 당신 형과 실러, 칼리뿐이었어요. 하루도 거르지 않고 당신 형이 당신에 대해 격찬하는 얘길 귀가 따갑게 들었죠. 그 얘길 듣다 보니, 왠지 당신은 내가 아는 다른 사람들과는 확실히 다를 것 같았어요. 당신을 만나기도 전에 이미 반쯤 당신과 사랑에 빠져 있었죠. 그래서 뉴욕에 오기 전부터 당신을 직접 만나봐야겠다는 다짐을 하게 됐어요. 상황을 봐서 괜찮다면 당신에게 켄이 결백하고 아직 살아 있다는 사실도 알려주려 했고요. 물론 켄은 절대 그래선 안 된다고 말렸지만. 그렇다고 아주 단단히 작정하고 온 건 아니었어요. 뉴욕에 와서 지내다가 별 생각 없이 코브넌트 하우스에 발을 들이게 됐죠. 운명인지 숙명인지 알 순 없었지만. 어쨌든 그곳에서 당신은 본 순간 나는 사랑에 빠져버리고 말았어요."

무섭고 혼란스러웠지만, 나는 애써 미소를 지어 보였다.

"왜 그래요?"

그녀가 물었다.

"사랑해."

그녀가 내 어깨에 손을 얹었다. 우리는 다시 침묵에 빠졌다. 더 들어야 할 게 많았다. 하지만 그건 차차 들으면 될 것이다. 지금은 그냥 그녀와 평온을 즐기고 싶을 뿐이었다. 마음의 준비가 됐는지 노라가 다시 입을 열었다.

"몇 주 전, 당신 어머니와 병원에서 대화를 나눴어요. 당신 어머니는 극심한 통증에 시달리고 계셨어요, 월. 오죽하셨으면 더는 못 견디겠다고 말씀하셨겠어요. 그냥 이대로 죽고 싶다고 하셨어요. 얼마나 괴로우셨으면……."

나는 고개를 끄덕였다.

"난 당신 어머니를 무척 좋아했어요. 아마 당신도 알 거예요."

"그래."
내가 말했다.
"그냥 멍하니 앉아서 아무것도 못 하고 있는 나 자신이 너무 싫었어요. 그래서 당신 형과 했던 약속을 깨버리고 말았죠. 당신 어머니가 돌아가시기 전에 진실을 알려드리고 싶었어요. 그 정도는 당연히 해드려야 할 것 같았어요. 난 당신 어머니에게 큰 아들이 아직 살아 있고, 어머니를 많이 사랑하고 있다는 사실을 알려드리고 싶었어요. 그리고 결백하다는 사실도요."
"어머니에게 켄에 대해 말씀드렸다고?"
"네. 정신이 없으신 와중에도 회의적인 반응을 보이셨어요. 증거를 보고 싶어 하셨던 것 같아요."
나는 바짝 얼어붙은 채로 그녀를 돌아보았다. 이제야 분명히 보이는 것 같았다. 이 모든 것의 시작. 장례식 후 부모님의 침실에서 액자 뒤에 숨겨져 있던 문제의 사진.
"그래서 어머니에게 켄의 사진을 보여드린 거야?"
노라가 고개를 끄덕였다.
"어머니는 형을 못 보셨어. 그냥 사진만 보셨지."
"네, 맞아요."
우리가 그 사실을 몰랐던 이유가 설명되는 순간이었다.
"하지만 당신은 어머니에게 형이 돌아올 거라고 말씀드렸잖아."
"네."
"왜 거짓말을 한 거지?"
그녀는 잠시 생각에 잠겼다.
"약간의 과장은 있었지만 터무니없는 거짓말은 아니었어요. 그들이 당신 형을 체포했을 때 실러가 내게 연락해왔어요. 켄은 절대 경계를 늦추는 법이 없었어요. 실러와 칼리가 반드시 지켜야 할 수많은 규정들까지

만들어놓았죠. 그가 체포되자 실러는 칼리를 데리고 도망쳤어요. 경찰은 그들에 대해 아무것도 몰랐죠. 실러는 켄이 안심할 때까지 외국에 나가 지냈어요. 그리고 적당한 기회를 틈타 다시 돌아왔죠."
"그녀가 도착해서 당신에게 연락을 해왔어?"
"네."
조금씩 이해가 되었다.
"뉴멕시코의 공중전화에서?"
"네."
그것은 피스틸로가 말했던 첫 번째 전화였을 것이다. 뉴멕시코에서 내 아파트로 걸려왔던 전화.
"그래서 어떻게 됐지?"
"그때부터 모든 게 잘못되기 시작했어요."
그녀가 말했다.
"격분한 켄이 전화를 걸어왔어요. 누군가가 자기들을 찾아왔다고 하더군요. 그와 칼리가 외출 중일 때 두 남자가 집으로 쳐들어왔대요. 그들은 실러를 고문해 그의 행방을 알아냈어요. 두 남자가 집에서 한창 난동을 부리고 있을 때 돌아온 켄은 그들을 총으로 쏴 죽였어요. 하지만 실러는 심각한 상태였죠. 그는 내게 전화를 걸어 도망치라고 했어요. 경찰이 실러의 지문을 찾게 될 거라면서 말이에요. 맥구안과 그의 부하들도 실러 로저스가 그와 함께 지내왔다는 사실을 알게 될 거라고 했어요."
"그들 모두 실러를 찾으려 했겠군."
내가 말했다.
"네."
"그 실러가 바로 당신이었고. 당신은 어떻게든 사라졌어야 했어."
"당신에겐 모든 걸 털어놓고 싶었지만 켄은 끝까지 날 말렸어요. 당신이 모르고 있어야 안전할 수 있다고 말이에요. 게다가 칼리 생각도 해야 했고. 그들은 칼리의 어머니를 고문하고 죽였어요. 칼리까지 봉변을 당하도록 두고 볼 수는 없었어요."

"칼리가 몇 살이지?"

"열두 살쯤 됐을 거예요."

"그럼 켄이 도망치기 전에 태어났다는 얘기로군."

"당시엔 육 개월이었어요."

마음이 아팠다. 켄은 나에게조차도 자신의 딸에 대해 털어놓지 않았다. 내가 물었다.

"형은 왜 그 아이의 존재를 비밀로 묻어뒀던 거지?"

"그건 나도 몰라요."

지금까진 모든 게 이치에 닿았지만 칼리에 대해서는 아직도 많은 의문이 남아 있었다. 나는 잠시 머리를 굴려보았다. 형이 사라지기 육 개월 전. 대체 형에겐 무슨 일이 있었던 걸까? FBI가 형을 몹시 괴롭혀댔던 시절이었는데, 그것과 관련이 있을까? 자신 때문에 어린 딸이 위험에 처할까 봐 두려웠던 걸까? 그건 어느 정도 이치에 닿는 것 같았다.

아니, 아직 허전한 마음이 가시지 않고 있었다.

추가 정보를 얻어내기 위해 질문을 던지려는 찰나, 내 휴대전화가 울어대기 시작했다. 보나마나 스퀘어스일 것이다. 발신자 번호를 확인해보았다. 스퀘어스가 아니었다. 번호가 눈에 익었다. 케이티 밀러. 응답 버튼을 누르고 휴대전화를 귀에 가져다 댔다.

"케이티?"

"오! 미안, 틀렸어. 기회를 한 번 더 주지."

순간 공포가 밀려들었다. 오, 맙소사. 유령. 나는 눈을 질끈 감았다.

"그녀에게 손을 댔다간……."

"진정해, 윌."

유령이 내 말을 끊었다.

"그렇게 기운 빠진 협박으로 대체 어쩌겠다는 거야?"
"원하는 게 뭐지?"
"네게 할 말이 있어."
"그녀는 어디 있지?"
"누구? 오, 케이티 말인가? 염려 마. 여기 있으니까."
"그녀와 통화를 하게 해줘."
"날 안 믿는 거야, 윌? 기분이 상하는데."
"빨리 바꿔달라고."
내가 말했다.
"그녀가 살아 있다는 증거를 달라 이거지?"
"그래."
"그럼 이렇게 하는 건 어떨까?"
유령이 매끄러운 음성으로 말했다.
"그녀가 비명을 지르게 만들 수 있어. 그것도 괜찮겠지?"
나는 다시 눈을 감았다.
"왜 말이 없지, 윌?"
"안 돼."
"정말? 간단한 일인데. 귀청을 찢을 듯한 날카로운 비명, 어때?"
"제발 그녀를 건들지 마."
내가 말했다.
"그녀는 이번 일과 아무 상관이 없어."
"거기가 어디지?"
"파크 애비뉴 사우스."
"구체적으로."
나는 두 블록 떨어진 지점을 알려주었다.
"오 분 후에 도착할 테니 차가 멈춰 서면 올라타, 알았어?"

"그래."
"윌?"
"왜?"
"아무에게도 연락하지 마. 아무 얘기도 하지 말고. 케이티 밀러의 목은 아직 정상이 아니야. 제대로 건드려보고 싶어서 미치겠어."
그가 잠시 뜸을 들였다가 속삭였다.
"내 말 알아듣겠어, 오래전 이웃 친구?"
"그래."
"마음의 준비 단단히 해둬. 금방 끝날 거야."

58

클라우디아 피셔가 조셉 피스틸로의 사무실로 성큼 들어왔다.
피스틸로가 고개를 들었다.
"무슨 일이지?"
"레이먼드 크롬웰과 연락이 끊겼습니다."
크롬웰은 켄 클라인의 변호사, 조슈아 포드와 짝을 이루어 활동해온 비밀 수사관이었다.
"도청장치를 챙겨가지 않았나?"
"그들은 맥구안과 만나기로 되어 있었습니다. 도청장치는 당연히 챙겨 갈 수 없었죠."
"그러니까 맥구안과 만난 이후로 그를 본 사람이 없다는 거지?"
피셔가 고개를 끄덕였다.
"포드 역시 마찬가지입니다. 두 사람 다 아무 소식이 없습니다."
"제기랄!"

"어떻게 할까요?"

피스틸로가 자리에서 일어났다.

"동원할 수 있는 요원들을 모두 집합시켜. 당장 맥구안의 사무실로 쳐들어가야겠어."

그렇게 노라만 남겨두고 가려니 마음이 무거웠다. 어느새 나는 그녀의 새 이름에 적응이 되어 있었다. 발이 떨어지지 않았지만 선택의 여지가 없었다. 가학적인 미치광이에게 잡혀 있는 케이티를 떠올리니 골수가 얼어붙는 것 같았다. 나는 침대에 묶인 채, 공격받는 그녀를 무기력하게 지켜봐야 했던 순간을 아직도 생생히 기억하고 있었다. 눈을 질끈 감고 그 이미지를 쫓아내려 애썼다.

나를 말리던 노라도 결국 내 처지를 이해해주었다. 이번 일만큼은 내가 나서서 처리해야 했다. 우리의 작별 키스는 아주 감미로웠다. 나는 그녀에게서 떨어져 나왔다. 그녀의 눈가가 다시 촉촉이 젖어들고 있었다.

"꼭 돌아와줘요."

그녀가 말했다.

나는 그러겠다고 약속한 후 서둘러 밖으로 나갔다.

유리를 어둡게 코팅한 검은색 포드 토러스가 세워져 있었다. 차 안엔 운전사 한 명만 타고 있었다. 처음 보는 얼굴이었다. 그가 눈가리개를 내밀었다. 비행기 승무원들이 나눠주는 것과 비슷했다. 그는 내게 그것을 쓰고 뒷좌석에 누우라고 지시했다. 나는 순순히 시키는 대로 했다. 그가 시동을 걸고 차를 천천히 몰아나가기 시작했다. 나는 그 시간을 틈 타 머리를 굴려보았다. 지금까지 많은 사실이 밝혀졌다. 아직 충분치 않았지만, 그래도 이 정도면 꽤 깊숙이 파고들었다고 할 수 있었다. 유령의 말이 맞았다. 이 모든 건 금방 끝나게 될 것이다.

머리를 열심히 굴려보니 어느 정도 결론을 내릴 수 있을 것 같았다.

십일 년 전, 켄은 옛 친구인 맥구안, 유령과 불법 행위에 가담했다. 더는 사실을 외면할 수 없었다. 그것은 명백한 켄의 잘못이었다. 내겐 영웅이었지만 멀리사 누나는 형이 폭력에 지나치게 물들었다는 점을 걱정스럽게 지적해왔다. 그저 스릴을 즐기던 형이 친구들의 유혹에 넘어갔을 뿐이라고 대변하고 싶었지만, 그것은 의미론에 지나지 않았다.

체포된 켄은 맥구안을 잡아들이는 데 협조하게 되었다. 그 작전에 기꺼이 목숨까지 내놓게 된 것이다. 그는 첩보원 노릇을 하게 되었다. 도청 장치까지 몸에 두른 채로. 맥구안과 유령은 그 사실을 눈치 챘고, 켄은 도망을 처버렸다. 그는 다시 집으로 돌아왔지만 그 이유는 아직 분명치 않았다. 줄리가 어떻게 연관되어 있는지도 여전히 오리무중이었다. 그녀 또한 일 년 넘게 집으로 돌아오지 않았다. 과연 그녀의 귀가는 우연이었을까? 그냥 켄을 따라 돌아온 것은 아니었을까? 두 사람은 연인 사이였을까? 혹시 형이 그녀의 마약 공급자였던 건 아닐까? 유령은 켄에게 접근하기 위해 그녀를 미행했는지도 몰랐다.

내겐 그 답이 없었다. 적어도 지금은.

어쨌든 유령이 그들을 찾아내고 말았다. 그것도 아주 미묘한 순간에. 그는 그들을 습격했다. 켄은 부상을 입고 가까스로 도망쳤다. 하지만 줄리는 형만큼 운이 좋지 못했다. 유령은 켄에게 누명을 씌우는 것으로 압력을 가하려 했다. 살해 위협에 시달리던 켄은 결국 도망치게 되었다. 여자친구 실러 로저스와 어린 딸 칼리와 함께. 그렇게 세 사람은 사라져버렸다.

눈가리개 때문인지는 몰라도 시야가 한층 더 어두워졌다. 어디선가 쉭 소리가 났다. 터널로 들어선 것 같았다. 미드타운 터널일 수도 있겠지만, 그보다는 링컨 터널일 가능성이 높았다. 차는 뉴저지로 향하고 있었다. 문득 피스틸로의 역할이 궁금해졌다. 그는 목적이 수단을 정당화한다고 믿었다. 다른 사건이었다면 그 역시 '수단'에 무게를 두겠지만, 이번엔 개인적인 사건이었다. 그의 입장도 충분히 이해할 수 있을 것 같았다. 퀜은 악한이었다. 형은 협조 약속을 깨고 도망쳐버렸다. 그렇게 사냥은 시작되었다. 형은 졸지에 도망자가 되어버렸고, 세상은 형을 찾기 위해 혈안이 되었다.

그리고 몇 년의 세월이 흘렀다. 퀜과 실러는 함께 살았다. 그들의 딸 칼리는 쑥쑥 자랐다. 그러던 어느 날, 퀜은 체포되고 말았다. 그들은 형을 미국으로 보내 줄리 밀러를 살해한 혐의를 씌우려 했다. 하지만 당국은 진작부터 진실을 알고 있었을 것이다. 그들은 형을 원하지 않았다. 그들이 원한 것은 야수의 머리였다. 맥구안. 그리고 퀜은 여전히 매력적인 미끼였다.

그래서 그들은 다시 거래를 하게 되었다. 퀜은 뉴멕시코에서 숨어 지냈다. 안전하다는 확신이 들자 형은 스웨덴에서 실러와 칼리를 불러들였다. 하지만 맥구안은 호락호락한 상대가 아니었다. 그는 그들의 행방을 알아내는 데 성공했다. 그리고 부하 두 명을 보냈다. 마침 퀜은 집에 없었다. 그들은 실러를 고문해 형의 행방을 알아냈다. 퀜은 그들을 습격해 살해하고, 심각한 부상을 입은 애인과 딸을 차에 태워 다시 도주했다. 형은 실러의 신분으로 살아가던 노라에게 당국과 맥구안이 그녀를 쫓게 될 거라고 귀띔해주었다. 그래서 그녀도 갑자기 사라져버리게 된 것이었다.

내가 지금까지 알아낸 것은 여기까지였다.

포드 토러스가 멈춰 섰다. 이내 시동이 꺼졌다. 이제 소극적으로 나가고 싶지 않았다. 살아남고 싶다면 좀 더 강하게 나가볼 필요가 있었다. 나는 눈가리개를 내리고 손목시계를 들여다보았다. 한 시간쯤 달려온 것 같았다. 나는 일어나 앉았다.

우리는 우거진 숲에 들어와 있었다. 바닥은 솔잎으로 덮여 있었고, 묵직한 느낌의 나무들은 초록색 잎으로 덮여 있었다. 감시탑과 같은 작은 알루미늄 건조물이 눈에 들어왔다. 그것은 3미터 높이의 받침 위에 세워져 있었다. 꼭 특대형 공구실을 보는 듯했다. 기능성 건조물인 것 같았다. 방치된 산업 건조물. 움푹 들어간 부분과 문이 심하게 녹슬어 있었다.
운전사가 나를 돌아보았다.
"내려."
나는 시키는 대로 했다. 내 시선은 건조물에만 고정되어 있었다. 문이 열리고 유령이 걸어 나왔다. 그는 머리부터 발끝까지 검은색으로 덮여 있었다. 마치 시골 마을의 시 낭독회에 참석하려는 사람처럼. 그가 내게 손짓했다.
"안녕, 윌."
"그녀는 어디 있지?"
내가 물었다.
"누구 말이야?"
"당신이랑 장난칠 기분 아니야."
유령이 팔짱을 꼈다.
"이런, 이런."
그가 말했다.
"안 본 사이 꽤 용감해졌는데."
"어디 있냐고?"
"케이티 밀러 말인가?"
"그래."
유령이 고개를 끄덕였다. 그는 손에 뭔가를 쥐고 있었다. 밧줄 같았다. 올가미인지도 몰랐다. 순간 나는 얼어붙어버렸다.
"언니랑 너무 닮았어. 그렇게 생각하지 않아? 내가 어떻게 참을 수 있었겠어? 그 목 말이야. 백조를 닮은 아름다운 목. 이미 멍자국이……."
나는 떨지 않으려 애썼다.
"그녀는 어디 있지?"

그가 눈을 깜빡거렸다.
"죽었어."
가슴이 철렁 내려앉았다.
"기다리기가 너무 지루하더라고. 그래서……."
그가 큰 소리로 웃음을 터뜨렸다. 웃음소리가 쩌렁쩌렁 울려 퍼지며 정적을 깨뜨렸다. 그 소리에 나뭇잎들도 살랑거렸다. 나는 미동도 않고 서 있었다. 그가 나를 가리키며 소리쳤다.
"속았지? 오, 그냥 농담이었어, 윌리. 재밌잖아, 안 그래? 케이티는 아직 무사해."
그가 다시 손짓했다.
"직접 와서 확인해봐."
나는 건조물 앞으로 다가갔다. 심장이 목을 타고 올라올 것만 같았다. 건조물 옆엔 녹슨 사다리가 붙어 있었다. 나는 사다리를 오르기 시작했다. 유령은 여전히 웃음을 흘리고 있었다. 나는 그를 밀치고 알루미늄 건조물의 문을 벌컥 열었다. 그런 다음, 오른쪽으로 몸을 휙 돌렸다.
케이티가 보였다.
유령의 웃음소리는 여전히 내 귓전에서 맴돌고 있었다. 나는 황급히 그녀 앞으로 달려갔다. 그녀는 눈을 뜨고 있었고, 머리카락이 몇 가닥 내려와 그녀의 시야를 가리고 있었다. 목의 멍 자국은 황달 걸린 사람처럼 노랗게 변한 상태였다. 그녀의 두 손은 의자에 묶여 있었지만, 부상을 입은 것 같진 않았다.
나는 몸을 숙이고 흘러내려온 머리카락을 뒤로 넘겨주었다.
"괜찮아?"
내가 물었다.
"네."
분노가 치밀어 올랐다.

"저 친구가 손을 댔어?"

케이티 밀러가 고개를 저었다. 그녀의 음성이 가늘게 떨렸다.

"저 자가 우리에게 원하는 게 뭐죠?"

"그건 내가 직접 답해주지."

우리는 안으로 들어서는 유령을 돌아보았다. 그는 문을 닫지 않았다. 바닥엔 깨진 맥주병들이 즐비하게 널려 있었다. 구석엔 낡은 파일 캐비닛이 놓여 있었다. 학교 집회에서나 볼 수 있는 금속제 접의자가 세 개 놓여 있었고, 그중 하나엔 케이티가 앉아 있었다. 유령이 잠시 뜸을 들이다가 내게 왼쪽에 놓인 의자에 앉으라고 손짓했다. 나는 못 본 척 서 있었다. 유령이 한숨을 내쉬며 다시 일어났다.

"네 도움이 필요해, 윌."

그가 케이티 쪽으로 몸을 틀었다.

"밀러 양도 우리 일을 좀 도와줬으면 하는데. 일이 잘 되면 여기 있는 밀러 양을 인센티브로 주지."

그의 미소를 보자, 소름이 돋았다.

나는 긴장을 풀지 않았다.

"케이티에게 손을 댔다가는……."

유령은 움찔하지 않았다. 뒤로 물러서지도 않았다. 그저 한 손을 획 들어 내 목을 움켜잡았을 뿐이다. 그가 손날로 내 목을 가격했다. 순간 숨이 턱 막혔다. 꼭 숨통을 통째로 삼켜버린 듯한 기분이었다. 나는 비틀거리며 몸을 돌렸다. 유령은 서두르지 않았다. 그가 몸을 숙이고 어퍼컷을 날렸다. 그의 주먹이 내 신장에 파고들었다. 나는 무릎을 꿇어버렸다. 온몸이 마비된 것 같았다.

그가 나를 내려다보았다.

"난 네 태도가 마음에 안 들어, 윌리."

속이 울렁거렸다.

"우린 네 형과 할 얘기가 있어."

그가 말했다.

"널 여기까지 불러들인 것도 다 그것 때문이야."

나는 그를 올려다보았다.

"형이 어디 있는지는 나도 몰라."

유령이 나를 지나쳐 케이티의 의자 뒤로 이동했다. 그가 아주 조심스럽게 그녀의 어깨에 손을 얹었다. 그의 손이 닿자, 그녀가 움찔했다. 그가 양쪽 검지로 그녀 목에 나 있는 멍 자국을 살살 문질렀다.

"정말이야."

내가 말했다.

"오, 난 네 말을 믿어."

그가 말했다.

"원하는 게 뭐야?"

"넌 형에게 연락하는 방법을 알고 있어."

머릿속이 혼란스러웠다.

"뭐?"

"옛날 영화를 보면 도망자가 광고란에 메시지를 남겨놓는 장면이 있지?"

"그래."

유령이 내 대답에 만족스럽다는 듯 미소를 지었다.

"켄은 좀 더 진화된 방법을 쓰고 있어. 인터넷 토론그룹을 사용하지. 좀 더 구체적으로 설명하자면, rec.music.elvis라는 곳을 통해 메시지를 주고받고 있어. 눈치 챘겠지만 그건 엘비스의 팬들이 모이는 게시판이야. 변호사가 그에게 할 말이 있으면 그곳에 날짜와 시간과 내용을 코드명과 함께 남겨놓지. 켄은 그걸 보고 언제 변호사에게 IM해야 할지 알게 되는 거고."

"IM?"

"인스턴트 메시지 말이야. 너도 써본 적 있을 거야. 비공개 채팅방이라고 생각하면 돼. 절대 추적당할 일이 없지."

"그걸 어떻게 다 알고 있지?"

내가 물었다.

그가 다시 미소를 지으며 케이티의 목에 손을 가져다 댔다.

"정보 수집."

그가 말했다.

"내 특기야."

그의 손이 케이티에게서 떨어졌다. 그제야 나는 내가 숨을 참고 있었다는 사실을 깨달을 수 있었다. 그가 주머니에서 밧줄 올가미를 꺼내 들었다.

"내가 왜 필요한 거지?"

내가 물었다.

"네 형은 변호사와의 미팅을 계속 거부하고 있어."

유령이 말했다.

"덫이라고 생각하는 모양이야. 하지만 혹시 몰라서 IM으로 약속을 잡아놨지. 네가 형을 잘 설득해서 미팅을 성사시켜주면 좋겠어."

"협조하지 않겠다면?"

그가 올가미를 들어 보였다. 양옆으로는 손잡이가 붙어 있었다.

"이게 뭔지 알아?"

나는 대답하지 않았다.

"편자브 올가미야."

마치 강의를 시작하듯 그가 말했다.

"서기들이 사용하는 거지. 인도의 소리 없는 암살단 말이야. 19세기 들어서면서 그들이 전부 소탕되었다고 알고들 있지만, 과연 그럴까?"

그가 케이티를 내려다보며, 원시적인 무기를 다시 들어 보였다.
"설명을 더 듣고 싶나, 윌?"
나는 고개를 저었다.
"네 형은 이게 덫이라는 사실을 알고 있을 거야."
그가 말했다.
"네가 할 일은 이게 덫이 아니라는 걸 형에게 인식시켜주는 거야. 만약 실패하면……."
그가 다시 고개를 들고 미소를 지었다.
"넌 아주 오래전, 줄리가 어떻게 고통 받으며 죽어갔는지 직접 보게 될 거야."
순간 사지에서 피가 쫙 빠져나가는 느낌이 들었다.
"형을 죽이려고?"
내가 말했다.
"오, 그렇게 되지 않을 수도 있어."
그것은 거짓말이었다. 하지만 그의 표정은 섬뜩할 정도로 진지했다.
"네 형은 테이프를 만들어뒀어. 민감한 정보를 지니고 있지."
그가 말했다.
"하지만 FBI에게 아직 보여주지 않고 있어. 어딘가에 꼭꼭 숨겨놨겠지. 정말 다행스러운 일이야. 아직까지 우리에게 협조할 마음이 있다는 뜻일 테니까. 네 형은 여전히 우리가 잘 알고 사랑했던 예전의 켄이야. 그리고……."
그가 잠시 말을 멈추고 생각에 잠겼다.
"그에겐 내가 원하는 뭔가가 있어."
"그게 뭐지?"
내가 물었다.
그는 내 질문을 무시해버렸다.

"내 말 잘 들어. 만약 그가 모든 걸 내놓고 조용히 사라져준다면 아무 일도 벌어지지 않을 거야."

거짓말. 나는 알 수 있었다. 그는 어떻게 해서든 형을 죽이려 할 것이다. 그리고 우리까지 죽여버리고 말 것이다. 의심의 여지가 없었다.

"내가 당신을 못 믿겠다면?"

그가 올가미를 내려 케이티의 목에 감았다. 그녀의 입에서 외마디 비명이 터져 나왔다. 유령이 미소를 지으며 나를 똑바로 쳐다보았다.

"네가 어떻게 나오든 내가 상관할 것 같아?"

그가 말했다.

나는 마른침을 삼켰다.

"아마 상관 안 하겠지."

"아마?"

"협조할게."

그가 올가미를 놓았다. 올가미는 목걸이처럼 그녀의 목에 걸쳐졌다.

"건드리지 마."

그가 그녀에게 말했다.

"지금부터 한 시간을 주지. 그동안 케이티의 목을 뚫어져라 쳐다보고 있으라고, 윌. 허튼 수작 부리면 어떤 일이 벌어질지 상상하면서 말이야."

54

맥구안은 당황했다.

그는 FBI 요원들이 우르르 밀고 들어오는 장면을 지켜보고 있었다. 이런 상황까지는 전혀 예측하지 못했다. 물론 조슈아 포드가 중요한 인물이고, 그가 실종됨으로써 많은 이들을 초조하게 만들긴 했을 것이다. 포드는 아내에게 전화를 걸어 '골치 아픈 문제'가 있어 잠시 출장을 가야 한다고 얘기해놓은 상태였다. 하지만 FBI가 이토록 우격다짐으로 쳐들어올 줄이야. 지나친 반응이었다.

뭐, 그런 건 아무래도 상관없었다. 맥구안은 항상 모든 준비를 갖추고 있었다. 혈흔은 새로 개발된 과산화수소 약품으로 깨끗이 지워놓았다. 블루 라이트 테스트를 해봐도 소용없을 것이다. 머리카락과 섬유의 흔적도 치워놓았다. 발견된다 해도 걱정은 없었다. 포드와 크롬웰이 왔었다는 사실까지 숨길 필요는 없었으니까. 질문을 받는다면 그는 기꺼이 인정할 용의가 있었다. 또한 그들이 사무실을 떠났다는 사실 또한 받아들일 준비가 되어 있었다. 필요하다면 증거까지 제시할 참이었다. 경비실 직원들은 이미 녹화된 CCTV 테이프를 교묘히 조작해 포드와 크롬웰이 제 발로 유유히 걸어나간 것처럼 꾸며놓았다.

맥구안이 컴퓨터 파일들을 자동으로 지우고 초기화시키는 버튼을 눌렀다. 이제 그들은 아무것도 발견하지 못할 것이다. 맥구안은 이미 모든 것을 이메일을 통해 백업해두었다. 컴퓨터는 한 시간에 한 번씩 비밀 계정으로 이메일을 보냈다. 즉, 파일들은 사이버 공간에 안전하게 저장되는 것이다. 오직 맥구안만이 그 계정을 알고 있었다. 그는 언제든 원할 때마다 백업된 파일을 불러올 수 있었다.

피스틸로가 클라우디아 피셔와 두 명의 다른 요원을 이끌고 사무실로 들어왔다. 맥구안은 자리에서 일어나 넥타이를 고쳐 맸다. 피스틸로가 맥구안에게 총을 겨누었다.

맥구안이 두 손을 들어 보였다. 겁먹는 기색이 없었다. 전혀.

"조금 당혹스럽긴 하지만 반갑습니다."

"그들은 어디 있지?"

피스틸로가 소리쳤다.

"누구 말씀입니까?"

"조슈아 포드와 레이먼드 크롬웰 특별 수사관."

맥구안은 눈도 깜빡이지 않았다. 오히려 이제야 알았다는 표정을 지어 보였다.

"그러니까 크롬웰 씨가 FBI 요원이었단 말씀이죠?"

"그래."

피스틸로가 말했다.

"그는 지금 어디 있지?"

"그럼 전 불만 사항을 접수시켜야겠습니다."

"뭐?"

"크롬웰 요원은 변호사 행세를 했습니다."

맥구안이 말했다. 그의 음성은 차가웠다.

"전 그의 주장을 곧이곧대로 믿었습니다. 그를 신뢰했고, 그의 의뢰인으로서 보호받고 있다고 믿었습니다. 그런데 그가 비밀 수사관이었다고요? 부디 내가 했던 말들이 나에게 불리하게 작용하지 않았으면 좋겠군요."

피스틸로의 얼굴이 빨개졌다.

"어디 있느냐고 물었잖아, 맥구안."

"그건 저도 모릅니다. 포드 씨랑 나갔습니다."

"무슨 일로 그들을 만난 거지?"

맥구안이 미소를 지었다.

"그건 그쪽이 더 잘 알지 않습니까. 우린 어디까지나 변호사와 의뢰인 입장으로 만났을 뿐입니다."

피스틸로는 방아쇠를 당겨버리고 싶었다. 그가 총구를 맥구안의 얼굴에 겨누었다. 맥구안은 여전히 태연한 얼굴이었다. 피스틸로가 총을 내렸다.

"수색해."

그가 지시했다.

"모든 걸 상자에 담아 기록해놔. 이자는 당장 연행하고."

맥구안은 순순히 수갑을 찼다. 그는 CCTV 테이프에 대해 아무 말도 하지 않았다. 그들이 알아서 찾도록 내버려두었다. 그렇게 해야 신빙성을 높일 수 있었다. 요원들에게 끌려나가는 그는 불길한 예감에 휩싸였다. 배짱이 부족한 건 아니었다. 그가 FBI 요원들에게 체포된 건 이번이 처음이 아니었다. 하지만 그는 자신이 뭔가를 빠뜨리진 않았는지, 너무 방심하고 있었던 건 아닌지, 자신의 모든 것을 앗아갈 결정적인 실수를 저지르진 않았는지 차분히 되짚어보지 않을 수 없었다.

55

유령은 케이티와 나를 남겨놓고 밖으로 나가버렸다. 나는 의자에 앉아 그녀의 목에 걸려 있는 올가미를 쳐다보았다. 목엔 올가미 자국이 선명하게 남아 있었다. 나는 그에게 협조할 작정이었다. 겁에 질린 그녀의 목에 올가미가 감기는 것을 두 번 다시 보고 싶지 않았다.
케이티가 나를 돌아보며 말했다.
"그가 우릴 죽일 거예요."
그것은 질문이 아니었다. 물론 그것은 사실이지만 나는 계속 부정했다. 나는 그녀에게 아무 일 없을 거라고, 빠져나갈 방법을 반드시 찾아내겠노라고 약속했다. 하지만 그녀는 마음을 진정시키지 못했다. 당연한 반응이었다. 목의 통증은 많이 가라앉았지만 얻어맞은 신장 쪽은 여전히 욱신거렸다. 나는 실내를 돌아보았다.
머리를 굴려봐, 윌. 시간이 없다고.
앞으로 무슨 일이 벌어질지 예상할 수 있었다. 유령은 나로 하여금 형과 미팅을 주선하도록 할 것이다. 형이 모습을 드러내는 순간 그는 우리 모두를 죽이고 말 것이다. 나는 잠시 동안 남아 있는 가능성들을 생각해 보았다. 암호를 써서 형에게 경고를 보낼 수도 있을 것이다. 형이 덫이라는 사실을 깨닫고, 그들을 깜짝 놀라게 해주기를 기대해야 했다. 하지만 다른 가능성도 열어놓아야 했다. 우선 어떻게든 이곳에서 빠져나가야 했다. 나를 희생시켜서라도 케이티를 구하고 싶었다. 잘 찾아보면 방법이 떠오를지도 몰랐다. 만반의 준비를 갖출 필요가 있었다.

케이티가 속삭였다.

"난 여기가 어딘지 알아요."

나는 그녀를 돌아보았다.

"여기가 어디지?"

"사우스 오렌지 수질 관리 시설이에요."

그녀가 말했다.

"종종 여기서 술을 마시며 놀곤 했어요. 조금만 가면 호바트 갭 가 나와요."

"얼마나 가야 하는데?"

내가 물었다.

"1.5킬로미터쯤 가면 될 거예요."

"길을 알아? 만약 여기서 나갈 수 있으면 거기까지 찾아갈 수 있을 것 같아?"

"아마도요."

그녀가 대답했다. 그녀가 고개를 끄덕였다.

"찾을 수 있을 것 같아요. 문제없어요."

좋아. 이것도 수확이라면 수확이겠지. 큰 도움은 못 되겠지만 시작치고는 나쁘지 않잖아. 나는 문밖을 내다보았다. 운전사가 차에 기댄 채 서 있었다. 유령은 뒷짐을 진 채 발로 땅을 톡톡 두드리고 있었다. 그가 새들을 관찰하려는 듯 고개를 젖혔다. 운전사가 담배에 불을 붙였다. 유령은 미동도 않았다.

나는 바닥을 유심히 살피기 시작했다. 잠시 후, 유리 파편이 눈에 들어왔다. 나는 다시 문밖을 내다보았다. 두 남자 모두 우리에게 시선을 주지 않았다. 나는 슬그머니 케이티의 의자 뒤편으로 이동했다.

"뭐 하는 거예요?"

그녀가 속삭였다.

"풀어줄게."

"제정신이에요? 놈에게 들키면……."

"그렇다고 잠자코 앉아 있을 수만은 없잖아."

내가 말했다.

"하지만……."

케이티가 잠시 머뭇거렸다.

"날 풀어준 다음엔 어쩔 거죠?"

"그건 나도 몰라."

나는 순순히 시인했다.

"하지만 준비는 하고 있으라고. 언제 탈출 기회가 찾아올지 모르니까. 때가 오면 주저 없이 움직여야 해."

나는 날카로운 유리 파편의 날로 밧줄을 긁기 시작했다. 밧줄이 서서히 닳아졌다. 하지만 이렇게 하다가는 시간이 너무 오래 걸릴 것 같았다. 나는 속도를 붙였다. 밧줄이 한 가닥씩 뜯기기 시작했다.

밧줄을 반쯤 끊었을 때 바닥이 흔들리는 게 느껴졌다. 나는 손놀림을 멈췄다. 누군가가 사다리를 타고 올라오고 있었다. 케이티가 울먹이기 시작했다. 나는 몸을 굴려 그녀에게서 떨어졌다. 그리고 유령이 문을 열고 들어오기 직전에 가까스로 내 자리로 돌아가 앉았다. 그가 나를 쳐다보았다.

"왜 숨을 할딱거리고 있지, 윌리?"

나는 유리 파편을 의자 등받이 쪽으로 밀어 넣었다. 거의 깔고 앉은 것이나 다름없었다. 유령이 인상을 찌푸렸다. 나는 아무 말도 하지 않았다. 맥박이 빠르게 뛰었다. 유령이 케이티를 돌아보았다. 그녀는 반항적인 표정으로 그를 쳐다보았다. 그녀는 용감했다. 그녀를 돌아보는 순간 공포가 다시 밀려들었다.

끊어지기 직전의 밧줄이 그대로 드러나 있었다.

유령의 눈이 가늘어졌다.

"이봐, 기왕 할 거 빨리 시작하자고."

내가 말했다.

그 말에 유령이 내게로 다시 시선을 돌렸다. 케이티는 그 틈을 타서 풀려가는 밧줄을 뒤로 감췄다. 여전히 아슬아슬하긴 했지만, 유령이 밧줄에 필요 이상의 관심을 보일 것 같진 않았다. 유령이 잠시 뜸을 들이다가 노트북 앞으로 다가갔다. 잠시, 아주 잠시 그가 내게 등을 보였다.

지금이야. 나는 생각했다.

벌떡 일어나 유리 파편을 유령의 목에 꽂아 넣고 싶었다. 교도소 수감자들이 사용하는 칼처럼. 나는 잽싸게 머리를 굴려보았다. 너무 멀리 떨어져 있나? 아마도. 운전사는? 그도 무장한 상태일까? 과연 내가……

유령이 나를 홱 돌아보았다. 그렇게 절호의 기회는 날아가 버리고 말았다.

컴퓨터는 이미 전원이 켜진 상태였다. 유령이 잠시 키보드를 두드렸다. 그는 무선 모뎀을 사용해 인터넷에 접속했다. 그가 키보드를 두드리자 텍스트박스가 나타났다. 그가 미소를 지으며 말했다.

"켄에게 말을 걸 시간이야."

속이 울렁거렸다. 유령이 리턴 키를 눌렀다. 화면에 그가 입력한 메시지가 떠올랐다.

거기 있어?

우리는 잠시 기다렸다. 이내 대답이 떠올랐다.

그래.

유령이 미소를 지었다.

"아, 켄."

그가 키보드를 두드리고 다시 리턴 키를 쳤다.

윌이야. 지금 포드랑 같이 있어.

상대는 한동안 반응이 없었다.

누가 네 첫 경험 상대였지?

유령이 나를 돌아보았다.

"예상했던 대로 정말 네가 맞는지 확인하고 있어."

나는 아무 말도 하지 않았지만, 머리는 핑핑 돌아가고 있었다.

"네가 무슨 생각을 하고 있는지 알고 있어."

그가 말했다.

"그에게 귀띔을 해주고 싶은 거지? 진실에 가까운 답을 들려주는 것으로 말이야."

그가 케이티에게 다가갔다. 그리고 올가미 끝에 붙은 손잡이를 집어 들었다. 그가 양쪽 손잡이를 살짝 당겼다. 올가미가 그녀의 목을 죄어들어가기 시작했다.

"자, 이제부터 내가 시키는 대로 하는 거야, 윌. 일어나서 컴퓨터 앞으로 가. 가서 정답을 알려주라고. 난 계속해서 올가미를 죄고 있을 거야. 허튼수작을 부렸다가는 이 아이의 숨이 끊어질 때까지 조여버릴 테니까 알아서 해, 알아듣겠어?"

나는 고개를 끄덕였다.

그가 올가미를 조금 더 당겼다. 케이티가 신음을 내뱉었다.

"빨리 해."

그가 말했다.

나는 서둘러 노트북 앞으로 다가갔다. 밀려드는 공포에 뇌가 마비된 것 같았다. 그가 제대로 짚었다. 그동안 나는 적당한 거짓말로 형에게 경고를 보낼 방법을 궁리해왔다. 하지만 이젠 그럴 수가 없게 되었다. 지금은 곤란했다. 나는 천천히 키보드를 두드리기 시작했다.

신디 샤피로.

유령이 미소를 지었다.

"정말이야? 나름대로 섹시한 아이였잖아. 대단한데, 월."

그가 올가미를 느슨하게 풀어주었다. 케이티가 숨을 할딱거렸다. 그가 다시 노트북 앞으로 다가왔다. 나는 내가 앉았던 의자를 흘끔 돌아보았다. 유리 파편은 너무 잘 보이는 곳에 놓여 있었다. 나는 잽싸게 자세를 바꿔 제자리에 앉았다. 우리는 형의 반응을 기다렸다.

집으로 가, 월.

유령이 얼굴을 문질렀다.

"흥미로운 반응이군."

그가 말했다. 그는 잠시 골똘히 생각에 잠겼다.

"그 애랑 어디서 시시덕거렸지?"

"뭐?"

"신디 샤피로 말이야. 그 애 집에서? 너희 집에서? 어디서 같이 뒹굴었냐고?"

"에릭 프랑켈의 바르 미츠바에서."

"켄도 그 사실을 알아?"

"그래."

유령이 미소를 지었다. 그가 다시 키보드를 두드렸다.

형이 나를 테스트했으니, 이번엔 내 차례야. 내가 어디서 신디랑 첫 경험을 했지?

이번에도 형은 뜸을 들였다. 나도 잔뜩 긴장하고 있었다. 유령이 머리를 써서 타성의 방향을 교묘히 틀어놓은 것이다. 하지만 우리는 아직까지도 상대가 형인지조차 파악을 못 하고 있었다. 이번 대답이 그것을 확인해줄 것이다.
삼십 초쯤 흘렀을 때 답이 떴다.
집으로 가, 윌.
유령이 다시 키보드를 두드렸다.
형이 맞는지 확인해야겠어.
오랜 침묵 끝에 답이 떴다.
프랑켈의 바르 미츠바에서. 집으로 돌아가.
다시 한번 가슴이 철렁 내려앉았다. 형이 틀림없었다. 나는 케이티를 돌아보았다. 그녀도 나를 쳐다보았다. 유령이 다시 키보드를 두드렸다.
만나서 할 얘기가 있어.
이번엔 반응이 신속했다.
안 돼.
제발. 중요한 일이야.
윌, 집으로 가. 위험해.
지금 거기가 어디야?
포드는 어떻게 찾았지?
"흠."
유령이 말했다. 잠시 머리를 굴리던 그가 답을 올렸다.
피스틸로.
다시 한번 긴 침묵이 흘렀다.
어머니 얘긴 들었어. 너무 힘들었지?
유령은 내 대답을 기다리지 않았다.
그래.
아버지는?

안 좋으셔. 만나서 할 얘기가 있어.

또다시 침묵.

안 돼.

우린 형을 도울 수 있어.

그냥 참견하지 않는 게 날 돕는 거야.

유령이 나를 돌아보았다.

"그의 약점을 한번 파고들어볼까?"

나는 그게 무슨 뜻인지 몰랐다. 그가 메시지를 작성한 후 리턴 키를 쳤다.

돈을 좀 줄게. 돈 필요하지 않아?

곧 필요해질 것 같아. 하지만 그건 나중에 해외 이체로 받으면 돼.

마치 내 생각을 읽기라도 한 듯 유령이 키보드를 두드려나갔다.

형을 꼭 만나야 해, 제발.

사랑해, 윌. 집으로 가.

유령은 마치 내 머릿속에 들어가 앉은 듯했다.

잠깐.

이만 나가볼게, 동생. 아무 걱정 마.

유령이 긴 한숨을 내쉬었다.

"아무래도 안 되겠어."

그가 큰 소리로 말했다. 키보드를 두드리는 그의 손놀림이 빨라졌다.

나가버리면 네 동생을 죽일 거야, 켄.

침묵. 그리고 그다음 말이 떠올랐다.

누구지?

유령이 미소를 지었다.

한번 맞춰봐. 힌트: 다정한 친구, 캐스퍼.

이번엔 머뭇거림이 없었다.

내 동생 건드리지 마, 존.

그건 내 마음이야.

그 앤 우리 일과 아무 상관이 없어.

그런 우는 소리로는 내 마음을 바꿔놓을 수 없어. 만나서 내가 원하는 걸 주면 네 동생을 살려주지.

내 동생부터 놓아줘. 그렇게 해주면 네가 원하는 걸 줄게.

유령이 웃음을 터뜨리며 키보드를 두드렸다.

오, 그건 안 돼. 켄, 야드 알지? 기억하지? 세 시간을 줄 테니 야드로 와.

불가능해. 여긴 동부가 아니야.

유령이 중얼거렸다.

"허풍이 늘었군."

그가 미친 듯이 키보드를 두드렸다.

그럼 지금부터 서둘러야지. 세 시간이야. 시간에 맞춰 나타나지 않으면 손가락을 하나씩 잘라나갈 거야. 삼십 분에 하나씩. 손가락을 다 자르고 난 후에 발가락을 자를 거고. 그 후로는 독창적으로 해보려고 해. 야드로 와, 켄. 세 시간 안에.

유령이 접속을 끊었다. 그리고 노트북을 요란하게 접은 후 일어났다.

그가 미소를 지으며 말했다.

"이 정도면 잘 풀린 것 같지, 안 그래?"

56

노라는 스퀘어스 휴대전화로 전화를 걸었다. 그녀는 자신의 실종에 대해 간단히 설명해주었다. 스퀘어스는 그녀의 말이 끝날 때까지 묵묵히 듣기만 했다. 그는 그녀에게 가는 중이었다. 그들은 파크 애비뉴에 자리한 메트로폴리탄 라이프 건물 앞에서 만났다.

그녀가 밴 안으로 들어가 그를 끌어안았다. 오랜만에 타보는 스퀘어스의 밴이 그녀를 울컥하게 만들었다.
"경찰엔 신고하면 안 돼."
스퀘어스가 말했다.
그녀는 고개를 끄덕였다.
"윌도 같은 말을 했어요."
"그럼 이제 어떻게 하지?"
"스퀘어스, 나도 모르겠어요. 너무 무서워요. 윌의 형이 그들에 대해 얘기해줬었어요. 그들은 분명 윌을 죽이고 말 거예요."
스퀘어스가 잠시 골똘히 생각에 잠겼다.
"켄과는 어떻게 연락을 하며 지내지?"
"온라인 토론 그룹을 통해서요."
"그에게 메시지를 보내봐야겠어. 그에게 생각이 있을지도 몰라."

유령은 일정한 거리를 두고 있었다.
시간이 촉박했다. 나는 경계를 늦추지 않았다. 빈틈이 보이는 즉시, 나는 목숨을 걸고 달려들 생각이었다. 유리 파편을 손에 쥔 채 그의 목을 노려보았다. 막상 기회가 오면 어떻게 할 것인지 머릿속으로 반복해서 연습해보았다. 유령이 어떻게 방어할 것인지, 나는 또 어떻게 반격할 것인지 계산해보았다. 동맥은 어디 있지, 어디가 좋을까, 어느 부분이 가장 약할까?
나는 케이티를 돌아보았다. 그녀는 그런대로 잘 버티고 있었다. 나는 다시 피스틸로의 말을 떠올려보았다. 이 일에 케이티 밀러를 절대 끌어들이지 말라는 경고. 그의 말을 들었어야 했다. 이 모든 건 내 잘못이었다. 처음에 그녀가 도와달라고 했을 때, 매정하게 거절했어야 했다. 내가 그녀를 위험에 처하게 만든 것이다. 나는 진정으로 그녀를 돕고 싶었다.

그녀는 악몽과 같은 사건에 마침표를 찍기 원했고, 나도 그런 그녀를 이해했다. 하지만 그렇다고 죄책감이 줄어들진 않았다.

어떻게든 그녀를 구해야 했다.

나는 다시 유령을 돌아보았다. 그도 나를 쳐다보았다. 나는 눈을 깜빡이지 않았다.

"케이티는 보내줘."

내가 말했다.

그는 일부러 하품을 하는 척했다.

"케이티의 언니가 너한테 잘 했잖아."

"그래서?"

"케이티까지 해칠 필요는 없어."

"이유 따윈 필요 없어."

유령이 두 손을 펼쳐 보이며 나지막한 혀짤배기소리로 말했다.

케이티가 눈을 감았다. 나는 입을 꾹 닫아버렸다. 말이 많아질수록 상황은 나쁘게만 흘러갈 뿐이었다. 나는 시간을 확인했다. 두 시간밖에 남지 않았다. '야드'는 헤리티지 중학교 학생들이 방과 후 모여 마리화나를 나눠 피우던 곳으로, 이곳에서 약 5킬로미터쯤 떨어져 있었다. 나는 유령이 미팅 장소를 왜 그곳으로 정했는지 알고 있었다. 제어가 용이한 공간이었다. 특히 여름엔 인적이 뜸하다. 한 가지 분명한 것은 그곳에 한번 발을 들여놓았다가는 절대 살아서 나올 수 없다는 사실이었다.

유령의 휴대전화가 울렸다. 생소한 소리라도 들은 듯 그가 휴대전화를 빤히 내려다보았다. 그가 처음으로 혼란스러워 하는 표정을 짓고 있었다. 나는 바짝 긴장했다. 하지만 유리 파편은 꺼내 들지 않았다. 아직은 때가 아니었다. 물론 준비는 이미 되어 있었지만.

그가 휴대전화를 열고 귀에 가져다 댔다.

"얘기해."

그가 말했다.

그가 잠시 상대의 말에 귀를 기울였다. 나는 그의 창백한 얼굴을 유심히 살폈다. 그의 표정은 차분했지만, 나는 뭔가 심상치 않은 일이 벌어졌음을 감지할 수 있었다. 그가 몇 번 눈을 깜빡였다. 그리고 손목시계를 들여다보았다. 그는 약 2분간 아무 말도 하지 않았다. 잠시 후, 그가 입을 열었다.

"지금 가지."

그가 자리에서 일어나 내 앞으로 다가왔다. 내 귀에 대고 그가 속삭였다.

"이 의자에서 조금이라도 움직이면 제발 케이티를 죽여 달라고 애원하는 것으로 이해하겠어. 무슨 말인지 알지?"

나는 고개를 끄덕였다.

유령이 문을 닫고 나가버렸다. 실내는 어두웠다. 나뭇잎 사이를 뚫고 스며든 빛이 서서히 흐려지기 시작했다. 정면에 창이 없어 그들이 무엇을 하고 있는지 확인할 길이 없었다.

"어떻게 된 걸까요?"

케이티가 속삭였다.

나는 손가락을 입에 가져다 대고 귀를 쫑긋 세웠다. 차에 시동이 걸리고, 천천히 움직이기 시작했다. 나는 그가 했던 경고를 떠올려보았다. 의자에서 움직이지 말 것. 위협적인 분위기에 눌려 누구라도 복종하고 싶은 마음이 들겠지만, 어차피 때가 되면 우리를 죽이려들 테니 이대로 앉아 있을 수만도 없는 일이었다. 나는 허리를 숙이고 의자에서 내려왔다. 매끄러운 움직임은 아니었다. 오히려 부자연스러워 보였다.

나는 케이티를 흘끔 쳐다보았다. 눈이 마주쳤다. 나는 다시 그녀에게 입을 열지 말라고 신호했다. 그녀가 고개를 끄덕였다.

나는 최대한 몸을 낮춘 채 문 쪽으로 기어갔다. 배를 완전히 바닥에 깔고 특공대 스타일로 기어갈 수도 있었지만, 그랬다가는 유리 파편들에 옷이 갈가리 찢겨버릴 것 같았다. 나는 그런 불상사를 피하기 위해 천천히 이동해나갔다.

문에 다다른 나는 바닥에 머리를 대고 문틈으로 밖을 살폈다. 차가 멀어지고 있었다. 다른 각도에서도 살펴보고 싶었지만, 쉬운 일이 아니었다. 몸을 일으키고 문 옆에 난 틈으로 밖을 내다보았다. 밑에서보다 더 안 보였다. 틈이라고 부를 수도 없을 정도였다. 몸을 조금 더 일으켜 세웠을 때, 그가 눈에 들어왔다.

운전사.

유령은 어디 있지?

나는 잽싸게 머리를 굴려보았다. 두 남자. 차 한 대. 차는 이미 시야에서 사라져버린 후였다. 원래 수학을 잘하는 편이 아니지만, 둘 중 한 명이 차를 몰고 가버렸다는 결론쯤은 충분히 내릴 수 있었다. 나는 케이티를 돌아보았다.

"그가 떠났어."

내가 속삭였다.

"네?"

"운전사만 남고 유령은 여길 떠났어."

나는 의자로 돌아가 유리 파편을 집어 들었다. 최대한 조심스레 움직였다. 아주 약간의 무게 이동에도 건조물이 흔들릴 수 있었다. 나는 케이티의 의자 뒤로 다가갔다. 그리고 유리 파편으로 밧줄을 긁기 시작했다.

"이젠 어쩌죠?"

그녀가 속삭였다.

"네가 길을 안다고 했지?"

내가 말했다.

"죽을힘을 다해 뛰어보는 거야."

"점점 어두워지고 있는데요."

"그러니까 빨리 움직여야지."

"밖에 있는 사람도 무장했는지 모르잖아요."

그녀가 말했다.

"아마도 그렇겠지. 그럼 여기서 유령이 돌아오기만을 기다리는 게 낫겠어?"

그녀가 고개를 저었다.

"그가 지금 당장 돌아오지 않을 거라고 어떻게 확신할 수 있죠?"

"물론 확신은 못 해."

마침내 밧줄이 끊어졌다. 그녀가 자유의 몸이 된 것이다. 그녀가 손목을 문질렀다.

"나랑 같이 가겠어?"

그녀가 나를 빤히 쳐다보았다. 언젠가 나도 형을 그렇게 쳐다본 적이 있었다. 희망과 외경심과 신뢰를 담은 시선으로. 나는 최대한 배짱 좋게 보이려 애썼다. 하지만 나는 영웅과는 거리가 멀었다. 그녀가 고개를 끄덕였다.

뒤편에 창이 하나 나 있었다. 나는 창을 열고 나가 뒤로 빠져나갈 생각이었다. 어떤 상황에서도 소리를 내면 안 되었다. 만약 그에게 발각된다면 죽어라 달리는 수밖에 없었다. 부디 운전사가 무장을 하고 있지 않기를. 아니면, 우리를 죽이면 안 된다는 지시를 받았거나. 그들에겐 켄이 나타날 때까지 우리를 살려둬야 할 필요가 있었다. 우리는 그들의 덫에 넣을 미끼였으니까.

물론 아닐 수도 있고.

창문은 꿈쩍도 하지 않았다. 나는 창틀을 붙잡고 밀었다 당겼다를 반복했다. 소용없었다. 페인트를 칠해놓은 지 백만 년도 넘은 것 같았다. 가망이 없었다.

"이젠 어떻게 하죠?"

그녀가 물었다.

진퇴양난. 구석에 몰린 쥐가 된 기분이었다. 나는 케이티를 돌아보았다. 왜 줄리를 끝까지 지켜주지 못했느냐고 묻던 유령의 질책이 떠올랐다. 나는 두 번 다시 같은 실수를 반복하고 싶지 않았다. 케이티만큼은 끝까지 지켜내야 했다.

"방법은 한 가지뿐이야."

내가 말했다. 나는 문을 돌아보았다.

"그가 우릴 볼 거예요."

"안 볼지도 몰라."

나는 문틈으로 밖을 살폈다. 해가 저물어가고 있었다. 주위가 점점 어둑해져갔다. 운전사가 보였다. 그는 나무의 밑동 줄기에 앉아 있었다. 그가 물고 있는 담배의 깜부기불이 어둠 속에서 조명처럼 빛을 내고 있었다.

그는 우리에게 등을 보인 상태였다.

나는 유리 파편을 주머니에 집어넣었다. 손바닥을 내리며 케이티에게 몸을 숙이라고 신호했다. 그런 다음, 천천히 문손잡이를 잡았다. 살짝 힘을 주니 손잡이가 쉽게 돌아갔다. 문이 열리면서 삐걱 소리가 났다. 나는 움직임을 멈추고 밖을 살폈다. 운전사는 여전히 돌아보지 않고 있었다. 위험을 무릅써야 할 때였다. 나는 문을 조금 더 열어보았다. 다행히 삐걱 소리는 더 들리지 않았다. 30센티미터쯤 열렸을 때 나는 다시 멈추었다. 이 정도면 충분히 빠져나갈 수 있을 것 같았다.

케이티가 나를 올려다보았다. 나는 고개를 끄덕였다. 그녀가 바닥을 기어 문을 빠져나갔다. 나도 몸을 숙이고 그녀를 뒤따랐다. 무사히 밖으로 나온 우리는 플랫폼에 납작하게 엎드렸다. 완전히 노출된 상태였다. 나는 살며시 문을 닫았다.

그는 여전히 등을 보인 채였다.
좋아. 다음 단계, 플랫폼 내려가기. 사다리를 타고 내려갈 순 없었다. 이 이상 드러난 공간은 위험했다. 나는 케이티에게 따라오라고 손짓했다. 우리는 배를 깔고 엎드린 채 플랫폼의 가장자리로 기어갔다. 플랫폼은 알루미늄으로 되어 있었다. 덕분에 어렵지 않게 이동할 수 있었다. 마찰도 없었고, 뾰족한 가시도 없었다.
우리는 건조물의 끝부분에 다다랐다. 모퉁이를 도는 순간 신음과는 또 다른 소리가 들려왔다. 그리고 뭔가 툭 떨어졌다. 나는 바짝 얼어붙어버렸다. 플랫폼 밑의 들보가 무너져 내리는 소리였다. 건조물이 심하게 흔들렸다.
운전사가 말했다.
"뭐야?"
우리는 황급히 몸을 숙였다. 나는 케이티를 모퉁이로 잡아끌었다. 그는 우리를 보지 못했다. 하지만 들보가 내려앉는 소리는 분명히 들었을 것이다. 그가 우리 쪽을 돌아보았다. 문은 잠겨 있었고, 플랫폼은 텅 비어 있었다. 적어도 그가 보는 각도에선.
그가 소리쳤다.
"그 안에서 대체 뭣들 하는 거야?"
우리는 숨을 죽였다. 낙엽을 짓밟고 다가오는 그의 발소리가 들렸다. 나는 이미 만반의 준비를 갖춰놓은 상태였다. 그럴듯한 계획이 있었다. 나는 마음을 단단히 먹었다. 그의 고함소리가 다시 들려왔다.
"대체 안에서 뭣들을 하기에……"
"아무것도 아니야."
건조물의 벽에 입을 대고 내가 소리쳤다. 그렇게 하면 안에서 흘러나오는 소리처럼 들릴 것 같았다. 물론 잘 먹히리라 생각하진 않았다. 하지만 아무 대꾸도 안 했다가는 오히려 더 큰 의혹을 사게 될 것이다.

"무슨 건물이 이래?"
내가 말했다.
"자꾸 흔들리잖아."
침묵.
우리는 계속 숨을 죽였다. 케이티가 내 몸에 찰싹 달라붙었다. 그녀는 가볍게 떨고 있었다. 나는 그녀의 등을 토닥여주었다. 다 잘 풀릴 거야. 아무 문제없어. 나는 다시 발소리에 귀를 기울였다. 하지만 아무 소리도 들리지 않았다. 나는 그녀를 돌아보며 뒤편으로 기어가자고 눈짓했다. 그녀는 잠시 머뭇거리다가 천천히 몸을 움직이기 시작했다.
내가 떠올린 새로운 계획은 뒤편 구석의 기둥을 타고 내려가는 것이었다. 그녀를 먼저 내려 보낼 생각이었다. 그녀가 내려가는 소리를 그가 듣는다 해도 방법은 있었다.
내가 손으로 방향을 가리키자 그녀가 맑은 눈으로 고개를 끄덕였다. 그녀가 기둥 쪽으로 다가갔다. 그녀가 소방수처럼 기둥을 끌어안은 채 천천히 미끄러져 내려가기 시작했다. 플랫폼이 다시 흔들거렸다. 나는 그 와중에도 그녀에게서 눈을 떼지 않았다. 신음 비슷한 소리가 다시 들려왔다. 아까보다 소리가 컸다. 나사가 풀려나오는 게 보였다.
"젠장."
운전사는 우리를 부르지 않았다. 그가 다가오는 소리가 분명하게 들렸다. 케이티가 기둥을 끌어안은 채 나를 올려다보았다.
"뛰어내려! 도망쳐!"
내가 소리쳤다.
그녀가 기둥을 놓고 바닥으로 미끄러져 내려갔다. 다행히 높은 곳은 아니었다. 땅에 닿은 그녀가 나를 올려다보며 기다렸다.
"달려!"
나는 다시 소리쳤다.

"움직이지 마! 쏠 거야!"
남자가 말했다.
"도망쳐, 케이티!"
나는 다리를 옆으로 내리고 주저 없이 뛰어내렸다. 플랫폼은 생각보다 높았다. 착지하는 순간 엄청난 충격이 느껴졌다. 언젠가 높은 곳에서 뛰어내릴 때엔 무릎을 굽히고 데굴데굴 굴러야 한다는 걸 읽은 적이 있었다. 나는 그때 읽은 대로 했다. 나무 앞까지 데굴데굴 굴러갔다. 몸을 일으키고 보니, 우리를 추격하는 그가 눈에 들어왔다. 그는 15미터쯤 떨어져 있었다. 그의 얼굴이 격노로 일그러져 있었다.
"멈추지 않으면 쏴버릴 거야."
하지만 그는 손에 총을 쥐고 있지 않았다.
"달려!"
내가 케이티에게 소리쳤다.
"하지만……"
그녀가 말했다.
"바로 뒤따라갈 테니까, 어서 가!"
그녀는 내가 거짓말을 하고 있다는 사실을 알고 있었다. 이것 역시 내 계획의 일부였다. 내가 할 일은 케이티가 무사히 빠져나갈 수 있도록 상대의 추격 속도를 떨어뜨려놓는 것이었다. 내 희생을 원치 않는 듯 그녀가 머뭇거렸다.
어느새 그는 우리에게 바짝 다가와 있었다.
"가서 신고해."
내가 말했다.
"빨리!"
마침내 그녀가 내 지시에 따랐다. 그녀는 나무뿌리와 길게 자란 수풀들을 헤치고 달려나갔다. 운전사가 내게 달려들었을 때, 나는 이미 주머니에 손을 집어넣은 후였다. 충격은 적지 않았다. 나는 가까스로 그를 끌어안았다. 우리는 한데 뒤엉킨 채 바닥을 굴렀다. 이것 역시 오래전에 배워두었다. 거의 모든 싸움이 바닥에서 끝이 난다. 영화를 보면 두 사람이 서로 주먹질을 해대다가 고꾸라져버린다. 하지만 현실에선 자세를 낮춘 채 상대를 붙잡아 데굴데굴 구를 뿐이다. 그와 엎치락뒤치락하면서 주먹으로 몇 차례 얻어맞았다. 나는 여전히 유리 파편을 꽂아넣을 기회만 노리고 있었다.

나는 그를 힘껏 끌어안았다. 물론 그 정도로 괴로워할 그가 아니라는 사실쯤은 알고 있었다. 하지만 그런 건 아무래도 상관없었다. 이렇게 해서라도 잠시나마 그를 붙잡아놓을 수 있다면 만족이었다. 어떻게든 시간을 버는 게 중요했다. 케이티가 충분히 앞서 있어야 했다. 나는 여전히 그를 놓아주지 않고 있었다. 그가 계속해서 바동거렸다. 나는 끝까지 버텼다.

그때였다. 그가 예상치 못했던 박치기 공격을 가해오기 시작했다. 그가 몸을 뒤로 젖혔다가 내 얼굴에 대고 자신의 이마를 힘껏 찍었다. 지금껏 나는 한 번도 박치기를 당해본 적이 없었다. 말로 표현할 수 없는 통증이 밀려들었다. 꼭 철구가 얼굴로 파고드는 듯한 기분이었다. 눈에 눈물이 고였다. 그를 붙잡고 있는 손에도 힘이 곧 빠질 것 같았다. 나는 뒤로 주춤 물러났다. 그가 다시 몸을 젖히며 이마를 날릴 태세였다. 나는 반사적으로 몸을 공처럼 둥글게 만들었다. 그가 벌떡 몸을 일으키고 내 늑골을 향해 발길질할 준비를 했다.

하지만 이젠 내 차례였다.

준비는 이미 끝나 있었다. 나는 복부를 파고든 그의 발을 한 손으로 꽉 붙잡았다. 그리고 다른 손으로 유리 파편을 꺼내 들었다. 그것을 통통한 그의 장딴지에 힘껏 박아 넣었다. 유리 파편이 살을 파고들자 그가 비명을 질렀다. 비명소리는 사방으로 메아리쳐 나갔다. 그 소리에 놀란 새들이 푸드덕 날아가 버렸다. 나는 유리 파편을 뽑아 들고 다시 한 번 힘껏 내리쳤다. 이번엔 오금에 박혔다. 순간 미지근한 피가 뿜어져 나왔다.

그가 바닥에 고꾸라져 몸을 뒤틀어대기 시작했다. 꼭 낚여 올라온 물고기를 보는 듯했다.

내가 다시 유리 파편을 휘두르려고 손을 번쩍 들었을 때, 그가 말했다.

"그만해. 그냥 가봐."

나는 그를 쳐다보았다. 그의 다리엔 힘이 쫙 빠져 있었다. 그는 이제 우리를 위협할 수 없는 상태였다. 적어도 당분간은. 나는 살인자가 아니었다. 적어도 아직까지는. 게다가 시간도 촉박했다. 언제 유령이 돌아올지 몰랐다. 우리는 그가 돌아오기 전에 최대한 멀리 도망쳐야 했다.

그래서 나는 몸을 돌리고 전력을 다해 뛰기 시작했다.

20미터인가 30미터쯤 달려나갔을 때 뒤를 흘끔 돌아보았다. 그는 나를 추격하지 않았다. 그는 바닥을 엉금엉금 기고 있었다. 다시 몸을 돌리는 순간 케이티의 음성이 들려왔다.

"윌, 이쪽이에요!"

고개를 돌리자 그녀가 눈에 들어왔다.

"빨리 와요."

그녀가 말했다.

우리는 함께 내달렸다. 나뭇가지들이 우리의 얼굴을 가격했다. 뿌리에 걸려 넘어질 뻔했지만, 가까스로 중심을 잃지는 않았다. 케이티의 말이 맞았다. 그렇게 십오 분쯤 달려나가자 호바트 갭 가가 기다렸다는 듯 모습을 드러냈다.

윌과 케이티가 숲을 빠져나왔을 때, 유령이 그들을 기다리고 있었다.

그는 멀리서 그들을 지켜보았다. 그가 미소를 지으며 다시 차에 올랐다. 그는 숲속 건조물로 돌아가 뒷정리를 시작했다. 혈흔이 남아 있었다.

그것까지는 미처 예상치 못했다. 윌은 계속해서 그를 놀라게 했다.

어쨌든 잘 된 일이었다.

뒷정리를 마친 유령은 사우스 리빙스턴 가로 향했다. 윌과 케이티는 보이지 않았다. 그런 건 아무래도 상관없었다. 그는 노스필드 가의 우체통 앞에 멈춰 섰다. 잠시 머뭇거리던 그가 들고 있던 작은 꾸러미를 우체통에 밀어넣었다.

이제 그가 할 일은 끝났다.

유령은 노스필드 가를 빠져나와 280번 도로로 접어들었다. 그런 다음, 가든 스테이트 고속도로를 타고 북쪽으로 향했다. 이제 얼마 남지 않았다. 그는 이 모든 것이 어떻게 시작되었는지, 또 어떻게 종결되어야 하는지 생각해보았다. 그는 맥구안과 윌, 케이티, 줄리, 켄을 차례로 떠올렸다. 그리고 자신이 했던 맹세와 자신이 왜 이곳에 돌아와야 했는지를 다시 한번 차분하게 되짚어보았다.

57

그 후 오 일간 많은 일들이 벌어졌다.

탈출에 성공한 케이티와 나는 곧장 당국에 신고했다. 우리는 그들에게 우리가 감금되었던 건조물을 보여주었다. 그곳엔 아무도 없었다. 건조물 안은 텅 비어 있었다. 내가 운전사의 다리를 찔렀던 자리에서 혈흔이 발견되었지만, 지문이나 모발 샘플은 검출되지 않았다. 단서가 될 만한 게 없었다. 물론 충분히 예상했던 일이었다. 수사에 도움이 될 것 같지도 않았다.

이제 거의 끝이 난 셈이었다.

필립 맥구안은 레이먼드 크롬웰이라는 비밀 수사관과 조슈아 포드라는 유명한 변호사를 살해한 혐의로 체포되었다. 이번엔 보석이 허가되지 않았다. 피스틸로는 마치 에베레스트 산 등반에 성공하기라도 한 듯 의기양양했다. 귀한 성배를 발견했거나 마음속 악질 악마와의 싸움에서 승리라도 거둔 것 같았다.

"이제야 해결될 기미가 보이는군요."

피스틸로가 환히 웃으며 말했다.

"맥구안을 살인혐의로 체포해두었습니다. 수사가 확실히 가닥을 잡아가고 있는 것 같습니다."

나는 어떻게 그를 체포하는 데 성공했는지 물었고, 피스틸로는 그동안의 일들을 신나게 들려주었다.

"맥구안은 우리 요원이 제 발로 걸어나가는 장면을 조작해 CCTV 녹화 테이프에 담았습니다. 자신의 알리바이를 증명하기 위해서였죠. 그가 조작한 테이프는 거의 완벽에 가까웠습니다. 물론 디지털 기술로는 어렵지 않게 만들 수 있는 테이프라고 우리 기술 요원이 귀띔해주었지만 말입니다."

"그래서 어떻게 된 겁니까?"

피스틸로가 미소를 지었다.

"또 다른 테이프 하나가 우리에게 배달되었습니다. 소인을 보니 뉴저지의 리빙스턴으로 되어 있더군요. 믿어집니까? 그게 바로 진짜 테이프였습니다. 두 남자가 시체를 질질 끌고 개인 엘리베이터로 들어가는 장면이 담겨 있었죠. 그 두 사람은 이미 공범자에게 불리한 증언을 했습니다. 테이프와 함께 동봉된 편지엔 시체를 버린 위치까지 적혀 있었습니다. 그뿐 아니라, 꾸러미 안엔 당신의 형이 그동안 모아온 테이프와 증거들도 있었습니다."

아무리 머리를 굴려봐도 이해가 되지 않는 게 있었다.

"누가 보낸 겁니까?"

"그건 모릅니다."

피스틸로가 대답했다. 누가 보냈는지는 별 관심이 없는 듯했다.

"존 아셀타는 어떻게 됐습니까?"

내가 물었다.

"전국적으로 지명수배를 내려놨습니다."

"이미 지명수배 중이지 않습니까?"

그가 어깨를 으쓱했다.

"이것 외엔 우리가 할 수 있는 게 없습니다."

"그는 줄리 밀러를 죽였습니다."

"그는 지시를 받고 움직였습니다. 유령은 그저 고용된 해결사였을 뿐입니다."

그다지 위안이 되는 말은 아니었다.

"그를 찾을 자신이 없는 거죠?"

"이봐요, 나 역시 유령을 잡고 싶습니다. 하지만 솔직히 말하죠. 쉽지 않을 겁니다. 아셀타는 이미 외국으로 도망쳤습니다. 그에 대한 보고가 속속 들어오고 있습니다. 보나마나 자신을 보호해줄 누군가와 손잡고 또 일을 벌이겠죠. 하지만 중요한 건 유령은 그저 해결사일 뿐이라는 사실입니다. 난 그의 배후에서 방아쇠를 당기는 인물에 더 관심이 있습니다."

동의할 수는 없었지만, 이 문제로 언쟁을 벌일 이유도 없었다. 나는 그에게 이제 켄은 어떻게 되는 것인지 물었다. 그는 한동안 뜸을 들였다.

"당신과 케이티 밀러는 우리에게 모든 걸 털어놓지 않았습니다, 안 그렇습니까?"

나는 앉은 채로 몸을 틀었다. 우리는 그들에게 납치에 대해서만 들려주었을 뿐 켄과 대화를 나누었던 부분은 비밀로 해두었다.

"아는 대로 전부 얘기했습니다."

내가 말했다.

피스틸로가 잠시 내 눈을 똑바로 쳐다보다가 다시 어깨를 으쓱했다.

"솔직히 이젠 켄의 도움은 필요 없게 됐습니다. 중요한 건 그가 아직 무사하다는 사실이죠."

그가 앞으로 몸을 살짝 기울였다.

"당신이 오랫동안 형과 연락을 하지 못했다는 거 압니다."

하지만 그의 표정은 전혀 다른 얘기를 하고 있었다.

"하지만 어떻게든 그와 연락이 닿게 되면 이젠 집으로 돌아오라고 해요. 지금보다 더 위험해지는 일은 없을 테니까. 물론 그가 직접 옛 증거들을 확인해준다면 우리로서는 고마운 일이죠."

이미 얘기했듯 지난 오 일간 많은 일들이 있었다.

피스틸로와 만났고, 노라와도 많은 시간을 함께 보냈다. 그녀의 과거에 대해서도 얘기를 나누었지만, 많은 것을 알아내진 못했다. 그녀의 얼굴에선 그림자가 완전히 걷히지 않았다. 전 남편에 대한 두려움이 아직도 많이 남아 있었다. 물론 그 사실에 나는 화가 났다. 당장 미주리 주 크램든에 사는 크레이 스프링이라는 작자를 만나 문제를 해결하고 싶었다. 지금 당장은 좀 곤란하고. 하지만 하루 빨리 노라를 자유롭게 해주고 싶었다. 두 번 다시 고통 받지 않도록.

노라는 형에 대해서도 많은 얘기를 들려주었다. 형은 스위스에 돈을 숨겨두었고, 하이킹을 즐겼다. 또한 마음의 평화를 찾기 위해 무던히 노력하기도 했다. 하지만 평화라는 녀석은 항상 형을 피해 다니며 애를 먹였다. 노라는 실러 로저스에 대해서도 많은 얘기를 들려주었다. 국제적인 추격전과 딸에게 자양분을 공급받아온 상처 입은 작은 새. 하지만 노라는 누구보다 내 조카, 칼리에 대한 얘기를 많이 했다. 칼리 얘기를 할 때마다 그녀의 얼굴이 환해졌다. 칼리는 눈을 감은 채 언덕을 달려 내려오는 것을 좋아했다. 그 아이는 독서광이었고, 옆으로 재주넘는 것을 좋아했다. 칼리는 전염성 강한 웃음을 가지고 있었다. 처음에 칼리는 노라를 무척 어려워했었다. 아이의 부모가 누구와도 접촉하지 못하게 했기 때문이다. 하지만 노라는 끈질기게 매달렸고, 결국 그 벽을 허물어뜨리는 데 성공했다. 노라는 그 아이를 버리고 온 게 (그녀의 표현이었다. 조금 지나친 감이 없진 않았지만) 가장 마음에 걸린다고 했다. 그녀는 칼리의 유일한 친구였다.

케이티 밀러는 조용히 지내고 싶어 했다. 어디로 간다는 말도 없이 떠나버렸다. 나는 굳이 캐묻지 않았다. 그녀는 거의 매일 내게 전화를 걸어왔다. 결국 그녀도 진실을 알아버렸다. 하지만 진실은 그녀에게 별 도움이 되지 못했다. 유령이 아직 잡히지 않았으니 종결을 기대할 수도 없었다. 어쨌든 앞으로도 우리는 계속해서 어깨너머를 수시로 살펴보며 지내야 할 운명인 것 같았다.

모두가 공포에 사로잡혀 살아야 했다.

하지만 내가 갈망하는 종결은 그리 멀리 있지 않은 것 같았다. 이제 형만 만나보면 모든 걸 정리할 수 있었다. 어느 때보다도 절실히 형을 만나고 싶었다. 나는 그동안 많이 외로웠을 형을 생각해보았다. 홀로 쓸쓸히 하이킹을 나서는 모습. 그것은 내가 아는 형이 아니었다. 형은 그런 삶 속에서 절대 행복을 찾을 수 없는 사람이었다. 형은 화끈한 스타일이었다. 절대 그림자 속에서 숨어 지낼 사람이 아니었다.

형을 만나고 싶은 다른 이유들도 많았다. 나는 형과 야구 경기를 보러 가고 싶었다. 일대일로 농구 대결도 해보고 싶었고, 밤늦게까지 옛날 영화를 함께 보고도 싶었다. 물론 새로 생겨난 이유도 적지 않았다.

아까 얘기한 대로 케이티와 나는 켄과 대화를 나누었던 사실을 비밀로 묻어두기로 했다. 그래야 앞으로도 형과 온라인 대화를 나누는 데 장애가 없을 것 같았다. 우리는 인터넷 토론그룹을 바꾸었다. 나는 켄에게 죽음을 두려워하지 말라고 말했다. 부디 형이 그 메시지가 암시하는 바를 짚어주기를 바랐다. 다행히 형의 눈치는 빨랐다. 어린 시절, 형은 블루 오이스터 컬트의 〈돈 피어 더 리퍼〉라는 곡을 무척 좋아했다. 우리는 옛 헤비메탈 밴드에 대한 향수를 가진 이들이 모이는 토론그룹을 찾아냈다. 게시판엔 글이 많지 않았다. 우리는 서로 IM을 주고받을 수 있는 시간을 정해놓았다.

켄은 여전히 나를 경계했다. 하지만 형도 나만큼이나 종결을 원하고 있었다. 내겐 아직 아버지와 멀리사가 있었다. 그리고 나는 지난 십일 년 간 어머니와 많은 시간을 보냈다. 형이 미칠 듯이 그리웠지만, 왠지 형이 우리를 그리워하는 만큼엔 미치지 못할 것 같았다.

적지 않은 준비가 필요했지만, 어쨌든 형과 나는 조만간 재회할 수 있다는 꿈에 한껏 부풀어 있었다.

내가 열두 살, 그리고 켄이 열네 살이었을 때, 우리는 매사추세츠 주 마시필드에 자리한 캠프 밀스톤이라는 여름 캠프에 간 적이 있었다. 당시 캠프의 홍보 문구는 '코드곶에서!' 였다. 만약 그게 사실이라면 곶이 주의 절반 이상을 차지하고 있다는 뜻이었다. 여러 오두막에는 대학 이름이 하나씩 걸려 있었다. 켄은 예일, 나는 듀크에 짐을 풀었다. 그곳에서 보낸 여름은 정말 환상적이었다. 우리는 농구와 소프트볼을 하며 놀았고, 파란색 팀과 회색 팀으로 나누어 전쟁놀이를 하기도 했다. 매끼 제공되는 형편없는 음식을 먹으며 우리는 캠프 원조자에게 '불량 주스' 라는 별명을 붙여주었다. 캠프 지도원들은 유쾌하면서도 가학적이었다. 내게 아이가 있으면 캠프엔 절대 보내지 않겠지만, 어쨌든 내가 그곳에서 생애 최고의 시간을 보냈다는 것만큼은 사실이었다.

이게 말이 되는지는 모르겠지만.

사 년 전, 나는 스퀘어스를 데리고 캠프 밀스톤에 갔다. 캠프는 담보로 압류된 상태였다. 스퀘어스는 그곳 땅을 매수해 고품격 요가 수련장을 만들었다. 그는 직접 캠프 밀스톤 축구장에 농가를 지었다. 그곳으로 통하는 길은 하나뿐이었다. 게다가 운동장 한복판에 지어놓았기 때문에, 접근하는 이들을 쉽게 지켜볼 수 있었다.

우리는 그곳에서 재회하기로 했다.

멀리사도 시애틀에서 날아왔다. 경계를 늦출 수 없었기 때문에, 우리는 누나를 필라델피아에서 내리게 했다. 누나와 아버지와 나는 뉴저지 고속도로의 빈스 롬바르디 휴게소에서 만났다. 그곳에서부터 우리 세 사람은 한 차로 이동했다. 노라, 케이티, 스퀘어스 외엔 이번 일에 대해 아는 이는 아무도 없었다. 그들 세 사람은 각자 미팅 장소로 오기로 했다. 그들 또한 나름대로의 종결을 원하고 있었기에 내일 우리와 만나기로 한 것이었다.

하지만 오늘 밤, 첫날 밤은 가족만의 시간이 되어야 했다.

운전은 내가 맡았다. 아버지는 내 옆 조수석에 앉았고, 멀리사는 뒷좌석을 차지했다. 가는 내내 아무도 입을 열지 않았다. 우리 모두 적잖이 흥분한 상태였다. 특히 내가 가장 심했다. 아직은 아무것도 믿고 싶지 않았다. 형을 내 눈으로 직접 보고 와락 끌어안을 때까지, 형의 설명을 끝까지 들을 때까지 나는 마음을 놓지 않을 작정이었다.

나는 실러와 노라를 생각했다. 유령과 고등학교 때 반장이었던 필립 맥구안, 그리고 확 변해버린 그의 모습도 떠올려보았다. 굉장히 놀랄 만한 일이었지만 이상하게도 그렇게 느껴지진 않았다. 교외에서 발생한 폭력 사건에 관한 이야기를 들을 때면 우리는 항상 큰 충격을 받는다. 잘 관리된 잔디밭, 난평면 주택들, 리틀리그와 아이들 축구 경기를 보러 나온 엄마들, 피아노 레슨, 정사각형의 경기장, 사친회. 그 모든 게 외부의 악을 막아내려 심어놓은 투구꽃과 같은 역할을 했다. 만약 유령과 맥구안이 리빙스턴에서 15킬로미터쯤 떨어진 곳, 그러니까 뉴어크의 심장부에서 자랐다면 지금 그들의 꼴을 보고 깜짝 놀랄 사람은 아무도 없었을 것이다.

나는 스프링스틴의 콘서트 시디를 집어넣었다. 2000년 여름, 매디슨 스퀘어 가든에서 열렸던 콘서트였다. 심심풀이로 듣기엔 그다지 적당하지 않지만, 그래도 음악 없이 가는 것보단 나았다. 95번 도로 한 부분에선 한창 공사가 진행 중이었다. 덕분에 우리는 다섯 시간 이상을 차에서 보내야 했다. 우리는 가짜 곡식 저장탑을 갖춘 빨간 농가로 들어갔다. 예상했던 대로 다른 차는 보이지 않았다. 우리가 먼저 도착해 있으면, 켄이 나중에 나타나기로 되어 있었다.

멀리사가 먼저 차에서 내렸다. 누나가 문을 닫자, 그 소리가 들판을 가로질러 울려 퍼졌다. 내 눈엔 아직도 옛 축구장의 모습이 선했다. 골대가 있던 자리엔 차고, 벤치가 있던 자리엔 사유 차도가 들어서 있었다. 나는 아버지를 돌아보았다. 아버지는 먼 산을 바라보고 있었다.

우리 세 사람은 잠시 멍하니 서 있었다. 내가 먼저 농가 쪽으로 걸음을 옮기기 시작했다. 아버지와 멀리사는 몇 미터 뒤에서 나를 따라왔다. 우리 모두는 어머니를 생각하고 있었다. 어머니도 함께 있어야 하는 자리였다. 눈을 감기 전에 마지막으로 맏아들을 볼 수 있었던 기회. 형을 보는 순간 어머니는 보나마나 써니 특유의 환한 미소를 지어보였을 것이다. 노라는 형의 사진을 건네는 것으로 어머니에게 위안을 주었다. 나는 항상 그 점을 고맙게 생각하며 살 것이다.

켄은 혼자 올 것이다. 칼리는 아무도 모르는 안전한 곳에 머물고 있을 테고. 대화를 나누면서도 형은 칼리에 대해 말을 무척 아꼈다. 켄은 위험을 무릅쓰고 이 자리에 나오기로 했다. 하지만 자신의 딸만큼은 확실하게 보호하고 싶어 했다. 물론 나는 그런 형의 입장을 이해했다.

우리는 집 안을 서성였다. 아무도 마실 것을 원하지 않았다. 한쪽엔 물레가 놓여 있었다. 증류실 안에선 대형 괘종시계가 요란하게 똑딱거리고 있었다. 마침내 아버지가 의자에 앉았다. 멀리사가 내 앞으로 다가왔다. 누나가 나를 올려다보며 속삭였다.

"어째서 악몽이 금방 끝날 것 같은 느낌이 들지 않는 거지?"

나는 불길한 생각 따위는 하고 싶지 않았다.

오 분 후, 다가오는 차 소리가 아득하게 들려왔다.

우리는 일제히 창가로 달려갔다. 나는 커튼을 걷고 밖을 내다보았다. 어느새 땅거미가 내려앉아 있었다. 하지만 보는 데엔 아무 지장이 없었다. 달려오고 있는 차는 회색 혼다 어코드였다. 너무나도 평범한 선택이었다. 심장 박동이 빨라졌다. 밖으로 달려 나가고 싶은 충동을 애써 눌렀다.

혼다가 집 앞에 멈춰 섰다. 몇 초간 아무 일도 벌어지지 않았다. 빌어먹을 괘종시계 덕분에 시간의 흐름은 어렵지 않게 의식할 수 있었다. 잠시 후, 운전석 문이 열렸다. 내가 커튼을 어찌나 세게 쥐고 있었던지 하마터면 쫙쫙 찢을 뻔했다. 운전석에서 발 하나가 불쑥 튀어나왔다. 이내 누군가가 미끄러지듯 차에서 내려와 허리를 곧게 폈다.

켄이었다.

형이 나를 돌아보며 미소를 지었다. 자신감에 찬 형 특유의 미소였다. 내게 필요한 것은 그것뿐이었다. 나는 기쁨의 외마디 비명을 지르며 문을 향해 내달리기 시작했다. 내가 문을 벌컥 열었을 때, 형은 이미 나를 향해 전력으로 달려오는 중이었다. 형이 집 안으로 뛰어 들어와 나를 끌어안고 넘어졌다. 수년에 걸쳐 쌓인 벽이 한순간에 허물어져버렸다. 순식간에 벌어진 일이었다. 우리는 카펫이 깔린 바닥을 뒹굴었다. 일곱 살 시절로 돌아가기라도 한 듯 우리는 킥킥거렸다.

정신이 없어서 그 후로 벌어진 일들은 기억도 나지 않았다. 아버지와 멀리사가 차례로 달려들었다. 모든 게 흐릿한 사진처럼 시야에 펼쳐졌다. 아버지와 포옹하는 켄. 눈을 꼭 감은 채 형의 목을 끌어안고, 머리에 입을 맞추는 아버지. 눈물을 흘리는 아버지. 멀리사를 번쩍 들고 빙글빙글 도는 켄. 여전히 믿어지지 않는다는 듯 눈물을 흘리며 켄의 몸을 더듬어보는 멀리사.

십일 년.

우리는 시간이 가는 것도 모른 채 흥분 속에서 서로를 부둥켜안고 뒹굴어댔다. 시간이 얼마나 지났을까, 우리는 진정하고 소파에 앉았다. 켄은 내게서 떨어지지 않았다. 형은 가끔 내 목을 조르는 척하며 장난스럽게 꿀밤을 먹이곤 했다. 머리를 얻어맞는 기분이 이토록 좋을 수도 있다는 사실을 나는 처음 알았다.

"유령과 맞붙고도 아직 멀쩡하다 이거지?"

켄이 여전히 내 목을 조르는 척하며 말했다.

"더는 널 돌봐줄 필요가 없겠는데."

형에게서 벗어나오며 내가 애원했다.

"아니야, 아직도 내겐 형이 필요해."

어둠이 내려앉았다. 우리는 밖으로 나갔다. 기분 좋은 밤공기로 폐를 가득 채웠다. 켄과 나는 앞장서서 걸었다. 멀리사와 아버지는 10미터쯤 떨어져서 우리를 따라왔다. 일부러 우리에게 시간을 주기 위해서였다. 켄은 내 어깨를 감싸 쥐었다. 이곳 캠프에서 농구 시합을 하던 기억이 떠올랐다. 그때 우리 팀은 내가 중요한 자유투를 넣지 못하는 바람에 지고 말았다. 화가 난 친구들은 나를 괴롭히기 시작했다. 대수롭지 않은 일이었다. 캠프에선 흔히 벌어지는 풍경이었다. 누구에게나 벌어질 수 있는 일. 그날 형은 나를 밖으로 불러냈다. 그때도 형은 내 어깨를 지금처럼 감싸 쥐었다.

그때와 마찬가지로 나는 마음이 놓였다.

형은 그동안의 일들을 차례로 들려주기 시작했다. 내가 이미 알고 있는 이야기들과 크게 다르지 않았다. 형은 범죄에 가담했고, FBI와 거래를 하게 되었다. 하지만 그 사실을 맥구안과 아셀타가 알아버리고 말았다.

그날 밤 왜 집으로 돌아왔는지, 왜 줄리의 집에 갔는지를 묻자 형은 답을 피했다. 나는 기왕 말이 나온 김에 모든 것을 듣고 싶었다. 온통 풀어야 할 비밀들뿐이었다. 그래서 나는 주저 없이 질문을 던져보기로 했다.
"형이랑 줄리는 왜 집으로 돌아온 거였어?"
켄이 담뱃갑을 꺼내 들었다.
"이젠 담배도 피워?"
내가 말했다.
"그래, 하지만 곧 끊을 거야."
형이 나를 쳐다보며 말했다.
"그녀와 만나기에 좋은 장소 같았어."
나는 케이티가 했던 말을 떠올려보았다. 켄과 마찬가지로 줄리 역시 1년 넘게 집을 떠나 있었다. 나는 형의 설명이 이어지기를 기다렸다. 형은 여전히 담배만 내려다볼 뿐, 불은 붙이지 않고 있었다.
"미안해."
형이 말했다.
"괜찮아."
"윌, 네가 여전히 그녀에게 미련을 못 버리고 있었다는 거 알고 있었어. 하지만 당시 나는 마약에 절어 살았어. 몰골이 말이 아니었지. 하긴 그건 그저 핑계일 뿐이야. 문제는 내 이기심이었지."
"그런 건 아무래도 상관없어."
내가 말했다. 그것은 내 진심이었다. 정말 상관없었다.
"하지만 난 아직도 이해가 안 돼. 줄리는 대체 어떻게 연루된 거지?"
"그녀는 날 돕고 있었어."
"어떻게?"
켄이 담배에 불을 붙였다. 예전엔 볼 수 없었던 얼굴의 잔주름이 이젠 분명하게 보였다. 이목구비는 또렷했지만 전체적으로 많이 지쳐 보였다.

그래서인지 형의 얼굴이 중후하게 보였다. 눈빛은 여전히 날카로웠다.

"그녀와 실러는 하버튼 근처 아파트에서 같이 살았어. 아주 친한 사이였지."

형이 말을 멈추고 고개를 저었다.

"어쩌다 보니 줄리도 마약에 중독이 되어버렸어. 다 내 잘못이야. 실러가 하버튼에 입학했을 때, 내가 두 사람을 서로에게 소개시켜줬어. 마약에 빠져들자 줄리도 맥구안 밑에서 일하게 됐지."

하긴 눈치 없는 나도 그 정도는 추측할 수 있었다.

"그녀가 마약을 팔았다고?"

형이 고개를 끄덕였다.

"내가 체포됐을 때, 그리고 다시 그들에게로 돌아가게 되었을 때 나는 친구가 필요했어. 맥구안에게 덫을 놓는 작업을 함께할 공범자 말이야. 겁이 났지만 우리에겐 선택의 여지가 없었어. 우리가 구원받을 수 있는 유일한 방법이었으니까. 내 말 이해하겠어?"

"그래."

"그들은 날 감시하기 시작했어. 하지만 줄리는 자유로웠지. 아무도 그녀를 의심하지 않았어. 그녀는 나를 돕겠다며 수사에 필요한 문서들을 많이 빼내왔지. 나는 증거가 될 만한 것들을 테이프에 담아 그녀에게 건넸어. 그날 밤도 그 일 때문에 만나게 된 거였고. 마침내 충분한 증거가 모아졌어. 우린 그걸 FBI에 넘기고 이 모든 걸 깨끗하게 마무리 지으려고 했지."

"이해가 안 가."

내가 말했다.

"왜 그걸 꼭꼭 숨기며 살았지? 증거가 확보될 때마다 속속 FBI로 보내면 됐잖아."

켄이 미소를 지었다.

"피스틸로를 만나봤지?"

나는 고개를 끄덕였다.

"윌, 네가 알아야 할 게 있어. 모든 법 집행관들이 부패했다는 얘기가 아니야. 하지만 실제로 그런 사람들이 있어. 그중 한 명이 내가 뉴멕시코에 숨어 지낸다는 사실을 맥구안에게 흘렸지. 그보다도 피스틸로는 지나치게 야망이 컸어. 내겐 쓸 만한 협상카드가 필요했지. 그렇게 계속 스스로를 위험에 노출시킬 수는 없었다고. 어떻게든 내 방식대로 일을 풀고 싶었어."

그것은 이치에 닿는 설명이었다.

"하지만 유령이 형의 행방을 알아냈잖아."

"그래."

"어떻게?"

우리는 울타리 말뚝에 다다랐다. 켄이 울타리에 한쪽 발을 얹었다. 나는 뒤를 흘끔 돌아보았다. 멀리사와 아버지는 여전히 일정한 간격을 유지하고 있었다.

"윌, 그건 나도 몰라. 줄리와 나는 너무 무서웠어. 어쩌면 그래서였는지도 몰라. 어떻게든 마무리는 지어야 했다고. 집이라면 안전할 것 같았어. 우리는 지하실 소파에 앉아 키스를 하기 시작했고……."

형이 다시 시선을 돌렸다.

"그리고?"

"갑자기 내 목에 올가미가 걸렸어."

켄이 담배 연기를 길에 뿜어냈다.

"우리가 엉겨붙어 있을 때 유령이 몰래 들어온 거야. 올가미 때문에 숨을 쉴 수가 없었어. 질식사하기 일보 직전이었지. 존은 엄청난 힘으로 올가미를 당겼어. 이러다 목이 부러지면 어쩌나 걱정이 될 정도였다니까. 그 후에 무슨 일이 벌어졌는지 기억이 나질 않아. 내 생각엔 줄리가 그를 때렸던 것 같아. 덕분에 난 올가미에서 풀려나올 수 있었고. 그는 그녀의 얼굴에 주먹을 날렸어. 나는 뒤로 슬금슬금 물러났지. 유령이 총을 뽑아 들고 발사했어. 첫 번째 총탄이 내 어깨에 맞았지."

형이 눈을 감았다.

"난 뒤도 돌아보지 않고 도망쳐 나왔어. 그녀를 남겨놓은 채로 말이야."

우리는 밤에 흠뻑 젖어 있었다. 귀뚜라미가 나지막이 울어댔다. 켄은 다시 담배를 물고 힘껏 빨았다. 나는 형이 무슨 생각을 하고 있는지 짐작할 수 있었다. 도망. 그리고 그녀의 죽음.

"그에겐 총이 있었어."

내가 말했다.

"그건 형 잘못이 아니었다고."

"그래, 맞아."

하지만 켄은 여전히 못마땅한 표정이었다.

"그 후로 무슨 일들이 벌어졌는지 아마 상상이 될 거야. 난 다시 실러에게 돌아갔어. 우린 칼리를 데리고 도망을 쳤지. 다행히 맥구안과 일하던 시절에 모아놓은 돈이 조금 있었어. 물론 맥구안과 아셀타가 우리를 다시 추격해올 거라는 사실은 알고 있었어. 하지만 며칠 후, 신문을 보니 내가 줄리를 죽인 범인이라고 나와 있더군. 그제야 나는 맥구안뿐만 아니라 온 세상이 우릴 쫓고 있다는 사실을 깨달았어."

나는 처음부터 나를 괴롭혀왔던 질문을 던졌다.

"왜 칼리에 대해선 얘기하지 않았던 거지?"

마치 내가 라이트 스트레이트를 날리기라도 한 듯 형의 고개가 홱 돌아갔다.

"형?"

형은 나를 돌아보지 않았다.

"그 얘긴 나중에 하자, 윌."

"지금 듣고 싶어."

"큰 비밀도 아니야."

형의 음성이 확 달라졌다. 자신감이 다시 묻어나왔지만, 아까와는 또 다른 느낌이었다.

"난 위험에 처해 있었어. FBI는 그 애가 태어나기 직전에 날 체포했지. 난 두려웠어. 그래서 아무에게도 그 아이에 대해 들려주지 않았던 거야. 그 누구에게도. 자주 들러서 아이를 보고 갔지만 그들과 같이 지내진 않았어. 칼리는 아이 엄마랑 줄리가 맡아 키웠고. 난 내 딸이 어떻게든 나랑 연결되는 걸 바라지 않았어, 알아듣겠어?"

"물론이야."

내가 말했다. 나는 다시 형이 말하기를 기다렸다. 형이 미소를 지었다.

"왜?"

"캠프에서 지냈던 일이 떠올라서."

형이 말했다.

나도 덩달아 미소를 지었다.

"난 여길 무척 좋아했어."

형이 말했다.

"나도 마찬가지야."

내가 말했다.

"형?"

"응?"

"어떻게 이토록 오랫동안 숨어 지내올 수 있었던 거야?"

형이 나지막이 킥킥거렸다.

"칼리."

"칼리가 도와줬다고?"

영원히 사라지다_ 489

"그 애의 존재를 비밀로 묻어두었기 때문에 가능했던 일이야. 내가 지금까지 살아 있는 이유이기도 하고."
"어째서?"
"모두가 도망자를 쫓고 있었어. 남자 한 명을 말이야. 어쩌면 한 여자와 숨어 지내는 남자를 쫓고 있었는지도 몰라. 하지만 아무도 한 가족인 세 사람을 찾아 헤매지는 않았어."
그것 역시 이치에 닿는 설명이었다.
"FBI는 운이 좋아서 날 잡았던 거야. 내가 부주의했기 때문이지. 어쩌면 나 자신이 그걸 은근히 바라왔는지도 몰라. 어느 곳에도 뿌리를 내리지 못하고 항상 공포 속에 떨면서 지내는 삶. 정말 견디기 힘들었어, 윌. 네가 너무 그립기도 했고. 누구보다도 네가 가장 보고 싶었어. 그러다 보니 자연스레 경계를 늦췄지. 적당한 때에 끝을 보는 것도 나쁘지 않을 거라 생각했어."
"그래서 그들이 형을 송환한 거야?"
"그래."
"형은 그들과 다시 거래를 하게 된 거고?"
"그들은 내가 줄리를 죽인 것으로 몰아가려고 했어. 하지만 피스틸로는 여전히 맥구안을 잡아넣고 싶어 했지. 그는 줄리 문제에 대해 별 관심을 보이지 않았어. 내가 그녀를 죽이지 않았다는 사실도 알고 있었고. 그래서……."
형이 어깨를 으쓱했다.
켄은 뉴멕시코에 대해서도 들려주었다. 형은 FBI에게조차도 칼리와 실러의 존재를 알리지 않았다.
"난 그들이 서둘러 돌아오는 걸 원치 않았어."
형이 한층 부드러워진 음성으로 말했다.
"하지만 실러는 내 말을 듣지 않았어."

켄은 칼리와 외출 중일 때, 두 남자가 찾아왔다고 말했다. 집에 돌아와 보니 그들이 실러를 고문하고 있었고, 형은 두 사람을 살해한 후 다시 도망을 치게 되었다고 했다. 형은 공중전화를 이용해 내 아파트로 전화를 걸어 노라와 통화를 했다. FBI는 그것을 두 번째 전화로 알고 있었다.

"난 그들이 그녀를 쫓을 거라고 생각했어. 실러의 지문이 집 안 곳곳에 묻어 있었거든. FBI가 그녀를 찾지 못했다면 아마 맥구안이 먼저 찾아냈을 거야. 그래서 난 그녀에게 당분간은 숨어 지내라고 했어. 모든 게 해결될 때까지 말이야."

켄은 입이 무거운 의사를 찾기 위해 라스베이거스를 이틀간 뒤지고 다녔다. 의사는 최선을 다했지만 지난 십일 년간 형의 동반자로 지내왔던 실러 로저스는 다음 날 숨을 거두고 말았다. 실러가 세상을 떠났을 때, 칼리는 차의 뒷좌석에 잠들어 있었다. 뒤처리 문제를 놓고 고민하던 형은 노라의 부담을 덜어주기 위해 애인의 시신을 도로변에 버리고 도망쳤다.

멀리사와 아버지가 가까이 다가왔다. 우리는 입을 닫았다.

"이젠 어쩔 거야?"

내가 나지막이 물었다.

"칼리를 실러의 친구에게 맡겨놨어. 솔직히 말하면 그녀의 사촌이야. 거기라면 안전했지. 아이를 맡겨놓고 난 곧장 동쪽으로 이동했어."

형이 그 말을 하는 순간, 동쪽으로 이동했다는 말이 형의 입을 떠나는 순간…… 모든 게 꼬이기 시작했다.

누구나 그런 경험을 해본 적이 있을 것이다. 고개를 끄덕이며 상대의 이야기에 집중하다가 모든 설명이 이치에 닿는다는 생각이 들 때쯤 갑자기 무의미할 것만 같은, 하찮은 뭔가를 우연히 깨닫는 것. 누구라도 그냥 지나쳐버릴 만한 작은 사실들. 모든 것이 굉장히 잘못됐다는 깨달음이 찾아드는 섬뜩한 순간.

"우린 화요일에 어머니를 묻었어."
내가 말했다.
"뭐?"
"화요일에 어머니를 묻었다고."
내가 다시 말했다.
"그래."
켄이 말했다.
"그날 형은 라스베이거스에 있었지?"
형은 잠시 기억을 더듬었다.
"맞아."
나는 머릿속으로 계산에 들어갔다.
"왜 그래?"
켄이 물었다.
"이해가 안 되는 게 있어."
"그게 뭔데?"
"장례식 날 오후에……."
나는 잠시 말을 멈추고, 형이 나를 돌아볼 때까지 기다렸다. 마침내 우리의 시선이 마주쳤다.
"형은 케이티 밀러와 또 다른 묘지에 있었어."
순간 형이 움찔했다.
"그게 무슨 소리지?"
"케이티가 형을 봤다고 했어. 줄리의 묘비 근처에 있는 나무 아래서. 케이티에게 형은 결백하다고 얘기했지? 진짜 살인자를 찾으러 왔다고 하지 않았어? 라스베이거스에 있었다면 그 시간에 줄리의 무덤에 올 수가 없었을 텐데."
형은 대답이 없었다. 우리는 그렇게 말없이 서 있었다. 내 세상을 뒤

흔들어놓을 음성을 듣기도 전에 내 안의 뭔가가 점점 줄어드는 게 느껴졌다.

"내가 거짓말을 했어."

그때 나무 뒤에서 케이티가 불쑥 튀어나왔다. 우리는 일제히 몸을 돌렸다. 나는 그녀를 쳐다보면서도 아무 말도 할 수 없었다. 그녀가 천천히 다가왔다.

케이티의 손엔 총이 쥐어져 있었다.

그녀가 켄의 가슴을 겨누었다. 내 입이 쩍 벌어졌다. 멀리사가 숨을 헐떡거렸다. 아버지가 소리쳤다.

"안 돼!"

하지만 모든 것은 1광년 이상 떨어진 것처럼 아득하게만 느껴졌다. 케이티는 나를 똑바로 쳐다보았다. 그녀는 내가 영영 이해하지 못할 뭔가를 들려주려 하고 있었다.

나는 고개를 저었다.

"난 겨우 여섯 살이었어요."

케이티가 말했다.

"경찰은 나를 목격자로 인정해주지 않았어요. 꼬마가 뭘 알겠어요? 당연한 일이죠. 그날 밤 난 당신의 형을 봤어요. 존 아셀타도 봤고요. 경찰은 내가 두 사람을 혼동했을 수도 있다고 얘기할지 몰라요. 여섯 살배기 아이가 환희에 찬 비명과 고통에 찬 비명을 어떻게 구분할 수 있었겠느냐고 물을지도 모르고요. 여섯 살배기 아이에겐 둘 다 똑같이 들리겠죠, 안 그런가요? 피스틸로와 그의 부하 요원들은 내 진술을 무시해버렸어요. 그들에게 있어 우리 언니는 그저 또 한 명의 교외 마약중독자일 뿐이었죠."

"그게 무슨 소리야?"

내가 물었다.

그녀의 시선이 켄에게 돌아갔다.

"그날 밤, 난 그 자리에 있었어요. 월. 아버지의 옛 군대 트렁크 뒤에 숨어 있었다고요. 난 숨어서 모든 걸 지켜봤어요."

그녀가 다시 나를 돌아보았다. 나는 지금껏 그토록 맑은 눈을 본 적이 없었다.

"존 아셀타는 우리 언니를 죽이지 않았어요."

그녀가 말했다.

"켄이 죽인 거였어요."

나를 지탱하고 있던 버팀목이 서서히 내려앉고 있었다. 나는 다시 고개를 저었다. 멀리사의 얼굴은 하얗게 질려 있었다. 아버지는 고개를 푹 떨어뜨린 채였다.

켄이 말했다.

"넌 우리가 사랑을 나누고 있던 장면을 본 거야."

"아니에요."

케이티의 음성은 놀라울 정도로 차분했다.

"당신이 우리 언니를 죽였어요, 켄. 당신은 유령에게 누명을 씌우기 위해 교살을 선택했어요. 그뿐 아니라, 당신은 하버튼에서 마약을 판 사실을 신고하겠다고 협박해온 로라 에머슨도 목을 졸라 죽였어요."

나는 그녀 앞으로 다가갔다. 케이티가 내 쪽으로 몸을 돌렸다. 나는 걸음을 멈췄다.

"맥구안이 뉴멕시코에서 켄을 죽이는 데 실패하자, 아셀타가 내게 전화를 걸어왔어요."

그녀가 말했다. 케이티는 마치 오랫동안 연습을 해오기라도 한 듯 또박또박 설명을 이어나갔다.

"그는 당신의 형이 이미 스웨덴에서 체포되었다는 사실을 알려줬어요. 처음엔 그 말을 믿지 않았죠. 그래서 내가 물었어요. 그가 체포됐다면 왜 우린 아직 그 소식을 듣지 못했는지 말이에요. 그는 FBI가 켄을 풀어주려 한다는 사실도 알려줬어요. 그들이 맥구안을 끌어들일 미끼로 당신의 형을 이용하려 했다고요. 난 그 말에 충격을 받았어요. 줄리를 죽인 살인자를 그렇게 풀어주려 하다니. 난 그냥 두고 볼 수 없었어요. 그 사건으로 우리 가족이 얼마나 고통을 받아왔는데. 아셀타도 그런 내 입장을 이해하고 있었어요. 그래서 내게 연락을 해온 거였죠."

나는 여전히 고개를 저어대고 있었다. 하지만 그녀는 설명을 멈추지 않았다.

"내 임무는 당신을 감시하는 것이었어요. 켄이 당신에게 제일 먼저 연락을 해올 것 같았거든요. 켄을 언니의 무덤 앞에서 봤다고 했던 건 거짓말이었어요. 그렇게 해야 당신이 날 믿어줄 것 같았어요."

나는 가까스로 목소리를 되찾았다.

"하지만 넌 습격을 받았잖아."

내가 말했다.

"내 아파트에서."

"그래요."

그녀가 말했다.

"아셀타의 이름도 큰 소리로 말했었고."

"잘 생각해봐요, 윌."

그녀의 음성은 너무나 차분하고 당당했다.

"뭘 말이지?"

내가 물었다.

"당신이 왜 침대에 그렇게 묶여 있었는지."

"그가 내게 누명을 씌우려 했던 거잖아. 우리 형에게 누명을 씌우려 했던 것처럼."

이젠 그녀가 고개를 저었다. 케이티가 총으로 켄을 가리켰다.

"당신을 침대에 묶어놓았던 건 켄이었어요. 당신이 다치는 것을 보고 싶지 않았기 때문이죠."

그녀가 말했다.

나는 입을 열어보았지만 아무 말도 튀어나오지 않았다.

"당신의 형은 나랑 조용히 얘기하길 원했어요. 나를 죽이기 전에 내가 당신에게 무슨 말을 들려줬는지, 내가 어디까지 기억하고 있는지를 알아내려 했으니까요. 맞아요. 그때 난 존의 이름을 불렀어요. 하지만 마스크를 쓰고 달려든 사람이 존이라고 생각해서 그랬던 건 아니에요. 오히려 존에게 도움을 요청하기 위해서 그의 이름을 불렀던 거죠. 그런데 당신이 달려와 날 구해줬어요. 당신이 아니었다면 아마 난 거기서 죽었을 거예요."

나는 시선을 천천히 형 쪽으로 돌렸다.

"다 거짓말이야."

켄이 말했다.

"내가 왜 날 도와준 줄리를 죽이려 했겠어?"

"그건 상당 부분 사실이에요."

케이티가 말했다.

"당신 말이 맞아요. 켄이 체포되자 언니는 그걸 구원의 기회로 생각했어요. 당신의 형이 얘기했던 것처럼. 언니는 맥구안 체포 작전에 협조하기로 약속했어요. 하지만 그 과정에서 당신의 형이 넘지 말아야 할 선을 넘어버렸죠."

"어떻게?"

내가 물었다.

"켄은 유령을 처치해야 자신이 살 수 있다고 생각했어요. 그래야 미해결된 부분 없이 모든 게 깔끔하게 매듭지어질 테니까요. 그래서 그는 아셀타가 로라 에머슨을 죽인 것처럼 꾸며놓으려 했어요. 줄리도 거기에

이의를 제기하지 않을 거라 믿었겠죠. 하지만 그는 잘못 짚었어요. 줄리와 존이 얼마나 친했는지는 당신도 잘 알죠?"

나는 고개를 끄덕였다.

"두 사람의 인연은 의외로 꽤 끈끈했어요. 나조차도 그 이유를 몰랐어요. 아마 그들 자신도 설명하기가 쉽지 않았을 거예요. 어쨌든 줄리는 그를 무척 생각했어요. 어쩌면 언니는 그를 불쌍하게 여긴 유일한 사람이었는지도 몰라요. 맥구안을 잡기 위해 덫을 놓는 건 큰 문제가 아니었죠. 오히려 기꺼이 협조할 수 있는 부분이었어요. 하지만 언니는 결코 존 아셀타를 위험에 빠뜨릴 사람이 아니었어요."

할 말이 없었다.

"말도 안 돼."

켄이 말했다.

"뭘?"

나는 형을 돌아보지 않았다.

케이티가 설명을 이어나갔다.

"켄의 계획을 알아차린 언니는 유령에게 전화를 걸어 귀띔을 해주었어요. 켄은 테이프와 파일을 가지러 우리 집으로 찾아왔고요. 언니는 어떻게든 시간을 벌어보려 했어요. 그래서 당신의 형과 섹스를 했던 거예요. 켄은 증거 파일을 달라고 했고, 언니는 거절했어요. 그는 버럭 화를 냈죠. 그리고 증거들을 어디에 보관해놓았느냐고 물었어요. 언니는 끝내 입을 열지 않았고요. 그제야 일이 어떻게 돌아가고 있는지 깨달은 당신의 형은, 이성을 잃고 언니의 목을 조르기 시작했어요. 한발 늦게 도착한 유령은 도망치는 켄을 총으로 쐈어요. 켄을 뒤쫓아야 했지만 숨진 채 누워 있는 언니를 보고, 그도 이성을 잃어버렸죠. 그는 바닥에 풀썩 주저앉았어요. 그리고 언니의 머리를 살며시 감싸 쥔 채로 통곡하기 시작했어요. 고뇌에 찬 울부짖음이었죠. 마치 영영 회복될 수 없는 뭔가가 그의 안에서 부서져버린 것 같았어요."
 케이티가 조금 더 다가왔다. 그녀는 내 눈을 똑바로 쳐다보고 있었다.
 "켄은 맥구안이 두려워서 도망친 게 아니었어요. 자신이 누명을 쓰게 될 것을 걱정했기 때문도 아니었고요."
 그녀가 말했다.
 "그가 도망친 이유는 그가 언니를 죽인 살인자였기 때문이에요."
 깊은 수렁에 빠져 허우적대는 느낌이었다.
 "하지만 유령은……."
 내가 말했다.
 "우릴 납치했고……."
 "그건 우리가 짜고 준비했던 거예요."
 그녀가 말했다.
 "그는 고의로 우리에게 도망칠 기회를 줬어요. 하지만 당신이 그토록 강하게 나올 줄은 예상치 못했죠. 그 운전사는 그냥 폼만 잡고 있는 사람이었어요. 당신이 그에게 치명상을 입힐 줄은 정말 몰랐어요."
 "하지만 왜?"
 "왜냐하면 유령은 진실을 알고 있었거든요."
 "무슨 진실?"
 그녀가 다시 켄을 가리켰다.
 "켄이 당신을 구하기 위해 다시 돌아온 건 맞아요. 하지만 그는 스스로를 위험에 처하게 만들 사람이 아니죠. 그래서……."
 그녀가 다른 쪽 손을 살짝 들어 보였다.
 "당신을 만나기 위해 이런 방법을 떠올릴 수밖에 없었을 거예요."
 나는 다시 고개를 저었다.
 "그날 밤, 우린 야드에 사람을 대기시켜놨었어요. 만약의 경우를 대비해서 말이죠. 하지만 아무도 나타나지 않았어요."

나는 주춤하며 뒤로 물러났다. 그리고 멀리사와 아버지를 돌아보았다. 나는 그녀의 말이 전부 사실임을 깨달을 수 있었다. 지금까지 들은 모든 설명은 거짓이 아니었다.

줄리를 죽인 사람은 바로 켄이었다.

"난 당신을 힘들게 만들고 싶지 않았어요."

케이티가 내게 말했다.

"하지만 우리 가족은 종결을 원했어요. FBI는 그를 풀어주었고, 내겐 선택의 여지가 없었죠. 우리 언니를 죽인 살인자가 유유히 거리를 활보하고 다니는 꼴은 정말 봐줄 수 없었어요."

그때 아버지가 처음으로 입을 열었다.

"그래서 이제 어쩌겠다는 거냐, 케이티? 내 아들을 쏘겠다고?"

"네."

케이티가 대답했다.

바로 그 순간, 우리 모두는 대혼란에 빠졌다.

아버지가 희생을 각오하고 큰 소리로 울부짖으며, 케이티 앞으로 몸을 날렸다. 그녀가 방아쇠를 당겼다. 아버지가 비틀거리며 계속 그녀에게로 돌진해나갔다. 아버지는 그녀의 손을 내리쳐 총을 떨어뜨리게 한 후, 자신의 다리를 붙잡고 쓰러졌다.

형에게는 반격을 준비할 수 있는 충분한 시간이었다.

내가 고개를 들었을 때 켄은 이미 자신의 총을 뽑아든 상태였다. 날카로운 형의 시선은 케이티에게 고정되어 있었다. 형은 그녀를 쏘기로 마음을 굳힌 듯했다. 형의 움직임엔 머뭇거림이 없었다. 이젠 그냥 총을 겨누고 방아쇠를 당기기만 하면 되었다.

나는 형 앞으로 뛰어 들어갔다. 내가 형의 팔뚝을 내리치는 순간 방아쇠가 당겨졌다. 총이 발사되었지만 다행히 그녀는 맞지 않았다. 나는 형을 붙잡고 땅으로 끌어내렸다. 우리는 다시 서로를 끌어안은 채 바닥을 뒹굴었다. 하지만 아까 집 안에서와 같은 분위기는 아니었다. 형이 팔꿈치로 내 복부를 찍었다. 정신이 하나도 없었다. 형이 벌떡 일어났다. 그리고 다시 케이티에게 총을 겨누었다.
"안 돼."
내가 말했다.
"어쩔 수 없어."
켄이 말했다.
나는 형을 붙잡았다. 우리는 다시 엉겨붙어버렸다. 나는 케이티에게 도망치라고 소리쳤다. 켄이 그 틈을 타 나를 뒤로 휙 넘겨버렸다. 우리의 눈이 마주쳤다.
"저 애만 없애면 모든 게 끝나."
형이 말했다.
"그 앨 죽이도록 지켜보진 않을 거야."
켄이 총구를 내 이마에 갖다 댔다. 우리의 얼굴은 3센티미터도 떨어져 있지 않았다. 멀리사의 비명소리가 들려왔다. 나는 누나에게 뒤로 물러나 있으라고 했다. 누나는 휴대전화를 꺼내들고 어딘가로 전화하고 있었다.
"쏴봐."
내가 말했다.
"방아쇠를 당겨보라고."
"내가 못할 것 같아?"
형이 말했다.
"우린 형제잖아."
"그래서?"
나는 다시 악에 대해 생각했다. 악이 초래하는 행태들에 대해. 아무리 애를 써도 악에서 벗어나는 건 불가능했다.
"케이티가 한 얘기 못 들었어? 내가 무슨 짓을 해왔는지 못 들었냐고?

사람을 해치고 배신하는 건 내 특기야."
"형은 그런 사람이 아니야."
내가 나지막이 말했다.
형이 웃음을 터뜨렸다. 형의 얼굴은 여전히 내 눈앞에 불쑥 들이밀어져 있었다. 총구도 계속해서 내 이마에 닿아 있었다.
"뭐라고?"
"형은 그런 사람이 아니라고."
내가 다시 말했다.
켄이 고개를 뒤로 젖혔다. 형의 요란한 웃음소리가 정적을 깨고 사방으로 퍼져나갔다. 온몸에 소름이 돋았다.
"정말?"
형이 말했다. 형이 다시 얼굴을 내 앞으로 가져왔다.
"난……."
형이 내 귀에 대고 속삭였다.
"누구보다도 널 가장 아프게 했고, 거기다 배신까지 했어."
형의 말이 콘크리트 블록처럼 나를 후려쳤다. 나는 형을 똑바로 쳐다보았다. 형의 얼굴이 일그러졌다. 방아쇠가 곧 당겨질 것 같았다. 나는 눈을 질끈 감고 기다렸다. 주변의 고함과 동요는 아득하게만 느껴졌다. 내 귀에 들어오는 유일한 소리는 켄의 울부짖음뿐이었다. 나는 다시 눈을 떴다. 시야가 흐릿해졌다. 세상엔 우리 두 사람만 남겨진 것 같았다.
그 후로 무슨 일이 벌어졌는지 기억나지 않았다. 어쩌면 무기력하게 누워 있던 내 자세 때문이었는지도 몰랐다. 일을 이 지경으로 만들어놓은 형은, 내 구원자도 보호자도 더는 아니었다. 형은 밑에 깔린 내가 자신에게 아무런 위협도 주지 못한다는 사실을 알고 있었다. 다시 찾아든 본능이 형을 교란시켰다. 나를 보호해야 한다는 책임이 형을 머뭇거리게 만들고 있었다. 나를 노려보던 형의 얼굴이 조금씩 부드러워지기 시작했다.

그리고 모든 게 다시 변해버렸다.

나를 붙잡고 있는 켄의 손에서 힘이 빠져나갔다. 하지만 내 이마에 겨누어진 총구는 움직일 줄 몰랐다.

"한 가지 약속해줘, 윌."

형이 말했다.

"뭘?"

"칼리 말이야."

"형의 딸?"

켄이 눈을 감았다. 형은 진정으로 고뇌하고 있었다.

"그 앤 노라를 무척 좋아해."

형이 말했다.

"너희 두 사람이 그 앨 맡아서 키워줬으면 좋겠어. 그러겠다고 약속해줘."

"하지만 형이······."

"제발."

형이 애원했다.

"제발 약속해줘."

"알았어, 약속할게."

"그리고 그 앨 데리고 날 찾아오지 않겠다고 약속해."

"뭐?"

형은 격하게 울부짖고 있었다. 눈물이 형의 양 볼을 타고 흘러내렸다. 그 바람에 우리 두 사람의 얼굴이 촉촉이 젖어버렸다.

"약속해달라니까. 그 애에게 내 얘긴 절대 해선 안 돼. 네가 낳은 아이라 생각하고 잘 키워달란 말이야. 날 보러 교도소에 찾아오지도 말고. 약속해줘, 윌. 약속하지 않으면 방아쇠를 당겨버릴 거야."

"먼저 총부터 줘."

내가 말했다.

"그럼 약속해줄게."

켄이 나를 빤히 내려다보았다. 형이 내 손에 총을 쥐어주었다. 그리고 내게 입을 맞추었다. 나는 형을 와락 끌어안았다. 우리 형. 살인자. 내 품에 안긴 형이 어린 아이처럼 구슬프게 울어댔다. 우리는 한동안 그렇게 서로를 부둥켜안고 있었다. 시간이 얼마나 지났을까, 멀리서 사이렌 소리가 들려오기 시작했다.

나는 형을 밀쳐내려 했다.

"어서 가."

내가 나지막이 애원했다.

"제발, 도망치라고!"

하지만 켄은 꿈쩍도 하지 않았다. 이번엔 도망을 치지 않았다. 나는 그 이유를 영영 알 수 없을 것이다. 이제 숨어 지내는 것도 지겨워진 걸까? 마침내 악에서 벗어날 마음이 생긴 걸까? 어쩌면 형은 그렇게 내 품에 안긴 채 머물고 싶었는지도 몰랐다. 어쨌든 형은 내게서 떨어질 줄 몰랐다. 형사들은 그런 형을 내게서 힘겹게 떼어낸 후, 매정하게 끌고 가버렸다.

58

4일 후

칼리가 탄 비행기가 제 시간에 도착한다고 나와 있었다.

스퀘어스는 우리를 공항까지 태워다주었다. 나는 스퀘어스, 노라와 함께 뉴어크 공항의 C터미널로 향했다. 노라가 앞장섰다. 아이를 잘 알고 있는 그녀는 무척이나 들떠 있었다. 나는 초조하고 두려웠다.

스퀘어스가 말했다.
"완다와 얘길 해봤어."
나는 그를 돌아보았다.
"그녀에게 모든 걸 털어놓았어."
"그랬더니?"
그가 어깨를 으쓱해 보였다.
"우리 둘 다 졸지에 아버지가 되어버리게 생겼어."
 나는 그를 끌어안았다. 그들의 문제가 잘 해결됐다니 너무 기뻤다. 하지만 내 사정은 좀 달랐다. 나는 한 번도 본 적 없는 열두 살짜리 소녀를 떠맡게 되었다. 물론 최선을 다하겠지만, 나는 결코 칼리의 아버지가 될 수 없었다. 그동안 형과 많은 가능성에 대해 얘기해왔다. 어쩌면 형은 평생을 교도소에서 썩게 될지도 몰랐다. 하지만 앞으로 딸을 보지 않겠다는 형의 결심 때문에, 나는 고민에 빠졌다. 형은 딸을 보호하고 싶어 했다. 하지만 자신이 붙어 있으면 딸이 불행해질 거라고 생각했던 모양이다.
 형의 입장을 직접 듣지 못했으니 나로서는 그냥 그렇게 넘겨짚을 수밖에 없었다. 수감 중인 형은 한때 나마저도 만나주지 않았다. 그 이유는 알 수 없었지만 내게 속삭였던 형의 말…….
 '난 누구보다도 널 가장 아프게 했고, 거기다 배신까지 했어.'
 그 말이 계속 머릿속에서 메아리쳤다. 그것의 날카로운 발톱이 나를 가만히 내버려두지 않았다.
 스퀘어스는 밖에서 기다리겠다고 했다. 노라와 나는 서둘러 터미널로 들어갔다. 그녀는 약혼반지를 끼고 있었다. 우리는 착륙시간보다 일찍 도착해 있었다. 우리는 탑승구를 찾아 통로를 내달렸다. 노라가 엑스선 기계에 핸드백을 밀어넣었다. 내가 지나가니 금속 탐지기에서 요란한 소리가 울렸다. 시계가 문제였다. 그러고 나서 우리는 허둥지둥 탑승구로 달려갔다. 비행기는 십오 분 후 착륙할 예정이었다.

우리는 손을 잡은 채 의자에 앉아 기다렸다. 멀리사는 며칠 더 머물다 가기로 했다. 누나는 아버지 간호에 온 신경을 쏟았다. 이본 스테르노는 특종을 건지게 되었다. 그게 기자 경력에 얼마나 도움이 될지는 알 수 없었다. 에드나 로저스에겐 아직 연락해보지 않았다. 조만간 해야 할 것 같았다.

총을 쐈던 케이티에겐 아무 혐의도 씌워지지 않았다. 그녀는 얼마나 종결을 갈망하고 있었을까? 과연 그날 밤 일이 그녀에게 도움이 되긴 했을까? 아마 어느 정도는 그랬을 것이다.

피스틸로 부국장은 올해 말에 은퇴하겠다고 선언했다. 이제야 나는 어째서 그가 그토록 케이티 밀러를 내게서 떼어놓으려 했는지 알 것 같았다. 그녀의 신상이 우려되어서가 아니었다. 그보다도 그녀가 목격했던 그날 밤의 진실 때문이었다. 피스틸로는 여섯 살배기 소녀의 진술을 진정으로 의심했던 걸까? 아니면, 동생의 측은한 얼굴을 보며 케이티의 진술을 자신이 원하는 대로 비비 꼬아댔던 걸까? FBI는 어린 소녀를 보호한다는 명목으로 케이티의 옛 진술을 비밀로 묻어두었다. 하지만 내 의심은 여전히 풀리지 않고 있었다.

물론 나는 형에 대한 진실을 알고 큰 충격을 받았다. 하지만 이상하게도 아주 나쁘게만 생각되진 않았다. 그 어떤 지저분한 진실도 깨끗한 거짓보다는 나았다. 내 세상은 조금 어두워졌지만, 기본 축에서 떨어져나가진 않았다.

노라가 내 쪽으로 몸을 기울였다.

"괜찮아요?"

"떨려."

내가 대답했다.

"사랑해요."

그녀가 말했다.

"칼리도 당신을 무척 좋아할 거예요."

우리는 도착 모니터를 올려다보았다. 화면이 깜빡이기 시작했다. 콘티넨털 항공의 탑승구 관리 직원이 마이크를 집어 들고 672편 비행기가 막 착륙했음을 알렸다. 칼리가 탄 비행기였다. 나는 노라를 돌아보았다. 그녀가 미소를 지으며 내 손을 살짝 움켜쥐었다.

나는 주변을 찬찬히 돌아보기 시작했다. 탑승을 기다리는 승객들, 정장 차림의 남자들, 수화물을 끌고 다니는 여자들, 이륙이 연기되어 짜증을 부리는 지친 가족들. 아무 생각 없이 그들의 얼굴을 훑어나가던 중 나를 빤히 쳐다보고 있는 그의 얼굴을 보게 되었다. 심장이 멎어버리는 줄 알았다.

유령.

순간 온몸이 빳빳해졌다.

노라가 말했다.

"왜 그래요?"

"아무것도 아니야."

유령이 손짓하며 나를 불렀다. 나는 마치 최면에 걸리기라도 한 듯 자리에서 일어났다.

"어디 가게요?"

"금방 돌아올게."

내가 말했다.

"아이가 곧 나올 거예요."

"화장실에 빨리 다녀올게."

나는 노라의 머리에 살짝 입을 맞추었다. 그녀는 걱정스러운 얼굴로 나를 올려다보았다. 그녀가 탑승구 주변을 흘끔 돌아보았다. 하지만 어느새 유령은 자취를 감추어버린 후였다. 이젠 별로 놀라운 일도 아니었다. 그냥 걷다 보면 그가 알아서 나를 찾아올 것 같았다. 그냥 모른 척 무시했다가는 일이 커져버릴 것이다. 도망을 친다 해도 언젠가는 그의 레이더에 걸려들게 되어 있었다.

그에게 당당히 맞서는 방법밖엔 없었다.

나는 그가 서 있었던 곳을 향해 걸음을 옮기기 시작했다. 다리가 후들거렸지만 나는 걸음을 멈추지 않았다. 썰렁한 공중전화들을 지나쳐갈 때, 그의 음성이 들려왔다.

"월?"

몸을 돌려보니 그가 보였다. 그가 자신의 옆자리에 앉으라고 손짓했다. 나는 순순히 시키는 대로 했다. 우리는 서로의 얼굴 대신 눈앞의 판유리를 쳐다보았다. 유리는 빛줄기를 확대시켜놓았다. 열기는 점점 뜨거워졌다. 나는 눈을 가늘게 떴다. 그도 마찬가지였다.

"난 네 형 때문에 돌아오지 않았어."

유령이 말했다.

"난 칼리 때문에 돌아온 거야."

그 말에 내 얼굴이 딱딱하게 굳어졌다. 내가 말했다.

"그 앤 안 돼."

그가 미소를 지었다.

"넌 아직도 이해를 못 하고 있어."

"그러니까 알아듣게 설명을 해봐."

유령이 앉은 채로 몸을 틀었다.

"월, 사람들을 쭉 세워놓는다고 생각해봐. 한쪽엔 착한 사람들, 또 다른 쪽엔 나쁜 사람들. 하지만 현실에선 그게 불가능해, 너도 알지? 전혀 간단한 일이 아니라고. 사랑은 우리를 증오로 이끌지. 내 생각엔 그게 모든 걸 이 지경으로 만들어놓은 것 같아. 원시적인 사랑 말이야."

"대체 무슨 말이 하고 싶은 거야?"

"네 아버지 말이야."

그가 말했다.

"그분은 켄을 너무 사랑하셨어. 난 근본적인 원인을 찾아봤지. 그러니 금세 답이 나오더군. 네 아버지의 사랑."

"그게 대체 무슨 소리냐니까?"

"내가 지금 해주려고 하는 얘기는 지금까지 딱 한 사람에게만 들려준 거야, 알아듣겠어?"

유령이 말했다.

나는 알겠다고 했다.

"켄과 내가 4학년이었을 때로 거슬러 올라가야 해."

그가 말했다.

"다니엘 스키너를 칼로 찌른 건 내가 아니었어. 켄이 찌른 거야. 하지만 네 아버지는 아들을 너무 사랑한 나머지 우리 아버지를 매수하셨어. 5000달러에 말이야. 믿기 힘들겠지만 네 아버지는 항상 스스로를 관대한 사람이라고 생각하셨어. 우리 아버지는 틈만 나면 날 때리셨지. 사람들은 나를 보고 그렇게 살 바에야 차라리 다른 집에 수양아들로 들어가는 편이 낫겠다고 했어. 네 아버지는 내가 정당방위로 곧 풀려나오거나, 세 끼 식사와 심리치료가 제공되는 정신병원에서 편하게 지내게 될 거라고 하셨지."

나는 충격에 말을 잃었다. 우리가 리틀리그 경기장에서 마주쳤을 때를 기억해보았다. 아버지를 사로잡았던 공포, 집에 돌아와서부터 시작된 차가운 침묵, 아버지가 아셀타에게 했던 말. '문제가 있다면 나랑 풀어.' 그것 역시 섬뜩하게도 이치에 닿았다.

"난 딱 한 사람에게만 진실을 털어놓았어."

그가 말했다.

"그게 누군지 알아?"

또 다른 뭔가가 비어 있던 틈을 메워주었다.

"줄리."

내가 말했다.

그가 고개를 끄덕였다. 끈끈한 인연. 이제야 두 사람의 야릇했던 관계를 이해할 수 있을 것 같았다.

"그럼 여긴 왜 온 거지?"

내가 물었다.

"켄의 딸에게 복수라도 하려고?"

"아니."

유령이 피식 웃으며 말했다.

"뭘, 이걸 어떻게 설명해야 할지 모르겠어. 과학적으로는 설명이 되려나?"

그가 내게 서류함을 하나 건넸다. 나는 받아든 서류함을 물끄러미 내려다보았다.

"열어봐."

그가 말했다.

나는 그가 시키는 대로 했다.

"얼마 전에 세상을 떠난 실러 로저스의 부검 결과야."

그가 말했다.

나는 미간을 찌푸렸다. 그가 부검 보고서를 어떻게 손에 넣을 수 있었는지는 궁금하지 않았다. 보나마나 제공자가 따로 있을 것이다.

"이게 뭐 어떻다는 거지?"

"여길 봐."

유령이 가느다란 손가락으로 중간 부분을 짚었다.

"보여? 골막에 손상이 갔지만 치골엔 상처가 없다고 나와 있어. 가슴과 복벽에 난 희미한 줄 상처에 대해서는 전혀 언급이 없고 말이야. 물론 드문 일은 아니지. 어쩌면 아무 의미도 없는지 몰라. 일부러 파헤치려고

들지만 않는다면."

"뭘 파헤쳐?"

그가 파일을 닫았다.

"피해자가 애를 낳은 적이 있다는 흔적."

그가 혼란스러워 하는 내 얼굴을 쳐다보며 덧붙였다.

"실러 로저스는 칼리의 어머니일 수가 없어."

나는 뭔가를 말하기 위해 입을 열었다. 하지만 유령이 먼저 내게 또 다른 파일을 건넸다. 나는 파일에 적힌 이름을 내려다보았다.

줄리 밀러.

순간 서늘한 기운이 몸속 곳곳으로 퍼져나갔다. 그가 파일을 열고 한 부분을 손가락으로 짚었다.

"치골의 흉터와 희미한 줄 상처, 가슴과 자궁 조직에 남은 미세한 상처."

그가 말했다.

"그리고 외상은 최근에 입은 것이라 적혀 있어. 여기 보이지? 회음절개를 받아 생긴 상처도 언급됐어."

나는 보고서를 물끄러미 내려다볼 뿐이었다.

"줄리는 켄만 만나기 위해서 집으로 돌아온 게 아니었어. 그녀는 암울했던 과거를 훌훌 털어내려 했지. 예전의 자신을 다시 찾을 거라고, 윌. 그녀는 네게 모든 진실을 털어놓으려 했어."

"무슨 진실?"

그가 고개를 저었다.

"진작 얘기해줄 수도 있었겠지만, 그녀는 네 반응이 어떨지 걱정을 많이 했어. 넌 그녀가 떠날 때도 잡지 않았잖아. 그녀를 위해 좀 더 적극적으로 나서야 했는데, 오히려 넌 그냥 쉽게 포기해버렸어."

우리의 시선이 마주쳤다.

"줄리는 세상을 떠나기 육 개월 전에 아이를 낳았어."

유령이 말했다.

"그녀와 그녀의 딸은 그 아파트에서 실러 로저스와 같이 살았지. 그날 밤에 줄리는 네게 모든 걸 털어놓으려 했지만, 네 형이 한발 앞서서 문제를 해결해버렸어. 실러도 그 아이를 무척 좋아했지. 줄리가 죽자 네 형은 도망칠 궁리를 했고, 실러는 그 아이를 직접 맡아 키우기로 했어. 켄은 아이를 데리고 다니면서 국제적 도망자라는 이미지를 벗어낼 생각을 했지. 그에겐 자식이 없어. 실러도 마찬가지고. 칼리는 그저 그들의 변장 도구였을 뿐이야."

켄의 속삭임이 다시 귓전에 들려왔다.

"내가 하는 말 알아듣겠어, 윌?"

"난 누구보다도 널 가장 아프게 했고, 거기다 배신까지 했어."

몽롱한 기분이었다. 유령의 음성이 다시 들렸다.

"넌 형의 대리인이 아니야. 네가 바로 칼리의 아버지란 말이야."

나는 더 숨을 쉴 수 없었다. 시야가 흐릿해졌다. 마음이 아팠고 배신감에 사로잡혔다. 우리 형. 형이 내 딸을 데려갔던 것이다.

유령이 자리에서 일어났다.

"난 복수를 하러 온 게 아니야. 정의감에 불타서 돌아온 것도 아니고."

그가 말을 이어나갔다.

"줄리는 나를 보호하려다 살해됐어. 내가 그녀를 죽인 거나 다름없다고. 난 그녀의 아이만큼은 반드시 지켜내겠노라고 맹세했어. 그 맹세를 지키기까지 십일 년이라는 시간이 걸렸던 거야."

나는 비틀거리며 일어났다. 우리는 나란히 섰다. 비행기에서 내린 승객들이 우르르 몰려나오고 있었다. 유령이 뭔가를 내 주머니에 쑤셔 넣었다. 종잇조각이었다. 나는 그것을 신경 쓰지 않았다.

"피스틸로에게 CCTV 테이프를 보낸 사람은 바로 나야. 맥구안은 더는 널 괴롭히지 않을 거야. 난 그날 밤 집에서 그 증거들을 찾아냈고, 십일 년간 보관해왔어. 너랑 노라는 이제 아무 걱정하지 않아도 돼. 내가 모든 걸 다 처리해놓았으니까."

점점 더 많은 승객들이 쏟아져 나왔다. 나는 멍하니 서서 귀를 쫑긋 세운 채 덤덤하게 기다렸다.

"케이티가 칼리의 이모라는 사실을 잊지 마. 밀러 씨 부부는 칼리의 조부모님이시고. 그들도 그 아이의 가족인 거야, 알아듣겠어?"

나는 고개를 끄덕였다. 바로 그때, 탑승구에서 걸어나오는 칼리가 눈에 들어왔다. 내 안의 모든 것이 일제히 작동을 멈춰버렸다. 소녀는 균형 잡힌 자세로 걸어나왔다. 꼭, 자기 어머니처럼. 칼리가 주위를 둘러보다가 노라를 발견하고 환히 미소를 지었다. 순간 가슴이 저려왔다. 심장이 갈가리 찢기는 듯한 느낌이었다. 그 미소. 그것은 내 어머니의 트레이드 마크였다. 써니의 미소. 누구도 지울 수 없는 과거의 흔적이자, 할머니와 어머니로부터 물려받은 칼리의 매력이었다.

터져 나오려는 울음을 참고 있을 때, 그가 내 등에 살며시 손을 얹었다.

"가봐."

내 딸이 있는 쪽으로 내 등을 살짝 밀며 유령이 속삭였다.

나는 천천히 뒤를 돌아보았다. 존 아셀타는 어디론가 사라져버린 후였다. 난 내가 할 수 있는 유일한 일을 행동으로 옮겼다. 내가 사랑하는 여자와 내 아이를 향해 달려갔다.

에필로그

그날 밤 잠자리에 든 칼리에게 입을 맞추고 나왔을 때, 유령이 내 주머니에 쑤셔넣었던 종잇조각이 문득 떠올랐다. 오려낸 신문기사의 일부였다.

캔자스시티 헤럴드
남자의 시체 차에서 발견

비번이던 크램든 경찰대 소속, 크레이 스프링 경관이 차 안에서 목이 졸려 숨진 채 발견됐다. 경찰은 강도의 소행으로 보고 있다. 현장에서 그의 지갑은 발견되지 않았다. 경찰은 그의 차가 지역의 한 술집 뒤편 주차장에서 발견되었다고 밝혔다. 에반 크래프트 경찰서장은 아직까지 용의자로 지목된 인물은 없으며, 계속 수사가 진행 중이라고만 말했다.

| 모중석 인터뷰 |

비밀, 거짓말, 배신, 사랑

비채 《단 한 번의 시선》으로 잘 알려진 할런 코벤이 《영원히 사라지다》로 다시 국내 팬들을 찾아왔습니다. 이 작품을 간단히 소개해주시죠.

모중석 《영원히 사라지다》는 코벤의 두 번째 독립형 스릴러입니다. 이미 '마이런 볼리타' 시리즈로 인기 작가 반열에 오른 그는 《밀약》을 시작으로 독립형 작품들을 꾸준히 발표하기 시작했습니다. 전작 《밀약》이 크게 성공하면서 차기 작품에 대한 부담이 컸을 텐데도, 기대에 보답이라도 하듯 강렬하고 스릴 넘치는 《영원히 사라지다》를 탄생시켰습니다. 뉴저지의 교외에서 살인사건이 발생하고, 그 사건을 둘러싼 비밀을 풀 수 있는 인물이 자취를 감추어버리면서 시작되는 이 소설은 전형적인 할런 코벤 스타일의 서스펜스 스릴러입니다. 줄거리 구성과 타이밍을 눈여겨보시면 물 오른 작가의 기량을 분명하게 확인하실 수 있을 겁니다.

비채 《영원히 사라지다》는 《단 한 번의 시선》과 사촌 관계인 듯하면서도 여러 면에서 전혀 다른 작품입니다. 이 작품만의 매력과 독서 주안점을 짚어주신다면요?

모중석 제가 할런 코벤의 작품을 특히 좋아하는 이유는, 그가 전면에 내세우는 주인공이 형사나 FBI처럼 특수한 신분을 가진 인물이 아니기 때문입니다. 《단 한 번의 시선》의 그레이스 로슨과 마찬가지로, 《영원히 사라지다》의 윌 클라인 역시 주변에서 어렵지 않게 찾아볼 수 있는 평범한 인물입니다. 주인공의 신분이 특별하지 않아, 독자들이 쉽게 감정이입을 할 수 있습니다. 이야기가 진행되는 내내 우리는 윌 클라인과 나란히 발맞춰 나가게 됩니다. 우리는 그가 아는 만큼, 그가 밝혀내는 만큼만 알게 될 뿐이죠. 소설 속에서 윌 클라인이 열심히 머리를 굴려댈 때, 독자들 역시 흐트러진 퍼즐을 완성하기 위해 머리를 굴려야 합니다. 첫 장을 넘기는 순간부터 마지막 문장에 다다를 때까지 수많은 크고 작은 반전들이 곳곳에 숨어 있습니다. 한마디로 할런 코벤을 읽는 재미가 무엇인지를 확실하게 보여주는 작품이라 할 수 있겠습니다.

비채 할런 코벤은 국내에도 적지 않은 고정 독자를 거느리고 있을 만큼 인기가 높습니다. 북미 현지에서도 신작이 발표될 때마다 항상 베스트셀러 차트의 상위권에 장기간 머무르며 건재를 과시하는데요. 그 비결이 뭐라고 생각하십니까?

모중석 더는 던질 질문이 없다고 생각할 때 뜻밖의 질문이 불쑥 나오고, 더는 들을 답이 없다고 생각할 때 뜻밖의 답이 튀어 나옵니다. 그런 질문과 답들이 꼬리를 물고 이어지죠. 이것이 바로 할런 코벤 스릴러의 특징입니다. 술술 읽히는 매력적인 스토리와 초특급 페이스는 기본이고, 감정이입이 쉬운 등장인물들 또한 읽는 즐거움을 배가시켜 줍니다. 비밀, 거짓말, 배신, 사랑 등 그의 작품에 단골로 등장하는 사람 냄새 폴폴 나는 주제들도 그만의 트레이드마크라 할 수 있겠죠.

비채 《영원히 사라지다》에도 충격적인 반전이 여러 군데 있더군요. 어느 순간부터 '코벤' 하면 '반전'이라는 단어가 가장 먼저 떠오를 정도가 되었습니다.

모중석 그렇습니다. 독자의 정신을 쏙 빼놓는 충격적인 반전이 없다면, 그건 코벤의 작품이라 할 수 없겠죠. 하지만 독자의 시선을 확 잡아끄는 강렬하고 흥미로운 스토리가 뒷받침되지 못한다면, 아무리 뒤통수를 후려치는 반전이라도 제 기능을 십분 발휘할 수 없습니다. 코벤이 유능한 작가인 이유는 독자들이 쉽게 따라오도록 이야기를 풀어내는 데 탁월한 재주가 있기 때문입니다. 크고 작은 반전을 곳곳에 심어놓는 그의 재능은 타의 추종을 불허하지만, 그것은 코벤이 지닌 여러 장기들 중 하나일 뿐, 그의 유일한 개인기는 아닙니다. 그의 작품엔 매혹적인 긴장감이 있고, 긴 여운을 안겨주는 만족스러운 결말이 있습니다. 그의 역작인 《영원히 사라지다》를 읽어본다면 그 모든 요소를 곱빼기로 누릴 수 있습니다.

비채 앞으로 '모중석스릴러클럽'에서 선보일 할런 코벤의 작품들이 더 있다죠? 간단한 설명 부탁드립니다.

모중석 할런 코벤이 가장 최근에 발표한 두 편의 독립형 스릴러를 '모중석스릴러클럽'에서 차례로 선보일 예정입니다. 2005년에 발표된 《결백》과 2007년에 발표된 《숲》이 바로 그것들인데요. 이 두 작품 역시 《단 한 번의 시선》《영원히 사라지다》와 마찬가지로 평범한 주인공이 악몽 같은 상황에 빠지면서 겪게 되는 흥미진진한 이야기를 다루고 있습니다. 독자들의 단잠을 앗아가며 터질 듯한 감동과 스릴을 선사하는 할런 코벤. 앞으로 소개할 그의 멋진 작품들도 많이 기대해주세요.

비채 많은 독자들이 《영원히 사라지다》의 마지막 페이지, 즉 에필로그의 내용에 고개를 갸우뚱하실 것 같습니다. 힌트를 주실 수 있는지요?

모중석 52장의 처음 두어 페이지를 다시 읽어보시면 궁금증이 풀릴 겁니다.

모중석은?
모던 스릴러 기획자이자 소설가. 어린 시절부터 스릴러 소설을 유독 좋아했다. 성인이 되어서는 소설을 창작하기도 하면서 세계 각국의 스릴러 문학을 탐독하며 자신의 이름을 건 시리즈를 준비해왔다. 참신하고 더 재미있는 스릴러 문학을 소개하기 위해 지금 이 시간에도 좋은 작품만을 엄선해 읽고, 생각하고, 이를 자료로 정리하고 있다.

모중석 스릴러 클럽

01
탈선
제임스 시겔 지음
최필원 옮김

02 · 3
단 한 번의 시선
할런 코벤 지음
최필원 옮김

04
음흉하게 꿈꾸는 덱스터
제프 린제이 지음
최필원 옮김

05
마인드 헌터
존 더글러스, 마크 올셰이커 지음
이종인 옮김

06
남편
딘 쿤츠 지음
최필원 옮김

07
어느 미친 사내의 고백
존 카첸바크 지음
이원경 옮김

08
도시탐험가들
데이비드 모렐 지음
최필원 옮김

09
끔찍하게 헌신적인 덱스터
제프 린제이 지음
최필원 옮김

10
하트 모양 상자
조 힐 지음
노진선 옮김

11
본즈_죽은 자의 증언
캐시 라익스 지음
강대은 옮김

12
블루존
앤드루 그로스 지음
김진석 옮김

13
영원히 사라지다
할런 코벤 지음
최필원 옮김

14
아름다운 거짓말

리사 엉거 지음
이영아 옮김

15
소녀의 무덤

제프리 디버 지음
최필원 옮김

16
크로스 본즈

캐시 라익스 지음
강대은 옮김

17
어둠 속의 덱스터

제프 린제이 지음
김효설 옮김

18
벨로시티

딘 쿤츠 지음
하현길 옮김

19
심플 플랜

스콧 스미스 지음
조동섭 옮김

20
살인 위원회

그렉 허위츠 지음
김진석 옮김

21
결백

할런 코벤 지음
최필원 옮김

22
투 미닛 룰

로버트 크레이스 지음
노진선 옮김

23
잠자는 인형

제프리 디버 지음
최필원 옮김

24
친절한 킬러 덱스터

제프 린제이 지음
김효설 옮김

25
24시간 7일

짐 브라운 지음
하현길 옮김

26
메인_꿈이 끝나는 거리

트리베니언 지음
정태원 옮김

27
일곱 번째 이름

루스 뉴먼 지음
김지현 옮김

28
데몰리션 엔젤

로버트 크레이스 지음
박진재 옮김

29
아들의 방

할런 코벤 지음
하현길 옮김

30
용서할 수 없는

할런 코벤 지음
하현길 옮김

31
도로변 십자가

제프리 디버 지음
최필원 옮김

32
뿔

조 힐 지음
박현주 옮김

33
숲

할런 코벤 지음
최필원 옮김

34
대니얼 헤이스, 두 번 죽다

마커스 세이키 지음
하현길 옮김

35
지옥계곡

안드레아스 빙켈만 지음
전은경 옮김

36
달콤한 킬러 덱스터

제프 린제이 지음
부선희 옮김

37
옥토버 리스트

제프리 디버 지음
최필원 옮김